EL DON DE LA DIOSA
EL CASTIGO

ARANTXA COMES

EL DON DE LA DIOSA

EL CASTIGO

MUNYX
EDITORIAL

Primera edición.

El Don de la Diosa. El castigo.

www.munyxeditorial.com

© Diseño de portada: Munyx Design

© Maquetación: Munyx Design.

© Corrección: Arantxa Comes y Nieves Villalón

©Ilustraciones personajes: Ariadna Guillem (Arilicious).

©Ilustración mapa: Adrià Voltá.

ISBN: 978-84-121373-2-3

Depósito Legal: DL T 113-2020

ÍNDICE

EL FINAL YA ESTÁ AQUÍ. ELLA HA CAMBIADO. REDIMIRÁ A LOS VALIENTES. HUIRÁ POR SU SALVACIÓN. CASTIGARÁ A LOS IMPUROS. LAS DIVINIDADES Y LA VERDAD SE HAN DESVANECIDO. ES EL TIEMPO DE LOS CORAZONES LIMPIOS. UN TIEMPO ÚNICO PARA LUCHAR Y VENCER.

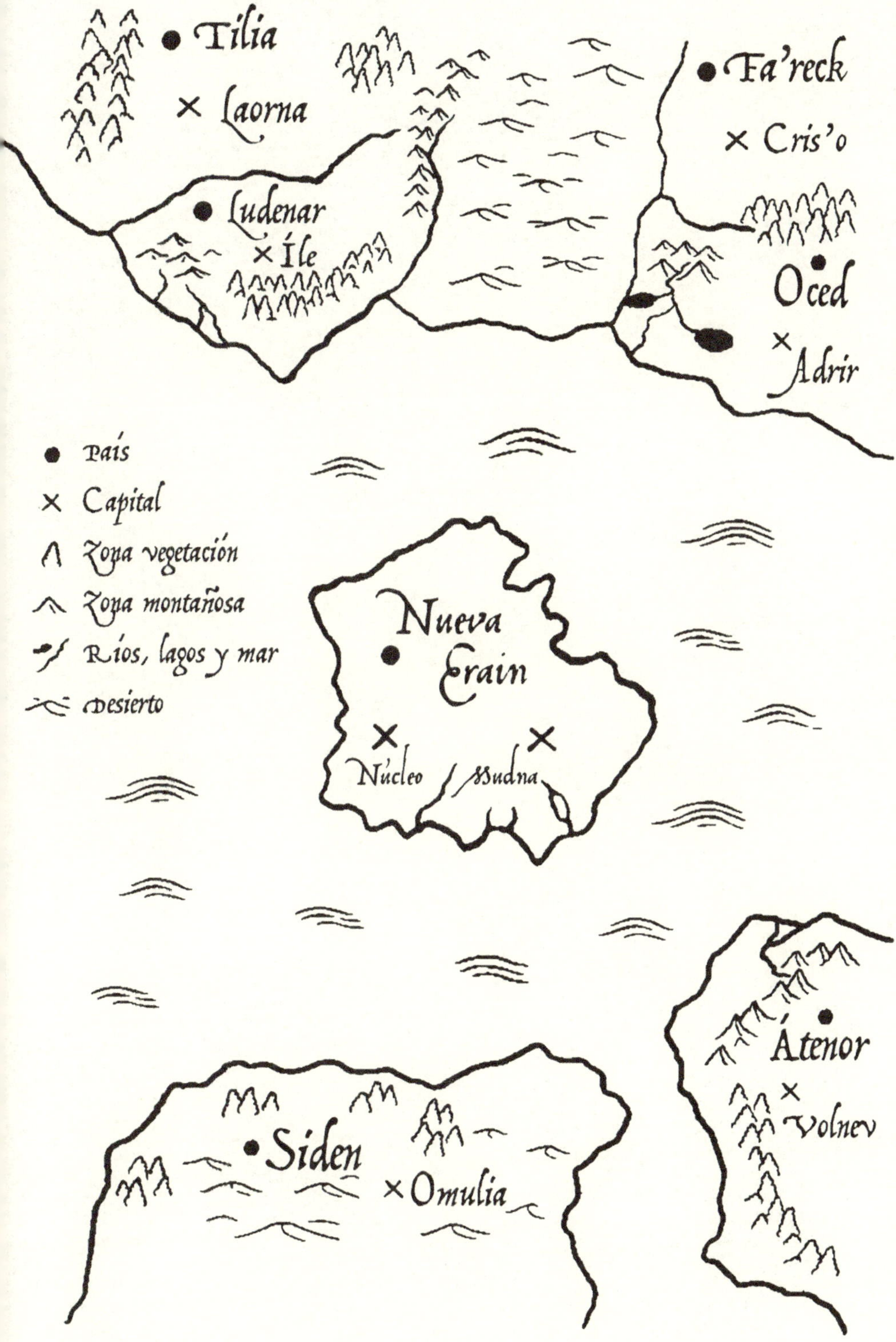

Tilia
Laorna
Fa'reck
Cris'o
Ludenar
Íle
Oced
Adrir
País
Capital
Zona vegetación
Zona montañosa
Ríos, lagos y mar
Desierto
Nueva Erain
Núcleo
Mudna
Átenor
Volnev
Siden
Omulia

GLOSARIO

(POR ORDEN ALFABÉTICO)

DANÍAN: significa «guía» y «ser que dirige sin dominar» en idioma draiziano. Máxima autoridad en Nueva Erain.

DESVANECIMIENTO: acto con el que el que cualquier ser mágico puede expulsar la Magia de su cuerpo por entero, a cambio de su propia muerte.

DRAIZ: especie racional que convive con los seres humanos.

HARUM: significa «nacido entre dos mundos» en idioma draiziano. Se les denomina así a los descendientes de la unión entre draizs y seres humanos.
HÍBRIDO: término en sidi.
QUE'STERA: término en ludense.

LIMAN: significa «fortaleza», entre otras acepciones, en idioma draiziano. Es el edificio central de la ciudad de Núcleo y es de carácter público. Alberga bibliotecas, salas de reuniones, talleres… y la escuela en la que se imparten las principales disciplinas.

MOIRO: designa tanto a la magia que ha sido deformada y se diferencia de la original por su color gris como al ser que la posee, en idioma draiziano.
MAGIA FUNESTA: término en eraino.

MAGIA GRIS: término en sidi.
TANCRE'LI: término en ludense.

OGIAR: significa «responsable al cuidado de algo o de alguien» en idioma draiziano. Cargo que se reparte la dirección y la protección de los aprendices y especialistas en la escuela del Liman.

A Jorge y Ari, porque este final se lo debía a las historias que empezamos a compartir hace años.

A quienes derriban las barreras y no crean conflicto con la diversidad, porque sois esperanza.

Este no es el fin. Siempre podré volver a existir… mientras haya vida y haya muerte.

Final Fantasy IX

PRIMERA PARTE

DONDE LOS PERSEGUIDOS SUEÑAN

EL HUNDIMIENTO

Hace 10 años

CON LA MAGIA LLEGÓ LA GUERRA. Muchos creían que Ella solucionaría cada problema, pero lo cierto era que la sangre y el horror continuaban ensuciando la tierra y asolando pueblos enteros. Las fronteras se estaban aproximando, y no con ánimo de confraternización. El juego de poderes no conocía la paz. O eso pensaba Azriel, porque había vivido en su país y luego demasiados años en alta mar como para no reconocer cuándo los seres no querían poner punto y final a la lucha de ideas.

¿No era más fácil crear una alianza y conseguir que la sociedad avanzara hacia un futuro mejor? ¿Por qué siempre había una sed de individualismo imposible de saciar, a no ser que fuese acompañada de beneficios? Unos que, al fin y al cabo, siempre terminaban por alimentar los egos propios.

Azriel se apoyó en el pasamanos del barco. El mar estaba tranquilo, tal vez demasiado. No había dormido muy bien la noche anterior. Las pesadillas habían hecho que sus sábanas se enredasen en su débil cuerpo para derrumbarla contra el suelo.

Después se había dedicado a vagar por cubierta hasta que su hermano la había devuelto al camarote. Sí, Azriel sabía perfectamente que aquel no era un viaje de recreo, más bien todo lo contrario.

Entre las caricias del sol y el susurro de las olas, a punto estuvo de quedarse dormida de pie; no obstante, su hermano mayor apareció de nuevo, dispuesto a interrumpirla. Azriel abrió un ojo, sin levantar la cabeza de la madera, y observó a Baal desde su posición. Pronto se le detuvo el aliento al descubrir que se había cortado el pelo. Muchísimo.

—Pero ¿qué has hecho?

—Me estaba suponiendo una carga. —Se pasó una mano por la cabeza, despeinándose todavía más.

—Padre y madre te van a matar —empezó a decir Azriel irguiéndose, sin poder dejar de estudiar las puntas deshechas del pálido cabello de Baal—. Y cuando ellos terminen contigo será mi turno.

—Hermanita... —Baal cogió con delicadeza algunos de los largos mechones de Azriel y danzó a su alrededor, enredándoselos por la cara y el cuerpo—. Hay vida más allá de tu pelo. Que sea un distintivo de belleza en nuestro país...

—¡A mí me gusta! —Azriel manoteó sin sentido para deshacerse de su hermano.

—Hoy ni siquiera te has puesto tu corona de musgo.

—¡Está hecha de lilas, estúpido! ¡Y te recuerdo que tú también tienes una!

—¡Eh!

Azriel y Baal se giraron hacia la zona del timón, tensos. Supieron al instante quién les había llamado la atención. El burdo y violento capitán del Umbría, Carlo. Un hombre anciano pero experimentado y fuerte, que había sobrevivido a las inclemencias del océano durante tantos años que se granjeó el puesto en cuanto aquel viaje se planificó. Ambos hermanos lo odiaban. Un sentimiento que, en realidad, profesaban por toda la tripulación.

—Armáis un escándalo más y os ato en la punta del palo mayor. Yo mismo os subo si hace falta.

El resto rio el chiste de su capitán y Azriel y Baal no tuvieron más remedio que permanecer callados.

La chica dirigió la vista al horizonte que siempre le devolvía la visión de una línea de tierra que cambiaba de color cada semana. Porque a veces la costa estaba dominada por un alto muro de gruesos y vivaces árboles; otras, por una llanura de arena pálida y suave, que se levantaba en remolinos cuando el viento incidía; y en pocas, las rocas oscurecían la orilla y hacían rugir al mar cuando este impactaba contra ellas.

Aquel día estaban cerca de la costa, lo suficiente como para que alguien desde allí pudiese descubrirlos sin problemas. De hecho, Azriel avistaba algunos finos brotes de hierba mecidos por la brisa entre la arena. Extendió un brazo y movió los dedos índice y corazón, como si fueran dos piernecitas, sobre la línea que creaba la playa. Echaba de menos tierra firme. Pese a todo, echaba de menos su país.

Aunque, como siempre, pesaba más el poder que la libertad. Ella no era mejor que ninguno de los que se encontraban en aquel robusto barco, porque había dejado marchar a aquella chica. La había visto encerrada, subyugada y entregada a un destino que no merecía. Y Azriel no había hecho nada por impedirlo; al parecer, ella era ese tipo de persona. Y, como si su imaginación hubiese cumplido el deseo de sus pensamientos más oscuros, un haz dorado destelló en la costa como si una estrella fugaz se hubiese despeñado desde el cielo. Solo los cegó durante unos segundos, pero toda la cubierta se desgañitó por el terror y la inseguridad.

—¡Proteged a los críos! ¡El culpable de sus muertes tendrá que rendir cuentas frente a los sumos valedores!

Esas dos últimas palabras fueron el detonante para que la tripulación, en vez de dejarse dominar por los gritos y el descontrol, se lanzara a por los dos hermanos, que se habían quedado paralizados. Alzaron las manos, dispuestos a defenderse de los agarres y empujones agresivos, pero fueron arrastrados al interior del barco sin remedio. En un último segundo, Azriel estiró el cuello para poder ver por encima del hombro de un marinero lo que estaba ocurriendo en tierra.

Era ella, Azriel estaba segura. Se podían contar con los dedos de una mano los seres que eran capaces de emitir tal fulgor. ¿La chica habría conseguido su cometido en aquel país? Esperaba que sí, porque estaba deseando volver a casa.

Con un fuerte empellón, Baal y Azriel entraron en el camarote del primero. ¿Dónde estaba Rento, su protector? La chica hizo ademán de volver a salir, pero su hermano la detuvo por el brazo y, con la mano libre, se llevó un índice a los labios. Luego lo desplazó a la oreja. Azriel comprendió: la única forma de indagar sin represalias era mantener la calma y atender a lo que sucedía fuera, en silencio.

Durante unos minutos más, el exterior estuvo dominado por el griterío y unas frenéticas zancadas que recorrían la cubierta de una punta a otra. Las únicas órdenes que se hacían oír por encima del escándalo eran las de Carlo, que llamaba a las armas y al orden. Azriel pensó que el capitán del Umbría estaba pidiendo demasiado. Jamás se habían encontrado en una posición tan peligrosa y no tenía claro hasta qué punto la tripulación estaba preparada para una batalla real. Tal vez el único realmente ducho era Baal.

Pero, de pronto, los chillidos se fueron convirtiendo en murmullos hasta que la quietud lo devoró todo, incluso, parecía, el rumor del oleaje. Azriel y Baal aguantaron la respiración, como si un suspiro pudiese desatar el más terrible de los caos.

No supieron calcular cuánto tiempo permanecieron inmóviles y enmudecidos. Ni siquiera intercambiaron una mirada. Entonces Azriel señaló uno de los portillos, pero Baal negó con la cabeza. No obstante, la chica hizo caso omiso de su negativa y avanzó de puntillas hasta la ventanilla circular. Él chasqueó la lengua, aunque, movido por la preocupación y la curiosidad, se unió a su hermana.

La luz dorada había desaparecido y advirtieron unas figuras en la playa. No parecían estar alerta pero sí inquietas. Una de ellas se desplazó hasta la orilla y empezó a brillar como el destello que antes los había cegado. Trataron de no apartar la mirada, con los ojos entrecerrados.

La presencia luminosa se adentró en el mar y avanzó hacia el navío. Azriel y Baal se separaron del portillo con un grito contenido. Se dirigía hacia ellos y no parecía hacerlo en son de paz. ¿Y si era *ella,* que buscaba venganza? ¿Que había perdido el miedo y prefería morir peleando?

De improviso, una explosión sacudió el barco con violencia, lanzando a Azriel y a Baal contra el suelo.

—¿Qué está pasando?

—Creo que nos están atacando con magia —respondió Baal.

Dos estallidos más y un intenso olor a fuego despertaron de nuevo los gritos en cubierta. Los pasos volvieron a resonar acompañados por el entrechocar de las armas. Cada vez parecía haber más personas ahí arriba, y el ruido de duras caídas y gruñidos de angustia no se hizo esperar. ¿Era posible provocar tanto dolor con un solo poder? Azriel cogió de la mano a su hermano.

—Tengo que salir ahí fuera —dijo Baal.

—¡No bromees! ¡Debemos aguardar a q…!

Otra explosión desequilibró tanto el barco que lo inclinó y ambos hermanos esquivaron a duras penas los muebles que se deslizaron hasta terminar chocando contra la pared del fondo. Se aferraron a una columna, porque sus cuerpos se resbalaban en el suelo, buscando el mismo destino que el mobiliario. Su enemigo había alcanzado un lado de la embarcación y esta se estaba hundiendo.

—¡Tenemos que salir a cubierta o nos ahogaremos!

Azriel apretó los labios y solo pudo sacudir la cabeza, sintiendo que estaba al borde del llanto. Baal insistió, pero la chica se mantuvo firme.

—¡Voy a echar un vistazo! ¡No tardaré en volver a por ti!

—No… —intentó vocalizar—. Baal, no te vayas. —Era irremediable, su hermano había logrado conservar el equilibrio y se dirigía hacia la puerta—. ¡Baal! ¡Baal!

Pese a sus gritos, la única respuesta del chico fue una última mirada antes de cruzar la puerta y desaparecer escaleras arriba. Los dedos de Azriel empezaron a temblar. El horror parecía no tener fin en el exterior. Su miedo acrecentaba su indecisión. No obstante, la valentía de Baal había despertado en ella las agallas suficientes como para, al menos, erguirse.

Las lágrimas comenzaron a bordear su rostro. Las rodillas, débiles, amenazaron con doblarse y quedar paralizadas, pero Azriel consiguió permanecer firme. Poco a poco, esforzándose por hacer caso omiso a los chillidos y los estallidos, se fue acercando a la puerta. Y cuando por fin se agarró al marco de esta, una tromba de agua irrumpió en el camarote y la arrastró hacia dentro bruscamente. Su espalda se estampó contra una columna y el golpe le cortó la respiración. Rodó por el suelo y su cuerpo, por suerte, terminó encontrándose con la superficie del colchón de la cama, volcado en su dirección.

El volumen del agua aumentaba a un ritmo vertiginoso y Azriel fue testigo del hundimiento del barco. Contempló cómo el mar sepultaba los rayos de sol que se atrevían a colarse por el ojo de buey. Trató de moverse, pero la pierna le dolía demasiado. Gritó. Gritó hasta que sintió que se le iba a desgarrar la garganta. Pensó en su familia, en sus amistades y en todo lo que le habían obligado a dejar atrás.

Lloró sin descanso, a sabiendas de que iba a morir ahogada. Se lo merecía por ser tan desconsiderada. Por callar en vez de luchar. Por sostener su privilegio y no soltarlo frente a la aflicción de la gran mayoría.

El mar la alcanzó y la cama empezó a flotar. Su pierna le envió otra punzada de dolor, pero se forzó a mantener la cabeza en la superficie. El sol estaba a punto de desaparecer. Solo una línea de luz entraba por el portillo para ofrecerle un último adiós; un último soplo de vida. Las lágrimas dulces se mezclaron con el agua salada y se hizo la oscuridad.

Azriel pensó en su casa. Pensó en los jardines y en los tibios atardeceres. Pensó en sus libros y en la tranquilidad de un hogar seguro. Su habitación y su refugio en el bosque…

Entonces un latigazo invisible le arrancó un último grito. No fue muy intenso, pero se asentó en ella con demasiada rudeza. Se observó el cuerpo como pudo y boqueó, desesperada. El susto no apagó la esfera formada por pequeñas y luminosas partículas doradas que flotaba frente a su pecho, estática.

Pese a sus escasas fuerzas, Azriel se permitió menear los brazos con excesiva insistencia, aunque no se atrevió a acercar los dedos a tal aparición, aterrada por la posible reacción. Sin embargo, la energía resplandeciente no dudó cuando se fundió con su piel. Fue una sensación cálida y de reconocimiento, como si jamás se hubiese ido. Y, de pronto, todo a su alrededor se agudizó: el agua gélida, el impulso de las olas, la falta de aire…

El mar le rozó los labios y cerró los ojos. No importaba lo que acababa de suceder, casi como una alucinación, no iba a solucionar el hecho de que estaba a punto de asfixiarse. Repasó otra vez su lista de recuerdos. Su familia, sus amistades y su hogar. El confort y la protección de su hogar.

Y Azriel, como una burbuja que ha permanecido demasiado tiempo intacta, estalló sin dejar rastro. El agua inundó el camarote por completo, pero ya no había ningún cuerpo que enterrar.

SENDA

HOY NO ME TOCA SALVAR A NADIE. Hundo la cabeza en la almohada y reprimo un sollozo. Yves me ha dado tiempo libre y se lo agradezco. No me puedo excusar con que aún soy un aprendiz, porque la muerte siempre nos acecha. Sin embargo, hace dos días alguien falleció entre mis brazos por primera vez. El agua le salía por la boca como una fuente débil. Demasiada; su cuerpo no podía contenerla. Los ojos vacíos. El cuerpo tardó poco en transformar su tibieza en el más puro frío. Era joven, y su país y el riesgo de encontrar una vida mejor fuera de él lo asesinaron en medio del mar.

Noto que de la litera de arriba desciende Gavril. Me oculto entre las mantas y finjo dormir. Milos se ha ido hace ya media hora, y de verdad que quiero salir de mi habitación, pero unos labios petrificados y una mirada fija en la mía, sin vida, reviven pesadillas que me entierran todavía más en el colchón.

Mi compañero de habitación tarda poco en marcharse. Relajo los músculos y empiezo a entonar una melodía para intentar relajarme. La actividad matutina del Liman llega hasta mi ventana en forma de risas, conversaciones y el eco de los pasos. Parecen estar llamándome y animándome a que salga del profundo desasosiego que me ha mantenido en vela e inquieto desde entonces.

Me desperezo, elevando un poco más la voz. Me arrimo a la ventana mientras me aparto unos mechones ondulados que han caído sobre mis ojos. En el patio interior, algunos aprendices están desayunando con libros y apuntes encima de las rodillas. Es temporada de Seguimiento y, pese a que no son exámenes definitivos, a todos nos suele poner de los nervios probar nuestras habilidades, en principio, aprendidas durante meses.

Entre la multitud, consigo distinguir a Fatma. Su pelo violáceo destaca entre los del resto de humanos que la rodean. Mi amiga es una harum, hija de una draiz y un humano, aunque son pocos los rasgos que nos diferencian: sus dedos palmeados y sus iris anaranjados, las pupilas rasgadas y la extraña atracción que ejerce sobre las mariposas, que suelen prenderse en sus largos mechones; tal vez también llamadas por su magia.

El país de Nueva Erain puede estar orgulloso de haber eliminado prácticamente el racismo de sus calles. No hace mucho tiempo, algunos seres humanos proclamaban su superioridad ante los draizs, una especie tan diversa como la otra, pero sometida a los designios de un Gobierno segregacionista e injusto que ya no existe. No todos en ambas civilizaciones pensaban igual que aquellos déspotas, de ahí el nacimiento y la aceptación de los harums en una sociedad que abrazó la pluralidad y expandió una nueva cultura tan rica como pacífica...

De repente, alguien rompe mi reflexión: Danel, que se acerca a mi amiga con una sonrisa arrebatadora. Ella cierra el libro de golpe, o eso me parece advertir, porque yo ya me estoy apartando de la ventana, como si el chico se hubiese girado para encontrarme en el tercer piso; algo que antes hacía muy a menudo… cuando estábamos juntos. Me apoyo en la pared para que el frío alivie el ardor de mi cuerpo y, con el puño cerrado, la golpeo. Sigo sin poder sacarme a Danel de la cabeza. Un hecho que se suma al dolor de la muerte para encoger un poco más mi corazón.

Sumido por una frustración que arremeto contra mí mismo, me dirijo al armario. Me convenzo de que la mejor manera de superar la aflicción es continuar con mi vida. Darme un respiro solo me va a recordar que fallé y que no logré salvar a aquel sidenés..., ¿verdad? Cojo la chaqueta negra de mangas amarillas, la que nos diferencia a los especialistas y aprendices de Salvación de otras disciplinas, una camiseta básica y un pantalón oscuro. Ni siquiera me ducho. Me visto y me calzo las botas. Podría haber escogido las zapatillas, pero no me siento seguro. Si ocurre un imprevisto, que sería lo más normal, debo estar preparado.

Antes de salir de la habitación, me observo en el alargado espejo que tenemos colgado en la pared, junto a la cama de Milos. Luzco totalmente derrotado; las ojeras apagan mis ojos, ya de por sí oscuros, y el pelo ensortijado inspira poca confianza. Me enderezo y trato de componer una sonrisa. Este Senda no soy yo. Tengo motivos para estar feliz. Vivo como deseo, bajo un techo y sin pasar hambre. Tengo amigos que me quieren, instructores pacientes y una labor a la que me entrego con ánimo. Y, por supuesto, poseo magia. Soy uno de tantos a los que esta energía escogió hace diez años para morar mi interior y así usarla con responsabilidad. Desde entonces, su poder no ha parado de fluctuar entre los seres. Ninguno tiene su don para siempre. Un equilibrio compartido. Por suerte, todavía no ha abandonado mi cuerpo para albergar otro.

Sonrío, y me sorprendo cuando mi reflejo me devuelve una imagen sincera. Sí, puedo recuperarme. Sí, puedo redimir una vida perdida salvando más. Puedo hacerlo. Carraspeo y, manteniendo el gesto, abro la puerta. Antes de poder dar un paso más, me tropiezo con el inconfundible cuerpo de Milos. Sus fuertes brazos sostienen mi torpeza con firmeza.

—¡Senda! —Mi amigo no esperaba mi salida. Se recoge las gafas con un dedo—. ¿Qué narices haces vestido con el uniforme? No pensarás asistir a clase, ¿cierto?

—Bueno… —titubeo.

—Escúchame, tu masoquismo y tú es mejor que os encerréis en la habitación, ¿de acuerdo?

Los ojos verdes de Milos vacilan un segundo y, al instante, sé que me está mintiendo. Nos conocemos desde hace años y tiene la afortunada manía de deslizar los ojos hacia arriba y a la izquierda cada vez que miente. Mi sonrisa se amplía y mi amigo chasquea la lengua.

—Dímelo.

—No hay nada que decir. —Su risa nerviosa, el segundo gesto delator de sus mentiras, se manifiesta para desacreditar sus palabras.

—O me lo dices tú o se le pregunto a Fatma.

—¡Fatma te lo va a contar! A ella le da igual en los líos que te puedas meter. ¡Incluso se une si hace falta!

Milos aprieta los labios al percatarse de que ha hablado de más. Me muerdo el labio inferior, tentado. Va a pasar algo que puede hacer que me libere, al menos durante algunas horas, de las cenizas que amenazan con avivar de nuevo la llama del recuerdo del sidenés fallecido. Es una mala costumbre, pero tengo un largo historial en enterarme de los secretos que asolan el país y que la danían —«guía» en idioma draiziano; uno que convive en sintonía con el eraino, tanto que a veces se entremezclan en el habla de los ciudadanos— de Núcleo, una de las máximas autoridades del país, oculta por protección. No han sido pocas las reprimendas por espiar, pero la curiosidad suele ganar el pulso y, de momento, dándole la razón no he perdido nada.

—Milos… —canturreo—, estoy esperando.

—Hoy viene Vérula —susurra, pero creo haberlo oído bien.

—¿Repite?

—Hoy viene Vérula para mantener una reunión con Kira.

La emoción contrae mi estómago y me hace dar unos saltitos. Vérula es la dirigente del país de Oced, que nos salvó del barco enemigo enviado por Ludenar diez años atrás. Si su intervención no hubiese llegado a tiempo, tal vez mi hogar no sería el mismo a día de hoy. Y yo estaría en una situación muy diferente, porque poseer magia es un motivo de muerte para la monarquía ludense.

—Atiéndeme: es una locura. —Milos posa las manos sobre mis hombros y me zarandea levemente—. ¿Sabes? Vamos a clase. ¿No te toca ahora Idiomas del Mundo? —Abro la boca para replicar, pero no me deja. Me pasa el brazo por los hombros y me arrastra fuera de la habitación antes de cerrar la puerta—. Créeme, por fin aprenderás a pronunciar bien «kloptrian» y el draiziano dejará de sentir vergüenza por tus nulas destrezas lingüísticas. Así, cuando a la próxima pidas un vaso de agua, te la ofrecerán en vez de tirártela a la cara. —Continúa empujándome por el pasillo, y oigo las risas de algunos compañeros que salen o regresan a sus dormitorios—. ¡Mira que pronunciar «kloptrian» sin hacer hincapié en la pe! Pediste el agua sin recipiente, idiota. —Y ríe mientras pongo los ojos en blanco.

No me suelta tampoco cuando descendemos las escaleras hasta la planta baja del Liman, el edificio más grande de Núcleo que sirve como escuela, biblioteca, residencia, zona de ocio e incluso calabozos. Es una construcción al servicio del país, sin distinciones entre quienes precisen de sus instalaciones. Se sabe que quieren ampliar o construir un segundo Liman; este se está quedando pequeño, porque la población crece y cada vez se apuntan más draizs, harums y seres humanos a las diferentes disciplinas que se imparten en la escuela. Esta existe, aunque más reducida, en los pueblos indómitos —calificativo otorgado por las revueltas que iniciaron sus habitantes hace varias décadas y que no ha desaparecido con los cambios— y otra un poco más grande especializada en la disciplina militar en Mudna, ciudad que comparte la capitalidad con Núcleo.

Cualquiera diría que Nueva Erain no goza de un sistema organizado, ni siquiera en la disposición de sus asentamientos, pero hace mucho tiempo que el país decidió construirse respecto a los deseos de sus habitantes y no conforme a lo que unos pocos consideran lo correcto.

Mis pensamientos se diluyen en cuanto coinciden la decisión de Milos de ir a desayunar y el encontronazo con Danel en los últimos escalones. Sus preciosos ojos azules viajan un momento a mis labios y me los tengo que humedecer por puro nerviosismo. Noto el agarre de mi amigo con más fuerza y un tirón mágico, proveniente de mi desazón mezclada con el anhelo, nos empuja a los tres al mismo peldaño. Danel me intercepta y sus manos se demoran un poco en mi cintura. Nos miramos y algo arde entre nosotros, pero sus chispas se apagan enseguida y, apretando sus finos labios, aparta la mirada y continúa su ascenso, botando los escalones de dos en dos, como siempre hace.

Un nudo en la garganta me obliga tragar con fuerza y Milos me abraza. Escucho a unas aprendices cuchichear sobre nosotros y también cómo mi amigo les espeta un: «Esfumaos, cotillas». Sonrío. Danel no es un buen recuerdo. Se adueñó demasiado de nuestra relación y, con un tira y afloja bastante egoísta, terminó por quebrarla del todo.

—Es un idiota. Cualquiera querría estar a tu lado —dice mi amigo separándose de mí. Las gafas le han vuelto a resbalar por la nariz.

—Tú ya estás conmigo.

—¿Me estás insinuando algo, Senda? —Enarca una ceja con un asomo de sonrisa en sus labios.

Me hace reír y le golpeo el pecho amistosamente para sonsacarle unas cuantas carcajadas. Sin duda, es mi mejor amigo. Puedo contar con él para cualquier cosa. Desde el más mínimo detalle hasta la necesidad más fundamental. Milos es generoso, divertido, pillo y un tanto coqueto. Una combinación que hace que los días tristes radien un poco menos.

Acabamos de recorrer el camino hasta el enorme comedor en el que parece que todo Núcleo confluye. Hay mesas de distintos tamaños y formas repartidas sin orden por la estancia iluminada gracias al sol que atraviesa los enormes ventanales del fondo. Creo que es por la manera natural con la que los demás se mueven entre los obstáculos que existe una armonía peculiar. O quizá sea la costumbre. Otros nuclenses se mezclan entre aprendices, especialistas e instructores. Toda la ciudad parece bullir aquí dentro y solo es un miércoles corriente.

—No tendremos sitio. He visto a Fatma desayunando en nuestro patio interior.

—En unas horas tiene la prueba de huellas y luego de construcción de… trampas, creo. ¿O era de botes improvisados? —Se lleva un dedo a los labios.

—Estaría bien que conocieras su horario tan bien como te sabes el mío.

—Pero es que yo te quiero más a ti. —Sé que está burlándose, porque hace ademán de acercarse para besarme a la vez que una risa nace en su garganta.

—¡Déjame! ¡Eres muy empalagoso!

Mientras trato de alejarme de Milos, que insiste con la tontería del beso, busco un sitio en el que sentarnos. Las mesas están repletas de comida y el estómago me ruge. Es buena señal que despierte mi apetito, porque el cadáver frío del sidenés había bloqueado hasta ahora cualquier intento de comer algo.

Logro encontrar un hueco frente a varias aprendices de Comunicación —chaquetas negras, mangas grises— que tratan de ponerse de acuerdo con la pronunciación de un término que no me resulta familiar. Activo la magia y esta me inunda los oídos hasta amplificar y traducir lo que están diciendo. Por suerte, todos los seres mágicos tenemos el don de poder entender y hablar otros idiomas, aunque eso no evita que estudiemos las lenguas conocidas del mundo. Como bien ha dicho Milos, no son mi fuerte, por eso agradezco que mi energía transforme las palabras de las estudiantes para comprenderlas; están con el idioma de Oced, el país de Vérula. El recuerdo de la reunión entre ella y Kira, la danían de Núcleo, vuelve a resonar en mi mente, irresistible.

Miro de reojo a Milos, que ha sacado una novela del bolsillo interno de su chaqueta negra y mangas verdes, identificativo de la disciplina de Sanación, y está repasando las primeras líneas mientras lanza furtivos vistazos a la draiz de piel azul que está sentada cerca de él. Pongo los ojos en blanco, a sabiendas de que estoy asistiendo a otro ritual de ligoteo por su parte, pese a que sé que también está leyendo. No sé si es cosa de magia, pero Milos tiene la increíble habilidad de atender a varias cosas a la vez, no importa cuáles sean.

Me concentro en el desayuno: tostadas, mermeladas, zumos, leche, fruta variada, huevos duros y queso. Cojo un puñado de uvas y una hogaza pequeña. Mordisqueo la esquina del pan mientras pienso en la manera de escaquearme de Milos. Me disculparé en otro momento, porque hace meses que Vérula no visita Nueva Erain y su tardanza no puede ser casualidad. Necesito saber qué tiene que tratar con nuestra dirigente.

Si Milos me lo ha dicho es porque se van a congregar aquí, seguramente en la sala de reuniones. Así que ahora solo tengo que buscar una excusa, o escabullirme sin que se entere. Me termino el desayuno casi atragantándome. Una comunicadora me mira con el ceño fruncido y le sonrío con los mofletes hinchados de leche. Ella se aleja un poco de mí, y trago con un encogimiento de hombros.

Mi amigo sigue leyendo, aunque cada vez con la atención más puesta en la draiz, que ha empezado a corresponder sus miraditas cómplices. Perfecto. Con el aliento contenido y movimientos lentos pero seguros, me levanto de la mesa. Doy media vuelta, triunfal, y me oculto entre el bullicio con éxito. Milos tardará poco en percatarse de mi desaparición, pero ya estaré muy lejos para cuando suceda.

Salgo del comedor, recorro varios pasillos y espero en una esquina antes de seguir avanzando. La sala de reuniones se encuentra en el primer piso y sé por experiencia que no suele estar muy transitado cuando en ella se congregan para tratar temas de gran importancia. Miro a todos lados y celebro que las escaleras que debo subir estén tan cerca de la puerta principal del Liman. Hay cierta actividad, pero cada uno va a lo suyo. Si actúo con cautela, podré esconderme cerca de la estancia hasta la llegada de Vérula. Eso, si no está allí ya.

Aprovecho que pasa un enorme grupo de aprendices de Exploración, repasando tácticas e intentando calmar sus nervios provocados por las pruebas de Seguimiento, para camuflarme y subir corriendo los peldaños que me conducen al piso superior. Lo he hecho mil veces y, aun así, la adrenalina de escabullirme para espiar sigue alterándome la respiración como el primer día.

En cuanto llego al final, una mano me aferra el hombro con fuerza y cierro los ojos apretando los labios. Me han descubierto. No quiero ni pensar en la reacción de Yves, mi ogiar —«responsable al cuidado de algo o de alguien», en draiziano; cargo que se reparte la dirección y la protección de los aprendices y especialistas—, cuando quien me ha pillado le diga que, después de la última vez limpiando todos los baños del Liman, me he atrevido a tentar de nuevo a la suerte.

No obstante, giro sobre mis talones y me encuentro con los redondos y anaranjados ojos de Fatma. Sonrío, pero me borra el gesto dándome con la mano abierta en la nuca. Me rasco la piel y ella enarca una ceja.

—¿A dónde vas?

—A mi habitación.

—Cuéntame otra, Senda. Estas escaleras no las usamos nadie, porque conducen a estancias que no nos interesan o a las que, dicho de manera directa, tenemos prohibido el acceso.

Pese a que le saco unos cuantos años de diferencia, Fatma es mucho más alta que yo, por eso me observa desde su imponente altura, aunque intento no amilanarme.

—Tengo prisa y…

—Senda. No me voy a chivar. —Una expresión traviesa se dibuja en su oscuro rostro y me contagia la diversión—. Es por Vérula, ¿cierto?

Asiento, reprimiendo la incipiente satisfacción que se está arremolinando en mi estómago. Milos está en lo cierto: Fatma no me va a frenar. Mi amiga suspira y se rasca la barbilla. En el puño de su manga blanca —uniforme de los exploradores—, advierto una pequeña manchita de color verdoso. Es raro que no la haya intentado ocultar o limpiar; siempre he pensado que tiene un problema con el desorden y la suciedad. Debe estar verdaderamente nerviosa por las pruebas de hoy.

—¿No tienes Seguimiento del tema de las huellas y construcción de trampas?

—Es construcción de botes improvisados. —Me la he jugado al cincuenta por ciento—. Y sí, estoy de los nervios. Pero quedan horas para eso y, la verdad, no me vendría mal una aventurilla para tranquilizarme.

Juntamos nuestras frentes en silencio como si estuviésemos compartiendo el secreto más peligroso del mundo y ahogamos unas risitas perversas. De pronto, el eco de unos pasos nos alerta. Nos escondemos tras una de las gruesas columnas de mármol adosadas que decoran y sujetan los altos techos del Liman. Me asomo con discreción y la imagen me deja mudo. Vérula avanza hacia la sala de reuniones; la cabeza tapada por un manto marrón y el rostro maquillado con marcas geométricas. Siempre se maquilla los labios de rojo de una manera singular: la pintura se sale de los bordes de su boca y parece sangre, como si le hubiera dado un mordisco a un trozo de carne fresca. La acompaña la danían de Núcleo. Vérula impone respeto por la solemnidad de sus pasos y por cómo observa con paciente atención a su alrededor, sin temer nada. No obstante, no hay nadie que me enmudezca más que Kira. La dirigente despliega carácter con cada movimiento. El parche negro sobre su ojo derecho no alivia la tensión constante de su gesto y la magia, poderosa e impetuosa, se concentra en su cuerpo como pólvora a punto de estallar.

Fatma y yo respiramos hondo para calmarnos. Ambos podemos notar cómo nuestra energía se agita para unirse a la de Kira. Si la danían nos percibe, nos descubrirá en cuestión de segundos. Por suerte, conseguimos apaciguar el ímpetu mágico mientras las dirigentes entran la sala.

—Ha tirado fuerte, ¿eh?

La Magia siempre reacciona cuando encuentra una de sus partes en otro cuerpo, como si se alegrara de reunir cuantas más piezas mejor; aunque Ella sabe sin duda dónde se encuentra cada fragmento de su esencia.

—Bastante. Encontrarse con alguien tan poderoso como Kira es un peligro. —Nadie se acerca por ningún lado—. ¿Vamos?

—Sí, pero… —Fatma me detiene por el brazo—. ¿Estás bien?

Sé que me lo pregunta por el sidenés y, por un momento, logra hacerme revivir con imágenes fugaces su cuerpo inerte y helado. Un escalofrío me azuza los nervios y me recojo un poco sobre mí mismo. Mi amiga deja caer una suave caricia en mi mejilla y me sonríe, transmitiéndome ánimos a la vez que una disculpa. Niego con la cabeza para tranquilizarla y, en silencio, nos aproximamos a la entrada de la sala.

Fatma deja que sea yo quien apoye la oreja contra la puerta mientras ella vigila el entorno. Ojalá pudiera desplegar mi magia para potenciar todos mis sentidos y así captar a la perfección qué se está fraguando en el interior, pero sería una decisión insensata.

Dentro el ajetreo se va apaciguando hasta que la voz de Kira impera por encima de las de los demás. No capto frases enteras, aunque sí lo más importante: «Centro mágico»; «Investigar las desapariciones»; «Moiros» —término en draiziano para denominar tanto a la magia funesta como al ser que la posee—; «Sensibles a la magia». Mi corazón se dispara. Es una reunión para hablar sobre el problema que no deja de acechar Nueva Erain. Un problema que todos sabíamos que sería inevitable tarde o temprano.

Fatma empieza a darme palmadas débiles en el brazo y le chisto para que pare, pero ella me obliga a girarme. Me encuentro, a la altura de mi cintura, con unos ojos enormes, cuyas pupilas están tan dilatadas que convierten los iris en dos anillos azules. Sus manitas juguetean con un palo de madera, aunque el pequeño draiz no le dedica una sola mirada.

—Oh, no —musita mi amiga.

—Hola —nos saluda el hijo del hermano de la danían, que no contará con más de cinco años.

—Hola. —Fatma se acuclilla para ponerse a su altura.

—¿Estáis *expiandor*? —Su draiziano aún está por perfeccionar, pero resulta tan adorable que me limito a sonreír.

—¿Cómo te llamas? —La táctica de la distracción es la mejor baza a usar con el pequeño, que me da la sensación de que está al borde del chivatazo.

—Mi nombre es Levi. Y mis papás se llaman Noah y…

—Muy bien, muy bien —lo corta Fatma.

No es muy paciente con los niños y temo que su falta de tacto nos juegue una mala pasada. Sin embargo, algo nos alerta a los tres en el piso inferior. Unos pasos. Unos gritos. Dejamos a Levi con la palabra en la boca y descendemos las escaleras sin sutilidad, apremiados por la voz que clama ayuda desde la entrada del Liman.

—¡Sideneses en el sur! ¡Están llegando más sideneses por la playa oscura del sur! —Reconozco enseguida a uno de los compañeros de Sanación de Milos. Está empapado y huele a salitre.

—¿Qué ha ocurrido con los defensores? —le pregunta Fatma, que es la primera en llegar hasta él.

Normalmente, los especialistas y aprendices de todas las disciplinas forman grupos para cumplir misiones o estar de guardia cada cierto tiempo en distintos puntos del país. Allí donde nos necesiten o puedan precisarlo. A mí me habría tocado estar toda esta semana en el sur, si antes de ayer no se hubiese muerto un sidenés entre mis brazos.

—Han desaparecido. No están.

Cada vez se reúnen más nuclenses a su alrededor.

—¿Y tú? ¿Qué ha pasado con tu equipo?

—Iba a sustituir a un aprendiz, pero cuando he llegado… ¡Tenéis que ayudarme! ¡Es un bote pequeño con al menos veinte seres en él!

Entonces Milos llega hasta nosotros y, sin una palabra más, asentimos. Nos cogemos de la mano y los conduzco hasta la costa indicada por el sanador mediante un transporte mágico. Me imagino las aguas del mar, la oscura arena y las palmeras que crecen dispersas por todo el terreno. Percibo que la energía nos invade y proyecta la imagen en la que queremos aparecer en cuestión de segundos.

La magia nos hace desaparecer del Liman. El traslado no suele tardar mucho, pero mis pensamientos se distorsionan con el recuerdo del sidenés muerto y perturbo el desplazamiento. La energía no nos posa en tierra, sino que nos eleva unos metros por encima de la arena y nos deja caer sin cuidado. Impacto contra la orilla y noto el agua fría empapar las mangas de mi chaqueta. Asustado, alzo el rostro para comprobar que mi descontrol no haya afectado al destino, solo al aterrizaje. Por suerte, así es.

No tardo en descubrir el bote del que hemos sido avisados. Milos me adelanta, adentrándose en el mar. Fatma me ayuda a levantarme y le agradezco que haya acudido con nosotros. Aunque es una exploradora y sus misiones no están destinadas a salvar a quienes huyen de sus países y deciden refugiarse en Nueva Erain, a todos nos preparan para cualquier tipo de imprevisto o peligro.

Especialistas y algunos aprendices de Salvación, Comunicación y Sanación empiezan a aparecer en la playa entre partículas doradas. Aprovechan el impulso mágico para correr hacia el interior del mar. No pierdo el tiempo y concentro energía en mis brazos. Coloco las manos frente a la marea e intento redirigir las olas para que empujen el bote con delicadeza hacia la orilla.

Algunos salvadores se unen a mí y logramos que la base de la cochambrosa embarcación roce la tierra. Enseguida nos lanzamos a ayudar a los sideneses. Muchos salen corriendo en dirección al interior, rechazando nuestra protección. Este es uno de los momentos más complejos del rescate: tienen miedo y solo quieren esconderse allí donde nadie pueda encontrarlos, porque, aunque en este país buscan la tranquilidad y el refugio, no creen realmente que puedan hallar una mano amiga.

Ayudo a recostar sobre la arena a una humana de piel oscura y pelo corto. Está inconsciente. Enciendo la magia para entender el idioma de Siden y me preparo para los primeros auxilios. Sin embargo, mis manos se quedan paralizadas a centímetros del pecho de la chica. Un cadáver la sustituye en mi mente y el corazón me da un vuelco.

Alguien me empuja hacia atrás.

—¡Apártate! ¡Llegamos los de Sanación! No queremos que mates a nadie más… —No reconozco al aprendiz que ha llegado vociferando contra mí, pero tampoco soy capaz de responderle.

Milos acude para apoyarme.

—Vuelves a hablarle así a Senda y te hago trizas, Molpor —lo amenaza mi amigo.

—Salvadla. Solo salvadla —logro musitar.

Retrocedo, sintiendo que un pitido en mis oídos copa el resto: los llantos, los gritos, el crujido de la arena. Todo a mi alrededor brama con desesperación. No es distinto a otras veces, pero ahora el rostro frío y pétreo del sidenés convierte los gestos en máscaras de muerte.

Me choco contra el cuerpo de una draiz. Lo primero en que me fijo es en el inicio de unos delgados cuernos partidos sobresaliendo de una enmarañada mata de pelo gris. Luego, en su enorme mirada de cervatillo, repleta de terror, rabia y tristeza. No, no es una draiz, es una harum. Trago saliva, recordando las lecciones sobre salvamento. Dejo que la magia también afecte a mi propio idioma y le comunico en sidi:

—Tranquila, ahora estáis a salvo.

—Han muerto diez… —susurra tan débil como la magia que aguarda en su interior—. Pero no son los únicos…

—Ahora ya estáis bien. Nueva Erain os acogerá.

—Ojalá fuera verdad, pero ya estamos muertos.

RIMA

OBSERVO EL HUECO QUE HA DEJADO LIET. Se ha *ido*. Aunque es un mero eufemismo para evitar decir lo que ha pasado en realidad. Se ha desvanecido; supongo que lo llaman así, porque desapareces como un espectro cuando obligas a la Magia a abandonar tu cuerpo por entero. Falleces. Es complejo, pero Liet ha sido capaz de hacerlo. Es un don y a la vez una maldición, como la Magia en sí misma. Si la expulsas del todo, tu vida la acompaña. Tan injusto, porque Ella puede marcharse cuando lo desee sin acarrear la muerte.

Liet se ha desvanecido enfrente de todos nosotros; pese a que ya estaba muerta antes de ello. Tal vez murió el día en que Magog la encontró y la hizo prisionera. Contengo un sollozo y mi hermana se apoya en mi hombro para darme fuerzas. Supuestamente, Nueva Erain nos refugiará y nos dará lo que siempre hemos deseado: tranquilidad y libertad. No obstante, puede que Liet buscara más que eso. ¿La paz total? Eso es imposible, ya que no dejan de perseguirnos por lo que somos. Ya que jamás olvidaremos las heridas que nos ha provocado la Magia y todos aquellos que desean manipularla. Manipularnos.

Dejo que las lágrimas me recorran las mejillas y aparto la mirada. Acaricio el pelo de Hester, que está inconsciente sobre mis rodillas. Sufro por ella. Hace horas que se ha desmayado y no sé si es por el frío, la falta de provisiones, el largo viaje, lo apretados que estamos los últimos veinte supervivientes, el vaivén de las olas o todo a la vez. Pero su preciosa piel ha empalidecido y tiene los gruesos labios cortados por el helor del invierno.

—Aguanta, Hes, por favor —murmuro, casi pegando mi frente a la suya.

—Orilla… —anuncia Rei.

—¡Orilla! —chilla uno de los que se unieron a nosotras en la frontera de Siden, nuestro país.

Se levanta mientras se desgañita y la frágil, improvisada y maltrecha barca se tambalea con un brusco movimiento. Gritamos y le pedimos que se siente de nuevo, pero el draiz está demasiado obcecado contemplando nuestro destino, y no lo culpo, pero necesitamos que se tranquilice o la inestabilidad nos hará volcar.

Unos brazos tiran de su cuerpo, pero él forcejea para deshacerse de ellos, provocando que la esquina del bote, en el que varios estamos sentados, roce la superficie del mar. Es entonces cuando Hester se resbala de entre mis brazos y cae en la inmensidad azul. Mi hermana Jaziz se lanza al agua, sin pensárselo dos segundos, tras mi exclamación desesperada.

No sé cómo lo hace, pero consigue recoger a una Hester que no despierta y agarrarse al borde de la embarcación. El caos se adueña de todo, y no ayuda que otros empiecen a chillar que avistan a alguien en tierra. Entre Rei y yo conseguimos que Jaziz y Hester suban, aunque sus cuerpos caen encima de otros.

—¡Con cuidado! —protesta una.

—Si el loco de tu amigo no se hubiera movido, esto no habría pasado —le espeto abrazando a Hester.

—La llorica tiene colmillos.

Aprieto los labios, sintiendo las lágrimas escocerme en los ojos. ¿Cómo pueden ser tan fríos y crueles cuando estamos viviendo la misma despiadada situación? Quizá no nos une nada más que esta embarcación. Nuestras noches en vela, la comida compartida, nuestros cuerpos rozándose, los muertos… Todo eso desaparecerá en cuanto toquemos arena… o no. Seguro que esto formará parte de ellos y sus pesadillas para siempre, pero no quieren tener en sus vidas a alguien que les recuerde que son esclavos de una guerra sin sentido que no parece tener fin.

Por supuesto, no soy yo quien reacciona, sino mi hermana. Jaz hace el amago de lanzarse contra quien me ha insultado, pero la cojo por el brazo y niego. Por mucho que el dolor lo domine todo, no debemos caer en el enfrentamiento. No hemos escapado juntos de un castigo atroz para imponernos uno mayor.

Entonces el barco se endereza y parece seguir un rumbo concreto. Advierto las partículas doradas rodear la base del bote y alzo la mirada. Un grupo de humanos, draizs y harums están conduciendo la embarcación con magia mientras otros se acercan corriendo a socorrernos. Contengo las lágrimas, pero me tiembla tanto el cuerpo que dejo que se escapen por si, al liberarlas, consigo controlar el resto.

La base de madera arrulla cuando se adentra en la arena y estoy tan conmocionada que apenas noto que alguien me arrebata a Hester de los brazos. Mi hermana me obliga a bajar del bote y es cuando pongo los pies en tierra que dejo que un sollozo, bien alto, me desgarre la garganta. Me arrodillo y hundo los dedos en la arena. Estamos vivas. Lo hemos conseguido. Al parecer, hemos llegado al país en el que se protege a cualquier ser mágico perseguido por los que quieren utilizar o extinguir la Magia para siempre.

Alguien se acerca a Jaziz y le cubre los hombros con una manta. Me incorporo, sintiendo de pronto el invierno helando mi piel y colándose por mis huesos. Con la vista empañada, hago ademán de acercarme a mi hermana, pero entonces un humano se interpone en mi camino y tropezamos.

Unos ojos oscuros, teñidos de preocupación y una pizca de desasosiego, se encuentran con los míos. Me estudia hasta detenerse en mis desaparecidos cuernos. Titubea y percibo cómo la magia fluye por sus venas. Cuando me habla consigue hacerlo en un perfecto sidi:

—Tranquila, ahora estáis a salvo.

Quiero reírme para dejar de llorar, porque no me creo sus palabras, aunque ojalá sean ciertas. Ojalá no haya más muertes y todo lo que hemos hecho por huir de Siden tenga su recompensa y halle la paz en esta isla. Los rumores no pueden ser otra mentira.

—Han muerto diez… —susurro. Tengo que contarle todo lo que nos ha ocurrido. Contarle a alguien que solo buscamos una vida mejor y que hemos arriesgado la propia por ello—. Pero no son los únicos…

—Ahora ya estáis bien. Nueva Erain os acogerá.

—Ojalá fuera verdad, pero ya estamos muertos.

Noto que se tensa a mi lado, pero que no desfallece. Me sostiene el gesto con una seriedad que agradezco. ¿Puede que sea verdad? Parecen perfectamente preparados para este tipo de situaciones. Y, de pronto, siento alivio. Es una sensación que me resulta extraña, casi desconocida. No recuerdo la última vez que suspiré y la calma acudió a mí.

—¿Esa es tu amiga? —El chico señala a Hester, que está siendo asistida por otros dos.

—Sí.

Ha sido mucho más que eso, pero me lo callo.

—Ven.

Sin más, me coge de la mano y me conduce hasta Hester. Sus dedos están ardiendo y su piel parece todavía más oscura en contraste con la palidez de la mía. Nos acuclillamos frente a ella y los otros dos, sin soltarnos. No me siento cómoda con el contacto ajeno, pero ahora mismo su piel sobre la mía me recuerda que estoy viva. Que mis amigas, mi hermana y yo hemos sobrevivido.

Un chico con unas gafas cuadradas está reanimando a Hester mientras que el otro, del que no me pasa desapercibida la dura expresión que le dedica al que me coge de la mano, lo ayuda. Tardan poco en conseguir que mi amiga devuelva un montón de agua y abra los ojos. Dejo que respire hondo, que se ubique y que me encuentre con la mirada.

Espero; pero ella se lanza hacia mí en cuanto comprende qué ocurre. La despierta y lista de Hester. Jamás se le escapa una. Es demasiado aguda para este mundo. Demasiado buena. Su cuerpo está frío y empapado, pero su corazón late contra mi pecho y me regala la sensación más cálida del mundo.

—Es Nueva Erain. Hemos llegado —susurro en su oído.

—¿Qué me ha pasado? —Pese a su natural seguridad, el miedo domina cada palabra.

—Te quedaste inconsciente hace horas. Tal vez por inanición o deshidratación…

—Rima. Oh, Rima. —Se aleja y pone las manos sobre mis mejillas. Me acaricia los pómulos con los pulgares y sonríe.

Antes habría besado esos labios, pero ya no. Quiero que me duela el haberla perdido, pero es que no lo he hecho. Está aquí, a mi lado, pase lo que pase.

—Siento interrumpir —carraspea el chico que me ha acompañado hasta el momento—. Tenemos que acudir al centro del país cuanto antes.

Asentimos a la vez, separándonos del todo. El humano de las gafas me sonríe al tiempo que nos tiende dos finas mantas. Agradezco el gesto y siento que las lágrimas desean brotar de nuevo, esta vez, agradecidas. Están siendo muy amables y atentos. Sigo sin poder creerme que hayamos logrado alcanzar tierra. También espero que nos hayamos convertido en un recuerdo sin importancia para Magog.

Jaziz, Rei y Kaled se acercan a nosotras. Mi amigo camina cogido de la raída chaqueta de mi hermana y mira a todas partes, desorientado. Ha sufrido muchísimo durante el viaje, y no solo porque era uno de los más jóvenes de la barca, sino porque es, lo que todos llaman, un sensible a la Magia. Ha sentido, casi en carnes, el desvanecimiento de una parte de nuestra compañía.

—Solo por confirmar… Venís de Siden, ¿cierto? —pregunta el chico de las gafas.

—Sí —responde Jaz.

—Vale. Tendremos que distribuirnos por grupos —anuncia el que me ha tendido una mano. Nos miramos entre nosotras, reacias por tener que dividirnos. ¿Y si es una trampa?—. Entiendo que no queréis, pero me es imposible transportar a tantos seres que no conocen los lugares del país.

No miente. Aquellos capaces de viajar en el espacio en cuestión de segundos necesitan proyectar el sitio al que van a acudir. Si alguien se suma al transporte, no tiene por qué conocerlo, pero resulta preciso si los desconocedores son demasiados y la energía del ser mágico no goza de mucha potencia.

—No sé transportarme, así que os presentaré a Fatma, ¿vale? Es la *harum* más confiable que conozco. Jamás os traicionaría. —Sonríe el de las gafas.

—Milos —le advierte el otro.

—Es todo un alivio. Lo de tu amiga y lo de tu tacto. Aunque

no por su ausencia, ¿sabes? —La ironía de mi hermana se alza por encima del aviso.

—Jaziz.

—Lo siento mucho —suspira Milos—. Reformulo. Fatma os conducirá a Núcleo, una de las capitales de Nueva Erain, si así lo creéis conveniente. Es la mejor exploradora que conozco. Una gran amiga.

El otro carraspea y Milos, mientras se recoloca las gafas, ríe con una naturalidad envidiable.

—Junto a ti, Senda.

—Ve a buscar a Fatma —le pide con un deje divertido.

—¿Senda? —susurro.

—¿Sí?

Se gira hacia mí y noto cómo me enrojecen las mejillas. Su nombre se me ha escapado de los labios sin voluntad de llamarlo realmente, más bien para confirmar que existe y que tengo derecho a dirigirme a él. Senda sostiene el silencio mientras me observa, inquisitivo, esperando. Balbuceo cuatro palabras incomprensibles que arrancan la risa de mi hermana y, después de fulminarla, aún con el rostro ardiendo, le contesto:

—Yo soy Rima.

—Rima —repite con una espléndida sonrisa inundando su cara.

Qué envidia me da que sea capaz de agrandar tanto ese gesto. Su sonrisa es la promesa de un futuro mejor, y lo espero con ansias. Milos regresa junto a una híbrida. Como no he activado mi magia traductora, sino que son ellos los que se están comunicando e interpretando el sidi, hay un concepto propio del idioma de Nueva Erain que ha permanecido intacto. ¿Cómo la han llamado…? ¿*Harrum, jarun…*?

—Soy Fatma. —La magia discurre por sus palabras como sucede en sus compañeros para poder entendenos—. Prometo llevaros a un lugar seguro. Es arriesgado aceptar la oferta de una extraña, pero el peligro real ya ha pasado.

Rei la estudia con el ceño fruncido y un deje de inseguridad. Le echa un último vistazo a Senda, que asiente. Jaz suspira y me roza el brazo, tirando de Kaled. Fatma les sonríe de una manera muy afectuosa y les pide permiso para cogerse de las manos. Cuando todas aceptan, en un visto y no visto, desaparecen entre partículas doradas.

—Milos, ¿vienes con nosotros? —pregunta Senda.

—Sí, claro. Ellas tienen que descansar cuanto antes.

—Rima y… —Mira a mi amiga, interrogativo.

—Hester.

—Bien. Rima, Hester, solo dejaos llevar…

Cojo la mano de Senda y la de Hester. Las mías tiemblan, pero en la seguridad de ambos encuentro un punto de equilibrio. Frente a mí, Milos me observa con placidez, y me gustaría preguntarles cómo son capaces de mantener la calma después de presenciar tanta desesperación. Tras los cristales de sus gafas, cierra los ojos. Senda también lo hace y los imito.

Sus magias llaman a la mía. Esta se despierta, perezosa; apenas la uso. Se une a la de los otros dos. Jamás había sentido una conexión tan agradable y armónica. Yo, que siempre he deseado que la Magia abandone mi cuerpo cuanto antes para dejar de sufrir sus consecuencias, estoy disfrutando de la leve caricia que ofrece; de la paz que hay cuando se encuentra a sí misma en un cuerpo distinto.

La Magia y los seres humanos cargan con una historia manchada de sangre, ¿por qué Ella decidió continuar viva en nosotros?

Una sensación de vértigo me deja sin aliento durante unos segundos. Hester aprieta mi mano y trato de aplacar la intensidad, notando que mis pies se separan de la arena para posarse sobre una superficie más dura. El olor a mar, el susurro de las olas y el viento silbando se esfuman y dan paso al bullicio de un montón de voces y un olor cítrico insoportable.

Abro los ojos y me suelto en cuanto me doy cuenta de que estoy en una sala enorme, llena de camastros y gente transitando de un lugar a otro. Los heridos de gravedad están tumbados y descansan, mientras que otros con afecciones más leves son atendidos por seres vestidos con el mismo atuendo que Milos. Chaquetas negras con mangas verdes.

Encuentro con la mirada a Rei, Jaz y Kaled. No parecen tener miedo; solo llora Kaled, aunque de alivio. Lo intuyo en sus rasgos relajados y en cómo observa a la draiz que le está curando las heridas de los codos, como si fuese el favor más importante de su vida.

—Os sentáis cada una en una cama, ¿por favor? —pide Milos.

—Mi hermana… —musito.

—Está bien atendida, no te preocupes. Ahora os reuniréis, pero antes necesitamos comprobar vuestro estado.

Tiene lógica, aunque no entiendo por qué asiento tan rápidamente. Ninguna de nosotras es crédula. La vida nos ha golpeado demasiado fuerte como para ceder sin titubeos. Pero todo en Nueva Erain se siente tan real y amable, que una parte vulnerable de mí no puede evitar ceder a la supuesta buena voluntad de los desconocidos.

Me acomodo en un colchón al azar y es Milos el que se acerca a mí. Senda se marcha con una despedida de mano y quiero retenerlo, pero no lo hago. No puedo por mucho que me sienta insegura rodeada de tantos seres que no sé cómo van a reaccionar. Ni siquiera sé qué nos va a pasar a partir de ahora.

Milos empieza con su examen médico. Es cuidadoso y no posa sus manos en mi cuerpo más de lo necesario. Es gracioso cómo las gafas se le resbalan hasta la punta de la nariz y cómo se las sube de cualquier manera: con el hombro, arrugando el gesto, aprovechando un movimiento de cabeza para apartarse unas greñas castañas del rostro... Me venda el tobillo, parte del brazo derecho y cubre varias heridas resecas y moratones con un ungüento que desprende un hedor terrible. Tal y como ha pasado con Senda, su mirada verdosa se detiene en mis cuernos incompletos. Me muerdo el labio inferior, pero él disimula bastante bien la demora tendiéndome una manzana y una cantimplora llena de agua.

—Voy a atender a Hester. Come y bebe. Lo necesitas. —Y, con una última sonrisa reconfortante, se dirige a la cama paralela en la que mi amiga se ha recostado por puro agotamiento.

La observo un poco más por encima del hombro. Espero que su desmayo se deba al cansancio o la falta de nutrientes, porque no soportaría perderla. Prefiero no mirar, así que me vuelvo al frente, haciéndome más hueco en el colchón. Le doy un mordisco a la manzana, pero me cuesta consumirla más que el agua. Vacío la cantimplora con tanta avidez que un hilillo constante me bordea la barbilla y se escurre por mi cuello.

De repente, un ruido me alerta. Kaled está convulsionando y los sanadores están alejando a Rei de él. Descubro a Jaziz lanzando algún que otro puñetazo amenazador mientras la detienen; así no van a resolver lo que puede ser un error fatídico para nuestro amigo. Mis pies se mueven con decisión, pocas veces lo hacen, y me abalanzan contra el primer cuerpo que me impide llegar hasta Kaled. No van a saber tranquilizarlo y, si no saben, puede morir.

—¡Dejadnos paso!

—¡Atrás! ¡Necesita ser atendido! —Me empuja un harum.

Aprieto los labios, tratando de que la rabia no tiña mis mejillas. Flexiono las rodillas, dispuesta a saltar sobre la espalda de ese bruto, pero una mano me detiene por el hombro y me clava en el suelo. Me giro para protestar y el improperio se queda en la punta de mi lengua al ver a Milos.

—No saben lo que están haciendo. Rei tiene que llegar hasta él o morirá.

—Rima... —Percibo en su voz la advertencia y eso me pone furiosa.

Nos han salvado, sí, pero eso no significa que nos conozcan. Huimos de Siden en busca de refugio y comprensión. No obstante, ser extranjeras no nos hace menos dueñas de nuestras decisiones. Esta tierra no es de nadie y si quieren demostrar que son un país pacífico y tolerante, entonces tendrán que rebajar el estado de alerta.

—Hazlo o lo hago yo.

Los ojos de Milos se agrandan por el tono tan profundo que he arrancado de mi garganta. Estoy harta de sentirme utilizada. De que me juzguen y piensen que puedo ser manipulada con facilidad, porque no sé empuñar un arma o hacerme valer sin meditarlo como mi hermana Jaziz. Pero si se meten con quien considero mi familia o amigos, soy capaz de entregar mi magia a los mismos Ascendientes por protegerlos. Y ahora estoy hablando como mi madre, perfecto.

—Milos. Por favor.

El chico entorna los ojos y, con el dorso de la mano, se recoloca esas gafas que a veces parecen demasiado grandes para las suaves líneas de su rostro. Creo que se va a negar, pero asiente. Se lleva unos dedos a los labios y silba. Consigue llamar la atención del grupo que, aunque con buenas intenciones —pese a las malas maneras—, está tratando de estabilizar a Kaled.

—Ellas saben qué hacer. ¡Dejad paso!

Como si Milos fuese el jefe de toda esa cuadrilla que nos mira entre el escepticismo y la pena, acceden y crean un estrecho camino entre sus cuerpos. Me rozo con algunos cuantos, hecho que detesto, pero al menos consigo llegar hasta Kaled a la vez que Rei y Jaziz. Nos miramos.

—Rima, algo no va bien —me advierte Rei posando su oscura mirada en mí.

—Haced lo de siempre, ¿no? —nos insta Jaz.

—Preguntarán —es lo único que me atrevo a musitar, viendo cómo, de repente, el resto nos observa con curiosidad y apremio.

—Morirá. Ya tendremos tiempo para hablar de ello.

Asiento. El secreto de Kaled no está por encima de su propia vida. Rei y yo extendemos los brazos y posamos las manos sobre el vientre del chico. Respiramos hondo y dejamos que la energía fluya. Solo soy un apoyo para la habilidad mágica de mi amiga. Otro secreto que espero que entre las dos consigamos ocultar.

Nuestra magia cae sobre el cuerpo delgado de nuestro amigo y se entrelaza con la suya. Percibimos cómo late, como si fuese un segundo corazón, y cómo constriñe los músculos y la vida de Kaled, como una serpiente enroscada alrededor de su presa. En cuanto nuestras magias entran en contacto y se funden en una, miles de visiones acuden a mí: un pequeño Kaled entre el fuego, Rei calmándolo dentro de una minúscula celda, los ojos indescifrables de Magog... Gruño. Escucho a Rei jadear y sé que acabo de contaminar sus recuerdos con los míos. Ella tira de la magia de Kaled como si fuesen hilos, para tensarlos y luego dejarlos en reposo, extendidos, confundiéndose con sus venas, volviendo a ser uno de nuevo. Cuesta más de lo habitual, pero, al final, entre gotas de sudor frío y lágrimas, logramos que la energía de Kaled se estabilice y se duerma.

Se ha quedado inconsciente, pero respira con normalidad. Sonrío, aunque las fuerzas abandonan mi cuerpo y me hacen tambalearme hacia atrás. Los brazos de mi hermana me recogen mientras otros reposan a Rei sobre el suelo. Las lágrimas no dejan de surcar mi rostro febril. Jamás me acostumbraré a ver el pasado de los demás, a sentirlo como si fuera el mío propio. Nunca conseguiré perderle el miedo a Magog, porque, aunque yo posea magia, es una esencia que no puede dañar a seres vivos y, por lo tanto, no me sirve para nada. De todas maneras, ¿sería capaz de matarlo?

Me despierto en mitad de la noche por culpa de un profundo ronquido. Sé que pertenece a alguno de los que han sobrevivido conmigo. En la barca dormíamos poco por el miedo a ahogarnos, pero durante esas cortas cabezadas, en las que fui capaz de intercambiar el frágil descanso por unas cuantas pesadillas, esos mismos ronquidos me desvelaron más de una vez.

La suave luz de la luna se cuela por el hueco que han dejado las gruesas y plisadas cortinas grises, cuyos bordes se arrugan en el suelo de mármol. Todos duermen. Antes de dejarnos en esta enorme habitación a nuestra suerte, nos han comunicado que es costumbre que las primeras noches las pasemos en la sala de curación, en principio, por las posibles complicaciones en nuestra salud. Pero también porque debemos acordar un futuro destino, sea en Núcleo, Mudna o cualquier otra población de Nueva Erain, si nuestro verdadero deseo es quedarnos en el país.

El helor del ambiente pesa y solo tengo la manta de la cama para cubrir mis brazos y mis gemelos desnudos. Apenas hemos podido acicalarnos y el mismo Milos me ha dicho que sería mañana cuando nos traerían todo lo necesario para cambiarnos. Observo mi pantalón deshecho; parte de la tela de las perneras sirvió durante la travesía para tratar y cubrir heridas. Contengo un sollozo, notando lo mal que huelo, lo mucho que me duele el cuerpo y el rechazo que me produce verme en un estado tan lamentable, no muy diferente al que siempre presentaba en Siden.

Me siento y me coloco la manta encima de los hombros, como una capa. Miro por última vez a mis amigas. Hester duerme pacíficamente; al final tenía razón en el diagnóstico: debilidad por deshidratación y desnutrición. Rei se ha acostado junto a Kaled y lo protege entre sus pálidos brazos con ternura. Sin embargo, en el camastro colindante, donde debería encontrar el rostro de mi hermana, solo hay un colchón vacío y sábanas arrugadas.

Susurro un insulto por lo bajo. Me calzo las raídas botas sin atar los cordones y bajo de la cama. Me arrastro hacia la puerta principal, tratando de orientarme, esquivando los rincones oscuros que pueden hacerme tropezar. Antes de llegar a la puerta, un murmullo me alerta. Cerca hay un sanador con los brazos cruzados y los ojos cerrados, descansando en una silla. Hago un estúpido aspaviento para comprobar el estado de su sueño. Sonrío al descubrir que está muy dormido.

Salgo a un enorme pasillo. El frío del exterior me hace tiritar al instante, y me arrebujo en la manta. La sala da a un patio interior. A lo largo de los corredores porticados que rodean la galería, hay muchas otras puertas de las que no se escapa ni un solo ruido. Aunque no me importa que me descubran, porque ahora solo quiero averiguar dónde narices se ha metido mi hermana.

Jaziz tiende a romper las reglas cada dos por tres. Tiene un genio muy vivo y la paciencia tan corta como la mecha de un explosivo. Es la fuerza arrolladora que le hace falta a mi miedo. Me gustaría ser valiente y no poseer magia como ella. No ser yo.

Me asomo a la balaustrada para poder apreciar mejor el patio de planta cuadrada. La luna lo enciende todo de plateado y conforma un escenario tan bello que me atrevo a jurar que jamás he visto uno parecido. Una fuente impera en el centro, dejando que el agua susurre a la noche los secretos que los habitantes de este edificio habrán murmurado con sutilidad frente a ella. El suelo está decorado con azulejos de colores y formas variadas, pero que responden con armonía conformando un inmenso mosaico. Hay varios arbustos que separan bancos de piedra en los que mañana, con seguridad, alguien se sentará para pasar el rato.

Y, de pronto, mi hermana pequeña sale al exterior. Observa a todos lados, atenta. Los haces lunares acarician con suavidad la superficie de sus cuernos intactos, que parecen las cortas ramificaciones de un árbol. No suelo hacerlo, porque me recuerda que ya no los tengo, pero con las yemas rozo lo que queda de ellos entre mis rebeldes mechones grises.

Jaziz se sienta en el borde de la fuente y hunde la mano en el agua. Nunca me perdonaré haberla dejado embarcarse en este viaje. Su vida podría haber sido diferente y plena al lado de nuestros padres, en Siden. En aquella humilde granja de la que un día desaparecí involuntariamente. A Jaziz le debo mi vida, igual que a Hester, por eso me siento egoísta y ruin al arriesgar la de ambas en la búsqueda de mi propia paz. Por mucho que la decisión final de huir también fuese de ellas.

Me siento en la baranda de piedra. Insuflo magia y enseguida percibo que en Nueva Erain es mucho más intensa, porque acude a mí con más ímpetu. La energía me acompaña al levitar y descender hasta el suelo. La suela de mis botas rechina cuando me poso sobre la superficie y Jaz se gira de inmediato con los puños en alto, dispuesta a defenderse.

—Por los Ascendientes, Rima. Qué susto —susurra colando su mano entre los cuernos y despeinándose la corta melena.

—¿Qué haces aquí?

—No podía dormir. Lo que le ha pasado a Kaled…

—Kaled está bien.

—Ya sabes por qué lo digo.

Sus ojos grises, muy diferentes a los míos, tal vez demasiado verdes, pero idénticos a los de mi padre, caen en mí con determinación. No quiero pensar en cómo puede afectar el secreto de Kaled, e incluso el de Rei, si se llega a saber. Nadie está libre de un poco de maldad, y como alguien en este país tenga un cuarto de la de Magog, estamos perdidas. Otra vez obligadas a escapar por lo que somos.

—¿Pensamos quedarnos aquí de verdad? —la interrogo.

—Los papás siempre hablaban de los Ascendientes de este lugar. —Se encoge de hombros mientras me acerco a ella. Me siento a su lado—. La Magia nunca ha sido castigada aquí.

—Sí lo ha sido. La Magia se castiga en todas partes. Otra cosa es que en Nueva Erain haya sido en menor medida, pero no quiero discutir…

—Tú nunca quieres nada.

La recriminación de mi hermana asesta con fuerza, como un bofetón imprevisto. Su rostro se contrae y sé que se arrepiente de lo que ha dicho, pero sus labios no formulan ninguna disculpa. A veces olvido lo orgullosa que puede llegar a ser, incluso conmigo. Sé que lo dice por mi apatía. Por apartar la lucha de mi lado. Por querer encontrar un lugar tranquilo en el que esconderme y vivir en paz, lejos del horror y la persecución.

Me tiemblan las manos, encerradas en puños de nudillos pálidos. Hasta mis seres queridos me subestiman. Mi debilidad es mi carta de presentación, y me estoy hartando de que crean que no soy más que una cobarde. Y no soy cobarde, tengo miedo. Si lo fuera, no me habría atrevido a dejar a mi familia atrás, a enfrentarme al monstruo, a salir de mi país… Si lo fuera, habría muerto en medio del mar. Si lo fuera…

Las lágrimas recorren otra vez mis mejillas para sisearme que no valgo nada. Que soy un mero ser que tiembla, incapaz de anteponerse a la crueldad. Que no sirvo para nada más que llorar y huir. Me encojo y me abrazo. Jaziz continúa sin mirarme a la cara, pero mejor. Prefiero no comprobar la pena que le doy o la rabia que siente ante mis decisiones.

Solo quiero ser libre.

Con una pizca de energía, regreso al piso superior. Entro por la puerta, sin cuidado, despertando al sanador. Me reprocha mi torpeza y le espeto con rudeza que tenía que mear. Vuelvo a mi cama y me recuesto, dando la espalda a Hester. Sé que ella me está mirando, porque el poder agudiza todos mis sentidos y siento sus almendrados ojos marrones puestos en mi espalda. Tal vez con temor, tal vez con tristeza. Yo solo siento una profunda incomprensión.

Terminamos de desayunar. Kaled sigue inconsciente, pero Milos nos ha asegurado que se encuentra estable y que no debe tardar en despertar. Jaziz se ha quedado a su lado por si lo hace. Antes de acudir al enorme comedor, mi hermana me ha lanzado una mirada de disculpa, pero no la he aceptado. Quiero que me lo pida, porque solo así sanarán las heridas que siguen sangrando desde que descubrí que solo servía para estar encerrada en una jaula. Que ni siquiera valgo algo por la magia que ocupa mi cuerpo, porque no me pertenece. Nunca nos perteneció y jamás lo hará.

—Sé que no es el mejor momento, pero vais a tener que asistir a varias reuniones. No tienen por qué ser individuales, pero es el procedimiento que siempre se sigue con los recién llegados.

Recién llegados. Atiendo a la explicación de Fatma sobre que tendremos que hablar con la danían de Núcleo, Kira —uno de los dos altos cargos del país—, y decidir entre todas qué hacer. Dónde permanecer. Si hemos pensado qué queremos ser en el futuro. Demasiadas cuestiones cuando solo pienso en que la guerra no vuelva a alcanzarme.

—Antes de eso podemos dar una vuelta por Núcleo, si os apetece. —Sonríe Milos.

Ahora mismo preferiría encerrarme en una habitación y no salir en días, pero quizá un corto paseo despeje las inseguridades y el dilatado dolor que se expande por cada rincón, infestándolo todo como la peor enfermedad. Hester y yo asentimos a la vez, y Rei tarda unos segundos en reaccionar. Se ha quedado un momento embobada, observando a Milos. La comisura de mis labios tira hacia arriba.

El atractivo natural que encierran los rasgos del chico es indudable: pelo despuntado, ojos verdes, labios rosados enmarcados por una barba de pocos días y un cuerpo bien trabajado. Pero no es eso lo que más atrae de él. Es su confianza, lo acogedora que es su sonrisa o la seguridad que transmite.

—¿Rei? —susurro.

—Sí, sí, claro. —Asiente con insistencia, apartando la mirada sin más interés.

Sé que no le gusta, que solo la han cautivado esos rasgos evidentes para algunos, pero ese titubeo va a bastar para que sea objetivo de burlas inocentes durante un tiempo. A veces me sorprende lo sencillo que me resulta sepultar mi desasosiego para hacerme creer que soy feliz.

—Vamos —nos anima Milos.

Me costará avanzar, pero eso no me impide agradecer ciertas cosas. Primero, el baño de esta mañana. No sé cuánto hace que no me recreo en agua dulce o que el jabón —objeto que escasea en Siden— no barre la capa de suciedad y deja en mi piel un aroma a limpio que podría estar olfateando todo el día. El pelo me cae con la misma rebeldía alrededor de la cara, aunque húmedo y suave. También nos han regalado un conjunto de ropa que me ha sorprendido por su sobriedad y sencillez. En Siden destacan los colores apagados, con piezas sueltas y ligeras, y capas y capas de ropa que se mezclan en una combinación extraña pero cómoda. Lo segundo que agradezco es que nadie nos observe con curiosidad. Está claro que no pertenecemos aquí. No sabría concretar por qué, pero se nota. Y, pese a ello, nadie atiende nuestra presencia como algo fuera de lugar.

Nueva Erain me está demostrando que los rumores son ciertos y un brote de esperanza se asienta en mi pecho.

Descendemos las escaleras del edificio que llaman Liman —«fortaleza» en el idioma de los draizs—. Es curioso cómo unos utilizan el eraino, lengua de los humanos; otros, el draiziano, y algunos pocos, una mezcla de ambos. Ambas especies, junto a los híbridos —o harums—, llevan conviviendo bastante tiempo y es increíble lo rica que parece su sociedad, no en dinero, sino en cultura.

Enciendo mi magia para poder entender a los seres no mágicos. Con ellos, Jaziz está perdidísima y a Hester le cuesta, pese a que comprende parte del draiziano y del eraino. Creo que es lo único bueno que salió de la pesadilla en la que Magog nos confinó: la diversidad de seres allí encerrados, venidos de muchas partes del mundo, con los que solo podíamos tratar si aprendíamos su idioma o poseías magia. Ni siquiera Nueva Erain se escapa del dolor que causa ese demente despidado. Salimos del edificio, expectantes por lo que nos vamos a encontrar, pero, de repente, la llegada de un carro tirado por caballos nos detiene antes de dar un paso más.

Un grupo vestido con chaquetas completamente negras desciende desde la parte trasera. Empujan a seres que, amordazados y atados de pies y manos, se defienden de sus captores con bruscos movimientos y cabezazos aleatorios. Uno de ellos se encuentra con la frente de una chica.

—¡Valiente capullo!

Ella alza la mano, pero antes de que la descargue contra el chico que ha quedado arrodillado, mi cuerpo reacciona solo. Mis piernas, de normal esquivas a los problemas, se lanzan y hacen que me interponga en la trayectoria de la bofetada. La palma de su mano estalla contra mi mejilla y el golpe arde. Las lágrimas se agolpan en mis ojos e intento que las piernas no me fallen y me hagan caer junto al apresado.

Me vuelvo, con una resistencia al dolor y al miedo que no sé de dónde nace, y me acuclillo ante el humano. Está sucio y desaliñado, pero en su gesto no hay terror. No hay ni una pizca de ese pavor que sí suele adueñarse del mío. Frunce una sonrisa socarrona, enarcando una ceja. Tratando de evitar esa expresión tan confusa, le quito la mordaza y le pregunto:

—¿Estás bien?

—Mejor que nunca.

—¿Estás loca?

Pero la voz de quien me he llevado un bien intencionado guantazo me llega lejano, porque unas partículas grisáceas se mueven alrededor de las ataduras del humano y, al instante, se parten en infinitos pedazos. Una fuerza me empuja hacia atrás y caigo de espaldas, sin apartar una mirada incrédula del chico. No abandona ese gesto de suficiencia y poder. Alza los brazos, amenazador, pero antes de que pueda hacer nada, unos diez combatientes se echan sobre él. Lo reducen, no sé cómo lo hacen, pero lo reducen.

Por los Ascendientes… Es un magia gris. Entre empujones y golpes, obligan a que los apresados se incorporen. La frustración corrompe mi tranquilidad e intento mantener la mente fría, algo que jamás se me ha dado bien; pero alguien interrumpe mis intenciones agarrándome por el cuello de la chaqueta y estirando hacia arriba. Puedo advertir el rostro de Milos mudando de color y los labios apretados de Fatma. El corazón se me dispara.

Ha entrado una magia diferente en el círculo que formamos, es como un susurro. Convaleciente. Moribunda. Alzo la vista y mis ojos se encuentran con unos grises, enturbiados, muy diferentes a los de Jaz. El rostro del hombre que me sostiene parece enfermo, muy pálido, y sus pómulos, demasiado marcados. Su pelo oscuro hace juego con su indumentaria. La otra mano, libre de mí, aferra un bastón de madera labrado con distintos motivos que no soy capaz de identificar.

—¿Quieres morir? —me pregunta.

—No… —digo, perdida en esa expresión llena de tormentos tan parecidos a los que yo descubría en mí cuando encontraba un reflejo en el que poder observarme.

—Rima, ¿me equivoco?

¿Por qué sabe mi nombre? Mi silencio confirma su duda. Creo que arrugará las facciones y me enseñará su lado más cruel; en cambio, suspira y todo él se desinfla por un cansancio que reconozco. Su ceño se frunce por el dolor. Me suelta con cuidado y esconde la mano en el bolsillo de su casaca negra.

—No salgáis. En cuanto aclaremos lo de ellos, tendremos que hablar largo y tendido. Más de lo previsto. —Respira hondo otra vez, como si le costase vencer la debilidad de sus palabras.

El hombre concluye, da media vuelta y, con pasos pesados, se adentra en el Liman.

—Pero, Rima…, ¿qué ha pasado? —musita Milos, incapaz de apartar la mirada del humano que ahora sube las primeras escaleras del edificio.

—¿Quién es él? —pregunto mientras Hester me abraza por la espalda, tratando de inculcarme un poco de calma.

—Ese es Sid, el otro dirigente de Nueva Erain, aunque reside en Mudna, también capital del país. Nos hemos metido en un buen lío. Y no de los que me gustan —informa Fatma, y algo se quiebra en mi interior.

—¿Lo que ha invocado ese chico es magia gris?

Por un instante, el desconcierto se refleja en el rostro de Milos y Fatma, pero la energía comienza a fluir dentro de ellos y sus semblantes cambian.

—*¿Magia gris?* Oh, magia funesta —asiente—. Aquí, tanto a esa energía como a quienes la poseen los llamamos moiros. —Miro a Milos, que por fin dirige su atención hacia mí—. No sé cuánto sabéis sobre ella, pero esa magia es peligrosa. Con ella incluso se puede matar.

Capaz de matar a Magog.

SENDA

TIENE LOS OJOS APAGADOS y las comisuras de los labios manchadas de sangre. Me está susurrando que lo he matado. No, que lo he dejado morir. Su rostro se desencaja. Su cuerpo se desintegra sobre el mío. El viento sopla con fuerza, se lleva las cenizas y levanta los granos de arena como un manto que no vela, que más bien atormenta, porque deja al descubierto medio rostro de Rima, descompuesto y con las lágrimas, todavía tibias, surcando su piel. Hay más cuerpos sepultados que la tierra quiere que contemple en quietud. Más supervivientes sideneses, incluso Milos y Fatma. Y, entre todos ellos, yo, boqueando como un pez fuera del agua, clamando por un pedazo de vida que no se me va a conceder, porque todos están muertos por mi culpa.

Grito y me incorporo en la arena para buscar mi propia salvación, pero mi frente impacta duramente contra una madera y la realidad me devuelve sin delicadeza a mi dormitorio. Me llevo las manos a la cabeza entre siseos de molestia y trato de enfocar la vista en los listones que forman la base de la cama de Gavril.

El chico desciende de inmediato e intuyo que se arrodilla a mi lado. Sus manos cubren mis codos, pero no tira.

—Ey, Senda. Ya está —me susurra para tranquilizarme.

Me doy cuenta de lo mucho que estoy sudando, y trato de rechazar el daño que provoca la huella de mis pesadillas; todavía presionan mis más oscuros recuerdos como unas garras invisibles. Gavril entrelaza sus cálidos dedos con los míos para apartarme las manos. Examina con cuidado la posible herida que me ha podido causar el golpe. Sus pequeños ojos oscuros se entrecierran hasta formar dos líneas perfectas que se suman a la larga cicatriz que recorre su frente.

—Milos —musita.

Aparece por detrás, con las gafas en la cabeza recogiendo su pelo como una diadema, pero incapaces de retener algunos mechones rebeldes que le caen sobre los ojos. Gavril se hace a un lado, preocupado, y Milos lo sustituye. Obra con rapidez. Lo útil de tener a un aprendiz de Sanación por compañero de habitación es que siempre tendrá un botiquín a mano.

—¿Otra pesadilla?

Solo asiento mientras dejo escapar unas frágiles lágrimas. Milos suspira y se rasca la nuca. Comparte una mirada cómplice con Gavril y dejo que se comuniquen sin atenderlos. No me apetece descubrir en ellos la pena que estoy dando estos días, porque no merezco ni una pizca de compasión. No soy yo quien necesita ayuda, sino todos los seres que huyen y son castigados por el mero hecho de ser quienes son. Tengo que ser más fuerte por ellos, aunque luego no precisen o no quieran que les ofrezca mi protección. He visto demasiado horror en las costas; una sola muerte física, pero muchas en vida. Todas reales.

No quiero que miradas como la de Rima, dolidas y carentes de vitalidad, pierdan el último reducto de esperanza que late en ellas, aunque solo sea por mantenerse en pie. Es suficiente. Es un comienzo.

Aprieto los dedos de Milos en silencio para que entienda que estoy recuperándome. Le sonrío con una mueca de dolor, pero sin tristeza. Rayos de luz en la oscuridad, eso es lo que nos enseñan a ser en las diferentes disciplinas; un lema para toda Nueva Erain.

—Deberías dormir en mi cama —comenta Milos regresando al colchón.

—O en la mía —coincide Gavril.

—Sí, si quieres que aparte de darse contra el techo, luego se caiga rodando —se burla mi amigo.

Consigue que nuestro compañero hinche sus ya de por sí redondas mejillas. Al principio, Fatma dormía con nosotros, pero cambiaron las aulas específicas de Exploración y *sacrificó* nuestra compañía en pos de un dormitorio más cercano a ellas para poder descansar unos minutos más antes de acudir a las lecciones matutinas. Fue entonces cuando trajeron a Gavril, un chaval de diecisiete años inteligente y entusiasmado por mejorar Nueva Erain.

—Yo mismo se lo pedí a Kira hace diez años —cuenta, como siempre que tiene ocasión, con los ojos inundados por la más profunda admiración hacia la danían.

Me fijo en que Milos está estudiando y me reprocho en silencio haberlo interrumpido. Por supuesto, todos estamos en temporada de Seguimiento, pero para él es su último año como aprendiz. Se encuentra a un mes y pocas semanas de completar las pruebas y conseguir la especialización en Sanación. Ha tardado unos cuantos años más de los previstos en presentarse. Porque él es listo, pero va a su ritmo, ya que sabe que como aprendiz también ayuda en campo abierto. Y las leyes de educación en Nueva Erain no son férreas; no te obligan ni te fuerzan a escoger o terminar en poco tiempo.

—¿Estás nervioso?

Me siento en la cama, agachando bastante la cabeza para no darme con la litera. Rozo la tirita que me cubre lo que, en breve, será un patético chichón. Mi amigo me lanza una mirada por encima de sus gafas y, aunque quiere mantener una actitud de profunda seriedad, se le da tan mal que sus labios terminan traicionándolo al curvar una enorme sonrisa.

—¡Qué va!

—Lo sabía —chista Gavril—. ¡Eres el chico más listo que conozco! ¿Por qué estás tardando tanto? ¿Sabes lo que podrías hacer como especialista?

—Es que no quiero separarme tan pronto de Senda. —Me guiña un ojo.

Niego con la cabeza, divertido, sin ocultar la alegría que me provoca que él siga aquí, pese a que es un pensamiento bastante egoísta. Los especialistas no conviven en la misma zona que los aprendices, porque no es práctico a la hora de organizarse. Las responsabilidades son diferentes y, por tanto, también ciertos lugares de reunión.

—Si fueseis los protagonistas de una novela, ahora mismo os estaría emparejando. Sin discusión —admite Gavril.

—Tú lo emparejas todo, Gav. Eres el rey de los emparejamientos.

Las mejillas del chico recuperan de nuevo el rojo intenso y hunde el rostro entre sus manos, aunque una risita pilla se escapa de entre sus labios. Nos reímos mientras alimentamos sus inocentes y entretenidas fantasías.

—¡Parad! ¡Es vergonzoso! —chilla colocándose la chaqueta de explorador.

—Has buscado esto. Lo sabes. —Milos y yo nos abrazamos.

—A lo mejor lo estáis buscando vosotros. ¡Idiotas!

Aunque sé que no va en serio, y estamos a punto de ceder, el insulto se escapa de su boca con un agudo nervioso que nos hace estallar en unas carcajadas que colman su paciencia.

Gavril nos saca la lengua y sale de la habitación acompañado de nuestras peticiones para que se quede. Tratamos de controlarnos en cuanto desaparece. No negaré el punto de Gavril. Hace años llegué a mirar a Milos con otros ojos, pero Danel interrumpió ese interés durante aquel primer día de clase. Nos soltamos entre risas que persisten y me siento renovado. Puedo hacerlo. Puedo enfrentarme a mis miedos y convertirlos en fortaleza.

Es entonces cuando Yves nos encuentra a medio vestir. Tiene la manía de no llamar a la puerta, y parte del pasillo nos descubre en calzoncillos y con los pantalones en la mano.

—¡Venga, venga, aquí no hay nada que ver! —espanta mi ogiar a los aprendices que curiosean con muy poca sutileza por encima de su hombro para observarnos mejor.

Me tapo el cuerpo como puedo, entre sonrisas que pretenden enmascarar la vergüenza que me da que otros estudiantes estén intentando decubrir cada centímetro de mi piel, sea por lo que sea. En cambio, Milos se divierte y no le importa mostrar su desnudez. Antes de que se coloque la camiseta, mis ojos se detienen en la pálida cicatriz de su hombro; el recuerdo de nuestra primera gamberrada. Sonrío. Ese mismo día supimos que nada ni nadie nos separaría.

—Senda, eres incapaz de no meterte en líos, ¿cierto?

Yves se cruza de brazos y me muerdo el labio inferior, esperando que su visita no se deba a mi escapada con Fatma para espiar la reunión entre las dirigentes de Nueva Erain y Oced. A veces compadezco su posición de ogiar: coordinar tanto a especialistas como a aprendices es su vocación, pero vigilar y proteger a una panda de jóvenes estudiantes, que pueden tocarle responsables o no, tiene que ser un dolor de cabeza constante. A Yves y a mí nos une más que una simple división de cometidos, y me alegra que el sistema no nos separara cuando entré a estudiar Salvación en el Liman.

No parece tan tenso como otras veces, pero se cuadra de tal manera ante su propia advertencia que entonces puedo apreciar la gruesa vena que suele marcarse en su cuello debido a los nervios. Oh, mala señal.

—Esta vez casi, CASI —destaca con mucho ahínco—, consigues que no me entere. Cuatro días. —Levanta los correspondientes dedos muy cerca de mi rostro y la camiseta se queda colgando en mis manos—. Solo llevas inactivo cuatro días y, pese a que se suponía que ibas a utilizarlos para recuperarte, resulta que te embarcas en una misión sin permiso…

Parpadeo, muy rápido y muy confuso. Esto no tiene que ver con lo de Vérula, así que no comprendo que me haya metido en un lío solo por responder eficazmente a la llegada de sideneses que necesitaban nuestra ayuda.

—Espera, espera, esto no es por…

Milos carraspea y me callo. Bocazas.

—¿Por qué? —Sus pupilas se contraen, severas, y dejan al descubierto dos iris azules tan oscuros como las profundidades del océano.

—Nada. —Río, inquieto.

—Sendaaaaa… —arrastra mi nombre y, con él, se agota su paciencia.

En otro momento, habría confesado. Pese a que Yves es estricto, tras esa dureza y seriedad con la que actúan todos los ogiar solo se encuentra un hombre dulce y comprensivo. Siempre ha tenido palabras de ánimo para mí. En mi clase suelen llamarme mimado, porque cuento demasiado con su favor. Pero, al fin y al cabo, él me salvó hace diez años, cuando la guerra civil de Nueva Erain asesinó a mis padres en la batalla de Núcleo. Me trajo de Mudna hasta esta ciudad cuando Kira y Sid, como buenos danían, consiguieron reconstruir el país y cicatrizar las heridas que había provocado el tirano que nos llevó a aquella situación.

Me miro las manos. El recuerdo de mi pasado se cuela donde no debe. Veo mi cara enterrada en la arena. La de mis padres. La de Milos. La de Fatma. La de Rima. Ahora también está Yves y el sidenés del que ni siquiera conocí el tono de su voz. ¿Qué le gustaría hacer en sus horas libres? ¿Preferiría el salado al dulce, como yo? ¿Adoraría la brisa fresca de los amaneceres de invierno? Tal vez todo eso esté guardado en la memoria de alguno de sus acompañantes de viaje, los que sí consiguieron sobrevivir…

—¡Senda! —Yves se pinza el puente de la nariz con los ojos cerrados y suspira. Milos se encoge de hombros, aprovechando que su (también) ogiar no atiende. No obstante, el hombre extiende un dedo acusatorio hacia mi amigo y ambos damos un respingo por el movimiento inesperado—. Ni se te ocurra encogerte de hombros, Milos. Tú también estás metido en esto…

—¡Pero si solo hicimos nuestro trabajo!

—¡Sí! Y muy bien, por cierto. Pero sois aprendices. ¿Qué os enseñaron el primer maldito día de clase? —estalla con aspavientos, no de enfado, sino de preocupación—. Si hay un conflicto, se comunica a los especialistas y luego se responde. ¡Por la Diosa! Se os llama aprendices porque aún no lo sabéis todo. ¡Por la Diosa! —repite—. Ninguno terminamos esta vida sabiéndolo todo… —Se deshincha, como siempre que se altera—. Pero, chicos…, comprendedlo, por favor. Milos, estás a un mes de terminar tu etapa como aprendiz. Deberías saberlo. Como especialista, los estudiantes estarán a tu cargo. Como ogiar —se señala a sí mismo—, lo estáis todos. No quiero cargar con la culpa a causa de un error que se podría haber evitado. Dicho esto…, gracias. —Abrimos desmesuradamente los ojos—. Ni una baja. —Sonríe, orgulloso—. Siento no haber acudido antes a decíroslo. Sabéis que me gusta dejar lo mejor para el final. —

No nos deja recrearnos en su tierna apreciación—: Y, pese a ello, seguís metidos en un buen lío. En uno enorme. Vosotros dos.

Milos y yo intercambiamos sendas miradas acompañadas de una sonrisita. Sé que no debería divertirme en estos casos, pero Yves es demasiado efusivo como para no entretenerse con sus idas y venidas emocionales. Sin embargo, la confusión sigue sin desprenderse de mí. Si no es por lo de Vérula ni tampoco por acudir al rescate, entonces, ¿por qué me he metido en problemas?

—Hoy los danían y el consejo van a hablar con las sidenesas que ambos socorristéis. Ayer interrogaron al resto de la barca y, a propósito, se dejaron a estas cuatro muchachas y al chaval para el final.

—¿A propósito? —Frunzo el ceño, pero Milos, de pronto, parece más informado que yo—. Me fui después de transportarlas hasta la sala de curación.

—Lo sé, lo sé. —Yves asiente con insistencia—. ¿Milos?

Me giro hacia mi amigo, buscando una explicación que, desde luego, se me está escapando.

—Kaled, el chaval que las acompaña, convulsionó por razones que todavía no sabemos. Al principio, otros sanadores trataron de intervenir, pero no se estabilizó hasta que Rima y Rei usaron su magia.

—Oh. —Mi mente calcula a mil por hora—. Padeció por una causa mágica, no física.

—Exacto.

—¿Yves?

El hombre carraspea y se masajea la barbilla, en la que empieza a entreverse la sombra pelirroja de una incipiente barba. Sus pies, inquietos, balancean su cuerpo hacia delante y hacia atrás con más ímpetu del que, en realidad, le gustaría mostrar. Información relevante. Sonrío con la curiosidad haciéndome cosquillas en el estómago.

—No me corresponde a mí deciros más. —Antes de que rechistemos, prosigue—: Pero es muy importante. Parecen esconder una historia que podría ser bastante significativa para todos. Esto son suposiciones, claro, pero la reacción de la harum de los cuernos partidos… —Niega, como si quisiese apartar un pensamiento que desaprueba—. Algo ha sucedido ahí.

—¿Qué pasó con Rima? —Frunzo el ceño—. ¿Milos?

—Trató de liberar a los moiros prisioneros.

Me quedo clavado en el suelo, con los labios un tanto entreabiertos. Milos e Yves aguardan con una expresión de culpabilidad y se me resaca la garganta. ¿Cómo que unos moiros prisioneros? Jamás hemos conseguido atrapar a ninguno… Y Rima, ¿por qué? ¿Por qué nadie me ha informado de todo esto? ¿Por qué Milos se ha callado?

Mi propia voz interna responde a mis dudas: no querían preocuparme. No querían que me inmiscuyera en un asunto que, con tal gravedad, ya pertenece a esferas más altas en las que no puedo intervenir. Mis ganas por cambiar el mundo pueden llevarme a olvidar los límites dentro de los que puedo obrar, y entiendo que me lo hayan ocultado, pero ¿cuándo pensaban decírmelo entonces?

Como si Yves me hubiese leído la mente, me responde:

—Iba a contártelo tarde o temprano, pero Milos me ha dicho que han vuelto las pesadillas. Lo que ocurrió el otro día despertó recuerdos de los que prefieres no hablar, pero, Senda…, debes cuidarte, ¿entiendes?

Asiento y centro la mirada en la punta de mis pies desnudos.

—Senda, no me ignores. —Yves se acerca y me coloca sus fornidas manos sobre mis hombros. Me zarandea con delicadeza—. Si no te cuidas, ¿cómo vas a conseguir salvar a los demás?

—Estoy bien… —susurro.

—Estás sobreesforzándote y todos tenemos derecho a parar

y mirar por nosotros mismos. Permítete unos días y tómatelos en serio.

—¿Desde ya? —pregunto, resignado.

—No. Después de que Milos y tú acudáis a la reunión con las sidenesas.

Alzo el rostro.

—¿Por qué tengo que estar yo? Entiendo la presencia de Milos, pero yo…

—La harum de los cuernos partidos ha dicho que solo hablará si tú estás presente.

Estoy solo fuera de la sala de reuniones. Y no sé si es porque nadie suele frecuentar este pasillo o por el nerviosismo que domina mi cuerpo, pero el silencio me está hundiendo poco a poco en el banco de madera. La espera me está envejeciendo, ni siquiera tengo ganas de aproximarme a la puerta e intentar escuchar qué precede a mi intervención.

Milos ha entrado hace media hora, calculo. Como él estuvo durante el conflicto con los moiros y ha tratado bastante con Rima, esperan que la sidenesa ceda con él sin que haga falta mi presencia —por mucho que ella la demandara, todavía se me escapa el porqué—.

Me muerdo la lengua. Doblo los codos sobre las rodillas y escondo la cabeza entre los brazos. Intento poner en orden mis pensamientos y emociones a la vez. Vincular y darles sentido a las frases que escuché en la conversación entre Kira y Vérula —de la que podría haber sacado más de no ser por la intromisión del pequeño Levi—. Alejar los malos recuerdos; esas imágenes nefastas, el fuerte hedor de la sangre mezclado con el del salitre…

Me rasco la cabeza, dejando que los ondulados mechones

oscuros me caigan sobre la cara y me oculten del mundo. Tal vez así no tenga que responder a preguntas de las que ni siquiera conozco su origen. Respiro hondo. Yves tiene razón: necesito calmarme o terminaré rompiéndome.

Mi ogiar siempre ha sido optimista, con su gigante sonrisa de palas torcidas guiando mi vida como si fuese mi verdadero padre hasta que empecé las clases en el Liman y reconoció que necesitaba espacio para crecer por mí mismo. Mis errores y mis aciertos. Míos. Pero de él se me ha contagiado la visión positiva de concebir las cosas. De convertir en luz las sombras que me atormentan, porque sí, que sea animoso no quiere decir que esté libre de monstruos, como mucha gente cree.

Entonces la puerta de la sala de reuniones emite un ligero sonido que capto enseguida, porque mi magia, que todo lo intensifica cuando despierta, está tan revolucionada que acentúa la percepción de mis sentidos sin siquiera tener la intención de hacerlo.

Me seco el sudor de las palmas en las perneras del pantalón y luego las coloco sobre mis rodillas como apoyo para incorporarme sin perder el equilibrio. Contengo el aliento cuando primero sale Sid, el danían de Nueva Erain afincado en Mudna. ¿Eso significa que la reunión ha concluido sin que tenga que testificar? Pero tras él aparece la otra danían y mi cuerpo se paraliza. Entreabro los labios, de repente resecos, para preguntarles si es mi hora, pero me percato al instante de que ambos no han reparado en mi presencia.

Cierran la puerta con cuidado y el hombre se apoya contra el muro de gruesa piedra. Cualquiera habría cuestionado su incapacidad para dirigir un país entero —y no solo por su edad; solo nos llevamos nueve años— por la enfermedad que parece devorar su cuerpo día tras día. Cualquiera, claro, que no pertenezca a Nueva Erain o no conozca la historia que se sucedió hace una década. Kira se aproxima a él y se queda a pocos centímetros de su rostro. A veces se me olvida que son pareja, porque están tan entregados a la voluntad de cambiar el país que pocas veces se los ve juntos en público demostrando su cariño. Por eso no consigo apartar la mirada, estupefacto, al comprobar la preciosa sonrisa que es capaz de dibujar Kira en su rostro. La danían aparta un mechón oscuro del rostro del dirigente y le dedica unas palabras que no llego a escuchar. Sid contesta y se yergue con esfuerzo. Ella levanta las manos, dispuesta a ayudarlo, pero él la sorprende envolviendo su mejilla con la mano libre. Sonríe con picardía y entonces le roba un beso antes de que la danían logre siquiera entender qué le ocurre a su pareja.

—Sid, te juro que como vuelvas a hacer eso…

La rabieta de Kira le quita varios años de encima y, de pronto, parece que tiene mi edad. Él no se aleja ni un milímetro de ella, con una ceja enarcada y la diversión todavía rozando sus labios.

—Lo sé, lo sé, *mi danían.*

La vergüenza acude rauda a mi rostro y, abrumado, trato de coger aire y contenerlo para sepultar el sofoco; con tan mala suerte de que se me escapa un silbido. Los dirigentes se vuelven hacia mi posición y mi cuerpo reacciona tropezándose. Sí, alguien puede tropezarse estando sentado, lo acabo de comprobar. No me espero que las mejillas de Sid recobren un poco de color al darse cuenta de que he estado frente a ellos todo este tiempo. Kira carraspea, se tira del bajo de la chaqueta y se cuadra con la mirada puesta más allá de mí. ¿Es necesario pasar por un momento tan bochornoso antes de contestar preguntas sobre un tema tan serio?

—Senda —es lo único que dice Kira.

—Danían. —Recuerdo el apelativo en boca del dirigente—. ¡Quiero decir! Kira… ¡No! Espera… ¡Lo siento! —Me incorporo y mi inclino tanto que dejo mi cuerpo en un perfecto ángulo de noventa grados. Una forma todavía más patética de reaccionar y ocultar que me arde toda la piel.

—Senda, tranquilo —me dice Sid—. Puedes llamarla danían sin problemas. Es cuando se lo susurro yo que se pone nerviosa.

—¡Sid!

Alzo el rostro, pasmado, pero es tan tierno ver relajados a los danían de Nueva Erain, siendo ellos mismos, que mi nerviosismo se va diluyendo con mi timidez. Sin embargo, cuando avanzo hacia ambos, la aprensión vuelve a emerger desde mi garganta. Son más altos que yo, pero no me miran desde arriba, jamás lo han hecho. En realidad, parece que haber vivido este instante tan disparatado ha ayudado a que yo mismo los aprecie de otra manera —pese a que sienta la magia de Kira rezumar contra la mía y la de Sid, tenue como el hálito, tratando de latir una vez más—.

—Senda, va a ser necesario que entres —suspira Kira.

—Rima y las demás no están dispuestas a ceder. Entendemos su malestar. No es plato de buen gusto que alguien te interrogue nada más escapar de la muerte. Pero… —Sid mira hacia la puerta, como si pudiese ver a través de ella— hay algo raro.

—Apenas he hablado con ella. No sé por qué querría confesar estando yo delante. —Me encojo de hombros.

—Fuiste el primero que calmó sus miedos y la condujo sin prejuicios hasta un refugio seguro. Piénsalo. Inconscientemente, ¿tú no te sentirías más cómodo en un lugar desconocido junto a la persona que más te ha ayudado hasta el momento? —Sid cabecea, animándome a responder.

—Sí, por supuesto. —Carraspeo—. Haré todo lo que esté en mi mano para que hable.

—Con tranquilidad. No vamos a forzar a nadie. —Sonríe Kira y me tranquiliza—. Adelante, Senda.

Los danían se desplazan unos pocos centímetros para abrirme paso. Sigo preguntándome si ambos salían a mi encuentro o si esperaban que nadie presenciase cómo necesitaban compartir ese amor mutuo que apenas se permiten mostrar. Sea como sea, ya no hay vuelta atrás. Vuelvo a secarme el sudor de las manos y tiro de la manivela con fuerza. Cuando entro, una decena de miradas se giran en mi dirección.

La mesa alargada y despejada está envuelta por un grupo muy variopinto del que jamás habría apostado por su reunión. A la cabeza hay dos sillas libres, que supongo que les corresponden a Kira y Sid. A sus lados, como consejeros que son, se encuentran Ézer y Noah, el hermano de la danían y el mejor amigo de ambos dirigentes, respectivamente. Noto que las mejillas me arden al pasar la vista por encima de Ézer. Yo era un crío, pero no escatimé en cartas perfumadas, espionaje e intervenciones absurdas para llamar su atención. A día de hoy me siguen ensimismando sus pecas y sus increíbles ojos marrones. Solo cuando tuerce una traviesa sonrisa, consigo apartar la mirada. En cambio, Noah, su pareja, es un caso aparte. Se dice que era una persona entusiasta y que ni siquiera sus perpetuas ojeras conseguían apagar el verde de sus vivaces ojos, pero no creo que ahora se pueda decir lo mismo de él. Los cuatro son una pieza fundamental de este país, porque participaron hace diez años en la guerra civil de Nueva Erain y ayudaron a lograr la victoria.

Hay dos consejeros más: Yun y Pantea. Entonces me fijo en Milos, que me observa con el ceño fruncido. A su lado está Rei; como harum, sus rasgos humanos se mantienen imperturbables, pero las escamas azules que se reparten por su piel de manera azarosa brillan gracias al sol. Frente a ella, Rima se cruza de brazos con los labios entreabiertos, pero con un gesto de aprobación, mientras que su hermana Jaziz me muestra sin reparos su descontento. Me detengo en los cuernos delgados y ramificados que sobresalen de su pelo gris. ¿Así es cómo deberían lucir los de Rima? A lo mejor ella no desarrolló unos enteros, o sí sucedió, pero los perdió en un accidente… o alguien se los arrebató. Hester, la única humana del grupo de Siden junto a Kaled, tiene la atención puesta en la nada.

—Senda —me susurra Kira poniendo una mano en la parte baja de mi espalda.

Alterno la mirada entre la danían, que se ha colocado a mi derecha, y Sid, que permanece a mi izquierda. Son como dos pilares, férreos y protectores, que alientan a continuar, porque prometen estar ahí cuando tropieces. Son inspiración y firmeza, por eso toda Nueva Erain accedió a que ellos guiasen este país hacia la prosperidad social y mágica.

Asiento y avanzo. Noto los músculos entumecidos y muevo los dedos para entrar en calor de forma sutil. Me siento junto a Rei y ella me dedica una tierna sonrisa que deja al descubierto cómo uno de sus largos colmillos le pellizca el labio inferior. Estiro una comisura para devolverle el gesto, pero no nace el verdadero optimismo que desearía que vibrase más que el pavor.

Los dirigentes recuperan su posición en la mesa. El silencio dura un minuto. Dejo que mi atención vague por los destellos otoñales que el sol arranca del pelirrojo cabello de Rei. Cuando gira la cabeza para animar a Rima en silencio, unos mechones resbalan por su hombro y se tienden sobre su espalda recta. Entonces descubro sus orejas puntiagudas y un hecho que me paraliza: tiene branquias en el cuello. Mejor dicho, *tenía* branquias, porque unas suturas han cerrado las aberturas y ahora se aprecian las cicatrices.

Trago saliva. ¿Qué fue de todas ellas en Siden? Están muy unidas y, como bien han dicho Yves y Sid, es cierto que parecen esconder algo. En sus miradas hay más carga de la que pueden ocultar, como si compartieran un secreto horrible que creen que es mejor sepultar junto a ellas.

—Bueno, Rima —comienza la danían—, aquí está Senda.

—Entiendo.

—Entonces, ¿vas a contarnos algo sobre vosotras?

Rima ni siquiera parece atender a las palabras de la mujer, porque desliza su mirada hasta mí. Me gustaría decir que la harum es impasible, porque eso le otorgaría un excesivo orgullo al que culpar, pero mentiría. Toda ella es una máscara de dolor. En su rostro los miedos gritan, las inseguridades ciegan y la tristeza apaga la valentía que tampoco parece creer tener. Quiero animarla. Quiero decirle que puede confiar en nosotros, porque solo deseamos ayudar a cualquier ser que busque amparo. Sin embargo, sé que mis palabras no serán suficientes. Sé que ella necesita hechos; tiempo para descansar y adaptarse.

Al fin y al cabo, se sabe que en Siden no hay nadie que dirija el país. No existe un sistema, y cualquier mínimo atisbo de estructura social lo conforman grupos opresores y esclavistas que se dedican a impartir el terror para reafirmar su dominio. Llegar a un país que te asegura todo lo contrario no debe ser fácil, por el irónico hecho de que confías en que así sea.

—Rima, de verdad, os estamos tendiendo la mano —me atrevo a intervenir.

—Nos estáis pidiendo que os lo revelemos todo —se indigna.

—No... —No sueno muy convencido—. Solo queremos comprenderos. Queremos ayudaros.

—¡Pues dejad de presionar! —intercede Jaziz por su hermana, y mi magia traductora pierde el control durante unos segundos.

—Jaz... —murmura Rima, cansada.

—No, en serio. —Dentro de la harum se desata la ira—. Si de verdad os preocuparais por nosotras, nos dejaríais descansar y evitaríais estas... formalidades que solo os benefician a vosotros.

—Lo que quiere decir... —tercia Rei, conciliadora, pero Jaziz la interrumpe:

—Lo que quiero decir es que esto no es una mera entrevista o una forma de hacernos sentir más seguras. Creéis que escondemos algo y que toda información es importante, venga de donde venga, porque estáis asustados.

—Jaz…

—No es nuestra culpa que estéis encerrados en esta maldita isla, porque tenéis miedo de lo que pueda venir de fuera.

—Jaz… —advierte Rima de nuevo, perdiendo claramente la paciencia.

—Somos sidenesas huyendo de la guerra. ¡Tened tacto! ¿O resulta que, al fin y al cabo, no sois tan diferentes del resto?

—¡Jaz!

Los brazos de Rima, antes entrelazados, están tensos a cada lado de su cuerpo. Las mejillas rojas le encienden el rostro, pero en sus ojos relucen unas lágrimas impacientes por descargar toda la frustración que siempre parece dominar su carácter. Hester alarga un brazo para tocarla, pero Rima se aparta, herida. La humana cierra un puño y se hunde en la silla. Escucho cómo Rei suspira. Sin embargo, nadie interviene, ni siquiera Jaziz, porque parece que Rima por fin va a decir más de cinco palabras seguidas.

Dejamos que se tome su tiempo, porque está al borde del colapso. Me cruzo de brazos, culpable. Por mucho que las maneras no hayan sido las más apropiadas, no le quito la razón a Jaziz: los danían tienen buena voluntad, pero no pueden negar que ahora están forzando una conversación que debería postergarse por la salud de todas ellas. Nueva Erain puede lucir recuperada, pero los peligros siguen acechando, y la impaciencia de los altos cargos se podría entender por completo si supiéramos su porqué.

—¿Qué queréis saber? —suspira.

—Rima. —El tono de Jaziz es tan tajante que me escurro un poco más en el asiento por pura intimidación—. Nuestro pasado no les incumbe. Kaled tampoco. —Y aprieta tan rápido los labios que sabemos sin duda alguna que ha revelado algo que ha intentado encubrir durante toda la reunión.

—Kaled —confirma Kira.

—Sí, el chico que ayer sufrió las convulsiones—determina Rei.

—Sabemos que fue una causa mágica, no física —interviene Milos con suavidad.

Las sidenesas se tensan a la vez y la incomodidad se aposenta en mi estómago, porque las sospechas se confirman: a ese chaval le ocurre algo comprometido. Hester mira hacia otro lado, Jaziz fulmina a Milos con la mirada, Rei juguetea con sus pulgares sobre el regazo y Rima se muerde el labio inferior, sin perder el rubor de sus mejillas.

Kaled continúa en la sala de curación. Despertó anoche, pero los sanadores han determinado que es mejor que repose antes de darle el alta. No solo ha sobrevivido a un peligroso viaje, sino que, además, sufre algún tipo de trastorno mágico. Tenemos que aclararles que somos sus aliados, porque no me gusta comprobar que sus gestos de sufrimiento y rechazo van dirigidos a nosotros.

—¿Y? —Rima enarca una ceja tratando de recuperar la compostura.

—Creemos que es un sensible a la Magia.

La verdad se descubre con demasiada obviedad. Los sensibles no abundan, de hecho, solo concemos la existencia de unos pocos. Están bastante solicitados, e incluso son perseguidos, porque su perceptibilidad es muy útil en ciertas ocasiones. En Nueva Erain solo se sabe de Oria, que vive en Mudna y ayuda en la búsqueda y captura de moiros. Su poder es tan potente que puede detectar a largas distancias el uso de la magia o incluso diferenciar entre las puras y las funestas. Son, habitualmente, seres que concentran muchísima energía. Dado que Oria ya sirve en este cometido y con eficacia, no entiendo por qué los danían están tan interesados en Kaled, quien ha huido de la guerra para encontrar la paz, no para ser objeto de otra muy distinta.

—Lo es —confirma Hester en un susurro.

—¡Hest! —se alarma Jaziz.

—No importa. Ya lo habían descubierto.

—No vamos a hacerle daño —interviene Ézer—. Pero... queremos pediros un favor.

—Lo sabía —murmura Jaz.

—Vosotras mismas habéis vivido en carnes el horror que está suponiendo la persecución de seres mágicos, pero el problema es mucho más grande de lo que podemos intuir. —Ézer se detiene un instante y mira a su hermana. Ella asiente—. Necesitamos a un sensible poderoso para confirmar una cosa.

—¿Y Oria no puede hacerlo? —intervengo.

La mesa se gira hacia mí y la sala parece sostener el eco de mi voz más rato del necesario. Hago ademán de inclinarme para esconderme del todo bajo la mesa, pero Rei me sorprende cogiéndome del codo para erguirme. Nuestras miradas se encuentran y cojo aire, porque en sus ojos parecen relucir las estrellas. Esa idea repentina me parece de lo más cursi que he pensado desde mis infantiles cartas de amor a Ézer, pero es que es cierto. En sus ojos oscuros, cuyo iris y pupilas se asemejan tanto que parecen totalmente negros, destellan infinitos puntitos blancos que avivan su profunda mirada. Es como cuando los rayos del sol bailan sobre la superficie de un río y le arrancan chispazos cegadores.

Me acomodo en la silla y la sidenesa me suelta. Vuelve la vista al frente, ante la incrédula expresión de Hester y Jaziz. Carraspeo. No puedo quedarme callado. Nos enseñan a tender la mano siempre que alguien lo necesite. Y ellas, aunque pueden defenderse solas, están en una posición de incertidumbre en la que no vendría mal un apoyo externo, por eso determino:

—Que lo haga Oria.

—Oria es la sensible que trabaja con nosotros y la única que conocemos —aclara Sid.

—Pues que lo haga ella —coincide Jaziz conmigo.

—Ese es el problema. Oria no parece detectar nada.

—¿Es que hay algo que detectar en este país? —interroga Hester, con una mirada inteligente que nos repasa a cada uno. No se le escapa nada.

—Sí, pero no podemos detallaros más hasta que no nos ofrezcáis vuestra ayuda. Queremos solucionar esta situación que nos incumbe a todos, pero no es nuestro propóisto despertar la alarma antes de tiempo —explica la danían—. Sé que os estamos demandando mucho, que Kaled es un adolescente y que no contamos con la suficiente confianza, pero no os lo pediríamos de no ser muy necesario. Por supuesto, si accedéis, no empezaríamos de inmediato, no es justo para vosotras, ni es lo que nosotros deseamos. Vuestra seguridad y recuperación son lo primero.

—Entiendo —asiente Rima. Parece que estas últimas palabras han calmado un poco los nervios. Y lo agradezco—. Quiero algo a cambio.

Kira enarca una ceja y Sid se lleva un dedo a los labios. Los cuatro consejeros comparten un gesto de circunstancia y la confusión baila en el ceño del resto de sidenesas. Milos y yo nos recostamos hacia atrás en la silla para mirarnos y cuestionarnos la petición en silencio.

—En Siden creemos en los Ascendientes. Supongo que lo sabréis, pero no son entes divinos ni poderosos, sino las personas que han labrado la Historia de este mundo. Creemos en ella y en cómo la acción del pasado puede afectar a nuestro futuro.

Son muchos los relatos, tal vez algunos inventados, que giran en torno a este ideario, pero uno, por encima de todos y más importante, no ha sido nunca confirmado en Siden. Se cuentan demasiadas versiones y quiero saber la verdadera.

—Queremos. —De repente, Jaziz parece muy interesada en la demanda de su hermana.

—Adelante —concede el danían.

—¿Por qué poseemos magia? —La pregunta nos descoloca—. Sabemos que surgió en Nueva Erain. Que hace una década se fragmentó, se expandió y encontró cobijo en el cuerpo de otros seres, pero que, al comienzo, solo unos pocos la poseían. Quiero saberlo. Quiero saber qué les sucedió a sus primeros portadores.

La historia de cómo la Magia alcanzó a miles de seres no es un misterio, pero tampoco me extraña que en Siden no la conozcan bien. Observo con cautela la cabecera de la mesa, a quienes presenciaron y vivieron la expansión de la Magia. Kira está muy tensa y mira a Noah con pena. Él le devuelve una expresión parecida, aunque mucho más retorcida por la angustia. Los otros tampoco parecen alentados por revivir las heridas del pasado. No puedo imaginar cuán doloroso tuvo que ser sobrevivir a aquella época que tantas vidas arrebató.

—Los primeros portadores de la Magia solo éramos cinco. Sid, Noah y yo entre ellos —comienza Kira. La sorpresa no se hace esperar, pero las sidenesas atienden sin interrumpir—. Hace diez años estalló una guerra civil entre Núcleo, Mudna y los pueblos indómitos, en la que tuvimos que implicarnos. Por supuesto, la Magia no es destructora. No puede afectar, herir o matar directamente a ningún ser vivo. Aun así, decidimos detener a quien en su momento se hacía llamar gobernador de Mudna e inició este conflicto. Sin embargo…, no conseguimos dominar la potencia de la energía que albergábamos. —Sid agacha la cabeza y una sombra le desfigura el rostro—. Éramos principiantes en un país en el que estaba prohibido hablar sobre Ella.

»La cuestión fue que… —No puede evitar lanzarle una mirada a su pareja. Él afronta esa petición muda y, al cabo de unos segundos que parecen horas, asiente—. La magia de Sid se descontroló. Teníamos que hacer algo, pero no sabíamos el qué. Nadie nos había preparado para una situación como aquella. Hicimos todo lo posible por contenerla, pero durante el proceso tanto Sid como Noah perdieron gran parte de su energía y otra de las portadoras, por entero. Fue entonces cuando Ella decidió dividirse para albergar muchos otros cuerpos. ¿Su razón? La desconocemos. Una de las portadoras y yo continuamos poseyendo ese poder originario que la Magia nos otorgó a los cinco primeros. Por eso, lo único seguro que sabemos es que vuestros fragmentos mágicos proceden de los que perdieron Sid, Noah y nuestra amiga…

La última palabra se convierte en un suspiro y, de pronto, Kira parece quedarse sin aire. No es para menos. Recordar el pasado es desolador si está cargado de tanta fiereza. Noah ha ocultado el rostro entre las manos y Ézer le está acariciando la espalda. Sid solo tiene ojos para la danían.

—No quiero poseerla… No he pedido que la Magia me elija. Solo me ha causado dolor —susurra Rima—. Pero me reconforta conocer esta historia... —Respira hondo y parece que el aliento también le devuelve un poco de determinación—. Vale. A cambio de que os ayudemos, aunque será Kaled quien decida si hacerlo o no, quiero conocer a vuestra amiga, a la que perdió la energía por completo. Quiero preguntarle qué se siente cuando la Magia te abandona del todo y sobrevives. Lo necesito…

En su voz hay urgencia y un pinchazo en el estómago me encorva. Rei se percata y la danían se rasca la frente, derrotada. Sé enseguida que esto no va a acabar bien.

—Ella murió, Rima.

La noticia cae como un peso muerto. Advierto temor, rabia y decepción en el gesto de la harum. No sé qué está pasando por su cabeza, pero su respiración se ha alterado tanto que parece que se va a desmayar. Jaziz le pone una mano en el hombro y aprieta.

—Entonces no hay trato. Me… me… —titubea—. Me retiro. Perdonad.

Se levanta con brusquedad y nadie logra detenerla. La silla rechina con tanta estridencia contra el suelo de mármol que me eriza la piel. Jaziz y Hester la siguen al instante, y Rei, más calmada, se marcha junto a ellas con una expresión de disculpa y tristeza. Kira se ha incorporado, pero Sid la ha detenido por el brazo.

—Tiempo. Necesitan tiempo —le dice el danían.

—Hemos sido unos idiotas —susurra ella al tiempo que se deja caer sobre el asiento.

—Solo quieren ser libres. Solo quieren despertar una mañana y saber que lo único de lo que se deben preocupar es del frío del invierno —musita Noah—. Nosotros éramos iguales. Debemos permanecer unidos y protegernos. Es la única solución.

Esa es la verdadera magia que hará desaparecer las pesadillas.

RIMA

—DANÍAN —SUSURRO.

Me gusta el idioma de los draizs de Nueva Erain, porque explora la naturaleza de sus palabras, más allá del sentido práctico; casi tan profundo como la vida a la que se refiere. A veces me resulta casi poético. Y considero que el lenguaje es tan importante, que decido intentar utilizar ese vocabulrario —danían, moiro, harum…— que ni siquiera sus ciudadanos traducen al eraino. A lo mejor así también me gano esa confianza que perdí hace cuatro días en aquella desastrosa reunión.

El bochorno por mi comportamiento refuerza mi culpa. Necesitan a Kaled. Me quiero fiar de ellos, no parecen tener malas intenciones al respecto, pero justo han sido en los momentos de máxima confianza cuando me han traicionado. Por suerte, no notaron nada en Rei.

Preguntar por los Ascendientes de Nueva Erain también fue un atrevimiento y un error por mi parte. Tendría que haberme quedado apartada y callada como siempre, pero eso no cambiaría el hecho de que aquella primera portadora murió porque la Magia la abandonó. Y mis pensamientos más oscuros regresan para convencerme de que este poder es un castigo y que, como tal, nunca saldrá de mi cuerpo a no ser que decida desvanecerme. Quizá debería hacerlo, porque nadie me necesita…

—Rima, deja de murmurar.

Lo que me alerta no es la voz de Hester, sino su mano sobre mi hombro. Doy un respingo y me resbalo por el hueco de la ventana. Mi amiga me engancha a tiempo y me sostiene mientras trata de que su peso compense el mío. Hago que la magia me empuje hacia delante y Hester retrocede, lenta, sin alejarse de mi rostro. Su aliento me transporta al pasado, porque huele a té especiado. No sé si son reales esos instantes en los que fui capaz de reír, en los que descubrí que el amor tenía muchas formas y que la libertad era más que un derecho. Sin embargo, mi mente se retuerce hasta devastar los recuerdos con los barrotes de una jaula, el hambre y la muerte; todo ello impregnado del fuerte aroma a té especiado.

Hester lo nota, porque se aparta de mí como si ardiera como el mismísimo fuego. Antes también ardíamos, pero por una razón muy diferente. Se roza los labios con el índice y me mira llena de preocupación. Eso es lo único que causo en ellas: preocupación, tristeza, frustración.

Dolida y arrepentida, me cruzo de brazos, girándome hacia uno de los patios internos del Liman. Al parecer, el interior de este edificio converge en varias galerías porticadas muy similares las unas de las otras; por eso recuerdo enseguida la primera noche en Nueva Erain y la discusión con mi hermana.

Aunque, con el sol en alto, el lugar desprende otro tipo de aura, mucho más enérgica y acogedora. Los aprendices se congregan en grupos, cada uno distinguible por la disciplina a la que pertenecen gracias a las mangas de colores de sus chaquetas. Almuerzan, ríen, conversan... Son el reflejo de cómo debería estar viviendo. No huyendo ni llorando ni sintiendo que solo valgo para eso. Debería centrarme en lo que me gusta, en qué seré en un futuro, en qué quiero para mí. En Siden habría vivido y trabajado en la granja de mis padres. Jaziz tenía sueños de descubrir mundo, pero yo era feliz junto a mi familia y los animales, grandes confidentes de las extravagantes historias que me inventaba. Al aire libre y con la cosecha guiando mis pasos a través de las estaciones. Sin embargo, Magog me lo arrebató todo.

Una lágrima bordea mi mejilla y alzo el rostro para no hundirme en la felicidad de quienes tienen la posibilidad de crecer y ayudar en paz. Es un pensamiento injusto, pero dejo que esos reproches ponzoñosos se extiendan un poco por mis capas más dañadas, como un veneno que aturde, pero no cura.

De repente, me encuentro en la lejanía con un par de ojos oscuros. Los reconozco al instante y ambos nos movemos rápido para escondernos el uno del otro. Me llevo una mano a la frente, desconcertada y avergonzada de nuevo. ¿Qué narices hace Senda sentado en el alféizar de una ventana observando el patio, al igual que yo? En sus ojos se diluía la tristeza y el pesar, y casi me hace gracia mi confusión por no habérmelo encontrado de otra manera, quizá feliz y entre sus compañeros. A veces se me olvida que todo el dolor del mundo no es mío.

—¿Qué pasa, Rim? —Hester pone las manos sobre mis hombros.

—¿Tienes hambre?

Titubea y repasa con los ojos el espacio más allá de mi espalda, pero ya no va a hallar el objeto de mi estúpida sorpresa. Aún con la curiosidad tiñendo sus gestos, asiente. Hester nunca le dice que no a la comida.

—¿Y ese cambio de humor tan repentino?

—El estómago me ruge. —Es mentira. ¿Por qué le miento justo a ella?—. No puedo obviar la llamada de las necesidades más básicas.

Hester pone los ojos en blanco y, enroscando su brazo en torno al mío, me saca fuera del dormitorio. Han sido muy amables dejando que nos recuperemos en la zona en la que conviven los estudiantes de Núcleo. Estoy segura de que es para que nos sintamos integradas, y no se han equivocado: la seguridad de quienes me rodean consigue despertar una tranquilidad tan plácida que me resulta increíble. Sin embargo, una vocecita traidora, tal vez mentirosa, no deja de murmurar que, si estoy en esta posición privilegiada, es por el descubrimiento de la sensibilidad de Kaled.

Nos quieren asignar a alguien para que nos explique cómo funciona todo aquí, en cuanto lo creamos conveniente. Sé que Hester, Rei y Jaziz —esta última pese a su fuerte carácter— están logrando ver Nueva Erain con otros ojos, como una posibilidad. No quiero decir que este país no me esté enseñando la cantidad de opciones que puedo escoger para rehacer mi vida, simplemente, no sé si seré capaz de hacerlo en ninguna parte del mundo. Voy a llevarme una mano a uno de mis cuernos partidos, cuando Hester me rodea el hombro y me da un leve empellón para evitarlo. Siempre observadora.

—¿Has pensado en qué te gustaría trabajar… o incluso estudiar? —me pregunta, entusiasmada.

—¿En… algo?

Lo intento, de verdad.

—¡Venga, Rima! —Sonríe—. Tienes una imaginación portentosa que muchos querrían. ¿Te acuerdas cuando soñábamos despiertas?

Querrá decir cuando construíamos un mundo en el que no existía la esclavitud mientras a mí me rodeaban un puñado de gruesos barrotes y a ella, nada. Otro pensamiento injusto. Me muerdo los carillos, sintiendo el sutil sabor de la sangre llegando a mi lengua. Solo tengo que esforzarme un poco... por ellas. ¿Y por mí?

—Claro. Te recuerdo que querías ser la protectora de cada animal que te encontabas —le informo.

—Y tú querías ayudar al mundo entero. Aquí podrías... Aquí podrías intentarlo, ¿no?

Se encoge de hombros, como si me hubiese conducido hasta esa conclusión de manera natural, pero no es así. Ha querido abordar el tema y estoy segura de que lo ha hablado con el resto. Quieren verme hacer algo, que demuestre que esta es la decisión correcta. Oculto el rostro entre mi pelo, dolida, sintiendo que las lágrimas terminarán por asfixiarme si no me desahogo.

—Será mejor que comamos algo —musito.

No insiste más. Se ha percatado de mi malestar. ¿Qué esperaba si trata nuestro pasado como si solo fuese un borrón? Ella no estuvo en mi posición. Ella no tuvo que... Me detengo. Me detengo, porque Hester no solo me salvó, sino que sobrevivió a mi misma pesadilla, aunque al otro lado de la jaula. Ella no merece mi rabia. Nadie en este lugar la merece. Solo Magog.

Entramos en el comedor que, aparte de los residentes de la escuela, también pueden utilizar los ciudadanos. La cantidad de voces y cuerpos me abruma; sin embargo, no tardarmos en localizar la mesa en la que se encuentran nuestras amigas acompañadas por Milos, Fatma y Senda.

—Buenos días —clama Hester con una espontaneidad que me abruma.

Nos sentamos, con tan mala suerte que termino al lado de Senda. Su magia se anima mientras me dedica una amplia sonrisa que no merezco. Si supiesen qué me pasa por la cabeza, me encerrarían.

—O tenéis el estómago de hierro o es que en Siden se desayuna mucho más tarde —dice Milos.

—A Rima se le han pegado las sábanas —miente Hester.

Sorprendo a Senda mirándome con complicidad, pero está loco si piensa que voy a corresponder a un gesto tan revelador. Jugueteo con una muesca en la superficie de la mesa y me concentro tanto en ella que, de pronto, parece que desaparezco entre quienes hacen su vida y quienes tratan de recuperarla. Rei está conversando animadamente con Fatma sobre la disciplina que, al parecer, la eraina está estudiando: Exploración. Jaziz está intentando que Kaled se coma una punta de pan untada con mantequilla que todavía permanece intacta sobre el plato. El chico ya es un adolescente, pero le gusta contrariarla; es el único que se atreve a hacerlo. Milos está sumergido en las páginas de una novela, aunque no se me escapa la especial atención que pone en mi hermana de vez en cuando. Pobre, estoy por avisarlo de que desista. Hester me ha rellenado un cuenco con aquello que hoy han sacado para el almuerzo y más me gusta: pan y queso.

Despedazo la hogaza en migajas y las remuevo creando escenarios sin historias. Senda repasa mis movimientos con un interés que termina por mermar mi paciencia. Solo quiero estar sola. Solo quiero que, de verdad, me dejen decidir sin temer ser sincera.

Me incorporo. Titubeo algo ininteligible hasta que logro decir:

—Ahora vuelvo.

Y salgo corriendo. No negaré que ha sido mi peor interpretación hasta el momento, pero tampoco importa, porque nadie me sigue. Me abro paso entre la multitud, con ansiedad, respirando por la boca. No se me escapan algunas miradas de perplejidad y llego a captar alguna pregunta en la que me ofrecen ayuda. ¡Sola! Quiero estar sola…

Subo unas escaleras que descubro menos transitadas. Me salto peldaños, dejo que el cansancio me pinche en el pecho. No voy a parar, pese a que al final me detengo. Una puerta de madera me separa del exterior. Lo sé, porque la luz del sol se filtra por la parte inferior de la madera. Estiro de la manivela, temiendo que esté cerrada, pero el hierro cede y salgo afuera.

Cojo aire con exasperación. Dejo que limpie mis pulmones y que la presión ahuyente la realidad. Avanzo con zancadas aturdidas por el mareo y me agarro al antepecho que me separa del vacío. Hundo las yemas en las imperfecciones de la piedra, haciéndome daño. Inspiro y expiro varias veces, tal y como me enseñó Hester para calmar la angustia. La magia despierta para estabilizarme, pero el entorno se recompone con exagerada definición. Percibo los colores más vivos, la brisa demasiado fresca y mi corazón como un ser vivo ajeno a mi cuerpo.

Solo cuando logro poner en orden mis emociones, me percato de que estoy en lo alto del Liman, con Núcleo a mis pies. En el horizonte, hacia el este, distingo la sombra de una ciudad y deduzco que debe ser Mudna, la otra gran localidad de Nueva Erain que dirige Sid y que estuvo enfrentada en el pasado con esta. Me dejo llevar por la monotonía de la piedra y el polvo que dominan las cúspides de los bajos edificios y los suelos. Sin embargo, hay otras tonalidades más pintorescas: en las vestimentas, en las mercancías, en las pieles de los nuclenses…, que resaltan entre la neutralidad de los marrones y amarillos. Los diferentes rasgos de los seres no descomponen la imagen, sino que crean matices fascinantes en esas calles avivadas por las labores que desempeñan: vendedores, acróbatas, carpinteros, panaderos, constructores… Nada se camufla entre lo desolado que parece el lugar, si bien brilla con más fuerza como un símbolo de recuperación.

Me siento en el muro de piedra, cuelgo las piernas y me dejo mecer por la vida de Núcleo. He juzgado muy rápidamente la poca vegetación y la falta de modernidad de la ciudad. Siden no es mejor, sin duda, mucho más desértico y despoblado, más abandonado y empobrecido; pero en el *hogar* de Magog, no solo aprendimos la lengua de los prisioneros extranjeros, sino también las costumbres de sus países. Hay sitios en los que los edificios son altos y no solo usan la piedra para construirlos. Donde hay estructuras de gobierno demasiado complejas y en las que se mueven grandes sumas de dinero. Otros con relevantes puertos de los que zarpan barcos majestuosos, ávidos de lo desconocido. Y ningún hogar es perfecto, pero con Magog todo el mundo recordaba el propio como único y especial. Entre toda la miseria de Siden, la granja de mis padres era el paraíso que jamás recuperaré.

—¿Rima?

Mi magia ha notado la suya, así que no me sorprende su aparición, aunque sí que se trate de él en concreto. Me asomo sobre mi hombro para ver cómo Senda se aproxima hasta mí. Esta vez sí, mis ojos conectan con los suyos mediante un hilo inquebrantable. Como ya nos hemos descubierto vulnerables a través de las ventanas, y ahora no hay nadie a nuestro alrededor, bajo mis barreras. O tal vez no sean los demás lo que me haga rechazarlo, sino la extraña confianza que parece que he depositado en él y que me acobarda tanto.

—Siento haberme ido así. —Pese a que es lo que quería, sí me arrepiento de cómo lo he hecho.

—No te preocupes. Tus amigas casi han puesto el comedor patas arriba por perseguirte.

Arqueo las cejas, sorprendida. ¿Por qué dudo? Son más que mis mejores amigas, son mi familia. Por mucho que quiera destruirlo todo, el sentimiento de que las quiero y las necesito conmigo no va a desaparecer. Los buenos recuerdos, aunque parecen eco, tampoco.

—¿Por qué has venido tú, entonces?

—Porque ellas han llamado demasiado la atención y justo eso es lo que quieres evitar, ¿cierto?

Su perspicacia me relaja y, en silencio, observo cómo se acomoda a mi lado con gracia y agilidad. No aparto los ojos de él, porque su tranquilidad contagia la mía. Su postura, ligeramente encorvada, deja que el viento le golpee de cara, haciendo que su melena ondulada se arremoline en torno a su rostro. Su piel oscura reluce con el sol y no parece afectada por el invierno. La barba asoma por algunas zonas, sin unidad, pero definiendo sus alargadas facciones. Se vuelve hacia mí, notando mi estudio, y pretendo reaccionar apartándome, pero la precariedad de nuestra posición y una desconocida negación a romper el contacto me dejan clavada en el sitio.

—Núcleo es bonita, pero en conjunto con Nueva Erain te dejaría asombrada.

Le agradezco sin palabras que haya obviado mi ridículo ensimismamiento.

—Todo es bonito si lo comparas con Siden.

—Lo siento, Rima. No quería molestarte.

Entorno los ojos, tratando de encontrar en él un falso arrepentimiento, pero solo hallo certeza en su perdón. Y me siento mal. No quiero afectar a Senda. No quiero que mi carácter contamine la persona tan optimista y alegre que demuestra ser. Por fin aparto la vista, pero la dejo caer en la nada, que parece ser mi lugar. Voy a entrar en la misma espiral de siempre, cuando las palabras de Senda me detienen. En mi mente, dudo. Dudo en si castigarme otra vez o permitir que este chico me aleje de mi propia tormenta. Esas pizcas de valentía, que creía esfumadas hace mucho, renacen para que la voz de Senda tome fuerza.

—… me encanta vivir aquí.

Él sonríe, alegre, pero su gesto se desvanece al descubrir algunas lágrimas entre mi perplejidad.

—¿Qué he dicho? ¿Estás bien?

Asiento, aunque carraspeo para secundar mi gesto. No lo consigo. No es notable, apenas apreciable entre tanta oscuridad, pero un remanso de paz me ha acunado por momentos. Quiero decirle a Senda que lloro de alivio; sin embargo, me dejo caer y ese lugar desaparece. Lo echo de menos de inmediato, pese a que consigo vocalizar:

—No es nada. Gracias…

—No, Rima. —Sus manos se mueven a mi alrededor, indecisas, pero terminan sobre su regazo—. No quiero que pienses que aquí vamos a utilizarte, aunque tampoco voy a forzarte a que lo creas. Tienes que descubrirlo por ti misma. Créeme, a mí también me costó perdonar a Núcleo. —Parpadeo, sorprendida—. Algunos logramos salir del pozo antes; otros, después, pero salimos, ¿me escuchas, Rima? Salimos.

Y, por fin, se atreve a poner sus manos sobre mis hombros. Sin meditarlo, poso las mías sobre sus dedos. Su calidez es acogedora y el remanso titila de nuevo en mi corazón. Noto el rastro que han dejado las lágrimas en mi piel y dejo que el caos de sentimientos se adueñe de mí, porque no sé salvarme de otra manera que no sea permitiendo que la tormenta arrase.

—¿Alguna vez has hecho una locura? Pero de las buenas, ¿eh? —Sonríe, travieso.

—Bueno… No sé…

—Sé que sí, Rima. —Se pone de pie en el antepecho y ahogo un grito porque el viento aquí arriba empuja con furia—. Tienes el aspecto de una intrépida.

¿Dónde ve todo eso en mí? Pero ¿cómo no lo voy a creer si en sus ojos oscuros reluce una verdad que parece inequívoca? Cedo, insegura, y me incorporo sobre la piedra.

—Una vez… Una vez monté un caballo salvaje. Luego me sentí mal por intentar domar su libertad. Eso sí, lo comprendí después de que el animal me tirase de su grupa.

—¡Ja, ja, ja! —Me sorprende los pocos reparos que tiene Senda en tomarse mi anécdota como la broma más divertida—. Podría contarte mucho sobre mis travesuras. Me conozco esta ciudad a la perfección gracias a ellas. Eso sí, lo comprendí después de una semana limpiando los baños del Liman.

Una sensación agradable me cosquillea en el estómago y enarco una ceja. Senda está loco. Aunque es ese tipo de locura que parece necesaria en este mundo para quebrar la rutina y hacer de esta vida una experiencia menos aburrida. Siento envidia por lo fácil que le resulta ser feliz, pero esta vez no dejo que el embriagador veneno sea lo que adormezca el dolor de mis heridas, sino mi voluntad. No sé cómo me dejo llevar. No sé si es por Senda, por la paz de Núcleo o porque, de alguna manera, estar lejos de Siden está creando una brecha entre mi pasado y mi presente. No lo sé, pero, por primera vez en mucho tiempo, tampoco me lo pregunto.

—¿Vuelas? —me pregunta.

—¿Con la magia? Más bien floto... Es raro.

—Pues ya somos dos. ¿Me acompañas?

Me tiende una mano y la aferro sin titubear. Libera su energía y yo, la mía. Nos envuelve con un halo dorado y entonces damos un paso hacia el vacío. Con lentitud, nos dejamos caer en picado, pero nuestros pies se encuentran con el tejado de un edificio colindante al Liman y nos impulsamos para alcanzar otro. Y después otro.

Núcleo respira bajo nuestros pies. Algunos nos descubren y gritan que nos vamos a matar y que somos unos inconscientes. Senda se ríe. Yo no digo nada. Atravesamos las alturas hasta detenernos en una construcción de piedra rojiza. Nos sentamos en el borde, como hemos hecho en el Liman, y observamos hacia abajo. Draizs, harums y humanos pasean y trabajan en armonía, pese a que aquella guerra civil estalló en parte por las diferencias entre las especies.

Harum significa en draiziano: «nacido entre dos mundos»; muy diferente a como nos identifican en Siden: «híbridos». Como si fuéramos una aberración, un resultado que jamás debió darse. En mi país no abundamos y no me importaría si no fuera porque, por eso mismo, Magog nos ve como objetos exclusivos a coleccionar.

—Funcionamos mediante el trueque y la cooperación de todos los ciudadanos. En Mudna se abolió el sistema monetario hace solo dos años y a algunos les está costando adaptarse más que a otros. Cada uno tiene algo que aportar o distintas formas de colaborar, y esa es la fórmula en la que creemos para evitar la desigualdad. Puede que así el progeso sea más lento, y no seamos muy modernos, pero ese no es el objetivo primordial de Nueva Erain.

—¿Hay quienes no estudian?

—Por supuesto. No todos tienen esa inquietud, pero nadie se queda sin aprender. Se educa en todos sus estamentos. Tolerancia, respeto, libertad, generosidad… Parece casi utópico y, de hecho, lo es.

—Porque ni siquiera Nueva Erain está libre de las malas acciones.

—Exacto —asiente Senda—. Robos, altercados violentos, disputas de ideas…, incluso el racismo sigue vivo en algunos sectores proclives a la antigua política. Lo importante es luchar por su eliminación. Lo importante es tener la esperanza de que somos capaces de conseguir un futuro mejor para todos nosotros.

—Pero también tenéis problemas que vienen desde fuera…

—Sí… —Duda y sé que estoy indagando donde no me llaman. Pero tampoco voy a perder nada en tentar la verborrea de Senda para descubrir más sobre los conflictos de este país—. La moiro es una gran enemiga. Sé que preferirías que la Magia no te hubiese escogido, que eso te habría librado del destino…

—Me habría librado.

Un zumbido de dolor vuelve a nacer en mi pecho y Senda se percata. Aprieta los labios y luego suspira. Se desordena el pelo y temo haberlo contrariado. Ahogo un jadeo y entiendo que esta naturalidad solo es ficticia; que ese remanso de paz que ha nacido en mi interior es un mero oasis.

—Creo que deberíamos volver… —susurro.

—No quiero que te encierres de nuevo.

—No hace falta que te esfuerces. Sé que te han mandado enseñarme los entresijos de este país para que piense que es el mejor lugar del mundo —le espeto, más dura de lo que en verdad pretendía.

—Te he buscado porque he querido, Rima.

—Eso no lo sé. Hace unos días nos comunicaron que alguien nos mostraría todo esto, tal vez para convencernos o yo qué sé... Tú eres el elegido, Senda —lo nombro con intención severa—. Lo eres, porque dije que no hablaría en la sala de reuniones si no estabas presente.

Me incorporo, dejando que mis palabras le hagan daño, pero él me imita con una fortaleza que, lejos de admirar, aumenta mi rabia. ¿Por qué no desiste conmigo? Soy un caso perdido. No sirvo si no estoy llena de vitalidad y optimismo. No soy como Senda. No soy nada.

—Sí, me escogieron para guiarte por Núcleo hasta que te sintieses cómoda de elegir. —No me dice nada de manera despiadada para devolverme el golpe, sino con una calma y seguridad sorprendentes—. De elegir en si quedarte o marcharte. Me lo propusieron y acepté, porque pensaron que realmente confiabas en mí, pero ya veo que no. Y no pasa nada, Rima. Nadie te está diciendo que no sufras por tu pasado. Nadie te está pidiendo que te recuperes enseguida para aportar algo a Nueva Erain.

De verdad que no… —Ahora parece apenado—. Muchos aquí te comprendemos más de lo que crees, pero sé que pedir que te mires en los demás no solo es injusto, sino también un error. Y no hace falta que te compares, solo que te apoyes. La ayuda de un desconocido es difícil de aceptar, es difícil de entender cuando solo has visto horror y pobreza a tu alrededor. La muerte de tus pa… —Y se calla.

Una bofetada invisible me sacude entera y Senda se muerde el labio inferior, perdiendo la determinación que había envuelto sus palabras. ¿Qué he hecho? Estoy pidiendo espacio y con mi rabia le he arrebatado el suyo. No me lo reprocha, aunque tomo sin permiso su dolor para convertirlo en mi culpa. Qué importa una piedra más en el peso que ya cargo.

—Senda, lo siento…

El chico suspira otra vez, aunque más fuerte. Se rasca la frente y luego la barbilla. Mira al cielo y después, a sus botas. No sé si es un ritual, pero parece efectivo. Sus ojos vuelven a relucir y su mandíbula se destensa. La serenidad regresa a sus facciones.

—No pienso desistir, Rima. Nunca dejo a nadie atrás. Si crees que puedes avanzar, ya sea por ti, por tus amigas o por lo que sea, mañana reúnete conmigo en la puerta del Liman cuando suene la séptima campanada de la tarde. Te mostraré algo. No es un compromiso. No es nada. Solo quiero enseñarte lo que llevas casi una semana pidiendo a gritos.

En cuanto llegamos al Liman, su espalda es lo último conocido que veo el resto del día antes de encerrarme en la habitación.

Me parece que ha pasado una eternidad, pero solo han sido unas cuantas horas hasta que el sol se ha asomado por la ventana. Rei es la primera en despertarse y en ponerse en marcha.

Se viste con rapidez, aunque con el rostro impertérrito, y sale del dormitorio. Frunzo el ceño, extrañada por su conducta. ¿A dónde va?

Cuando el sol ya ha salido del todo y me golpea la cara, me vuelvo de espaldas a él a tiempo de ocultar mi desvelo a Jaziz, a quien le cuesta más bajar de la litera de arriba. La oigo desperezarse, moverse y crujirse los huesos de la espalda y las manos. Luego despierta a Kaled, quien gruñe, queriendo alargar los minutos que lo unen a la cama. Me hundo en la almohada, que huele a flores.

Todo resulta evidentemente normal en una vida justa. Parezco un ser como otro cualquiera y eso es algo que no he pensado sobre mí desde hace catorce años. Catorce años ya de... Un leve portazo me saca de mis pensamientos. Me giro para ver si Jaziz y Kaled se han ido ya, y entonces descubro que Hester me está observando con fijeza desde su cama, frente a la mía.

—Te crees muy listilla, ¿no? —Enarca una ceja y sonríe, sin importarle que el sol le esté golpeando la cara, ilumine sus preciosos ojos marrones y se cuele entre sus pecas.

—No quería molestar...

—Tú no molestas. ¿Te encontrabas mal ayer? —Se arrebuja entre las sábanas y esconde sus labios tras la tela.

—Sí...

Su ceja se levanta todavía más si es posible, arrugando su frente, y me hundo un poco más en el colchón. Pese a que Hester es muy directa, siempre ha sido sutil conmigo. Es lo que me gustó de ella cuando se arriesgaba a arrimarse a la jaula para hablar conmigo como si estuviésemos charlando en medio de una plaza. Eso funcionaba al principio, y luego cambió de táctica: hacía como que no se enteraba de lo que me sucedía, preguntaba con delicadeza y me arrancaba verdades sin parecer que las decía. Justo como está haciendo ahora.

—Está siendo duro…

—Lo sé.

—De vosotras no lo sé.

Vislumbro el dolor en su mirada. Me hundo más y la estructura de la litera se queja bajo mi peso. Los ojos me arden. No importa qué hora del día sea, siempre tengo lágrimas que repartir. Hester me estudia, intentando controlar el malestar y los impulsos; una virtud admirable de la que todas deberíamos aprender, sobre todo Jaziz. Mi amiga bosteza entonces y se destapa. Se observa las piernas descubiertas antes de decirme:

—Sé que no lo dices en serio… Sé que sabes que sufrimos. ¿Crees que no tenemos pesadillas por las noches? ¿O que cualquier movimiento a nuestro alrededor no lo interpretamos como un posible ataque?

—Entonces…

—¿Entonces por qué parecemos tan animadas? Porque si no intentamos aprovechar lo que nos están ofreciendo... Si no tratamos de vencer el dolor ahora que lo hemos conseguido… ¿Cuándo? No digo que sea fácil, está siendo insoportable, pero es que quiero mejorar…

Me levanto con cuidado de no golpearme la cabeza con la cama de arriba. El sol atraviesa los deshechos mechones de mi pelo y lo empalidece. Me calienta los brazos desnudos y creo que devuelve un poco de vida a mi rostro, porque no me siento tan mareada como antes. Estoy siendo muy egoísta al querer que todas se recuperen a la misma velocidad que yo. Ahora que me fijo en Hester, la veo derrotada, con los hombros caídos y unas incipientes ojeras enturbiando sus ojos.

Me siento a su lado y le cojo las manos. Ella aprieta mis dedos y contiene un sollozo. Inclino la cabeza hacia un lado, interrogativa. Pocas veces la he visto llorar. Sin embargo, eso no es excusa para no consolar a la fuerte, vivaz y valiente Hester.

Rodeo su cuello con mis brazos. El poco calor que han concentrado nuestros cuerpos se une para envolvernos como un manto. Creo que ninguna obviamos el recuerdo de las muchas veces que compartimos gestos similares, incluso más íntimos. ¿Hester recordará nuestro primer beso a través de los barrotes? ¿Las incomprensibles risas en las noches más oscuras? ¿Nuestros peligrosos encuentros tras la carpa para acariciar la piel que la jaula no nos permitía alcanzar cuando yo estaba encerrada? El horror sepultó nuestro idilio, pero jamás consiguió vencer nuestra amistad. Me acaricia el pelo y le beso la mejilla.

Entonces rompe a llorar. Rompo a llorar. Los hombros son nuestro refugio. Palpitan las lacerantes heridas, pero se alivian con el desahogo mutuo. Dejamos que el lamento barra el desaliento matutino y dilatamos nuestra separación. Una le seca las mejillas a la otra, pero solo Hester es capaz de componer una sonrisa.

—Vamos a intentarlo, ¿vale, Rima? Juntas. Cuando te sientas abrumada, puedes estar sola. Sin embargo, si es para no mostrar tu dolor, no te marches, por favor. Confía en nosotras, como siempre. No vamos a cambiar en eso. Hace tiempo que me di cuenta de una cosa…. —Sus palabras se convierten en susurros y casi parece avergonzada por continuar. Sorprendente—. Hemos construido entre todas algo más fuerte y grande que el miedo, una familia inquebrantable. Desde que lo descubrí, me he aferrado a esa realidad como si no existiese otra. Hay un asidero más en esta convicción, por si te quieres agarrar a él conmigo.

Levanta la vista y sus ojos brillan. Se ilumina la tristeza, aunque también la esperanza. Me da un leve beso en la frente. Dejo que se prepare para salir mientras yo sigo con las piernas cruzadas sobre su cama, observando la pared contraria del patio interno, allí donde una de sus ventanas deja ver el interior de la habitación de Senda y sus compañeros. ¿Después de cómo me comporté ayer debería acceder a su invitación?

Sacudo la cabeza a la vez que Hester se sienta en el alféizar. Me hace unos gestos, insistente, y me encojo de hombros. Pese a que es cómoda y práctica, no me acostumbro a la moda de este país. Hester luce una chaqueta granate, una camiseta blanca y unos pantalones negros a juego con unas pesadas botas. No se ha cepillado sus indomables rizos, y me alegra que Nueva Erain no haya cambiado ese aspecto tan propio de ella.

—¿No piensas prepararte para salir?

Quiero que me duela que Hester parezca obviar lo que acaba de suceder, pero sé que ella solo está intentando ser optimista. Nos hemos desahogado y, pese a que para mí no es suficiente, le debo a mi amiga el intento de recuperarme. Sé que debería hacerlo por mí, pero todo está demasiado reciente. Hay más pasado que presente en mi cabeza y en mi corazón.

Le agradezco con una mirada todo su esfuerzo. Cierro una de las contraventanas y me cambio con un conjunto similar al de mi amiga, pero en el que destaca el verde oscuro.

Salimos de la habitación en dirección al comedor y, aunque nuestras decisiones me recuerdan al día anterior, esta vez me alegra no huir del desayuno.

Creo que necesitamos más días como estos. Más días en los que pasamos tiempo juntas, Rei, Jaziz, Hester, Kaled y yo a solas. Por la mañana nos hemos encontrado con los tres amigos, pero pronto han tenido que asistir a sus respectivas lecciones. Solo Senda se ha marchado de la mesa con más lentitud, compartiendo una mirada inequívoca conmigo. No le he respondido, no sé qué voy a hacer.

Después hemos paseado por Núcleo. Nos hemos dejado llevar por su actividad y hemos terminado comiendo *gratis* con una familia de draizs, porque Jaziz ha arreglado la mesa de su salón y el resto hemos ayudado a tender. Creo que es la primera vez desde que estoy en Núcleo que he disfrutado realmente de la comida. Era un simple tazón relleno de arroz especiado con cebolla y tomate triturado, pero, para mí, todo un manjar. Aunque quizá también haya sido por el ambiente confortable, en absoluto forzado, o porque esta familia y su humilde casa de piedra nos han recordado que la felicidad y el hogar siguen vivos en detalles como el que han tenido con nosotras.

Para mi sorpresa, he accedido a que la hija menor me trenzase el pelo, aunque la pequeña ha insistido tanto que incluso su padre la ha regañado. Luego ha pedido decorar el de Rei, pero no ha llegado a hacerlo, porque se ha quedado dormida sobre su regazo mientras rozaba con un dedito rojo las escamas azules y brillantes que revisten la rodilla derecha de mi amiga.

Ahora estoy sola en la azotea del Liman. Intuyo que se va a convertir en mi sitio favorito en caso de quedarme en Núcleo. Nadie sube, y aquí arriba el silencio es más acogedor; logra que mis pensamientos dialoguen, sucumban o se marchen junto al viento invernal. Hace ya un rato que la sexta campanada de la tarde ha sonado, vibrando en la piedra del Liman. ¿En serio voy a obviar la propuesta de Senda?

El chico siempre ha tenido buena voluntad. Sí, solo lleva poco demostrándomelo, pero ya ha sido más tiempo del que muchos han tardado en traicionarme. Me miro las puntas de las botas, suspendidas sobre los nuclenses. Si hoy he conseguido aplacar mis inquietudes para que la ciudad me muestre su verdadero rostro, ¿por qué no voy a permitir que Senda cierre este día?

Porque ayer lo insulté. Porque fui mala y le hice daño a propósito. Porque no merezco su esfuerzo ni sus cuidados. Él está obcecado en que me puede ayudar. Todo el mundo cree que puedo remontar, pero ¿puedo?

Las siete campanadas de la tarde, más pronto de lo previsto, comienzan a tañer. Me deslizo por el muro hasta que mis pies tocan el suelo. Corro hasta la parte delantera de la azotea y me asomo para avistar la puerta principal del Liman; nuestro punto de encuentro. Poso la barbilla en mis manos y observo el ir y venir de los ciudadanos. Salen, entran y se detienen, pero ninguno de ellos es Senda. Tal vez se ha retractado.

Mi corazón se retuerce, decepcionado, y me descubro queriendo ver aparecer la figura del chico frente a la enorme puerta. ¿Es su apoyo una de las muchas piezas que pueden conseguir reconstruir mi interior? Mi sonrisa responde en cuanto descubro a Senda, que sale del edificio y se apoya en la pared. Me inclino sobre la piedra con los ojos muy abiertos. Es él. Es Senda.

El atardecer empieza a acariciar las cimas de las montañas del horizonte del oeste y yo tengo que tomar una decisión. No quiero que se nos haga de noche. No quiero que la negrura engulla a Senda y lo haga desaparecer antes de que él mismo decida marcharse. No quiero más remordimientos, ni que mi mayor error sea no aceptar las oportunidades, por mucho que duelan, por mucho que parezcan irrealizables.

Y mis pies responden por fin, envalentonados más por mi corazón que por mi razón. Desciendo las escaleras, dirigida por los latidos que retumban en mi pecho con el mismo ahínco que la campana del Liman. La luz anaranjada y los oscuros ojos de Senda me reciben en la entrada. Detiene mi carrera frenándome por los brazos. Respiro hondo varias veces mientras me observa, preocupado.

—¿Estás bien?

—Muéstramelo. Muéstramelo antes de que me arrepienta, porque también me arrepentiré si no te acompaño —digo entre inhalaciones profundas y la sensación de un inminente flato.

Senda sonríe sin tapujos y, con una confianza restaurada, me coge de la mano y estira de mí cuando echa a correr. No deja que me recupere. No le importan las miradas de confusión o enfado que generamos en los nuclenses cuando los esquivamos a ellos y a los puestos de comida y mercancías, o cuando viramos esquinas tan precipitadamente que estamos a punto de impactar contra las paredes. Ni siquiera entiendo por qué Senda comienza a reír, casi como un desquiciado; sin embargo, comienza a transmitirme esa vitalidad que no necesita justificación.

El sol se posa sobre las últimas casas, ya perezoso de habernos estado ofreciendo durante un día entero un cielo despejado. No sé cuánto tiempo pasamos corriendo e intentando no chocarnos contra nada ni nadie, pero, de repente, las construcciones empiezan a escasear y las calles a ensancharse. Sin un límite establecido, salimos de Núcleo. El paisaje muda la civilización de piedra y suelos pardos a un terreno abierto y silvestre que imita la tonalidad de la ciudad, pero salpicado por el verde de las plantas. De hecho, Senda, que ahora me guía con pasos rápidos en vez de corriendo, avanza hacia una arboleda aislada en todo este terreno despejado.

Alcanzamos su linde en silencio. El chico parece nervioso y, por primera vez durante todo el recorrido, me observa por encima del hombro. Soy un poco más alta que él, pero a su lado siempre me siento diminuta. Me suelta la mano con delicadeza y me señala el interior del pequeño bosque. Persigo sus pasos, eludiendo las raíces y los matorrales. No nos adentramos mucho, pero la oscuridad empieza a estar más presente que el ocaso. Es curioso cómo los rayos se abren paso incluso a través de la espesa bóveda de ramas y hojas que se cierra sobre nuestras cabezas.

—Aquí es.

Me detengo de golpe frente a un enorme y grueso árbol. En la base de su dura piel, hay talladas distintas marcas que no identifico. Parecen rodear el tronco y algunas flores descansan bajo ellas; unas más recientes, otras más resecas. Trago saliva.

Intuyo que Senda me ha traído hasta un sencillo cementerio.

—Esto es…

—Sí —me lo confirma sin estupor, aunque con respeto—. ¿Allí en Siden tenéis las mismas costumbres que aquí?

—En mi país entierran los cuerpos.

—¿También los draizs?

Asiento.

—¿Cómo lo hacéis en Nueva Erain?

—En general, hemos adoptado la forma de la cultura draiziana: dejamos que el cuerpo descanse entre la naturaleza y que sea esta la que lo sepulte y la integre en ella.

—¿A la vista de todos? —Me sorprendo por lo desagradable que tiene que ser ver un cuerpo conocido o desconocido descomponerse frente a ti.

—La naturaleza lo hace desaparecer enseguida.

—La Magia, querrás decir —puntualizo.

—Es lo mismo...

No insisto en ser quisquillosa, porque descubro el desaliento y la sombra de un mal recuerdo cruzando el rostro de Senda. No puedo evitar pensar que tal vez mi padre ya esté muerto. Los draizs tienen una esperanza de vida muy corta. Los más viejos llegan a la mediana edad correspondiente a la de los humanos. Si algún día consigo regresar a mi hogar, me gustaría encontrarme la granja y a mi familia tal y como la *dejé* tras mi desaparición. No suelo rezar a los Ascendientes, pero no puedo evitar pedirles que cuiden de mis padres allá donde estén.

—Rima… —las yemas de los dedos de Senda me rozan la mano—, siento si te he traído a un sitio doloroso.

—Para ambos lo es.

Él asiente como respuesta. Mi mirada vaga por los pétalos que inundan la tierra bajo las muescas del árbol, que supongo que indicarán que ahí yació alguien en concreto, como si fuera una peculiar lápida. Mis dedos tantean el aire hasta aferrarse a los de Senda, que seguían muy cerca de mi muñeca.

—Justo aquí depositaron el cuerpo de la primera portadora por la que preguntaste después de que la danían te hablara de ella…

Contengo el aliento y dejo de atender a Senda para volver a las flores marchitas que descansan entre las gruesas raíces. Estoy justo donde la naturaleza aceptó a una de las primeras portadoras de la Magia. Sigo sin entender por qué murió si, en principio, no sucede cuando es Ella la que decide salir de tu cuerpo, pero Senda aclara todas mis dudas:

—Se cuenta que, cuando algunos de los primeros perdieron parte de su poder, hubo una interacción mágica muy fuerte. Un choque de fuerzas que terminó con la muerte de una de ellos. Ten fe, Rima. A mí me gusta que la Magia me haya escogido, porque pienso que puedo hacer grandes cosas con Ella, pero si tú no la deseas en tu interior, algún día se marchará y podrás seguir con tu vida.

Una lágrima se desprende por fin de mis ojos. Si Senda tiene razón, todavía hay esperanza. Lo de la primera portadora fue un caso excepcional; sin embargo, recuerdo el estado del danían y su consejero; demacrados, cansados y sin energía.

—Sid y Noah…

—Sid y Noah también estuvieron expuestos a ese brutal encuentro mágico. Creo que es azaroso el tiempo que tarda la Magia en saltar de un cuerpo a otro, pero no tomes sus historias como el único referente por ser los primeros en experimentarlo, ¿vale?

Aprieto su mano a modo de afirmación, antes de soltarme. Sé que la Magia no nos pertenece, aunque Ella tenga una extraña predisposición a resguardarse y confiar en nosotros. No sé si tenía previsto salir de sus cuerpos pronto, pero está claro que aquel encontronazo mágico, como lo llama Senda, provoco su huida hacia otros seres.

Me incorporo para bordear el árbol. De pronto, en una zona concreta, aterriza un pajarito de plumas azules y amarillas. Me observa con el pecho hinchado, defendiendo el terreno, y alzo las manos, retrocediendo unos pasos. Es un pequeño animal vulnerable, pero mi vida en la granja me enseñó a respetar a todo ser vivo.

—¿Recuerdas en la reunión a la chica rubia de semblante serio? ¿La consejera de Kira? —me pregunta Senda y asiento—. Aquí yace su mejor amiga. Se dice que siempre hay pajaritos rondando su reposo, porque tenía un ejército de ellos cuando estaba viva.

—Parece sacado de un cuento.

—Las mejores historias lo parecen.

Sigo mi camino alrededor del tronco y me detengo frente a dos marcas que están conectadas. Son las primeras que veo de este tipo y, aunque no entiendo su significado, consigo diferenciarlas y establecer un patrón.

—¿Por qué estas dos muescas están unidas?

Senda se aproxima y las observa. Amplía una sonrisa apenada. Luego suspira y se cruza de brazos.

—No los conocía muy bien, pero eran dos personas muy queridas en este país. Muy importantes. Por Nueva Erain, desafiaron hasta las leyes de la Magia.

—¿En serio? ¿Quiénes son?

—Eran dos hermanos. Kira siempre los pone de ejemplo. Sus vivencias se cuentan para transmitir respeto, conocimiento, comprensión y valentía. Perecieron en una batalla contra Ludenar, el país que, desde hace diez años, intenta invadir Nueva Erain. ¿No ha llegado nada de ellos hasta tus Ascendientes?

Niego. Es curioso cómo parece salir de esta isla todo lo que marca el destino de la Magia. ¿Qué tendrá este pequeño trozo de tierra, que hace de cada acontecimiento un dato importante a ser recordado? Me agacho para rozar el suelo en el que descansaron sus cuerpos.

La noche se cierne sobre nosotros y me yergo, estremecida. La oscuridad me aterra, pese a que estoy bastante acostumbrada a echar un vistazo en ella. En la mía propia. Senda nota mi inseguridad y me propone regresar, esta vez, con un paseo tranquilo. Accedo, respirando hondo para que los nervios no florezcan.

Entonces Senda sopla en una mano y, de pronto, sobre su palma surge un cúmulo de magia dorada que ilumina parte de nuestros pasos.

—¿Nunca lo has intentado?

Niego otra vez. Mi magia no le servía a Magog para cosas útiles.

—Te confieso que lo de soplar es solo para hacerme el interesante, no es algo necesario. —Ríe entre dientes—. Pero guárdame el secreto o Milos tendrá un nuevo chiste contra mí.

Dejamos atrás el nido de historias pasadas. Es increíble cómo un lugar en el que ha yacido la muerte puede resultar tan acogedor. Quizá es porque las huellas de esas personas dejaron una marca real en este mundo, tan viva, que está más presente que diluyéndose en un recuerdo lejano. Sé que volveré a esta arboleda en busca de la protección de aquellos que arriesgaron sus vidas por cuidar las de los demás.

Salimos al exterior mientras trato de imitar la luz de Senda, pero solo andamos unos pocos metros hasta que sentimos una ligera perturbación en la Magia. La esfera luminosa parpadea y sus partículas doradas se revolucionan como un diminuto torbellino sin forma durante unos segundos. Nos detenemos al instante y juntamos brazo con brazo.

De pronto, una aparición nos hace retroceder con un grito

y estamos tan pegados el uno al otro que caemos contra tierra. Unos ojos azules reconocibles chispean en la penumbra y extiendo mi brazo derecho ante Senda para protegerlo, pese a los temblores. Esa sonrisa de suficiencia que ya me dedicó el día de mi llegada reaparece para hacer juego con la prepotencia de su mirada.

—¿Me ayudarás de nuevo?

—Moiro —susurra Senda.

—Es el que liberé aquel día. Con el que me confundí y…

Pero el repentino choque entre un ataque y una defensa ahoga mis palabras. La… moiro impacta contra la pantalla protectora que Senda ha levantado a tiempo frente a nosotros. Ha sucedido tan rápido que, de hecho, la magia gris me ha alcanzado antes de que lograra escudarnos. Un hilo de sangre me bordea la mejilla y la piel me escuece donde su poder corrupto me ha herido. Respiro hondo para que mi propia energía se sume a la de Senda antes de que el enemigo contraataque.

Pero otra ofensiva tumba nuestras intenciones y nuestros cuerpos otra vez. El moiro tiene el pelo rubio platino recogido en una coleta y las ropas y el cuerpo sucios de polvo y sangre. Los restos de unos grilletes todavía cuelgan de sus muñecas. Tenemos que hacer algo, pero ¿el qué? Si no vamos armados y nuestra magia no sirve para atacar…

El moiro susurra algo y las partículas grises características de esa magia zumban a su alrededor. Sin embargo, en la inmensidad oscura estallan varios puntos dorados y, dejando una estela a sus espaldas, un grupo de seres vestidos de negro aparecen y aplacan el cuerpo del enemigo. Él se ríe sin dejar de mirarme con esos ojos que parecen dos dagas gélidas.

La magia gris, tan misteriosa para mí por su escasez en Siden, se revuelve en torno a su dueño hasta que los demás consiguen amordazarlo y reducirlo con incontables cadenas.

Increíblemente, fuerza una sonrisa perversa y me guiña un ojo antes de desaparecer junto a quienes lo han apresado. Me quedo todavía más quieta, tumbada en el suelo, mientras Senda me rodea los hombros con un brazo. No ha dicho nada, pero me ha parecido escuchar: «Todo se logra...». El escudo que nos ha protegido se deshace junto a la esfera que alumbraba nuestros pasos. Algunos aliados se aproximan y nos ayudan a incorporarnos, pero no dejo de observar la oscuridad que aún mantiene el brillo azulado de los iris del moiro y sus palabras: «Todo se logra con mi magia, no con la tuya».

Nos dirigimos a la clase de la instructora Ylanda, la melliza del ogiar Yves, a quien considero como una hermana mayor. Algo curioso, porque para mí Yves es como un padre. Fue él quien me acogió, el que me indacaba la hora de regresar a casa y el que me tapaba con una manta por las noches. Ylanda era más despreocupada; ya se había independizado, así que nos visitaba de vez en cuando para cocinarnos bizcochos y contarnos historias para olvidar el terror que se extendía como una niebla por las calles de Mudna… y fuera de ella.

Observo a Rei, que camina a mi lado con entusiasmo, dando enérgicos aunque ligeros saltitos cada tres pasos. Se coge las manos tras la espalda y, pese a que a veces modera la emoción que le provoca asistir a una lección en la escuela del Liman, no puede evitar que de su sonrisa apretada nazcan dos tiernos hoyuelos en sus mejillas contrastando con la ferocidad de los colmillos que pellizcan su labio inferior. Desacelera cada vez que se da cuenta de que me adelanta. Ambos vamos los primeros, mientras que el resto del grupo nos sigue unos pasos por detrás. Le han dado permiso a Fatma para adelantar su hora lectiva de Historia de Nueva Erain y así acompañarnos a Milos y a mí en nuestra tarea de guiar y enseñar a las sidenesas cómo estudiamos aquí. Aunque Rima parece distraída, me alivia comprobar que su pena y temor se imprimen con menos intensidad en su expresión.

—Entonces, a ver que me aclare. —La magia de Rei cosquillea en mi estómago al utilizarla para traducir sus palabras—. Las disciplinas troncales que se estudian en el Liman de Núcleo son Salvación, Sanación, Exploración, Enseñanza y Comunicación, ¿cierto? —me dice, ahora sin apartar la vista de un papel arrugado en el que le he apuntado toda la información—. Pero si quieres formar parte de la seguridad de este país, debes ir a Mudna donde se encuentran las escuelas de Defensa Interna y Defensa Externa, ¿no?

—Exacto.

—Pero ¿y si no quiero convertirme en una especialista? Y si se me da bien, qué sé yo..., fabricar vasos de cristal, pero también quiero aprender conocimientos solo de algunas asignaturas específicas.

—Puedes hacerlo. El horario es muy distinto al de los aprendices, porque se amolda al ritmo de tu trabajo, pero podrías si quisieras.

—Entiendo... Y si, digamos por un casual, quisiera comenzar a estudiar —lo dice, cautelosa, aunque no puede evitar que le reluzca la mirada al imaginárselo—, ¿tendría que llevar el uniforme de la disciplina a la que pertenezca?

—Sí. —Enarco una ceja, interrogativo.

—Oh, no me malinterpretes. Vuestras ropas, aunque cómodas, son un tanto sosas. Parece que le teméis profundamente a vestir colores.

—Mis mangas son amarillas —me defiendo, divertido.

—Más allá de unas mangas —contesta entornando los ojos, al borde de la risa.

—Pues las mangas de los instructores son de color marrón.

Deja que una mueca de disgusto ocupe todo su rostro y le frunce el ceño a la nada, como si esta pudiese contestar a su negativa. Se encoge de hombros y vuelve sus ojos oscuros, aún centelleantes, hacia mí. Ya no sé si son estrellas lo que veo en sus iris y pupilas, o es el entusiasmo incontenible. Sin embargo, es interesante comprobar que la fortaleza puede tener muchas formas, todas admirables. La de Rei proviene de su energía. Es curiosa y atenta, y no se deja amilanar ante el conocimiento de los demás. La de Hester es más protectora. Parece la base en la que el grupo de sidenesas puede apoyarse cuando las debilidades acucian. La de Jaziz es puro genio. Es como un muro de contención con la lengua demasiado afilada. La de Kaled, aunque ha mostrado poco de sí mismo, brilla en el cariño que le profesa a sus amigas y la paz que les inculca con su senzillez. Y luego está Rima. Ella cree que su fortaleza es menos que polvo, pero no parece consciente de que para poder llegar hasta donde ha llegado se requieren unas ganas de vivir incalculables.

—Eh, eh. —Rei me empuja y me saca de mi ensimismamiento—. Tengo una pregunta antes de llegar al aula, pero si vuelves a ignorarme, no me hago cargo de las consecuencias.

Levanta un índice en mi dirección y la luz reluce sobre las escamas que cubren la piel interna de su dedo. Por un instante, siento ganas de acariciárselas. Rei parece notarlo, porque baja la mano con una sacudida avergonzada. Con un movimiento sutil, pero que a mí me parece demasiado intencionado, se peina la mata de pelo pelirrojo hacia delante, ocultando sus antiguas branquias. He sido demasiado torpe e indiscreto. Cojo aire suficiente como para disculparme una media de cien veces por segundo, pero Rei se gira hacia mí y se echa a reír al descubrirme en una posición tan disparatada. Suelto el aire de golpe para reírme, pero me atraganto y empiezo a toser.

—¿Estos dos están tontos o qué? —escuchamos a Fatma tras nosotros.

Y no podemos evitar reírnos con carcajadas más sonoras. Sin embargo, me choco contra un cuerpo y la diversión se esfuma de golpe, porque me topo con los ojos azules de Danel. Ha dejado de ser un habitual en mis pensamientos más lacerantes, pero encontrármelo todavía retuerce un poco la espina clavada en mi corazón. Rei se interpone entre nosotros levemente y el chico la observa desde arriba, incrédulo por que una desconocida haga ademán de protegerme.

—¿Esta quién es ahora, la tercera gallina después de Milos y Fatma? —me espeta.

Rei me mira con los ojos muy abiertos, instándome a que arremeta con más contundencia, pero se me ha secado la boca. ¿Por qué es tan cruel, si fue él quien decidió que lo nuestro terminase? No fueron los celos, por mucho que ahora esté dando a entender eso. Creo que voy a ser capaz de reprochárselo, cuando Rei toma la iniciativa, se pone de puntillas para ponerse a su altura y encara a Danel con un tenso susurro:

—Tú debes de ser el gallito del lugar, que mucho pavonea, pero poco pica. —Le da un mordisco al aire y luego recupera su posición con una sonrisa traviesa en los labios.

Danel balbucea algo, confuso por la reacción de la harum que casi le roza la nariz, pero entonces, alguien no lo deja concluir. Jaziz se apoya con cada mano en nuestros hombros y se impulsa para arrimarse a él y soltar:

—¡Cloc, cloc!

Ambas sidenesas se miran y dejan que la risa se escape por lo realmente absurda que ha sido la situación. Y lo más increíble de todo es que, desde que Rei ha hablado, el nudo que suele formarse en mi pecho ha desaparecido. Niego con la cabeza, ocultándome el rostro con una mano y también la creciente sonrisa que está a punto de unirse a las carcajadas. De pronto, me olvido de Danel, porque verlas al natural, sin preocupaciones, es todo un regalo.

—Gracias —murmuro.

—¿Te vas a poner a llorar? —se alarma Jaziz y, aunque mi magia traductora está muy afinada, su peculiar acento cantarín se cuela en el final de su pregunta.

—No, no... Es solo que...

—Que, si llegáis tarde a mi clase, no entráis.

Todos nos volvemos hacia Ylanda, que se alza tras nosotros como una enorme sombra. Ella es todo lo contrario que su hermano, aunque el pelo pelirrojo y los iris claros delatan el parentesco; alta y de rostro severo. Quiero recordar cuando era dulce y consentidora, porque ella no me favorece sin tapujos como lo hace su mellizo, aunque también agradezco su neutralidad. Nos replegamos, intimidados por sus palabras. Ella enarca una ceja. Incluso las sidenesas, que no conocen a la instructora, comprenden que su gesto significa que recorramos el poco camino que nos queda hasta llegar al aula... en silencio.

Apenas han acudido alumnos a la clase de Historia de Nueva Erain. Se nota que muchos están en Seguimiento o con las pruebas finales para convertirse en especialistas. Milos debería estar en ellas, y creo que se ha percatado de mi preocupación, ya que se ha pasado toda la lección dedicándome guiños comprensivos desde la segunda fila. Se ha ganado una buena regañina y un lanzamiento de lápiz a su cabeza por parte de Ylanda, pero a mí me ha dejado tranquilo para el resto del día. Milos es demasiado protector y sé que, como insinuó Gavril, sería capaz de retrasar el ritmo de sus estudios solo para graduarse conmigo. No obstante, no quiero que por mi culpa los sanadores se pierdan a alguien como él, tan inteligente y comprometido.

Creo que nadie se esperaba que Rei interviniera más de diez veces con gran interés. Incluso Rima la ha estado observando como si se hubiese pasado toda la clase haciendo el pino. La expectación de la harum es insaciable, y eso me ha tenido sonriendo durante las dos horas que ha durado la lección.

Ya es mediodía, y todos estamos yendo hacia el comedor. Las tripas me rugen y oigo a Fatma reírse de mí. Entramos en la gigantesca sala, como siempre, muy transitada. El aroma del pollo frito especiado, las patatas al horno, las verduras mezcladas con huevo y un dulce que no identifico, pero que me hace salivar, incita mi olfato y el estómago da rienda suelta a otro concierto de gruñidos insoportables.

Un grupo de aprendices de Enseñanza se levantan de una mesa redonda y la ocupamos en tropel. Rima se acomoda a mi lado y, pese a su semblante serio, comparte una mirada cómplice conmigo. Arqueo ambas cejas, sorprendido. Es la primera vez que Rima desnuda su gesto sin miedo a que nadie nos vincule más allá de lo estrictamente necesario. Sonrío. Ella pone los ojos en blanco. Ahí vuelve el lado de Rima que más conozco.

—Sois afortunados. Tenéis una Historia y una cultura muy ricas —dice Rei.

—Es muy interesante todo lo que ha sucedido en este país desde el comienzo. Sobre todo, desde que la Magia empezó a considerarse más que una deidad…

Quiero unirme a la conversación de Rei y Fatma, pero mis ojos se desvían hacia Milos, que intenta retener la atención en las páginas de la novela que sujeta entre sus dedos, porque no puede evitar observar de reojo a Jaziz, que está a su lado. Mi amigo tiende a fijarse sin discreción en quienes despiertan su curiosidad. A veces ni siquiera distingo el tipo de interés que siente en realidad hasta que alguna frase o acción termina delatándolo.

—Te quedan… muy bien las cuentas del pelo —suelta Milos, de pronto.

Ay, no. *Ay, no*, porque se lo tiene que volver a repetir, ya que la sidenesa no se ha enterado. La segunda vez sí que se gira hacia él con una ceja enarcada y los labios tensos.

—¿Estas? —Se lleva una mano a una intrincada trencita que termina con varias bolitas de colores—. Siempre las llevo —concluye Jaziz con obviedad.

Rima suspira y, no sé si me estoy volviendo loco o qué, pero un amago de sonrisa nace en sus labios. ¿La situación la está… divirtiendo?

—Yo de ti desistiría, Milos. —Rima se cruza de brazos.

—Pero si solo he dicho que su peinado es bonito…

—A mi hermana no le interesas.

—Oh —es la respuesta de Jaziz, estupefacta; una perfecta «o» en sus labios con la que Milos no se siente aludido.

Aguanto una risita, porque se confirman mis sospechas, y estoy a punto de salir en rescate del pobre e inocente Milos cuando él se adelanta:

—Quiero decir… —Lo intenta de nuevo, pero Jaziz lo interrumpe, entretenida:

—Milos, lo que quería decir mi hermana con muchísimo tacto es que solo me gustan las mujeres. Y gracias a los Ascendientes por mi buen gusto. Lo siento.

No lo siente y la mesa estalla en carcajadas ante la ocurrencia de la harum. Mientras tanto, Milos se hunde en la silla con el rostro encendido, tratando de esconder los ojos entre las páginas de su preciado libro. Cuesta que las risas enmudezcan, pero cuando empiezan a diluirse, Milos musita, muy avergonzado:

—Lo siento. No quería dar por hecho…

—Lo sé, tranquilo. —Jaziz hace como que se seca una lágrima provocada por la risa.

Él asiente y se escurre un poco más, si eso es posible. No puedo evitar sentirme un poco mal por mi amigo, quien va a estar dándole vueltas a lo sucedido durante un buen rato. Lo cierto es que es una persona a la que le reconcomen sus equivocaciones, sobre todo si implican a otros seres. Fatma se acerca y lo achucha mientras le dice que «no sea bobo y se tranquilice». Pero el posterior y perpetuo silencio de Milos me da la razón.

Termino la comida devorándola con tanta ansia que el azúcar espolvoreado sobre las tartaletas se esparce por mi cara dejando un rastro en mi bigote. Paso a ser el objeto de burlas del resto al instante. Me limpio con el dorso, pero la mesa me imita ensuciándose su propio labio superior.

Sigo sin poder retomar del todo mis labores diarias, pese a que le he repetido a Yves por activa y por pasiva que ya estoy bien, porque la verdad es que nunca llego a recuperarme de las pesadillas que acuden a mí cada noche. Ya no es solo por el sidenés que no logré rescatar, sino por todo, empezando por la muerte de mis padres.

Respiro hondo. Agradezco que el ogiar me permitiese acompañar a Rima y las demás, porque encerrado en mi habitación o paseando a solas por Núcleo, en plan contemplativo para reflexionar, me habría enloquecido todavía más. Si hay algo que iguala a mis tormentos es el no sentirme útil.

Sin embargo, no puedo evitar sonreír mientras apuro el último sorbo de agua. Ni siquiera Fatma ha notado que pienso usar mi obligatorio tiempo libre para husmear en los asuntos de este país. El casi chivatazo por parte del pequeño Levi tendría que haberme puesto lo bastante alerta como para no volver a intentarlo en meses, pero Vérula sigue aquí. No suele permanecer más de una semana en Nueva Erain, y aquí sigue. Algo importante está despertando o amenazándonos y no puedo quedarme de brazos cruzados. Suerte que sé lo que va a suceder en unas horas.

Milos y Fatma regresan a sus lecciones. Me despido de ambos con un gesto afectuoso, sobre todo dirigido a mi amigo, quien me contesta con un leve guiño. Es un guiño, nuestra seña con la que jamás mentiría. ¿Jamás? Persigo su espalda hasta que desaparece entre la multitud. Suspiro.

—Bueno —me apresuro a decir más de lo que debería. No puedo levantar las sospechas de nadie—, yo también me tengo que ir. ¿Os apañaréis solas?

—¿A dónde? —pregunta Rima, algo alterada.

—Cosas... personales —determino, aunque titubeando un poco mientras me levanto de la silla.

—Ya —suelta Jaziz con un brillo avispado en la mirada.

—¿Qué vais a hacer? Estaré libre en unas cuantas horas, pero quiero saberlo para que no os metáis en líos. —Tiendo hacia la broma para suavizar mi repentina vacilación.

Ellas se miran, compartiendo de nuevo ese secreto tan críptico que alguien ajeno es incapaz de desentrañar. Yo mismo me sorprendo estudiándolas, pero me es imposible. Tienen su propio idioma silencioso; trabajado, asentado y único. Es el lenguaje que solo pueden poseer quienes han vivido y sobrevivido juntas. El vínculo más fuerte labrado a base de horror y esperanza.

—Hacia la noche hay una especie de exhibición teatral en la calle y nos han invitado a ir —me responde Rima.

—Creo que debería meterme en algún grupo así. Siempre he tenido dotes de actriz —exagera Hester sus últimas palabras mientras se inclina ante Rima y le tiende una mano—. Princesa.

—Princesa. —La otra ensancha la comisura de sus labios mientras posa los dedos sobre los de su amiga.

Me apuesto todos mis años de estudio contra quien me diga a mí que estas dos no han tenido una relación más allá de la mera amistad. Sacudo la cabeza. Me estoy empezando a parecer a Gavril. Hester ahoga una risa grave y posa un delicado beso en la frente de Rima. ¿Soy yo o se ha demorado un poco? La sangre me sube al rostro y giro la cabeza. Me alegra comprobar que Kaled también siente la suficiente timidez como para hacerlo, pero Rei y Jaziz observan la escena con una calidez que, sin embargo, también destila añoranza.

Carraspeo y rompo algo. Lo sé, porque Hester y Rima se alejan de golpe y nos miran como si hubiesen sido descubiertas en una habitación cerrada. La primera se cruza de brazos con una sonrisa amable, como si no pasase nada, pero a la segunda se le oscurece un poco el gesto y se recoge un mechón gris tras la oreja, dejando más al descubierto uno de sus cuernos partidos.

—Veo que lo del espectáculo os entusiasma muchísimo —interrumpo, más nervioso que nunca—. Hester, el grupo de teatro estará dispuesto a incorporar tus grandiosas habilidades de interpretación. Si no fuese porque tu actuación ha terminado de forma muy abrupta, diría que lo que acaba de suceder entre vosotras es real.

Hester me desafía con la mirada, dejando entrever una sonrisilla traviesa, y accedo al reto levantando la barbilla, cómicamente altivo. Su respuesta a nuestra *pelea* de miradas es darme una palmada afectuosa en la espalda, tan enérgica que me hace trastabillar hacia delante.

—Bueno, en unas horas nos vemos.

—Sí, ve a hacer tus *cosas personales* —se despide Hester de mí, ahora ella con la barbilla alzada y sus burlonas intenciones remarcando cada palabra.

Confieso mi derrota en este juego. La sidenesa es demasiado sagaz, demasiado lista. Me despido con una mano en alto, aunque Rima sigue escondiendo el rostro tras su pelo. No pienso dejar que se hunda, como sus amigas tampoco cejarán en el empeño. Sé que ellas, abatidas también, son la fuerza que Rima necesita para reconciliarse con la realidad.

Asiento una última vez hacia ellas y me dirijo afuera del comedor con pasos rápidos. Tengo media mente puesta en Milos y Rima, y la otra, en la reunión que Vérula va a mantener esta tarde en Mudna. Y, por lo que he entendido, Oria también asistirá. ¿Qué es tan urgente para que la dirigente de Oced deba reunirse varias veces en las diferentes capitales? ¿Acudirá también a los pueblos indómitos? La curiosidad apremia el ritmo de mis pasos y la adrenalina me dispara el pulso.

Entro tan satisfecho y de forma tan inesperada en el dormitorio, que Gavril suelta un grito a la vez que da un salto que lo estampa contra la estructura de nuestra litera. Alzo las manos y el chico se lleva una al pecho, tratando de controlar su desbocada respiración.

—¿Estás loco, Senda?

—Perdón, perdón —me disculpo cerrando la puerta con un pie y quitándome la chaqueta.

—¿Qué haces?

—Nada. Cambiarme.

Tiro la prenda sobre mi cama y abro el armario. Saco una chaqueta negra con capucha y me la pongo. Si entrase en Mudna con el atuendo de un aprendiz de Salvación llamaría demasiado la atención. Y para internarme, no solo en la ciudad, sino en el antiguo castillo que ahora funciona como Liman, debo camuflarme lo mejor posible. ¿Qué mejor, entonces, que fingir ser un aprendiz de Defensa? Gavril me atiende en silencio y, por cómo entrecierra los ojos, sé que no se ha creído mi excusa.

—¿Qué tengo que decirle a Yves cuando pase a ver cómo te encuentras? ¿Que estás con las sidenesas?

—Gavril, de verdad, solo voy a... una representación teatral en la Plaza Triangular.

Mi compañero se cruza de brazos y apoya un hombro en uno de los largos listones de madera de la litera. Me analiza mientras me recojo el pelo en un desordenado moño a la altura de la nuca. Soy un desastre para estas cosas, pero mejor si no parezco tan desaliñado, como es habitual.

—Es increíble que Yves no te requise esa chaqueta.

—Lo hace, pero siempre consigo otra. —Sonrío.

—Lo que pretendes hacer te costó la suspensión durante un mes la última vez. No es limpiar los cuartos de baño, Senda, es atrasar más y más tus estudios. ¿Por qué estás tan tranquilo con esta situación? ¿Por qué no dejas de provocar? ¿Sabes lo que sucederá si empiezan a interpretar de otra manera tus juguecitos de espía?

No lo encaro hasta que noto su voz demasiado cerca. Gavril tan solo está a medio metro de distancia y creo que desde ahí podrá ver las gotas de sudor que me están recorriendo el rostro.

—Está claro que no presionan nuestro ritmo de estudio, pero tampoco tenemos un tiempo indefinido, porque en algún momento tendremos que aportar lo aprendido. Tan solo tienes dos años menos que Milos y él ya hace tiempo que debería haberse graduado. ¿Es que hay algo mucho más relevante como para arriesgar todo en lo que has trabajado? ¿Todo lo que tanto te gusta?

Estoy a punto de contar el origen de mis más oscuras debilidades, pero aprieto los labios. Cómo voy a hacerlo, si ni siquiera soy capaz de decirlo en voz alta frente a Milos, Fatma e Yves, por mucho que lo sepan. Quiero negar sus palabras y asegurarle que no me estoy arriesgando, porque sí me importan mis estudios y mi futuro. Me importo. Porque con todo ello tendré los conocimientos imprescindibles para salvar a cualquier ser en la frontera de Nueva Erain y más allá de ella, si es necesario. Justo es por socorrer a quienes lo necesitan por lo que hago todo esto.

—Solo voy a dar un paseo, Gavril — termino por decir.

Me encojo de hombros y, cuando mi compañero suspira, me permito relajarme. Sé que no me ha creído y que ha conseguido desenmascararme con sus preguntas. Me miro en el espejo y recompongo mi gesto. Sonrío. Solo necesito concentrarme en mi objetivo y alejar los pensamientos que, aunque invisibles, tienen el impulso letal de la peor arma.

Me despido de Gavril musitando su nombre y él me responde de igual manera. No me gusta tener que ocultar tanto mis sentimientos y mentir. Si algo nos han enseñado los antecedentes de este país es que las mentiras solo nos llevan a desgracias que podríamos haber evitado, si hubiésemos derrumbado las barreras y nos hubiésemos escuchado. Todo por el poder, por ser *más.*

Con mucho cuidado, me deslizo por los pasillos camuflándome entre los estudiantes. La tarde ha llegado con nubes, ensombreciendo las zonas que el sol, tras la cubierta gris, trata de iluminar. Espero no cruzarme con nadie conocido. Cuantos menos ojos recuerden haberme visto, más íntegra será mi coartada. Y ya puedo ir pensando rápido en ella, porque «estar en la representación teatral» no me va a servir del todo.

Salgo del Liman y viro a la izquierda para internarme en una callejuela poco concurrida, donde solo hay viviendas. Me cubro la cabeza con la capucha y aprieto el paso. El plan solo saldrá bien si Cartiar me presta un caballo. Otra vez. Es imposible llegar a tiempo a Mudna sin él, así que más me vale ingeniar una excusa y una recompensa que le daré a la draiz por su… ¿noble? servicio. Sí, de noble tiene poco. Transportarme hasta el interior de la otra capital sería lo fácil, pero mi magia dispararía las alarmas mágicas al instante y me detendrían en un visto y no visto.

Estoy a cinco calles paralelas de llegar hasta el establo de Cartiar cuando noto que alguien me está siguiendo. No me doy tiempo a calibrar ni mis opciones ni las suyas; si reacciono rápido, puedo tener una oportunidad de escabullirme. Echo a correr. Esquivo a los nuclenses y me interno en una calle más abarrotada para que las figuras me encubran. Oigo alguna que otra protesta a mi espalda y, definitivamente, constato que me están persiguiendo. Sepa o no sepa quién soy, voy a intentar alargar lo inevitable y, de paso, conocer su identidad. El miedo me taladra los nervios ante la posibilidad de que esta persecución se deba a que estoy husmeando.

Los pensamientos me hacen la zancadilla y me tropiezo, aunque a tiempo estoy de no chocarme contra un mercader que carga una cesta enorme repleta de manzanas amarillas. Me adentro de nuevo en los callejones más estrechos, donde soy más visible, pero la figura desconocida también. Doblo esquinas con brusquedad, insuflo magia para afinar todos mis sentidos y ser más eficaz. Quien me persigue también lo hace. Oh, no. No, no, no…

Estoy a una calle de llegar al establo de Cartiar cuando algo me agarra de la capucha y me la baja de un solo estirón. Me resguardo la cabeza con las manos, pero una voz reconocible me hace descubrirme con los ojos muy abiertos. Me encuentro con el rostro en tensión, entre la culpa y el cansancio, de Rei. Expulso todo el aire que he contenido al pensar que estaba en verdadero peligro. Tal vez lo sigo estando y solo me sienta confiado por la presencia de la sidenesa.

—¿Qué haces aquí, Rei?

—¿Y tú, Senda?

—Cosas personales.

—Mientas fatal. Pero fatal.

—No te importa qué haga. Es mi tiempo libre.

Me cruzo de brazos, algo indignado por que me haya perseguido a traición.

—Quiero ir contigo.

—Mejor que no.

—Oh, disculpa, no me he explicado bien: voy a ir contigo. Y antes de que me hables sobre los peligros o los no peligros —dice con ironía— de tu tranquilo paseo por Núcleo, permíteme que te diga que estoy a un chasquido de contarle a tu ogiar —noto cómo, durante un segundo, ha dejado de usar la magia traductora para pronunciar el cargo de Yves con ese acento cantarín de más allá del sur de estas tierras, y así dotarlo de gravedad— todo lo que acabo de ver. Con detalles.

Sonríe de forma tan perversa y sus colmillos son tan amenazadores que no me atrevo a contrariarla. Por un momento, pienso que solo quiere sabotearme por diversión, pero reconozco las ansias de desentrañar misterios. La curiosidad de Rei es casi tan aplastante como la mía, y no sé si su interés es mero fisgoneo o, en realidad, tiene una intención más comprometida que la empuja a aventurarse como yo.

No voy a indagar en su razón. Ella tampoco parece motivada por descubrir la verdad tras mi testarudez. De hecho, creo que ni siquiera le voy a decir qué pretendo, si ella no me lo pregunta.

—¿Vamos?

Pretendo que mi repentina aceptación por su presencia la haga retroceder. El típico: «Venga, sin problemas», con mucha convicción, que suele disuadir a Milos —aunque no a Fatma—. Creo que se me oye maldecir cuando Rei se cruza de brazos y me observa con la cabeza un tanto inclinada, incrédula ante mi intento de desalentarla.

—Te puedo dar una segunda oportunidad, si la necesitas…

—No, no, es demasiado humillante.

—Eso pensaba.

Se lleva las manos a la espalda y se encorva un poco para acercar su rostro al mío. Los hoyuelos que suelen suavizar su gesto aparecen de nuevo, aunque ahora la dotan de una travesura digna de una chiquilla. Tener una compañera de fechorías es lo que siempre he deseado, pero no sé si quiero que Rei se meta en problemas por mi culpa.

—Le dices muy a menudo a Rima que deje de pensar, pero no eres nada diferente. Desde esta distancia —se aproxima más y retrocedo un paso, sintiendo que mis mejillas se incendian por su cercanía— puedo ver todo lo que pasa por tu cabeza.

Titubeo, ya que no sé cómo defenderme.

—Encima de que mientes fatal, eres facilísimo de entretener. Senda, voy a tener que enseñarte unas cuantas cosas.

Y su frase me suena tan incitante que fantaseo a mil por hora y me muerdo la lengua para controlarme. Cómo puedo ser tan básico. Por fin, Rei se aleja y emprende el camino en dirección contraria. La cojo del brazo y la reconduzco. Doy gracias de llegar al establo de Cartiar caminando; tiempo suficiente para enfriar mi mente y centrarme en mi objetivo.

Le recomiendo a Rei que permanezca fuera y le agradezco que esta vez me haga caso. Cartiar tiene un humor especial y, si ya solo con verme entrar pone los ojos en blanco, descubrir que una pieza más está involucrada en mis cuestionables asuntos le haría negarse nada más atravesar el dintel de la puerta. Después de una discusión de unos cinco minutos, consigo que me preste una yegua. No es la habitual y me siento inseguro cabalgando un animal nuevo. Si no está acostumbrado al contacto de otro ser, preveo una caída desastrosa a medio camino. Se lo agradezco infinitas veces, con todos los tonos y movimientos posibles, y salgo a la calle.

Rei se acerca, entusiasmada, pero cuando comprueba que solo tenemos una montura, pone los brazos en jarra. Sé lo que va a decir antes de que abra la boca. Por eso, cuando la imito coincidiendo con sus palabras, por primera vez, se sorprende.

—*¿Dónde está mi caballo?*

Balbucea.

—Solo tenemos uno. Este establo no me pertenece y este caballo, menos aún.

—Muy bien, pero lo guío yo.

—Pero si no sabes ir a Mudna.

Aprieto los labios, descontento con mi propio desliz. Ahora Rei sabe el destino, aunque no el objetivo. Ella sonríe y me dice:

—En la lección de Historia de Nueva Erain he estado analizando los mapas para poder enterarme. Está a unos tres o cuatro kilómetros de distancia de aquí. Se divisa en el horizonte, así que no creo que me pierda. Oriéntame desde detrás y seguro que seré capaz de seguir unas sencillas indicaciones.

No sé si Rei está empezando a ponerme de los nervios o a gustar más. No se deja amedrentar. En eso es igual a Hester y Jaziz, pero no tenía la sensación de que su carácter fuese tan férreo como el de sus dos amigas. Siento una curiosidad más personal llamar a mi puerta interior, picando por conocer el pasado de Rei. La historia de todas ellas está conectada, al menos, hasta cierto punto, pero ¿de dónde proceden exactamente? ¿Qué les sucedió? ¿Algo más que las guerras entre bandos sideneses? Los cuernos partidos de Rima, las branquias suturadas de Rei, el silencio perpetuo de Kaled… No soy quién para dar respuesta con meras suposiciones, eso sería un insulto; sin embargo…

—¡Móntate en el caballo, maldita sea!

Alzo el rostro. Ella está subida en la yegua, a la que parece encantarle la forma en que la harum la trata, agarrando las riendas y rodeando la silla con sus piernas. Me tiende una mano y, con las preguntas permaneciendo aún de puntillas sobre mis dudas, subo de un bote.

—Agárrate a mí —musita—. Por tu ceño fruncido sospecho que hemos perdido demasiado tiempo, así que voy a ser veloz, con la condición de que dejes de arrugar tanto la frente. Un surco más y te desaparecerá la cara entera.

Tampoco le puedo negar su sentido del humor. Sonrío y dejo caer mis manos sobre su estrecha cintura. Los aprendices de Salvación tenemos nociones de sanación, por eso, cuando mis dedos se agarran a su ropa y su cuerpo, reconozco enseguida que todavía se está recuperando de la desnutrición padecida durante el viaje. Ella suele reaccionar a mis entrometimientos, aunque sean involuntarios, pero esta vez espolea a la yegua con determinación y emprendemos la marcha sin más.

Es cierto que Mudna se cierne sobre el horizonte como una presencia solemne. Mi antiguo hogar. Fijo la mirada en el pelo liso de Rei, porque los recuerdos están despertando y ahora lo último que necesito es ver *sus* rostros mudados de color. Ver la expresión de todos aquellos que siguen vivos, pero que podrían morir por mi causa. Por *la* causa.

Me distraigo de tal manera que Rei tiene que consultarme varias veces sobre el camino a seguir. Le indico que vire hacia el nordeste para que los vigilantes de la muralla de hierro que rodea la ciudad vecina no nos adviertan al llegar. Nos colaremos por un viejo hueco en el muro que descubrí hace años. Quién me iba a decir que mis travesuras durarían tanto tiempo.

Alcanzamos con éxito los alrededores y dejamos al animal atado en un matorral resguardado por un grupo de escuálidos árboles. La vegetación en el centro del país siempre ha sido escasa; pero vetea de vida la tierra pedregosa y seca, pese a que tampoco llama mucho lo atención por el verde grisáceo de las hojas y las esqueléticas ramas que sobreviven a las intempestivas tormentas de invierno y el duro calor del verano. Así que lo único de lo que me debo preocupar es por si alguien se acerca lo suficiente como para identificar a la yegua oscura.

Descendemos y Rei le susurra algo al animal antes de seguirme hasta la muralla. Mientras trato de apartar un zarzal que ha comenzado a crecer alrededor de la falsa pared que cubre el boquete, Rei se recoge la larga melena en una coleta alta. Luego se echa la capucha de su chaqueta gris oscuro sobre la cabeza. Es precavida. Ya tenía pensado seguirme, pero ¿desde cuándo sabe que pretendía hacer una de las mías?

—¿Por qué no usas la magia para apartar las zarzas?

—Oria, la sensible, vive aquí. Además, a los de Defensa Interna les enseñan a agudizar sus sentidos mágicos. Nos detectarían enseguida.

—Entiendo. —Y mete las manos en el zarzal sin miedo a las espinas.

Con su ayuda, y después de unos cuantos pinchazos, conseguimos apartar la vegetación. Rei me observa, curiosa, mientras introduzco la punta de los dedos en los finos resquicios de la plancha de metal que camufla mi entrada secreta a Mudna. La sidenesa pasa la mano por la superficie y luego se mira la palma, asombrada.

—Jamás había visto una fortaleza erigida con tanto metal. Tan bien trabajado. Es increíble…

Los remordimientos por llevarla conmigo a la que puede llegar a ser mi segunda incursión más precipitada aumentan. Aunque no siente miedo, solo respeto. Y la entiendo. Los remates puntiagudos en los que finaliza la alta muralla imponen; como afilados colmillos esperando insaciables a que entres en la boca del peor depredador.

Rei respira hondo y da un paso adelante, pero interpongo mi brazo entre su cuerpo y el hueco. Da un pequeño respingo, pero no se aparta. Me frunce el ceño, algo irritada, pensando seguro que estoy a punto de echarme atrás… o de intentar convencerla para que se retire.

—Gracias por defenderme esta mañana ante Danel —musito.

—¿Tu compañero?

—Más bien expareja. —Agacho tanto la cabeza que el cuello me tira con una punzada.

—Oh. —Suspende su aliento y sus palabras durante unos segundos—. Solo te he dado un empujoncito. Ese humano es rematadamente idiota.

—Antes no lo era.

¿Por qué lo defiendo?

—Bueno, pues ahora lo es. Y mucho. No se merece estar con alguien como tú.

Alzo el rostro para ver la típica sonrisa de Rei que deja al descubierto sus dos colmillos. Me rasco la nuca, tímido, y ella pone una mano sobre mi barbilla para que levante el rostro. Su piel está tibia pese al frío que hace. Mis dedos rozan los suyos, pero enseguida escondo la mano tras la espalda.

—¿Estás segura de esto?

Cambio de tema, dejando que sea ella quien normalice nuestra conversación y aparte la mano, aunque tarda un poco. Pone los brazos en jarra de nuevo y mira más allá de la entrada. Bufa para apartarse una greña que ha caído sobre su rostro. Luego inclina la cabeza hacia mí.

—No voy a permitir que Kaled caiga en malas manos. Otra vez no.

Y su afirmación me deja clavado en el suelo. Me ha seguido no por mera y complaciente curiosidad, sino por Kaled. Supongo que para enterarse de qué trama y qué esconde este país que necesita la ayuda de un sensible mucho más perceptivo y poderoso. Incluso yo me cuestiono el porqué de ese secreto que parece tan importante como para rogarle a un chaval afectado por la guerra de su país. Sí, nos tenemos que enterar. Y sí, por supuesto, no pienso volver a cuestionarme si dejar a Rei atrás.

—¿Sabes, Senda? No quiero inmiscuirme en tus asuntos, pero… quiero asegurarte que sé cuidarme sola y que, si nos metemos en problemas, créeme que no serán peores de los que ya he escapado. —Carraspea—. Lo que quiero decir también es que… no estoy preocupada por mí, sino por ti.

La confesión me sorprende y respondo, tal vez demasiado rápido:

—Estoy bien.

—Ya te he dicho que no voy a entrometerme. Nos ha unido una desgracia y no creo que exista todavía una confianza real entre nosotros. Pero si hay que parar, entonces nos paramos.

Me observa tan resolutiva mientras dice la última frase que es imposible que se me escape el mensaje tras su advertencia velada. No puedo evitar que me moleste la seguridad de sus palabras, como si me conociese. Como bien ha dicho, no sabemos nada el uno del otro, así que no tiene por qué creer que vamos a tener que detenernos y no completar la incursión por mí. Sin embargo, una segunda voz me susurra que me fastidia la declaración de Rei porque es acertada.

—Será mejor que prosigamos. El sol está empezando a ponerse y los mejores escondites no están en la oscuridad total, sino en las sombras que crea la luz.

Atraviesa el boquete sin dedicarme una mirada más. La persigo un tanto desconcertado todavía, pero cuando me recibe la ciudad, todos mis sentidos se ponen alerta de nuevo. Mudna es muy distinta a Núcleo. Más vigorosa e imponente, tal vez porque el pueblo se eleva hacia el cielo en una colina liderada por un enorme castillo, tan antiguo como las historias que ha albergado. O tal vez es por el ambiente sombrío que parece que jamás desaparecerá de estas calles, como una cicatriz que recuerda el pasado con rincones gris ceniza y luces naranja sanguina. Que los aprendices, tanto los de Denfesa Interna como

Externa, especialistas, instructores y ogiars vistan uniformes totalmente negros tampoco ayuda a que la ciudad parezca más viva. Sí, Núcleo estará sumida en la reconstrucción y el polvo, pero más complicado es limpiar las lágrimas de horror y sangre que se derramaron a causa del tirano que vivía en esta ciudad y que condujo a todo el país a una guerra civil.

Bordeamos algunas casas limítrofes, pegados a la pared. Me angustio, porque hay más patrullas de lo habitual. ¿Será por Vérula? ¿Será porque un inminente peligro se cierne sobre Nueva Erain? ¿Será por ambas? La curiosidad me burbujea en el pecho. Cojo la mano de Rei para mantenernos lo más unidos posible. Ella aprieta mis dedos sin discusión. Vigilamos más allá de la esquina tras la que nos resguardamos.

—¿Los defensores no te parecen muy altivos? —me susurra, muy cerca de mi oreja.

—Los defensores internos, para ser exactos. Hay grupos bastante extremistas que repudian la moiro hasta límites insospechados.

—¿No hay que hacerlo, al fin y al cabo? La magia gris o... moiro —trata de pronunciarla sin ayuda de su poder—, o lo que sea... solo nació con la intención de ser un arma.

—No hay que protegerla, pero tampoco combatirla con la muerte. Se recrimina mucho la violencia que a veces ejercen los que son educados para proteger.

—Pero proteger peleando. ¿No crees que la línea es muy fina? —Ella se pega más a mi cuerpo y su mano empieza a temblar, no sé si por el frío o por la tensión.

—A veces sí, pero, con sinceridad, para mí la línea es demasiado gruesa cuando se decide asesinar.

Su mutismo lo tomo como un asentimiento. No todos los de Defensa Interna son iguales, pero es cierto que su adiestramiento es mucho más agresivo que los que estudian para cubrir las fronteras del país de cualquier ataque externo. Si el peligro viene de fuera, solo puede llegar en barco, y no será ni el primero ni el último que conseguimos espantar —o hundir, aunque pocos han sido los casos—. En cambio, si nuestros enemigos consiguen internarse dentro, ya sea escabulléndose o transportándose con su magia a riesgo de ser detectados, entonces se interpreta con mayor gravedad.

—Tenemos que subir hasta el castillo. Será complicado sin usar nuestra…

Entonces un estruendo recorre la calle en eco y nos alcanza, vibrante. Nos encorvamos aún más, pero echamos un vistazo. Un grupo de defensores internos está sacando de un edificio, entre gritos y empujones, a diversos seres. Solo a dos de los cinco los envuelve la magia dorada como una capa defensiva. Siempre me he preguntado, más allá del repudio ilógico, por qué algunos seres no mágicos rechazan una energía incapaz de hacer el mal. Qué sacarían de eliminarla por completo cuando se sabe que está conectada a todo lo vivo.

Temo que los enemigos sean moiros, pero no contraatacan; en cambio, levantan las manos y exclaman. Una defensora señala amenazadoramente a un draiz que, si estira un poco más los brazos en señal de rendición, se los desencajará. Empiezo a golpear un pie contra la tierra, ansioso. Podríamos utilizar la distracción para avanzar, ya que parece que ninguna patrulla más ronda la zona. Sin embargo, no puedo evitar pensar que esta intervención está siendo más violenta de lo que debería. De que esos seres, arrodillados con las manos desnudas, solo claman comprensión y diálogo.

Está claro. No puedo obviarlo.

Suelto la mano de Rei, y ella me deja ir sin sospechar qué pretendo. Me echo la capucha sobre la cabeza y salgo del escondite. Noto los dedos de la sidenesa rozarme la espalda en un intento vano por detenerme.

—¡Eh! ¡Eh!

Se giran enseguida, alertados por mis gritos. Los dos defensores mágicos se hacen varias indicaciones entre sí en mi dirección con sus armas en ristre, junto a otro compañero. Los que se quedan atrás amenazan todavía más a los apresados; amenazan sus vidas, y eso incendia más mi enfado. La expresión de los que se aproximan se contrae con dureza. No sé qué voy a hacer, pero al menos he protegido a…

Y, de pronto, la casa de la que han salido explota. Todos nos quedamos paralizados, atendiendo al estallido, confusos. Los defensores rezagados se abalanzan contra el draiz que más ha mostrado sus manos, porque diversos halos, sinuosos y grises, empiezan a bordear su cuerpo como serpientes venenosas. ¿Qué he hecho?

—¡Mierda! —masculla un espacialista—. ¡Hazte cargo de ese! —Me señala a mí—. ¡Yo iré a por el moiro!

El defensor me encara y, de nuevo, todo pasa muy rápido. Rei se interpone. Sus manos se iluminan de dorado y, como si los seres mágicos fuéramos la llama de una vela, la harum sopla y nuestra energía se duerme. De hecho, parece que todo a nuestro alrededor se oscurece. Noto que mi magia queda recluida, pero también la de los demás. Incluso la del moiro que, desconcertado pero alerta, aprovecha la confusión provocada por la súbita desaparición de la magia en todos nosotros para huir junto a sus compañeros.

Rei también emplea el lapso que tardan los defensores internos en advertir al resto de patrullas para agarrarme de la mano y alejarnos.

Un susurro en mi cabeza agradece su valentía y diligencia, pero una voz retumba más fuerte que los nervios, la inseguridad, los errores… Más alto que todo. Solo una parte de la sociedad fue elegida por la Magia para otorgarnos su don. Algunos poseen más poder que otros. Las maneras que tenemos de hacer uso de Ella son muy diversas, pero un sector destaca por habilidades únicas como la sensibilidad de Kaled y Oria. Y luego están los que son como Rei. Pocos, casi una leyenda. Y, aunque su existencia se cuenta como una fantasía, los buscan. Porque si puede haber algo más llamativo que percibir demasiado la Magia…, eso es poder manipular la de los demás. Controlarla. Rebajarla. Avivarla. Bloquearla.

Adormecerla, como ha hecho la sidenesa con la de todos nosotros.

Ahora entiendo por qué fue ella la que consiguió apaciguar las convulsiones mágicas de Kaled el día en que llegaron.

Rei es capaz de hacer eso y mucho más. Rei es lo que se llama una moldeadora de magia.

RIMA

SOMOS EXPERTAS EN GUARDAR NUESTROS SECRETOS, así que no entiendo por qué Rei ha sido tan descuidada. Ya tenemos suficiente con lo de Kaled como para que ahora vengan demandando también las habilidades de ella. El temor me estrangula por dentro al percatarme de que, si los rumores se extienden demasiado y Nueva Erain no está exenta de espías, Magog no tardará en enterarse. Podría despertar cualquier pesadilla, que ninguna me parecería tan terrorífica como que ese ser regresara a nuestras vidas. Un ser sin magia capaz de derribar pueblos enteros y convertir el miedo en un espectáculo.

Si poseyera la moiro…

Y, de pronto, aparece Rei. Es la última; posición tan inconveniente como su desliz. Hace una hora que la estamos esperando en la azotea del Liman. Dado que nadie sube aquí, me resultó un buen lugar para tratar este tema.

Rei se encoge en cuanto nos descubre. Lo peor para ella es que, si hay alguien más enfadada que yo, esa es mi hermana.

Y Jaziz es una mala baza a tener en contra. Avanza con pasos decididos hacia ella, dejando que el pelo corto se arremoline entre sus cuernos.

—¡Por los Ascendientes, Rei! ¿Sabes en qué lío nos has metido?

Es cuando levanta un dedo en su dirección, que Hester y Kaled intervienen a la vez. Una la coge de la muñeca y el otro se coloca entre ambas. Mi hermana los observa, herida.

—Jaziz… —Me acerco a ella.

—¡No, Rima! Díselo. Tú también estás enfadada. Muy enfadada. Apóyame.

—Rei, Jaz tiene razón. ¿Qué narices hiciste en Mudna? ¿Por-por qué? —Hago aspavientos con las manos, movida por los nervios.

—¿Podemos hablarlo con tranquilidad?

—Tranquilamente o no, nos has puesto en peligro.

—Nadie sabe que soy yo.

—Pero has dejado un rastro. ¡Una pista! Por los Ascendientes, Rei… ¡Mierda!

Jaziz le propina una patada al suelo mientras da media vuelta y se aproxima al antepecho de piedra. Le tiemblan los hombros y, por cómo encorva la espalda, sé que está reprimiendo las lágrimas. La frustración y el miedo estarán quemándola por dentro, por eso suprime sus sentimientos más dañinos; siempre asegura que es la única forma que tiene de hacerlos desaparecer. No obstante, siempre he creído que Jaziz termina alimentándose de ellos. Los devora entre sollozos hasta que no queda nada, pese a que su veneno jamás deja de recorrer sus venas. Por ello siempre está al límite, renqueando entre la serenidad y la ferocidad.

—Rei, más te vale tener una buena excusa —dice Hester.

—¡Ya basta!

Nos volvemos hacia Kaled, sorprendidas por el grito imperativo. Rei lo abraza y el chico hunde el gesto en su revuelto pelo anaranjado. Me muerdo la lengua. Se nos está yendo de las manos. Hacía tiempo que no nos enfrentábamos de esta manera. No es culpa nuestra. Ninguna hemos pedido huir de nuestro hogar y terminar en un país ajeno que nos promete mucho, pero en el que nosotras solo podemos avanzar poco a poco.

Rei lo acuna y Kaled solloza y susurra nuestros nombres uno a uno. Suena a plegaria y el corazón se me rompe un poco más si es posible. Los recuerdos lo empañan todo de nuevo. Los lazos que creamos están manchados de sangre. Aunque hay algunos más fuertes que otros, están anudados entre sí, creando una telaraña indestructible y sucia; una que nos permitió huir con éxito de las garras de Magog.

—¿Estás bien? —Rei se separa de Kaled y le seca las lágrimas. El chico asiente, aunque con la cabeza un poco ladeada—. ¿Podemos hablar de forma civilizada o no? —nos pregunta Rei con la tensión afilando cada una de sus palabras.

—Por supuesto —media Hester—. Lo sentimos mucho, Kal.

—Sí, lo sentimos. —Asiento.

Él aprieta los labios en una sonrisa torcida, coge de la mano a Rei y nos reunimos con Jaziz. Mi hermana desliza sus ojos grises hacia el suelo, avergonzada. Kaled adelanta unos pasos y le coge los dedos para posarlos sobre los de Rei. Las dos se miran con tristeza, pero no tardan en fundirse en un abrazo reconciliador. Me cruzo de brazos, aliviada. No podemos destruir lo que tenemos.

Nos sentamos en círculo. Es Rei quien comienza a hablar y nos explica qué sucedió. La aclaración a los rumores. Tampoco le voy a echar la culpa a Senda, pero si no se hubiese expuesto así…

—Senda es el único que sabe lo que soy.

—Pero ahora todo el país habla de que hay una moldeadora.

Si llega a oídos de Magog…

—Aquí estamos a salvo —asegura Rei.

—Dejad de pensar en Nueva Erain como nuestra panacea —murmuro—. Sí, no es un mal país, pero no está libre de la magia gris, de los espías, de los juegos políticos, de los secretos, las mentiras…

—Y, sin embargo, es mejor que Siden. Aquí nos ofrecen protección. Un futuro —me contesta Rei.

—Estoy harta…

—No podemos rendirnos ahora, Rima. —Hester pone una mano sobre la mía.

—No me rindo. Solo quiero estar bien. Solo quiero… que dejen de utilizarnos. Kaled…

—A Kaled casi lo intercambias por conocer a alguien —me espeta Jaziz, con su natural fuego arrasador.

Se me escapa una risita incrédula.

—No me fastidies, Jaziz. Vosotras lo apoyasteis también.

—Tendré algo que decir al respecto, ¿no? —Kaled alza la voz para que le prestemos atención.

Es el que peor lo pasó bajo el yugo de Magog. El que más sufrió durante el viaje de huida. Se sumió en el silencio más profundo, tal vez coaccionado por el terror y la conmoción que todavía parece presente. Y, sin embargo, en su voz suave y aguda, en sus facciones pubescentes, y, sobre todo, en sus ojos descubro una determinación labrada a golpes. Una madurez inconcebible para un sencillo muchacho. Aunque nos observa buscando nuestra aprobación para hablar, sé que ha decidido algo. La voluntad de los seres se convierte en un halo visible y cegador cuando estos han sido lo suficientemente osados como para hacerla brillar.

—Rima solo quiere saber más y usó una baza para lograrlo, de la misma manera que Rei actuó en Mudna por lo mismo.

—Asentimos mientras un peso en mi pecho se diluye gracias a sus palabras—. Y… tengo miedo, pero creo que podría ayudar. Nos salvaron. Quieren hacer algo bueno, estoy seguro. Estoy… estoy bien aquí.

—No podemos ceder con tanta facilidad a sus peticiones —opino, sin embargo—. ¿Y si descubren que Rei es una moldeadora? ¿También los ayudarás? ¿Dejarás que todo el mundo sepa de tu peculiaridad y empiecen a pedirte favores que más bien será aprovechamiento?

—Rima, cálmate.

—Hay que hacerles saber que no nos subordinamos ante nadie…

—Ellos no son Magog.

—¡Todos son como Magog! —espeto, pero me tapo la boca al instante para reprimirme.

Me observan, pasmadas, aunque reconociendo mis miedos, como si siempre estuviese exhibiéndolos. Me siento estudiada. Expuesta. Sus ojos se convierten en aquellos desconocidos que me contemplaban con diversión más allá de los barrotes; pujaban por mí, me tocaban y me escupían como si fuese un mero objeto insensible. Inservible. Me pica la piel bajo mis cuernos y la memoria me zarandea con dolor por mi pérdida de identidad.

—Dejadme… —Se me quiebra la voz—. Kaled, por favor, déjame que les pida algo a cambio. No lo soporto… Quiero marcharme de aquí. No quiero estar en este país.

Me llaman cuando me incorporo, dispuesta a huir de mi eterno castigo. Me ahogo. La garganta crea su propia soga y me asfixia. Mi estómago recibe un puñetazo de realidad que hace que me salten las lágrimas. Boqueo. El aire se acaba. No, todo se acaba. Puedo ver las paredes de piedra del Liman derrumbarse. Las columnas ceder. Las amplias y concurridas escaleras en equilibrio precario. Todos gritan conmigo, dejando que el eco se lleve sus súplicas, que las expanda por los preciosos patios internos y las calles polvorientas. Estoy causando la destrucción de este pueblo que solo intenta levantarse después del feroz impacto de la guerra. Ellos no son diferentes a mí, pero yo solo veo sus vidas tranquilas y felices como un sueño. Lo anhelo, pero lo repudio a la vez.

Desciendo y desciendo. Soy consciente de que el sol ha dejado de iluminar mis pasos. Que son lámparas y sus llamas las que me han dado la bienvenida en unas escaleras estrechas, donde se sostiene la humedad y el silencio. No me cuestiono dónde estoy, solo sigo descendiendo, con el corazón golpeándome el pecho y los recuerdos ahuyentando cualquier motivo de esperanza.

Unas voces me alcanzan y mi cuerpo reacciona solo, buscando un hueco oscuro en el que esconderme como si fuese una prófuga. Como si ya supiesen que no pretendo quedarme. Como si notasen que no formo parte de ellos ni de nadie. Me acuclillo y me protejo la cabeza con los brazos. El final de mis cuernos partidos me araña la piel de los antebrazos y me despiertan de la enajenación. ¿Desde cuándo son tan punzantes? Me observo las marcas rojizas y alargadas. Los rastros de los que Magog nunca permitirá que me olvide.

Cuando todo enmudece de nuevo, desciendo unos cuantos peldaños más. No sé por qué lo hago. Tal vez busco una buena excusa para que me expulsen del país y no ser yo quien tenga que dar el paso.

Llego a un enorme pasillo de piedra oscura y húmeda. Hay diversos portones de madera reforzados con remaches y gruesas bisagras de metal. Parece que ocultan algo o que lo aíslan… de los demás. Porque este lugar grita «calabozo» en cada esquina. Despierto la magia para que me envuelva y prosigo. Intento no hacer ni un solo ruido, pero una voz me petrifica a medio camino.

—¿Quién anda ahí?

Miro a todos lados, asustada. No he entendido sus palabras, así que refuerzo mi energía y, por suerte, vuelve a formular lo que sé, al menos, que era una pregunta. Me han pillado, pero no entiendo por qué me sorprendo tanto. Si esto es una prisión, ¿quién dejaría sin vigilancia sus celdas más de un minuto? ¿Quién osaría tentar a la suerte y permitir que los moiros…? Es terreno peligroso. Aun así, contesto:

—Nadie.

Menuda estupidez.

—He escuchado a *nadies* hablar, pero, desde luego, tú no suenas como una de ellas.

Creo reconocer ciertas notas relamidas en su voz. Poco a poco, los retazos encajan para revivir aquellos gélidos ojos azules que me observaron con arrogancia y diversión las dos veces que nos encontramos. La primera frente al Liman; la segunda, fuera del pequeño cementerio de Núcleo. El moiro que me golpeó la mejilla. Me llevo las yemas de los dedos a la cicatriz blanquecina. Solo se diferencia de una herida convencional porque no está provocada por un arma cualquiera, sino por el único tipo de magia capaz de dañar. De matar.

—Eres tú… Vaya, vaya.

Retraso unos pasos. ¿Cómo me ha descubierto? ¿Por una simple palabra? Imposible. El eco y la indecisión han deformado mi voz. Tiene que haber sido otra cosa. Mi propio cuerpo me responde. Mi magia palpita y revolotea, nerviosa, hasta que respiro hondo y consigo concentrarla. Quiere asustarme. Provocarme y hacerme creer que él tiene el control de la situación. Y no negaré que la magia gris me infunde un temor profundo, pero soy yo quien tiene ventaja. Él ha sido derrotado dos veces por los defensores de Nueva Erain. Eso quiere decir que su energía retorcida se puede combatir de alguna manera. Si quisiese hacerme daño, ya lo habría hecho; ya habría escapado.

Así que me calmo, porque lo único afilado aquí son mis cuernos partidos y su lengua.

—¿Eres el moiro que me atacó?

—No hablo con *nadies.* Acércate.

Inspiro hondo y rebajo la intensidad de mi poder; ahora es un rumor que parece el reflejo del fuego de las lámparas sobre mí. Me acerco hacia la puerta de la que procede la voz. Es más pequeña pero de madera más robusta que las de su alrededor. Poso una mano sobre ella y la golpeo varias veces. Sí, es resistente, pero frente a ese tipo de magia destructora apenas debe ser como una ramita endeble. No hay ninguna ventana u obertura por la que echar un vistazo. No debería hacerle caso. No debería siquiera estar aquí.

La razón acude a tiempo para hacer retroceder mis pasos. Es una locura. No voy a sacar nada en claro hablando con un chico que no tuvo miramientos en atacarme a la primera de cambio. Es un fanático que pervertió su energía con el único deseo de matar a aquellos que la mantienen pura. Pero podría preguntarle... Podría saciar mi curiosidad sobre esa magia que aquí llaman funesta. En Siden era un rumor; uno que mataba a seres sin distinción. Un poder que no todos los esclavistas dominaban y, por lo tanto, enemigo de sus planes tiránicos...

Oigo cómo el moiro se remueve dentro de su celda. No puedo hablar con él. No estoy tan desesperada. Nada bueno sale de poner a la Magia en tu contra. La Historia nos lo ha enseñado. Y, sin embargo, es inevitable dudar. Él tiene otra versión de los hechos. Una cruzada personal contra Nueva Erain.

Así que lo hago. Me cuesta un gran esfuerzo abrir la puerta, por el peso y por la corriente de aire que rechaza mi tirón. Interpongo mi cuerpo en cuanto consigo mantener un espacio abierto. Desde el lado contrario, y pegando mi espalda a la pared, me resulta más fácil que la puerta ceda del todo. Me seco el sudor de la frente y me giro sobre mis talones de inmediato, recordando quién aguarda tras de mí.

Sin embargo, ahogo una exclamación al encontrarme con una barrera mágica. Me acerco lo suficiente como para sentirla viva. Mi energía cosquillea y aumenta su intensidad un segundo, respondiendo a la llamada de sí misma. ¿Por qué la Magia se dividiría y nos otorgaría su poder? ¿Es que, pese a todo lo que nos ha hecho y lo que le hemos hecho, cree sin dudar en que somos capaces de hacer algo bueno con ella? No es la primera vez que la engañamos y la usamos para nuestro propio beneficio, solo hay que mirar a los moiros. Entonces, ¿por qué regresa siempre?

Me fijo más allá del velo protector y, a una distancia prudencial pero cerca, descubro al enemigo, arrodillado, atado de pies y manos, con el pelo revuelto creando alargadas sombras sobre sus finas facciones. Me observa con una ceja enarcada, revelando esa insoportable expresión de suficiencia que parece tener impresa en la cara. ¿Por qué da la sensación de que se piensa victorioso cuando está encerrado no solo en una celda, sino dentro de una burbuja mágica también? Está cercado por una enorme esfera dorada que rezuma poder. Constante y alerta.

—¿Te gusta mi casa? No es muy acogedora…

—¿No crees que deberías estar más asustado? —le recrimino cruzándome de brazos para reprimir el nervio que amenaza con hacer temblar mi voz.

—No, porque sé que voy a salir tarde o temprano.

—Sé cómo funcionan estas barreras, y no creo que tengas algún simpatizante mágico que las doblegue por ti... —echo un vistazo a mis espaldas—, ni por el resto de tus compañeros.

—Bueno —se encoge de hombros—, no he llegado hasta aquí para ser impaciente. A lo mejor lo que quiero es estar dentro.

Abro la boca para intimidarlo, pero se adelanta a mis palabras:

—¿Te vas a chivar? Oh, qué tierna. Mira, niña —es gracioso que me llame «niña» cuando aparentemente apenas me debe sacar un par de años—, en Ludenar somos los maestros de la intimidación. Estamos preparados para cualquier clase de interrogatorio, pero ahora empiezo a dudar entre si te han mandado a ti, indecisa y débil, como una estrategia para hacerme cantar, o… es que te has colado. —Una sonrisa juguetona atraviesa su gesto.

Es una artimaña. Es confiado e incluso, pese a su malacia, agradable desde un sentido algo retorcido. Aunque creo que me siento cómoda con él porque no me conoce. No me juzga. No sabe de dónde vengo ni lo que quiero. Podríamos beneficiarnos de lo que sabemos. Información por información, siempre y cuando no ponga en peligro a nadie.

—Me he colado —confieso con la barbilla alta, tratando de parecer más decidida.

—Uh, chica mala. —No me toma en serio.

—Ludenar, ¿has dicho?

Sé poco de ese país. No había muchos ludenses en Siden y al único que conocí lo raptaron de su hogar cuando era demasiado joven. Solo recordaba su idioma, que las tierras las rige una monarquía, que algo malo sucedía y los ricos bollos de canela recién horneados que su padre le cocinaba cada mañana. Con todo ello, como palabras en los labios e imágenes en la memoria, se desvaneció antes de que Magog lo asesinase. Y eso es todo lo que sé de ese remoto lugar que tiene una guerra abierta contra Nueva Erain desde hace diez años.

Él no me responde, así que insisto:

—¿Dónde está Ludenar?

—Cruzando el mar, al norte de Nueva Erain.

—¿Y por qué os enfrentáis a los erainos?

Y, por primera vez, se tensa. Capto cómo sus hombros tiemblan por la fuerza que están ejerciendo sus puños cerrados. No obstante, se relaja en cuanto se percata del fallo en lo que ahora sé que es una pose.

—O sea, ¿que no eres de aquí?

Jugamos a pillarnos. Me queda claro con su pregunta. No me importa que sepa que no pertenezco a este país, pese a que por ello mismo puede mentirme y darme una versión deformada para convencerme de sus argumentos. Debo ser más cautelosa e astuta con este ser que trapichea con la moiro y se cree el portento de todas las cosas existentes.

—Soy de Siden, ¿algún problema?

—Entonces, ¿te están refugiando?

—Contesta a mi pregunta y te daré una respuesta. —Doblo las piernas y me siento en el suelo para ponerme a su altura y encararlo. Si cree que su arrogancia va a hacerme retroceder, me subestima.

—Ellos comenzaron esta disputa. Ellos mataron a mi familia.

—¿Cómo?

Por mucho que me quiera oponer a Nueva Erain, me sorprende su afirmación y mi deseo de negarla. Nadie aquí me ha parecido hostil. No parecen querer mantener el conflicto contra Ludenar ni la expansión de la moiro. Necesito saber más.

—Te repito, ¿cómo?

—O sea, que eres de Siden…

Una pregunta por otra.

—Sí, llegué hace poco en una barca y me rescataron. Ahora quieren brindarme cobijo.

—¿Y tú no lo deseas?

—Uf, recuerda el juego, moiro. Es un intercambio.

—Las respuestas son muy cortas.

—¿Tenemos que poner reglas?

Y ambos sonreímos a la vez. ¿Qué narices me pasa? ¿Qué le

pasa a él? Somos enemigos. Él posee su magia para aniquilar la mía. Para asesinarme a mí. Esta tranquilidad no se sostiene. Es absurda e ilógica. Voy a preguntarle qué o quién mató a su familia, cuando un ruido desciende por las escaleras del fondo del pasillo.

—Contrarreloj, sidenesa.

—Volveré.

—No me muevo de aquí. —Su sonrisa permanece.

Cierro el portón de sopetón y una ligera brisa fría golpea mis tobillos. El estruendo del portazo se extiende en eco por todo el corredor y temo que haya alertado a quienes están llegando a los calabozos. Corro con el aliento contenido; la magia, angustiada. Me coloco contra la pared, donde la puerta que conduce hacia el primer piso del Liman me ocultará de los recién llegados cuando la abran.

Sucede como está previsto y dos defensores acceden entre murmullos nerviosos. Les acobarda que algún moiro haya logrado escapar de su celda mágica. Con toda la valentía que soy capaz de reunir, me escurro sin tocar la madera, a la vista de las espaldas de ambos nuclenses, y asciendo mientras la entrada se cierre sola tras de mí.

La adrenalina tira de las comisuras de mis labios. Andar por la cuerda floja es mi especialidad y no voy a desmerecer tal habilidad otra vez.

Advierto más recelo que sorpresa en sus rostros. Desconfianza. La sala de reuniones no rompe el silencio, pese a que los gestos están gritando de horror. Mis amigas me miran, pasmadas. La danían, su hermano y el consejero de ojeras permanentes parpadean como si no me hubiesen comprendido.

Lo repito:

—A cambio de que Kaled os ayude, quiero poder hablar con el moiro que me atacó.

—No —responde el consejero ojeroso, tajante, mirando a Kira.

—Espera, Noah.

—Que no, Kira. ¿Cómo vamos a confiar en una harum que simpatiza con un moiro?

La danían levanta una mano y su compañero enmudece. Noah lanza una mirada significativa al otro consejero, su pareja, pero este niega con la cabeza en pos de su hermana. Kira frunce el ceño con suavidad, escrutándome para tratar de averiguar qué tornillo se me ha aflojado para proponer semejante trato. No hay maldad en mi acción. Tal vez el moiro pretenda algo, aprovechándose de que luzco indefensa, pero espero ser lo bastante lista como para no caer en sus juegos.

—¿Cómo sabes que el enemigo se encuentra en el calabozo?

No espero la pregunta y, ante la presión que atenaza mi estómago, reprimo con todas mis fuerzas el nerviosismo y contesto con sorprendente naturalidad:

—Lo he supuesto. Podría estar en Mudna, pero la última vez que lo vi fui frente al bosquecito a las afueras de esta ciudad. Simple y llana suposición.

Kira desciende la mano hasta situarla sobre la otra que descansa en la mesa de mármol. No me cree y, sin embargo, hay algo en su rostro que reluce comprensivo. Como si me entendiese. ¿Me lo estoy imaginando? No. En la danían hay algo más que pura dureza y seriedad. Sabe de las debilidades, de la curiosidad y de lo negativo que es prejuzgar. Anticiparse y errar por ello.

—Precisamos de la ayuda de Kaled. Oria nunca ha reaccionado como él, y nuestros sanadores piensan que tiene que ver... con una cosa que está sucediendo en Nueva Erain. Algo importante. Algo que motiva a Ludenar a conquistar este terreno.

—Me ofrezco sin que Rima haga esa tontería —interrumpe Kaled.

No me fijo en la reacción del resto ante la descarada intromisión de mi amigo, porque solo tengo ojos para él. Kal tampoco inquiere en los demás, sino que entorna su mirada y la clava en la mía sin titubeos. No pienso ceder. No entiendo por qué no me ayuda en esto. No sé si es que intenta protegerme de un futuro error o que, simplemente, no apoya mi decisión.

—Kaled —gruño.

—Quiero ayudar de forma altruista. Nos ofrecéis un futuro sin poner un precio a nuestra protección. Creo en la Magia y, si lo que ocurre tiene que ver con Ella y puedo ayudar…, quiero hacerlo.

Noto cómo Rei me observa con cautela, como si un solo gesto pudiese derrumbar la sala entera. La magia tiembla en mi pecho y adquiere un cariz distinto a los despertares habituales. Duele. Las diferentes partículas de las que que se compone la energía se convierten en espinas hirientes y se incrustan en mi carne. Sangro por dentro; lo baño todo con rabia. Se disparan mis sentidos y percibo la aprensión de Jaziz en sus frenéticos latidos, la tensión de los consejeros en sus músculos, la tristeza de Hester en sus lágrimas ardientes, la negación de Kaled en sus labios apretados, el impulso de Rei en sus pies inquietos golpeando el suelo, y de la danían…, sus dos manos sobre mis hombros, aferrándose con firmeza.

De mi campo de visión desaparecen los demás y el espacio lo inunda el rostro de esta mujer implacable. El parche que oculta su ojo derecho. El pelo enmarañado como una selva profunda. No hay inseguridad ni rechazo. Solo entendimiento.

—Accedo, Rima.

Sus palabras se posan con suavidad sobre mis más agresivas emociones. Las que deforman la magia y la convierten en una especie de monstruo que devora la razón, retorciéndome. La danían respira hondo y, sin voluntad propia, me encuentro imitándola, aunque mis ojos se desplazan en busca de los de Kaled. ¿En qué estoy pensando? Él solo quiere una vida normal, como todas nosotras. He estado a punto de enfrentarme a él.

Me dejo caer en la silla como si toda resistencia me hubiese abandonado. Kira se aparta y me deja espacio.

—Lo siento, Kaled… —susurro.

El chico se levanta, bordea la mesa con pasos rápido y abarca todo mi cuerpo con sus brazos. Es él quien me mece, afectuoso, como si fuese el adulto, como si solo yo estuviese perdida. Últimamente, nuestros gestos han tenido más forma de disculpa que de aprecio. Le acaricio el pelo corto y dejo que nuestras esencias conecten para encontrar juntas un remanso en el que reposar; uno que no desaparezca después de alejarnos.

Nos dedicamos una mirada significativa. Él no vuelve a su sitio, sino que se acomoda en la silla vacía a mi lado. Enreda sus delgados dedos con los míos y aprieta. Inspira hondo. Sabemos que va a decir algo, por eso la mesa se mantiene alerta ante el futuro de la conversación.

—Dejad que lo haga. Ayudaré de todas maneras, pero concedédselo. No pretende nada malo, por sospechoso que os parezca.

—Ya he accedido, Kaled. —Asiente Kira.

Noah suspira y Ézer coge su mano para calmarlo. Entiendo la desazón del consejero. No es que yo no sea de fiar, es que miles de cosas pueden salir mal si no actúo con precaución. Yo misma puedo salir malparada si me confío demasiado y dejo que la labia del otro me convenza de lo que no es.

—Solo quiero hacerle unas preguntas. Saber más de este país… y de Ludenar.

No me siento honesta después de la intromisión en los calabazos. Después de que la danían haya aceptado mi petición, incluso cuando Kaled se ha propuesto sin recibir nada a cambio. Espero a que alguien diga algo. No quiero tirar del hilo más de lo debido ahora que he logrado mi objetivo.

—Podemos contarte nosotros todo lo que necesites saber.

—Solo quiero conocer otras versiones. Eso es todo. —Me encojo de hombros—. Si me cuenta algo importante os lo diré. No tengo nada que esconder.

—Él sí. Solo te aconsejo que no te dejes embaucar —dice Noah—. Al fin y al cabo, tú posees la magia que él desea destruir.

No puedo negar la inquietud del consejero. Están construyendo un país en aras de la paz y la tolerancia. He visto cómo proceden los moiros y son suficientemente amenazadores como para que los erainos tengan defensores en cada rincón del país. Y, sin embargo, no olvido la explicación de la danían sobre que buscan algo. Algo en lo que van a involucrar a Kaled y, por tanto, arriesgado. Voy a preguntar, tamborileando los dedos sobre el dorso de la palma del chico, pero Rei se me adelanta:

—¿Qué es ese *algo* del que hablabais, danían? No suena a trabajo fácil y prometo que haré lo posible por sacar a Kaled de vuestra trama si comporta algún peligro real.

Se delatan en cuanto intercambian varias miradas de preocupación. No nos sorprendemos, porque no esperábamos una contestación diferente. Nueva Erain está acechada por sombras que ni ellos saben de dónde proceden con exactitud. Esa oscuridad amenaza el proyecto de futuro que quieren convertir en una realidad. Ahora lo veo más claro. La urgencia por confiar en la ayuda de Kaled. Y, por fin, pese al temor que clava sus garras en mi corazón, siento que debemos ofrecerles nuestra ayuda. No es que antes no comprendiese su desesperación, pero no quiero que pierdan la esperanza de construir, quizá, el mejor país de este planeta por no tenderles una mano.

—Es peligroso, Rei, pero contamos con toda la fuerza de Nueva Erain. Estamos preparados para cualquier intervención. No solo nosotros tendremos un ojo…, o dos —la danían sonríe por la broma que se jacta de ella misma—, puesto en él, sino que vosotras también podréis mediar.

—Kira —se alarma Ézer esta vez—. Cuantas más personas inmiscuyamos, más peligroso será.

—No pienso dejar solo a Kaled. —Rei se cruza de brazos.

—Ninguna de nosotras —determina Jaziz—. Somos una familia. Hemos superado obstáculos inimaginables, incluso para vosotros.

Ézer suspira mientras Kira calibra las palabras de mi hermana. Kal me aprieta la mano y le devuelvo la presión. Nos estamos involucrando del todo. No hay vuelta atrás. Cojo aire. Siento el susurro de la guerra revelarme que es inminente que estalle en Nueva Erain. No quiero que me pille aquí y, sin embargo, no puedo evitar sentirme parte de este lugar. Aunque sea una pieza minúscula, encaja en mis sueños, por mucho que quiera contrariar hasta el último detalle.

—Hace una década, Ludenar trató de atacarnos por primera vez. Nos espiaron durante años, pero sucumbieron rápido… —No lo cuenta como una hazaña heroica, sino como un recuerdo que le pesa en lengua.

—Tú hundiste ese barco, ¿verdad? —pregunta Hester—. Eso es lo que se cuenta…

Kira aprieta los puños y la vulnerabilidad le quita años a su rostro cansado, pálido y pecoso, carente de emociones vivaces.

—Tuve intención, sí, pero nunca llegué hasta él.

Nos asombra.

—Fue Vérula, la dirigente del país de Oced, nuestro actual aliado. Llegaba el mismo día a Nueva Erain con intención exploratoria, y entonces intervino. Nos ayudó. Hundió el barco.

De él conseguimos rescatar muy poco, pero Vérula identificó algunos objetos y nos reveló de dónde procedían.

De pronto, descubro cicatrices en los rostros de Kira, Noah y Ézer que antes me eran invisibles; cicatrices que hablan de un pasado marcado por la lucha y la sangre. Sangre y sudor. El recuerdo del pequeño cementerio a las afueras de Núcleo eclipsa mis pensamientos hasta que la danían carraspea.

—La cuestión es que desde ese día estamos enfrentados, aunque solo dos batallas se han cobrado la muerte de sus combatientes: en el hundimiento del barco y hace dos años, donde… —suspira—, donde fallecieron personas muy importantes para nosotros. Nunca hemos logrado detener a ningún moiro, hasta ahora. Casi todos nuestros enfrentamientos contra Ludenar siempre han sido en alta mar. Intentamos evitar que lleguen a tierra. Tampoco queremos utilizar la violencia, aunque, como veis, ha habido ocasiones en las que ha sido imposible evitarlo.

»Y respecto a quienes consiguen entrar en el país, ya sea transportándose, fingiendo ser alguien que necesita cobijo o mediante otra forma, tratamos de detectarlos. Oria es la única eraina sensible a la Magia y está al servicio las veinticuatro horas. Los defensores, tanto externos como internos, también aprenden a desarrollar ese sentido, pero no lo suficiente.

Suelto a Kaled, porque no quiero contagiarle mi nerviosismo. Contrastaré toda esta información con el moiro. Así sacaré una conclusión que mantenga mis miedos a raya.

—Entonces…, Ludenar os ataca porque quiere asesinar a todos los seres mágicos —recapitula Rei—. Vosotros, posiblemente, seáis el único país que acepta y protege a quienes huyen de esta situación… y de cualquiera —añade. Kira asiente—. Oced es un país aliado dirigido por Vérula. Me queda claro. Así que, ¿para qué necesitáis a Kaled en concreto? ¿Para detectar a la magia gris intrusa?

La tensión se levanta otra vez como un muro que nos aleja de la danían y sus consejeros. Empiezo a golpear el suelo con la punta de mis botas, ansiosa. No es por ello por lo que precisan la ayuda de nuestro amigo. Es por otra cosa… mayor. Más inminente. Más compleja.

—Desde hace un tiempo, somos sabedores de cierto *detalle* de Nueva Erain que hasta entonces desconocíamos… Nos lo reveló una persona de confianza antes de fallecer en la segunda batalla que os hemos comentado. Apenas pudo explicarnos nada y todavía no hemos logrado demostrar que sea cierto, porque, como ya sabéis, Oria no percibe nada. Sin embargo, confiábamos mucho en esa persona, por lo que no podemos evitar seguir insistiendo…

—¿Qué es? ¿Qué es eso que Ludenar desea tanto? ¿Por qué siempre parace que todo confluye en este país? —las preguntas salen solas de mi boca.

—Es un secreto, no podéis revelarlo. Si lo hacéis, lo consideraremos traición. Estamos confiando en vosotras por Kaled. Es importante que nadie más sepa esto. —Nos tomamos muy en serio la gravedad con la que la danían nos habla, destapando temores irreconocibles.

—¿Qué es? —insisto, obviando cualquier protocolo de respeto hacia alguien que ocupa una posición superior a la mía.

—Hay una enorme concentración mágica aquí, en Nueva Erain. Hay un punto en esta isla donde se encuentra, digámoslo así, el corazón de la Magia. Y muerto su corazón…, muerto cualquier ser que la posea.

—EL MISMÍSIMO CORAZÓN DE LA MAGIA. Aquí. En Nueva Erain.

¿Qué acaba de decir Rei? Milos entrecierra los ojos, más escéptico que confuso, lo cual agradezco porque mi rostro debe ser una máscara de desconcierto. ¿El *corazón* de la Magia? ¿El núcleo con más energía jamás conocido? Por eso Ludenar es tan insistente. No quiere asesinarnos uno a uno, sino a todos a la vez. Rei nos ha confesado que la danían conoce este dato por una persona de confianza que ya está muerta y que les reveló la verdad con más misticismo que claridad. Por lo que la colaboración de Kaled es fundamental.

Alcanzo el vaso de agua que descansa sobre la mesilla que está al lado de mi cama y me bebo el contenido de un solo trago. Esa es la razón por la que Vérula permanece en el país. La explicación por el aumento de altercados con moiros y su urgencia por capturarlos. Por primera vez en mucho tiempo, saber más de la cuenta no produce placer a mi curiosidad, más bien puro terror. Una segunda guerra mágica puede estar esperándonos a la vuelta de la esquina.

—Esto es una locura —dice Milos—. La implicación de lo que nos estás contando es muy grave, Rei.

La sidenesa encoge un poco más sus piernas cruzadas. Le sostiene el gesto a mi amigo, quien tampoco cede, pese a tenerla tan cerca, en la misma cama. Desde la mía observo en tensión su intercambio de mensajes silenciosos, algunos marcados por los colmillos de Rei presionando su labio inferior. No entiendo cómo Milos es capaz de enfrentarla con el respeto que da verla irritada.

—No deberías haberlo hecho, Rei —suspira al fin—. Son secretos de Estado. Estamos en un buen lío…

Se incorpora y empieza a pasear por la habitación. La harum lo persigue con la mirada, como si fuese un punto de luz danzarina demasiado hipnótica como para dejarla escapar. Milos se recoge las gafas cada dos por tres, porque no dejan de resbalarle por la nariz al tener la cabeza tan inclinada.

—Senda —interviene Rei—. ¿Está bien que os lo haya contado?

Carraspeo, porque me encuentro acorralado de pronto. Ambos me piden apoyo pese a que, por encima de una elección de bandos, lo que me suplican es una respuesta adecuada; que los saque de lo que puede haber sido una confesión demasiado arriesgada. No les puedo dar lo que piden, pero sí mi opinión. Rei sabe que estoy de acuerdo con ella mucho antes de que entreabra los labios.

—Es mejor que lo sepamos.

—¡Venga ya, Senda! —me increpa Milos. Se pega tanto las gafas al rostro que pienso que las romperá—. Hay un límite para tu curiosidad. Esto es grave. Esta es una situación de esas en las que debes reprimir a tu *yo* temerario e irreflexivo, o terminarás muy mal.

—Si nos pilla desprevenidos, entonces…

—¿Crees que Kira y Sid no nos avisarán si Ludenar decide atacarnos de manera definitiva? ¿Es que tan poco crees en nuestros dirigentes?

Gesticula sin sentido, haciendo aspavientos con los brazos, apuntando con sus manos en todas direcciones, dejando que sus pies propinen patadas a la nada. Me levanto y lo detengo con un abrazo. Tiembla en él. Desde hace días, Milos ha dejado de lado su parte más distendida para reforzar la más prudente y observadora. Creo que se le está juntando la proximidad de las pruebas de Seguimiento y su preocupación por mí. No puedo dejar que la segunda derrote a la primera, porque no es su futuro, sino el mío. El suyo reside en convertirse en el mejor sanador de este país.

—Será mejor que dejemos de hablar de esto... —susurro separándome de él.

—Pero ¿para siempre?

Aprieto los labios y él entiende mi mensaje, todo en lo que he pensado en los cortos segundos en los que hemos estado abrazados. Chasquea la lengua, decepcionado. Pocas veces lo he visto así conmigo, aunque todas ellas han dolido igual. Puedo permanecer alejado de él, si eso no lo hiere.

Se cuelga la mochila en el hombro derecho y me mira con intensidad:

—Tengo que seguir estudiando... Tengo que...

Enmudece y se dirige a la puerta de la habitación. Me mira una última vez.

—Recuerda por qué entramos en el Liman a estudiar y no nos resignamos a vagar por los escombros que había dejado la guerra. Yo quiero curar y tú, rescatar en las fronteras a aquellos que precisan de nuestra ayuda. Estamos aquí para salvar a las víctimas de sus desgracias y no dejar que estas vuelvan a arruinar sus vidas. Es la responsabilidad que tomamos y que pensaba que guiaba nuestros pasos, aunque lentos… —Le dedica una mirada significativa a Rei—. Es tu decisión, Senda, pero recuerda no arrastrar a nadie con ella.

Sale y cierra la puerta con delicadeza. Me deja plantado y sin palabras en una habitación que de repente parece más oscura. Oigo a Rei removerse en su sitio, pero me giro con rapidez porque no quiero su compasión. Me observa con sus ojos brillantes y las manos tensas sobre las sábanas arrugadas.

Con un suspiro, me acomodo a su lado. La sidenesa me aprieta el hombro con esos dedos salpicados de escamas azules. Estaba predispuesto a contarle todo esto a Fatma, pero, al comprobar la reacción de Milos, prefiero mantenerla al margen. Sé que no soy la llave que abre la solución; entonces, ¿Gavril tiene razón al decirme que no estoy enfrentando la realidad y que, por lo tanto, estoy boicoteando mi futuro?

Aguanto un sollozo de desesperación y Rei acude a consolarme poniendo sus manos sobre las mías. Alzo el rostro, algo avergonzado porque una desconocida haya presenciado la discusión con Milos y ahora esté comprobando lo débil que puedo llegar a ser. Lo confuso que puedo llegar a estar.

—Senda… —murmura mi nombre y su voz me hace cosquillas en la nuca—. Milos solo está preocupado. Nos arriesgamos mucho en Mudna el otro día. Sé que tu intención era buena, pero…

—Pero esos moiros escaparon por mi culpa, porque cometí el mismo fallo que Rima el día en que llegasteis. Y tú…

Aparto la mirada, angustiado. No he abordado con ella el haber descubierto que es una moldeadora. He estado negándomelo, pero no se puede eludir lo que es una certeza que no solo sentí yo, sino también los defensores y nuestros enemigos. Al fin y al cabo, el rumor de que un ser capaz de manipular la magia está vagando por Nueva Erain no ha salido de nuestras bocas.

Ella tampoco parece dudar en que yo no haya guardado su secreto. Tampoco parece querer hablar del tema. La comprendo. Ella es, quizá, la poseedora de magia con el don más especial. La más perseguida. La intuición me dice que en Siden debió suceder algo con ella en este aspecto, pero, de nuevo, reprimo mis preguntas.

—Sé que crees que te apoyo en tus ideas locas por Kaled y, en parte, es cierto. Sin embargo, creo que de verdad hay una voluntad en ti que va más allá de tu labor en las fronteras. Creo que deseas saber más para tener más posibilidades en el momento de defender este país. Estoy segura de que Milos y Fatma creen lo mismo, no obstante..., es complicado ver a un amigo que se atreve a hacer lo que los demás no, poniendo en peligro su integridad. Incluso su vida. ¿Entiendes?

Sus dedos se enredan entre los míos y una cálida sonrisa se extiende por su rostro. Una expresión de madurez. Una cicatriz del pasado. Acepto su consejo con un leve asentimiento. Se levanta para encender varias velas. La noche ha consumido al sol sin avisar. El olor del humo impregna la habitación. Rei vuelve a su sitio, cruza las piernas y se coloca directamente frente a mí. Me mira con esa clase de determinación que parece mover mundos.

—Tengo que contarte algo más..., pero solo si lo deseas.

Las palabras de Rei hacen eco en mi mente y prenden otra vez la mecha de la fortaleza. Esa que siempre mantengo encendida, iluminando mis decisiones. Algunas demasiado imprudentes, pero de las que no me arrepiento.

—Estoy preparado.

Rei se muerde el labio inferior, satisfecha.

—Están reclutando a seres que se unirán a nosotras en la

expedición en busca del corazón mágico. Van a ser pocos y no sé si necesitarán a alguien como tú.

—Querrás decir a un aprendiz…

—No, quiero decir a un salvador, que hace más falta en los límites del país. Senda… —susurra reptando por la cama para aproximar su rostro al mío y que lo que vaya a decir quede entre nosotros dos. Su aliento huele a frambuesa—. Están escogiendo a personas preparadas, pero no han especificado si es obligatorio que se encuentren en formación o no.

—¿Podría presentarme?

—Hazlo mañana. Es tu oportunidad de participar fuera de las sombras. Es tu momento, Senda.

Apenas he podido descansar y me pesan los párpados. He dejado que Milos y Gavril piensen que continuaba dormido mientras ellos se preparaban para marcharse a sus respectivas lecciones. Menos mal que no han estado en el momento en que Yves ha golpeado la puerta tres veces con la contundencia suficiente como para tumbarla y me ha comunicado que ya puedo reincorporarme a las clases si me siento preparado. Mis compañeros de habitación habrían esperado a verme listo con mi chaqueta y mis apuntes. Por suerte, todo ha salido a pedir de boca.

Aunque no pienso asistir a ninguna lección, al menos hoy, me pongo la chaqueta para cruzar el Liman con más confianza. Basta que Yves o cualquier otro conocido me sorprenda sin ella y recorriendo zonas del edificio que no debería para que todo el plan que elaboramos Rei y yo se venga abajo. Es sencillo: acudiré a la sala contigua a la de reuniones, en la que se están efectuando los reclutamientos, y convenceré a quien se encuentre dentro de que soy la persona idónea para esta misión.

Repaso todos mis puntos fuertes. Mis frases más carismáticas. Mis sonrisas más convincentes. Sé que la voluntad no lo es todo, que el mundo sigue girando a la vez que yo lo hago, pero encarar con seguridad las situaciones difíciles siempre tiende a inclinar la balanza a mi favor.

Llego al pasillo sin titubeos por las veces que me he escabullido en él. De la sala de reuniones no parece escaparse ningún ruido, pero sí de la puerta que se encuentra unos metros más allá de esta. Respiro hondo, cuadro hombros y, con zancadas decididas, avanzo hacia mi destino.

No lo pienso dos veces. Si lo hago, puede que sea la primera vez que huya acobardado a lamerme las heridas de mi insensatez. Sin embargo, antes de que mis dedos rocen la manivela, la puerta se abre y deja al descubierto los ojos verdes de Rima. Deshago un paso, desprevenido. De todos los seres que esperaba encontrarme, la última era la harum.

Entrecierra los ojos y me observa desde el primer mechón ondulado hasta la punta de mis botas para luego regresar a mis ojos. Pienso que me envía un mensaje que no logro descifrar, hasta que me doy cuenta de que me pide en silencio que termine de retroceder para dejarla salir. Lo hago y ella avanza dejando la puerta entrabierta.

—¿Qué haces aquí?

—¿Y tú? ¿Otra travesura?

—No. Para que lo sepas, esta vez mi objetivo es legal.

—Ya. —Se cruza de brazos y una sonrisa juguetona asoma entre sus labios. Me sorprende verla tan relajada después del alboroto causado por el secreto de Rei y el pacto de Kaled—. Yo también estoy haciendo las cosas de forma legal.

Me extraña que Rei no me haya contado nada sobre Rima. Sin embargo, recuerdo que es su amiga, no la mía, pese a que no puedo dejar de sentir que existe una conexión especial entre ella y yo. Nuestros orígenes son muy diferentes y el hilo que nos conecta, invisible e intangible, pero está ahí, uniéndonos dentro de una corriente que reconocemos por pequeñas similitudes que han marcado nuestra vida y que reafirman nuestro carácter.

Voy a continuar con la broma cuando la sombra de Noah, el consejero de los danían, se alza tras Rima. Cogido de su mano, el pequeño Levi curiosea el entorno con la voracidad de un crío... hasta que repara en mí.

—Tú... —Me señala.

—¿Un caramelo?

No sé de dónde sale el dulce que está en mi bolsillo, pero si la Magia está empezando a ser creadora, que me avise. El hijo del consejero enmudece ante el tentador regalo y paso de inmediato a un segundo plano. No me escapo de la atención escrutadora de su padre, pero su interés dura poco. Muy poco, porque ahora son ellos los que pasan a un primer plano. Rima está esperando a Noah, ¿por qué?

—¿Qué haces aquí, Senda?

Me pone nervioso que el consejero sepa mi nombre, pero reprimo la tensión y, con mi natural arte para eludir las dificultades, contesto:

—Me ha mandado el ogiar Yves.

No me lo creo, pero es suficiente para Noah, que le indica a Rima con una sacudida de cabeza que prosiga mientras empuja a Levi pasillo arriba. La sidenesa me mira con una seriedad renovada, a modo de despedida, pero la detengo agarrándola del brazo.

Enseguida clava la mirada en mis dedos, asustada. Su nerviosismo abandona su cuerpo al percatarse de que soy yo, aunque la suelto, avergonzado por mi repentina reacción.

—Lo siento.

—¿Qué quieres?

—¿Qué pasa? ¿Qué haces con Noah? —murmuro, porque padre e hijo se han detenido frente al inicio de las escaleras; una distancia muy corta entre nosotros.

—Voy a hablar con el moiro que nos atacó frente al cementerio. —Su tensión se diluye y se mezcla con una especie de orgullo propio—. La condición es que Noah me acompañe siempre a los calabazos.

—¿Es una broma?

Hay más sorpresa que incredulidad en mi voz. También una pizca de envidia sana. ¿A quién no le gustaría mantener una conversación con un moiro? ¿Cómo lo ha conseguido? La imagen de Kaled me responde.

—¿Kaled...?

—No es lo que parece. No ha sido una moneda de cambio. —Se tensa de nuevo.

Sé que la conversación se ha terminado, porque la oscuridad que suele vigilar a Rima y que siempre carga en la espalda reaparece para ensombrecer su expresión. No parece sentirse satisfecha con la situación; hay un sentimiento que vierte su ponzoña y le recuerda que, en cierta manera, lo que está haciendo es únicamente en su beneficio. O eso es lo que intuyo a través de las capas y capas tras las que se esconde.

—Hasta luego, Senda.

Me alivia su despedida, como una especie de disculpa mutua. Aparto mi mirada de la espalda de Rima, sintiendo que seré capaz de ir con ella para comprobar que no comete ninguna locura. Sin embargo, recuerdo la mía propia. Dejo caer el puño varias veces contra la superficie y un «adelante», proveniente de una voz que reconozco de inmediato, me da su aprobación para entrar.

¿Por qué me sigo poniendo nervioso?

Entro con la barbilla alzada, tratando de que no me tiemble todo el cuerpo. Ézer, el hermano y consejero de Kira, está sentado en una silla de madera frente a una mesa enorme abarrotada de papeles. No levanta la mirada enseguida, porque se detiene a tachar con una pluma varios apuntes antes de hacerlo. Cuando me descubre, no puedo evitar divertirme ante su sorpresa que poco después se convierte en reconocimiento.

—Senda.

Se peina con los dedos el lado del pelo que no está rapado. No está enfadado y me alegro de que sea él quien está coordinando el reclutamiento. Me aproximo a la mesa con pasos cautelosos y Ézer se reclina hacia atrás cruzándose de brazos con una mirada inquisitiva.

Cuando me detengo, el consejero me invita a sentarme en el asiento vacío que se encuentra a mi lado. Le hago caso, y dudo hasta que encuentro una posición cómoda y natural. Se inclina de nuevo hacia delante, esta vez hincando los codos en la mesa y entrelazando los dedos frente a su rostro.

Las dudas me asaltan y creo que se me nota en la cara, porque Ézer no relaja su gesto, si bien enarca una ceja e incrementa la presión de su mirada. Entreabro los labios, resecos.

—Senda —se anticipa.

—¿Sí? —reacciono, casi interrumpiendo mi nombre en su boca.

—No puedes. —Y aunque me duele su directa, al menos se destensa.

—¿Por qué?

—Enumeremos. —Va a reforzar su negativa a base de razones, pero agradezco la afabilidad que, por fin, domina su expresión—. Eres un aprendiz, concretamente, de Salvación. Eres muy bueno en lo tuyo y, por eso mismo, te necesitamos en el puesto por el que te estás esforzando cada día. Cabe recordar que tiendes a meterte en líos. La curiosidad no es mala, pero mi padre siempre me decía que termina matando al draiz. Además, tu conexión con las sidenesas está tomando un cariz personal y, si esta situación se tuerce, necesitaremos cabeza y sangre fría. No estás en un buen momento…

—Sé de lo que se trata esto —intervengo, osado.

Ézer parpadea muy sorprendido por mi repentina iniciativa. Trago saliva, desmontando mi breve arrebato de valentía. El silencio juguetea sin llegar a ser incómodo, pero tanteando un final de conversación que no deseo. Tomo aire, dispuesto a todo.

—Conozco el porqué de este reclutamiento. —Me retracto al instante por el malentendido que puede haber causado mi tono de voz—: No es una amenaza, por supuesto.

—Eso espero.

Enmudezco, aguardando a que añada algo más; entonces me sorprende indicándome que prosiga.

—No me preguntes cómo lo sé, pero lo sé. Mi trabajo es imprescindible y es la labor a la que me quiero dedicar. Pero esta vez, solo por esta vez, quiero ayudar al país desde dentro. El peligro es inminente. Lo de la Magia… —Bajo la voz, y Ézer me entiende—. Por favor, si no salvamos Nueva Erain, ¿cómo vamos a continuar siendo el refugio de todos los seres que lo necesiten? ¿Cómo vamos a combatir a quienes quieren hacer el mal?

—Necesitamos a todos los efectivos posibles en la frontera, Senda. Esto es un secreto, pero te lo voy a revelar, porque, a pesar de tu curiosidad, siempre te mantienes en silencio: están desapareciendo muchos salvadores, defensores externos y sanadores en los límites del país. Hoy en día la labor más peligrosa es la que hacéis vosotros. ¿No es suficiente?

Me quedo callado. El día en que llegaron Rima y las demás desaparecieron quienes estaban protegiendo la frontera sur, por eso tuvimos que relevarlos nosotros. No fue un hecho aislado, sino que forma parte de una trama más grande. La idea de que nuestros enemigos los hayan capturado o asesinado para poder internarse en el país me asusta.

Claro que quiero servir de ayuda para aquellos que la precisan, que llegan a Nueva Erain con la esperanza de una vida mejor. Sin embargo, siento que esta también es una misión en la que puedo aportar algo. Necesito dar descanso a todos mis recuerdos. Necesito colaborar para poner fin a esta guerra.

—No voy a insistir más. Estoy orgulloso del trabajo que hacen mis compañeros y me reincorporaré de inmediato. Jamás he querido librarme... Jamás dejaré de intentar salvar vidas. Siento mucho haberte hecho perder el tiempo, Ézer.

Me inclino un poco y me incorporo con la mirada llorosa puesta en la punta de mis botas. Me ha dolido la duda; el hecho de que haya parecido que anteponía un problema a otro. Ha quedado claro que no me puedo dedicar a subsanar varios conflictos.

Avanzo arrastrando los pies. Al menos, les daré apoyo a las sidenesas para que no desfallezcan, porque lo cierto es que esta misión parece demasiado comprometida, de esas que cualquiera echaría a correr en dirección contraria por lo difícil que se advierte el futuro.

—Senda.

Me giro, desanimado. Ézer mueve unos dedos para que me aproxime a él otra vez.

—¿Si te apunto, prometes no volver a meterte en problemas?

Sacudo la cabeza y desgrano la pregunta en mi cabeza, palabra a palabra, por si he entendido mal la propuesta del consejero. Asiento con demasiado entusiasmo.

—¿Sí a que vas a meterte en más líos o sí a que lo prometes?

—Lo prometo. Lo prometo mil veces si hace falta.

—No hace falta. —Ézer comienza a escribir en un folio—. En unos días te indicaremos las tareas que seguirás al pie de la letra en esta misión, ¿entiendes? No te sobrepases ni trates de hacer algo por tu cuenta, ¿me explico?

—Sí, sí.

—Senda, esto es muy importante. Cabeza fría.

—Cabeza fría. Gracias. ¡Gracias!

Me doy la vuelta, dejando que mis pies terminen el recorrido con pequeños saltitos. Ézer me llama una última vez cuando estoy a pocos metros de alcanzar la puerta. Me vuelvo haciendo resbalar mis talones, sin evitar que una sonrisa eufórica me inunde el rostro.

—Tienes que informar de esto a Yves. Va a hacer de esto algo personal y yo tendré que cargar con el peso de mi decisión cuando venga a reprochármela.

—Sí, sí. ¿Algo más?

—Ánimo.

Y con esa despedida salgo prácticamente corriendo de la sala. Lo he conseguido. No puedo esperar para contárselo a Milos, a Rei y a las demás. Solo cuando me detengo a cavilar todo lo que he aceptado por este cometido, recaigo en la enorme regañina que voy a aguantar por parte de mi ogiar.

Han pasado casi seis días desde que Ézer me aceptara en la investigación sobre el supuesto corazón de la Magia que reside en Nueva Erain. Tumbado en el suelo de la azotea del Liman, observo cómo las nubes se deforman y surcan el cielo azul libres y ajenas a las tinieblas que poco a poco van dominando más esta tierra. Suspiro, recordando cada uno de los días transcurridos hasta este momento.

Los ojos cristalinos de Yves siguen en mi memoria. Me chilló en el dormitorio. Luego en el suyo. Al principio había enfado y decepción, pero luego solo un rastro de tristeza. Se culpó por no haber conseguido protegerme lo suficiente. Insistí en que estaría bien, que el trabajo es incluso más peligroso en las fronteras por lo que Ézer me confesó. Pero no importó cuánto presioné, cuántas excusas salieron de mi boca, Yves se quedó en silencio y me vio marchar de su habitación sentado en una silla, con los hombros encogidos. Derrotado.

Con Milos y Fatma fue diferente. Fatma aceptó más rápido, aunque sin ocultar la tensión en su mandíbula tirante ni el repetitivo movimiento circular con la yema de su pulgar sobre una manchita de tierra en sus pantalones blancos. Milos enmudeció, alicaído, pero observándome con sus brillantes ojos verdes; ahí me percaté de que su habitual vitalidad se había apagado como una llama en medio de una nevada. No podía reconocer a mi amigo en sus ojeras, su alarmante palidez y sus labios crispados. No contar con su apoyo incondicional me dolió, pero tampoco iba a conseguir nada tratando de convencerlos, exponiéndoles las mismas razones que a Yves; unas que encuentro más que entendibles, pese a que todo el mundo crea que he hecho un pacto con el mismísimo monstruo que nos amenaza.

Ni siquiera he visto a las sidenesas, pese a que Rei llamó a la puerta varias veces para comprobar si estaba encerrado en mi habitación. Habría respondido, pero, aunque no es lo usual, la reflexión se antepuso a la acción.

Oigo que la entrada de la azotea se abre y me incorporo un poco, apoyando los codos en el suelo y girando la cabeza para descubrir quién es. Me sorprende descubrir a Jaziz, Hester, Kaled y Rei. Esta última sonríe con alegría al verme y aprieta el paso, sobrepasa a sus amigas, se arrodilla frente mí y me abraza.

Levanto los brazos, sorprendido, y mis manos indecisas viajan por el aire hasta que se posan sobre su espalda. La escucho reírse contra mi oído y me transmite tanta felicidad que la aferro con más fuerza mientras doy rienda suelta a algunas carcajadas.

—Lo has conseguido. ¡Lo sabía!

—Gracias a ti.

Rei se aleja con sus enormes ojos de estrellas centelleantes puestos en mí. ¿Desde cuándo Rei y yo tenemos ese tipo de confianza tan estrecha? Tal vez sean nuestras personalidades, en las que cada vez hallo más afinidad. ¿En qué punto se decide que alguien es o no tu amiga? Mi corazón late desbocado, intentando encontrar estabilidad más allá de la pasión con la que la sidenesa provoca situaciones y busca un futuro mejor. Más allá de su largo y liso cabello pelirrojo, de sus branquias suturadas, de sus puntiagudos colmillos o de las escamas azules que pueblan zonas aleatorias de su suave piel. Me arde todo... Pero ¿qué...?

—¿Hola? —Jaziz irrumpe y se sienta a mi lado, dejándose caer con las piernas cruzadas.

—Ho-hola —respondo, todavía recostado y con las manos de Rei descansando en mi pecho.

—Nos hemos enterado de la buena noticia. —Hester se acomoda y Kaled la imita, apoyando su afirmación con un asentimiento.

—Si no fuera por Rei, no lo habría conseguido.

Ella se separa de mí, sin dejar de observarme. Me muevo hasta quedar a la altura de las sidenesas. Admiro la entereza con la que están afrontando toda esta situación. Nadie escapa de la guerra, buscando un país en el que prometen libertad y paz, para terminar envuelto en otra.

—¿Estás bien con esta decisión, Kaled?

Cuando el chaval me mira, me doy cuenta de que es la primera vez que hablamos. Aunque tampoco es que haya habido muchas ocasiones.

—Sí. Quiero ayudar. Me gusta vuestro país. Su cultura, sus habitantes… Nos habéis cuidado y ofrecido un hogar desde que llegamos. No hemos descubierto nada que nos haga sospechar que esto sea una trampa, así que no nos queda más remedio que fiarnos. Bueno, queremos fiarnos —dice con más entereza—. Y ayudar…

Es un adolescente, pero habla como un adulto y, pese a sentir una pizca de orgullo ajeno, su repentina madurez me apena, porque sé que está cincelada por las desgracias. Sin embargo, me alegro de que desee ayudarnos. Me alegro de que confíen en nosotros y hayan superado, en parte, ese miedo a lo desconocido, a una nueva traición. No importa lo que depare el futuro, protegeré y cuidaré a estos seres tanto como me sea posible. Milos no se equivocó en sus palabras: estas son las razones por las que decidimos convertirnos en lo que estamos a punto de ser.

Entonces reparo en la ausencia de Rima. Un mal presentimiento me atraviesa el estómago, pero trago saliva y me atrevo a preguntar:

—¿Dónde está Rima?

—No lo sabemos, pero… —contesta Hester, monocorde.

—¿Por qué? ¿Por qué se arriesga tanto?

—Necesita respuestas. Necesita una solución a su propio tormento —murmura la humana echándose el flequillo rizado hacia atrás.

—¿Qué le puede aportar un moiro?

—A lo mejor ha descubierto algo que nosotras no. —Rei se encoge de hombros.

—¿Y no os lo ha contado?

—No es tan fácil, Senda —interviene Jaziz con el rostro sombrío—. Mi hermana no es la misma desde lo de Magog…

Sus palabras se quedan atascadas y observa a las demás buscando aprobación. Ellas asienten, pese a que se acurrucan entre ellas como si el mero contacto pudiese hacer frente a la pesadilla intangible que parece que van a rememorar solo para mí. Kaled cierra los ojos y frunce los párpados durante unos segundos.

No tienen que pasar por esto si es por mí. No quiero que se expongan si no es lo que desean realmente. Voy a decirles todo esto cuando Jaziz continúa:

—Magog raptó a Rima cuando era pequeña. Ella ya había recibido el poder de la Magia y un día desapareció de nuestra granja familiar. Magog no es un opresor independiente al uso. Él no ataca pueblos para saquearlos o infundir temor… Él es… —traga saliva— más sutil. Tiene una especie de espectáculo…

—¿Espectáculo?

Jaziz asiente. Rei se ha ocultado la cara con las manos.

—Como un circo. Rapta a seres, si son mágicos o con habilidades especiales mejor, los encierra y esclaviza, y organiza una especie de exhibición para quienes puedan permitirse pagar por… por ver, tocar…, incluso presenciar muertes.

La voz de Jaziz se consume a la vez que mi rostro abandona todo color. Rei contiene un sollozo y se aferra a la mano de Hester con los nudillos pálidos. Quiero que se detenga este dolor, pero tengo la boca y los labios resecos. Lo único que sigue reaccionando en mi interior es mi corazón, que no ha dejado de latir con garra. Ahora molesta sentirlo.

—Jaz…

—Además —alza la voz para tomar fuerzas de donde escasean—, Rima tenía… y tiene algo que a Magog le gustó más que nada. Es un ser mágico y una híbrida… Una harum, como llamáis a nuestra especie aquí. En Siden escaseamos y sus cuernos le resultaron demasiado exóticos…

—En Nueva Erain los harums son una población muy joven, pero cada vez hay más y pueden libremente…

—En Siden somos consideradas aberraciones. Impuras. «Híbridas» es un término muy despectivo que no escatiman en usar para abanderar todas sus persecuciones.

Y mi respuesta se queda muda en mis labios, porque la puerta de la azotea se vuelve a abrir para dar paso a un Ézer sudoroso y con el aliento entrecortado por el esfuerzo. Se lleva las manos a las rodillas, descansando todo su peso en ellas, en cuanto nos reconoce. Coge aire a bocanadas y señala la salida.

—¿Qué hacéis aquí? Os estamos buscando por todas partes. —Creo que alguien va a intervenir, pero el consejero hace ansiosos aspavientos para mantener el silencio—. No, no, no. No quiero oír ninguna excusa. La primera expedición será esta noche.

—Pero si solo faltan varias horas para que anochezca —me asombro.

—¿Algún problema para que estés preparado, Senda?

—Estaré listo.

El hombre asiente con ímpetu y le pide a las sidenesas que lo acompañen. Lo último que hago antes de dejar que ellas desciendan primero es rozar la mano de Rei, que sigue temblando después de revivir una minúscula parte de su pasado.

Circo.

Esclavos.

Muertes.

Magog.

Nos detenemos cuando Núcleo y Mudna se convierten en frágiles sombras entre tanta oscuridad. Las nubes se han marchado para dejar que la luna y las estrellas alumbren nuestros pasos. Aun así, parte del grupo refuerza la acción del cielo con antorchas que a veces rompen el silencio con su crepitar. Ello más los pasos y algunas respiraciones nerviosas son lo único que, de momento, predomina en el ambiente.

No somos muchos, por eso me sorprende ir delante junto a la danían, los consejeros y Vérula. Mis ojos no pueden despegarse de la majestuosa figura de la dirigente de Oced. Siempre resalta por sus características vestiduras y las formas con las que se maquilla el rostro y las manos. Esta noche sus gruesos labios están pintados de esa peculiar manera tan agresiva. El rojo destaca entre las rayas marrones que surcan su piel. Su oscuro pelo está enmarañado entre innumerables plumas de colores apagados. Y parece que levita, tal vez por sus vaporosos vestidos largos, que rozan la tierra como un fantasma.

Por la presencia de tantos cargos importantes, me sorprende que me hayan puesto en la segunda línea de acción. Creía que me situarían en las últimas filas, allí donde no pudiese molestar ni fisgonear.

Me encargo de parte de la protección del grupo. Según Ézer, los especialistas e instructores suelen elogiar mi afinada cualidad a la hora de crear escudos defensores. Tampoco ha pasado desapercibido mi dominio sobre los elementos, tan acostumbrado a lidiar con el mar bravío al que se enfrentan quienes llegan desde el horizonte. Pero sigo pensando que la decisión final de que forme parte de este grupo tan reducido ha dependido de mi relación con las sidenesas, pese a la advertencia del consejero. Cuentan con que pueda controlarlas en caso de que el peligro asome.

En silencio, Kira se gira y se aproxima a ellas. Murmuran algo. Me acerco. Al parecer, este es el sitio aproximado en el que aquella persona les informó a unos pocos que la Magia había posado gran parte de su poder, como un hogar, un lugar seguro y secreto en toda la Tierra; un núcleo tan vital como para matarla a Ella y a sus portadores.

—No tienes por qué hacerlo, Kaled —le susurra Rei.

—Es la única manera, ¿recuerdas? Cuanto menos capte, mejor me concentraré. No quiero que me pase lo mismo que cuando llegamos aquí…

Y saca una venda del bolsillo de su chaqueta. Se la coloca sobre los ojos ante el dolor que inunda las miradas de sus amigas por alguna razón que no entiendo del todo, pero que empiezo a relacionar con Magog y sus malos tratos. Ata con fuerza y deja caer las manos para aferrar la diestra de Rei.

—Estoy listo.

Nunca creí que en campo abierto la quietud fuese capaz de devorar hasta el más insignificante detalle. Me agobia no percibir nada. Absolutamente nada. Ni roces, ni alientos, ni el movimiento de algún insecto. Aunque, de pronto, un arrullo copa mis oídos, pero no sé si se debe a algo mágico que Kaled pueda estar activando o una respuesta de mi cuerpo a la ansiedad que me genera tanto mutismo.

Quizá, si no hubiese sido por este perpetuo y abrumador silencio, no me habría dado cuenta de la manera en la que le brillan los ojos a Vérula. Me muerdo los carrillos por dentro y acuso a mi imaginación de ser tan perversa, pero en sus pupilas solo vislumbro anhelo. Como quien observa un tesoro que sabe que puede robar solo para ella. Su oscura mirada me atrapa de golpe. Quiero girar la cabeza. Vérula no me hace daño con la mirada, pero, de repente, no hay nada en ella que me transmita seguridad y confianza.

El chasquido de una rama al ser pisada por Kaled corta el hilo tenso que nos ha unido a la dirigente y a mí. Sus ojos se apagan y me sonríe. Es un gesto tranquilizador, pero no consigo moverme hasta que el sanador de la misión me da un ligero empellón para que prosigamos.

Perseguimos a Kaled, de nuevo sin hablar, pese a que no puedo quitarme de la cabeza la inquietud que Vérula ha desatado en mí. No, ella es buena. Ella nos salvó de Ludenar hace diez años y ha sido una encomiable aliada desde entonces. Los danían no confiarían en ella de ser lo contrario. Achaco mi vacilación a una alucinación provocada por el cansancio, por la tensión del momento, por el distanciamiento de Milos e Yves y por mi propia confusión.

Solo logro concentrarme cuando nos volvemos a parar. Hemos estado un buen rato andando. La luna está en lo alto y, pese a que continuamos en el centro del país, Mudna y Núcleo han dejado de apreciarse.

De pronto, Kaled gruñe y cae de rodillas contra tierra. Sus amigas acuden a él. Mis pies se mueven solos. Aparto los cuerpos que se interponen entre las sidenesas y yo. Y, aunque recibo protestas y alguna orden, hago caso omiso y las alcanzo.

—¡Kaled! ¡Kaled! —Rei hace el intento de quitarle la venda, pero él la detiene.

El cuerpo del chico comienza a brillar, cegador. Posa las manos sobre la hierba y escarba como si bajo ella fuese a encontrar algo. El resto del grupo nos rodea y comienza a sondear el terreno en busca de eso que el sidenés está tratando de hallar con tanta ansia.

—Sangre… —susurra—. Sangre —dice, más alto.

—¿Dónde, Kaled? ¿Sangre dónde? —Jaziz le palpa el cuerpo, examinándolo, y el sanador se aproxima con rapidez para estudiar el origen del dolor que está lastimando a Kaled.

Un fuerte tirón mágico me hace volverme para comprobar que la danían ha dejado fluir su magia y un halo dorado la baña por completo. Algunos defensores hacen lo mismo y suspiro. No sé qué pretenden, pero voy a ayudar con la mía propia. Cierro los ojos y enciendo la energía, dejando que despierte todos mis sentidos y agudice cada latido. Cuando los abro otra vez, Rei también se ha unido.

—Sangre —jadea Kaled.

—¡No está herido! —anuncia el sanador.

—¿A qué se refiere entonces? —cuestiona Ézer.

—Pero ¿es aquí? —pregunta Vérula, ansiosa, con su brusco acento.

Me incorporo y tomo distancia para pensar en la reacción y palabras del sidenés. *Sangre.* ¿Es una manifestación de un dolor interno? ¿Es sangre de verdad, aunque no sea la suya? ¿Una amenaza? ¿Una… acción? No sé por qué, pero mi mente empieza a repasar los libros y enseñanzas de la Historia de Nueva Erain. Aquellos conocimientos que se remontan a cuando la verdadera naturaleza de la Magia apenas era conocida, porque la entendían como una Diosa; una a la que solo podían acceder o conectar mediante un pacto de…

—Sangre —murmuro.

—¿Senda? —me insta el consejero.

—Se necesita sangre…

Observo a mi alrededor, buscando algo cortante. Un machete pendido por varias cinchas en la bota de Ézer llama mi atención. Sin preguntar, dispuesto a ayudar a Kaled y confirmar mis sospechas, le arrebato el arma ante su exclamación de sorpresa, encierro la mano en torno a su filo y aprieto.

Protesto para aplacar el dolor; la Magia reacciona para suavizar el escozor de la herida. Mi sangre, que parece negra como la noche, gotea sobre la hierba y, a cada impacto, la agonía de Kaled disminuye. Pese a la molestia del corte, no obvio las miradas que alternan entre el sidenés y mi mano.

Sin embargo, nada sucede. El silencio es casi tan desmesurado o más que al comienzo. Noto que Ézer avanza en mi dirección, irritado. Pero entonces la tierra empieza a temblar. No es un simple estremecimiento, no, realmente nos tambaleamos. Algunos gritan, otros se apartan. El consejero estira de mí para que retroceda unos pasos, aún con la mano en alto, sangrante.

No quiero moverme, hay algo ahí, en ninguna parte, por debajo del cielo, pero por encima de nosotros que se está... ¿abriendo? Es un punto dorado que poco a poco se va agrandando. No, no puede ser. Deben ser las estrellas. Pero se está agrietando. El espacio se está agrietando.

—¡Ahí¡ ¡Mirad ahí! —se desgañita el sanador.

—¿Qué es...?

Sin embargo, la danían no termina la frase, porque el mundo se parte en dos y empieza a manar magia de la brecha. Se desborda y cae sobre nosotros como si fuese una cascada. El temblor aumenta; el terreno se resquebraja. Caemos. Más gritos, más confusión. Mi mirada puesta en esa dimensión mágica que está dilantando mi energía, que la transforma, que la hace diminuta y la expande de nuevo, como si fuese el órgano de un ser inmenso que intenta adaptarse a un nuevo cuerpo.

—¡Hay que pararlo! —escucho la orden de la danían.

—¡No, no! —responde Vérula, sin duda complacida.

Noto que un pedazo de suelo vence bajo mi brazo y me derrumbo sobre otros que desembocan en un agujero enorme en la tierra. El consejero de Kira me estira de la mano que *estaba* herida, porque la piel ya no me arde. La piel está lisa, sana, solo surcada por las líneas de la mano.

El centro mágico es cada vez más grande y amenaza con conectar los extremos; la superficie y el cielo. De pronto, una figura se sitúa frente a ella y grita, con los brazos alzados. La Magia deja de tirar, pese a que sigue presente; de hecho, el *corazón* comienza a cerrarse. Es Rei la que está logrando que retroceda. Como en Mudna, percibo cómo está moldeando la energía. Nos está apagando, aunque muy lentamente.

Repto por la hierba, asustado y cegado porque lo dorado resplandece y se desparrama por todas partes como oro fundido. No sé cómo de resistente es Rei, pero temo que no sea capaz de contenerla sin asumir un sacrificio. Es agotador, pero prosigo, fijando mi mirada en los tobillos de la sidenesa.

Chillo. Chillo para hacer frente a la fuerza que ahora me empuja hacia atrás como una violenta ventisca. Chillo para que mis músculos y mi magia se pongan a mi favor y me permitan llegar hasta Rei. Solo unos metros más. Unos metros más y podré aferrarme a ella.

Ya distingo su rostro entre la luz agresiva. Le está sangrando la nariz y los oídos. Gran parte del corazón se ha vuelto a cerrar, pese a que sigue escupiendo ese manantial dorado que asola cada rincón y sepulta cualquier presencia.

Lo logro. Me pongo de rodillas y rodeo la cintura de la harum. Ella me repele con su propia magia, la achica y la duerme. Entierro los dedos en su espalda, sin miedo a hacerle daño, más temeroso por perderla.

No sé si es por el cansancio, pero la luz comienza a disiparse. La fiereza de la Magia, también. El terreno ya no vibra. Nada parece despedazarse bajo nuestros pies. Un sonido atronador nos envuelve, zumba durante unos segundos y entonces, desaparece de golpe. Nos abandona por completo y nos deja vacíos después de habernos inundado de una sensación que nos ofrecía y nos arrebataba todo a la vez, en un bucle apenas descriptible.

Rei y yo nos derrumbamos contra la hierba y la tierra removida. Ella me mira con el blanco de los ojos teñido de rojo. Susurra algo y un hilillo de sangre bordea la comisura de sus labios. Sé que el resto comienza a reaccionar a nuestro alrededor, pero solo tengo oídos para Rei.

«Rei». Ni siquiera me escucho a mí mismo. «Rei», creo insistir.

«La Magia necesita ayuda. Solo ayuda. O moriremos».

Y ambos caemos en la inconsciencia.

RIVA

POR UN INSTANTE, DUDO EN SI COGER DE LA MANO A SENDA y suplicarle que me insista para que permanezca a su lado. Sin embargo, su acertada suposición sobre Kaled me duele tanto que incita a mi orgullo a no ceder y demostrar que mi decisión de hablar con el moiro no es un error. Así que convierto mi rostro en una máscara impenetrable y me despido de él frente a la sala de reclutamiento. No quiero que piense que estoy enfadada, porque no es cierto, pero tampoco que se separe de mí con la sensación de que estoy de acuerdo con sus dudas.

Reemprendo la marcha para unirme al consejero de Kira, Noah, quien está sonriendo a su hijo mientras este trata de abrir el envoltorio del caramelo que Senda le ha dado. Me acerco a ellos y el hombre recupera su semblante serio. No negaré que me gustaría que me tratase con un poco más de cordialidad, pero no lo culpo por ser huraño conmigo. Él no está de acuerdo con la decisión de la danían. No se siente cómodo con mi seguridad. No se fía.

Debería, aunque sé que unas palabras no son suficientes.

Descendemos las escaleras y Levi se une a un grupo de niños al llegar a la planta principal. Noah continúa el camino, dando por hecho que lo sigo y que, de alguna forma, ya me lo sé.

Estoy muy nerviosa. Mis manos no saben dónde estarse quietas. No puedo encontarme con el moiro sin la supervisión del consejero, lo que limita mucho mis reuniones. Esta es la segunda vez que nos veremos desde mi intromisión en los calabozos y no sé cómo reaccionará. Por lo que he podido intuir de su personalidad, no me extrañaría que se echase a reír entre burlas…, o que me hubiese engañado.

Sin embargo, esto no se trata de él. Se trata de mí. Se trata de encontrar un tipo de descanso. Una respuesta. Algo que me diga que ya puedo recuperarme y no tener miedo al futuro en Nueva Erain. A que Magog nos persiga de nuevo y nos atrape. Trastabillo en los últimos peldaños antes de llegar a la entrada de los calabozos, perturbada por la vívida imagen del ser que me secuestró de mi hogar para esclavizarme.

Noah me detiene por el brazo con la misma expresión impertérrita. Formulo un «gracias», que no llega a salir de mi boca. Él, aun así, solo asiente. Abre la puerta y dos defensores nos dejan pasar. No me miran con alivio y se tensan cuando paso frente a ellos, como si de repente fuese a atacarlos. Agacho la cabeza, cohibida. A ellos tampoco los culpo. El país está otra vez en alerta máxima y, pese a ello, han aceptado —aunque la posible ayuda de Kaled ejerciera cierta presión—.

Pensándolo fríamente, entiendo por qué parece que he intercambiado a mi amigo por esto. Suena despreciable. Tal vez lo soy…

—Rima, esperaré aquí, junto a los defensores. Abres la puerta, pero te mantienes a unos metros, no muy cerca de la primera barrera mágica, donde podamos verte, ¿de acuerdo?

Su voz suena muy suave, cálida, y me recorre la impresión de que el consejero alguna vez fue tan bondadoso como de repente me ha demostrado. Y porque entiendo que no es un cascarrabias, sino que está triste, me atemoriza entonces acudir hasta el moiro sin su compañía; sin embargo, susurro:

—Vale…

Me separo de Noah y avanzo por el pasillo con menos determinación que la primera vez. El consejero me llama a media voz y me giro de sopetón, alarmada:

—Si necesitas marcharte… Si necesitas cualquier cosa, solo pídelo, ¿de acuerdo?

Antes de contestarle, mis ojos viajan a sus dedos, que juguetean con un collar del que pende una bellota atravesada por un clavo. Asiento, muda, y reemprendo el camino hacia la celda.

Ya que puedo fijarme con más detenimiento, sin cuidar mis espaldas, me percato de que los calabozos parecen recién construidos. En la vez anterior, la humedad y la oscuridad entre las llamas de las lámparas se aliaron con mi ansiedad para crear una imagen más terrorífica y antigua de lo que ahora aprecio. Parece que hayan cimentado las prisiones de piedra individuales con gruesas puertas de madera posteriormente. Es una simple impresión causada por lo limpios que parecen los muros que erigen cada uno de los angostos espacios. Tal vez la presencia de los moiros los obligó a reforzar su seguridad, aislándolos de la manera más eficaz posible.

Llego frente a la puerta y, antes de abrirla, escucho una risita tras ella. Me eriza la piel que sea tan confiado. Que perciba mis pasos y mi temor. ¿Es posible sentirse presa cuando eres tú quien se encuentra en la posición ventajosa? Libre de ataduras y cárceles. Estiro de la argolla, utilizando un poco de magia para conseguir abrir la entrada sin esfuerzo.

Respiro hondo al tiempo que enfrento al instante la gélida mirada del moiro, que me espera con su despiadada sonrisa en la misma posición con la que lo encontré la primera vez, detrás de esos dos velos mágicos; uno que cae como una cascada frente a la entrada, y el otro que lo envuelve como una burbuja palpitante.

—Hola, sidenesa. No creí que lo conseguirías. Te he subestimado.

—Es lo que pasa cuando te crees superior, incluso estando como estás.

Me siento en el suelo, a la vista de Noah y los defensores, descolocándolo con mi casi fingida naturalidad. Verlo tan vulnerable aumenta mi coraje, pese a que mi estómago continúa encogido. El cuerpo entero me hormiguea de puro nervio.

—Estoy aquí con el consentimiento de los dirigentes de Nueva Erain. A una señal, los defensores que están a unos metros de mí acudirán en mi ayuda. Y no serán tan indulgentes como lo están siendo ahora —le informo, fija en él, para reforzar mi autoridad.

Sin embargo, el moiro es como una mala broma. Impredecible y molesta.

—Tienes agallas, debo reconocerlo. Pero más me gusta que hayas sido capaz de manipular a la danían para que te deje visitarme. Teniendo en cuenta el peligro que comporta mi sola presencia.

Enarca una ceja, divertido. Desvío los ojos hacia Noah un instante, esperando avistar su rostro crispado por la consideración del moiro hacia su amiga, pero no parece estar escuchando. De hecho, da la sensación de que nuestras voces no lo alcanzan. El chico me ha hablado con firmeza aunque susurrante. Tal vez el eco no pueda llevarse nuestro tono sosegado.

—Sabes que solo quiero hablar.

—Preguntas, preguntas. Entiendo —gruñe meneándose—. Déjame que me ponga más cómodo, ya que tenemos más tiempo.

Con agilidad, cambia de estar arrodillado a estar sentado. Es tan flexible que consigue pasar todo su cuerpo por el centro de sus brazos para dejar las manos, encadenadas, frente a él. Contengo la respiración y abro los labios para advertirle a Noah de que este humano es capaz de moverse como quiera pese a sus ataduras. Sin embargo, el moiro se lleva un índice a los labios, encogiéndose de hombros.

Si hablo, no hay conversación. Me muerdo la lengua.

—¿Cómo te llamas? —murmuro.

—Con sinceridad, ¿eh, sidenesa? Creo que ambos somos detectores de mentiras con patas. Un engaño y se acaba el juego, ¿de acuerdo?

—La única regla.

—De momento. —Su sonrisa se amplía.

—¿Cómo te llamas? —insisto notando que mi temperamento empieza a debilitarse.

—Mis padres me pusieron Vasckian, pero pocos me llaman así ya. Tienes el privilegio de que, para ti, puedo ser Vasc.

Pongo los ojos en blanco.

—¿Y cómo te llamas tú, sidenesa?

—Rima.

—Un nombre muy interesante. Muy armónico. R-r-r —repite extendiendo el cuello y ladeando la cabeza en todas direcciones, como si estuviese calentando la voz antes de cantar.

—Eres bastante desesperante, ¿sabes?

Aprieto los labios, dándome cuenta de que mi coletilla final puede darle pie a considerarlo una pregunta de nuestro intercambio. Creo que no se ha percatado de mi gesto revelador, cuando me mira de reojo y empieza su siguiente frase remarcando mucho mi inicial:

—*Rrrrrespondo* a tu pregunta gratamente. —Debo andarme con cuidado. He perdido un turno por mero despiste—. Nunca he tenido amigos. Los seres de mi alrededor me han considerado demasiado arrogante e insufrible porque me gusta mucho hablar.

—Te gusta mucho escucharte.

—¿Y eso es malo?

Se me escapa una risita de victoria y Vasc retuerce sus delgadas cejas, frustrado, porque ha caído en su propio descuido. Siento una leve sensación de regocijo al ver humanidad en el fallo del ludense. Es un moiro, pero eso no lo convierte en un monstruo. Lo convierten sus acciones. Deformar la Magia es un acto que se considera despreciable. Usar el don que nos entregó para transformarlo en una herramienta capaz de matar no dice nada bueno del ser que lo comete. En cambio, nuestra historia nos ha demostrado que Ella no siempre ha sido indulgente con nosotros y entiendo por qué su poder, aunque puro, puede generar tanto miedo en un sector de la sociedad.

No tanto como para aniquilarla, pero sí para intentar protegerse de Ella cueste lo que cueste.

—¿No bastaba con no mezclaros con portadores de magia? —murmuro, seria.

Seguro que Vasc esperaba una respuesta burlona por mi parte, aprovechándome de su desliz; sin embargo, el ludense está aquí para asesinarnos. Porque, según ellos, somos potenciales armas en manos de Ella. Algo bastante irónico cuando ellos mismos están usando su esencia para llevar a cabo su objetivo. No quiero simpatizar con alguien que no es capaz de respetar la vida de los demás, pero…

Clavo mi mirada en la suya y descubro en su rostro una sombra movida por la duda y el dolor. ¿Por qué cae tan rápido su velo de altanería si es un preso del que no debería salir ni una palabra referente a sus planes? ¿Por qué de pronto es tan transparente y me muestra a mí, justo a mí, que hay alguien distinto más allá de su dureza?

—Crees que vengo a asesinar a todos los seres mágicos. —Es una rotunda afirmación.

—Para eso nació la moiro en Ludenar.

—¿Eso te han dicho los erainos? Sé que no hay muchos *de los míos* en Siden, así que te lo voy a explicar. Esta magia nació hace demasiado tiempo ya como para determinar que solo existe para acabar con vosotros... —reprime una coletilla—. No entendéis nada, porque no escucháis.

—No me metas en el mismo saco que todo Nueva Erain, Vasc.

Su nombre sale de mi boca con fuerza y el ludense frunce el ceño, entre agradado y sorprendido por que lo haya pronunciado con tanta confianza. Se humedece los labios y un lacio y pálido mechón le cae sobre los ojos.

—¿Y en qué saco te meto a ti, Rima?

—En ninguno —contesto, decidida—. No sé si perteneceré nunca a alguno. Tal vez me estoy forzando a encontrarlo cuando lo que pasa en realidad es que... —Una posible verdad me golpea el corazón—. Es que no quiero. Tal vez solo quiero estar vagando entre sacos. Fuera.

Vasc sonríe, complacido. Ahoga una risa en su cuello, dejando que el resto de mata le resbale por los hombros y le caiga como una cascada frente a su fino rostro. Lo alza de nuevo para encararme.

—Somos vagabundos de sacos, entonces.

Muestro una leve sonrisa que escondo entre mis dedos con sutilidad para que Vasc no la vea, pese a que por su expresión parece haberme descubierto otra vez. No entiendo cómo hemos llegado a este punto tan rápido; cómo, al menos conmigo, esa superficial actitud de que nada le importa empieza a desvelar sus grietas: un chico observador cuya misión ha sido exigida más allá de sus propias consideraciones.

—La Magia no puede estar por encima de nuestras vidas —retoma la conversación.

—Pero la Magia es este planeta. Ella lo es todo. ¿No dependen nuestras vidas de que la cuidemos?

Y lo dejo sin palabras. Por primera vez, lo consigo y un alarde de orgullo me hinche el pecho. No le oculto mi victoria, pese a que se ha quedado pensativo. No me sorprende. No quiero que la Magia permanezca en mí, pero eso no significa que la desprecie. Con Ella se pueden hacer grandes cosas. Como los seres humanos, esta energía no siempre ha obrado bien, pero lo que está claro es que siempre termina confiando en que somos capaces de construir un mundo mejor.

—Rima…

La llamada de Noah me llega en forma de eco. La conversación me sabe a poco, aunque no puedo evitar sentir que nuestros silencios también han hablado. Descubro en el rostro de Vasc la misma decepción por que nuestro encuentro haya finalizado antes de saciar toda nuestra curiosidad. Sabía que no iba a ser cuestión de una sola reunión, no obstante, ahora mismo solo quiero más.

Me incorporo ante la mirada y los movimientos del ludense, que vuelve a su posición inicial, con los brazos esposados tras la espalda. Me sacudo el polvo del pantalón. No sé cómo despedirme, así que inclino un poco la cabeza y retraso un paso para cerrar la puerta.

—Nunca quise llegar a este punto, Rima, pero Nueva Erain asesinó a mi familia. A mis ojos, ellos no son distintos a cómo me juzgan a mí. Eso es todo.

Cierro con las manos temblorosas. «Eso es todo» suena en su boca movido por algo más que él mismo. Movido por la tristeza.

Peinando una de las diversas trencitas que adornan el pelo suelto de mi hermana, vuelvo a sentir una punzada de remordimiento. «Cuidado, el moiro es capaz de cambiar su postura y poner sus manos delante», le advertí al consejero ayer una vez alcanzamos la primera planta. Siento que he traicionado a Vasc de alguna manera. A ese mutuo acuerdo sin sentido.

Deformando su magia, él se ha convertido en mi enemigo *natural,* pese a que no lo siento como tal.

Idiota.

—Rima, si me tiras una vez más del pelo le diré a Rei que me las rehaga ella —se queja Jaz.

—¿Estás de broma? Rei te toca un solo pelo y lo convierte en un nido de pájaros —me mofo.

Desde la litera de arriba, la aludida me saca la lengua mientras mi hermana se vuelve hacia mí. Me frunce el ceño y aguanto la espera hasta que empiece a hablar. Sé que le gusta tomar la iniciativa, y lo que más me sorprende es encontrarme queriéndola tener yo.

—¿Estás… —tantea— más animada o es una sensación mía?

—Estoy como siempre.

—No es cierto —coincide Hester con Jaz apartando la mirada de la novela que está leyendo.

—¿Es por el moiro?

—Puede ser. Ver otra perspectiva no es malo.

—Nadie está diciendo que lo sea. — Rei se encoge de hombros devolviendo su atención al techo.

Hundo los dedos en el pelo de mi hermana, que vuelve a

protestar. Susurro una disculpa, porque hemos despertado a Kaled de su larga siesta. Termino el peinado en silencio, aunque con mis pensamientos gritando y discutiendo entre ellos. ¿Realmente estoy mejor gracias a Vasc? No negaré que me siento más enérgica, sin embargo, eso no significa que me haya recuperado del todo. Me alegra saber que todavía hay esperanza para mí, pero quiero sentirla yo, no mediante las impresiones de los demás.

—Puede que no sea del todo malo…

—Posee magia gris—sentencia Jaziz.

—No prejuzguemos.

—No lo hago. Solo tengo miedo por ti —murmura agachando un poco la cabeza.

Mis brazos la atrapan por detrás y la estrecho con entusiasmo. A veces es complicado ver a través ella, de su mal humor y su severidad, pero esa dificultad nunca me ha hecho dudar de su preocupación hacia mí. Al fin y al cabo, ella me salvó de Magog. Ella fue valiente y me buscó. Ella fue decidida y se alió con otros seres para hacer arder una pequeña parte del imperio de ese monstruo. Ella me quiere con la misma intensidad con la que yo la quiero a ella.

—Te quiero, Jaz.

—Y yo a ti. Por favor, no hagas nada imprudente.

Esas dos confesiones se quedan tejidas entre nosotras. No es un secreto, pero lo compartimos como si fuese un tesoro oculto. Me quedo aferrada a su cálido cuerpo un poco más, sintiendo que su corazón late a la vez que el de mis padres. O imaginándome que así sucede, que ellos siguen vivos en la granja de Siden.

Entierro el rostro en su espalda y ella me acaricia los brazos. A veces Jaziz parece la hermana mayor. Siempre me ha cuidado y defendido de cualquier mal que osase herirme. Algún día quiero ser yo quien suponga esa figura protectora para ella.

—¿Habéis visto a Senda? —pregunta Rei, de pronto—. Digo, con Milos y Fatma… —se apresura a añadir, aunque con un deje vacilante.

Me separo de Jaziz y me subo a mi cama para estar más cómoda.

—¿Por qué tienes tanto interés en él? —Hester enarca una ceja regresando a la conversación.

—Nada. Ya sabéis… No quiero que revele mi condición.

—No creo que sea por eso —interviene Kaled con una sonrisilla perversa.

—Déjate de insinuaciones, Kal —le advierte entrecerrando los ojos.

—¿Qué estoy insinuando si puede saberse? —Amplía el gesto—. Me refería a que confías en él, como todas, y está bien. Porque estábamos hablando de confianza, ¿cierto?

Rei le tira un cojín que mi amigo no consigue esquivar e interpreta un derribo contra la cama del que todas nos reímos.

—Por supuesto.

—Eso pensaba.

Dejamos que las carcajadas nos envuelvan mientras la tarde de invierno nos arropa con sus rayos de sol entre oleadas de frío. Hoy quiero volver a reunirme con Vasc. La conversación dejó libre demasiadas suposiciones y no me puedo ir a la cama sin que me responda como es debido.

Horas después, me entero de que Vasc ha enfermado y Noah se niega a que baje a los calabozos estando el moiro en tales condiciones. Le pregunto qué sucede, muy preocupada, pero el consejero me evade. Insisto de nuevo, cuestionando si está recibiendo cuidados, a lo que el hombre contesta con una rotunda afirmación, visiblemente apesadumbrado porque haya dudado en si lo atenderían aun siendo el enemigo.

Vuelvo a la habitación, cabizbaja. Solo una vela ilumina nuestro dormitorio. Rei duerme a pierna suelta con Kaled entre sus brazos. Jaziz está en la litera inferior, en mi cama, acurrucada contra la pared. La única que está despierta es Hester, que lee cerca de la lumbre. Cada vez está más sumida en sus lecturas.

—¿No has podido?

—Está enfermo.

—Te preocupa.

Me encojo de hombros y me quito las botas. Me recuesto junto a Jaziz con la ropa del día, mirando a Hester. Ella deja el libro sobre la mesa, se arrebuja en la manta y apoya la cabeza de perfil para observarme mejor.

—Dime que estás a salvo.

—Lo estoy. Noah…

—El consejero no puede leerte la mente. No me mientas, Rima. Dime que todo está bien.

No quiero mentirle, pero tampoco confesarle todas las ideas, desde la más derrotista hasta la más descabellada, que se me pasan por la cabeza. Antes se lo contaba todo, tal vez asustada por estar encerrada dentro de una jaula, tal vez para que alguien más guardase mis pensamientos, el recuerdo de mi existencia, en caso de morir. Sin embargo, ahora deseo conservar esos pequeños secretos, esas sutiles vergüenzas y miedos.

Creo que, si lo exteriorizo, solo se verá de mí que soy dependiente y frágil, cuando en realidad lo que estoy es profundamente herida, aunque viva. No necesito que me rescaten siempre. Si quiero superar las pesadillas, tendré que ser yo, y solo yo, quien las venza.

En la aceptación encuentro alivio. En el alivio, la sinceridad.

—Estoy mejorando. Solo quiero que confiéis en mí.

—Y tú en nosotras.

La contestación es el silencio.

Cuatro días han pasado ya desde que Noah me dijo que Vasc está enfermo. Pese a que cada uno de ellos he perseguido como una sombra al consejero preguntándole por el moiro, cada una de las veces he recibido las mismas respuestas: «Empeoró»; «Lo estabilizamos»; «Necesita tiempo para recuperarse». No creo que hablar vaya a agravar su estado, pero trato de controlar mis ansias, pensando en los días en que caía enferma en la granja y solo deseaba estar aislada en mi habitación para sanar cuanto antes. Solo permitía que mi padre entrase para contarme cuentos en los que me convertía a mí en la protagonista de múltiples aventuras en las que defendía nuestro hogar de los peligros ajenos.

—¿Y si voy a contarle un cuento?

—Estás de broma, ¿no, Rima? Parece que olvidas que se trata de un prisionero —fue lo último que me dijo el consejero.

Entre hoy y mañana nos avisarán para saber en qué momento salimos a la primera misión en busca del corazón de la Magia. Hemos estado distanciadas de todo por puro temor a que le suceda algo a Kaled. Cuando nos encontrábamos bajo la tiranía de Magog, muchas veces presenciamos los ataques descontrolados que le sucedían a nuestro amigo por percibir demasiado la Magia. Su reacción el día que llegamos a Núcleo no fue una casualidad, lo supimos de inmediato. Pero de ahí a imaginar que Nueva Erain contendría el punto mágico más importante jamás conocido y que Kaled sería la única llave para hallarlo…

Necesito ver a Vasc y también apoyar y proteger a Kaled. Si bajo a los calabozos ahora, estoy segura de que podré regresar a tiempo para buscar el corazón de la Magia.

Mis amigas han salido a dar un paseo por Núcleo, pero de eso ya deben haber pasado horas, así que salgo de la habitación decidida a recorrerme todo el Liman si hace falta para encontrarlas y explicarles mi plan. No quiero ocultarles nada. Cuando llevo un rato entre pasillos, escaleras y aulas caigo en la posibilidad de que estén en la azotea del edificio. Retomo la marcha cuando noto que unos aprendices me están señalando desde un rincón. Reconozco a la antigua pareja de Senda de inmediato.

Voy a dejarlo estar, pero parece que se está burlando, por lo que soy incapaz de obviarlo. Me acerco a él con varias zancadas. Es bastante alto y usa esa posición para intentar amilanarme, pero él no tiene el poder.

—¿De qué te ríes?

—Te has equivocado, bonita.

—Tu apreciación carece de tanto sentido como tu estupidez, la verdad.

Sus amigos se ríen de él.

—¿Quieres algo? —me gruñe.

—¿Conocéis a mis amigas? ¿Las habéis visto?

—Creo que iban hacia arriba en busca del patético de Senda.

Les doy la espalda y aprieto los labios, sintiendo que el fuego recorre mis venas. ¿Cómo Senda, una persona tan amable, entregada y sencilla, ha podido compartir tiempo con este enorme capullo? Me sobresaltan mis propios insultos, pero me envalentonan para resbalar mis pasos sobre el suelo y dirigirme hacia el chico otra vez. Él se ríe, incluso cuando lo tengo a pocos centímetros, pero le borro el gesto propinándole un puñetazo en la nariz.

El temor me atenaza de golpe y echo a correr en dirección contraria a las escaleras que suben hacia lo alto del Liman. No sé si me persiguen. No sé cuántos seres han visto mi reacción, pero me siento bien, pese a que la mano me duele como si me la hubiese roto. Dejo que la adrenalina me invada. No la detengo cuando abro esa puerta poco llamativa al fondo del Liman que, sin embargo, conduce a los calabozos.

Con la cabeza más fría me detengo a pensar en un rincón de las escaleras, oyendo la conversación de los defensores que la custodian. Acudir a Vasc sin permiso es traición. Estaría tomando nuestro acuerdo como si careciese de importancia, y no es así. Aprecio mucho que la danían accediese y que el consejero dejase de oponerse, e incluso ocupase su tiempo en la decisión personal de una desconocida a la que acaban de salvar. No obstante, es una oportunidad. Puedo estar esperando toda la vida a que Vasc se cure o puedo coger las riendas y atreverme a actuar como nunca lo he hecho.

Espero durante un rato, pensando en diversas estrategias. De alguna manera tengo que sobrepasar a los defensores. Debo convencerlos de que puedo estar allí sola. Al final determino que si sigo pensando en la forma no seré eficaz en la ejecución. Se notará demasiado mi nerviosismo, la mentira que esconden mis excusas. Respiro hondo, salgo del escondrijo y desciendo el último tramo hasta la segunda y, esta sí, pesada puerta.

Casi cae mi pantomima en cuanto los defensores me sorprenden sola. Siento que tartamudeo en mi mente, pero no lo proyecto. Así que, con todo el coraje que soy capaz de reunir, les comunico:

—El consejero Noah no ha podido venir, porque está tratando algo muy importante con la danían.

—No puedes. Lo siento —determina uno.

—Son solo unos minutos. Es importante.

—Sin la presencia del consejero no podemos dejarte pasar. No es que no nos fiemos…

—Es justo eso. —Y una idea loca surge entre la inseguridad—. ¿Y si me maniatáis?

Fruncen el ceño y me observan como si estuviese chiflada.

—Podéis inmovilizarme todo lo que queráis, no necesito el resto de mi cuerpo para hablar. No puedo hacer nada con mi magia, lo sabéis.

—Liberarlo.

—¿Por qué querría liberar al enemigo? ¿Es que me consideráis parte de él? Además, si pasara algo, estoy segura de que vosotros lo venceríais. Vosotros sois la verdadera defensa.

No me puedo creer que el viejo truco de la adulación sea el que los convenza de poder visitar a Vasc. Aun así, me inmovilizan las muñecas con dos gruesos grilletes. Cualquiera se sentiría amilanado por estar recorriendo el pasillo de una prisión, encadenado como quien merece quedar atrapado entre sus muros. En cambio, a mí los hierros me queman la piel por el recuerdo de haber estado tantas veces reducida de esta manera.

Intento que la angustia no acuda en un momento como este y, aunque llega como la marea alta y consigo apartarla, revive mi pasado con sus susurros. Avanzo un poco más rápido, pretendiendo que el tintineo de las cadenas me abstraiga y luego me permita volver a concentrarme. No puedo quedarme mucho rato. Si Noah me descubre, se acabó la concesión. Si de repente da comienzo la misión y no me encuentran, de alguna manera, habré abandonado a mis amigas.

Esta vez me cuesta más que nunca abrir la puerta de la prisión de Vasc, porque no uso la energía y las cadenas me impiden moverme con libertad. Gruño y empujo con esfuerzo, pese a que el sudor que perla mi frente y me hiela la espalda se burla de mi patético intento.

Cuando por fin puedo observar el interior, más allá de la primera barrera dorada, encuentro a Vasc tumbado en un endeble camastro, envuelto aun así por la segunda protección mágica.

—¿Vasc?

No es mi pregunta la que hace que sus ojos azules, ahora velados como si una fina capa de niebla estuviese enturbiándolos, se vuelvan hacia mí, sino el entrechocar de los hierros que me apresan. Hay miedo en su mirada, como si el tintineo anunciase un mensaje de muerte. Tiene el pelo sudado pegado a la frente y, más que lívido, su rostro está ceniciento; marchito.

—¿Rima?

¿Su voz? Un murmullo quebradizo como su apariencia. Cuando se incorpora entre quejidos lastimeros para encararme, me percato de que sus manos continúan atrapadas por unos grilletes similares a los míos. Aunque, al menos, sus brazos descansan frente a él.

—Me dijeron que estabas enfermo, por eso no había bajado todavía. Bueno, no me lo han permitido.

Enarca una ceja y una de las comisuras de sus labios se estira hacia arriba con una mueca de diversión. No me creo que esté sintiendo compasión. Un verdadero sentimiento de pena por mi enemigo potencial, al que visito solo para interrogarlo. Al menos, esa era la intención inicial… No, sigue siendo la intención inicial.

—Eres una rompedora de leyes nata.

—¿Qué te pasa?

—Digamos que la moiro tiene sus efectos colaterales.

Repaso de nuevo los síntomas con la mirada. Hay casos documentados que revelan que la Magia castigaba a los humanos por querer sobreexplotarla, utilizarla para su propio beneficio e incluso para causar el mal en los demás. Los indicios son muy distintos a los del pasado, pero la razón idéntica: la Magia está devolviéndole a los moiros que la hayan manipulado para convertirla en un arma, cuando su naturaleza es totalmente contraria.

—¿Vas a morir?

—Dos preguntas seguidas. —Tose.

—Dispara. —Me cruzo de brazos.

—Te veo ansiosa, como si tuvieses una parte de tu atención puesta aquí y el resto, en otra. No es por temor a que descubran que te has colado sin el consejero, no del todo… Así que…, ¿qué te preocupa?

—No puedo contestar a esa pregunta.

—Entonces se ha terminado el juego.

—¿Crees que voy a confesarte todos mis secretos? ¿Crees que estoy aquí para entablar una amistad contigo? ¡Eres un asesino!

—¡No lo soy!

—¿Has matado?

—Sí.

—Entonces sí lo eres —le espeto—. Vengarte no es motivo suficiente para lograr la redención de tus actos.

—La huida del conflicto tampoco.

—¡Este es tu castigo!

Los defensores dan un paso hacia mí y levanto una mano para que se detengan. Titubean y avanzan dos más, pero les lanzo una mirada intimidatoria, nacida de la más pura necesidad, y solo entonces desisten. Suspiro, intentando calmar mis nervios.

—Lo peor de todo, Rima, es que no decidiste hablar conmigo por saber más de este mundo. No, no te engañes. Acudes porque quieres saber más de la moiro. Quieres cerciorarte de si puedes utilizarla para qué sé yo y luego volver a ser la harum que eras. Quieres saber si matar una vez, aunque sea una, se puede olvidar con facilidad. Voy a ser un aguafiestas: jamás se olvida.

—Eso no es cierto…

—Me estás mintiendo.

Le estoy mintiendo. Mis padres rezaban a los Ascendientes por que la magia gris nunca alcanzase nuestras tierras. Y justo es porque en Siden son pocos los que la poseen, que en cuanto a una banda de esclavistas se une alguno de ellos, al instante, la balanza de poder se inclina a su favor. Siempre tuve miedo de que Magog consiguiese reclutar a uno y nos hiciese la vida más imposible todavía.

Sin embargo, ver la acción de los moiros en directo es otra historia. El terror realmente se pega a tu piel y puedes sentir que la Magia es capaz de asesinarte como la más afilada y certera estocada. Es peligrosa y efectiva. Es tentadora; te incita a que solo la uses un poquito, tal y como ha dicho Vasc, y que sucumbas a la idea más oscura para hacerla realidad. He pensado demasiadas veces en matar a Magog. Aunque Vasc se equivoca si piensa que este deseo es fruto de ver su magia retorcida. Cada noche me acostaba imaginando que al día siguiente el esclavista aparecería con la garganta abierta.

¿En qué clase de ser me convierte eso?

Me rozo los cuernos partidos con dedos temblorosos. Vasc tiene razón y parece que nunca estaré tranquila hasta que Magog pague en carnes lo que nos hizo.

—¿Cómo perdiste tus cuernos?

—El esclavista que me raptó me los arrebató, porque los quería colgados en su pared de trofeos.

—No creía que me lo fueses a contar. Es una experiencia bastante personal.

Me encojo de hombros. Qué importa ya. Este chico enfermo que trata de mantenerse erguido ante mí no va a cambiar el rumbo de mi futuro por saber que fui esclava de un déspota sin corazón al que le gustaba maltratar y presenciar la muerte de sus prisioneros.

—Lo siento.

—No es cierto —suspiro—. Pero no importa. En parte, tienes razón. La moiro también provocó que acudiese a ti. No quiero ver a Magog vivo un día más…

—¿Magog?

Hay un tono de reconocimiento en su voz y mi cuerpo, de forma instintiva, da un paso al frente. La punta de mi bota casi roza la barrera mágica, que puedo atravesar sin problemas por ser portadora. No me percato de que el pecho me sube y me abaja arrítmicamente, agobiada por la falta del aire que ha decidido quedarse a medio camino.

—¿Conoces a Magog?

—Me suena su nombre. Es... el esclavista más conocido de Siden. —Asiento—. ¿Y tú...? —Lo presiente, así que solo asiento otra vez. Él tarda un poco más en reaccionar, porque le sorprende mi pasado, por lo que creo intuir en su expresión, para mal—. Hace unos años, ese ser tuvo trato con Tilia para...

—¿Ti-Tilia?

Vasc entorna los ojos y despega los labios para confesarme:

—Somos su apoyo contra Nueva Erain.

—¿Que los apoyáis? ¡Fuisteis vosotros los que atacasteis este país!

—¿Qué? No... Queremos vengar la muerte de la familia real de Ludenar y las de todas las vidas que han caído desde ese día. Nueva Erain los atacó. Mejor dicho, ¡los asesinó!

Su voz se retuerce, primero por un dolor interno, como si se le hubiese desgarrado el corazón por lo que acaba de decir; pero luego jadea de nuevo con esfuerzo, y la herida esta vez parece externa, porque se lleva una mano al pecho. Y, de pronto, empieza a llorar. A llorar sangre negra.

—¿Vasc? ¡Vasc!

Cae de rodillas contra el suelo y la esfera dorada se encoge para encerrarlo todavía más. El líquido oscuro comienza brotar también de sus brazos desnudos y de sus orejas. Se tumba y se agarra la garganta mientras la prisión mágica se inunda de ese extraño fluido que parece estar atacándolo.

—¡Ayudadle! ¡Venga, ayudadle! —les grito a los defensores.

Ambos me alcanzan corriendo con las armas en ristre, pero a uno se le resbala de las manos en cuanto presencia el terrible estado del chico. Les insisto con los brazos, muda de terror, paralizada por la indecisión.

—¿Qué hacéis?

—No vamos a liberarlo.

—¡Morirá!

Vasc logra erguirse de rodillas. El líquido oscuro le llega ahora por la cintura y temo que lo ahogue. Temo que la esfera lo encierre y lo asfixie en su propia ponzoña. Les chillo otra vez. Me lanzo contra uno de ellos, pero me intercepta y me empuja hacia atrás para que deje de estorbar.

—¡Va a morir!

—No vamos a arriesgar la vida de nadie por la de un moiro.

Respiro con tanto ahínco para contener mis nervios que pienso que los pulmones me van a estallar. Insuflo magia, dejo que me recorra las venas y mejore mi percepción del entorno. No puedo dejarlo morir. No después de averiguar que las historias que cuentan ambos países no coinciden. No después de que se abra paso otro enemigo que Nueva Erain no contempla: Tilia.

Tilia. Lo tatúo a fuego en mi mente para que no se me olvide.

Con un grito, me lanzo hacia delante, empujo a un lado a los defensores, que no esperan mi carga, y traspaso la primera barrera, sin destruirla. Extiendo los brazos e impacto contra la prisión esférica. Explota con un retumbar. Doy contra Vasc y lo abrazo, sintiendo que la sangre oscura deja de presionar su cuerpo y empapa el mío.

Huele a putrefacción. Me escuece en la piel. Es pegajoso. Mi magia desaparece de pronto y siento que me asfixio y me agoto, como si estuviera drenando mi vida. Vasc me susurra algo, pero no logro entenderlo, porque el fluido se expande a nuestro alrededor como ríos; como dedos viscosos huyen fuera de la celda.

«Ayudadnos», les ruego a los defensores, que siguen retrocediendo.

Sigo aferrada a Vasc cuando me percato de que la magia no vuelve a mí. Que el líquido me está sepultando junto al cuerpo hirviendo del chico. Es como si la mismísima Muerte estuviese desangrándose encima de nosotros, esparciendo el mal allí donde tocan sus mortíferas manos.

Los segundos suenan atronadores, marcando el ritmo de mi existencia. Un poco más viva, un poco más muerta. Noto que me derrito, que me convierto en la misma sangre y que no hay más que oscuridad y un terrible vacío… Entonces, de pronto, los dedos de Vasc se cierran con fuerza en torno a mi brazo y mi vida palpita otra vez; un golpe certero.

Capto gritos.

Un resplandor dorado.

El hedor a podedumbre desaparece y la irritación que hacía arder mi carne, poco a poco, se alivia. Respiro, toso, digo algo incoherente. No sé si tengo los ojos abiertos o cerrados. El caos se revuelve a mi alrededor y mis pensamientos están puestos en que no quiero morir. En que espero haber salvado a Vasc.

Y entonces me incorporo. Miro a todos lados, desesperada. Estoy rodeada de bastantes personas con chaquetas negras de mangas verdes. Sanadores. Entre ellos se abre paso una persona con un vestuario distinto. Unos ojos verdes rodeados por unas marcadas ojeras. Noah.

—¡Rima! ¡Rima! —Sus manos sobre mis hombros me zarandean con brío. Refuerzo la magia para entender mejor su idioma y, por primera vez, me alegro de que Ella responda a mi petición—. ¿Estás bien?

—Sí, sí.

Nada me duele ya. Me miro el cuerpo, pero no estoy sucia por la sangre negra de Vasc. Miro al frente, más allá de las cabezas que me atienden preocupadas, por si logro ver al chico, estable. Vivo.

—¿Qué ha pasado? ¿Por qué me has desobedecido?

—Disculpe, consejero, pero no debería presionar a…

—¡Apartaos! Ha dicho que está bien.

—Bueno...

—Por favor…

No hay rabia en su voz, ni siquiera en los gritos, que más los ha alzado para hacerse oír entre el barullo que se ha armado en todo el pasillo. Sí encuentro nerviosismo, e incluso confusión, como si todos sus pensamientos deseasen manifestarse a la vez y no supiese escoger por orden de importancia.

Los aprendices retroceden y dejan de atendernos, aunque no se marchan muy lejos.

—¿Cómo estás? —prueba de nuevo.

—Algo mareada, pero ya no me duele nada. Esa *cosa* negra, ¿era su sangre?

Contengo las náuseas. Por suerte, los músculos responden bien a mis órdenes e intento dejar de tiritar.

—Ahora no hay tiempo para explicar nada.

—Claro que sí. Todo el tiempo del mundo.

—Rima, ha pasado algo con lo que tú y yo sabemos.

—¿El qué…?

Pero mis palabras se atascan antes de llegar a mi boca, porque entiendo entonces a qué se refiere. Han ido en busca del corazón de la Magia y ha sucedido algo. Pero ¿cuándo se han marchado? ¿Por qué nadie me ha avisado? Porque he decidido actuar por mi cuenta sin avisarlas al final y nadie debe haberme encontrado. Porque nadie supondría que sería capaz de desobedecer de tal manera a la danían.

—Lo siento —murmuro.

—Has traicionado mi confianza. La de todos.

Se incorpora y se vuelve hacia el pasillo, pero me niego a que me deje con la duda. Si quiere reprenderme de otra manera que lo haga, pero no así. Me levanto entre jadeos y esquivo a los sanadores que se lanzan hacia mí para comprobar mi estado. Me deshago de ellos, ni siquiera compruebo cómo puede estar Vasc, porque solo tengo ojos para la espalda de Noah, que se aleja de mí.

—¡Noah! ¡Noah!

Se detiene de sopetón y se gira con el gesto serio.

—¿Qué ha sucedido exactamente?

—¿Por qué has bajado?

Titubeo.

—¿Por qué, Rima? Esto no es un juego. Confiamos en ti, pero eres capaz de todo para lograr tu objetivo sin meditarlo. ¡Mira lo que ha pasado!

—Habría muerto si no hubiese hecho nada...

El mareo vuelve a asolar mis sentidos y me tambaleo hacia atrás. Noah me sigue hablando como si hubiese cometido el acto más atroz. Su mirada es puro fuego y jamás la había visto tan encendida como ahora... y tan borrosa... como el resto.

Dejo que el aire se escape de mis pulmones y me deje marchar.

Me despierto renovada. Sonrío. Una maravillosa mañana en la granja. Los pájaros pían y el sol me calienta el rostro. ¡Qué tarde es! Mis padres me regañarán si todavía no he sacado a pasear a las vacas. Incorporo medio cuerpo y el frío me golpea. Me tapo con las mantas, pero mis dedos se hunden en unas sábanas ásperas. Esta no es mi cama. Esta no es mi casa.

Varias figuras pasan frente a mí y me cuesta ubicarme, pero al final lo hago. Estoy en la sala de curación del Liman. No estoy en mi hogar y no es otra mañana pacífica en la que correré por la pradera y descansaré en los establos con el olor del heno adormeciéndome.

Alguien me abraza y enseguida identifico a Hester. Ha presionado demasiadas veces su cuerpo contra el mío como para no reconocerlo. Quiero envolverla y dejar que su calidez cure del todo mis heridas, pero los recuerdos entran como una tromba y me desestabilizan. Vasc ahogándose en el líquido negro. Yo a punto de morir. El corazón de la Magia. La decepción de Noah.

—Hest… Hest —insisto mientras la separo de mi lado.

Está al borde del llanto.

—Nos lo han contado todo… —musita.

—Lo siento…

—Rima, me dijiste que todo estaba bien…

—¿Qué sucedió ayer?

—Querrás decir antes de ayer, lleváis más de un día entero inconscientes.

—¿Lleváis?

Primero miro el enorme ventanal que deja pasar la luz que alumbra cada rincón. Deduzco que es mediodía. Luego repaso el resto de la sala y reparo en que Kaled y Rei están acostados en camas distintas. Mi cuerpo se mueve solo. Se incorpora y casi vuela hasta llegar a ellos.

Unos brazos me detienen, más para mantenerme en pie que para separarme de mis amigos. Parecen plácidamente dormidos, pese a que Rei tiene un aspecto terrible. Sus escamas no brillan como siempre y las sombras oscurecen diversas partes de su rostro, acentuando su palidez.

—Rima.

Jaziz me abraza por la espalda, pero solo tengo ojos para ambos. No he estado a su lado. No sé qué ha sucedido, ni siquiera si mi presencia podría haber marcado una diferencia real. Lo único que sé con certeza es que los he traicionado, que por la avaricia de querer tenerlo todo me he quedado sin nada.

—¿Qué ocurrió? —Trato de que mi propia voz me despierte de la conmoción.

—Lo encontramos —empieza Hester—, pero todo se descontroló. Kaled agonizaba por la presión. Entonces se abrió un punto mágico en el aire —dice con cuidado para que nadie ajeno la escuche— y empezó a manar una esencia dorada. —Igual que del cuerpo de Vasc, solo que la suya era más oscura que la noche—. Si no hubiese sido por Rei…

—¿La moldeó? —murmuro.

—Sí… Intenté detenerla, pero fue imposible.

Por primera vez, mi mirada viaja más allá de los cuerpos de Rei y Kaled hasta encontrar a Senda. Sus manos reposan muy cerca del cuerpo de mi amiga y luce casi tan demacrado como ambos. No estuve a su lado. No puede apoyarlos ni ayudarlos de ninguna manera.

—Lo siento. Yo… Yo… —La disculpa no logra salir.

—Noah nos contó lo que te sucedió.

Me giro hacia mi hermana. Mi mirada pide perdón y busca en ellas una aceptación, pero solo hay dolor. Solo hay distancia. Mis manos se mueven por el espacio para intentar dar forma a la petición que mi voz no es capaz de formular. Tampoco lo consigo, y creo que captan mi intención, pero no me facilitan el camino.

—Os busqué para avisaros de que iba a ir al calabozo… Quería estar con vosotras, pero…

—Como siempre.

No se me escapa la nota de reproche que afila las palabras de Hester. De Jaz me lo temía, pero no de ella. Las lágrimas bordean mis mejillas y, con debilidad, avanzo para intentar transmitir una vez más lo que, al parecer, soy incapaz. De reojo capto cómo Senda aparta la mirada. No quiero perderlas. Son mi familia, a quienes más quiero. Sin ellas, una gran parte de mí desaparecerá y no sé si podré sobrevivir así.

Ante la mirada dolida de Jaziz y la esquiva de Hester, susurro que no esperaba que todo se precipitase. Pero es una mala excusa. No es suficiente, aunque no me lo digan.

Parece ser que estoy destinada a fallar haga lo que haga. Y en lo más hondo descubro que no me importa derrumbarme del todo, si bien me niego a arrastrar conmigo a nadie. Magog destruyó mi primer hogar. No pienso ser yo quien arruine el segundo. A ellas.

Me aparto, abrazándome y cobijándome del frío que también ha helado mi corazón. Les lanzó una última mirada. Pido perdón, entrego amor y, otra vez, me disculpo. Lo mismo con Kaled y Rei, pese a que están inconscientes. No sé cómo voy a conseguir que la decepción y el resentimiento hacia mí se esfumen, pero, de momento, debo poner distancia y centrarme. Decidir qué es lo que deseo realmente.

Salgo de la sala de curación sin que ninguna me detenga, pero perseguida por algunos especialistas que me instan a descansar. Estoy harta de estar quieta. Quiero gritar, pero también llorar y golpear lo que se cruce en mi camino. Quiero que el odio abandone mi cuerpo y no dirija mis decisiones. Quiero dejar de sentirme tan pesimista y triste para ser capaz de acoger ese futuro que todas ven en este país.

Tal vez si paseo por Núcleo se despejen mis dudas. O si viajo por Nueva Erain. Una travesía solitaria que me descubra lo que durante un mes ha sido imposible. Me decido por lo primero, sin abandonar la segunda idea. Reconocer mi propio malestar aligera la carga, aunque no cicatriza.

El sol del mediodía y las calles me reciben con su actividad. Los erainos a mi alrededor hacen y rehacen sus vidas. Cientos de rostros desconocidos que muestran sus sonrisas y se relacionan, aunque seguro que algunos lo hacen con corazones temblorosos, temerosos de vivir un día más con un coraje que, de pronto, puede esfumarse.

Respiro hondo, cerrando los párpados y levantando la cara para que el roce de los rayos acune mi rostro congelado por el invierno. Sin embargo, una sombra interrumpe el recorrido del sol. Abro los ojos, molesta por la nube que ha impedido nuestro contacto. Es inusitadamente oscura, del color de la tormenta, y contrasta con el cielo despejado. Pero hay un rastro que mi mirada persigue hasta terminar en el este. No es nube cualquiera, es un…

Y un edificio cercano explota. El caos se desata en cuestión de segundos y yo me pego a la pared del Liman, indecisa e intentando esquivar a los nuclenses que desean ponerse a salvo. Otra explosión restalla más lejos, y las columnas de humo, negras y encendidas por las lenguas de un fuego voraz, se alzan para reclamar el territorio.

—¡Moiros!

¿Dónde? No distingo nada entre tanto alboroto, pero otros estallidos empiezan a hacerse oír por encima de los gritos y los llantos. La primera nube de humo no provenía de Núcleo, sino de Mudna. Un ataque imprevisto y simultáneo. Pero ¿de quién? ¿De Ludenar? ¿Vienen a rescatar a Vasc?

Vasc.

Mis piernas se mueven solas y me dirigen de nuevo adentro del Liman. Los seres prefieren salir que quedarse atrapados dentro del edificio y los comprendo, pese a que contra los moiros me parece más efectivo esconderse que exponerse. Aunque yo tampoco me muevo por la razón, ya que estoy descendiendo a unos calabozos en busca del que, quizá, sea también el objetivo de los enemigos.

Lo alcanzaré antes, aunque me tenga que enfrentar a los defensores. Pero cuando llego no hay nadie. Me confunde que hayan dejado sin vigilancia los calabozos. Pienso en el ataque inesperado e imagino a los de Defensa Interna saliendo al exterior para saber qué ocurre. Tal vez no han abandonado su puesto para siempre, pero me brinda una oportunidad.

Recorro un camino que podría hacer con los ojos cerrados. Insuflo magia. Vasc está ahí dentro. No sé cómo mi poder ha logrado reconocerlo, pero lo hace. Abro la puerta, por primera vez, sin esfuerzo y deshago el primer velo protector que nos separa.

Vasc se incorpora en el camastro, igual de frágil que parecía hace dos días. Se sorprende al verme, pero más cuando mi mano rompe la prisión mágica que el otro día contribuyó a que casi muriera ahogado.

—Están atacando Núcleo.

Vasc no me atiende, sorprendido por no estar atrapado ya.

—¡Vasc!

—¿Qué?

—Están atacando Núcleo.

—¿Quiénes?

—Moiros..., o como los llaméis vosotros en Ludenar. Vienen a por ti…

—No, no puede ser… —Comienza a caminar por la celda—. No operamos así.

—Entonces…, ¿Tilia?

—Imposible. —Pestañea rápidamente antes de detenerse ante mí, incrédulo—. ¿Por qué insinúas tanto si no sabes nada? ¡Nadie en este país tiene dos dedos de frente!

—¿De qué hablas, Vasc?

—Debo marcharme.

—Tus compañeros…

—Hace unos minutos se ha desvaneciendo el último. Solo quedo yo.

La idea me estremece como siempre, pero la adrenalina y el miedo no dejan que ese sentimiento se instale y predomine; lo devoran para aumentar la presión que me hace entrar en contacto con el moiro otra vez. Lo agarro del brazo.

—¿Te vas?

—No, Rima, pienso quedarme aquí para tomar el té con mis captores. —Su ironía me enfada.

—¿Y yo qué?

—¿Tú qué? Tú te quedas con tus amiguitas, por supuesto… —Sus labios se fruncen. Aparta la mirada unos segundos y vuelve a mí—. A no ser que quieras marcharte conmigo.

—¿Qué?

—No estás bien aquí. Acudiste a mí buscando la verdad y mi magia… Aún la deseas.

—No es cierto.

—Muy bien —desiste, veloz, deshaciéndose de mi agarre—. Entonces me voy. No puedo permitir que vuelvan a encerrarme, tengo que regresar a Ludenar e informar de todo.

Me de la espalda para mirar la pared del fondo. Dudo. Sus palabras aletean entre mis impulsos y mi razón. Entre la verdad y la mentira. Niego sus afirmaciones; una parte de mí las acepta. Temo equivocarme otra vez, de hecho, tengo la sensación de ir directa a la perdición. Sin embargo, Nueva Erain no es mi *saco.* Estoy haciendo daño a mi familia y puede que si no me atrevo, que si no me arriesgo, jamás descanse en paz.

Al final y al cabo, he liberado al enemigo por un motivo que ahora tiene sentido.

—Vasc, ¿por qué?

Él se enfrenta a mi mirada con una osadía inflexible. Somos unos desconocidos movidos por intuiciones que pueden ser erróneas.

—Me salvaste la vida. Te debo un favor.

Me sorprende que lo reconsidere. Me sorprende que me mire con el semblante sereno, como si ese apoyo enmascarase más intenciones de las que quiere expresar. Y me decido, pero antes tengo que hacer algo.

—¿Me esperas un minuto?

—Un minuto.

He tardado más de un minuto, pero no tanto como para desesperar a Vasc. Vuelvo con las mejillas ardiendo y empapadas. Si lo pienso un poco más, no seré capaz de marcharme.

Las explosiones, los gritos y el horror continúan propagándose sobre nuestras cabezas, aunque es un rumor, casi lejano, apenas nos alcanza. Vasc me tiende la mano y apago mi poder antes de que mis dedos se aferren a los suyos con firmeza.

Murmura algo y no entiendo su ludense. Unas partículas grises revolotean alrededor de su cuerpo y se funden en su piel. Hay una sola estocada invisible que parece partirme por la mitad. Contengo un gruñido, porque ahora debo ser más fuerte que nunca. Estamos disipándonos. Sus ojos en los míos. Mi miedo dejando una estela.

Las partículas grises se convierten en lágrimas de ceniza cuando desaparecemos de Nueva Erain.

SENDA

ES LA TERCERA EXPLOSIÓN QUE HACE ARDER NÚCLEO un poco más. Hemos tenido que abandonar el Liman, porque unos moiros han conseguido entrar. Son pocos, según lo que he escuchado entre tanto chillido, pero lo más importante es mantener a salvo a los seres que no pueden protegerse: los enfermos. Por eso hemos tenido que evacuar la sala y ahora Hester y yo cargamos a Rei y a Kaled en la espalda, respectivamente, dispuestos a encontrar un lugar en el que guarecernos hasta que termine el ataque.

Milos y Fatma han llegado justo cuando escapábamos por la enorme ventana de la estancia. Nos han ofrecido ayuda y, la verdad, me siento mucho más protegido que antes. Hester da un leve salto para acomodar de nuevo el cuerpo de su amigo sobre ella. Rei pesa bastante, pero no estoy tan cansado como para detenerme. Lo que en realidad se traduce en que no pienso alejarla de mí, ni siquiera para que uno de mis amigos la coja durante un tramo de la huida.

—Deberíamos separarnos —anuncia Fatma.

—¿Estás loca? —Boqueo aprovechando que nos hemos parado para atenderla—. No podemos arriesgarnos tanto. Lo importante es poner a salvo a Rei y Kaled.

—¡Y si nos encontramos con los moiros necesitaremos ser muchos! —apunta Milos.

—¡Estoy de acuerdo! —insisto.

Fatma chasquea la lengua, pero accede a que coincidamos en la decisión, pese a que Jaziz no ha dado su opinión; la entiendo, no encontramos a Rima por ninguna parte. Sin embargo, nos dirigimos hacia las afueras, esperando que en los límites haya una solución o, al menos, una respuesta a toda esta vorágine de la que solo sabemos que ha sido provocada por nuestros enemigos. Pienso enseguida en Ludenar, en que, cansados de esperar, han venido a liberar a los suyos, pero no quiero sacar conclusiones precipitadas.

Giramos una esquina, a sabiendas de que vamos a salir a la avenida oeste de Núcleo, que nos conducirá al exterior de la ciudad. Espero que el cementerio se mantenga intacto. Tal vez podamos protegernos entre sus árboles. No obstante, la enorme calle está vacía y nos topamos con un grupo de seres armados que, aunque no están usando la moiro, lo están destrozando todo.

Fatma empuja a Hester hacia la esquina para deshacer el camino. Desaparecen de mi vista y Milos hace lo mismo conmigo para ayudarme a avanzar, pero me detengo cuando me percato de que Jaziz se ha quedado paralizada en medio de la calle. El color ha abandonado su rostro y no aparta la mirada del grupo que ya nos ha descubierto.

—¡Jaz!

—No… —susurra.

—¡Jaz!

Me desasgo de la mano de Milos y me aproximo a ella. Antes de alcanzarla, sigo la dirección de sus ojos hasta el lugar del que no puede alejar esa atención turbada. El pánico me seca la boca y me agarrota los músculos. En medio del frente enemigo, que continúa avanzando hacia nosotros con voluntad de atacarnos, se alza una impresionante figura envuelta por una pesada y gruesa túnica negra. Pero no es eso lo que hace que mis pies se nieguen a reaccionar, sino la máscara que oculta su rostro. El cráneo alargado de un animal se ajusta a su cabeza, sucio de tierra y sangre, y en la parte superior se elevan hacia el cielo dos delgados cuernos, que evocan a dos pequeñas ramificaciones, idénticos a los de Jaziz.

Rima.

—Magog.

—Corre… —insto sin demasiado ímpetu—. ¡Corre!

Extiendo una mano para coger a Jaziz y Rei se resbala de mi espalda. Milos nos alcanza a tiempo para que la harum no caiga. Podemos conseguirlo, solo debemos huir. Pero entonces, dos ríos de magia gris, potentes y fuertes como dos musculosos brazos, se cierran en torno al cuerpo de Milos y lo atrapan.

Observo más allá para descubrir qué moiro es el que ha atrapado a mi amigo. Despliego la magia con un grito desesperado y, no sé cómo lo hago, pero esta se genera con la misma forma que la de mi enemigo. Presiono para que mi energía nos proteja y esta nos abraza a los tres. Pero el moiro no se amedranta y sonríe. Tira con más fuerza y consigue arrastrarnos varios metros hacia delante.

—Rei, te he echado de menos… —oigo que dice Magog.

—No lo dejes, Senda. ¡Que no se los lleven! —grita Jaziz, horrorizada.

Esta vez estiro yo, intentando a su vez destruir el poder gris, pero el toque de mi magia con la otra duele demasiado.

Y, aunque los pinchazos son insoportables y mi propia esencia comienza a palpitar, herida, gruño e insisto. Es por ello que el moiro vacila, y me envalentono.

Milos prende su magia para crear un escudo que refuerce el mío, pero es apenas una bruma dorada que no hace frente a la hostilidad enemiga. Porque Milos no está entrenado para pelear, sino para sanar, y entre ambos no conseguimos resistirnos a la potencia mágica del moiro, que nos atrae de nuevo hacia ellos unos cuantos metros más.

—¡Senda! —chilla Milos, y las gafas le resbalan de la nariz hasta impactar contra el suelo.

—¡Aguanta, Milos!

—¡No! ¡Senda, recuérdalo! ¡Recuerda la estrategia! ¡Recuerda mis palabras!

—¡No pienso abandonarte, Milos!

El sudor me recorre todo el cuerpo. Jaziz ha adelantado unos pasos con los puños temblorosos encarándolos hacia Magog y los otros que se han detenido a contemplar el enfrentamiento, como si fuera un espectáculo. El mismo que conduce ese ser enmascarado en Siden.

—¡Nos matarán! ¡Si me dejas…! —Otro tirón que casi lo separa de mí—. ¡Si me dejas puedes salvar a Rei!

—¡Milos! —Me uno a su llanto—. ¡Jamás te abandonaría! ¿Lo entiendes? ¡Eres mi familia!

—¡Y tú la mía, pero entramos en el Liman para proteger! ¿Recuerdas?

Magog y sus aliados se cansan del tira y afloja que ya gana el moiro y reemprenden la marcha hacia nosotros, dispuestos a hacernos pagar nuestro esfuerzo por defendernos. Un esfuerzo que, al parecer, va a resultar inútil.

—¡Defendemos a quienes no pueden por sí mismos! ¡Los

salvamos! ¡Nunca los dejamos caer en la oscuridad de la que huyeron! ¡Por eso estamos aquí!

—¡Te matarán!

—¡Sé que vendrás a buscarme, Senda!

—¡Milos!

Su nombre es lo último que digo antes de que mi amigo se decida y dirija la fuerza de su magia... contra mí. Empuja la mía en dirección contraria para, así, deshacerse de nuestro contacto. Sin embargo, ante su tentativa, el enemigo y yo reafirmamos nuestro poder desatando un vendaval cortante, sintiendo el vértigo en cada fibra al impulsarnos hacia atrás. Pero entonces se oye un chasquido, y enseguida descubro que no tiene nada que ver con la moiro..., sino con Milos.

Su energía se deshace como si cientos de mariposas doradas alzaran el vuelo.

La mía retrocede y se encoge para protegerme; también a Rei.

El impulso nos derriba en diferentes direcciones. Nos precipitamos con brusquedad. El choque nos devuelve nuestra propia magia al ser repelida.

Recojo a Rei, que todavía no ha despertado, mientras mi mirada se detiene allí donde Milos ha caído contra el moiro. Mi amigo ha apagado su magia y se ha dejado atrapar por el poder corrompido, sacrificándose. No abre los ojos y entreabro los labios con el sabor de la sangre en ellos. El mismo rastro cruel que vetea el cuerpo de Milos.

Magog se mueve al fin para reunirse con su grupo y el moiro al que nos hemos enfrentado. Deja caer una mano sobre el hombro de su aliado mágico. Levanta la otra en nuestra dirección, escuálida y azulada por la cantidad de venas que rasgan su palidez, y nos señala con una de sus largas uñas negras.

—Un mensaje. Un rehén.

Desaparecen y las partículas grises se quedan suspendidas unos segundos ensuciando el aire.

El ser con la máscara de la muerte y cuernos arrebatados ha firmado la condena de Núcleo… y de mi propio corazón, con lágrimas en mi rostro y sangre en la tierra.

SEGUNDA PARTE
DONDE LA MAGIA MUERE

EL CIRCO

Hace 2 años

LAS HUELLAS RECIBÍAN LAS DÉBILES GOTAS DE LLUVIA que empezaron a caer en el campamento de Magog. Impactaban inclementes contra el magullado rostro de Rima. Edda pagaría por haberle puesto la mano encima a la híbrida, pero no aquel día. Era noche de espectáculo y al público le daba igual si la piel de Rima era un mapa de colores oscuros e irregulares.

Pese al dolor, la híbrida posó la mejilla en los barrotes de la jaula en la que sobrevivía. Seguía intentándolo, pese a que incluso Magog le había cortado los cuernos hacía ya bastante tiempo. Pese al jolgorio de la fiesta predecesora a la exhibición de variedades. Sus risas, sus gritos y su despreocupación arañaban su corazón moribundo; no dejaba de respirar por pura inercia.

Abrió los ojos como pudo; uno más cerrado que el otro a causa del fuerte puñetazo que Edda le había propinado aquella mañana por no haberse terminado el desayuno. La jaula frente a la suya encerraba a una Rei que había sido vencida por la desesperación. La tela que tapaba sus ojos no solo estaba empapada por la arreciante lluvia, sino también por sus lágrimas, que no dejaban de brotar acompasadas por unos fuertes sollozos. Se agitó con bruscos movimientos, esperando que alguno diese como resultado la liberación de sus muñecas inmovilizadas por unos gruesos grilletes. Desde la posición de Rima se advertía sin problemas la sangre fresca que ensuciaba los brazos de su amiga.

Además, desde que Rei halló al joven sensible, no había habido un solo día en que Magog no lo sacase de su jaula para recorrer cada rincón de Siden en busca de más seres mágicos especiales. Aunque Kaled estuvo meses dando la espalda a Rei por haberlo capturado, el chico comprendió que la híbrida no tuvo más remedio que descubrir su paradero; como un animal de presa al que no apaleaban si hacía bien su trabajo. Él, desde el otro lado de la jaula que compartían y con la mirada también oculta, se acercó reptando hasta que sus manos, también apresadas por unas oxidadas cadenas, dieron a tientas con las de Rei.

Rima extendió los brazos, buscando una ayuda que jamás iba a llegar. Hester le había asegurado que algún día conseguiría liberarlas. Que había un comando secreto dispuesto a enfrentarse a las fuerzas de Magog, pero Rima llevaba esperando demasiados años esa revolución y ya había perdido la esperanza. Solo podía pensar en que ojalá el futuro no le reservase la muerte, porque, pese al sufrimiento, era incapaz de abandonar la vida.

Sus dedos encontraron entonces un cuerpo, pero Rima no se apartó, porque reconoció enseguida a quien estaba tocando. Hester la miraba desde el otro lado con la pena más profunda impresa en sus ojos. Sus labios quisieron desvelar la misma preocupación, pero la sombra de Edda tras ella acalló cualquier brote de buena voluntad.

—Te sacamos —musitó la centinela mientras alzaba un manojo de llaves hacia la cerradura.

—¡Con violencia, Hester! ¿Cuántas veces te lo tengo que repetir? —bramó Edda—. ¿Es que el estúpido jefe que tenías antes no lidiaba con estas andrajosas con mano dura? ¡No puedes amilanarte!

Hester tragó saliva, lo que comportó un brutal bofetón por parte de su superior. Con la mejilla ardiendo y las lágrimas aflorando, la chica introdujo con decisión una enorme llave en la cerradura. Después de abrir la puerta, alargó una mano y hundió los dedos en el brazo de Rima hasta que de esta escapó un grito ahogado.

—Vamos…

—¡Más fuerte, Hester!

—¡Vamos, sucia rata!

Le gritó a Rima, que recibió los alaridos de quien había amado sin sentir el menor de los daños. Antes cada una de sus palabras la habrían destrozado, pese a que sabía que Hester estaba obligada a pronunciarlas, pero ya no. Entre sus promesas de salvación y sus coaccionadas acciones, Rima había encontrado un vacío en el que tampoco cabía el amor. Cómo se había enamorado de la persona que vigilaba su prisión cada día era algo que dejó de preguntarse años atrás. Y, aunque la situación ya no presionaba sus heridas con tanta firmeza, Rima no podía evitar que su corazón se encogiese cada vez que Hester acudía a ella.

Tal vez los últimos latidos de un romance prácticamente muerto.

Rima arrastró los pies por el barro, deformando las huellas de quienes habían pagado por verla. Por tocarla. Incluso por tratar de comprarla. Tropezó con sus propias piernas y el último puñetazo que le habría asestado Edda aquella noche encontró su fin en la cara de Hester. El rostro de la jefa de los centinelas adoptó el color de la grana al comprobar que su subordinada se había interpuesto; pero esta, con el flequillo castaño ocultando sus lágrimas de dolor, solo estiró de una estupefacta Rima para reemprender el camino, dispuesta a dejar a la centinela con la palabra en la boca.

—Malnacida. —La voz de Edda reverberó en su pecho.

La mujer no estaba dispuesta a permitir que Hester se saliera con la suya, pero enmudeció al llegar a la entrada de la carpa de lona gruesa en la que esperaban el resto de esclavos silenciados por una de las manos derechas de Magog, Clivor. Tal vez, la única bestia con apariencia humana lo bastante aterradora como para amedrantar a Edda sin siquiera necesitar una palabra.

La mano de Hester viajó con suavidad hasta la espalda de Rima para acompañarla en los últimos pasos que la condujeron al final de la fila. Rezner dejó de ser la última en cuanto la híbrida se quedó paralizada tras ella. Sus ojos verdes se perdieron en la punta de sus sucias zapatillas y pensó, por un momento pensó, en qué pasaría si echaba a correr. Clivor le daría caza con tres simples zancadas. Edda le propinaría la mayor paliza de su vida. Y luego, más tarde, cuando las heridas solo palpitasen como un horripilante recuerdo, se enfrentaría a la ira de Magog.

Al incalificable e impensable castigo del ser que un día la raptó de su hogar para forzarla a actuar en aquel inmundo espectáculo a cambio de nada.

Rezner levantó la vista por encima del hombro y Rima se fijó en su mirada ciega. La draiz susurró: «cerrado», y la híbrida contuvo un gemido de angustia. «Cerrado» significaba pelea; pelea a muerte entre los últimos que fueran llamados a la fila. La esperanza no era algo que brillase demasiado en los pensamientos de Rima, pero se volvió sobre sí misma, escrutando el oscuro horizonte, entre las cabañas, las tiendas y las jaulas, esperando a que llegasen más esclavos.

¿Se creyó despreciable por querer que otros se unieran para librarse de tal destino? Sí. ¿Le rezó incluso a los Ascendientes? También. ¿Le sirvió de algo? No. Edda se cruzó de brazos y sonrío, pero Hester torció el gesto y palideció en cuanto se percató de que aquella noche Rima y Rezner iban a combatir por vivir un día más. Porque de los duelos de aquel cruento espectáculo solo uno podía salir vivo…, con suerte.

Por supuesto, no era la primera vez que Rima participaba en un enfrentamiento de aquel tipo. No era la primera vez que descubría las gradas atestadas de sideneses y extranjeros dispuestos a pagar una fortuna por presenciar, entre otros números, cómo alguien moría sobre la arena de la pista. No era la primera vez, y sabía que no sería la última, que al principio dejaría que le arrebatasen la vida poco a poco, puñetazo a puñetazo, hasta que su instinto de supervivencia hiciera reaccionar su cuerpo para ganar.

Ella no era una experta en combate, pero sí en vivir a toda costa.

Los aplausos y vítores resonaron dentro de la carpa cuando el primer espectáculo terminó. Uno de los secuaces de Magog sacó por la entrada principal a un prisionero. Apestaba a quemado y Rima tuvo que apartar la mirada entre lágrimas cuando se dio cuenta de dónde procedía: la mano carbonizada del esclavo pendía de la muñeca por un endeble hilo de carne.

—¡Las barbacoas nos encantan! —Los alcanzó desde el interior la indescifrable voz de Magog acompañada por varias carcajadas del público.

Edda se apartó del grupo para meter en la carpa a la siguiente víctima con ayuda de Clivor; la esclava era tan corpulenta y pesada que incluso ambos jefes de cuadrilla tuvieron que hacer un esfuerzo considerable por empujarla adentro. La última mirada que Edda le dedicó a Hester no presentaba duda: «Nos vamos un minuto. Si algo se descontrola aquí, lo pagarás tú».

Sin embargo, una vez las tres sombras desaparecieron, Hester abandonó su puesto y se acercó a Rima. Esta alzó el rostro impasible hacia la centinela, sin reaccionar a su valiente acto.

—Aguanta cinco minutos, Rim. Luego huye junto a Rezner. Ve a tu jaula, ¿entiendes?

La híbrida frunció el ceño, confusa por las palabras de Hester. La humana chasqueó la lengua, puso las manos sobre los hombros de la esclava y la zarandeó con energía, pero sin brusquedad.

—Rima. Rima. No nos queda tiempo. Hoy es el día. Cuenta cinco minutos. No os enfrentéis. No importa si no ofrecéis espectáculo, porque hoy os vamos a salvar. Cuenta cinco minutos, ¿vale? No ha habido ni una noche en que no hayas contado los segundos para ver un nuevo amanecer, así que hazlo de nuevo, por favor. Hazlo, alcanza tu jaula y verás de nuevo a Jaziz.

Jaziz. Fue el nombre de su hermana lo que por fin hizo reaccionar a Rima. Sin embargo, Hester ya había vuelto a su puesto cuando sus labios se despegaron. Clivor y Edda reaparecieron cuando su aliento dio vida a un sonido que alertó a la intimidante centinela.

—¡Sin cuernos! —la llamó con un rugido—. Una sola palabra y el puñetazo que se ha llevado la idiota de Hester regresa a ti de sus propias manos, ¿entiendes?

Como respuesta, Rima apretó los labios y enterró la mirada en sus botas. Jaziz estaba allí. No le fue complicado atar cabos y suponer que formaba parte del comando que iba a tratar de liberar a todos los esclavos de Magog. O eso quería creer la híbrida que, con un nuevo aunque débil halo de confianza, esperó sin inmutarse a que fuese su turno.

Durante la espera, para los prisioneros había algo peor que escuchar los gritos de agonía, las súplicas o las risas del público, y era sentir que la voz de Magog, a cada anuncio, a cada regocijo y a cada broma, se les hundía en el pecho como un cuchillo.

El mundo les enseñaba que, cuanto más poder podías obtener, más posibilidades había de que la maldad te abrazase. Pero Magog había confirmado la excepción de la regla, porque él no necesitaba magia gris ni incontables aliados para someter al resto, no. Magog confiaba en sí mismo y en la suficiente contundencia de sus acciones como para establecer su reino de terror.

Era capaz de todo con nada. Magog conseguía hacer brillar hasta el más mínimo detalle con la oscuridad más intensa. Rima se reafirmó de inmediato cuando la obligaron a entrar en el círculo de arena dentro de la carpa y se encontró con el cráneo animal, que Magog lucía siempre como una máscara, y *sus* cuernos completándola.

Solo se espabiló cuando Rezner dio unos pasos más, moviéndose con la soltura propia de quien no tiene una bruma velando sus ojos. El hedor del sudor, las finas columnas de humo creando serpenteantes caminos hacia el techo sombrío y el calor que desprendían los cientos de velas que definían el centro del Circo terminó por hacerla reaccionar. El placer de un público oculto por las sombras más allá de las llamas la apabulló tanto como la primera vez.

—¡Este es el espectáculo estrella de esta noche! —Magog extendió un brazo hacia ellas—. Ya sabéis que hoy toca…

—¡Pelea! ¡Pelea! ¡Pelea! —corearon, ansiosos por ver complacido el pago de su entrada. Un pago manchado con la sangre de quienes participaban.

—Por un lado, tenemos a Rezner.

Rima alargó una mano, dispuesta a detener a la draiz, pero Rezner no había escuchado la advertencia de Hester y sus dedos se cerraron a pocos milímetros de la muñeca de la otra. La esclava avanzo con determinación y se detuvo con precisión a medio metro de Magog.

—Draiz. Sin magia. Ciega… Sin duda, sería injusto que se enfrentase a alguien que gozase de mejores condiciones. —¿Mejores? Rima jamás conocería a un ser tan morboso y desagradable como aquel—. Pero la vida es así: triste, cruel y rematadamente injusta. Rima, acércate, querida.

Los delgados y cenicientos dedos de Magog tamborilearon en el aire para reforzar su orden. Rima permaneció quieta. Tenía que contar cinco minutos a partir del inicio de la pelea contra Rezner; cinco minutos la separaban de su salvación y, aun así, era incapaz de avanzar. El público comenzó a impacientarse y la abucheó.

Sin embargo, Magog acalló a los asistentes apuntándolos con una amenazadora uña negra. Todas las bocas se cerraron a la vez, dejando paso al bramido de un trueno que solo dejó tras de sí el rumor de la débil lluvia golpeando la gruesa lona del techo. Después, el ser se llevó la misma mano a la máscara y se la quitó, dejando que su melena azabache se extendiese por sus hombros como una marea de oscuridad. Magog no era corpulento, más bien aparentaba enfermizo y ligero como una pluma. Él no cargaba su vileza en los músculos, sino en su apariencia imposible. En aquellos iris incomprensibles en un rostro sin forma, como un espejo roto. Rima jamás había podido rebelarse ante su verdadera presencia, una identificable; la presencia de la mismísima muerte.

—Rima, querida, sabes que te adoro, pero… —Su voz, de normal alojada en las cavernas de su pecho, bajó dos tonos más—. ¿Crees que los cuernos es lo más querido que te podía arrebatar? Te equivocas. Ojos, dedos… Todo es prescindible, pero si te digo los nombres de Rei, Kaled o Hester…

La híbrida se movió automáticamente. No, su imprudencia no podía agravar el peligro al que se enfrentaban sus amigas día tras día. Entró en el círculo luminoso y, rompiendo la quietud, varias sorpresas ahogadas hicieron sonreír a Magog. Rima adelantó a Rezner y se detuvo.

—Mi pieza más preciada, aunque no la más extraordinaria. Qué le vamos a hacer. —Rima apretó los dientes—. Una híbrida…

—¡Abominación!

—¡Monstruo!

—Silencio... —susurró el esclavista—. Una híbrida con poderes mágicos y todas sus capacidades disponibles para ofreceros un espectáculo a muerte que jamás olvidaréis.

Magog comenzó a retroceder, dejando a Rima y a Rezner en medio de la arena mientras la euforia de los espectadores las envolvía. A aquel ser no le importaba el dinero, porque se alimentaba del dolor ajeno.

Y Rima empezó a contar segundos.

Lenta, se volvió hacia Rezner, de quien no esperaba recibir el primer gancho que la tumbó contra el suelo. Escupió sangre, con los ojos abiertos desorbitadamente. Rima hincó los codos y reptó hacia atrás para retirarse al ver que la draiz estaba dispuesta a atacar de nuevo.

—¡Rezner, no!

Pero la otra solo atendía a su instinto de supervivencia que le chillaba al oído que, si aquella noche quería desmayarse en su jaula sabiendo que al día siguiente volvería a sentir su corazón latiendo, debía luchar con todo lo que tenía.

Rima elevó una improvisada y frágil capa mágica a su alrededor cuando Rezner se lanzó de un salto hacia ella. El cuerpo de la esclava rebotó contra la energía dorada y voló unos metros hasta impactar contra la arena.

Un minuto.

Ambas se incorporaron a la vez y, después de recortar la distancia que las separaba del centro con una corta carrera, chocaron y se enzarzaron en una disputa de puñetazos, de los cuales solo cinco acertaron; tres en los brazos y pecho de Rezner, y dos en la cabeza de Rima.

Dos minutos.

Cuando consiguió separarse con un empujón, Rima inspiró hondo y trató de protegerse con una nueva barrera mágica, sin embargo, Rezner lo impidió. La tumbó, le propinó un puñetazo en el estómago y luego se sentó a horcajadas sobre ella. Sus doce dedos como garras se cerraron en torno al cuello de Rima y apretó.

—¡Mátala!

—¡Arráncale la cabeza!

Los gritos llovían junto a monedas esporádicas que se clavaban en la arena como una confirmación de la buena exhibición que estaban dando. Rima gruñó el nombre de Rezner varias veces, pero la esclava hizo caso omiso a sus súplicas. La híbrida comprendió de pronto que tendría que haber reaccionado antes, en la fila, y haberle contado a Rezner el plan de Hester. Pero, de nuevo, su profundo abatimiento había pesado más en la balanza.

Tres minutos.

Rima agarró un puñado de arena y se lo lanzó a la cara. La esclava chilló, apartándose para frotarse los ojos. Con una patada, terminó de quitarse a Rezner de encima y, entre varias toses que convulsionaron su cuerpo entero, se incorporó y alzó los puños. Aquella determinación renovada volvió loco al público, que aumentó, no sólo la intensidad de sus gritos de emoción, sino también la cantidad de dinero.

Rima esperó a que Rezner volviera a la carga, deseando que el tiempo corriese más rápido. La rabia de la draiz terminó por entorpecer sus propios movimientos y la híbrida consiguió esquivar con facilidad la siguiente arremetida. De hecho, Rezner trastabilló con sus propios pies y, sin poder detener la inercia de su caída, chocó contra los muros de gruesa madera que separaban al público de la arena. Fue entonces cuando las innumerables velas que también limitaban la zona cayeron sobre su cuerpo y lo consumieron con una poderosa llamarada de fuego.

Cuatro minutos.

—¡Rezner!

Si hubiese visto la cara de los asistentes ante el calcinamiento de la draiz, Rima habría caído de rodillas y se habría abandonado a la crueldad de los demás. Miradas centelleantes, sonrisas complacidas y puños apretados de pura emoción. Sin embargo, dispuso toda su atención para tratar de apagar el fuego que envolvía el cuerpo verdoso de la esclava.

—¡Rezner!

Pero Rima tuvo que apartarse para no terminar convirtiéndose también en una llamarada gigante. ¿Cómo unas simples velas habían podido envolverla tan rápido? Pero estaba claro: Magog había amañado el combate de alguna manera. Tenía los brazos cruzados contra el pecho y medio cuerpo apoyado en uno de los tablones, cerca de la puerta principal. Rima contuvo un sollozo, pero Magog zanjó el contacto indescriptible dándole la espalda, poniendo fin a la pelea y…

Cinco minutos.

Todas las velas se apagaron con un único soplido. La oscuridad cerró el recinto, pero las feroces llamas que devoraban a Rezner iluminaron el camino hasta la única salida. Y Rima echó a correr con un nudo en la garganta. El público comenzó a gritar y Magog rehízo sus pasos para poner orden. Su rabia aumentó cuando se percató de que había perdido de vista a Rima.

La híbrida corrió lejos de la carpa, con la certeza de que Magog jamás la liberaría ni con la muerte. Buscó su jaula, desesperada. El circo se desplazaba por Siden semana tras semana. Las cárceles, las tiendas y la carpa jamás se disponían de la misma manera, siendo una sutil medida de precaución contra peligros externos e internos. Además, Rima había abandonado el afán por memorizar la ubicación de cada elemento hacía años, por lo que en aquel momento vagaba desorientada.

Se tropezó contra la puerta de una jaula abierta. Se agarró a los barrotes para no caer y entonces se percató de que todas las prisiones de su alrededor estaban vacías. Hester no le había mentido. Sus salvadores existían y habían llegado por fin para rescatarlos.

Entreabrió los labios para chillar el nombre de su amiga cuando una mano frenó sus intenciones. Aterrada por si se trataba de Magog, Clivor o Edda, pero dispuesta a no rendirse, mordió la carne que tapaba su boca. La fuerza de un quejido reconocible, aunque borroso en su memoria, impactó contra su nuca e hizo que se volviese con los ojos anegados de lágrimas.

—¿Jaz?

—¡Rim!

Jaziz, más alta, con el pelo corto y sus fieros ojos grises, la abrazó con tanta intensidad que Rima creyó deshacerse entre los brazos de su hermana pequeña. Se sostuvieron, temblorosas, durante unos pocos segundos, aunque a Rima le pareció que el tiempo se detuvo. Jaz la separó de su lado, entrelazó sus dedos y tiró de ella para continuar corriendo.

—¿Por qué estás aquí, Jaz?

Pero el estruendo de unas explosiones a sus espaldas acalló el final de su pregunta y su hermana aumentó el ritmo. Los gritos que se extendían por la zona ya no eran de entretenimiento ni odio, más bien de agonía. Pero Magog no iba a rescatar a ninguno de sus clientes; los dejaría morir mientras trataba de controlar su mercancía. Una mercancía a la que Rima no pertenecería nunca más.

Las lágrimas se desbordaron por sus mejillas, por primera vez en mucho tiempo, de alivio. La mano de Jaziz estaba caliente y sudada, y la lluvia ya no arreciaba con tanta fuerza; solo era un manto fino que se posaba sobre los cuerpos que luchaban por escapar del Circo de Magog.

La huida transcurrió como un sueño para la híbrida. Durante unos instantes, olvidó el dolor que le causaban las magulladuras, los cortes sangrantes de su cuerpo y el peso de años y años de inmovilización. Durante un instante, creyó que el injusto y devastador castigo al que le había sometido Magog podría diluirse en su memoria al poner un pie fuera del lugar…

Pero Rima se equivocó de nuevo.

Porque cuando las tiendas, las jaulas y la carpa quedaron atrás; cuando comprobó que Kaled, Rei y Hester estaban sanos y salvos junto a otros esclavos y unos desconocidos que entendió como sus salvadores; cuando notó un vacío por la falta de otros rostros que deseaba ver liberados, recordando la llama en la que se había convertido Rezner, solo entonces y de repente, supo que jamás podría librarse de tal pesadilla. Estaba condenada a ella de por vida.

Abrazó a Rei y a Kaled sin dejar de sollozar. Luego sus brazos viajaron hasta encontrar a Hester y se dejó sostener. No se besaron; el tiempo y la desesperación habían marchitado del todo ese tipo de afecto. Pero no por ello dejaron de expresar su cariño, porque el amor tenía muchas formas, ninguna mejor que otra.

Un draiz que Rima no reconoció, pero que intuyó que lideraba al grupo, gritó varias indicaciones. Primero, se alejarían y se dirigirían un poco hacia el oeste de Siden, a una zona supuestamente segura y *más civilizada*, donde entonces se repondrían y meditarían su siguiente paso: alcanzar la costa norte para emprender un viaje hasta el país de Nueva Erain.

Si Magog y sus centinelas los persiguieron y les perdieron la pista fue algo que nunca se supo. Y no dejaron de correr, con la respiración pinchándoles en las costillas, hasta que el líder aminoró la marcha en medio de la voraz oscuridad, solo iluminada por varias antorchas.

—¿Por qué nos detenemos? —preguntó Jaziz.

—No puede ser...

Rima se puso de puntillas para observar más allá del hombro de su hermana. No comprendió lo que avistó: unas cuantas antorchas prendiéndose *solas* a varios metros de ellos. La híbrida rodeó a Jaziz, buscando una respuesta. Entonces su hermana la cogió por la muñeca; sus dedos habían perdido todo su calor.

—No... ¡No! —se desgañitó el líder.

Empezó a correr hacia delante y los demás se vieron obligados a seguirlo, desconcertados por si alguien los estaba cercando por detrás y temerosos de que el mundo se hubiese cerrado frente a ellos. A medida que el horizonte quedaba mejor iluminado por esos fuegos que sobrevivían a la lluvia, se fueron percatando de que la salvación no estaba tan cerca como habían pensado.

Una alambrada enorme quedó recortada entre ambos grupos de luces. Era firme y alta. Algunos se detuvieron, acongojados por el peligro que suponía aquel inesperado obstáculo. Rima aminoró la marcha, pero Rei la empujó para que prosiguiese.

—No vamos a salir de esta... —musitó Rima.

—¡Fuera! —tronó un grito al otro lado de la monstruosa verja que los aislaba.

Algunos cuerpos chocaron contra la alambrada y sus dedos se cerraron en torno a los hierros enlazados que les dejaban ver, impotentes, qué se cernía al otro lado. El escenario los dejó sin respiración. Parecían sideneses corrientes, pero sus armas en ristre y sus reproches les dejaron muy claro que no estaban dispuestos a colaborar.

—¡Fuera de estas tierras!

—¡Por favor, ayudadnos! —suplicó el líder.

—¡No queremos más problemas! ¡Fuera de aquí y llevaos la desgracia con vosotros!

—¡Por favor! —Rima no pudo evitar implorar también ante el nuevo terror que se estaba abriendo paso a zarpazos en su vida.

—¡No nos obliguéis a atacaros!

—¡Si no nos salváis vais a matarnos igual! —chilló Hester.

—No es nuestro problema...

«No es nuestro problema». Aquellas palabras desaparecerían en un futuro de la memoria de Rima, demasiado devastada por recuerdos incluso más crueles. Sin embargo, permanecerían el tiempo suficiente para recordarle que el resto del mundo no ayudaría a quienes huían del horror, si ello comportaba un problema para sus privilegios.

No dejaron de zarandear la alambrada y rogar auxilio hasta que los sideneses del otro lado levantaron sus armas e intentaron atacar a través de los huecos. Jaziz empujó a Rima en el momento justo para que el filo de un puñal letal no le atravesase el estómago. La punta alcanzó el brazo de la primera, pero se recompuso al instante sin darle mayor importancia.

—¡Retrocedamos! —pidió Hester.

—¡Necesitamos su ayuda! —se desgañitó el líder.

Pero la antigua centinela recogió con sus brazos a Rei y Kaled para separarlos de la peligrosa verja. Hester le hizo una indicación con la cabeza al resto y luego, a Jaziz. Rima gimió de angustia al percatarse de que volvían a quedar desprotegidas, fuera del amparo de quienes deberían tenderles una mano. No deseaban más que protección; protección frente a una guerra que se libraba en su mismo país.

El líder y gran parte del grupo, incluidos algunos esclavos, se quedaron resistiendo a las heridas y al rechazo, con la esperanza vana de que los sideneses de la frontera se apiadasen al final. Los pocos que huyeron aferraron las antorchas con fuerza y se internaron otra vez en la noche, conscientes de que jamás sabrían si los que se quedaron consiguieron convencer a los otros, hijos de la misma tierra. Dejaron que la oscuridad los camuflase mientras la tormenta comenzaba a rugir de nuevo, apagando sus fuegos y cantando a la muerte con cada trueno.

RIVA

TRANSPORTARSE ES COMO ZAMBULLIRSE en agua muy fría; la respiración se congela en tus pulmones, tu cuerpo se tensa hasta quedarse paralizado y la quietud es total mientras flotas en lo que parece la nada más absoluta. No duele, más bien marea, porque por un momento tu sentido de la orientación se confunde y no se ubica; ni siquiera eres consciente de que estás viajando a través del espacio. Pero esa sensación dura los segundos que tardas de partir de un lugar y llegar a tu destino. Sin embargo, cuando reaparezco, mi estómago sufre una sacudida que me obliga a soltar la mano de Vasc y a esconderme tras un matorral para vomitar.

—¿No te habías transportado nunca? —me pregunta el ludense de espaldas a mi estropicio.

—Es la primera vez que lo hago desde tan lejos.

—No sabía que la distancia condicionase —me contesta observándome por encima de su hombro.

—Ni yo…

Una nueva arcada lo hace volverse con una mueca de asco al tiempo que abro más las piernas para intentar que los restos no ensucien más mis botas. En un intento vano por limpiar la parte interna de mi calzado, lo arrastro por tierra; lo prefiero sucio de polvo que de vómito.

—¿Ha terminado ya el festival del horror?

—¿Qué eres ahora? ¿El principito quejica de la corte o qué?

Vasc enarca una ceja con el semblante serio. No me puedo creer que tenga tan poca paciencia con las bromas maliciosas. No sobreviviría ni cinco minutos al lado de Jaziz. El recuerdo de mi hermana y el resto me remuerde la conciencia, pero ya no hay vuelta atrás: he tomado la decisión que creo correcta para mí. Vuelvo a la realidad cuando Vasc se cruza de brazos y comienza a hacer camino, observando su alrededor. Doy varias zancadas para alcanzarlo mientras hinco un poco más los dientes en su mal carácter:

—Venga, principito quejica, no te pongas así…

—¿Resulta que tras tu fachada de tormento profundo hay una bromista pesada?

—Eso ha sido un golpe bajo.

—Pues entonces lo mejor es callarnos y continuar. Tengo que orientarme y trazar un plan para explicar a mis superiores por qué aparezco con una sidenesa en vez de con mi equipo.

No hemos tenido tiempo de pensar en nada. Vasc ha accedido a que me marche con él justo en plena ofensiva contra Nueva Erain. Quiero pensar que no me ha mentido respecto a quienes están atacando, al asegurar que no pertenecen ni a Ludenar ni a la misteriosa Tilia. Los rostros de Jaz, Hester, Rei y Kaled regresan a mis pensamientos para recordarme que no puedo olvidar que, de alguna manera, los he abandonado allí. No sé quién encontrará la carta ni quién terminará de odiarme por haberme ido justo después del error que cometí al no acompañarlas en busca del corazón de la Magia. Me detengo, insegura, notando que el lazo que nos une se debilita. Me llevo una mano al inicio de mis desaparecidos cuernos; con ellos, Magog se llevó demasiado de mí, pero no todo. Yo soy la única culpable de estar aquí, en Ludenar, en vez de haberme quedado en Nueva Erain afrontando junto a ellas el lóbrego futuro que parece estar esperándome.

Pero ¿habrán sobrevivido al ataque? ¿Cómo he podido ser tan cobarde de nuevo? Retrocedo un paso. Le dedico una parte de mis inquietudes a Senda. A la frágil confianza y conexión que habíamos tejido de alguna manera, y que reduje a cenizas al no aparecer en la importante misión. Su última mirada de decepción... Debería regresar y pedir perdón. Resarcir mis precipitadas y egoístas decisiones, e intentar ser tan valiente como ellas. Unos finos dedos chasquean frente a mis ojos. Despierto del letargo para descubrir que la nariz de Vasc está a pocos centímetros de la mía.

Sus delgadas y pálidas cejas se fruncen en una intrincada trama con las arrugas. Estando tan cerca, puedo advertir las sombras que dejan al descubierto sus párpados inferiores. Las manchas de suciedad que vetean su piel de mármol. El pelo, aun desastrado, cae alrededor de su rostro y cubre sus hombros con cierta gracia. Pero, tras toda esa fachada de imperfección, que incluso así destila pureza, se hallan sus ojos azules, fríos y carentes de energía. Cansados. Su figura encorvada y su aliento descompasado terminan por quebrar la poca entereza que permanecía firme para revelarme a un Vasc derrotado e infundado de temores.

—Lo siento... —murmuro.

—¿Te estás arrepintiendo? —susurra, sin apartarse.

—Las he abandonado...

—De buenas intenciones está hecho el camino al infierno.

—¿A qué te refieres? —Compongo una mueca dolida.

—Habrías venido igual, despidiéndote de ellas correctamente o habiendo dejado la carta. Tú querías marcharte, ellas, que te quedases. Tarde o temprano, de una forma u otra, fuera a donde fuese, te habrías ido.

—Pero no pienso quedarme aquí para siempre. Y cuando vuelva, ellas no me perdonarán. Estaban atacando Núcleo y... —Gimo y me encojo, sintiendo las ataduras de una despiadada soledad aferrándose a mí.

—Si ellas te quieren, te perdonarán. No voy a decirte que no te preocupes y que has obrado bien, no te servirá de nada, pero has tomado una decisión. Es lo que querías. ¿Cuánto hace que no sientes que has hecho lo que deseas?

—Muchos años —musito.

Vasc pone los brazos en jarra y se echa hacia atrás por fin. Se estira poniéndose de puntillas. Luego suspira y me vuelve a mirar. Sonríe con una picardía única.

—Si quieres volver, no te lo voy a impedir. Pero no seré yo quien te acompañe a Nueva Erain, como tú comprenderás. Ánimo, si pretendes que algún ludense o tiliaí te devuelva al país.

—Podría aprender a transportarme.

—Por supuesto. Pero no te dejes el estómago en el intento.

Y da por concluida la conversación, girando sus talones y reemprendiendo la marcha. Sin poder deshacerme de la culpa, sigo a Vasc. Intento distraerme observando el paisaje. No es que haya visto mucho de este planeta, pero es fascinante cómo su terreno y clima cambia, ofreciéndonos un mapa de posibilidades que se siente distinto a cada paso.

Si Siden es una mezcla de campiña y desierto arenoso, con veranos excesivamente calurosos e inviernos demasiado gélidos... Si Nueva Erain se transforma cada varios kilómetros, siendo Núcleo una nube de polvo y tierra, dura y seca, acompañada por algunos simples tramos de arboleda... Ludenar es un lugar aparte. La brisa mece el invierno con una agradable sensación que juega sin problemas con los cálidos rayos de sol que lamen la superficie. Todo a nuestro alrededor son árboles de altas y verdes copas que pretenden rozar un cielo libre de nubes. A lo lejos se oye el arrullo del agua y en el ambiente sobrevuelan motas de polvo que más parecen diminutas piedras preciosas que hacen brillar aún más el entorno.

Mis pies esquivan raíces, gruesas y rebeldes, que nacen y se hunden en la tierra con sinuosos movimientos. Las flores, incluso de colores inimaginables, me rozan los tobillos y se enganchan a los cordones de mis botas con la esperanza de retenerme en este remanso de paz. ¿Cómo es posible que este sitio, en el que deforman a la Magia, sea el más bello que haya visto nunca? La Magia lo es todo y, sin embargo, este país, que la castiga hasta convertirla en algo que ni Ella misma puede detener, existe como si la propia energía dorada emergiese de las entrañas del mundo.

Me llevo las manos al pecho, orgullosa durante unos segundos de que mi poder se mantenga puro. Pero, al instante, me vuelvo a sentir una títere que no ha elegido poseerla, ser perseguida por aquellos que la temen o que la codician.

—Oh, fantástico. Ya sé dónde estamos.

El sol me arde en la piel y el final del bosque nos deja frente a un extenso prado en el que se erigen varios edificios de madera y piedra pálida. En contraste con los toscos de Núcleo, estos son altos y de aspecto liviano. Algunos de los ventanales tienen vidrieras preciosas que muestran complejas imágenes de vívidos colores.

—¿Esta ya es tu ciudad?

—La capital, que es donde vivo, se llama Íle. Y sí, estamos en ella, concretamente en las afueras. No quería entrar de lleno en la ciudad y llamar la atención. Lo que me ha extrañado es haber aterrizado al otro lado del bosque, en vez de aquí…

—¿El cansancio?

—Puede ser.

Se encoge de hombros, pero deja caer su mirada en sus botas durante un rato. Me callo, respetando su reflexión, y observo la exquisita arquitectura que se alza frente a nosotros. No me imagino cómo debe de ser el centro de la ciudad si estas construcciones ya son dignas de admirar. Se nota que no es un país asolado los conflictos; es un lugar en el que prosperar y cimentar una civilización.

Me muerdo la lengua, a sabiendas de que Ludenar tiene la culpa de que Nueva Erain se halle justo en el punto que acabo de describir; ese punto en el que avanzan sobre la cuerda floja, siempre al borde de la miseria, en perpetua reconstrucción. No solo he dejado atrás a mi familia, sino que además lo he hecho para huir a la cima privilegiada de la que emergen todos los problemas.

En definitiva, soy lo peor.

—Rima…

—¿Sí?

—Detente. Sé lo que estás pensando. Recuerda que no sabes toda la historia… Cuando la conozcas serás libre de juzgar como desees.

—¿Y si pienso lo mismo?

—Entonces con más razón. Vamos.

Me coge por el codo y me arrastra el resto del camino demarcado hasta la puerta de uno de los edificios. Se vuelve hacia mí, inquisitivo, y lo observo desde mis diez centímetros más abajo. Hunde los dedos en mi capucha y me la echa sobra la cabeza. Asiente, convencido.

—No te preocupes, pero aquí la mezcla de draizs y seres humanos se considera exótica. Cada vez abundan más, pero solo en los núcleos más concurridos, así que será mejor que en zonas más tradicionales te camufles todo lo posible, ¿de acuerdo?

—Gracias.

—Oh, no me pongas esos ojillos, Rima. —Me revuelve el pelo por encima de la tela—. Seguimos siendo enemigos, ¿no?

—Como mínimo sigues siendo un principito quejica —me burlo notando el cariz de nuestra conversación.

—Me odias. —Sonríe.

Le dedico una serie de gestos que provocan que una risita débil se escape de entre sus dientes. Me coge de la mano y empuja la puerta definida por una moldura redondeada. El calor de una chimenea nos abriga de inmediato y no tarda en recibirnos un draiz gigante que me hace descender la mirada y ocultarme más tras la capucha. Vasc enreda sus dedos con los míos y aprieta con más firmeza.

Nadie dice nada y en el ambiente crece la tensión. El chico se arrima a mí y me da un ligero empellón. Lo miro sutilmente. Me hace una indicación de cabeza hacia las escaleras que ascienden a mi derecha, pero me niego. No puede esperar que deambule sola por aquí.

—Sube, ahora te alcanzo.

—Va…

Pero Vasc solo se interpone entre el draiz y yo para acallarme. Oculta tras su cuerpo, siento la valentía suficiente para alzar el rostro y encararlo.

—Es una posada, Rima. Tranquila.

—¿Qué ocurre?

—Hazme caso. Sube a la segunda planta y espérame allí.

—Pero…

—Te lo cuento ahora. Sube.

Su última palabra permanece entre nosotros aumentando la presión. Que sus dedos se desliguen de los míos tampoco refuerza mi confianza, pero su mirada de hielo me insta a que le haga caso. Recuerdo que todo mi temor proviene de que me encuentro en un país desconocido, por lo que hago acopio de valor y, tras un asentimiento, me dirijo hacia el primer peldaño.

La madera no cruje bajo mis pasos. Tampoco escucho un intercambio de palabras entre ellos. Sin advertir nada a mi alrededor, subo con cuidado hasta llegar al siguiente piso. Apoyo la espalda contra la pared y espero a que por el hueco de las escaleras aparezca Vasc. Sospecho que nuestro maltrecho aspecto nos obliga a estar sujetos a una buena explicación. Además de que yo tendría que usar mi magia para hablar ludense y eso sería todavía más sospechoso. En conclusión, Vasc ha hecho bien alejándome de esa conversación.

Examino el ancho pasillo sin moverme. La extensión de los muros estucados, en los que penden pequeñas lámparas de aceite, se ven interrumpidos por puertas labradas con maestría y delicadeza. Las enredaderas y criaturas que parecen nacer de la misma madera desarrollan escenas pacíficas que nada tienen que ver con la idea preconcebida que tengo de Ludenar. Me acerco a una, mirando antes a ambos lados para que nadie me sorprenda curioseando.

Acaricio la puerta con una mano sucia y llena de cicatrices, metiendo las yemas de los dedos por los recovecos que dejan al descubierto las diferentes formas. Nunca había visto una pieza tan bonita, lo que dice mucho de lo poco que he visto en mi vida. Me arrodillo, sintiendo que las piernas me flaquean, y descanso la frente contra ella. Ni siquiera Núcleo puede permitirse mantener la hermosa apariencia en algo tan insignificante como una puerta. No si siempre está ardiendo en manos del enemigo.

Un ruido a mi lado me obliga a incorporarme de un salto. El corazón deja de golpearme el pecho cuando advierto que ante mí espera un Vasc sorprendido, cargando un montón de ropa.

Alterna su mirada entre la puerta y mi inquieta postura.

—No te he escuchado llegar...

—¿Qué hacías tirada en el suelo?

—Me siento… abrumada.

—¿Por una puerta?

—Por una puerta.

Por primera vez, descubro a Vasc balbuceando, muy confundido. La situación empieza a hacerme gracia, porque ver al chico tan descolocado no es algo común, y menos en una conversación tan aparentemente absurda e inverosímil.

—Antes de que me expliques si te has dado un golpe en la cabeza, toma. —Avanza un paso y deja caer parte del ropaje que carga sobre mis brazos extendidos—. El posadero ha entendido nuestra posición y nos ha prestado tanto indumentaria como cobijo.

—¿Gratis?

—Ya me gustaría. Cuando mañana lleguemos a mi casa, volveré para pagarle esta deuda.

—A tu casa… —susurro.

—No es habitual verte despojada de tu habitual sagacidad.

—Muy gracioso. ¿Para qué es esto? —Meneo frente a su rostro el bulto que mantengo en equilibrio.

—Date un baño, cámbiate y acude a mi habitación para comer. Hablaremos con tranquilidad de lo que va a suceder a partir de ahora.

No sé por qué, pero el carácter resolutivo de Vasc me turba; el hecho de que tengamos que conversar acerca del futuro, como si los problemas no se hubiesen terminado aún. El chico deja caer una llave dorada en la cima de mi montaña de ropa y me indica con la cabeza la entrada que hay frente a mí.

—Estaré en la última habitación de este pasillo. La de la izquierda, ¿de acuerdo? Haz lo que te he dicho y acude directa a mi cuarto. No se te ocurra entretenerte y menos con otra puerta. —Observa el alrededor, extrañado, y añade—: Tienes gustos muy extraños, Rima.

Y se marcha pasillo arriba.

—Tengo gusto… —susurro todo lo alto que puedo— y mu-muy bueno, por cierto… —El tartamudeo hace que Vasc se encoja por la risa y alce una mano a modo de respuesta y despedida.

Doy un golpe contra el suelo y la montaña sobre mis brazos amenaza con derrumbarse. Me tambaleo, aguantando el equilibrio. En cuanto me estabilizo, me permito suspirar. Luego me ayudo apoyando la ropa contra la pared. Extiendo una mano para coger la llave; otro objeto elaborado con tanta dedicación y minuciosidad como el resto.

Después de darle dos vueltas a la cerradura, un mundo teñido de colores me recibe con armonía. Los rosas, los azules y los morados recorren cada esquina de la habitación desde los dos ventanales en forma de arco apuntado que ocupan parte de la pared. Me alivia que el resto del mobiliario sea sencillo, aunque no puedo dejar de advertir cierta pomposidad en su conjunto. Poso la ropa sobre una silla y me siento en la cama de sábanas blancas, tan ahuecadas que parecen una nube. No llego a recostarme por si la mugre de mi cuerpo mancha su pulcritud. Busco con la mirada algo que me permita asearme y mis ojos reparan en otra puerta, junto a las preciosas ventanas.

La abro y los mismos colores que inundan con naturalidad mi habitación iluminan esta segunda estancia. Me quedo perpleja al percatarme de que se trata de un baño; uno dispuesto solo para mí. Esto en Siden es más que un lujo, acostumbrados, al menos en mi familia, a limpiarse y hacer las necesidades en plena naturaleza. Núcleo también tenía este tipo de instalaciones, pero más grandes y, desde luego, comunes.

Tal grado de privacidad me sabe de pronto a privilegio; sin embargo, estoy tan derrotada y apesto tanto, que mi cuerpo se acerca solo a la bañera de metal que se encuentra al lado del retrete. El agua que parece que acaban de reponer, como si supieran de nuestra llegada, desprende un vapor perfumado que termina por hipnotizarme. Tardo poco en desnudarme.

Entro casi con miedo, pero el agua me recibe con gentileza y me hundo del todo. El baño me libera de la suciedad. Saco la cabeza y una mano para alcanzar la pastilla de jabón que reposa sobre una balda de cerámica.

Me friego la piel hasta que la espuma me sepulta y ni siquiera puedo ver la superficie del agua. Permanezco quieta lo que me resultan horas. No pienso en nada. Dejo que mi mirada vague entre las burbujas en las que reverberan las luces creando un efecto encandilante. Me hundo una última vez y cuando salgo aprecio que mi piel ha tomado el agradable aroma del baño. Hasta en Ludenar las fragancias son más delicadas que las de cualquier otro país, pienso al recordar la confortable sensación que tuve la primera vez que me aseé en Núcleo.

Entre el montón de ropa encuentro una toalla con la que secarme y me arrepiento de no haberla buscado antes, porque he dejado un rastro empapado que tardará en secarse por culpa del frío. Pero el horror no es mayor al que me embarga cuando compruebo la moda que impera en Ludenar.

Encajes, seda, vuelo. Ligereza en cada manga, en cada cosido. Lo más cómodo que consigo encontrar en todo el amasijo de prendas es un vestido del color de las lilas tan fino como las mismas flores. Las mangas largas de encaje concilian con la falda de corte asimétrico —más corta por delante que por detrás— confeccionada con incontables capas de la misma tela. Por suerte, el material del cuerpo es diferente, escondiendo cada milímetro de mi piel.

Pero la montaña aguarda una sorpresa más, cuando de ella resbalan dos sandalias de suela delgada con varias bandas de tela ligera de color crema para atarlas a las piernas. ¿Es que no pasan frío en este país?

Me cuesta más vestirme que bañarme. Cuando finalizo y creo que me he colocado correctamente cada pieza, regreso al cuarto de baño para observar mi reflejo en el enorme espejo que pende de la pared. Al no ser más grande, no puedo verme entera, pero me conformo con este repaso inicial. Estoy segura de que el segundo me lo dará Vasc.

Salgo de la habitación y, sin demorarme, me planto frente a la puerta del chico. Estampo el puño varias veces, pero Vasc abre enseguida. Pensaba que su natural gracia para existir haría que estas ridículas prendas luciesen gloriosas en él, pero me alegro al comprobar que no todo en Ludenar me maravilla. Viste un pantalón oscuro muy ceñido, alto hasta su cintura, que atrapa el borde de una camisa anchísima de mangas con vuelo que se cierra en sus muñecas. Unas filigranas de plata se enredan sobre sus hombros con delicadeza, aportándole brillo al conjunto. Y un largo cordel negro da vueltas en torno a su elegante cuello, cuyos extremos caen sobre su pecho, algo descubierto.

Sin embargo, y pese a mi primera pésima impresión, no puedo evitar asombrarme por la belleza de Vasc. Su pelo recién lavado y húmedo es como un manantial pálido que acentúa los rasgos agudos de su rostro limpio, iluminando con más fervor los dos fragmentos de hielo azul que tiene por iris. De repente, los ropajes, destinados más a ser obras de arte que piezas útiles, no lucen tan mal en él.

—No creí que fueras capaz de vestirte, Rima.

—No hagas que sume la palabra borde a la larga lista de títulos con los que ya cuentas, principito quejica.

Le doy una patada a la cola de la falda, que se ha enroscado alrededor de mis pies, y, con toda la dignidad de la que soy capaz de armarme, me abro paso para entrar en su habitación. En cierto modo, me alegra comprobar que la suya es idéntica a la mía, pese a que las vidrieras juegan con un mapa de color más cálido. No me llego a acostumbrar a lo ostentosa que es esta posada.

—Venga, Rima, que estás muy… bien.

Me giro hacia él con los brazos cruzados y frunciendo los labios. Descubro que, de nuevo, solo está burlándose de mí. Se sienta en una silla y mis ojos recorren la mesa sobre la que reposan diferentes platos humeantes: pollo asado con patatas recubiertas de salsa de champiñones, tostadas untadas con diferentes pastas, boles con frutas diversas y una jarra rellena de vino caliente especiado. Mi estómago responde con un rugido, y se me olvida hasta refunfuñar.

Me aproximo y me siento frente a Vasc. El chico coge un tenedor y pincha una uva, pero yo olvido todo tipo de remilgos o protocolos que puedan existir en Ludenar. Con un cuchillo parto un trozo de carne y lo devoro sin siquiera trocearlo. El tenedor apenas puede sostener el grueso de la pechuga, pero el pedazo desaparece antes de que Vasc termine de comerse, mordisquito a mordisquito, la quinta uva.

Hundo un cucharón en la fuente de patatas. La salsa gotea sobre el precioso mantel, sin embargo, no me detengo a limpiar nada. El hambre y el cansancio me piden que recupere energías como sea, no importa cuánto me apriete el corpiño. Respiro hondo, haciendo hueco a las tostadas que también reclaman mi atención. Vasc ha llenado su plato de una amplia variedad de pequeños bocados que, sin un apetito evidente, va consumiendo.

No intercambiamos ni una palabra mientras yo engullo y él desmenuza.

—¿Comías así en Núcleo? —me cuestiona alzando una ceja inquisitiva.

—No…

—¿Por?

—Dos preguntas seguidas. ¿Se te ha olvidado el juego?

—No. —Sonríe con más ganas y chisto. Tampoco se le ha olvidado lo listo que es en realidad—. ¿Por?

—Nunca desperdicio comida. En el campamento de Magog escaseaba y solo nos daban de comer si nos portábamos bien. En Núcleo no tenía hambre por… por cómo me encuentro y… ¿Qué te importa?

—Bastante, si quieres que te lo confiese. Sé que tu recuperación es de largo recorrido, pero que ahora no te falte el apetito, cuando en Núcleo no podías ni probar bocado, es cuanto menos interesante… Reconócelo.

—En algún momento tendré que alimentarme. No vivo del aire.

—¿Por qué no admites que te sientes bien con tu decisión? —Deja el cubierto sobre la mesa y se echa hacia atrás, recostándose sobre el respaldo.

Mastico con más lentitud, sintiendo que el corazón se me acelera y que la inquietud detiene mis palabras antes de llegar a mi garganta. Coloco los dientes del tenedor en el borde del plato y me reincorporo, notando el cariz que está tomando la conversación; esa conversación pendiente que Vasc quería tratar desde el comienzo.

—Me encontraré mejor cuando pueda estar con mi familia sin atormentarme y sin tomar decisiones estúpidas día tras día.

—Porque Magog continúa vivo.

—Él me quita el sueño, sí, pero no es el mal que genera todas mis pesadillas. ¿Es que acaso te importa de verdad si mi estancia en Île sale bien?

—Entiendo. —Asiente mientras se incorpora—. Solo me vas a utilizar para conseguir la moiro y luego marcharte a consumar tu soñada aunque silenciosa venganza, ¿no?

—Y dale con la moiro… No somos amigos, Vasc. ¿Esto es en serio?

—Tú me salvaste la vida en Núcleo. ¿Soy un necio al pensar que no solo lo hacías por tu propio beneficio?

—Vasc… Tú eres…

—Tu enemigo. No sabes nada, Rima. No sabes absolutamente nada y, aun así, te atreves a juzgarme y a hablar sin pensar. —Me da la espalda por primera vez y descubro derrotada su habitual osadía—. Será mejor que te vayas a descansar…

—Vamos a ver… —Me levanto y me aproximo a él—. No me creo que seas tan confiado cuando tú mismo me confesaste que el plan de tu país es vengarse de Nueva Erain por matar a los tuyos. No nos conocemos de nada. Ambos nos hemos ayudado mutua…

—Está bien. —Se gira con el rostro fruncido y su mirada hiere como las esquirlas de un cristal hecho añicos. Tensa la mandíbula durante unos segundos, indeciso—. Vuelve a tu habitación, mañana llegaremos a mi casa y lo entenderás.

—Vasc…

—Yo tampoco te lo he contado todo. Buscas la verdad, pero aquí no puedo dártela.

—Gracias… —murmuro, cada vez más arrepentida.

El chico me señala la puerta. No discuto más y salgo. Cierro sin mirar atrás y, con la vista clavada en los dedos desnudos de mis pies, regreso a mi habitación.

No recuerdo en qué instante consigo dormirme entre lágrimas y lamentos, pero los colores de las vidrieras se mueven y transforman sus formas, aunque en ningún momento hasta convertirse en algo que no son. Todo lo contrario que yo.

Con las luces del alba recojo la habitación. Despliego y doblo la ropa unas tres veces para hacer tiempo. No me baño, pero sí trato de lavar el conjunto con el que llegué ayer, aunque lo escurro tan mal que termino por dejarlo tendido sobre el alféizar de la ventana. Además, no creo que sea buena idea vagar por Ludenar con ropas erainas; llamaría todavía más la atención.

Lo único que intercambio son las sandalias por mis botas. Espero que nadie en Íle se fije en mis pies, porque la combinación de ambos estilos es como una pintura trazada por diferentes manos. Y, pese a la extravagancia, no puedo evitar sonreír: tan raro como yo.

Estoy a punto de rehacer la cama cuando alguien llama a mi puerta. Con pasos silenciosos, me acerco, doy dos vueltas a la llave y estiro de la manivela con forma de enredadera para descubrir quién se encuentra al otro lado. Es Vasc, vestido igual que ayer, solo que envuelto por una pesada capa aterciopelada de color azul marino. En su brazo izquierdo, otra capa muy parecida a la suya, pero de color borgoña, me espera. Me la tiende, me la coloco sobre los hombros y oculto mis cuernos bajo la capucha.

Salimos de la posada sin encontrarnos con nadie y sin mediar palabra. La tensión se respira entre ambos y sé que debería pedir perdón porque ayer fui demasiado agresiva, pero no puedo evitar sentir que hay razón en mi recelo. Él mismo me confesó durante la comida que continúa ocultándome información. Sin embargo, ¿quién soy yo para exigirle más cuando me ha traído hasta aquí, dispuesto a ayudarme?

Entreabro los labios, pero la disculpa solo los roza con un susurro inaudible cuando descubro frente a nosotros un enorme y hermoso carruaje. Olvido por un instante lo pomposo que me resulta el vehículo para fijarme en los detalles plateados que adornan cada rueda de madera, la laboriosidad de los cuatro faroles que se alzan en cada esquina del techo. El mismo techo, una obra de orfebrería que los haces de sol que la atraviesan no me dejan estudiar con detenimiento.

Vasc carraspea, al lado de la puerta abierta. Avanzo sin chistar por su acto de caballerosidad innecesaria y entro con la boca abierta. Tengo miedo de ensuciar el tapizado de los asientos, así que mantengo las manos sobre mi regazo mientras me acerco al pequeño ventanuco que me permite observar el exterior.

El ludense se acomoda a mi lado y da un escueto aviso al cochero para que se ponga en marcha. Oigo a los caballos relinchar y cómo las ruedas hacen crujir las piedras del camino. Me encojo en el asiento, más cohibida todavía. En Nueva Erain no vi ningún vehículo parecido, pero en Siden sí, y son muy distintos. Sencillos, con armas sobresaliendo en cada esquina y tirado por bestias que también suponían un peligro para el enemigo. Allí los carros, más que para desplazarse, sirven para pelearse. Mi país es un continuo campo de batalla, no como la capital de Ludenar, que parece sacada de un cuento.

El recorrido hasta el centro de la ciudad es de ensueño. Todo el entorno reluce como si un diamante hubiese caído sobre la tierra y el sol se reflectase en cada pequeño prisma para crear un mapa de luciérnagas sin cuerpo que recubren cada árbol, la superficie de los ríos y los edificios que, poco a poco, se descubren; mucho más grandes, mucho más majestuosos.

El sabor amargo del rechazo y la culpa me inundan de nuevo la boca y aparto la vista de la ventana para dirigirla a mis dedos, entrelazados con una fuerza desmedida.

—Voy a pedirte algo, Rima. —Vasc habla por fin. Se lo agradezco en silencio—. Cuando lleguemos necesito que guardes calma.

—No seré una molestia. Tranquilo —le aseguro.

—Sé que serás cauta. No lo digo por ti, sino por los demás.

—¿Crees que me apresarán o…?

—No lo creo. —Su duda me pone alerta—. Pero ante cualquier imprevisto, necesito que sepas que voy a ayudarte.

—¿Por qué insistes en ser tan amable conmigo, Vasc? Ya me has traído hasta aquí, que era lo que quería.

—Trato de ser mejor en un mundo que me convierte en un monstruo. Eso es todo —suspira apoyando la barbilla en la palma de la mano y ocultando la boca tras los dedos.

—Empiezas a asustarme…

—No soy yo quien debería hacerlo.

—Entonces quié…

Pero mi alarma queda enmudecida cuando el carruaje frena de golpe. La puerta se abre de repente y una ovación se cuela hasta el interior. Me tenso bajo la capa, me oculto un poco más y solo los mechones rebeldes de mi cabello se atreven a exponerse. Vasc desciende y sonríe, saludando, mientras el exterior que parece que está organizado para recibir al ludense reacciona con más fervor.

El chico se gira y extiende una mano hacia mí. Me muevo a trompicones y salgo, agradeciendo su apoyo. No me atrevo a mirar más allá de los adoquines grises que conforman la calle por la que empezamos a andar. Entre algún que otro grito se cuelan dudas, y resuelvo que soy más que un enigma para Íle.

Contengo la respiración y aprieto con fuerza la mano de Vasc, que no me ha soltado ni ha cedido. Estoy a punto de cerrar los ojos para avanzar a ciegas, cuando el chico se para. Sigo sin alzar la cabeza, porque de pronto el silencio es sepulcral y solo el viento se atreve a silbar entre nosotros.

—Levanta la cabeza, Rima.

—Estoy asustadísima.

—Esto solo acaba de empezar…

Espero de él otro apretujón, pero, en cambio, me acaricia el dorso de la mano con el pulgar. Inspiro hondo, con las mejillas ardiendo, y alzo el rostro. Unos ojos, casi idénticos a los de Vasc, me reciben sin flaquear. Unas pestañas claras y tupidas enmarcan una mirada más peligrosa que cualquier arma mortal.

No aprecio la enorme construcción tras ella. No veo a la gente que me rodea. Solo está ella, regia e imponente. Tiene parte del largo cabello recogido en una intrincada trenza que se enreda en una corona de lilas en lo alto de su cabeza. Su magia tira de mí con fiereza y ahogo un jadeo. Desciende varios peldaños acompañada por lo que parece su guardia personal. Los bajos de su vestido se deslizan a cada paso y me descubro suplicando por que se detenga.

—Rima, te presento a mi hermana Azriel.

—¿Tu hermana?

—Azriel, reina de Ludenar.

SENDA

ME DESPIERTA OTRA PESADILLA. Los dedos de Milos se convierten en humo en mis pensamientos y se aferran como espinas a mi corazón. Sollozo, oculto el rostro entre las sábanas y grito. Alguien me atrapa entre sus brazos y me oprime contra su pecho. El aroma a río me envuelve y supongo que se trata de Rei, quien últimamente escapa de Núcleo, día tras día, para adentrarse en las aguas salvajes que discurren por el río Delt.

Repito el nombre de Milos hasta que se deshace con mis propios llantos. Saboreo mis lágrimas; lo débil que soy tras su secuestro a manos de aquel moiro, secuaz de Magog. Fue mi culpa que lo lograse. Me venció sin que pudiera darlo todo y lo dejé ir hasta las garras del enemigo. Yo permití que esto ocurriera.

—Senda... Senda —susurra Rei pasando los dedos por mi pelo deshecho.

—Él está muerto por mi culpa.

—Él no está muerto... Magog no...

—Para qué querría a alguien como Milos, ¿eh? Es que ni siquiera va a poder huir, no sabe transportarse...

Me separo de ella con brusquedad y Rei parpadea con rapidez, atónita por mi reacción. Pido perdón mientras tiemblo. Echo un vistazo a mi lado, a la cama de Milos, ahora vacía y fría, pero sobre la que reposan sus gafas con uno de los cristales resquebrajados. Lo único que queda de él por mi incompetencia.

¿Cómo voy a ser un buen salvador si no he conseguido proteger ni a mi mejor amigo? Él, que ha aplazado una y mil veces las pruebas para ascender a especialista, para convertirse en un sanador profesional, solo por lograrlo al mismo ritmo que yo. Su futuro se ha desvanecido mientras el mío sigue intacto.

—Kaled y tú casi morís al encontrar ese punto mágico. Milos ha caído en manos de esos locos. Estoy metido en todas vuestras historias, ¿no os dais cuenta?

—Sí. —Rei me agarra por las mejillas para que la escuche con atención—. Y menos mal que estuviste, Senda. Tú nos salvaste del corazón de la Magia. Ninguno podría haber soportado tal cantidad de energía. Su incalculable poder todavía me recorre la piel como una carga demasiado pesada. Me ayudaste, y te lo agradezco. Respecto a Milos, lo habrían conseguido igual. Estábamos huyendo y no lo vimos venir... Podría haber sido yo. Debería haber sido yo... —musita.

—No.

—Sí. Si Magog está aquí, es por nosotras. Nos quiere de vuelta a Kaled y a mí. A Hester por traidora. Y, por supuesto, a... —No la dejo concluir.

—No entiendo. ¿Por qué...?

Rei se muerde el labio inferior y se recoge un mechón pelirrojo tras la oreja puntiaguda, dejando a la vista las cicatrices de sus antiguas branquias. Unos tímidos haces de luz juguetean sobre los diminutos grupos de escamas azules que se reparten por toda su piel. Respira hondo, y me cuenta toda la historia que quedó inconclusa en la azotea del Liman.

Me confiesa cómo Magog la encontró abandonada en Omulia, uno de los grandes asentamientos —porque no parecen ciudades según la harum— de Siden. De cómo ella, sin familia, joven y perdida, había vagado sin saber muy bien qué hacer, utilizando su poder moldeador sin conocer las consecuencias. Se desató una cruenta batalla entre la banda de Magog y otra por poseerla, como si fuese un mero objeto. Y Magog se alzó como vencedor del *premio* entre una montaña de cuerpos ensangrentados e irreconocibles. Cuando ella llegó al campamento del esclavista, Rima ya estaba entre sus prisioneros.

Continúa relatando cómo le tapaban los ojos y la maniataban para agudizar la potencia de su magia —tal y como Kaled hizo para encontrar el corazón—. Cómo estuvo unos cuantos años viajando por todo el país, exenta de participar en el Circo, porque se creía de su tarea algo más importante, hasta que halló a Kaled. Con lágrimas en los ojos, recuerda el rechazo del chico al pensar que ella era su enemiga. Ambos compartían jaula y Rei intenta aguantar el llanto al contar cómo él la juzgaba con desprecio, como si hubiese sido solo su culpa que le hubiesen arrebatado la libertad.

—Así lo siento días tras día, aunque me haya perdonado. Por eso lo protejo tanto, ¿entiendes?

—Sí…

Cada vez, siendo más parca, acuciada por el dolor, me revela que no entiende la obsesa fijación que Magog siente por Rima. La de veces que ese ser ha hecho trampas en sus competiciones mortales para que su amiga no saliese perdedora. Y no titubea cuando asegura que para Magog es incluso más importante recuperar a Rima que a Kaled o a ella, pese a ser también imprescindibles en su cruzada contra el caos de Siden.

—Hester era una centinela.

—Pero… era la pareja de Rima, ¿no?

—También era una esclava. Sus padres la vendieron en el mercado de esclavos porque apenas tenían para comer. Cuando llegué, ellas dos ya habían entablado esa estrecha relación. Sin embargo… Bueno, a veces el horror puede más que el amor, desgraciadamente.

Las historias me encogen el corazón y me siento mal. Muy mal por estar lamentándome, sin hacer nada, cuando ellas han luchado tanto por sobrevivir día a día. Por vencer el olvido y el terror que las obligaban a aceptar cualquier destino que se les impusiese.

—Sé lo que estás pensando, pero cada uno vivimos experiencias diferentes. Tú también vienes de una guerra, y estoy segura de que las pesadillas son tan horribles como las nuestras.

—Pero…

—Sin comparaciones. —Alza una mano—. Si hemos aprendido algo al final, aunque entre tanta equivocación, es a mirar el futuro con esperanza. Un sentimiento infravalorado por muchos, pero la última pieza en caer antes de darnos por vencidos.

Se levanta de mi cama y el frío se pega a mi piel. Estoy a punto de pedirle que se quede a mi lado un poco más, pero la noto cansada; quizá no ha dormido en toda la noche por vigilarme.

—Intenta salir, ¿vale?

—Gracias por contarme vuestra historia. Sé que no me corresponde saberla…

—Te considero un amigo, Senda. Quiero ayudarte y quiero que nos ayudes. Los secretos hacen mucho daño, si no, recuerda a Rima…

Sus ojos enmascaran todo el dolor que le genera recordar lo que, por unos instantes, yo también había olvidado. Rima se ha ido con el moiro a Ludenar. O eso es lo que pone en resumidas cuentas en la carta de despedida, escrita con tinta temblorosa, que encontró Hester sobre la cama de la harum.

Sigo sin entender qué la ha llevado a tomar tal decisión, pero recuerdo su mirada al observar a su alrededor. Sus palabras, mortales a cada letra. El peso de su declive. El abismo que se abría ante ella cada vez que daba un paso. Siento un retazo de decepción y pena por que se haya marchado así, por no haberse despedido como debía, por no haberse quedado con nosotros y con su familia. Sin embargo, no quiero reconocer que, en el fondo, empiezo a entender sus palabras, la búsqueda de una verdad que no encontraba en ninguna parte, ni aunque se la prometiésemos. Su huida. No, su huida, no. Su nueva búsqueda. Una búsqueda de la que espero que salga viva y cuyo fin la devuelva junto a nosotros.

Quiero comprenderla. Quiero no sentir que ha sido injusta de alguna manera.

Creo que puedo conseguirlo.

La pregunta real es: ¿podrá hacerlo su familia?

Salgo del despacho de Ylanda, cabizbajo. Pese al secuestro de Milos y su clara convicción de que iría a rescatarlo, idea que me marchita cada día un poco más, Yves me ha recomendado continuar con mi vida diaria ahora que he conseguido reincorporarme tras la muerte del sidenés. Hace ya más de un mes, pero su rostro no ha desaparecido de entre la arena de mis recuerdos. De hecho, mis terrores soplan para descubrir la cara de Milos enterrada en la tierra. Junto a mis padres. Junto a quienes murieron sin que yo diese todo por ellos.

Las lecciones sobre técnicas de salvamento en caso de ataque mágico bailan en mi memoria y se desordenan para perderse en un hilo de pensamientos que no sé si seré capaz de recuperar más adelante. Desciendo las escaleras y sé que he llegado al segundo piso porque el hedor a humo, cenizas y sangre todavía no se ha desprendido del aire y de la piedra.

La lucha contra Magog derruyó muros, quemó casas e hizo cundir el pánico en gran parte de la ciudad y, aunque no se cobró tantas muertes como uno podría imaginar, los cuarenta y cinco civiles que perecieron por culpa de su ataque continúan pesando más que cualquier pérdida material. Nos repondremos, pero lo único imposible será devolverle la vida a quienes fueron asesinados por la acción egoísta de un solo ser.

Porque después de la última conversación con Rei, cada vez estoy más convencido de que Magog solo vino a hacerlo estallar todo por sus intereses personales con las cinco sidenesas. Recuerdo el pesar de Rima, sus ojos verdes ardiendo de puro odio, y la entiendo un poco más.

Una aprendiz de Comunicación se detiene frente a mí y me engancha unas cintas de colores en el pecho de la chaqueta con una aguja. Un poco sobresaltado por su repentina aparición, pero a sabiendas de lo que está haciendo, dejo que termine de sujetar el símbolo que luciremos durante un buen tiempo como una sencilla conmemoración por las víctimas.

La draiz se separa de mí con una expresión triste empañando su rostro y vuelve al trabajo de limpieza. Los muros de piedra están tiznados de hollín y cenizas. Se pueden distinguir hasta las huellas de las manos que se apoyaron en ellos para ayudarse a continuar huyendo o para darse el impulso necesario e internarse en la batalla.

El libro de técnicas está a punto de resbalarse de entre mis dedos cuando Yves aparece para interceptar la caída.

—Senda, buenos días. —Sonríe entre la espesa barba pelirroja que ha decidido dejarse.

—¿Buenos días? —musito.

—Lo sé… Muy buenos no son, pero no podemos detenernos, porque…

—¿Porque un grupo de locos haya irrumpido tan fácilmente en Núcleo dispuesto a matarnos a todos? ¿Porque hayan asesinado a nuclenses? ¿Porque no pertenezcan a Ludenar y se haya abierto otro frente enemigo? ¿Porque se hayan llevado a Milos y nadie esté haciendo nada?

Yves da un paso firme en mi dirección y mi nariz está a punto de rozarle el pecho. Con el aliento descontrolado y el sudor perlándome la frente, me percato de que varios estudiantes nos están observando con atención. Me muerdo el labio inferior y alzo la mirada para enfrentar a mi protector; me encuentro con que sus pequeños ojos no me dirigen su habitual cariño, sino una severidad más propia de su hermana Ylanda.

Sin una palabra, de nuevo algo extraño en él, me empuja por la espalda y me conduce a través de los pasillos hasta apartarme en un rincón. Se cruza de brazos y se apoya en la pared, ocultando todo mi cuerpo del resto del mundo con su ancha figura.

—¿Qué pasa? —protesto.

—Que no puedes ir por ahí enumerando uno a uno todos los problemas que han causado esos sideneses, ¿entiendes? La gente está asustada. No solo ahí fuera, sino también aquí dentro. Pensáis que estáis muy preparados para saberlo todo, pero no es cierto. Tú mismo te crees con el arrojo de curiosear en temas que, en cuanto asomas la cabeza en ellos, te generan pesadillas que no puedes soportar. Por eso, Senda, te pedimos que te mantengas al margen.

—Yo… —Me quedo sin palabras.

—Sé que tienes prisa por solucionar cualquier problema que se te ponga delante. Sé que no ha sido fácil para ti desde que murieron tus padres. Pero, Senda…, debes pensar con frialdad antes de actuar.

Esta no es una regañina como las habituales. Yves siempre ha confiado en que soy capaz de tomar buenas decisiones; incluso cuando cometía errores, era consciente de que, tras un buen rapapolvo, maduraría y trataría de no tropezar con la misma piedra. Pero Yves se equivoca, al parecer. Yo no soy así. Y nunca lo he sido.

—Van a destinar una partida de defensores externos a Siden para buscar a Milos. Lo que nos relatasteis las sidenesas, Fatma y tú fue información suficiente como para que logren encontrarlo, ¿vale? Y os lo agradecemos mucho, porque Magog es un enemigo despiadado. Necesito que te concentres en tus tareas, que ayudes en Núcleo con lo que esté en tu mano, dentro de tus capacidades. Solo puedes cambiar el mundo si estás vivo.

—¿Los defensores han estado alguna vez en Siden?

—Solo algunos especialistas, pero están más que preparados para rescatar a Milos y regresar. Si a Magog se le ocurre contraatacar por el motivo que sea, estaremos listos antes de que se les ocurra lanzar la primera flecha o invocar la moiro, ¿de acuerdo?

Asiento.

—Ay, Senda…

Envuelve mi cabeza con una de sus manos y me atrae hacia él. Cada uno de sus abrazos han sabido llegar en el instante preciso y nunca han dejado de reconfortarme, pero esta vez es diferente. Esta vez siento que un fino manto nos separa. Y enseguida logro entender por qué. No es por Yves, la figura que me cuida con amor desde el día en que la guerra les arrebató la vida a mis padres; alguien a quien nunca podría traicionar.

Pero *nunca* es una palabra que se dice con demasiada ligereza y *traicionar*, otra que se niega sin reconocer que somos capaces de cometerla.

Me separo de mi ogiar y su sonrisa se hunde como una piedra en el estanque de mis mentiras. He estado cuestionando a Rima por no contar las dudas que arañaban sus sentimientos e hicieron que se marchase de una manera tan cuestionable y sospechosa. Pero ahora me doy cuenta de que la he estado culpando por mí. Porque sé que yo habría hecho lo mismo. La incertidumbre la devoraba por dentro y necesitaba hallar un remedio que no se encuentra en Nueva Erain. Mi remedio tampoco son los defensores. Es necesario que tome una decisión. Es necesario que alguien traiga de vuelta a Milos tal y como me pidió. Alguien que lo conozca y esté dispuesto a sacrificarse por él.

Me aproximo a la zona de los dormitorios de los exploradores y espero a que pase un grupo que me observa como si fuese un intruso. Me señalo las mangas amarillas para que entiendan que pertenezco a este lugar de alguna manera, pero uno de ellos murmura: «Fisgón». Pongo los ojos en blanco y trato de concentrarme en encontrarla.

Estoy nervioso. No veo a Fatma desde que nos reunimos para hablar sobre la desaparición de Milos. Ninguno estábamos bien y noté algo extraño en ella. Un titubeo; la sombra de un secreto que ignoro. Me he estado convenciendo de que ella no nos ha estado ocultando información, pero la conozco. Ella también a mí. Por eso, en aquel instante en que nuestras miradas se cruzaron, lograron desnudarse. Fatma vio en mí el desastre, yo, en ella, la tristeza…, pero también algo más.

Una mariposa aletea frente a mi nariz. La persigo, a sabiendas de que me conducirá hasta mi amiga. Confío en que el insecto me esté guiando y no haya aparecido de manera aleatoria. Fatma siempre ha atraído a las mariposas, influidas por el efecto de su magia, pero nunca he sabido detectar cuándo aparecen por ella o por casualidad.

Me abro paso entre un grupo que protesta ante mi falta de cuidado. Pido perdón, dirigiéndoles una mirada culpable, y cuando busco de nuevo la mariposa, esta ya ha desaparecido. Observo con desesperación mi entorno, tratando de hallar las alas anaranjadas del pequeño animal que creía que me estaba guiando.

—¿Senda?

Como si la hubiese perdido en un laberinto sin salida, me giro hacia la reconocible voz de Fatma y la estrecho entre mis brazos. Oigo las risitas de sus compañeros de clase y ella les pide que se adelanten. Seguro que les ha sacado la lengua o ha puesto los ojos en blanco.

—Fatma…

Decir su nombre en voz alta me alienta, pero recibir el mío de sus labios me devuelve una paz que había creído extraviada. El lazo que nos une se refuerza y me maldigo mil veces por sospechar siquiera de ella.

—Lo siento… —susurro.

—Senda…, Milos volverá. Lo noto. Está vivo.

Me apretujo más contra ella, porque no esperaba que se tomase mi disculpa como una referencia hacia Milos; síntoma de todas las veces que me he acusado de haber sido el causante de su rapto. Sigo sintiendo que él aún estaría aquí si yo hubiese sido más fuerte, si no hubiese vacilado y hubiese enfrentado la situación tan bien como lo hizo él. Pero me alivia que Fatma lo perciba como yo no puedo. Que esté segura de que su corazón sigue latiendo en alguna parte de Siden.

—Oye, ven…

Se separa de mí y me conduce hasta la balaustrada del pasillo ante el que se abre uno de los muchos patios interiores del Liman. Nos sentamos sobre la piedra y ella espera a que me calme. No puedo encerrarme en una habitación. No puedo estar escondido para siempre. Eso nunca ha solucionado ninguno de mis problemas y, por mucho que me cueste dar un paso sin culparme, sin que las lágrimas me inunden los ojos, debo continuar. Mis padres no retrocedieron ante la adversidad. Yves siempre me ha enseñado a avanzar con valentía.

Y si Fatma dice que Milos está vivo...

—¿Puedo preguntarte algo?

La misma mariposa que ha sobrevolado la zona se posa sobre uno de sus mechones violáceos. Pestañea muy rápido, algo confundida por mi pregunta. Supongo que esperaba que yo necesitase más ánimos, pero, ahora que me fijo detenidamente, me percato de que tal vez sea ella, que siempre luce tan segura y audaz, la que lo necesite más.

La vitalidad se ha fugado de su rostro, y sus pupilas rasgadas, de normal dilatadas, son dos rendijas demasiado finas. Una vistosa mancha en su pantalón, que en otras circunstancias ya habría advertido e intentado limpiar, me confirma mis sospechas.

—No vengo a hablar de Milos...

—Oh, Senda, ahora no puedo detenerme a...

—No vengo tampoco a pasar el rato.

Los recuerdos de una época en la que nuestra mayor preocupación era no enfadar a Yves titilan en mi memoria llenos de añoranza. Poco tiempo ha bastado para que todo nuestro mundo cambie. No se necesita un enorme golpe para ver temblar aquello que creías inamovible. La llegada de la sidenesas precipitó los acontecimientos, pero ellas no han sido la causa del caos que ahora reina en Nueva Erain; son una de las muchas consecuencias que se llevan sucediendo desde hace diez años. Desde que se empezó a perseguir a la Magia. Nunca hemos estado en paz, solo nos hemos aferrado a esa ilusión hasta que se ha desvanecido.

—Discúlpame, Senda. Esta situación... es demasiado. —Se lleva una mano al rostro, agotada, y entrelazo nuestros dedos para que sienta mi apoyo.

—Tenemos que ser fuertes.

—No sé cómo lo consigues. No importa lo hondo que caigas, siempre tienes una reserva de energía. Siempre ves una luz que ni siquiera el resto intuimos.

—Con que haya una persona que la sienta es suficiente, ¿no?

—Siempre que esté dispuesta a colaborar.

—Lo estoy.

Una risa cansada aletea en sus labios y otra mariposa llega para posarse sobre el mechón ondulado que le resbala por el hombro.

—¿Qué pasa, Senda?

Su preocupación nace desde lo más hondo de su garganta con una nota ronca, afectada. Su ceño se frunce y veo en las arrugas que se forman en su frente lo exhausta que está. Parece que nunca nadie podrá crecer sin presenciar el horror que somos capaces de provocar.

—No me voy a andar con rodeos, ¿vale? Perdóname si soy indiscreto. No necesito una respuesta inmediata. Ni siquiera una confirmación. Pero necesito decírtelo. —Se tensa—. ¿Me estás ocultando algo?

—¿Có-cómo…?

—El otro día, cuando hablamos de Siden… De enemigos que venían de fuera y no tenían por qué proceder de Ludenar… Vi una duda en ti —le susurro para que nadie más se entere.

—Senda…

Trago saliva.

—Siento haber dudado. Lo siento…

—No, Senda. A ver… —Mira a todos lados, con esa expresión de precaución incluso hacia las paredes, que también pueden tener oídos—. Nunca quise ocultárosla…, la historia de mis padres. —Agacha la cabeza.

Me confunde su revelación. Por lo que sé, su madre, de origen draiz, falleció dándole a luz y su padre, un carpintero humano de Núcleo, fue quien la crio. Nunca sospeché que la historia de su familia pudiese entrañar más de lo que mi amiga siempre ha contado sin problemas. Ni una sola vacilación ni una sola fisura.

—Mi madre no murió al nacer yo. De hecho, permaneció en el país unos cuantos años más después de la guerra civil. Dos..., tal vez tres, no lo recuerdo bien. —Niega con la cabeza, sacudiendo su memoria, pero sin espantar a las mariposas—. Ella... —Sé que me va a confesar un secreto de los que pesan en la lengua y arrasan el corazón. Uno que fue incapaz de ocultar el otro día—: Ella era una ludense. Una espía de Ludenar.

La confesión me abofetea y me quedo paralizado. Balbuceo y trato de encontrar las palabras correctas antes de que Fatma se deshaga ante mí, porque esa es la impresión que da: se ha encogido, sus ojos se han anegado de lágrimas y las sombras han empezado a anidar en más recovecos de su cuerpo.

—Pero ¿cómo?

—Del primer barco ludense que nos acechó durante años antes de que Vérula lo hundiera, no solo desembarcó una espía, sino dos. La segunda fue mi madre, un tiempo después de que se infiltrara la primera. La diferencia es que ella en ese momento no poseía magia. Supongo que cuando abrieron la investigación sobre Ludenar, los danían pusieron patas arriba el país entero y la encontraron.

»Mi madre no dudó en decir que se rendía. Que se había enamorado de mi padre y que, con una hija ya, no pretendía hacer nada. Por supuesto, no la creyeron. La interrogaron, pero ella no contó prácticamente nada. De lo poco, Kira y Sid temieron que fueran mentiras. Sin embargo, tomaron en serio cada una de sus palabras. Dijo que Nueva Erain se merecía este castigo y que no tenían ni idea de qué estaba por venir. Algo más grande que Ludenar.

»Aun así, como si le debiesen algo, le prometieron que ni mi padre ni yo sufriríamos las consecuencias de sus actos. Ella amenazó con que se marcharía y me llevaría a mí con ella. Los dirigentes le aseguraron que eso no iba a pasar, que yo no merecía ese trato solo por su egoísmo.

»Entonces un día, en los calabozos de Mudna, recibió el toque azaroso de la Magia. Lo hizo suyo y, a sabiendas de que con él se podía transportar, lo consiguió y volvió a su país natal…, abandonándonos a nuestra suerte.

—Fatma…, lo siento mucho. No sabía que guardabas algo tan doloroso como eso…

Su cuerpo se balancea hacia atrás y me cruzo de brazos, advirtiendo que ahora no necesita mi contacto. La observo, repitiendo la historia de su familia en mi cabeza.

—¿Sabes? Es gracioso… A mi madre le encantaban las mariposas y, no sé si es porque era una draiz o porque ella en sí era hipnótica, pero se le acercaban siempre. Me encantaba cómo se posaban sobre su piel… —Suspira—. Supongo que todo fue una mentira…

—Puede que sí quisiese a tu padre y, por supuesto, a ti. Pero hay seres que anteponen sus propias ideas y no se conforman con ser felices y una vida tranquila.

—Sí, tal vez… ¿Quién sabe dónde estará ahora? A lo mejor es una de las cabezas pensantes que me asesinará cuando vengan a destruir Nueva Erain con toda su fuerza.

—Nadie va a destruirnos.

—Es un tópico de narices, pero parece que es cierto que al final el mal vence y los buenos recogemos las migajas de lo que queda con una sonrisa torcida por una esperanza que mucho promete, pero poco da.

—Me niego. —Me incorporo.

Fatma vuelve a batir sus pestañas, sorprendida por mi vehemente contestación.

—Yo… soy el primero que flaquea y se echa a llorar. Soy el primero que se esconde en la cama y no sale de su cuarto durante días. Soy el primero que se aterroriza y tiene pesadillas en las que todos esos seres que no pude salvar están enterrados en la arena. Incluidos mis padres. Pero quiero pensar que también puedo ser el primero en recuperarme e intentarlo. Vamos, Fatma, necesito que lo intentes conmigo. —Le tiende una mano y, por unos instantes, sus pupilas se dilatan.

—¿De dónde has salido, Senda? Siempre me lo he preguntado. —Una sonrisita se dibuja en su rostro—. ¿No desconfías de mí ahora que sabes la verdad?

—Tú no eres tu madre.

Ella asiente, con los ojos vidriosos. Las mariposas agitan sus alas a la vez que ella deja que sus pestañas se humedezcan y liberen de su pecho la pesada presión que ha soportado durante toda su vida. Su secreto ha dejado de serlo y la mirada de Fatma ya no parece surcada por la culpa.

Se seca los ojos con los dedos. Entonces suspira y enarca una ceja.

—Ahora es cuando me vas a contar que vas a transgredir las leyes y vas a marcharte para buscar a Milos tú mismo, ¿cierto?

No me asombro de que lo haya notado ni de que lea en mi rostro mis intenciones. Quizá las palabras que Milos me gritó: «¡Sé que vendrás a buscarme, Senda!», estén escritas en mi piel. Ella desliza sus dedos por los míos y se incorpora, dando un saltito desde la balaustrada. Esta vez sí, las mariposas despegan de su cabello y vuelan hacia el cielo mientras las observamos.

—No puedo acompañarte. No estoy preparada para algo como eso… ¿Estoy dejando de lado a Milos?

—¿Qué? No, Fatma, no. Yo también debería quedarme, avanzar en mis estudios, ayudar a reconstruir Núcleo… Debería hacerle caso a Yves y aceptar que sean los defensores quienes lo rescaten, pero no puedo. Él dio su vida por Rei y por mí. Él me dijo que sabía que lo buscaría. No voy a traicionar su petición. No voy a dejarlo solo.

—Os guardaré las espaldas aquí, ¿vale? —Sonríe.

—De hecho, si todo sale como he planeado, tendrás que hacer una cosa más por mí.

Siento que me he aprovechado de la reconstrucción de Núcleo para tener un motivo por el que acudir al establo de Cartiar. Sin embargo, me he pasado toda la mañana y unas cuantas horas de la tarde ayudándola a arreglar el techo y parte de un muro que quedó destrozado por los ataques. Ella me ha estado estudiando durante toda la jornada con el rostro arrugado, trazando una expresión indescifrable en su rostro rosáceo y anciano; aunque ahora creo adivinar la razón. Sabía que había acudido a ayudar, en parte, para tomar prestado uno de sus caballos al terminar la faena.

Además, esta vez me ha dejado que cabalgue a Mora, la yegua que normalmente me permitía escoger hasta que empecé a meterme en demasiados problemas. El viaje no será largo, Mora no estará lejos de su hogar ni siquiera tres horas, pero la necesito para llegar hasta la zona del río Delt en el que, de normal, Rei se despeja.

Quiero contarle mi plan y confirmar que no me estoy volviendo loco. Que no es una locura lo que estoy a punto de hacer con o sin ayuda, tal y como actuó Rima. Cuento con el apoyo de Fatma, ahora solo necesito el de las sidenesas.

Me adentro en el pequeño bosque que enmarca un tramo del río. Me entra un escalofrío al pensar que Rei es capaz de bañarse entre las sombras que ocultan el calor de los haces del sol y cobijan el helor que mueve el viento.

Desciendo de Mora y caminamos un trecho con tranquilidad. Solo tardamos unos minutos en vislumbrar a pocos metros más allá de ambos un bulto y una cabellera pelirroja extendiéndose por la superficie del agua como si fuese un espléndido nenúfar.

Dejo que la yegua se recree con la hierba y recorto la distancia hasta llegar al fardo y el montón de ropa que Rei ha dejado lejos de la orilla para chapotear a gusto. Su cabeza sale del agua de pronto y río ante la enorme sonrisa que puebla su rostro. Tiene las mejillas y la punta de la nariz sonrosadas, en contraste con la palidez de su piel, y diría que es por el frío que está soportando, del que, desde luego, no se va a quejar, al menos ante mí.

—No te esperaba, Senda.

—Tengo que contarte algo.

—No puedes dejar de maquinar, ¿eh? —Me encojo de hombros—. Bueno, dos segundos y estoy contigo. Por cierto —añade antes de desaparecer bajo el agua cristalina—, me alegro de que hayas salido de tu habitación. Te sienta bien la luz del sol.

Mi risa suena tan vibrante que creo que la acompaña hasta el fondo del río. Me siento en la hierba y cierro los ojos. Dejo la mente en blanco o, al menos, intento apartar todo lo posible los problemas que me hostigan. La naturaleza, pura magia, roza la mía y dejo que me envuelva en un abrazo cálido. La armonía y la conexión con el entorno me relajan hasta el punto de que me acuesto y creo que me voy a dormir.

Apenas he descansado estos últimos días, pero, alejado y bajo el sol, siento que puedo permitirme unos instantes para recuperarme. Suspiro. Mi respiración se acompasa y, por primera vez en mucho tiempo, las pesadillas no acuden a mí. No caigo en un sueño profundo, pero la duermevela deja estelas de sonidos apaciguadores e imágenes inconexas y deslumbrantes que bailan en la tiniebla.

De pronto, parpadeo, recordando que he acudido al bosque para informar a Rei. Aun así, me incorporo poco a poco y me encuentro con que la sidenesa ha salido del río. Está sentada en una roca enorme, al borde del agua, con un pie todavía dentro. Se ha apartado el pelo a un lado y el calor seca su piel y la escasa ropa que viste. Desde mi posición, un tanto abrumado, descubro nuevas escamas.

—Antes podía respirar bajo el agua. De hecho, no era capaz de vivir sin sumergirme, aunque solo fuera una vez durante ciertos periodos de tiempo. Debía hacerlo o morir. —Se gira hacia mí y desvío la mirada, cohibido—. Ahora no te hagas el remolón, que desde que te fijaste en mis cicatrices nunca has perdido la oportunidad de observarlas. ¿Te has enamorado de ellas?

Se echa a reír, enseñando sus colmillos afilados, y se acerca gateando hasta mí. Estoy a punto de confesarle lo mucho que me provoca cada vez que se comporta así conmigo. Le devuelvo la atención y no puedo evitar detenerme en su ropa empapada y su piel brillante. En las peculiares estrellitas traviesas y felices que siempre iluminan sus ojos, y que de repente parecen tener vida propia.

—Magog me suturó las branquias cuando se enteró de que no podía vivir sin agua. No era útil como moldeadora si no permanecía todo el rato en tierra.

—¿Y no pensó que haciéndote eso tal vez podía matarte?

—Creo que sopesó opciones y decidió que, si yo iba a morir de todas maneras, al menos intentaría salirse con la suya. Y lo logró, como ves.

—Sobreviviste…

—Y lo sigo haciendo. Echo de menos desaparecer bajo el agua y que mi única compañía sean las algas y otros animales acuáticos. Ahí abajo nadie te hace daño, porque nadie te conoce. —Y sonríe mientras me empuja con delicadeza para que me anime.

—Rei…

—Hora de ponerse seria, lo entiendo.

—No, no, me encanta que seas así.

—¿Te encanta? —Enarca una ceja y no sé si es para provocarme otra vez, pero lo consigue, porque noto que el calor me inunda las mejillas enseguida—. ¡Ja, ja, ja! Eres muy tierno, Senda. Me encanta esa parte de ti. ¿Ves? Ya tenemos algo en común. Nos *encantamos.*

Me humedezco los labios y su gesto se desvanece hasta rozar la timidez. Sus mejillas se arrebolan un poco más y carraspea, rompiendo la quietud y el ambiente que había empezado a rodearnos. Mi estómago se sacude por el nerviosismo y me despeino el pelo con una mano para que los rizos deshechos oculten mi timidez alborotada por nuestro intercambio de palabras.

—He hablado con Fatma.

—¿Todo solucionado?

—Bueno, no había nada que solucionar. Fui un estúpido al pensar que ella me debía una explicación, ¿sabes? La amistad no se basa en eso.

—No siempre debemos ser tan exigentes con nosotros mismos. No digo que tu pensamiento fuese acertado, pero no estás pasando por una buena época. Date una tregua. Lo importante es que lo has hablado con ella.

—En realidad, me alegro de que Fatma me lo haya contado. —Rei no me pregunta qué es exactamente lo que mi amiga me ha confesado y se lo agradezco—. Pero si no lo hubiese hecho, la querría y apoyaría de la misma manera que he hecho siempre.

—¿No te da vergüenza hablar así? —Rei dobla las piernas, cruza los brazos sobre sus rodillas y descansa la cabeza de lado para mirarme—. No me malinterpretes, no me estoy burlando. Te admiro. Comunicarse es importante. Creo que habernos reprimido durante tanto tiempo es lo que ha causado que Rima… Bueno, que ella… —Su voz se quiebra.

—¿Cómo están Hester, Jaziz y Kaled?

—Muy afectados. Como yo. Nos debatimos sobre quién tiene la culpa. Si Magog, nosotras, ella…

—Magog. La guerra. ¿No crees?

—Sí, si nos hubiésemos entendido antes... Sé que no ganamos nada pensando en qué habría pasado... Pero, Rima... ¿Por qué?

Hunde la cara en el hueco que deja su cuerpo encorvado. Mi mano atraviesa las luces que se cuelan entre las copas de los árboles, duda un instante y al final se posa sobre su cabeza. Rei se estremece durante una fracción de segundo, pero luego noto que sus músculos se relajan. Su espalda se convulsiona un poco mientras se desahoga en silencio.

No digo nada. Dejo que la naturaleza haga su efecto, esta vez sobre Rei. Me atrevo a acariciar con cuidado su pelo mojado. Mi pulgar roza su cuello y me asombra que su piel esté tan tibia. Me encojo en la misma posición que la harum, todavía con la mano sobre ella, y la observo.

Entonces ella gira su rostro, sin apartarme de su lado. Su magia conecta con la mía, creando círculos dorados a nuestro alrededor, aumentando nuestra percepción del entorno. De nosotros mismos.

—¿Dejarán que vuelva?

—No saben nada.

—¿Hester no les ha enseñado la carta?

—Creía que lo sabías...

—No hemos hablado mucho durante estos días. Hester se ha volcado con el equipo de teatro para mantener la mente despejada. A Jaziz es imposible encontrarla y cuando te topas con ella, se marcha corriendo. Además, estoy demasiado pendiente de Kaled. Desde que despertamos, Kira está empeñada en que trabajemos con Oria para encontrar una solución a lo del centro mágico. Desean solucionarlo antes de que se enteren más oídos, de que a ese supuesto *corazón* le dé por explotar o de que Ludenar sepa de su existencia y lo alcance...

—Siento no haberte preguntado por ello y eso que me has cuidado algunas veces...

—No pasa nada. Los dirigentes son dos personas cabales. No nos han forzado, ni siquiera al descubrir que soy una moldeadora. En verdad, están más tranquilos, porque ahora entienden los rumores sobre nuestro altercado en Mudna. Pero no te preocupes, no van a haber consecuencias…

—Menos mal.

—Porque estás a punto de hacer algo mucho peor, ¿no? Vas a ir en busca de Milos.

—¿Lo llevo escrito en la cara?

Por fin aparto la mano e interpongo el brazo frente a mi rostro para ocultar mi fallo. Rei se arrima y me ofrece el calor de su cuerpo para reconfortarme. Apoya la mejilla en mi hombro y el fuerte aroma silvestre del río me inunda las fosas nasales.

—Necesitarás a alguien de Siden para que te guíe…

—¿Me acompañarías?

Soy directo, porque Rei entiende que son mi única posibilidad de llegar a su país y encontrar a Milos. Nadie más que ellas puede saber mejor cómo se mueve Magog, qué puede querer de mi amigo. Sin embargo, me gustaría habérselo planteado con más delicadeza, porque no le estoy pidiendo nada fácil.

Ni Rei ni las demás tiene la obligación de ponerse en peligro otra vez solo por salvar a una persona con la que han intercambiado cuatro palabras. Les estoy pidiendo demasiado, pero si se niegan, me marcharé igual. No puedo quedarme de brazos cruzados mientras él está perdido en la encrucijada de un futuro incierto.

—Iré.

—¿En-en serio?

—Vas a necesitar ayuda.

—Pero, Rei, escapasteis y recorristeis un viaje peligrosísimo hasta aquí para vivir en paz. Te estoy pidiendo demasiado.

—No lo hago solo por ti. Milos es quien está en las garras de

Magog, pero habría sido yo de no ser por él. Trajimos a ese loco hasta este país y me siento responsable. Si te marchas a Siden sin mí y no regresas, ya no podré cargar con tantos remordimientos, ¿entiendes?

Quiero contestarle que no. Que ella debería permanecer junto a su familia y, si lo desea, ayudar a Nueva Erain con lo del centro mágico. Protegida, arropada y tranquila. No volver a corretear por las fauces del monstruo como si fuese capaz de sobrevivir sin titubeos al peligro que suponen sus colmillos. Sin embargo, debo confesar que mi preocupación es la que está tratando de convencerme de que eso es lo que realmente quiere Rei. Que ella solo se está dejando llevar por la culpa, pero que no es lo que necesita o pretende.

Su reflejo parpadea para mostrarme el mío propio. La sidenesa se parece mucho a mí. Carga con su pasado, incluso con la reciente desaparición de Rima, y avanza, sin mirar atrás, esforzándose, intentando no sucumbir a sus heridas. Atrevida y valiente, posee la fortaleza suficiente como para dejar atrás a su familia, a salvo, y lanzarse contra la pesadilla que jamás se durmió.

—¿Y Kaled? ¿Hester? ¿Jaziz? ¿Rima?

—No puedo hablar por ellas. Vamos a tener que contárselo todo… Aunque, Senda, tampoco voy a abandonar a Rima.

Por mucho que la harum asegurase en su carta que se marchaba por decisión propia, manifestando una confianza ciega en ese moiro, ninguno nos hemos podido desprender de la terrible sensación de que no va a hallar en Ludenar lo que busca. No solo porque sea el enemigo declarado de Nueva Erain, sino porque Rima vaga tratando de encontrar un sitio a base de decisiones precipitadas. Sin saber que de la misma manera que en el horizonte puede esperar la calidez de la paz, también puede sorprenderla la más dolorosa de las caídas. El destino es injusto, porque no existe.

—Iremos a por ella también —declaro.

—Sí.

Dejamos que el sol termine de secar a Rei mientras el arrullo del río nos acoge y nos mece para tranquilizar los nervios que ha desatado nuestro nuevo plan.

Es de noche, pero mis ojos están bien abiertos. La espalda de Rei está pegada a mi pecho y sus enmarañados mechones pelirrojos, esparcidos por la almohada; las puntas de algunos me rozan el rostro. Ojalá no note lo rápido que me late el corazón. Sigo negando los impulsos que tantean algunas partes de mi cuerpo y ciertos sentimientos. No sé si es por miedo o inseguridad, pero la imagen de Rei empieza a rellenar los fosos oscuros que creó Danel al romper nuestra relación.

Me encuentro comparando la mirada azul del chico con la noche que vive en los iris de la harum. Los finos y suaves labios de él, con los resecos y mordisqueados de ella. Soy un maldito crío. De Danel estaba enamorado hasta los huesos. A Rei me une un vínculo inexplicable, tan misterioso y a veces intenso, que solo siento ganas de reforzarlo más.

Rima sale al encuentro de mis dudas, para recordarme que en ella también descubrí un espejo en el que poder reflejarme. Ella, un laberinto, cuyo centro no está trazado, me permitió entrar para intentar ayudarla. Para ayudarme en silencio.

Rei vaga de nuevo por mis sensaciones y revivo la forma en la que prende mi valentía y esboza una tímida pero indescriptible felicidad que me hace sentir único.

No sé en qué momento se ha quedado dormida mientras hablábamos sobre cómo enfrentar nuestra nueva misión. De cómo convencer a las demás para salvar a Milos y a Rima. Sin embargo, la paz con la que su respiración acompaña a su sueño me revela que no se siente incómoda. Todo lo contrario que yo, que estoy tan rígido y confuso que no sé qué hacer.

Sí, un maldito crío.

Opto por darme la vuelta y que sea mi espalda la que se junte con la suya. Aun así, tardo en dormirme. Un sueño inquieto, en el que las formas son profundas o muy luminosas, poco definidas. Hay voces, pero sin rostro. No entiendo qué sucede, porque despierto de sopetón cuando escucho mi nombre, borrando el rastro que las difusas imágenes han impreso en mi mente.

Rei está de pie frente a mí, un poco agachada para que su cabeza no choque contra la cama de arriba. Menea mi cuerpo con delicadeza, pero con la suficiente firmeza como para despertarme. Su rostro está contraído por el miedo y me hace reaccionar. Me incorporo rápidamente, pese a que la somnolencia aún me abraza y me desorienta. Mis pies se enredan, pero Rei detiene mi caída provocada por el mareo.

—Tranquilo, tranquilo.

Susurra cada vez más bajo para no despertar a Gavril, que duerme en la litera superior, aunque tampoco ha podido vencer la tristeza por la desaparición de Milos.

—¿Qué ha pasado? ¿Magog…?

—No, no. Lo siento, es que… Senda, ven.

Pese a que ha tratado de esclarecer mi desconcierto, no termina la frase y me coge de la mano para estirar de mí y sacarme de la habitación. El invierno contrae los músculos de mis brazos desnudos y trato de concentrarme en avanzar. Recorremos los pasillos y reconozco el camino, al girar tanta esquina, que nos conduce hasta el cuarto en el que se alojan las sidenesas.

El peor de los temores me encoge el estómago. Imagino miles de escenarios entre los que se encuentra el regreso de Rima u otra reacción violenta del cuerpo de Kaled por culpa del corazón de la Magia. Me aferro a la primera idea. Ojalá llegar a la puerta del dormitorio y encontrarme con sus ojos verdes. Sin embargo, cuando la alcanzamos, la escena deshace mis expectativas con un nuevo golpe.

Hester y Jaziz están muy cerca la una de la otra, como si fuesen a pelearse. El silencio es un arma que utilizan para hacerse daño sin necesidad de puños o palabras. Kaled está un poco alejado, pero tiene las manos alzadas en un vano intento por detener lo que sea que esté sucediendo aquí.

—¿Qué pasa? —musito.

Al menos, mi intervención consigue sacar a ambas sidenesas de la terrible tensión en la que están envueltas. Sus miradas enfurecidas se clavan en mí como aguijones. Pero no retrocedo, si bien avanzo junto a Rei dispuesto a esclarecer la situación.

—¿Qué pasa? —Uso un tono que más parece una orden. Estoy a punto de retractarme, pero compruebo que mi falsa autoridad surte efecto.

—¡Hester se iba a marchar! ¡Nos iba abandonar como Rima! —explota Jaziz.

—Eh, eh, calma —digo cerrando la puerta; luego recupero mi posición.

Analizo mientras me observan con detenimiento, esperando a que tome una decisión inmediata. Hester tiene las manos apretadas en dos puños. A sus pies descansa una mochila, cuyas costuras sufren por la cantidad de cosas que contiene su interior. Además, la sidenesa se ha equipado: chaqueta, guantes, incluso algunos protectores de rodillas y codos. Sin duda, parece que se marcha y que las acusaciones de Jaziz tienen fundamento. La pregunta es a dónde pretende irse si está tan bien aquí…

Me respondo a la vez que Hester le reprende a Jaziz:

—¡Voy a buscar a Rima! Necesitamos traerla de vuelta.

—¡Ella no quiere! ¡No quiere estar con nosotras! —Detecto más tristeza que rabia en la voz de Jaziz y me rompe el corazón.

—No lo entendéis, sí quiere, solo está asustada —media Rei.

—No es tu hermana —le increpa Jaziz señalándola—. ¿Crees que la conoces más porque pasaste más tiempo con ella en esa mierda de circo? ¡Pues no es así! Porque Rima nunca ha sido tan sombría. Era dulce e inocente. Veía el bien en los demás y jamás habría abandonado a su familia. A mí…

Se desinfla del todo y las rodillas ceden ante sus temblores. Kaled se interpone y la recoge mientras Jaziz jadea de puro dolor. Las lágrimas empapan sus mejillas. Doy un paso, pero el movimiento de Rei me detiene. Avanza y se acuclilla frente a la harum. Alza los brazos y Kaled se aparta. Reemplaza su posición y la hermana de Rima se deja caer contra ella, derrotada por tanta desesperación.

Rei le acaricia la cabeza, esquivando con sus dedos los cuernos que crean sombras tenebrosas contra la pared. Mis ojos se desvían hasta Hester, quien contempla el abrazo con la aflicción esbozando cada una de sus arrugas. Sus dedos se abren y sus hombros descienden, dando paso a unas lágrimas que brotan sin pudor. Libres. Arrastra los pies hasta sus amigas y se une. Entierra la cabeza entre las otras dos y se aferran con más fuerza, como si fuesen un único ser debatiéndose entre si elevarse de nuevo o romperse por fin. Kaled es el último en integrarse y les doy la espalda.

Avanzo hacia la puerta, porque no quiero entrometerme en un momento tan íntimo, en el que los sollozos y susurros que comparten solo les pertenecen a ellas. Sin embargo, creo oír mi nombre y mi mano no llega a rozar el pomo. Miro por encima de mi hombro, con cautela, por si acaso han sido imaginaciones mías, pero todas me observan.

—Tranquilas, me voy…

—No, quédate —me pide Hester—. Tenemos que hablar. Necesito que te quedes…

Trago saliva y meto las manos en los bolsillos de mi pantalón de pijama, algo inseguro por acceder. Ellas se sueltan despacio, como si separarse las devolviese al mismo punto en el que se encontraban antes de enzarzarse en la discusión. Sin embargo, con el desahogo algo ha cambiado. El dolor continúa dejando un rastro en sus caras, pero esa tensión violenta ha desaparecido.

Rei se sienta en una cama y abraza a Kaled, pasando una mano por encima de sus hombros y atrayéndolo hacia su cuerpo. Hester y Jaziz se acomodan frente a ambos, cogidas de las manos. Yo opto por permanecer de pie, aunque cerca de ellas. Sigo creyendo que no debería estar aquí, pero algo en mi interior me susurra que estoy involucrado en esta nueva tesitura.

—Jaziz me ha pillado… —Hester carraspea—. Jaziz me ha pillado marchándome. Pretendía viajar a Ludenar. Buscar a Rima…

—Ni siquiera sabes dónde está ese país —susurra la hermana de Rima, no como un reproche, aunque sí teñido de malestar.

—Su carta… La he repasado incontables veces. La he leído de mil formas posibles. Suponiendo que es una trampa. Suponiendo que es su voluntad. Y me desconcierta darme cuenta de que no sé cuál de todas las opciones es la verdadera. Creía conocer a Rima, pero…

—Y la conocemos, pero una distancia que ninguna de nosotras, ni siquiera ella, habíamos imaginado que pudiese alejarnos, existe. Es muy fácil creer que solo con querernos somos invulnerables ante la dificultad, pero lo cierto es que también fallamos. También nos ciegan nuestros deseos y la desesperación —interviene Rei.

—No podemos culpar a Rima por querer marcharse de Nueva Erain —asiente Kaled—. No somos iguales, y eso no está mal.

—Pero si hubiese explorado un poco… —masculla Jaziz intentando convencerse—. Se ha ido a un país hostil y enemigo de su condición. ¿Qué dice eso de ella? Siento que no ha pensado en nosotras. Siento que nos quiere lejos, porque somos un recuerdo constante de su pasado. Pero no quiero ser su pasado, quiero ser su presente y su futuro.

La harum hipa y unas gruesas lágrimas regresan a sus ojos. La luz de las velas baila entre nuestros cuerpos y refuerza las sombras nostálgicas que proyectamos con cada palabra.

—Tal vez... Tal vez nosotras tampoco nos hicimos entender —comienza Hester—. Tal vez ella tomó esa decisión, porque pensaba que nos hacía daño con su actitud.

—Siempre hemos estado a su lado. ¿Cómo puede pensar eso? —La voz de Jaziz se ahoga entre sus sollozos.

—No debimos pedirle que nos lo explicase, debimos escucharla y apoyarla. Nada más. Ella no necesitaba más... Kaled tiene razón. Cada una encontramos la cura a nuestras heridas de manera diferente. Por eso mismo no quiero que se sienta abandonada. Quiero encontrarla y decirle que todas nos hemos equivocado. Que sea donde sea, intentaremos recuperarnos. Juntas —termina Hester.

—No acudirás sola a Ludenar. Iremos todas contigo, ¿verdad?

Y me sorprende cómo el ambiente cambia de pronto. Cómo Rei y Kaled intercambian una mirada con una comprensión que las otras dos no descifran y que yo solo sospecho por la parte de la sidenesa. Retraso un pie y Hester y Jaziz se giran hacia mí, alternando la atención, buscando una respuesta a nuestra indecisión.

—Vamos a ir a Ludenar juntas, ¿cierto? —insiste Jaziz.

—Jaz. —En los ojos de Rei se tambalea su determinación—. Senda va a viajar a Siden para rescatar a Milos. Necesita a alguien que lo guíe por allí...

—¿Y tienes que ser tú? —increpa la otra.

Conozco cómo se las gasta Jaziz, pero no esperaba que su fiereza golpease con tanta fuerza. Acudo a Rei, pidiendo auxilio con la mirada, pero ella continúa con la vista fija en su amiga. Respiro hondo, sintiendo que merezco la ira de Jaziz. Rei debería acompañar a su familia. Por un momento, dudo en si mostrarles mi preocupación por que vayan a acudir a Ludenar sin saber nada del país, pero luego pienso que estoy dispuesto a hacer lo mismo en Siden. Sabiendo por los textos cómo puede ser, aunque sin conocer realmente su realidad de primera mano. Así que me callo, pese a que no puedo deshacerme de la preocupación.

—Senda no puede embarcarse solo en este viaje. No te subestimo —Rei me mira un momento—, pero lo matarían en cuestión de segundos.

—¿Y nosotras en Ludenar?

—Todas desconocemos el lugar. Cuantas más seamos, más llamaremos la atención. Se lo debo a Milos. Él me salvó.

—Se lo debes a Rima. Ella es tu familia.

Jaziz y Rei se incorporan y se enfrentan con un gesto mudo. El pecho de la primera sube y baja como si estuviese conteniendo a la mayor de las bestias. La abrasa; le corroe las venas, estoy seguro. Mientras que la segunda le sostiene la mirada sin pestañear, pese a que tras el velo oscuro de sus iris se puede intuir la tormenta que empieza a desatarse en su interior.

—Pensaba ir a por Rima también —dice Rei con los dientes apretados.

—Después de rescatar a Milos.

—¡Necesita nuestra ayuda! —Todos damos un salto en el sitio, sin excepción—. Milos ha sido secuestrado por Magog, Jaziz. Tú nos salvaste de él, deberías recordar lo que es capaz de hacer. Una persona inocente ha caído en su trampa por nuestra culpa. ¿Te recuerdo por qué Magog casi destruye toda esta ciudad? ¡Venía a por nosotras! ¡A por cada una de nosotras! Estaba dispuesto a llevarnos, empezando por mí, de nuevo a ese campamento. ¿Lo entiendes, Jaz? ¡Quiero rescatarlos a ambos, pero no puedo desdoblarme! Me duele en el corazón no ir a por Rima. Me duele tener que elegir…

Se lleva las manos al rostro. Nadie reacciona, porque descubrir a Rei tan destrozada es como andar sobre un río helado. Temes que el siguiente paso sea fatídico y te suma en la profundidad de sus aguas heladas.

—Rei…

—¿Qué? —espeta, con la respiración alterada, mirando otra vez a Jaziz.

La hermana de Rima aprieta los labios. De pronto, parece que el abrazo que han compartido antes no ha servido para nada. Pero me equivoco. Ambas suspiran a la vez, y Rei levanta una mano para acariciar la mejilla de Jaziz. Verlas pelear duele, pero presenciar cómo se reconcilian una vez tras otra lo hace mucho más, porque preferiría que simplemente fueran felices.

—Somos una familia. Un equipo. Magog nos ha destrozado, pero ya está bien. Ya está bien…

—Lo conseguiremos. Juntas. —Se incorpora Hester.

—Yo… me quedaré aquí —interviene Kaled entonces—. No creo que sea de mucha utilidad ni en Ludenar ni en Siden. Y de verdad quiero ayudar a los erainos con el corazón de la Magia. Lo que ocurrió el otro día… fue inexplicable pero urgente. Había desesperación en esa energía. Quiero devolverles todo lo que nos han dado. Quiero protegerlos si ese cúmulo mágico les depara lo peor. Quiero que Nueva Erain siga siendo un espacio seguro para quienes todavía no pueden vivir con la libertad que merecen. Quiero que regreséis a un país en paz.

—Kaled… —Rei se vuelve hacia él y lo estrecha contra ella.

—No tengas miedo, Rei. Sabes que aquí estaré más protegido. Esperaré vuestra vuelta.

Nunca dejará de sorprenderme la madurez de Kaled. Como si su cuerpo se hubiese quedado estancado en el tiempo, pero su cabeza ya hubiera vivido demasiado. Siempre tiene un consejo, una palabra que encauza otra vez lo que la contundencia con la que discuten ha destruido.

—Le diré a Fatma que le eche un ojo…

—Fatma no podrá echarle un ojo, porque no va a estar aquí.

Nos volvemos hacia la puerta, confundidos por la interrupción de una nueva voz. Fatma, con los brazos cruzados, está apoyada en el marco de la puerta —nadie se ha enterado de cuándo la ha abierto ni cuánto tiempo lleva ahí plantada— y varias mariposas revolotean a su alrededor.

—¿Fatma? —Es Jaziz la que dice su nombre.

—Que la Magia me perdone por tomar esta decisión, pero no vais a marcharos solas a un país que apenas conocéis, al que ni siquiera podéis viajar fácilmente. Me voy con vosotras.

RIMA

NO CREÍA QUE EXISTIESE UNA MIRADA más afilada que la de Vasc, pero los ojos de su hermana Azriel me confirman lo contrario porque me atraviesan con una dureza devastadora. Los guardias, con el rostro oculto tras unos hermosos yelmos, avanzan alerta con las armas en ristre en nuestra dirección. Atraso un paso, pero Vasc me estira del brazo con firmeza para detenerme. Azriel arquea una fina ceja sin que ningún otro músculo de su rostro se contraiga.

Suelto la mano de Vasc para poder ocultarme lo mejor posible tras la pesada capa. La reina de Ludenar no cesa en su escrutinio y me desnuda ante los demás con un simple gesto. No se mueve ni da una orden. A mi lado, su hermano se cruza de brazos, pero no logro ver qué expresión puede estar dedicándole a ella. Y yo, sabiendo que no tengo ni voz ni voto en este momento, me quedo observando los pétalos rosas que han llovido mientras salíamos del carruaje, y que ahora reposan sobre los adoquines; cómplices y espectadores de mi bochorno.

—Entrad.

Esperaba que su voz embelesase mis oídos tal y como lo ha hecho su imagen, de la que todavía no me he recuperado; sin embargo, el tono con el que nos ha ordenado que la sigamos no admite réplica, y el miedo sigue creciendo por no saber qué me espera al cruzar el umbral del edificio.

Vasc busca mi mano otra vez bajo mi capa y enreda sus dedos con los míos. Azriel nos da la espalda y deshace el camino, ascendiendo las escaleras, acompañada por su guardia y por una criatura en la que no había reparado todavía: un zorro pelirrojo. En Siden existe una especie parecida, pero son más amarronados, y, desde luego, muchos más pequeños que este animal que persigue a la reina de Ludenar sin necesidad de indicaciones.

—No es tan dura como parece.

—Eres el príncipe de todo esto. Un príncipe de verdad.

—No quise decírtelo antes por si te echabas atrás.

—Vamos. —Azriel interrumpe nuestra cháchara desde lo alto de las escaleras.

Nos observa con desaprobación, o eso creo intuir, mientras subimos peldaño tras peldaño; él, con naturalidad, y yo, como si resbalasen como el hielo. Antes de atravesar las puertas abiertas, miro por primera vez hacia arriba. Se me escapa un suspiro cuando ni siquiera soy capaz de advertir el final de la estructura. Brilla con el sol de la mañana, como una estrella en la noche, porque en la fachada una enorme cristalera de colores reverbera la luz del astro. Consigo contar hasta tres torres estilizadas elevándose hacia el cielo, antes de que el desproporcionado portal, terminado en pico y con imágenes grabadas en él, nos reciba con un abrazo oscuro.

Las sombras duran poco, porque el vestíbulo nos devuelve al mapa de tonalidades del que creo que pronto me cansaré. Es como si el arcoíris viviese en esta tierra y se posase sobre todas las cosas. Me tropiezo con los bajos de la capa, pero Vasc logra mantenerme firme. Otras suntuosas puertas, estas menos decoradas, pero no por ello menos deslumbrantes, nos abren el paso hasta una enorme sala del trono.

Vidrieras, columnas y una mullida y extensa alfombra crean un pasillo lo suficientemente largo como para que el trono que descansa al fondo, único y solitario, imponga. Los guardias se separan del lado de Azriel a medida que avanzamos y la realidad de un nuevo cara a cara con ella me tensa. Al final, solo son la reina de Ludenar y su acompañante zorruno los que suben los dos escalones que separan al resto del mundo del glorioso poder.

Azriel se deja caer sobre el asiento con la delicadeza de una pluma planeando en el aire, y el animal se acomoda a sus pies, enroscando la peluda y elegante cola alrededor de sus cuatro patas. Ella cruza una pierna sobre la otra y vuelve a enarcar una ceja.

Nosotros nos detenemos antes de llegar a los escasos pero anchos peldaños.

—Un poco más de efusividad no te vendría mal, *hermanita.*

—¿Qué ha sucedido? ¿Quién es *esta*?

Trago saliva.

—Nos atraparon los defensores de Nueva Erain. Todos mis compañeros se desvanecieron, pero Rima —me señala con un brazo—, una sidenesa que fue rescatada por los erainos, me liberó. Ella no quería residir en Nueva Erain y yo le debía un favor.

—Antepusiste su vida a la de tu propio ejército.

—Se suicidaron, Azriel. Nos encerraron en diversas cárceles mágicas. ¿Qué esperabas que hiciera? ¿Que me diese de golpes contra ellas hasta perder la cabeza?

—¿Y por qué no la dejaste *por ahí*? ¿Por qué tienes que traerla a palacio?

—Porque… —vacila Vasc.

—Porque quiero aprender a utilizar la moiro.

Me recompongo de pronto y el príncipe me mira con los ojos muy abiertos. Azriel golpea un índice contra el reposabrazos del trono varias veces, bastante interesada. Trato de acompasar mi respiración, pero la valentía abandona mi cuerpo tan rápido como ha acudido. La reina de Ludenar, pese a aparentar bastante joven, es implacable; un muro en el que no hemos provocado ni una sola muesca de inseguridad.

—Aquí no hay una escuela para aprender lo que tú crees que son jueguecitos, sidenesa. La moiro —su draiziano de Nueva Erain es impecable— no… —Se detiene de golpe y carraspea. Lo que creo que es vacilación por unos instantes, se convierte en nada, porque continúa con la misma severidad—: No es algo que se obtiene para lucir como una medalla. No es algo de lo que estar orgullosa.

Me sorprende su última consideración. Pensaba que cualquier moiro ostentaría su poder con soberbia, pero ya es la segunda vez que me encuentro con alguien que no defiende la corrupción de la Magia como un logro. Tanto la reina como el príncipe de Ludenar creen que esta cruel enegía es una carga y que no se accede a ella con la conciencia limpia.

—Soy consciente.

Pero un titubeo en mi respuesta provoca que Azriel resople, poco convencida. Me llevo las manos a la espalda para que la capa oculte cómo mis dedos juguetean entre ellos para aplacar los nervios. El silencio nos envuelve y solo las luces casi divinas que filtran los colores de los inmensos ventanales osan interrumpir la tensión que la reina de Ludenar genera con su sola presencia.

—Aquí no se va a quedar.

—Azriel…

—En palacio, Vasckian —puntualiza.

—¿Y dónde se alojará entonces? —se queja el príncipe, y le agradezco su apoyo.

—No tengo respuestas inmediatas para todas las sorpresas que me das, *hermanito* —se mofa como él ha hecho antes—. Puede asearse y cambiarse de ropa aquí. Deduzco que lo perdisteis todo en Nueva Erain. Pero esto no ha terminado. Ahora marchaos.

Me quedo clavada en el sitio, todavía atenta al siguiente movimiento de Azriel. Ella no deja de observarme y no se me escapa su estudio respecto a por qué continúo con la capucha echada sobre la cabeza. Si no le gustan las sorpresas, esta tampoco le va a caer en gracia. Antes de que Vasc ponga una mano sobre mi espalda y me empuje delicadamente hacia la izquierda, la reina de Ludenar, fría y reservada, aparta los ojos unos segundos para descansar en algún punto. Ella puede ser la reina de este país, pero yo lo soy de la inseguridad y, pese a que se recompone con una entereza envidiable, no se me escapa el lapso en el que el cansancio ha enturbiado su mirada.

El aroma a flores no se había desprendido todavía de mi piel y con este baño creo que no lograré deshacerme de él jamás; ni aunque me rascase el cuerpo con la esponja más áspera. Doy dos golpes a la puerta mientras echo un vistazo por última vez al servicio privado de Vasc que, en realidad, podría ser útil para decenas de seres.

El agua de la inmensa bañera circular sigue humeando y la espuma del jabón permanece sobre su superficie, pomposa y limpia. El mármol liso, las columnas con forma de espiral y los diversos espejos de cuerpo entero, que me devuelven la imagen de rincones perfectos, se despiden de mí en silencio y me dejan claro que en Ludenar todo reluce.

Vasc abre la puerta y retrocede un paso. No se ha separado de mi lado desde que hemos abandonado el salón del trono. Apenas ha emitido palabra, pero ha sido tan atento como siempre. Recoge de mis brazos el conjunto que el posadero nos prestó ayer y, de pronto, varias piezas encajan en mi mente. Tarde, pero lo hacen. El draiz que regenta la posada nos cobijó, seguro de que Vasc, príncipe de Ludenar, pagaría la deuda.

Incluso por ser quien es quizá le concedió la ayuda sin más.

No obstante, Vasc dobla las prendas con cuidado sobre su brazo y alza el rostro. Él también se ha aseado y cambiado. Por un momento, me asusta que haya dejado de custodiar el baño durante cierto tiempo, imaginando los posibles escenarios a los que me habría enfrentado si a alguien le hubiese dado por echarme de aquí —teniendo en cuenta lo fría que ha sido la reina—. Pero no le doy más importancia.

Vasc luce una chaqueta ceñida que se ajusta a su cuerpo con elegancia desde su cuello hasta sus caderas, a partir de las cuales la tela se vuelve ligera para envolver sus piernas hasta las rodillas. El tejido plateado brilla con delicadeza a la luz del sol, aunque esta vez no me fascina la naturalidad con la que viste unas prendas excesivas a mi parecer, sino la corona de lilas que reposa en lo alto de su cabeza; idéntica a la de su hermana.

—Bueno, bueno, el principito quejica ya lo es con todos los honores.

Levanto una mano y rozo uno de los frágiles pétalos. Él tuerce los labios, esperando que me disculpe por mi atrevimiento, pero la sonrisa divertida que vence su fingimiento no se hace esperar y me cruzo de brazos, victoriosa.

—Esta corona es la que me otorga el poder de este país.

—El poder de este país, *príncipe*, lo tiene tu hermana.

—Y menos mal. Es la lista de la familia. —Y su gesto se amplía, pero sus comisuras tiemblan al nombrar a sus parientes.

Me muerdo los carrillos por dentro, siendo consciente de pronto de con quién estoy, de cómo nuestras conversaciones siempre tuvieron un sentido, de que debería comportarme con muchísimo más respeto. Al fin y al cabo, Vasc no es un soldado cualquiera, sino el príncipe de un país. Y su misión de vengar a la familia real de Ludenar y, de paso, a la suya, ha resultado ser la misma. Entreabro los labios, pero no logro decirle nada y balbuceo varias veces mientras recorremos el camino hasta su habitación. Vasc cree conveniente que nos quedemos allí hasta que la reina decida qué hacer conmigo.

—Oye, Vasc... Lo siento.

—Mi hermano mayor Baal y Azriel iban en el primer barco que zarpó junto a una expedición de tiliaíes cuando se encontraron con Nueva Erain. Estuvieron muchos años viviendo en el mar en calidad de investigadores y... ¿Cuál fue la respuesta de ese país ante la llegada de extranjeros? Asesinarlos sin tan siquiera preguntar de dónde venían. Ninguno sobrevivió, solo Azriel, que recibió fortuitamente el don de la Magia en el momento en que la embarcación se hundía. Así consiguió transportarse hasta Île, nadie sabe cómo fue posible.

Frunzo el ceño, confusa. En efecto, la versión de Vasc no encaja para nada con la versión de Nueva Erain, que asegura que fue Vérula, la dirigente de Oced, quien atacó aquel barco, porque Ludenar estaba espiando con la firme intención de encontrar a los primeros poseedores de la Magia y asesinarlos para terminar con Ella. La misma danían aseguró que sucedió tan rápido que ni siquiera tuvo tiempo de colaborar en la ofensiva.

—No, Vasc... Eso no es así.

—¿Cómo que no es así? —Se detiene de golpe y sus manos se cierran en dos puños bien apretados—. Ellos asesinaron a mi hermano y a una tripulación entera sin explicación alguna. Cuando mi hermana regresó, la noticia destrozó a Ludenar. Mis padres se murieron, literalmente, de pena, por eso ahora quien reina es Azriel. No te atrevas, jamás se te ocurra…

—Vasc —lo interrumpo, y una mueca de fastidio ensombrece su rostro, pero tengo que advertirlo—, de verdad que lo siento, pero tu versión no encaja con la de Nueva Erain.

—¡No me importa!

—Puede que sea una mentira…

—¡Rima!

Me encojo. El eco se lleva el grito de Vasc, pero sigue reverberando en mi interior mientras la rabia permanece y deforma su expresión. Nuestra respiración está alterada, provocando un descompás que aumenta la presión entre nosotros. El fuego de la irritación llamea en sus ojos de hielo, y el miedo entrecierra los míos.

El silencio y las luces de la tarde nos acogen en el pasillo vacío. Su conmoción se va esfumando a medida que las sombras avanzan hacia nosotros; mi terror se transforma en tristeza. Quiero insistir. Quiero decirle que no pienso detenerme hasta encontrar la verdadera respuesta que no solo me dará paz a mí, sino también a los países que están enfrentados.

—Deja de ser tan egoísta —me espeta.

—Solo quiero saber la verdad para que todos podamos estar bien.

—No. Solo buscas estar bien tú y crees que eso servirá para que el resto mejore, pero no es así, Rima. No somos el centro de ningún universo.

Reemprende la marcha. Tardo en reaccionar, sintiendo que el cuerpo me pesa. No sé si creer en lo que ha dicho; si ha sido fruto de la discusión o es que es cierto que apenas reparo en las necesidades de los demás.

Avanzo, poco a poco, intentando deshacer la pesadez de mis músculos. Dispuesta a no llorar, aunque las lágrimas están amenazando con hacerlo. No pierdo de vista a Vasc, aunque mi lentitud nos ha distanciado. A varios metros de mí, el príncipe es una figura torcida con las manos metidas en los bolsillos de su elegante chaqueta. Apenas un arrullo en la realidad.

Me recuerda a mí. A cómo debo de mostrarme cada día. No he tenido tacto. Lo he interrumpido justo cuando estaba confesándome las heridas de su pasado. Lo he intentando convencer de una historia que ni él puede creer en segundos por la gravedad de su versión ni yo puedo garantizar como cierta, porque todavía no he investigado lo suficiente.

Aprieto el paso para alcanzarlo. Algo no huele bien en toda esta historia. Hay mucho más tras el enfrentamiento entre Nueva Erain y Ludenar, y lo peor es que ambas partes parecen víctimas.

—Vasc...

Le pongo una mano sobre el brazo, pero él me la aparta con brusquedad. Abre la puerta de su habitación, dispuesto a dejarme con la palabra en la boca, pero me interpongo entre él y la entrada. El príncipe chasquea la lengua y su mirada me embiste, pero la afronto.

—Me lo merezco. Me merezco todas tus palabras. He sido una insensible. Pido comprensión y resulta que, cuando los demás solo necesitan eso, no soy capaz de darla. Perdóname, por favor.

Vasc hace ademán de entrar, obviando mi disculpa, pero coloco las manos en el marco y reafirmo mi posición. El chico bufa y me cuadro para equilibrar nuestras fuerzas.

—Por favor. —No cede—. Vasc, por favor.

Y, por fin, me mira. No la rabia ni el odio, sino él. Suspira y varios mechones flotan junto a su aliento durante unos segundos. Cedo, relajando la postura, y el cuerpo de Vasc me imita dejando caer los hombros, alejándose un poco de la puerta.

—Esto no está siendo fácil para nadie. Y no es una excusa… —Suspiro—. ¿Por favor?

—No vuelvas a sacar este tema —pide, ronco por el malestar.

—Vale. Gracias.

—No es nada…

Vasc se yergue mientras me roza el brazo a modo de aceptación. Dejo escapar todo el aire, pero lo vuelvo a contener cuando una voz nos alerta desde el final del pasillo:

—¿Tenéis algún tipo de relación que deba saber? Por las sorpresas, digo.

Nos volvemos hacia la noble figura de Azriel, que avanza hacia nosotros acompañada del zorro, su fiel escolta. Me percato de que en Île, al menos, la moda es muy importante, porque la reina se ha cambiado de conjunto. Ha sustituido el vestido vaporoso que la hacía deslizarse esta mañana por un cuerpo de cuero marrón oscuro sin mangas y unos pantalones ceñidos, cuyo final se oculta dentro de unas botas altísimas que le rozan los muslos. Se ha soltado el pelo; ahora le cae por la espalda, y, con las luces de la tarde, parece una cascada plateada. Solo la corona de lilas permanece inalterable entre sus finos mechones.

Sacudo la cabeza y me giro hacia Vasc, a quien descubro mirándome con su clásica sonrisa perversa.

—Esto sí que tiene gracia…

—Vasc… —le chisto.

El príncipe se lleva una mano a la boca para ocultar su divertida expresión y yo solo quiero golpearlo para que deje de burlarse de mí. Sé que estoy sonrojada por el calor que me sofoca el rostro, pero no me da tiempo a recuperar mi dignidad, porque Azriel llega ante nosotros.

—Antes no te has presen… —Calla al reparar en mis cuernos partidos—. Vaya…

—¿Algún problema? —suelto, despreocupada, movida por la espontánea reacción de Vasc.

—Una… —Se queda pensativa, su magia palpita— híbrida —sentencia Azriel en sidi y me enfada su sequedad.

De nuevo, el abismo que normalmente se abre entre nosotras para resaltar las diferencias de nuestros mundos se cierra de golpe para acercarnos en un enfrentamiento de miradas. Ella es la reina de Ludenar, pero no por ello debe faltarme al respeto. Sin embargo, cuando por fin me fijo en su expresión no descubro atisbo del rechazo que pensaba que, desde un principio, me dedicaba, sino curiosidad.

—Vasc debe haberte informado de que los híbridos en Ludenar son vistos como seres exóticos. Con los mismos derechos que cualquier otro ciudadano, pero insólitos, al fin y al cabo.

—Pues igual que en Siden, pero sin la parte de los derechos, por eso nos llaman de tal manera —contesto, sin bajar la guardia.

—Siento si te he parecido intolerante. No es así.

Asiento, creyéndola.

—Azriel, reina de Ludenar y hermana del príncipe Vasckian.

—Rima, reina de nada y heroína de Vasc.

Asentimos levemente a modo de saludo a la vez que surge la seña distintiva de Azriel: enarca una ceja. Pero esta vez el gesto mejora, porque la comisura derecha de sus gruesos labios se curva hacia arriba esbozando una sonrisa insinuante y entretenida.

—¿Recompensa por salvar al príncipe de Ludenar?

—No me expulséis del país, por favor.

Nos sostenemos la mirada lo que a mí me resulta una eternidad. El tiempo suficiente para descubrir que diminutas formas grises jaspean sus iris azules, tan claros como un cielo despejado. Azriel pone los brazos en jarra y mira un momento a su hermano, que ladea la cabeza hacia un lado, rogando.

—En ningún momento he pensado en echarte de Íle y menos de Ludenar, Rima. Confío en mi hermano y te agradezco que lo hayas salvado. Quedarte es un precio incluso bajo para lo mucho que te debemos. Por eso pasarás los días en casa de Linnea.

—¿Con Linnea? —se asombra Vasc.

—¿Es malo?

—Todo lo contrario. —El príncipe vuelve la mirada hacia mí—. Linnea fue quien nos enseñó a modificar la Magia, Rima. Vas a vivir con la draiz que, tal vez, más sepa de magia gris en toda Ludenar.

Trago saliva y me giro hacia Azriel, que me observa desafiante, como si me hubiese planteado un reto imposible. La reina no nos acompaña, pero puedo sentir sus ojos clavados en mi espalda cuando Vasc y yo emprendemos la marcha hacia la casa de quien me cobijará, espero, durante unas semanas. Y, ojalá, me explique más sobre la moiro.

Me pregunto si Vasc y Azriel ya han tenido un encuentro privado en el que han podido dar rienda suelta a sus emociones. Me ha quedado claro que en Ludenar la formalidad es una conducta que se premia con el beneplácito ajeno. Es una expresión que demuestra elegancia, pero también proyecta respeto. Una parafernalia que quiero creer que ambos hermanos la cumplen por no incitar a las masas más chismosas. El descaro del príncipe es desmedido; tanto que a veces se olvida que está rodeado de seres que, más que observar, lo estudian. La reina tiene más fuerza de voluntad y, aunque apenas hemos interactuado, varias acciones relajadas por su parte me han demostrado que, tras su muro de hielo, existe otro tipo de persona.

Trago saliva cuando la imagen de Jaziz acude a mi mente. Y luego la del resto. Sus gestos acusadores y sus cuerpos tensos ante mi presencia. No sabría medir lo mucho que daría por abrazarlas ahora. Por volver a susurrarle secretos a Hester, acariciar el suave pelo de Kaled mientras duerme, reírme junto a Rei por sus ocurrencias y, por supuesto, charlar con Jaziz hasta quedarnos en silencio. Pedir perdón; ser una familia unida otra vez. Sigue sorprendiéndome que Senda acuda a mis pensamientos también, pero no puedo negar que me agradaba estar a su lado. No me importaría que volviéramos a sobrevolar Núcleo.

¿Esta especie de calma que me embarga es cierta o un producto de mi deseo por estar bien? No creo que haberme marchado de allí haya supuesto una solución, pero tal vez esto confirme que no ha sido una mala decisión; que estoy en el camino correcto. El hilo de mis pensamientos se pierde al salir de palacio.

Si creía que Île no podía ser más bella, el atardecer que baña los edificios y los árboles me responde con una imagen todavía más hermosa. Pese a que los ludenses nos miran con curiosidad sin cuchichear —cortesía que agradezco—, centro mi atención en el paisaje, en cómo la ciudad se transforma con el paso del día. Me sorprende el orden y la simetría que hay en las construcciones cuidadosamente eregidas, y su distribución por calles, en perfecta alineación.

Siden es un país que bien podría definirse como un gran campamento nómada, en el que predominan las tiendas y las chabolas. Nada permanece demasiado tiempo en su sitio. Núcleo me parecía la evolución de mi propia tierra, pero con más solidez, pese a que el polvo, la piedra y su constante reconstrucción le conferían un aspecto tosco. Île es como un sueño; una burbuja que nunca ha estallado y a la que se le permite evolucionar sin altercados.

Sin embargo, ¿hasta cuándo?

—Sois como estatuas. Hermosas estatuas, pero de esas perfectas que, con su mirada inmóvil, parece que te van a atacar —le digo a Vasc mientras contemplo a los ludenses.

—Como habrás podido comprobar, la belleza en Ludenar no brilla por su sutilidad. —Y se señala la cara.

—No puedo ver la belleza de esta ciudad, si tu ego lo eclipsa todo —me burlo con una sonrisa.

—¡Oh! —Se lleva las manos al pecho y, con dos pasos rápidos, se interpone en mi marcha—. ¿Cómo vas a reparar la afrenta de tus palabras? —Abre los brazos y se acerca a mí, pero lo empujo, poniendo los ojos en blanco.

—Esas confianzas, Vasckian.

—Cuidado que me chivo a mi hermana. Aunque creo que no te importaría.

Se vuelve a reír mientras acelera el paso, y me encuentro persiguiéndolo para alcanzarlo y hacerle pagar sus insinuaciones. Sin embargo, reduzco el ritmo al girar una esquina y dar con un patio circular sin salida. Es una especie de callejón, solo que ancho y al que llega la luz solar sin problemas. En medio hay un árbol pequeño pero grueso por las incontables ramas que crecen hacia todos lados, frondosas y verdes. Solo hay una puerta de entrada a un edificio que, de hecho, abraza el perímetro de la placita, guardando su forma.

Vasc está junto al árbol y sonríe sin recatos. Me hace un gesto insistente con la mano para que me aproxime y, de pronto, recuerdo por qué estamos aquí: Linnea, la maestra de Azriel y Vasc. Nunca he aprendido de nadie como tal. Ningún ser ha guiado mis pasos ni me ha enseñado con cariño y dedicación, así que pongo todos mis deseos en que Linnea sea una buena draiz, paciente y bondadosa. Comprensiva.

—¿Linnea...? —comienza Vasc.

Pero su pregunta se queda en el aire cuando un torbellino de moiro, el cual me arranca un quejido por el tirón que le da a mi propia energía, se genera a su lado y se dispersa dando paso a un cuerpo pequeño y rechoncho. Con agilidad, una mano gruesa recorre el espacio hasta encontrar su fin en la nuca del príncipe.

—¡Ay, Linnea! —se queja.

—Niño insolente y atrevido. ¿Cómo dejaste que te atraparan? Qué te enseñé, ¿eh? El príncipe de Ludenar, una vergüenza.

Ahogo una risita, pero unos ojos completamente oscuros me atraviesan y entonces noto cómo una fuerza diferente a la moiro estira de mí esta vez. Muevo los pies, que solo consiguen resbalarse por los adoquines rectangulares. Me pierdo en la profundidad de su mirada enmarcada por un rostro de arrugas que plisan su piel y camuflan la línea de sus finísimos labios.

—Una amiguita, ¿eh, príncipe Vasc? ¡Vamos a ver cómo se las gasta!

No obstante, no ofrezco resistencia y mi nariz queda a dos palmos de juntarse con el pecho de la ludense, que continúa suspendida en el aire con las piernas recogidas bajo su enorme túnica y sus puntiagudas orejas moviéndose para captar cada movimiento y ruido.

—Una *questera*. —Mi magia la interpreta y entiendo que se refiere a mi especie—. Pero, espera... No es de Nueva Erain. Siden... ¡Siden! A veces desierto, a veces bosque. Todo lleno de salvajes. Híbrida —concreta sin necesidad de traducir sus palabras, con un acento parecido al chocar de dos cristales.

—¡Oye! —exclamo.

—¡Rima! —me advierte Vasc, que se rasca la zona dolorida.

—Vaya, vaya, vaya. —Por muy difícil que parezca, la risa de Linnea nace desde su pecho, alta y clara.

Deja de tirar de mí, lo que agradezco. El impulso me empuja hacia delante, pero consigo controlar mi peso y me enderezo para intentar detener la siguiente reacción inesperada de la maestra. Sin embargo, Linnea se limita a dar vueltas a nuestro alrededor con el ceño fruncido y susurrando palabras incoherentes.

—Linnea.

—Sé a qué venís. Mi respuesta es que no.

—Linnea… —suplica Vasc.

—Estoy vieja. —Se cruza de brazos y desvía la mirada hacia el lado opuesto, como una niña pequeña a la que se le ha negado una chuchería antes de comer.

—Por favor, Linnea. Rima solo necesita un lugar en el que quedarse.

—Entonces no quiere aprender… moiro. —Sé que vuelve a leer en mí porque no hace referencia a la magia gris en mi idioma o en el suyo, sino en el draiziano de Nueva Erain, que tanto me gusta y he acogido—. Entonces le habéis mentido a Azriel.

No sé cómo es posible que esta anciana esté desvelando todos nuestros secretos como si fuésemos un mapa perfectamente abierto y definido, pero me siento más desprotegida que nunca. Me llevo las manos a la cabeza, por si mi propio físico es capaz de detener el poder indagador de Linnea. ¿Con la moiro es posible leer los pensamientos o descubrir los recuerdos de alguien como si fuesen propios?

—¡No! Es decir… —titubea Vasc.

—Por favor —pido y la atención de Linnea vuelve a mí—. No seré una molestia y…

—Y no te queda otra. Azriel lo ha ordenado así.

—Uy, qué miedo, la reina de Ludenar —se burla ella. No deja de sorprenderme lo descarada que es y empiezo a creer que parte de la insolencia del príncipe es fruto del carácter de su maestra.

Nos quedamos en silencio, sosteniéndolo con fuerza para que no nos aplaste. Necesito un sitio en el que alojarme. Pongo los brazos en jarra y Linnea me escruta sin piedad. Termino por apartar la mirada, insegura, porque tampoco quiero suponer una carga imprevista para nadie.

No quiero suponer una obligación. No quiero que alguien tenga que cambiar su ritmo de vida para ayudarme a mí.

—Está bien —concluye la draiz de pronto.

—¿En serio? —se sorprende Vasc.

—Algo me dice que Rima no es tan insoportable como el resto. Y ahora vete —le dice al príncipe sin mirarlo.

—¿Esta es mi bienvenida?

—Ya podrás acudir mañana a por más. Rima y yo tenemos cosas que hacer.

Linnea abre la puerta con una sacudida mágica de mano y se interna dentro del edificio. Le lanzo una última mirada a Vasc y él me sonríe tan cálido y animoso que no lo reconozco. Sus labios formulan un: «Mañana vendré a visitaros».

Quiero retenerlo un poco más, pero el anochecer termina derrocando al sol y, con una última disculpa silenciosa, Vasc alza una mano y se marcha. Trago saliva. Linnea es todo un reto. La imagen de una maestra paciente y atenta se desvanece para ser sustituida por una fuerza mágica inconmensurable y una expresión tan severa como sabia.

Respiro hondo y cruzo el umbral. La puerta se cierra tras de mí con delicadeza y, al contrario de lo que creía, su casa no me infunde temor alguno. Más bien curiosidad. La estancia parece única, porque los *pasillos* están delimitados por estanterías y muebles repletos de cachivaches y libros. No hay ni una vela encendida, porque el interior está iluminado por miles de copos blanquecinos que se mantienen pegados al techo; como si la nieve no quisiese desprenderse del cielo.

La habitación se ensancha y, por fin, doy con Linnea. Un fuerte aroma me recibe y tienta a mi estómago, que ruge de hambre. Varias calderas sisean dejando escapar delgadas columnas de humo que portan consigo el olor a comida cocinándose. La mesa también está hecha un desastre, pero no me importa. Del aparente caos nace una sensación hogareña que despierta mis recuerdos más antiguos, los de la granja.

—Siéntate.

Hago caso a su orden y me acomodo en el taburete de madera más cercano a ella. Linnea sigue levitando, pero se suspende sobre otra silla, como si se hubiese sentado. No intervengo, esperando a que la maestra crea conveniente continuar con la conversación.

—Eres interesante, Rima. De hecho, me gusta que seas tan callada. Me horripilan los seres que no saben cuándo parar.

—Gracias por dejar…

Pero me callo ante un solo movimiento de mano de Linnea. Aprieto los labios, tratando de no vacilar. Durante unos segundos, su rostro parece hablar, porque sus arrugas se pliegan más aún y luego se expanden, para volver a su posición inicial.

—Ve a cambiarte.

—No tengo ropa.

—Sigue recto. Te quedarás en la tercera habitación a la izquierda. Hay un armario con ropa de aprendices que olvidaron llevársela consigo. No esperes comodidad ni lujo ni ninguna de esas inutilidades que tanto cautivan en este país.

—Mejor.

—¿Mejor?

Asiento mientras me incorporo. Me dirijo hacia mi futuro dormitorio sin mirar por última vez a Linnea. Espero no haberla ofendido con mi sinceridad, pero me siento más cómoda aquí, donde lo importante no son las apariencias.

Por supuesto, la zona en la que me quedaré no es un cuarto como tal. Es un espacio encerrado por varias estanterías. Solo una ventana mediana da lugar al exterior; al patio principal y ese árbol tan antiguo como su propietaria. Hay varios cojines esparcidos por el suelo junto a montañas de libros y lo que parece la piel de un animal. Me acuclillo, apartándome un poco para que las luces mágicas iluminen mejor lo que parece una alfombra irregular. Paso mi mano sobre la superficie y doy un grito, alejándome, al comprobar que está caliente.

Está caliente y respira.

La *piel* se mueve y unos ojos bañados por miles de colores me atrapan. Es un caimán inmenso repleto de cicatrices. Mi magia detecta una intensidad en él que no es normal. Me incorporo y mi espalda da con la puerta de un armario. El armario. Sin dejar de mirar al animal, meto la mano dentro del mueble y saco un conjunto de prendas. Trastabillo al salir por el hueco y corro hasta llegar de nuevo a la especie de salón en el que Linnea cocina mientras lee.

—Hay un… Hay un…

—¿Todavía no te has cambiado? No me gusta que no se acaten mis órdenes.

—¡Un caimán! ¡Un caimán gigantesco en mi habitación! —me desespero gesticulando e intentando que la ropa no se resbale de mis brazos.

—Ah. Me lo encontré vagando en la frontera con Tilia.

—¿Y se lo trajo hasta aquí? ¿Le hizo caso?

—Me dijo que su nombre era Yojimbo y que estaba buscando a alguien a quien perdió hace mucho tiempo. No me gusta la compañía, pero es bastante silencioso, así que acepté.

—¿Le habló… el animal? —repito, incrédula.

—El mundo no se termina en la punta de tu nariz, niña. Ahora vuelve a tu dormitorio y cámbiate. Odio que la gente se coma fría mi sopa especial.

No le llevo la contraria, pero tardo unos cuantos minutos en regresar a la habitación. Suspiro de alivio, porque Yojimbo ha desaparecido. Me quito el vestido y las sandalias, y busco prendas de mi talla. Al final, termino vistiendo una camisa amplia, unos pantalones de perneras anchísimas y unas zapatillas planas bastante cómodas. Con una cuerda que encuentro por el suelo, me ato el pelo en una coleta baja, pero unos cuantos mechones rebeldes se escapan de la atadura y caen sobre mi rostro.

—Mucho mejor —aprueba Linnea cuando aparezco otra vez.

—Gracias.

—A cenar.

Me siento en el taburete de antes mientras la maestra deja frente a mí un cuenco relleno de sopa humeante, un trozo de pan y un vaso relleno de agua. Ella se sirve lo mismo y comienza a comer en silencio. Soplo la primera cucharada, vagando por la estancia para no perderme ni un detalle de lo que me rodea. Hay objetos muy peculiares, que centellean o que se mueven solos, que ni siquiera sabría identificar o comparar con algunos que conozca.

Linnea parece que ha cocinado para todo un regimiento, pese a que solo ella y el caimán viven aquí —espero no encontrarme con otra sorpresa—. ¿Sabía que vendría? ¿Tal vez su intención era invitar a Vasc? Me quedo absorta observando sus enormes lóbulos perforados. La maestra carraspea y vuelvo mi vista a la mesa, azorada.

No esperaba que la sopa estuviese tan rica, pero, aunque me arde en la boca, me la termino mucho antes de que Linnea llegue a la mitad de su plato. Mordisqueo el mendrugo, descubriendo que está especiado y que incluye un ingrediente que no sé reconocer, pero que aumenta su sabor salado.

—¿Por qué quieres aprender a controlar la moiro?

No contesto de inmediato, porque no es una decisión que haya tomado con seriedad. Solo ha formado parte de mi interés, a veces por mera curiosidad, otras como objeto de mi lado más oscuro. Recuerdo a Vasc sangrando aquella sustancia negra, cómo me hirió al tocarla, lo mal que lo estaba pasando él. Pero se antepone su fuerza, su capacidad para hacer lo inimaginable, sea en defensa o en ataque.

Titubeo.

—Si no lo tienes claro, te aconsejo que te no metas en este mundo.

—Hay… alguien que merece ser castigado.

—¿No te da miedo esa creencia tuya de que vas a derrotar el odio con más odio?

—No, sería un arma…

—La moiro no nace de ninguna voluntad sana. No retuerces a la Magia para ayudar a los demás, sino para hacerles pagar.

—Si no lo compartes, ¿por qué la aprendiste? ¿Por qué la enseñas?

—Sobrevivir es complicado. Sé que lo sabes. A veces nos vemos obligadas a hacer algo que no deseamos solo para seguir respirando un día más.

—*Él* no va a desaparecer si nadie lo asesina —gruño.

—No soy tu dueña, Rima. Solo atente a las consecuencias.

—Es un sacrificio —digo refiriéndome a convertir la energía pura en una herramienta letal que pueda terminar con el reino de terror de Magog.

—Puedes ponerle el nombre que quieras, pero no por ello vas a cambiar el significado.

—¿Por qué me dices todo esto? ¿No deberías callar ante alguien desconocido?

—Ja, ja, ja. —Ríe secamente—. Niña, pronto aprenderás que frente a mí es complicado que alguien mienta si yo no quiero.

Enmudezco y observo cómo se termina la comida. Ahora es ella la que me hace desconfiar y tengo miedo de volver a equivocarme cuando por fin siento que he retomado el cauce.

—Yo de ti descansaría. Mañana al alba comienza tu entrenamiento.

—¿Vas a enseñarme?

—Veremos qué podemos hacer. Ahora a dormir.

—¿Con el caimán?

—¡Un respeto a Yojimbo! Ese animal es más antiguo y, posiblemente, más importante que tú.

Frunzo los labios y ella se carcajea otra vez desde el interior de su voluminoso pecho. Empiezo a entender el humor de la maestra de Vasc y Azriel. Le deseo buenas noches con un murmullo y ella asiente, aceptándolas. De nuevo en la habitación, Yojimbo sigue desaparecido. Acumulo los cojines, varias prendas de ropa y me acuesto encima.

No sé si Linnea creía que iba a sentirme molesta por descansar sobre el polvo y la acumulación de años y años, pero el cansancio es superior. El olor a libros viejos, la calidez de los copos mágicos y una extraña seguridad en que mañana todo irá a mejor me arropan, y me duermo.

Hoy nada va a mejor. Todo el silencio que pide Linnea para no molestarla, no lo cumple a la inversa. Me despierta entre gritos y haciendo que las luces del techo se enciendan y se apaguen entre destellos cegadores. Me hundo en uno de los cojines, sintiendo que el sol, que está pestañeando tras los edificios, no ha conseguido calentar todavía mi cuarto.

—Si en un minuto no estás en el patio, esta noche duermes en la puerta. Y no necesito que sea una amenaza para cumplirlo, Rima.

Abro un ojo a tiempo de ver cómo Linnea se aleja como una nube. Murmuro algo que ni yo entiendo solo por protestar. Cuando consigo despejarme un poco, me percato de la actitud perezosa que estoy mostrando ante una draiz que no tiene por qué cuidarme ni enseñarme nada. Como si solo me hubiesen bastado dos días para acomodarme a las facilidades de esta ciudad.

Me incorporo deprisa, alegrándome por llevar la ropa puesta ya. Salgo al exterior, sintiendo que un gélido calambre paraliza mis músculos. Varios cúmulos de vaho se retuercen frente a mí, emborronando mi visión durante una fracción de segundo. La niebla se disipa y me encuentro a Vasc, junto a Linnea, con su habitual sonrisa socarrona y las manos sobre la cintura.

—¿Qué hace él aquí?

—Vengo a ver cómo Linnea te pega una paliza.

—Príncipe Vasc —es lo único que dice la maestra acompañando su advertencia con un golpe seco en su nuca.

Avanzo hacia Linnea con un gesto triunfante mientras él me observa. Pero la maestra pone los brazos en jarra y toda mi presunción se desinfla; estoy segura de que esa figura he hecho arrodillarse hasta a la más despreciable de las personalidades. Me llevo las manos a la espalda y me detengo frente a ambos ludenses.

Vasc ha relajado el rostro después de la protesta. Lleva ropa oscura y cómoda, parecida a la mía, pero mucho más aseada y entallada. Se ha recogido el pelo en una coleta a la altura de la nuca como suele hacer a veces, y el viento la mece como una serpiente voladora. Linnea no se presenta distinta; mismo moño azul que deja escapar sus orejas puntiagudas, ojos como pozos y un mar de pliegues que deben extenderse por todo su cuerpo oculto por una holgada túnica gris.

—¿Cuándo empezamos?

—Ahora mismo, comenzando por esa impaciencia tuya de que todo se mueva constantemente. El mundo no se va a inclinar ante ti, niña, solo puedes adaptarte. Adaptarte, evolucionar y cambiar en la medida que el resto entre en sintonía contigo. Primera lección. —Asiento, cohibida por mi descaro.

Está claro que Linnea no me lo va a poner fácil. Su negativa ante la moiro sigue siendo una incógnita que hace que vacile y a la vez me lance por mera curiosidad. Pero ayer decidí —más o menos— que soy yo quien debe hacer desaparecer a Magog como sea. Debo hacerlo, aunque me cueste la vida que siempre he intentado conservar.

—Dame la mano. Príncipe.

Enseguida sé que nos vamos a transportar. Cuando los toco, cierro los ojos, porque creo que, si me concentro, la sensación desagradable tras el corto viaje no se manifestará. De nuevo, una fe absurda, porque en cuanto aparecemos en un sitio donde lo primero que siento es el viento salvaje empujarme, la confusión y el desequilibrio amenazan con lanzarme hacia el final de un precipicio. Por suerte, una mano salvadora me detiene de un funesto destino.

Vasc enarca una ceja y su rostro, por un instante, se convierte en el de Azriel. Balbuceo una tontería y se convierte otra vez en el príncipe cuando se ríe a carcajadas por encima de la furia de la ventisca. Noto que mis sentidos regresan a su sitio, ayudados un poco por mi magia, y siento que un nudo repentino me cierra la garganta.

Voy a hacerlo. Voy a corromper este poder benigno solo por mi propio interés.

—Rima —me llama Linnea.

—Sí. —Me cuadro, tratando de que el viento no me separe del suelo y que mi mirada no se pierda en un horizonte incendiado por el amanecer.

—Te lo vuelvo a preguntar por última vez. ¿Estás segura?

Mis manos se cierran en puños y los aprieto contra mis costados. Sé que la duda me costará que Linnea no me tome del todo en serio, pero sigue sin ser una decisión fácil. En mi cabeza es un «sí» rotundo. En mi pecho y en el poder que recorre mis venas hay un temblor, como si un débil terremoto fuese el predecesor de la peor de las catástrofes.

—Estoy segura.

—Muy bien. De todas maneras, no es tan sencillo.

—No —apoya Vasc a su maestra.

—Príncipe, será mejor que retrases unos pasos antes de que sea yo quien pierda la paciencia.

Vasc da unos saltitos graciosos hasta alcanzar una zona segura. Aprovecho que Linnea está concentrada en separar al príncipe de nosotras para estudiar mi lugar de entrenamiento. Estamos en lo alto de un enorme peñasco. A nuestros pies se revuelve el mar; las olas rugen cuando chocan contra la pálida piedra que pisamos. De hecho, estamos en la punta, en una zona plana, pero reducida y alargada. Todo un peligro.

—¿Por qué estamos aquí, Linnea? ¿No necesitaremos más espacio?

—No todos los entrenamientos son físicos, niña. Ni todos requieren un espacio seguro.

Trago saliva.

—Como he dicho, no va a ser fácil. Puede que ni siquiera lo consigas. Lo que vas a hacer con la Magia es retorcerla hasta que no la reconozcas. Pervertirla hasta que Ella sienta que ha perdido una parte de sí misma. Vas a condenarla. A condenarte.

Recuerdo a Vasc sangrando aquella oscuridad. Su agonía y desesperación. Lo mucho que dolía entrar en contacto con la esencia. No quiero eso para mí, pero menos deseo que Magog siga haciendo lo que hace. Si nada ha acabado con él hasta el momento, la moiro lo hará. Al fin y al cabo, ni siquiera él tiene a uno entre sus filas… No debe ser casualidad.

—Muy bien. ¿Qué tengo que hacer?

—Primero, algo complicado. No debes desear a la Magia.

—Fácil. Eso ya lo hago. Desde que la obtuve solo me han envuelto las desgracias. Ella no es la causante de mis problemas y a la vez es el motor de las mismas.

—Oh, Rima, eres una insolente. No es tan sencillo como: «la Magia me ha hecho daño, por lo tanto, no la quiero en mí». No vaciles. No quieres este poder ni para ti ni para nadie. Deséchalo. Trátalo con desprecio.

—Pero…

—Ni siquiera titubees. Deseas algo superior. Deseas algo que te permita más, porque lo que Ella te ofrece no es suficiente. Lleva al límite lo que sientes. Siente con rabia, siente con odio, siente con todo el egoísmo del mundo. El dolor con dolor se paga.

—¿Y… qué hago? ¿Me quedo aquí?

Y pasa por primera vez: Linnea me da un coscorrón en la coronilla. Me quejo y la draiz me observa desde arriba con el rostro enfurecido. Si no fuese porque el sol está alumbrando un cielo despejado, diría que las cuatro nubes que adornan la bóveda azul son el precedente de una tormenta desatada por el mal humor de la maestra.

—Estoy vieja… —murmura—. Atiéndeme, Rima. Nadie va a retorcer la Magia por ti. No hay un manual de uso. Nadie llega a este punto —señala a Vasc y luego, a sí misma— dudando. No es agradable. No es fácil. No deberías hacer esto, ¿entiendes?

Un arrebato de vergüenza acude a mis mejillas e inflo mi pecho de puro orgullo. Enfrento la mirada de Linnea y contraataco con determinación, porque estoy harta. Harta y cansada de que me cuestionen, de que duden de mí, de ser una híbrida perdida, vestigio del caos y el dolor del mundo.

—Voy a hacerlo —digo, y me sorprendo por la gravedad de mi tono.

—Entonces aquí viene el segundo paso. Hay seres que lo han conseguido sin llegar a ello, pero tampoco es lo normal. La voluntad es relevante en este proceso, por ello, si no lo logras así… deberás recurrir a abandonar a la Magia.

—¿Abandonarla?

—Si no lo logras de ninguna manera y pruebas con esta última opción, vas a tener que forzarla a salir de tu cuerpo.

—A desvanecerme.

—Exacto. Sin embargo, ese es el punto clave. Cuando la última pizca de Magia esté a punto de marcharse, entonces pueden pasar dos cosas: o regresa corrupta o te matará.

—Puedo conseguirlo sin llegar a ese extremo —digo, embargada por el más honesto de los miedos.

—Solo los seres más ensombrecidos lo han logrado sin usar esa técnica. Y, créeme, Rima, tú no eres como ellos.

Respiro hondo y Linnea retrocede. Con un susurro me dice que Vasc y ella estarán esperando unos metros más allá. El príncipe se acerca y me pone una mano en el hombro.

—Ánimo. Recuerda que puedes echarte atrás.

—Tú no lo hiciste.

—Sin desearlo.

Me da un apretón mientras mis labios se entreabren, dispuestos a preguntarle por su pasado. Sin embargo, el príncipe da media vuelta y se marcha tras Linnea. Les doy la espalda para no vacilar, porque ya siento el temor por no conseguirlo. Observo las olas y cómo el sol arranca brillos preciosos de la superficie. Me siento con las piernas cruzadas y pienso. Linnea no me ha dado más instrucciones que meditar sobre el odio. Sobre desear que la Magia no nos acoja de ninguna manera.

No quiero. No te quiero, Magia. Eres la razón por la que países enteros se han destruido entre ellos para terminar conviviendo en la miseria y la desesperación. Eres el fruto de que ahora unos cuantos te estén deformando. Nos obligas a utilizarte, ya que no nos permites que seas un arma.

No. La Magia no es así. La Magia es la naturaleza. Una fuerza que hemos usado como nos ha venido en gana, porque no somos capaces de detenernos. Queremos más y más, incluso cuando la muerte asoma. No nos conformamos. Creemos que estamos por encima de todo. De todos.

Mi decisión es personal. Nueva Erain la utiliza para hacer cosas buenas. Ayuda y progresa, sin importar nuestro origen. Ludenar y Tilia la deforman para acabar con Ella. Tienen miedo y son capaces de llevar al límite un don para asesinar inocentes. No soy como los erainos, pero tampoco como los ludenses y tiliaíes.

Soy puro miedo y pura rabia. No te quiero, Magia. No quiero que nos destroces. Podrías desaparecer, pero... la decadencia no se detendría. Es nuestra culpa. Es nuestra culpa.

—Para —mascullo.

Golpeo la tierra con los puños, porque soy incapaz de despreciar un poder que es tan importante como los árboles, el mar y la vida misma. Puede que no la quiera conmigo, pero no la quiero muerta. Aunque debo desearlo. Debo retorcerla. Quiero que desaparezca.

—¡Desaparece!

Mi voz se la lleva el viento y mi energía tiembla en mi cuerpo una vez más. Me arranca un jadeo cuando se estira, como si me hubiese encontrado con otro ser portador. Grito. Grito para mantenerla a raya. Grito para frenar su impulso regenerador.

Y así me paso horas. Debatiéndome. Llorando. Chillándole al mar mil improperios, súplicas y cuestiones. Pienso en mi familia, en qué estarán haciendo, y vuelvo a fustigarme por mi egoísmo. Solo si Magog se esfuma, todo regresará a su sitio.

Magog, la maldad en la Tierra. Magog, ladrón de vidas. Magog, que merece algo peor que la muerte.

Sal y vuelve, Magia. Sal y vuelve.

El calor que me embarga no es típico del invierno y observo el cielo para comprobar que el sol está en lo alto, marcando el mediodía. Estoy cansada. Sudo por el esfuerzo mental. Cojo aire con la boca bien abierta y noto el rastro de los ríos que han dejado mis abundantes lágrimas. No puedo más.

Me levanto y el viento me da una sacudida. He fallado. Deshago el camino hasta encontrar a Linnea y Vasc, que están frente a un fuego preparando unos trozos de carne. El estómago me ruge y recuerdo que ni siquiera he desayunado; signo de las facilidades que me han ofrecido desde mi llegada a Nueva Erain, porque junto a Magog daba gracias si un día lanzaban un pedazo de pan dentro de mi jaula.

Me arrodillo. No quiero ver más decepción.

—Come y recupérate.

Miro a Linnea, porque me ha hablado con suavidad. Y un sollozo se estanca en mi pecho. Cojo la cuchara y el plato de hierro, caliente por el estofado, que me tiende. Asiento mientras me llevo la primera cucharada a la boca. Dejo que mis lágrimas se escapen de nuevo e intento abandonar esa sensación tan miserable; invisible, pero parecida a la sangre negra de Vasc.

Nos terminamos la comida en silencio. Están esperando a que diga algo, pero me he quedado sin palabras. Hago un esfuerzo, bebiendo por última vez del vaso de agua.

—Es horrible.

—Lo es.

—¿Por qué lo hicisteis? ¿No podíais escapar sin más?

—Soy príncipe, Rima. Me habrían perseguido hasta encontrarme.

—Me dijiste que tú no corrompiste a la Magia para matar a otros, entonces…, ¿para qué?

Linnea le lanza una mirada de soslayo y Vasc se acomoda, como si sus recuerdos tratasen de molestarlo. No me pasa desapercibida su vacilación, pero otro gesto de la draiz parece infundirle el valor suficiente para hablar.

—En Ludenar se empezó a obtenerse este tipo de magia hace diez años, cuando Nueva Erain mató a mi hermano y a toda una tripulación entera sin miramientos, como te dije. Es una venganza contra su Gobierno, no contra los seres mágicos. Como tú, necesitamos un arma mucho más fuerte que los enfrente. Un arma que nos haga ganar.

—Entonces, ¿por qué Nueva Erain cree que los invadís para terminar con la Magia?

—A lo mejor es una excusa. A lo mejor te han mentido…

—Es muy raro, ¿verdad, Linnea?

Busco apoyo en la maestra. Ella sabe más que nadie. Ella puede ver a través de nosotros y descubrir los más ocultos secretos. El corazón me empieza a latir desenfrenado cuando la descubro pensativa. No parece que nos escuche, pero lo hace.

—¿Linnea?

—Es raro.

—¿Lo ves?

La mirada de desprecio de Vasc me noquea.

—No quiero hablar de este tema. Ya te lo dije y aun así insistes.

—Tus padres me obligaron a enseñarte cuando tu hermana sobrevivió al ataque. Por aquel entonces… no se conocía el alcance de la moiro como tal, pero la Magia no es la única fuerza poderosa que existe en la Tierra, hay seres cuya esencia se compara a la suya…

—¿Como tú? —pruebo, no sé por qué, envalentonada con la idea de que Linnea posee algo diferente a nuestra energía que le permite tener esas habilidades tan únicas.

Vasc asiente, pero no con la determinación de alguien que confirma mi duda, sino como alguien que, de pronto, cae en la cuenta de que no tiene toda la información y de que, por culpa de ello, no se ha planteado la naturaleza de ciertas cosas con la suficiente curiosidad como para resolverlas.

—Lo que dice Rima… Linnea, siempre has vivido apartada de Íle. Nunca te has interesado por nada, ni de la ciudad ni del país. Te buscaron, porque hablaban de ti como un ser especial…

Quizá sea eso, ¿no? Lo que te hace diferente porque no solo albergas magia. —Un brillo precavido destella en la mirada de la draiz—. Así que… si lo puedes ver todo, entonces, respóndenos. Cuéntanos la verdad. —La desesperación empieza a embargar a Vasc y enmudezco, deseando lo mismo que él.

—No leo mentes, príncipe. No puedo ver lo que un ser no desea revelar. Puedo dar esa impresión, pero no es cierta. Tú querías que te descubriese, solitario, asustado por la llegada de Azriel reconvertida en un ser mágico y apenado por la posterior muerte de tus padres. No tenías amigos, no te juntabas con nadie, te pavoneabas, pero querías demostrar que necesitabas ayuda, compañía. Luego recibiste el toque de la Magia y todo empeoró, tanto que seguiste siendo una ventana para mí. No encontré nada que no quisieses manifestar. Y tú, Rima, deseas que comprendan tu desesperación. Tu dolor. Tus dudas. Quieres que alguien te tienda una mano, que apoye tus decisiones. Que te perdonen. Sois un espejo y yo solo distingo con claridad el reflejo. Pero todos sois un misterio. Todos.

—Una vez me dijsite que antes, mucho tiempo atrás, te llamaban Linnea, la Visionaria. ¿Cuánto *tiempo* hace realmente de eso? —La pregunta no es inocente.

La maestra solo gruñe, y desaparece en un torbellino de partículas grises.

Vasc y yo permanecemos en silencio. El desaliento de Linnea, quien ha desnudado por un momento sus sentimientos, se queda pendido en el aire. También la incógnita de su pasado y de su propio poder; incluso ese antiguo título… *La Visionaria.* Recogemos el campamento improvisado sin una palabra y regresamos al patio, mudos.

Nos miramos. Él asiente. Se marcha.

Y ese día me hundo en la oscuridad de una habitación llena de recuerdos que no son míos.

Ha pasado una semana y media. No he conseguido nada. Tal vez porque soy incapaz de desear la muerte de la Magia. Tal vez porque Linnea está distante, cortante. Tal vez porque Vasc no ha regresado para ayudar. Me siento sola y perdida. Mucho más que en Nueva Erain. Cada noche he pensado en Jaziz, Hester, Kaled, Rei y Senda. En qué será de ellos y en cómo podría haber sido yo si hubiese permanecido allí. Pienso en abandonar y dejar que la vida siga su curso mientras me deshago por dentro.

Es insoportable.

Salgo al salón cuando el sol está en lo alto. Linnea está dando de comer a Yojimbo, el caimán al que pienso que no le caigo en gracia, porque siempre que me ve se marcha arrastrándose. Aun así, no puedo evitar fijarme en lo majestuoso que es, pese a las cicatrices que marcan su cuerpo cruelmente. La maestra me observa y luego vuelve su atención a las cazuelas de las que se escapa un intenso aroma.

—Linnea, lo siento de nuevo.

Su silencio. La misma respuesta de siempre.

—Creo que puedo llegar al peñasco andando, así que no hace falta que me acompañes…

—Quiero ayudarte, Rima, pero no lo pones nada fácil. Quieres demasiadas cosas y no todo se puede tener.

—Lo sé… ¿Vasc está enfadado conmigo?

—No sé nada de él desde nuestra última conversación.

—¿Podría ir a palacio?

Por fin me dedica su entera atención, llena de interés. Se acerca, permaneciendo suspendida en el aire mientras me disecciona con la mirada.

—No veo por qué no. Pero te expondrás a la curiosidad, los susurros y, quizás también, a la severa tontería de Azriel.

No sé cuánto hace que no sonrío, pero su burla se escapa de entre mis labios con diversión. Y me alegra mucho más comprobar cómo Linnea responde de la misma manera. Por primera vez, en el poco tiempo que llevamos juntas, su mano se posa sobre mi cabeza con delicadeza. Me paralizo cuando me acaricia el pelo y pasa sus dedos entre mis cuernos.

—Yo también deseo demasiado, Rima. Perdóname por ser una vieja gruñona.

—No quiero molestar.

—Trata con esa impaciencia tuya, dará resultados.

Asiento, dejándome llevar por la oleada de calidez que me envuelve. Linnea recoge una capa que reposa sobre un asiento y me la ofrece. Doy un largo suspiro, me la abrocho al cuello y me echo la capucha sobre la cabeza.

—Ten cuidado, y ánimo. Vasc es una persona solitaria, a quien le duele mucho las traiciones.

—Sí, eso parece…

—No te demores. Hay que seguir con el entrenamiento —me advierte con un pequeño y rechoncho índice extendido hacia mí.

Salgo al exterior con paso rápido. Me alegro de que el palacio sea el edificio más alto de todo Île y que, pese a que la casa de Linnea está tan apartada y escondida, no se encuentre a las afueras de la ciudad. Alcanzo la enorme construcción y me percato de que no sé cómo voy a convencer a los guardias de la puerta de que me dejen pasar.

Sí, causé curiosidad a mi llegada, pero ahora debo de ser un recuerdo más en la lista de todo ludense. Rodeo los muros de palacio, intentando no levantar sospechas; aunque ser una sombra encapuchada que observa con interés las paredes que protegen a las figuras más importantes del país y que rehúye el sol para esconderse no es la mejor forma de pasar desapercibida.

Si supiese transportarme sería más fácil. Aparecería en alguno de los rincones que grabé en mi mente el día que me paseé por su interior. Sin embargo, es incluso peor de lo que me temía, porque compruebo que el perímetro es demasiado extenso y los muros que envuelven el palacio, demasiado gruesos y altos. Deberé escalarlos.

Encuentro una zona de matorrales en las que crece un árbol de ramas intrincadas y largas. Con dos vistazos más compruebo que nadie está transitando esta calle. Me cuelgo de la primera y empiezo a trepar. Me alegra comprobar que no he perdido mi habilidad para llegar a las copas de los árboles; era uno de mis juegos favoritos antes de que Magog me raptase.

La última rama segura que me permite permanecer sobre ella está todavía lejos del objetivo. Alzo los brazos y mis dedos buscan muescas que me ayuden a proseguir, pero los muros son demasiado lisos. Entonces recuerdo que sé levitar. Que Senda y yo recorrimos los tejados de Núcleo, descubriendo lo que sucedía bajo nuestros pies.

Llamo al poder levemente y me responde; no sé cómo lo hace después de lo mucho que me he machacado durante los últimos días por apartarlo. Y me siento culpable. Culpable porque estoy intentando destrozar esta energía y porque utilizarla ahora me hará perder días de práctica. Me elevo con delicadeza y ese impulso me permite llegar a la cima de la muralla.

Me quedo acostada sobre ella para no llamar la atención, y observo el terreno. Unos jardines inmensos, conectados y diferenciados entre sí por fuentes con estatuas cinceladas a la perfección me esperan. Nadie está paseando por ellos, así que me dejo caer, sostenida por la Magia; apenas una caricia energética en el ambiente, no sea que me detecten. En cuanto mis pies tocan la hierba, reemprendo la marcha.

No me puedo creer lo fácil que ha sido entrar. Canto victoria, pero enseguida me doy cuenta de que varios grupos de soldados, de tres en tres, vigilan la zona con la precisión de unos bailarines que han ensayado hasta cómo respirar en cada movimiento. Cuento las figuras en silencio y me pierdo en el número veinte. Me pego al muro y me camuflo tras unos árboles.

Insensatez es mi segundo nombre.

Decido recorrer la zona, deslizando la espalda por la muralla y dejando que la vegetación y las estatuas creen sombras que me encubran. Pasos lentos pero seguros, que esquivan ramas y piedras traicioneras. Pronto aprecio entre los huecos de los matorrales la fachada de palacio. No sé por qué me siento aliviada, si estoy en uno de los focos más vigilados de todo Île.

Y no sé qué mueve mis pies para dejar atrás la seguridad del límite y aventurarme entre otros obstáculos que me puedan esconder. Soy capaz de arriesgarme solo por encontrar a Vasc, así que espero que me perdone en caso de que no me apresen primero.

Me oculto tras una estatua ecuestre cuando veo a Azriel, su zorro y su manada de guardias salir al exterior por la puerta principal. Pero ¿dónde está Vasc? Me asomo un poco más, porque parece que están esperando a alguien. La reina mira al frente, seria, imponente. Su compañero olfatea el aire y me escondo otra vez, porque sé que cabe la posibilidad de que me localice.

Entonces ahogo un grito cuando una mano me tapa la boca. Un cuerpo se pega al mío y solo me destenso cuando me obliga a girarme y reconozco los ojos azules de Vasc, que me observan con pánico. Nos arrodillamos y me suelta con cuidado cuando nota que me relajo.

—¿Qué narices haces aquí, Rima? —susurra.

—He venido a pedirte perdón. ¿Cómo me has descubierto?

—Mirando por una maldita ventana. ¿Es que crees que es fácil deambular por palacio o qué?

—Perdóname.

—No tengo nada que perdonarte.

—Te falté al respeto otra vez.

Vasc desliza su mirada hasta la hierba y después regresa a mí con un suspiro. Se cruza de brazos.

—Eres demasiado impaciente, Rima. Tu curiosidad pasa por encima de cualquiera y eso no puede ser.

—Lo sé.

—A veces creo que te entiendo, que tus razones te amparan, y luego te pierdo de nuevo, entre tus dudas.

—Lo sé.

Sus labios van a formular algo más cuando su ceño se frunce y mira más allá de mí. Me giro para descubrir qué ha desviado su atención: un carruaje se ha detenido frente al inicio de las escaleras que conducen hasta la impertérrita Azriel. La forma del vehículo es más tosca que las habituales de Íle, aunque no tanto como las de Siden, y un sentimiento de peligro me embarga.

—No son ludenses.

De su interior salen varias personas y los dedos de Vasc acuden a mi mano para aferrarla con fuerza. Aprieto los labios para aguantar la presión mientras a lo lejos cuatro figuras se descubren para dejarme clavada en el sitio.

Tres de ellas visten de forma idéntica: largas túnicas que terminan en una cola que acaricia los adoquines sin fruncirse.

—Los sumos valedores de Tilia, sus gobernadores —me aclara—. ¿Qué hacen aquí?

Sin embargo, mi mirada no puede separarse de la cuarta persona que los acompaña. Unas plumas se mezclan entre sus negros y largos mechones. Varias marcas en su rostro la identifican, sobre todo sus labios pintados sin control, como una mancha de sangre reseca.

—Esa es… la dirigente de Oced. Vérula —consigo vocalizar.

—¿Qué?

—Vasc, esa persona está ayudando a Nueva Erain a protegerse de vosotros.

Y el miedo se cruza en nuestro camino al tiempo que vemos cómo los enemigos de Nueva Erain y aliados de Ludenar ascienden las escaleras, dando razón a mis sospechas y generando el caos en el príncipe.

SENDA

OBSERVO A FATMA APOYADO EN LA LITERA de sus compañeras de dormitorio, que, aunque está amaneciendo, ya deben de haber salido hacia las clases preparatorias para las pruebas de especialidad. Son más mayores que mi amiga, así que en breve tendrá nuevos compañeros.

—¿No decías que no estabas preparada?

Los haces del sol dudan en si arrancar destellos de su pelo violáceo de la misma manera que ella lo hace de espaldas a mí. Pero el astro termina por deslizarse sobre sus mechones y ella, por girarse con esa mirada inteligente y decidida que siempre he admirado.

—No lo estoy. Es una locura. En verdad, no tiene ningún sentido que vaya a por Rima en vez de a por Milos. Pero ellas no saben transportarse, aunque no sé cómo nos conduciré a Ludenar si ni yo misma he estado allí. Y soy una exploradora… Bueno, una aprendiza, pero exploradora, al fin y al cabo. Además… —No lo llega a decir—. ¡Además…! —pruebra de nuevo, pero no se atreve, por eso completo su frase:

—Además, si viajas a Ludenar tienes una pequeña oportunidad de encontrar a tu madre, ¿no?

—Yo… —duda, y en sus ojos anaranjados se enciende una chispa de tristeza—. Bueno… No quiero tener un trato especial con ella y, sin embargo, he pensado mil veces qué le diría si volviésemos a encontrarnos. Si una respuesta, la que fuese por su parte, me daría paz al fin. Debería ir a Siden, pero esas dos sidenesas están locas si creen que va a ser tan sencillo adentrarse en Ludenar.

—No piensan que es sencillo, son sus ganas de encontrar a Rima.

—No son mágicas, Senda. No saben su idioma ni sus costumbres…

—Pero tú sí. De hecho, el país que más has estudiado es Ludenar.

—Ahora ya sabes por qué. —Y se deja caer sobre la cama individual con un suspiro.

Me acerco a ella y pongo una mano sobre sus dedos fuertemente entrelazados. Una mariposa entra volando por la ventana y se engancha en uno de sus mechones. Ella sonríe sin ganas y la pena tiembla en mi corazón. Estamos tomando una decisión dura y peligrosa. Yo lo tengo más asimilado, pero Fatma se ha decidido sin meditarlo del todo, dispuesta a sacrificar su trabajo en pos de una desconocida.

—Fatma, no pasa nada si te echas atrás. No estás haciendo menos.

—Eso lo dices porque vas a buscar a nuestro mejor amigo.

—Tu conciencia puede estar tranquila.

—Ingresamos en la escuela del Liman para proteger a todos los seres. Cada uno desde su área, pero para crear vínculos y puentes indestructibles que nos unan y tiendan manos hacia quienes las necesiten. ¿Quién sería yo si en el momento de la verdad diese la espalda, simplemente, porque tengo que avanzar en mis estudios?

—Una cobarde no, que es lo que estás pensando.

—Puedo ayudar a Hester y a Jaziz. Puedo hacerlo. Incluso sin magia sé hablar su lengua, conozco las costumbres de un país entero y técnicas de espionaje y rastreo. Ellas me necesitan de verdad. En Siden no sería de gran ayuda. Es el país que más desconozco y Rei ya está ahí para establecer las conexiones que tú precisas para encontrar a Milos. ¿Por qué si todo tiene una lógica aplastante duele tanto?

Se incorpora y me observa con intensidad desde arriba, desde los siete centímetros de más que siempre nos han separado. Sus pupilas son dos rendijas y el naranja de sus iris, una llama que danza nerviosa. Quiere una respuesta absoluta que la alivie, pero no puedo dársela.

—No estás abandonando a Milos, como tampoco Rei está abandonando a Rima. Estamos trabajando en equipo, todos juntos, intentando hallar a dos seres que nos necesitan.

—Quiero que Milos esté vivo… —Su voz se quiebra.

—¿Confías en Rei? ¿Confías en mí, Fatma?

—Por supuesto.

—Entonces, confío en que puedas traer a Rima de vuelta. Vamos a reencontrarnos, Fatma. Vamos a hacerlo bien y a salvar a nuestros seres queridos.

Y la atraigo hacia mí, abrazándola. Las alas de la mariposa me hacen cosquillas en la mejilla cuando aletea para volver a salir por la ventana; como si hubiese sido un espíritu custodio de nuestras decisiones.

Permanecemos agarrados un poco más, dejando que el calor nos reconforte en esta mañana tan fría. Creo en las palabras que le he dicho. Me reafirmo; estoy seguro de que lo conseguiremos.

—Vamos.

Fatma y yo nos cargamos nuestras respectivas mochilas a los hombros y salimos de su habitación. No obvio cómo acaricia el pomo de la puerta cuando la cierra con llave, como una despedida, como si creyese que no va a volver.

Espero a que retroceda y cojo su mano. Estrecho sus dedos y sonrío. Del bolsillo de mi chaqueta saco con la mano libre las gafas rotas de Milos y se las enseño. Ella, con los ojos anegados de lágrimas, deja escapar una risa entre dientes que me hace asentir. Los monstruos no van a vencernos, no cuando existe tanta esperanza, tantas ganas de cambiar. Mientras alguien esté ahí para dar aliento a quien lo ha perdido, es posible.

Avanzamos con seguridad entre los aprendices que empiezan a salir de sus dormitorios. Algunos a sus clases, otros a ayudar en la reconstrucción del Liman —de Núcleo y Mudna—. Nos dirigimos hacia la azotea como si no fuésemos a marcharnos del país. Esquivamos la zona de mi habitacion para que Yves o Gavril no nos descubran —también para que mi arrepentimiento no crezca—. El método que vamos a utilizar va a llamar la atención, sobre todo estando en el Liman, pero es la única forma. De hecho, tal vez ni siquiera lo logremos, pero no perdemos nada por intentarlo.

Antes de subir el último tramo de escaleras que nos conducirá hasta la puerta de la azotea, nos encontramos con Danel y su grupo. El chico tiene la nariz amoratada desde hace días y supongo que es porque se encontraría con algún enemigo en la batalla contra Magog. Sin embargo, ha estado mirándome con más rechazo que de costumbre. Aprieto el paso y me asusto cuando sus ojos azules se transforman en duda.

—Lo he visto. Aprisa —musita Fatma, sin detenerse ante la provocación de Danel.

Ascendemos, ahora más rápido. La puerta está entreabierta y contenemos el aliento, pero nos relajamos cuando descubrimos al resto del grupo, preparado. Cerramos y la atrancamos con un pedazo de madera que estaba abandonado en el suelo. No hará mucho en caso de que quieran irrumpir, pero todo obstáculo suma.

—Llegáis tarde. ¿Ha pasado algo? —se preocupa Hester.

—Hemos estado ultimando los preparativos —contesto.

—¿Estás bien, Fatma? —pregunta la sidenesa, poco convencida.

—No voy a negarte que estoy nerviosa y que me da la sensación de que nos estamos precipitando, pero… —Coge aire y lo suelta—. Estoy aquí, ¿no? Necesitáis mi ayuda sí o sí.

—Te debemos una bien grande —le promete Hester.

Rei está hablando con Kaled; se dedican unas últimas palabras. El chaval esboza una pequeña sonrisa que parece guardar todo tipo de sentimientos. Intercambian un abrazo y ella le acaricia el pelo, cariñosa.

Jaziz se acerca a mí. Sus ojos grises contienen ese universo de nebulosas furiosas con su propia existencia. Ni cuando acudía a las orillas de una playa sacudida por el salvaje oleaje para ayudar, me he encontrado con una fuerza semejante.

—Quiero darte las gracias.

—¿Por qué? —Parpadeo, confuso.

—Hiciste todo lo posible por Rima. Conseguiste parte de su afecto, no sé cómo, pero lo conseguiste. De alguna manera, ella confiaba en ti. Ella vio algo en ti que a mí aún se me escapa, pero que empiezo a intuir. Quiero pensar que mi hermana no se equivocaba contigo.

—No lo hacía. Ni lo hace.

—El ego —me contesta con una expresión traviesa que enmarca su particular humor.

Avanzo tras ella para reunirme con el resto. Fatma, Hester y Jaziz se apartan hacia un lado. Rei se detiene junto a mí. Kaled se queda en medio, observando cómo los seres que ama se van a embarcar en dos misiones distintas, pero igual de peligrosas.

—No tengo claro si esto va a salir bien —medita Fatma.

—Ni yo. —Me encojo de hombros.

Nuestro plan es que Fatma se transporte junto a Hester y Jaziz a Ludenar mientras Rei y yo hacemos lo mismo en dirección a Siden. Pero ninguna de las tres ha estado en Ludenar como para establecer la conexión necesaria para viajar hasta allí, y Rei no sabe transportarse, por lo que debo ser yo quien lo haga, teniendo un problema similar al de Fatma.

Nuestra impaciencia nos ha lanzado a marcharnos sin planificarlo, pensando que todo surgirá sobre la marcha y que sabremos improvisar, pero lo único que nos ha ofrecido esta situación son dos absurdos y descabellados planes. Nadie quiere decirlo en voz alta, pero si esto sale mal, puede que no tengamos otra oportunidad.

Demasiados ojos nos deben haber visto subir a la azotea, aunque sea un sitio que frecuentamos. Ese gesto de Danel, tan sospechoso, no me ha dado buena espina. De nuevo, solo nos queda confiar en que seremos capaces de hacer lo que en poco tiempo hemos pensado que funcionará.

Hester y Jaziz no pueden colaborar, pero Fatma quiere apelar a su magia para conectarla con la de su madre. A ese vínculo que parece unido por unas mariposas. La intención es que la Magia las conduzca a través de la visión de su madre hasta Ludenar. Es casi de chiste, una idea loca que nadie ha probado y que está claro que, quizá, no sea un éxito. Pero mi fe ciega en las habilidades de Fatma me impulsa a creer que lo logrará. La Magia es capaz de muchas cosas y, si resuelve que nuestra voluntad es ayudar, presiento que nos ofrecerá un poco más de su poder.

Por mi parte, Rei cree que podemos conectar nuestras energías para hacerlas una, entre su visión del lugar concreto de Siden en el que debemos aparecer y mi capacidad para transportarnos. Una técnica que jamás he probado, pero que, como la otra, nace de la desesperación por llegar enseguida al destino sin tener que coger un barco que ni siquiera sabríamos pilotar.

Me hace gracia que nos parezca más complicado navegar por el mar que hacer funcionar dos nuevas técnicas mágicas.

—No perdamos el tiempo —dice Jaziz.

—Hasta pronto. Espero que encontréis a Rima —contesto sin saber muy bien cómo despedirme, jugueteando con las gafas de Milos entre mis dedos.

—Milos está vivo, lo sé. Traedlo de vuelta —asiente Fatma.

—Kaled, cuídate. —Rei se dirige al chico, que responde con una tímida sonrisa—. Os quiero —le dedica unas últimas palabras a su familia.

—Todo va a salir bien.

—Juntas.

Y, aunque cuesta, les doy la espalda. Rei se coloca frente a mí y nos miramos. En sus ojos oscuros se desata una batalla entre la indecisión, el miedo y el coraje. Agarro sus manos y las estrecho, tratando de infundirle todo el valor que ahora mismo reverbera en mi interior con intensidad.

Vacila un momento, mirando por encima de mi hombro, pero le doy un ligero estirón y se concentra de nuevo. Inspiro hondo para que ella acompase su respiración a la mía. Si queremos que funcione, vamos a tener que conectar. La sintonía debe ser perfecta. Entrelazar nuestras magias hasta que parezcan una sola, procedentes de un mismo cuerpo. Su visión del lugar debe atender a mi habilidad para viajar en el espacio y viceversa. Si dudamos, no sé qué puede pasar, pero seguro que nada bueno.

Cierra los ojos y la imito. Cuantos menos sentidos tengamos puestos en nuestro alrededor, antes conseguiremos potenciar nuestra magia. Tanto Kaled como Rei necesitan hacerlo para sentir o moldear la energía, como si nuestro cuerpo fuese un impedimento para alcanzarla a Ella; como si nuestra presencia física estuviese en contacto con demasiados detalles fútiles que interrumpen el vínculo con la verdadera fuerza.

Aprieto las gafas contra la palma de Rei y pienso en que ellas establecerán el puente que nos conduzca hasta su dueño. Nuestro poder surge y se entreteje como un ovillo de lana, pero sin enredarse. Me recuerda a la tarde en el río Delt, cuando nuestras esencias encajaron con delicadeza, sin miedo. Acudo a esa sensación para que me ayude a mantenerme firme y no titubear. Intento verla, no su apariencia en nuestra realidad, sino su forma en esa dimensión en la que solo existe la naturaleza que jamás ha dejado de fluir. Algo que está con nosotros y a la vez parece inalcanzable.

La forma de la Magia.

Ella, a través de nosotros. Pese a que siento más lo que nos rodea, intento que mis sentidos no estén puestos ni en mi entorno ni en mí, sino en Rei y su energía. De pronto, en la luz que revoletea en mis pensamientos titila algo. Mar. No. Tierra desprendida. Arena. El calor. Suspiro. Creo que es una parte de Nueva Erain. Sacudo la cabeza. Esa arena no forma parte de mi país, así que debe haber sido un reflejo de Rei. Siden.

Noto una perturbación y me desconcentro. La luz se convierte en oscuridad y abro los ojos, intranquilo. Rei hace lo mismo y descubro en su gesto que lo han conseguido. Fatma, Hester y Jaziz ya no se encuentran con nosotros. Kaled continúa ahí, y nos dedica una mirada de apremio cuando se percata de que no reaccionamos.

—¿Qué hacéis? —Se asusta—. Ellas ya se han marchado.

—¿Lo has notado? —le pregunta Rei a su amigo.

—He estado concentrado para saber si han logrado, al menos, salir del país y lo han conseguido, pero vosotros… ¡Vamos! Recordad que hay quienes se dedican a detectar este tipo de movimientos y protegernos de ellos. Si notan que varios seres, aunque que sea con magia pura, han desaparecido desde aquí, ¿qué pensáis que va a pasar?

La certeza de que en breve un grupo de defensores puede aparecer en la azotea dispuesto a detenernos me sacude por dentro. Rei me hace volverme, pero he perdido ese hilo emocional imprescindible. Kaled se acerca a nosotros, coge nuestras manos y las junta.

—Rei, moldea la magia de Senda y tranquilízalo. Así no lo vais a conseguir.

—Yo… Yo… —dudo.

—Senda, Senda —me llama Rei—, tranquilo. Podemos hacerlo. Lo de ellas era más complicado y lo han logrado.

Mi mirada viaja por todas partes, ansiosa. Fatma es más fuerte que yo. No sé si puedo volver a retomar la conexión que estábamos estableciendo bajo tanta presión. Kaled nos presiona los dedos y eso me pone todavía más nervioso.

Oigo unos pasos subiendo por las escaleras. Rei retrocede un poco. Kaled avanza, pero me quedo paralizado. Nos han pillado, y todo porque no he sido capaz de evadirme. ¿He vuelto a fallarle a Milos? ¿De nuevo mi magia no es suficiente?

Unos golpes en la puerta hacen temblar el tronco de madera que inmoviliza el pomo. Nos quedamos en silencio, como un camuflaje poco infalible. Estoy seguro de que nos han detectado y de que no van a ceder.

—¡Senda! —La voz de Yves al otro lado.

Y dos pensamientos rápidos acuden a Rei y a mí, y decimos al unísono:

—¿Sabes levitar?

—Voy a moldear sus magias.

Titubeamos, sorprendidos, pero Kaled se interpone entre nosotros y la puerta. Luego gira la cabeza sobre su hombro y toma las riendas:

—Haced ambas cosas. Alejaos y conseguid salir de Nueva Erain. Ya no hay vuelta atrás.

Asentimos, yo más tenso que ambos sideneses. Dirijo un pie en dirección al antepecho y Rei cierra los ojos, suspirando tanto que cuando deja de hacerlo parece que se ha quedado completamente vacía. Noto que mi magia se dilata, relajada, a la vez que la puerta retumba, la madera se quiebra y esta se abre de par en par.

Solo echo un vistazo para encontrarme con la mirada confusa de Yves y la triunfante de Danel. De repente, Rei apaga la magia de los recién llegados y siento cómo insufla la mía, como si un fuelle avivara el fuego de mi energía. Y no dudo a la vez que creo captar el grito de Kaled, instándonos a huir.

Agarro la mano de Rei y tiro de ella hacia el muro. Sus dedos sudados se estremecen cuando entiende lo que estamos a punto de hacer. Frena un segundo, pero la agarro con tanta fuerza que, cuando la obligo a encaramarse sobre la repisa de piedra, ni siquiera le dejo un instante para prepararse.

Y saltamos.

Mi cuerpo sabe lo que tiene que hacer, ni siquiera mando una orden a mi magia, porque Ella está acostumbrada a este tipo de movimientos. En cambio, Rei grita y su cuerpo se precipita. Tira de mí y caemos a una velocidad vertiginosa. La harum repele mi energía, yo quiero gritarle que lo que debe hacer es concentrarse en la suya. Creo que me entiende cuando, en un último segundo, su magia rodea sus pies y deja las puntas de sus botas a pocos centímetros de tocar tierra.

Por suerte, no caemos sobre nadie, pero nuestro alrededor chilla por el susto. Rei no espera nuevas reacciones, flexiona las rodillas, todavía levitando, y se impulsa con ganas hacia el cielo azul. Esta vez es ella quien me conduce hacia arriba y trato de que nuestras magias se acompasen. Por desastrosas experiencias que he vivido junto a Milos, enérgico e impaciente, puedo asegurar que, si no nos compenetramos, acabaremos chocando contra la fachada de algún edificio.

Quedamos suspendidos un momento en el aire y extiendo una pierna, dando una zancada en la nada. Rei inclina su cuerpo hacia delante y, aunque ella avanza más veloz, me alegra que mi energía responda en la misma dirección.

Huimos por las azoteas mientras los nuclenses a nuestros pies señalan nuestra posición. Nos persiguen, no lo dudo. Tras varios tirones y vacilaciones, consigo dirigir el ritmo y el camino. Hay que salir a las afueras e intentar encontrar un sitio alejado, en el que nadie pueda descubrirnos fácilmente, para volver a intentarlo.

No soy el único que sabe flotar, pero, por lo que intuyo mientras escapamos, ninguno de los defensores que han subido a la azotea del Liman podían hacerlo. Ya tienen algo pendiente en su lista de aprendizaje.

Cuando llegamos al límite de Núcleo, todavía causamos curiosidad en quienes nos observan atravesar la zona por el aire, pero nos vemos obligados a aterrizar en tierra. Más adelante ya no hay obstáculos sobre los que impulsarnos y levitar. Algunos árboles solitarios, que solo nos ofrecerían una base con la que no llegaríamos muy lejos, así que nos soltamos de las manos y echamos a correr.

No vamos a conseguirlo. Somos dos contra toda una ciudad que va a empezar a buscarnos. Y si Mudna se une, podemos vernos acorralados en menos de un chasquido. Lo mejor sería resguardarnos en un sitio complicado de adivinar por quienes más me conocen. Pero si acudimos a rincones desconocidos, no puedo asegurar que escapemos de los exploradores. Fatma me habría encontrado ya.

Debemos huir a donde nadie piense que yo podría volver. Yves conoce mis lugares preferidos y que Rei acude al río Delt cada dos por tres. Tiene que ser un lugar que nos dé el tiempo suficiente para conseguirlo...

La costa sur.

La arena en la que murió el sidenés entre mis brazos.

Freno y la harum me observa, confusa, con la respiración alterada y el apuro esbozado en su rostro.

—¡Rei! ¡Vamos a transportarnos para escabullirnos!

—¡No! Necesitamos toda nuestra energía. ¿Por qué crees que aún no lo hemos hecho?

—Lo sé, pero nos van a alcanzar. En cuanto cojan caballos y reúnan a todo el mundo...

—¡Vale, vale! No perdamos tiempo...

Me coge del brazo y cierro los ojos. El mar y la sal están pegajosas, como la sangre de quienes reclamaron nuestra ayuda. Su rostro petrificado, ceniciento, y sus ojos puestos en mí; pupilas muertas. Jadeo por la impresión, pero mi magia me atiende y nos guía. Una sacudida nos desplaza y nos tambaleamos sobre la arena por la inestabilidad del viaje.

Yo estoy más acostumbrado, pero Rei pestañea con rapidez para poner sus sentidos en orden. Cuando sus dedos dejan de crisparse en torno a mi brazo, comprendo que ya se ha recuperado. Luego inspecciona la zona y pierde un poco de color.

—¿Por qué aquí?

—Recuerdos malos. Yves me cree demasiado sensible como para regresar a un lugar como este por propia voluntad. Y hace unos minutos habría acertado, pero he tenido que tomar una decisión drástica.

—Entiendo.

Su pelo pelirrojo se arremolina frente a su cara y sacude sus mejillas, que empiezan a recobrar un poco el tono. Avanzamos hacia la orilla, en la que impactan las olas y se revuelve la arena entre la espuma. El mar del sur de Nueva Erain siempre ha sido gris, violento y desapacible. Es como si sus profundidades encerrasen los monstruos más antiguos y estos intentasen escapar de su prisión día tras día. Un reflejo también de sus oscuros y relampagueantes cielos.

—Senda, no creo que sea nuestra última oportunidad, pero sí de conseguirlo sin que esto se convierta también en una huida de tus propios compañeros y conocidos. De las autoridades de Nueva Erain. Del ogiar Yves, incluso.

—Lo sé.

—No nos presionemos. Tal vez sea eso… Solo respirar, ser y centrarnos en lo que nos importa. Si existen barreras entre nosotros, no lo lograremos.

—Confío en ti, Rei. Vea lo que vea en nuestra conexión.

—Y yo en ti, Senda. Sienta lo que sienta.

Asentimos. Nos ponemos cara a cara. Esta vez, guardo las gafas en el bolsillo de mi chaqueta, y nuestros dedos se entrecruzan con una caricia que no me importaría dar y recibir en otras circunstancias. Dejo que ese sentimiento me acune, aislándome del rugido del viento que ahora noto y escucho con más fuerza por la acción de la magia. También ahuyento el frío y las gotas de agua que salpican cada vez que las furiosas olas fustigan la orilla. No hay nada más que Rei y yo.

Ella, con su corazón que parece palpitar al ritmo de un instrumento invisible. Ella, que busca ese mismo instrumento tras mi pecho. Respiro hondo. Poco a poco, dejo que la Magia nos explique el mundo, pero también nos permita alejarnos de él, para desnudarnos. Mi pulsación se engancha a la suya y entonces, entonan.

Veo oscuridad. Escucho algún que otro susurro. Pero, de pronto, todo son gritos, fuego y horror. Hay una alambrada alta. Unas armas en ristre. La imagen se desdibuja y aferro con más fuerza el lazo mágico que nos ha unido por fin. Hay un mar en calma, tal vez demasiado tranquilo, a la espera de que algún incauto se acerque a probar la muerte más mansa. Hay algo en su superficie, como si no pudiese atravesarse, pero algo me llama a hacerlo.

Es la voz de mi madre. No la he olvidado. La voz de mi madre se expande por el mar y me conduce hasta su caída. Se hunde y desaparece, y la única luz que consigue que crea en el mundo se manifiesta dorada, espléndida y cálida. Me confía el secreto para traspasar la pátina inalterable que crea el mar de los pensamientos de Rei. Es como un inmenso espejo azul que se puede romper. Lo podemos hacer juntos.

Voy a ella. Y a él.

Un tirón, más agresivo de lo habitual. Me tiembla todo el cuerpo y un sonido atronador irrumpe como una tromba en mis oídos, amenazando con hacerlos estallar. Me ahogo y siento el frío atenazarme, conduciéndome a las profundidades desde las que mi madre me sigue llamando. Pero los dedos de Rei me aferran, desesperados. Despego los labios para decir su nombre y el agua entra en mis pulmones.

Salgo al exterior y abro los ojos. Rei está a mi lado, intentando permanecer sujeta a mí. Aunque me siento un tanto aturdido, reconozco que hemos caído en medio del mar. No diviso nada en el horizonte y me asusto; en vez de clamar victoria me aterrorizo al reconocer que hemos alcanzado el mar de Siden. Cálido, brillante y azul. Inmenso. Extraño. Demasiado dócil.

—¡Senda!

En silencio, braceo hacia Rei. Mis músculos responden con un latigazo y el cansancio me absorbe y me hunde. La chica me agarra por el codo y me eleva de nuevo hacia el exterior.

—¡Tenemos que deshacernos de las mochilas y nadar! ¡Pesan demasiado!

—¡No! ¡No puedo más! —consigo decir.

—¡Lo hemos logrado, Senda! ¡No podemos darnos por vencidos ahora! ¡Ven!

Prácticamente me arranca la mochila de la espalda y deja que las profundas aguas se la traguen. Hace lo mismo con la suya, me coge por los brazos y se los echa al cuello. Me obliga a aferrarme a su chaqueta y entonces empieza a nadar. Mueve los brazos con violencia, chapoteando tan fuerte que crea las olas que la calma de este mar no permite despertar.

Trago agua y la sal reseca mi boca y aviva la sed. La costosa respiración de Rei no solo se escucha a la perfección, sino que golpea su cuerpo por dentro; cada inhalación la siento contra mi pecho. Quiero pedirle que se detenga, que puedo continuar solo, pero el agotamiento me derrota.

Mis dedos ceden y dejan de agarrar a una Rei que tampoco se debate por recuperarme. Pierdo la noción del tiempo, incluso del espacio. La Magia me acoge y me siento tan cómodo de pronto que me permito descansar, abandonando la idea de que estoy a la deriva. Tal vez a punto de morir en las aguas abiertas de un país que somete a sus habitantes con la esclavitud y el terror.

Pero entonces, nada me acuna y una sensación de ahogo me hace toser con fuerza. Vomito agua y mis manos dan con arena cuando me incorporo para volver en sí. Pestañeo y frunzo los ojos, molesto por los implacables haces del sol. El cuerpo inmóvil de Rei descansa de espaldas al cielo, unos metros más allá de mi posición.

—Rei… —Mi voz desgastada por la sal no me permite más que un susurro—. Rei… —vuelto a intentarlo, sin éxito.

Repto por la arena, acompañando cada movimiento con un gruñido. El pelo de la sidenesa se extiende sobre ella y la orilla como un manto de algas rojizas. Las escamas azules brillan vivas y una oleada de tranquilidad me embarga, acallando los pensamientos que debaten sobre lo peor.

Llego a ella, dejando atrás el rastro de mi cuerpo en la arena como una huella alargada. Poso un brazo en su espalda y una débil inspiración termina por aliviar mis crecientes temores.

Cierro los dedos en su cadera para estirar de ella, comprobar su estado general y tratar de reanimarla, pero me mareo de nuevo y descanso la cabeza en tierra. Pierdo la consciencia otra vez. Despierto de golpe con el son del crepitar de unas llamas. En la playa ha anochecido y el mar mantiene esa quietud tan inquietante. Rei está sentada junto a una hoguera, recogida sobre sí misma, temblando porque el frío se ha asentado en la costa. Me percato de cómo me castañean los dientes y lo poco que ayudan las ropas húmedas, tiesas y manchadas de arena.

Me muevo para alertar a la harum y no asustarla. Ella me observa de soslayo y solo se aproxima cuando se da cuenta de que estoy despierto del todo. No me ha movido, tal vez por miedo a causarme un daño mayor si estaba herido.

—¿Te ayudo?

Asiento. Pasa sus manos por debajo de mis axilas y me eleva con una fuerza sorprendente. Poco a poco, mis extremidades responden y consigo permanecer en pie, aunque con ella como apoyo. Regresamos, arrastrando los pies, junto a la hoguera. Habría sido capaz de tirarme sobre el fuego si supiese cómo sobrevivir a él.

—¿Crees que puedo acostarme sobre las llamas y salir vivo?

—¿Tienes energías para hacer bromas, pero no para nadar?

Nos reímos quedamente, tanto que casi da pena ver nuestro fútil intento de animarnos en una situación tan desastrosa. Hemos perdido los víveres y las armas pequeñas que nos iban a ayudar a avanzar en este desolado país. Estamos helados y la magia late débil solo para recordarnos que sigue viva, pero que necesita reposo.

Nos sentamos, con la punta de nuestras botas cerca de tocar las llamas. El calor me acaricia, pese a que no consigue entrar en mí. Nos abrazamos, esperando que nuestros cuerpos sean capaces de acumular la calidez suficiente para, al menos, no tiritar.

Contra su pelo pregunto:

—¿Sabes dónde estamos?

—Sí. Es imposible olvidar la orilla desde la que partimos hacia Nueva Erain.

—¿Justo aquí? Todo me parece igual.

—Nos han conducido mis pensamientos. De todas maneras, te lo parece porque estás acostumbrado a encontrarte cada dos por tres con vegetación, caminos y edificios. Sin embargo, Siden es muy distinto, por eso me necesitas.

—Rei… ¿Y si Magog no ha vuelto aquí? ¿Y si se transportó a otro lugar de Nueva Erain? O incluso a otro país…

—Me sorprendería. Magog será temible, pero no se siente cómodo fuera de su zona. Ese no es nuestro principal problema. Si Magog está en cualquier parte de Siden, será fácil saber dónde.

—¿Por qué? ¿Cuál es nuestro mayor problema?

Parece que los obstáculos nunca dejan de salirnos al paso.

—Siden no tiene capitales como tal, pero sí grandes zonas de asentamiento y actividad a las que muchos llamamos «grandes ciudades». Sin duda, la más concurrida es Omulia.

—¿Omulia no es donde te encontró Magog? ¿Donde luchó contra otra banda por ti?

—Exacto.

Se hunde un poco y estrecho nuestro abrazo en un intento de ayudarla a no perderse en sus recuerdos. Dejo que respire hondo y se recupere. Le acaricio el brazo, pero me detengo pensando que mi confianza le molestará. Sin embargo, su mejilla roza mi mano varias veces y continúo pasando las yemas de los dedos por su piel erizada.

—Nuestro mayor problema es llegar a Omulia. No podemos hacer de nuevo un esfuerzo parecido al de transportarnos, así que no nos queda más remedio que ponernos en marcha a primera hora y tratar de sobrevivir, porque de aquí a esa ciudad calculo unos cinco días a pie.

—Eso es… mucho.

—Sí. —Suspira—. Es lo único que podemos hacer Senda. Lo siento…

—No, no… Esto ocurre cuando se toman decisiones precipitadas. Pero pensar que Milos está en las garras de Magog, en un lugar tan inseguro como este...

Mi mano libre se mueve inconscientemente hasta el bolsillo cerrado y hurga. Me sorprendo cuando encuentro en su interior las gafas de Milos. No es que no hubiese pensado en ellas, pero descubrir que no se han perdido en el mar de Siden me alegra tanto como si supiésemos su paradero.

Rei alarga un brazo y las coge con delicadeza. Las voltea frente a ambos, dejando que la hoguera se convierta en miles de pedazos inconexos tras los cristales rotos.

—En momentos así solo puedo pensar en cómo estarán las demás. ¿Sabes? Por cada pesadilla que tengo, diez sueños nacen. Sueño con la paz que hasta entonces nos había concedido Nueva Erain. Quiero creer que ese futuro existe.

—Fatma me dijo que sentía que Milos continúa vivo. Lo cierto es que yo no lo siento, pero sí creo en ello. ¿A veces no tiene la misma fuerza sentir que creer?

—Siempre que no te engañes.

—¿Cómo crees que estarán ellas?

—Siento y creo que están vivas. Que lo están consiguiendo.

Asiento sin más y dejo caer mi cuerpo contra el suyo. Hemos dejado de temblar; de hecho, Rei empieza a desprender calor, pese a que sigue con la piel erizada. No sé si seré suficiente para ofrecerle lo mismo, pero ella no se mueve y nos dormimos con la esperanza de un amanecer mejor.

Rei no exageró en lo mucho que nos iba a costar. Con los labios partidos por la sed y el frío nocturno. Las botas llenas de agujeros. La ropa rota, sucia y empapada por la lluvia que arreció la primera noche en la zona desértica que debimos atravesar, luchando contra el viento y el sueño.

Las técnicas de supervivencia de la sidenesa han hecho que resistamos a un viaje en el que habría perecido de haberlo recorrido en solitario. Apenas nos hemos cruzado con alguien. Algún que otro campamento nómada, a los que no nos atrevimos a acercarnos por miedo a que fuesen bandas de esclavistas. Solo en el más grande de todos ellos decidimos escabullirnos entre las tiendas y los carros para robar comida y agua. Sin embargo, Rei se negó en el último momento, más por cargo de conciencia que por el peligro que podía entrañar el lugar.

Si nos arriesgamos también fue para espiar. Por si alguien nos revelaba información interesante. Pero ni eso conseguimos, porque por las noches los sideneses descansaban; como mucho, patrullaban, silbaban o cantaban canciones desalentadoras sobre el mar sin vida y la calcinante arena del país.

Ha sido el repentino cambio de terreno lo que nos ha salvado. Pequeñas concentraciones de árboles o arbustos nos han dado cobijo y el suficiente alimento y líquido para continuar vivos. Solo durante el tercer día, un ave se cruzó en nuestro camino y Rei consiguió cazarla usando una rama con un extremo punzante como lanza. Los chillidos agonizantes del animal ante el primer ataque casi certero de la harum todavía resuenan en mi mente.

Comer la carne carbonizada del animal bajo la noche fría y estrellada. Los músculos doloridos, la boca reseca y el silencio imperando por nuestra falta de energía. La magia resucitando a veces para darnos un empujón, que siempre parecía el definitivo. Todo ello me recordará que las penurias tienen más formas aparte de la guerra.

Ahora, con la sombra de Omulia señalando nuestro horizonte, solo deseo poder darle un bocado a algo sólido y que no sepa a sangre o cenizas. O beber un vaso de agua que no provenga de las raíces de algunos árboles específicos o de la misma lluvia. Tanto Rei como yo arrastramos los pies, suplicando por un lugar en el que dormir durante días y en el que descansar sin que el sol nos abrase la piel.

Sabemos que no vamos a poder obtener ni la mitad de lo que deseamos, porque no llegamos a Omulia para dejarnos caer, sino para continuar indagando sobre el paradero de Magog. He olvidado los días que me separan de Milos. Si son demasiados para perder la esperanza o siguen siendo razonables.

—Estamos a punto de entrar en el mediodía. Creo... —Rei coge aire y algo en su interior silba—. Si todo sigue igual, en una hora un grupo de voluntarios repartirán comida en los barrios que menos tienen. Así sobreviví en Omulia.

—De acuerdo.

—Tal y como estamos, estoy segura de que no nos negarán nada. Incluso puede que seamos los primeros de la fila.

Rei se acerca, levantando arena a cada paso, y me coge la mano. Proseguimos, no con más entusiasmo, pero sí con un poco más de optimismo. Las destartaladas casas de madera y piedra. Las grandes y pequeñas tiendas. Carretas, tenderetes y seres de todas las especies. Logramos advertir más y más vida en Omulia a medida que recortamos distancia.

Creo que enseguida se convierte en un recuerdo vago en mi mente nublada, pero juraría que hemos llegado al gran asentamiento corriendo por pura desesperación. La arena ha dejado de meterse en nuestras botas, pero no ha desaparecido. La superficie cambia de repente, y los finos granos del desierto se mezclan con un terreno más firme y plano. Por un momento, pierdo la estabilidad al no hundirme, pero Rei me engancha de la manga y aprovecha mi desequilibrio para escondernos tras una de las primeras y enormes tiendas de lona que dan la bienvenida a uno de los límites de Omulia.

—Hay que tener cuidado. Los esclavistas frecuentan las grandes ciudades en busca de seres que raptar. De la misma manera que podemos conseguir comida por nuestro aspecto, ello también puede garantizarnos un puesto entre las filas de alguna banda de pirados. No te despistes y sígueme.

Pese a su consideración, Rei se mete de lleno en la ciudad. Ambos nos echamos la capucha de la chaqueta sobre la cabeza y ella se esconde el pelo dentro, porque, aunque entre otros humanos y draizs no destaque por eso mismo, sí lo hacen sus peculiares escamas azules o las cicatrices de sus branquias.

Avanzamos lento, pero sin pausa. Rodeamos grupos de sideneses y nos mezclamos entre otros con naturalidad. No destacamos ni un poco, porque, por lo que puedo apreciar, en Omulia todos se mueven como si escondiesen algo o lo hicieran de alguien. Cabezas gachas, telas que ocultan rostros, movimientos rápidos, algunos más visibles que otros. Se esfuerzan tanto por pasar desapercibidos y parece ya una costumbre, que creo que solo una mirada ajena y atenta podría desentrañar los verdaderos motivos de cada gesto.

Alguien choca contra mí, pero compruebo rápidamente que solo es un mercader que trata de hacerle la competencia al de lado con grandilocuentes aspavientos. Rei tira de mí con una expresión de susto, e intento tranquilizarla, aunque estoy seguro de que no lo logro.

Opto por comportarme como el resto y agachar la cabeza mientras Rei me conduce. Por desgracia, tampoco hay mucho que ver en Omulia. Se alza como fragmentos sin sentido, que no encajan, pero tampoco lo pretenden. Da la sensación de que el propio viento podría hacerla desaparecer entera de un bufido, y supongo que eso es lo que procuraron los sideneses cuando se asentaron. Permanecer, pero no para siempre.

Harto de contemplar tantas botas, pies descalzos y sandalias estropeadas, alzo la cabeza para reclamarle a Rei, al menos, una indicación, pero entonces ella se detiene y con otro estirón me aparta del camino.

—Rei…

Consigo advertir cómo se lleva un dedo a los labios para callarme y cómo con el otro me indica un lugar. Observo más allá de las cabezas que deambulan por lo que parece el final del mercado. Justo delante de una casa construida a base de gruesos troncos y barro se ha detenido un carro. Varios seres descienden de él y dos se quedan encima, reagrupando enormes cajas en la parte trasera.

—Son ellos. —Noto la victoria en su voz y mi estómago le responde gruñendo.

Avanzamos al instante, movidos por una orden muda por parte de nuestra hambre. Me tironean las mejillas, dispuestas a formar una sonrisa que acompañe mis pasos. Los sideneses se arremolinan alrededor del carro tan impacientes como nosotros y, de pronto, olvidamos que nos rodean seres con las mismas o más carencias. Empujamos, estiramos los brazos e incluso de nuestros labios brotan súplicas. Los que están encima del vehículo tienden panes, frutas, piezas de queso y embutido y recipientes cerrados que espero que contengan agua. Los que han descendido también reparten, aunque con más cuidado y lentitud a causa de la aglomeración.

Rei se hace rápido con un recipiente y, después de dos entregas más, consigo aferrar un pan. Nos apartamos para no molestar, pero enseguida perdemos la noción de nuestras acciones. Partimos la comida y ella abre la pequeña vasija —por la que resbala una gota de agua—. Bebemos y comemos sin apenas masticar. Nos atragantamos, no saboreamos. Engullimos. Una lágrima me bordea la mejilla cuando mi estómago deja de dolerme y mi garganta, de picarme.

No sé ni cómo logro pronunciar las siguientes palabras:

—Yo no habría sobrevivido.

Rei se atraganta por última vez, dejando que un sollozo se una a sus profundos y desesperados mordiscos. Me acerco a ella, aunque no la toco. Cada rincón de la ciudad debe estar suponiendo un golpe tras otro para ella, reabriendo unas heridas que por fin se estaban convirtiendo en cicatrices del pasado.

Terminamos en cuestión de minutos mientras nuestras lágrimas barren la angustia. Nos apoyamos en la pared de una chabola cercana y meditamos nuestro próximo movimiento, obviando el triste instante que acabamos de vivir juntos.

—Creo que deberíamos entrar en el centro. Hacer algunas preguntas a los seres indicados.

—Me parece bien, pero creo que deberías hablar tú. Sin duda, parezco extranjero, aparte de que es mejor que no use la magia para traducir.

—Sí, por supuesto. Vamos.

Deshacemos nuestros pasos, esquivando sin mirar a los sideneses que todavía piden auxilio a quienes son capaces de ayudar incluso cuando la pobreza también los toca de cerca. Pero, de pronto, Rei se tropieza con un enorme cuerpo y trastabilla. La recojo entre mis brazos a la vez que su capucha resbala por su pelo.

Ella ahoga un jadeo. La enorme figura que se cierne ante nosotros oculta el sol; lo eclipsa todo. No soy capaz de reaccionar, porque Rei se ha quedado completamente paralizada contra mí. La bestia nos observa con una hostilidad que hacía tiempo que no recibía. Es la mirada de la guerra, el dolor y la muerte.

—Clivor.

—Hola, Rei.

No entiendo nada, pero cuando las manos de ese monstruo se extienden hacia nosotros, decididas a atraparnos, mi cuerpo se mueve solo. Empujo a Rei en dirección contraria y giro sobre mis talones para poder huir tras ella. Sin embargo, la harum ya está siendo apresada por una mujer de aspecto igual de temible, y las manazas del otro se cierran en torno a mí.

—¡Rei!

—¡Silencio! —El que responde al nombre de Clivor me tapa la boca.

—¡Son centinelas de Magog! —me chilla Rei antes de que la otra la amordace.

—Y cuánto se va a alegrar de tenerte de vuelta, pequeña moldeadora. Al final, todo vuelve a donde pertenece.

RIMA

Dejo de sentir la presión de los dedos de Vasc en torno a mi brazo en cuanto Azriel se inclina hacia los llamados sumos valedores de Tilia y la inconfundible Vérula. Un torbellino de emociones, la mayoría negativas, me asfixia y atenta con detenerme el corazón. Estoy segura: los están engañando. A Ludenar y a Nueva Erain. Pero para confirmar y saber exactamente la implicación tanto de Tilia como de Oced, para saber sin duda quién es el cerebro tras toda esta guerra llena de sombras, debemos seguirlos.

Alentada por mis sospechas, hago ademán de levantarme, pero Vasc engancha los dedos en mi capa y me obliga a retroceder. Cae sobre la hierba mullida y yo, sobre él. Me reincorporo un poco, pero el príncipe me coge por las muñecas para detenerme. Niega. Y me quedo paralizada cuando descubro en su gesto y en la respiración que altera el movimiento de su pecho que está sufriendo un ataque de pánico.

—Tranquilo.

Él aprieta mucho más los labios, si es posible, tratando de ocultar las ganas imperiosas que tiene de gritar. Sin pensarlo mucho, me recuesto otra vez sobre él y lo abrazo como puedo. El corazón lo bombardea y termina por revelarme al oído la desesperación que está embargándolo.

—Es una broma —susurra.

—¿No sabes a qué vienen?

—Supongo que a hablar con Azriel sobre un nuevo ataque...

—¿Nunca estás en esas reuniones?

Vasc se yergue rápido, incorporándome a mí también. Todavía sentados, con las piernas enredadas, me mira con una profunda consternación.

—La reina es Azriel.

—Y tú, el príncipe.

—Un príncipe destinado a un país enemigo en el que no ha conseguido nada. Soy el tercer hijo de una familia preparada para el cargo. A quienes enviaron por primera vez a Nueva Erain fueron a Baal y a Azriel, mientras que a mí me obligaron a estudiar sobre la Magia y cómo hacer que nos sirviera.

—Eras demasiado joven.

—Y Azriel.

—Vasc, debemos enterarnos.

—Rima... —masculla.

—Vasc. —Pongo mis manos sobre sus mejillas y lo obligo a atenderme—. No obvies las señales, por favor. Ríñeme cuanto quieras sobre lo entrometida e impaciente que soy, pero Vérula no debería estar aquí. De la misma manera que no debería estar en Nueva Erain. Os están mintiendo.

Sus labios se separan con un titubeo que me entristece. El príncipe de Ludenar siempre me ha parecido una persona hermética, complicada de leer, sobre todo por su afán de enmascarar su verdadero yo con esa insoportable actitud arrogante.

Ahora lo imagino sin amigos, sin cariño de ningún tipo, estudiando sobre una energía que más tarde se vería obligado a deformar en pos de una guerra que ninguno de los contendientes ha iniciado. Percibo sus ansias de venganza, parecidas a las mías, que solo desea desatar frente a quienes le arrebataron la vida a sus seres queridos. Pero también vislumbro arrepentimiento, cansancio y confusión. Una mezcla que Azriel, sentada en su trono, mostró de soslayo el día de mi llegada.

—Si no sacamos nada en claro, lo dejas estar para siempre, ¿de acuerdo, Rima?

—Hecho.

Él asiente a la vez que desaparecemos. Nunca estás lo bastante preparada para transportarte, pero peor es el viaje cuando ni siquiera te avisan. Impacto contra el suelo frío, aun estando sentada. Vasc me mira desde arriba, incrédulo por mi falta de equilibrio. Me ayuda a incorporarme a tiempo de ver cómo Azriel se deja caer sobre el asiento que indica el poder que ostenta y cómo los otros dirigentes se detienen.

Miro a mi alrededor. Estamos en un diminuto piso superior, muy alto, pero con una vista privilegiada. Una baranda de piedra, tallada en forma de bolutas de humo enroscándose con elegancia y delicadeza, nos permite observar el salón principal a través de sus huecos abiertos.

—¿Qué es este lugar?

—Irónicamente, el sitio en el que los espías de mis padres se colocaban para escuchar reuniones secretas.

—¿Sus seres de confianza eran espías?

—Nunca te fíes de alguien que solo quiere adularte hasta ponerte las orejas rojas. —Esboza una débil sonrisa y, al instante, me alegro de que esté más relajado.

No debe ser fácil contemplar la respuesta a una vida entera de mentiras. Unas mentiras que lo han llevado a atacar y matar inocentes. Voy a dedicarle a Vasc unas palabras de ánimo, cuando la voz de Azriel nos llega alta y clara hasta el escondite:

—Aimon, Dalila, Glago, Vérula, bienvenidos a Íle. Es una grata aunque inesperada visita.

Repaso las figuras que ahora le están dedicando a la reina de Ludenar una seca y fría reverencia. No puedo olvidar ninguna de sus caras si quiero ayudar en algo por fin. Aimon se alza rígido, con la cabeza pelada y el cuello largo marcado por miles de arrugas. Su actitud severa crispa las comisuras de sus labios en una mueca tirante hacia abajo. Dalila es casi o más alta que Aimon, pero, al contrario que su compañero, es grande y musculosa. Su pelo corto enseña una oreja perforada por miles de pendientes idénticos; pequeñas bolitas de metal que reverberan con la luz del día. Tengo la sensación de que las enormes manos que reposan a los lados de su cuerpo han acallado demasiadas vidas. Y Glago no es menos imponente. Bajito y rechoncho, observa tras sus gafas a la reina con aires de diversión. La sonrisa pérfida que no abandona su rostro es insoportable a la vez que terrorífica. Solo le dedico una simple mirada a Vérula, que permanece al lado de los sumos valedores de Tilia con orgullo.

—Nuevos planes, Azriel —comienza Aimon—. La derrota del príncipe Vasc ha acelerado los acontecimientos.

—La derrota de mi hermano no es el detonante de lo que está sucediendo verdaderamente allí. ¿Estáis atacando Nueva Erain sin informarme?

El silencio no trae nada bueno, y menos cómo se dilata el retorcido gesto de Glago. Azriel suspira un momento; un solo instante de vacilación que Dalila capta y aprovecha de inmediato para arremeter. Porque aquí no hay dos bandos aliados dialogando. Hay dos bandos en tensión, pisándose los talones para reafirmar una posición de poder que parece que uno de ellos nunca ha poseído. La preocupación de Vasc ante la fiera situación que está viviendo su hermana me da la razón.

—No sabía que ahora liderabas tú todos los ataques contra Nueva Erain.

—Pensaba que nos estábamos ayudando.

—Y así es, reina de Ludenar. —Dalila tiene una voz cortante que eriza la piel desde la primera letra—. No eres la única que tiene asuntos pendientes con Nueva Erain.

Se nota que Azriel está sufriendo este enfrentamiento y que no puede sacar ventaja de ninguna parte, porque los sumos valedores son implacables. Tengo la sensación de que ellos saben y ocultan mucho más de lo que sus intervenciones revelan. Lo nota Vasc y lo noto yo. Pero sobre todo se ve el reflejo de sus mentiras esbozadas en la expresión de la reina.

—De hecho, venimos a informarte de algo en concreto. —Glago usa un tono tan histriónico que estoy a punto de chasquear la lengua de desagrado—. Puedes unirte al plan o puedes quedarte jugando a las casitas…

—Sumo valedor Glago —lo interrumpe Azriel; su lengua, afilada—, no me importa que os personéis en Íle sin previo aviso, como si vuestra presencia fuese lo único relevante en este y el resto de países; pero no tolero que me insultéis, ni vosotros ni nadie, ¿entendido? —Y corona la amenaza con un índice que apunta acusador a los tres altos cargos de Tilia.

Una oleada de orgullo me hinche el pecho, porque los sumos valedores la están subestimando. Azriel demuestra con creces ser digna del puesto que ocupa, con la severidad, contundencia y determinación de una verdadera líder. Sin embargo, la risa de Vérula deshace la advertencia de Azriel y esta esconde el brazo demasiado rápido entre los pliegues de la falda de su vestido, intentando ocultar que le tiembla.

—No, Azriel… —susurro, y Vasc me pone una mano en la espalda, tal vez para animarme a mí, tal vez para aguantar él mismo sus ansias de bajar al salón y empezar a despotricar.

Vérula avanza dos pasos y el zorro de Azriel se incorpora con la pelambrera erizada. Todavía no ha enseñado los colmillos, pero estoy deseando que lance algún mordisco amenazador —acierte o no en su objetivo— que los haga retroceder. ¿Siempre se han comportado así frente a Azriel o algo ha cambiado en su relación para que ahora parezca que Tilia le va a declarar la guerra a Ludenar?

—Hemos ido atacando sus fronteras poco a poco, pero por fin vamos a entrar en Nueva Erain con todas nuestras fuerzas. La de Oced y Tilia juntas. Nos gustaría que Ludenar se uniese. Ese país nos benefició al primar su defensa interna y su reconstrucción en vez de explorar el nuevo mundo. Aunque, después de todo, acababan de salir de una guerra civil que los había destrozado. Muy listos, pero no lo suficiente. Han sido diez años muy largos, pero el final ha llegado.

—¿Vais a destruir un país entero solo porque defienden la Magia? ¿Y que hay de los demás? ¿También destrozaréis Ludenar? ¿Oced? ¿Tilia? ¿Os olvidáis de que Ella está en todas partes? La Magia lo es todo.

Pero ¿no están los ludenses en contra también? Y la voz de Vasc me asalta desde el recuerdo: realmente, la muerte de su familia fue la que los movilizó, no el fin de la Magia, como creen los erainos.

—Una apreciación muy significativa por tu parte, Azriel —contesta Aimon arqueando una ceja despejada.

—E irónica —añade Dalila.

—Entonces, ¿te sumas o no? —Vérula interrumpe la cháchara, cansada e impaciente.

—¿A destrozar un país entero solo porque le tenéis miedo a la Magia? Por supuesto que no.

—No le tenemos miedo, solo creemos que ya ha causado bastante daño como para continuar existiendo.

—De Ella siempre han dependido todas las vidas. Nuestras vidas. ¿Es que nunca vamos a aprender o qué?

—Espero que tomes ese mismo consejo, Azriel, y que pienses en nuestra oferta con detenimiento. Al fin y al cabo, tú estabas atacando el país solo para vengar las muertes de tu hermano y de tus padres. ¿Qué diferencia hay?

—¿Qué diferencia...? —Pero enmudece, porque Glago ha dado en el clavo—. No estaré tomando las decisiones más diplomáticas, pero Nueva Erain tampoco me lo está poniendo fácil para rectificar. Pese a todo, no pienso hacer arder un país entero por una venganza personal.

—Sabíamos que no cederías, *mi reina* —espeta Dalila, mordaz—. Vamos a alojarnos durante una semana en casa de Melba...

—Podéis instalaros aquí como siempre...

—Mejor que no, Azriel. Al fin y al cabo, ahora estamos negociando y quién sabe... El futuro dirá —concluye Aimon, gira sobre sus talones y se dirige hacia la puerta principal.

—¿Estáis amenazándome de nuevo, sumo valedor Aimon?

—Lo que te quiere decir el sumo valedor, *niña,* es que no hay terceros bandos. —Vérula ataca sin piedad mientras los otros dos emprenden la marcha tras el primero—. Ah, y que, como bien has dicho, la Magia está en todas partes.

—Será hija de... —susurro demasiado alto.

Y en un movimiento, que no dura ni dos segundos, sus cabezas se mueven hacia nuestra posición, pero Vasc me agarra y desaparecemos del escondite espía. De nuevo, me doy de bruces contra los adoquines y oigo al príncipe gruñir a unos metros de mí. Mareada y con un pitido insoportable copando mis oídos, me incorporo. El codo me manda pinchazos de dolor y un hilillo de sangre comienza a surcar mi brazo izquierdo.

—¿Es que estáis locos? —Linnea sale despedida del interior de su casa y sobrevuela nuestras cabezas con nerviosismo.

Antes de que pueda suplicarle que se detenga, porque me está agobiando, hace algo que jamás pensaba que vería: desciende de su *nube* y posa los pies en tierra. Pero más me asombra cuando se yergue y su apariencia cambia. No es diminuta ni se encorva sobre sí misma. Es alta y de espalda ancha. Sus arrugas no se han movido, pero sus pupilas se encogen, mostrando unos iris profundamente azules que coinciden con el color de su pelo y de su piel. No parece más joven, pero sí más poderosa. Un ser con quien te pensarías más de una vez el hecho de enfrentarte.

Pestañeo para despejar mis sentidos, por si me están engañando, confundidos por el terrible aterrizaje. Pero, sin mucho esfuerzo, carga a Vasc sobre su hombro y luego no me resisto cuando hace lo mismo conmigo. Desde mi posición incómoda solo puedo ver tres cosas: la sangre que gotea desde la punta de mis dedos, los puños tensos de Vasc y cómo vamos disminuyendo en altura.

Suelto un grito cuando creo que chocaremos contra el suelo, pero, en cambio, Linnea nos empuja hacia delante y nos obliga a sentarnos sobre dos taburetes. Me agarro al borde de la mesa, sintiendo que me voy a desmayar en cualquier momento, pero el movimiento inestable de Vasc me fuerza a abandonar mi punto de apoyo y a recoger su cuerpo antes de que caiga otra vez.

—Vasc.

—Todo es una mentira.

Me tenso al notar las lágrimas del príncipe resbalar por la piel de mis brazos. Tiembla y lo recuesto sobre mí. Giro la cabeza hacia el techo, buscando el descomunal cuerpo de Linnea, pero de nuevo vuelve a ser una pequeña figura flotante que lo observa todo desde arriba con sus ojos negros.

—¿Qué ha pasado? Os he *visto* sufriendo.

—Tilia y Oced van a destruir Nueva Erain y quieren que Ludenar participe —le digo, atropellando una palabra detrás de otra.

—¿Cómo? ¿Cómo? Empezad desde el principio. —Linnea se coloca frente a nosotros.

—Los sumos valedores han amenazado a Azriel con atacarnos si no colaboramos.

No sé cómo Vasc es capaz de hablar, teniendo en cuenta que la desesperación está dominando todo su cuerpo. Sus dedos presionan tan fuerte mi carne que tengo la sensación de que puede arrancármela si estira de pronto.

—Vasc, Rima, necesito que me contéis qué ha pasado exactamente. Si no…

Calla de golpe. No tardamos en captar unos pasos apremiantes y firmes que resuenan en el patio exterior. Vasc se reincorpora, me suelta y se seca las lágrimas. Los tres nos quedamos quietos, observando la puerta y suplicando en silencio por que no se esté dirigiendo hacia nosotros. Por supuesto, el ruego es en vano, porque ni siquiera llama a la puerta. Esta se abre de sopetón y ahogo una exclamación, esperando que aparezca algún sumo valedor o la mismísima Vérula, preparada para hacernos pagar nuestra osadía.

Sin embargo, quien aparece es Azriel, no de manera elegante y comedida, como suele mostrarse, sino alterada. El pelo despeinado, una gota de sudor resbalando hacia su tenso cuello y los bajos del vestido, sucios y arrugados. No nos permite ni exhalar un suspiro de alivio, porque cierra de un portazo y avanza, indomable. Porque sí, pese a que pierda todo su carácter estricto, Azriel siempre se mueve con la energía de mil huracanes.

—¿Es que pensabais que no iba a descubriros? ¡No se espía! ¡Y menos se hace cuando están los sumos valedores de Tilia y la dirigente de Oced!

—¡Nos están mintiendo, Azriel! —Y, aunque trastabilla por la velocidad, Vasc consigue incorporarse y hacer frente a su hermana—. ¡Nos mienten!

—Ah, ¿sí? ¿Es que ahora eres un experto en políticas externas, Vasckian? ¿Desde cuándo te interesa lo que hay más allá de tu nariz?

Vasc inspira hondo y su pecho se hincha hasta que no puede más. Otras dos zancadas lo sitúan a medio metro de la reina. Linnea y yo nos movemos, pero es el propio tono del príncipe, duro y afectado, lo que detiene nuestra intervención:

—Primero fueron nuestros padres y luego fuiste tú la que me apartó de todo. Nunca se me permitió tratar los asuntos del país. Siempre actuando a vuestra sombra. ¡Siempre, Azriel! Y después de estar años encerrado, solo, estudiando una energía que luego me escogió y se me instó a alterarla en pos de la venganza, tuve que aprender a luchar. ¡Me enviaste como un asesino cualquiera mientras tú estabas sentada en tu trono!

—Nadie te obligó a convertirte en un *tancre'li.*

Moiro. Magia gris. Diferentes palabras para diferentes países, pero un mismo significado.

—¡Ja, ja, ja! —ríe, desquiciado, y empieza a preocuparme que Vasc se desmaye por la ansiedad que está presionando cada una de sus inhalaciones—. No me vengas con que lo controlas todo, Azriel. Hemos visto y escuchado a la perfección cómo te han amenazado. ¡Están jugando con nosotros! ¡Pasa algo! Díselo, Rima.

El príncipe se gira hacia mí, buscando mi apoyo, pero mis palabras se secan en mi boca al recibir el impacto de la mirada de Azriel. No es odio lo que destila, pero sí una rabia insondable que ha encontrado un objetivo en el que descargarse.

—Desde que llegaste lo has puesto todo patas arriba. ¿Eres muy lista, eh, Rima? Vamos a comprobarlo entonces.

Y nadie espera que Azriel avance, me agarre del brazo con una brutalidad desmedida y nos transporte a ambas. Caigo de rodillas contra la hierba en cuanto aparecemos en el acantilado en el que inicié mi entrenamiento. Vomito sin remedio, sintiendo que mi cabeza no soportará otro viaje repentino. Me duele el estómago y el brazo, y el viento que ruge feroz no me ayuda a calmar mis nervios.

Me obligo a erguirme, presionando contra mi costado el miembro herido, temiendo que Azriel se deje llevar por la desesperación y cometa una acción de la que arrepentirse. Pero la reina solo me observa desde una distancia prudencial. Noto cómo trata de escarbar en mi interior. Despojarme de todo y encontrar el punto flojo que me haga desfallecer al fin. Sin embargo, ahora que los propios sumos valedores han confirmado mis sospechas y parece que tengo de mi lado a Vasc, no puedo ceder:

—Azriel, escucha a tu hermano…

—¡No! Él solo reproduce tus palabras. ¡Te has alimentado de su debilidad para meterle ideas absurdas!

—Sabes que no es así. —No grito, intentando tranquilizarla. Tranquilizarme.

Pero un nuevo grito me hace retroceder:

—¡Calla!

Una acumulación de irregulares piedras me hace trastabillar hacia atrás. Muevo la cadera, manteniendo el equilibrio a tiempo de no caer al mar embravecido.

—¿No querías corromper tu magia? Pues venga… ¡Muéstrame qué es lo que has aprendido!

—Todavía no he tenido tiempo…

—Llevas dos semanas aquí y no sabes nada. Lección número uno: esta magia tiene un sentido más profundo del que puedas llegar a explicar. Es, quizá, más indescifrable que la propia Magia, porque no surge de nada que se haya estudiado. —Se acerca, agresiva, y no puedo retirarme más—. Lección número dos: esta magia es una decisión consciente. No surge como la energía pura y limpia. Obtenerla es un sacrificio, un acto de dolor, al que voluntariamente accedes. Lección número tres: esta magia siempre quiere más. Nunca abandonará tu cuerpo y lo pudrirá hasta que no quede nada de ti. ¿Todavía la deseas?

—Sé que comporta una renuncia… —susurro.

—¡Una renuncia estúpida! Y si después de todo no lo consigues, ¿eh?

Y empiezo a ver fisuras en sus acusaciones. Empiezo a creer que más que recriminarme a mí, se está recriminando a ella. Solo soy un saco en el que descargar toda la frustración que está sintiendo. No es que yo haya aparecido. No es que yo haya sembrado la duda. No es que yo quiera aprender moiro, tan tóxica, para fines personales. No es que ella me odie.

Es que ella se desprecia a sí misma.

Con la confianza de que seré capaz de sosegarla, avanzo. Ella continúa chillando improperios. Culpándome por la llegada de Aimon, Dalila y Glago, por las ironías venenosas de Vérula, por el ataque al barco de hace diez años, por la muerte de su hermano Baal y el posterior fallecimiento de sus padres. Por las obligaciones, las mentiras, las debilidades y el caos que se está desatando en lo más hondo de su cabeza y su corazón.

De pronto, comienza a dirigirse a sí misma. No me pregunto cómo ha perdido el control ante una desconocida. Cómo ahora es incapaz de detener la verborrea de culpa. Se ha olvidado de mi presencia. Le increpa al viento, se mira las manos, que brillan grisáceas. Sin embargo, antes de que pueda invocar más energía y asestar un golpe involuntario, la agarro por las muñecas y doy un tirón firme pero sin rudeza.

Ella, de pronto, me atiende. Su mirada está velada por la agonía. Por un momento, se tensa al percatarse de nuestro contacto y, aunque sé que podría separarnos sin dificultad, no me inmuto. Para mi sorpresa, sus músculos se relajan y deja los brazos flácidos, a merced de mis manos.

No se agita. Parece que sus palabras se hayan llevado todas las lágrimas y cualquier reacción que hubiera entendido al haberse mostrado tan vulnerable; pero sobre todo tan liberada de la pesada carga que soporta día tras día.

—No me toques... —murmura, pero continúa sin moverse y no la suelto.

—Azriel, lo siento mucho.

—Yo también.

Sus brazos empiezan a pesar. La dejo ir poco a poco, rozando su piel. La reina, durante un instante, duda, pero termina por cruzarse de brazos.

—Ven. —Hace un ademán para que me acerque a ella—. Volvamos a casa de Linnea.

Vacilo en cómo tocarla de nuevo. La sangre de mi herida ha manchado sus dedos y la fina seda de sus mangas. Al final opto por dejar caer la mano sana sobre su hombro. Azriel solo asiente, y unos diminutos pétalos lilas se desprenden de las flores de su corona.

—Una. Dos. Tres. Ahora.

El agradecimiento por avisarme se queda suspendido en el aire del acantilado. No se lo vuelvo a repetir cuando reaparecemos en el patio de su maestra, donde nos esperan ella, Vasc y su fiel zorro. El animal corre y Azriel lo abraza como si fuese su máximo consuelo.

—¿Has venido solo hasta aquí, Lux? Buen chico. —Le acaricia la cabeza mientras su compañero cierra los párpados formando dos arcos sobre su claro pelaje.

Mis ojos no se separan de la espalda de la reina, agazapada sobre su compañero, mientras Vasc acude en mi ayuda. El dolor regresa en cuanto el príncipe me aferra por la cintura para no desfallecer contra el suelo; ni siquiera me había dado cuenta de lo mucho que me tiemblan las piernas.

Avanzo, cojeando, porque no sé cómo compensar las pocas fuerzas que me quedan. Los reproches de Azriel siguen frescos en mi mente y, pese a que le doy razón a su arrebato, no soy capaz de mirarla a los ojos. Ya no solo por lo mucho que se ha expuesto ante mí, sino también por lo dura que ha sido conmigo. Nos hemos pedido perdón, pero, aun así, siento un débil resquemor alejándome de ella.

Linnea ha vuelto a entrar en casa y nos espera en el salón, con la mesa un tanto despejada para hacer hueco a ungüentos, vendas y frascos de colores recubiertos por una fina capa de polvo. Vasc me ofrece su ayuda incluso cuando me siento y me apoyo en él para no dejarme caer en la silla.

—¿Qué te ha hecho mi hermana?

—Nada —contesta Azriel entrando con Lux.

—Le he preguntado a ella.

Ambos me lanzan una mirada cómplice, pero no contesto de inmediato. Dejo que Linnea me cure, aunque no puedo permanecer totalmente en silencio, porque las cataplasmas de la draiz escuecen tanto que no sé si me está curando o abrasando lo que me queda de codo. «Si escuece es que cura», llegan a mi pensamiento las palabras de mi padre. El rostro de Jaz empieza a materializarse también, pero me obligo a apartarla antes de que las demás aparezcan para derrotar los restos de mi minada fortaleza.

—¿Rima? —me insiste Vasc.

—¿Vas a ser sincera, Azriel?

La reina no espera que responda de manera tan descarada. No desvío la atención de las manos de Linnea obrando en mi herida; limpiando la sangre de mi brazo. El silencio se suspende unos segundos más, lo suficiente para que no me arrepienta de mi valentía y Azriel ceda del todo.

—Sí, Rima.

Sonrío y no me sorprende encontrar la ceja arqueada de la reina cuando me giro para encarar a ambos hermanos. Vasc se ha cruzado de brazos y mueve los pies con nerviosismo, balanceándose.

—Sentimos haber espiado sin tu consentimiento, Azriel. Pero esto es importante.

—¿Podéis explicarme qué ha pasado antes de que pierda la paciencia? —suelta Linnea.

Les cuento lo que hemos descubierto. Trato de ser objetiva, porque sé que Azriel y Vasc todavía tiene sus dudas y, en realidad, ni los sumos valedores ni Vérula han confirmado todas mis sospechas. Sin embargo, finalizo la explicación con la respiración alterada y el miedo rozando mis sentidos.

—Que Tilia siempre ha tenido una cruzada contra la Magia nunca ha sido un secreto, Rima. Es *normal* que quieran destruir un país entero que la alimenta y la defiende sin descanso. Pero me alegro mucho de que no los hayas apoyado, Azriel —dice Linnea.

—Ya no sé qué está bien y qué está mal. Mis pa… nuestros padres —se corrige, y Vasc asiente, agradecido— murieron demasiado pronto. Su ida fue muy precipitada y dejaron en mis manos el peso de unas decisiones que ellos ya habían tomado y trabajado en solitario. Ellos querían cargar contra Nueva Erain por asesinar a Baal cuando la razón de nuestra presencia en el barco de Tilia era meramente explorativa.

—Nueva Erain no fue la que os atacó.

—Sí fueron ellos. Yo misma lo viví. Fui la única que sobrevivió.

—¿Viste a la danían de Núcleo u otro eraino hundir vuestro barco? —pregunto frunciendo el ceño.

—Bueno, yo…

—¿Az? —Vasc se vuelve hacia ella, preocupado.

—No...No sé cómo son... —masculla, al fin—. No vi a nadie en sí. Durante nuestra travesía descubrí que Tilia no se acercaba a Nueva Erain con buenas intenciones. A excepción de una de las espías, el resto de portadores mágicos eran erainos y fue alguien mágico quien nos atacó porque vi un haz dorado acercándose a nosotros. Mis padres me contaron tras mi regreso que... —Su rostro empalidece y sus pupilas se dilatan al despertar la moiro entre sus dedos— que fue Vérula, la dirigente de Oced, la que confirmó el ataque de Nueva Erain, porque ellos también estaban involucrados en esa primera incursión junto a Tilia.

—Os han mentido. Fue Vérula la que atacó vuestro barco. Kira y Sid, los dirigentes de Nueva Erain, dicen que Vérula los protegió y que luego ella misma confirmó que el barco y la ofensiva provenía de Ludenar. Fue entonces cuando se aliaron... —recapitulo sintiendo que las fuerzas me abandonan.

—Baal y yo estábamos en el barco como invitados. El Umbría era de Tilia... Ellos... atacaron. —Las últimas palabras son aliento en la boca de Azriel.

—¿Nos han estado engañando durante diez años? —musita Vasc, incrédulo.

—Eso parece. —Asiento.

—Pero eso... Eso es imposible —intercede Linnea—. Jamás he intuido ningún movimiento sospechoso por parte de los sumos valedores ni de Vérula. ¿Han conseguido escapar de mi visión?

—Ya lo dijiste... Solo puedes ver lo que los demás desean reflejar de sí mismos —le contesto.

—Además, siempre has estado demasiado alejada de todo —añade Vasc—. No es tu culpa, Linnea.

—Pero mía sí. —Azriel se abraza a sí misma, mostrando de nuevo su lado más frágil—. Me he dejado guiar por la venganza, sin analizar bien las decisiones de mis padres. He sido siempre un títere de Tilia y de Oced. ¿He estado enfrentándome a un país que jamás ha buscado nuestra perdición? ¿Cómo fui tan estúpida de consentir que Tilia se uniera a esta cruzada, aunque por un motivo tan diferente como cruel?

—Ellos debieron asustar a nuestros padres. ¿Crees que la introducción de la *trancre'li* vino de la mano de Tilia? —pregunta Vasc.

—Tendría sentido. —Linnea entrelaza los dedos sobre su regazo.

Azriel respira hondo. Retrocede unos pasos y los vuelve a rehacer. Lux la rodea, ansioso, pero se tiene que apartar en cuanto nota que la reina no se va a detener y que tampoco lo desea. Está desesperada. Le castañean los dientes como si tuviese frío y se rasca tanto la frente que su piel ha comenzado a irritarse.

—Necesitamos una confirmación —susurro.

—Sí. Y rápido —me da la razón Vasc.

—Van a alojarse en casa de Melba durante una semana. No tenemos mucho tiempo. —Aunque nos atiende, Azriel está claramente sumida en sus cavilaciones.

—¿Por qué no pasáis esta noche en mi casa? —ofrece Linnea—. Está a punto de atardecer, estáis exhaustos y hambrientos. Demasiadas revelaciones y emociones para un solo día.

—Sería extraño —opina Azriel—. No importa que Vasc se quede, pero yo debo volver a palacio. Deben preguntarse ya qué hago tanto tiempo fuera. Si los sumos valedores o Vérula sospechan, estamos acabados.

—Eso si toda esta teoría es cierta.

—Exacto —concluye la reina—. Gracias por todo, Linnea. Si no te importa, volveré en unos días. Proceded con normalidad. No precipitemos los acontecimientos.

Asentimos y ella nos responde de igual manera. Le da una palmadita a Lux en la cabeza, que reacciona al instante, meneando la cola y dirigiéndose a la salida con pasos cortos y suaves. No nos dedica más despedida y la puerta se cierra a su espalda, finalizando la discusión. Sin embargo, la espina que siempre está clavada en mi pecho se retuerce y me hace avanzar hasta el exterior. Creo oír la respiración contenida de Vasc, pero nadie me sigue.

Azriel observa por encima de su hombro al escuchar cómo se cierra la puerta de nuevo. No se inmuta al descubrirme y, por un momento, deseo que vuelva a ser tan impulsiva y transparente como en el peñasco de entrenamiento. No obstante, se ha vuelto a colocar la máscara y espera a que sea yo quien inicie la conversación.

—No tienes por qué estar sola en esto.

—Y no lo estoy.

—Tampoco es tu culpa. No del todo.

—He hecho mal mi trabajo, pero no soy una mala persona. Nunca he querido entrar en guerra con ningún país. Es mi culpa creer como único todo lo que me han enseñado y dicho.

—Nunca es tarde para cuestionarse a una misma.

—En esta ocasión, todavía no. Por suerte.

Inclina su cuerpo hacia delante, preparada para marcharse, pero se detiene otra vez y regresa sus ojos a mí, aunque no con la dureza que los define, sino con una gratitud irreconocible en ella.

—Espero que me perdones. No suelo perder los nervios así… y menos delante de una desconocida que lo altera todo con solo parpadear.

—Supongo que no te prepararon para la llegada de seres como yo. —Me atrevo a esbozar un amago de sonrisa y ella enarca una ceja, dejando que su comisura se extienda también y mi piel reciba una descarga de calor.

—Cuidado, te estás empezando a parecer a mi hermano

Vasckian, y su alta estima no me parece ni siquiera una virtud.

—Entiendo.

—Rima.

—Azriel.

Entro en casa de Linnea con la huella de su voz surcando mis sentidos. Me lanzan una sonrisilla traviesa que recibo con las mejillas sonrojadas.

—Otra cosa no, pero Rima tiene el poder de alterar a la familia real de Ludenar.

—Eh, bueno… —Mi estómago me salva rugiendo con voracidad y las ollas de la maestra, que parece que nunca dejan de cocinar, me responden con el suave aroma de un nuevo guiso.

Hasta que no pruebo bocado, no me doy cuenta de que no he comido en todo el día. Devoro hasta la última legumbre y rebaño el plato para que no quede rastro de la deliciosa receta de Linnea. Hemos intentando mantener una conversación banal, pero la verdad que se entrevé en el horizonte ha demolido nuestra tentativa.

—Mañana te reincorporas al entrenamiento sin falta, Rima.

—Pero…

—¿Has escuchado a la reina? Debemos ser cautos y no despertar las dudas de nadie.

—¿No te preocupa esta situación, Linnea? —pregunta Vasc dejando caer la servilleta de tela sobre la mesa.

—Por supuesto, querido príncipe. Pero ahora mismo solo tu hermana sabe mejor que nadie lo que ha estado ocurriendo durante estos diez años.

—¿No te echarán de menos en palacio, Vasc?

—Me extrañaría que de repente lo hicieran.

No sé si seré capaz de concentrarme en el entrenamiento de mañana, pero siento alivio al saber que Vasc va a permanecer a mi lado. De alguna manera, me estoy acostumbrando a su presencia. Lo empiezo a entender; es un cariño inmenso lo que está naciendo en mi interior. Es él quien está aligerando la carga de haber dejado atrás a mi familia. Pero pronto volveré a ellas, porque pienso conseguir la moiro antes de que Tilia y Oced se atrevan a poner un pie en Nueva Erain.

SENDA

NO NOS HAN AMORDAZADO. Ni siquiera nos han tapado los ojos por si nos aprendemos el camino de vuelta a Omulia o descubrimos el punto exacto del país en el que se encuentra Magog. No nos tienen miedo, de la misma manera que saben que nadie va a rescatarnos. En Siden las cosas funcionan de forma distinta. Los grupos esclavistas ostentan el poder, y todos los habitantes parecen conocer a la perfección a los secuaces del peor cabecilla: Magog. En el mercado han agachado la mirada, incluso se han apartado al paso de los dos monstruos que nos han cargado a Rei y a mí sin complicaciones hasta tirarnos sobre la parte trasera de un carro de madera, donde entonces sí nos han inmovilizado de pies y manos.

El paisaje está dividido por la mitad. La arena pálida y marrón toca el cielo azul en el horizonte, despejado. Apenas nos hemos cruzado con vegetación; algún que otro matojo o árbol solitario. Y entiendo por qué en Siden viven en el caos, a merced de varios déspotas que han asumido el liderazgo de ciertos poderes para tener sometida a la sociedad: la mayoría son nómadas, escasean los recursos y el entorno es una masa homogénea y salvaje, en la cual pocos seres se atrevarán a adentrarse para descubrir nuevos destinos.

Desvío la mirada a mi izquierda, donde Rei reposa a mi lado, cabizbaja, muda y con los labios apretados en una firme línea. A pocos metros, las espaldas de Edda y Clivor son dos murallas dispuestas a atacar si se nos ocurre hacer otro movimiento en falso. Porque, por supuesto, me he llevado un puñetazo en el estómago por rebelarme, pero a Rei la han apaleado entre risas como si estuvieran recuperando una vieja costumbre. He chillado, ella se ha dejado y los otros dos han disfrutado hasta que la harum ha escupido sangre.

Su cuerpo se balancea por los tambaleos del carro, que no llega a estabilizarse sobre la arena. Acerco mis manos a las suyas, pero no responde. Me echo hacia delante, asustado por si ha perdido la conciencia, pero sus ojos están perdidos en algún punto, y me alegro de que vuelvan en sí cuando se topan con los míos.

—¿Rei?

—He sido una estúpida, Senda... —susurra—. Te dije que los esclavistas rondarían Omulia y aun así te he hecho entrar en ella.

—Teníamos hambre.

—No es justificación. ¿Qué importa cómo vayamos a morir, si el resultado es el mismo?

Me yergo al percatarme de que, pese a que estamos hablando muy bajito y el roce de la madera con los granos de arena ayuda a dispersar nuestras voces, Edda tiene la cabeza ladeada hacia nosotros. No soy tan estúpido como para no percatarme de que está espiándonos.

—Pero esto es bueno, ¿no? Nos están llevando justo a donde queremos.

—No, Senda. No es bueno. Piensa un poco. Magog te va a matar. Se aprovechará de mí y luego correré la misma suerte que tú. El plan era ir con cuidado y responder estando muy preparados. Ahora nos encontramos en la misma situación que Milos.

—Tenemos que aferrarnos a todas nuestras ventajas, Rei. Si nos vencen ahora… —Las consecuencias despiertan mis temores, pero sacudo la cabeza—. Vamos a salvar a Milos y nos vamos a marchar. Es tan sencillo como…

—¡Silencio ahí detrás! —chilla Clivor—. Espero que Magog nos recompense bien.

—Es listo. No nos ha mandado durante semanas al mercado de Omulia sin sentido. Sabía que ella o alguna de las otras volvería. Sabía que, si teníamos a uno de los suyos, regresarían.

Edda se gira del todo y nos enseña sus dientes de bestia. Es humana, pero se los ha afilado. Un hilillo de saliva le resbala por la barbilla y tarda unos segundos antes de limpiárselo con la manga. No puedo evitar regalarle una mueca de asco que le provoca una serie de carcajadas incontrolables.

—¡Cállate tú también! —se queja el otro—. Toma las riendas…

Descompongo el gesto enseguida y trago saliva. Rei se acurruca contra mí y el miedo comienza a atenazar cada uno de mis sentidos. La valiente e indomable Rei se ha convertido en puro estremecimiento pegado a mi piel. Edda azota a los caballos solo por diversión, ya que se nota que están cansados, mientras Clivor acomoda su descomunal cuerpo en nuestra dirección.

—Venga, Rei, no pienso ponerte una mano encima.

—Ya me has dado una buena paliza antes. —Intenta sonar mordaz, pero su voz es un mero murmullo.

—Está bien que te culpes, porque nuestro encuentro no ha sido una coincidencia. Él sabía que no tendrías más remedio que volver a Omulia, el lugar en el que naciste y te criaste. El único lugar que conoces realmente en este país de mierda. Cúlpate, porque has ido a buscar ayuda al sitio en el que nosotros siempre miramos primero. ¿Sabes por qué? Porque, a día de hoy, los seres con dones especiales terminan en los sitios más miserables.

Nos da la espalda de nuevo en cuanto escucha alto y claro el sollozo que se escapa de los labios descarnados de Rei. Edda comienza a canturrear una canción sobre mutilaciones, sangre y espectáculos al tiempo que Clivor acompaña sus barbaridades con un molesto silbido.

Me arrimo más a ella y se vuelve hacia mí, entrelazando sus dedos con los míos. Su piel está reseca y me araña la palma de la mano. Me aseguró que podía sobrevivir sin agua, que sus branquias habían desaparecido junto a sus necesidades especiales. Sin embargo, ahora que parece que el sol está marchitando su piel hasta convertirla en la misma arena que pisamos, siento miedo.

—No va a pasar nada.

—Prométemelo.

—No puedo averiguar qué quiere hacer la muerte conmigo, pero sí sé que la Magia me protegerá. Ella siempre me ha acompañado, Senda. Ella es nuestra mejor baza ahora mismo.

—Sí. En cuanto nos repongamos y encontremos a Milos, solo hará falta un toque…

—Nos agarraremos de las manos…

—Y nos transportaré de vuelta a Nueva Erain.

—No nos lo van a poner fácil.

—Sabrán que somos capaces de transportarnos.

—Exacto.

—No te preocupes y preocúpate a la vez, porque vamos a tener más tiempo del que crees para pensar.

Y con esa frase, que hace revolotear mis temores más profundos, Rei cae contra mí. Sus brazos me envuelven y su aliento me acaricia el cuello de manera desacompasada. Está débil. Mi magia, constante bajo mínimos y también frágil, despierta un poco más para sentir con más precisión la vida de Rei. Por lo que consigo detectar, no hay alteraciones inquietantes en su condición; sin embargo, existe un rumor, tal vez causado por el agotamiento o tal vez por la falta de alimento, agua y descanso. Sea lo que sea, la está consumiendo.

La estrecho contra mí y cierro los ojos. No me duermo hasta que es inevitable. Y en los tres días que transcurren hasta que llegamos el asentamiento de Magog, trato de mantener los ojos abiertos el mayor tiempo posible, porque Edda y Clivor permanecen en una tensión silenciosa inquebrantable, y Rei, poco a poco, se va sumiendo en un trance del que no logro que despierte.

Me asusta descubrir en el horizonte las primeras filas del campamento del peor esclavista de Siden. Tiendas oscuras, jaulas y alguna que otra construcción improvisada con madera, barro y gruesas cuerdas. Edda se despereza y estira los músculos, haciendo crujir cada uno de sus huesos. Clivor continúa mudo, como si acercarse a las instalaciones de su jefe pusiera en alerta todos sus sentidos. Incluso los aterrase, reacción que no me extrañaría, porque recuerdo a Magog. Recuerdo su máscara de calavera, los cuernos de Rima en ella. Sus dedos escuálidos acabados en largas uñas negras. Su voz, un tormento; una maldición para quien haya tenido la desgracia de escucharla. Él en sí mismo es una predicción del caos.

Aferro con más firmeza a Rei entre mis brazos. Le ha subido la fiebre, pero sus mejillas, hasta hace poco teñidas de un profundo rojo, están cenicientas ahora. También ha dejado de sudar, aunque todavía hay un rastro en los mechones que, normalmente, revolotean frente a su rostro. Sus labios, definidos por los cortes aún sangrantes, musitan lo que parecen oraciones. Más bien súplicas. En verdad, pocas veces la he entendido. Ruego por que Magog aprecie la vida de Rei, aunque sea para utilizarla, ya que solo así se ofrecerá a curarla.

Poso un beso en su frente y le acaricio el dorso de la mano, intentando no rozar las heridas que, al igual que las mías, desgarran sus muñecas maniatadas. Aunque sé que ella no va a permitir que nos pase nada, no soy capaz de detener las miles de promesas que, una a una, me hago en silencio en pos de proteger tanto a Rei como a Milos.

Trato de mantener la sensatez mientras el campamento se vuelve más real frente a nosotros. No somos héroes, somos amigos. No hemos llegado hasta aquí para hacernos los valientes y que alguno de nosotros perezca. Hemos llegado hasta aquí para vivir.

—Bienvenida de nuevo al Circo, Rei. —El estúpido de Clivor ni siquiera se ha dado cuenta de su estado—. Eraino, esto te va a encantar.

Respiro hondo a la vez que las primeras tiendas de Magog nos abrazan. Al principio, no diviso a nadie, pero pronto salen a nuestro paso monstruos y presas. Monstruos, como Edda y Clivor, que, vestidos de manera idéntica, nos gruñen o se ríen, reconociendo a Rei. Presas; esclavos sometidos al peso de unas cadenas que los apresan por el cuello, los pies o los brazos, y que trabajan forzosamente o se encogen sobre sí mismos dentro de sus jaulas.

La visión de Rima, Rei y Kaled viviendo durante años y años en estas condiciones se me atraganta y tengo que carraspear para detener unas lágrimas de frustración. También veo a algunos centinelas deambular sin la arrogancia que demuestran los que más se parecen a Edda y Clivor, recordándome a Hester, obligada a subyugar a otros por su propia supervivencia. Creo que soy capaz de imaginar a Rei y Kaled, abrazados y reacios a separarse. A Rima y Hester escondiéndose por los rincones, intentando mantener vivos unos sentimientos imposibles. Y logro entender lo mucho que tardaron Jaziz y el resto en intentar salvar a las víctimas. Un campamento parece fácil de asaltar, pero no este: no se puede destruir un lugar que ya está devastado y solo permanece en pie por el terror de quienes lo hacen funcionar.

—¡Clivor! ¡Edda! ¿Qué habéis cazado hoy?

Los caballos se detienen. Observo por encima de la cabeza de Rei cómo un draiz de brazos anaranjados y cabeza pequeña se acerca a los dos secuaces mientras agita las manos para realzar la efusividad de sus gritos.

—Rei está de vuelta.

—¿La moldeadora? ¡Por eso habéis estado fuera tanto tiempo! —Y se ríe.

Aprieto los dientes, deteniendo mis ganas de lanzarme contra el corpulento sidenés que encuentra graciosa la esclavitud.

—¿Y *lo* otro *qué* es?

—Un eraino.

—¿Eso *qué* es? —insiste.

—Mira que eres idiota, Andru. Viene de Nueva Erain, el país de la Magia.

—Me importa poco lo que se cueza más allá de Siden. Si no me beneficia, lo prefiero lejos.

«Estúpido, maldito, bestia...», comienzo a despotricar en mi interior. Pero desciendo la mirada al pelo de Rei para mantener un perfil bajo que no llame la atención. Tengo que seguir las directrices de mi amiga, pese a la impaciencia. Ella es quien ha sobrevivido a este lugar, no yo.

Reemprendemos la marcha, aunque a un ritmo más lento.

Tengo que soportar que muchos centinelas se nos acerquen y examinen: me estiran del pelo para observar mi cuero cabelludo, nos rasgan la ropa para comprobar el estado de nuestro cuerpo y nos separan en busca de pertenencias. Me alegro de conservar solo la ropa y las gafas rotas de Milos, porque todo lo que traíamos desapareció en las profundidades del mar de Siden.

Se alejan y me lanzo hacia el cuerpo de Rei, recuperándola entre mis brazos. Pero entonces, el carro frena y me obligo a levantar la mirada al tiempo que logro conservar el equilibrio. Aunque mi atención se pierde durante unos instantes en la enorme carpa frente a la que nos hemos detenido, mi sorpresa y mi miedo me conducen enseguida hasta el rostro enmascarado de Magog.

Aprieto a Rei contra mí y ella susurra algo incoherente. Las cuencas vacías del cráneo del animal solo albergan oscuridad, porque no puedo descubrir más allá de ella los ojos del esclavista. Sin embargo, sé que nos está observando. Lo escoltan más secuaces, y no sé cómo me atrevo a sostenerle el gesto, hundiéndome en su supuesta mirada vacía. No dejo que los cuernos de Rima me hagan vacilar ni tampoco la quietud con la que espera. Quiero que sepa que, pese a que nos ha capturado, no nos ha derrotado.

—Rei, bienvenida a casa.

Pero ella no contesta, porque sigue ausente. Magog inclina la cabeza hacia un lado, interrogante.

—¿Rei?

—Está enferma, valiente hijo de…

Ni siquiera atisbo la mano de Clivor cruzándome la cara de una sola bofetada. Pensaba que mi cuerpo había olvidado lo que es el dolor después de soportar más de una semana sufriendo de inanición, sed y esfuerzo físico. Pero el golpe me escuece y me arde en la piel. Me muerdo el labio inferior, reprimiendo las ganas de protestar, y vuelvo la cabeza con la barbilla en alto, dispuesto a enfrentarme de nuevo.

—Eres un insensato, Senda. —Su voz resuena dentro de la máscara.

Ni siquiera le pregunto cómo sabe mi nombre.

—¿Dónde está Milos?

—¿Quién?

—¡Mi amigo! ¡La persona que tomaste como rehén en Nueva Erain! ¿Dónde está?

Magog no me responde. De hecho, se gira hacia su derecha y mis ojos lo persiguen para encontrarse con un rostro que reconozco vagamente. Su pelo corto y sus facciones angulosas son imprecisas en mi memoria, así que son sus dedos, jugando con una nebulosa de partículas grises, los que aclaran mis dudas: es el moiro contra el que peleé por la vida de Milos y Rei.

—¿Se lo decimos, Magog? —sisea.

—A lo mejor no está preparado…

—¿Qué le habéis hecho? —consigo arrancar las palabras con un gemido.

—Todavía nada.

Suspiro, aunque no me permito confiarme. Magog tiene pensado unos planes para nosotros, los cuales estoy casi seguro de que entrañan el peligro de la muerte. Edda desciende del carro y se une a Clivor para tirar de mí mientras el otro coge a Rei. Chillo, enterrando los dedos en los brazos de mi amiga, pero otro golpe en la cabeza me tumba contra la superficie de madera.

—¡Rei!

—No te preocupes, Senda. La volverás a ver. No soy tan malo como para dejaros morir sin que os despidáis. —Y estalla en una atronadora risa que me sorprende que pueda salir de un cuerpo tan consumido.

Sus carcajadas se clavan en mi cabeza mientras Edda me agarra del cuello de la chaqueta y, con un solo movimiento, consigue sacarme de la parte trasera del vehículo. Caigo como un peso muerto, y el polvo se aglomera a mi alrededor. La centinela no pierde un segundo y empieza a arrastrarme sin cuidado mientras, impotente, veo cómo Clivor carga a Rei en brazos y sigue a Magog, rodeando la enorme carpa.

Me queda claro que lo único que puedo hacer por ahora es dejar que me sometan. La nube de tierra que me envuelve me hace toser y varias piedras incrustadas en el camino me golpean la parte baja de la espalda, arrebatándome el aliento con cada encontronazo. Sí, puedo sentir más dolor del que creía.

Aunque no pelee por desasirme del agarre de Edda, dejo que todo mi peso plantee un obstáculo más en su recorrido. Sin embargo, la centinela demuestra otra vez que soy menos que una pluma: me alza con un gruñido y me lanza dentro de una jaula. Ruedo en el interior hasta que choco contra los barrotes de hierro. Grito y oigo a Edda cerrar la puerta.

Los rayos de sol se cuelan por la cortina de mechones ondulados que me ocultan el rostro. Trato de incorporarme, pero cada uno de mis músculos se queja sin piedad, así que me quedo tumbado. El hedor a putrefacción y suciedad es insoportable. Toso una última vez, al menos para que mi pecho reaccione. Suelto varios sollozos sin lágrimas, porque ahora mismo me parece imposible ganar. Porque Magog ha dejado claro que nos quiere muertos y ni siquiera sé la condición en la que se encuentra Milos.

Escarbo dentro del bolsillo de mi chaqueta y saco las gafas. No tengo fuerza ni para sostenerlas, así que las poso frente a mi rostro. Son un reflejo de nuestro viaje: más sucias, más rotas, más endebles. Aun así, solo pienso en devolvérselas a su dueño.

—Eh, eraino…

Las guardo, frunciendo el ceño. Giro la cabeza, apoyando el lado derecho sobre la cochambrosa base de madera. Desde el exterior, la jaula me ha parecido más pequeña, pero claro, la opresión nunca se siente liberadora. A unos cuantos metros de mí, en una de las esquinas contrarias, una humana me observa mientras juguetea con un mendrugo de pan entre sus manos. Mi estómago se retuerce y me relamo los labios.

—¿Me entiendes?

—Magia —musito.

—Oh, claro, cómo no —suspira. Se remueve en su sitio, acomodando la espalda entre los barrotes, con las piernas cruzadas—. Tiene moho. No te lo aconsejo.

—Durante los últimos días he estado a punto de beber mi propia orina. Créeme, es toda una bendición.

Inspiro hondo y ahogo un gruñido cuando consigo ponerme de rodillas. Protesto una vez más, palpando cada parte de mi cuerpo, intentando encontrar heridas o una dolencia más grave de la que preocuparme. Nunca he pensado que podría alegrarme en una situación como esta, pero me alegro. Me alegro de estar vivo, de poder respirar y de mantenerme en pie. Son muchas las cosas por las que debo preocuparme, pero ahora mismo me basta con no desmayarme o no tener un hueso roto.

—¿Cómo sabes que soy de Nueva Erain?

—Las novedades que valen la pena son escasas, pero siempre se expanden tan rápido como una plaga. Edda se pavonea de su captura.

—Genial…

Lo cierto es que no me importa que cualquiera sepa mi procedencia. En Nueva Erain no soy nadie. Mi muerte apenaría y cambiaría ligeramente las vidas de ciertos seres, pero el mundo no se detendría ni un solo segundo por mi desaparición. No poseo un alto cargo, ni siquiera soy un especialista en lo mío. En cuanto se enteren de lo que valgo, Edda no tendrá más remedio que cerrar su bocaza repleta de dientes afilados.

Una risa se escapa de entre mis labios.

—¿Tienes fuerzas para reírte en un momento así?

—Me lo dicen a menudo.

Con movimientos lentos, me acerco a la mujer. Ella no se aparta ni me mira con desconfianza, algo que agradezco, aunque me sorprende. Pensaba que todos los esclavos me rehuirían y preferirían alejarse de cualquier tipo de problema, pero luego pienso en la soledad y el dolor de una vida como la suya y comprendo que nada peor les puede pasar ya por hablar con un extraño. Con quien parece un nuevo esclavo.

Me tiende el mendrugo de pan y lo cojo con un asentimiento. Ni siquiera trato de rascar las partes enmohecidas. Me lo llevo a los labios y le doy un buen mordisco. Esta duro y me araña la lengua. La poca saliva que humedece mi boca tampoco consigue reblandecer esta pieza a la que no se le puede llamar comida. Pero me lo termino. Me lo termino con la misma voracidad y desesperación que los alimentos que Rei y yo conseguimos gracias a aquellos sideneses que repartieron víveres en Omulia.

—Me llamo Denya.

—Senda.

—Bonito nombre.

—Gracias...

—¿Por qué estás aquí?

No contesto enseguida. Me arrebujo en mi chaqueta, más por protección que por frío —en Siden la temperatura es más alta que en Nueva Erain mientras el sol está fuera—. Puede que Denya sea una espía de Magog. Me lo creería, porque es inteligente y retorcido. Sin embargo, no reacciona de la manera en que lo haría alguien que trata de sonsacar información a otra. Su expresión corporal, sus ojos vacíos, las heridas de todo su cuerpo, su silencio perpetuo.

Insiste, pese a que nota mi reticencia:

—¿Llegaron a Nueva Erain?

—¿Cómo?

—El grupo de Rei llegó, ¿cierto?

—¿Cómo lo sabes? —me alarmo.

—Porque estás aquí, eraino, y ella también. —La desesperación da paso a la agonía en su voz y en su mirada—: El día de la rebelión estuve a punto de huir también, pero me atraparon y me devolvieron junto a Magog.

Encaja. Sé que muchos trataron de escapar del Circo, pero que pocos lo lograron. Sé que es un peso que cargan las sidenenses desde el momento en que alcanzaron la salvación en Nueva Erain.

—Sí, llegaron en una barca. No eran muchos, pero…

—¿Liet? ¿Rima? ¿Kaled? ¿Zentie?

—No-no lo sé, Denya. Yo estaba en el grupo de salvamento que los ayudó a desembarcar, pero solo he conocido bien a Rima, Kaled, Rei, Hester y Jaziz.

—¿Hester también pudo? Gracias a los Ascendentes. Gracias, gracias. —Reposa ambas palmas sobre su pecho mientras susurra varias bendiciones.

No conozco todas las claves de la huida de las sidenesas, pero no me sorprende que no todos los esclavos consiguiesen salir del Circo para tener, al menos, una mínima oportunidad de sobrevivir al mar que conecta Siden con Nueva Erain.

Espero a que Denya termine para retomar la conversación. Si es cierto todo lo que me cuenta, tenerla de aliada podría servirnos. Sin embargo, no tengo nada que intercambiar por su ayuda en caso de que acceda.

—Me han separado de Rei al llegar aquí —comienzo cuando ella enmudece—. Durante el viaje ha enfermado y no sé qué puede pasarle… —me acelero, pero Denya me detiene a tiempo de que un ataque de ansiedad me domine por completo.

—Estoy segura de que la están curando. Magog no dejaría que una moldeadora muriese. No ahora que se ha rodeado de más magias grises.

Enarco una ceja, interrogante.

—Se puede enfrentar a seres sin poderes. Se puede enfrentar a seres mágicos. Pero ¿puede hacer frente a un poder corrompido que él no posee y que sin duda es superior al ya existente? —Niego, aunque siempre me pareció que Rima hablaba de Magog como un ser que ni siquiera se amilanaba ante la moiro—. Ahora imagínate que te rodeas de varios como ellos… ¿No tendrías miedo de que alguno quisiese arrebatarte el poder? Al fin y al cabo, tú eres un miserable mortal que ha levantado un imperio, pero ellos son seres que han conseguido perturbar a la Magia.

En algún momento ha dejado de mirarme, pese a que sus ojos siguen puestos en mi rostro. No discierno si me lo ha contado por pensar en voz alta o porque quiere revelarme todos los puntos débiles de ese esclavista sin escrúpulos. Sea como sea, veo una oportunidad y no la dejo escapar.

—Entonces, ¿si pusiésemos a todos esos moiros en su contra…?

Denya sacude la cabeza y me observa como si hubiese dicho un disparate.

—No es tan fácil. La teoría puede plantearlo todo, pero la práctica nos dice que ahora mismo nadie se atrevería a enfrentarse a Magog.

—Pero si se aliasen…

—Un cuerpo que alberga ese tipo de magia es un cuerpo como otro cualquiera. Un cuerpo que puede sufrir la herida mortal de una estocada. ¿Me entiendes?

—Sí.

—Silencio.

Denya me agarra del brazo y me empuja al otro lado de la celda. Protesto, pero cuando conecto con su mirada, esta me grita que disimule. Me giro hacia la derecha, a tiempo de descubrir que Edda se está aproximando a la jaula con decididas zancadas y el rostro contraído por la rabia.

Me acurruco en el rincón más alejado de la puerta, pero no es suficiente para protegerme de la gruesa y fuerte mano de la centinela, que casi arranca la cerradura y luego me aferra del tobillo para sacarme al exterior.

Le lanzo una última mirada cómplice a Denya y me devuelve esa sonrisa suya, torcida por la tristeza. Por alguna razón, la certeza de que no voy a volver a verla tiembla en mi corazón. Alargo un brazo. Ella sacude la cabeza y me da la espalda. Quiero gritar su nombre, prometerle la libertad, pero una sacudida por parte de Edda me desvía de la zona de las jaulas y sepulta un juramento que, estoy seguro, es en vano.

Bordeamos la carpa y, aunque empiezan a temblarme las piernas por el pánico, estudio mi alrededor. Me angustio de inmediato al darme cuenta de que no voy a poder memorizar cada jaula y cada tienda, cada patrulla de centinelas y grupos de esclavos: el desorden está en constante movimiento. Además del color terroso y uniforme que impera en cada objeto y vestimenta. Y más allá de todo esto solo hay desierto, por lo que, si queremos escapar con éxito, nuestra única opción es transportarnos.

Edda me vuelve a empujar y trastabillo, pues la punta de mi bota se ha quedado atascada en la arena. Me doy de bruces contra una tela, pero la traspaso y el interior de una enorme tienda me recibe. Estoy a punto de chocar contra el suelo cuando unos fuertes brazos me recogen. Voy a rechazar el cuerpo de un empujón, pero su voz me sorprende:

—Senda.

Mis ojos se anegan de lágrimas y no puedo evitar dejarlas escapar al encontrarme cara a cara con Milos. Le echo los brazos al cuello y refugio la cabeza en su pecho. Escucho su corazón latir. Su cuerpo cálido es como el hogar. Todo en él está vivo y lloro en alto para que note cuánto lo he añorado. Su mano me acaricia la cabeza hasta que nos separan con brusquedad.

Doy un tirón para desasirme; sin éxito.

—¡Suéltame, maldita bestia! —le espeto a Edda—. ¡Milos!

Pero su nombre es lo último que pronuncio, porque, aun sin máscara, reconozco a Magog colocándose intimidatoriamente tras mi amigo. De nuevo, su presencia me paraliza, pero sobre todo porque no sé describir su rostro ni descifrar su expresión. Es como un reflejo en el agua deformada por una ola, como un recuerdo borroso. No me devuelve una imagen clara, pero sí aflora en mí una serie de presentimientos que me hacen retroceder. No es un ser mágico, pero tampoco un mero mortal, como cree Denya.

—Cálmate, Senda.

—¡Dejadme estar con él! —chillo con toda mi rabia.

—Tiempo al tiempo.

—¡No! ¡No!

—Senda, no te lo repito.

Y me obligo a morderme la lengua, pues, de pronto, Magog ha puesto una daga sobre el cuello de Milos. Presiona un poco y un fino hilo de sangre bordea su piel desnuda. Dejo escapar todo el aire, movido por el miedo, y el esclavista hunde un poco más el filo, por lo que Milos es incapaz de contener un quejido esta vez.

—¿Te vas a comportar?

Asiento. Examino a mi amigo con un vistazo rápido. Parece estar bien dentro de lo que cabe. Solo destacan varias magulladuras que se reparten por sus brazos y una solitaria en su rostro.

El silencio amenaza con llevarse nuestras vidas, pero Magog lo suelta. El alivio por verlo libre de sus garras es un bálsamo.

—¿Puedo acercarme? —pido.

—Sin sobrepasarse.

Mis pasos se apresuran a recortar la distancia. Las manos de Milos dudan y me obligo a meter las mías en los bolsillos para no volverlo a abrazar. Está a punto de llorar, pero en sus facciones relajadas descubro la alegría que siente por que esté junto a él. No digo nada, no quiero tentar otra vez la ira de Magog. Solo saco las gafas y se las tiendo. Milos se lleva una mano a los labios, ocultando una sonrisa que he echado mucho de menos.

—¿Cómo has conseguido ver durante tanto tiempo?

—Cuando quieren me dejan unas gafas, pero son horribles.

Las coge como si fueran un delicado tesoro. Acaricia el objeto con cariño y luego se las coloca, pese al cristal roto.

—Sabía que vendrías.

—Jamás te abandonaría.

Nos sostenemos la mirada, trazando rutas que nos conecten para sentir lo mismo que con un abrazo. Está vivo. Lo hemos encontrado y... lo *hemos* encontrado.

—¿Dónde está Rei? —susurro.

—¿Crees que os reuniría a los tres en un mismo sitio? Sé lo que pretendéis.

Me separo un poco para poder encarar a Magog y entonces me fijo en el entorno. Es tan amplio y está tan equipado que nadie por dentro aseguraría que se trata de una sencilla tienda de tela. Varios y gruesos listones de madera sirven para elevar las paredes y sujetar el techo, pero también como enganche de lo que parecen lámparas de aceite. Compruebo si Edda todavía sigue soplándome la nuca. Se ha marchado, de hecho, solo nos hemos quedado cuatro: Magog, Milos, alguien tendido en un camastro y yo. Doy un paso al frente, esperando que sea Rei, pese a lo que ha dicho el esclavista, pero una maraña de pelo oscuro extendiéndose sobre las sábanas me detiene.

—No lo mires —me susurra Milos.

—Haz caso a tu amigo.

—¿Quién es? —no puedo evitar preguntar.

—La razón por la que tu amiguito sigue vivo.

Intercambio varias miradas con él, pero solo aprieta los labios. No me siento cómodo. No sé dónde está Rei y Magog tiene bien atado cualquier imprevisto. Es hora de callarse y atender. Tengo que retener hasta el más mínimo detalle. Cualquier palabra, cualquier movimiento, cualquier pieza que no encaje puede ser nuestra vía de escape.

Cierro los ojos un momento y me refugio en el recuerdo de Yves, de Fatma y de mi familia, antes de que muriera. Dejo que me insuflen el valor y la esperanza que siempre me han enseñado a alimentar y atesorar. Los abro, sintiendo a Milos cerca. Magog coge el borde de un vaso de metal con la yema de sus dedos. Le da un trago, aunque no *veo* sus labios.

—El talento de Milos para la medicina hace que no estire de la soga que está atada a su cuello.

Silencio. Magog rodea una mesa como si lo meciese el viento. Solo tengo ojos para él, aun cuando mi curiosidad me incita a echarle un nuevo vistazo a la cama.

—Sé que Rei y tú habéis venido a rescatarlo. Sois predecibles..., y no me disgusta. Créeme, me complace. No rechazo los juegos difíciles, pero sí cuando cabe la posibilidad de perder. —No soy capaz de afrontar su gesto voluble, porque parece que todo se desfigura en él—. Vosotros casi lo conseguís, pero nadie me vence. No en mi terreno. Nunca.

Quiero cerrar los ojos otra vez y taparme los oídos. Ojalá se ponga esa asquerosa máscara, porque prefiero mirar sus cuencas vacías y que su voz quede atrapada dentro del cráneo. Estar en su presencia es una tortura y entiendo del todo por qué Magog es quien es en Siden. Cómo ha conseguido sus privilegios y el respeto de aliados y esclavos. Incluso de sus enemigos.

—Iba a mataros sin pensarlo dos veces. Milos es útil, pero no tanto. Rei es útil, pero no tanto. Y tú, Senda, sin duda eres inservible. —No me duelen sus palabras—. Nada es para tanto cuando eres como yo.

Su arrogancia no me sorprende, pero me asusta hasta dónde es capaz de llegar gracias a ella. No nos teme, por eso revolotea por su casa como si fuésemos un par de insectos fáciles de aplastar. No suponemos una amenaza para él, pero me encantaría decirle que no soy yo quien quiere matarlo. Miento; me gustaría decirle que no soy yo quien *va* a matarlo, que escaparemos y que la muerte no está en nuestras manos, pero tampoco lejos.

—Os propongo un trato. Si Milos consigue sanarlo —señala el camastro—, entonces seréis libres… —Ambos nos tensamos, sorprendidos—, solo dos de vosotros. Ya he dicho, Senda, que no me sirves para nada, así que está en tu mano escoger entre Milos o Rei.

—Eso no va a pasar.

—Entonces os quedáis los tres para siempre. Perfecto.

RIMA

LINNEA ME HA REPETIDO UNA Y OTRA VEZ que entre la tranquilidad y la seguridad más absoluta alcanzaré su verdadera forma; alejará mi cuerpo de la realidad lo suficiente, pero sin separarme del todo. Sin morir, en resumidas cuentas. Pero todo tendría más sentido si entendiese lo que dice mi maestra, en vez de reproducir sus enseñanzas como si bastase con memorizarlas y recrearlas.

Suspiro. Durante estos últimos días en los que Vasc se ha quedado en casa de Linnea y Azriel no ha aparecido tras el terrible descubrimiento de la traición por parte de Tilia y Oced, he logrado poco; pero algo es. Sucedió ayer, fue leve. Un tirón de la Magia. Noté que quería salir de mi cuerpo, porque la despreciaba. Noté cómo se retorcía, igual que un gusano que acercas al fuego. Tal vez yo sea uno de esos seres que lo logren sin tener que recurrir al desvanecimiento.

Sacudo la cabeza, intentando ahuyentar las cavilaciones que me aferran demasiado a mi entorno, cuando lo que tengo que hacer es empujarlo lejos de mí. De la misma manera que la potencia mágica de Kaled y Rei se incrementa cuando anulan varios de sus sentidos, debo hacer lo mismo, pero para acallarla de una vez por todas.

No negaré que las tres advertencias que Azriel me gritó en este mismo lugar me inquietan. Que las implicaciones de lo que voy a hacer condenarán mi vida para siempre. Vasc no ha vuelto a enfermar, pero alguna vez lo he visto toser y llevarse a la espalda la mano con la que se ha tapado la boca. Es un movimiento que me pasaría desapercibido, si no fuese porque el vecino de nuestra granja en Siden siempre lo hacía para ocultarnos que estaba enfermo y que escupía sangre con cada arranque de garganta.

Vasc no puede morir. Se ha convertido en mi amigo y no sabría qué hacer si de repente falleciera por culpa de la Magia. Si no existieses, Magia... Si no existieses nadie intentaría retorcerte. Nadie te usaría como arma. Un pensamiento muy injusto, porque Ella es parte de la vida, y somos nosotros quienes, de nuevo, la utilizamos a nuestro antojo. Nosotros hemos causado las guerras que han llevado su nombre impuesto por otros. Nosotros nos hemos lucrado, la hemos explotado y acusado de cada mal. La hemos perseguido.

—No, Rima. Mal, mal. —Golpeo la hierba con el puño, pero me detengo cuando, de pronto, siento que unas manos se colocan a ambos lados de mi cuerpo y me obligan a erguirme.

—Postura corporal incorrecta, Rima.

Sus largos mechones me hacen cosquillas en las mejillas. Huele a limpio. ¿Hay calidez en su tono de voz? Abro los ojos y alzo la cabeza. Azriel me mira desde arriba, con su ceja enarcada y sus labios serios. No sé por qué narices reacciono como lo hago, pero sonrío. Sonrío y Azriel retrocede, confundida y algo cohibida.

—Así no vas a conseguir lo que quieres. —Me señala y emprende el camino hacia la zona de descanso.

Me levanto, entusiasmada por verla; un sentimiento que me sorprende, porque mis encuentros con la reina de Ludenar han sido pocos y tensos. Sin embargo, siento que Azriel se parece más a Vasc y a mí de lo que quiere demostrar... y reconocer. Como muchos otros en la historia de este país, somos seres sin rumbo y herramientas de un sistema que nos ha engañado.

El príncipe está encendiendo un fuego cuando llegamos a la zona segura del acantilado. Mientras saca la comida de entre las diversas telas en las que está enrollada, Azriel no me mira, y sé que ha regresado a su usual actitud prudente. Me incomodaría si no fuese porque tengo claro que forma parte de su personalidad. Que es un escudo para defenderse de las palabras de los demás.

—Rima no lo va a lograr, porque en realidad no quiere deshacerse de la Magia. No así —informa la reina a su hermano desenvolviendo un trozo de carne.

—Nunca he querido que Ella viniese a mí. Es una de las grandes razones por las que lo he pasado tan mal —me defiendo.

—Pero no la rechazas. No crees que su existencia en este mundo sea una condena para nosotros.

—¿Vosotros lo creéis? —pregunto sentándome junto al fuego que Vasc ha conseguido avivar.

Intercambian una mirada cómplice.

—Yo ya no. —Asiente Azriel—. Pero, en su momento, sí... En su momento me hicieron odiar a la Magia hasta el punto en que deseé que desapareciese.

—Pero te salvó la vida —le recuerdo.

Y la reina de Ludenar por fin me mira. Nunca me acostumbraré a la inmensidad cortante de sus ojos. Por cómo me recrimina mi indiscreción en silencio, entiendo que estoy hundiendo el dedo en la llaga. Al fin y al cabo, ella creía que, en parte, fue la Magia la que asesinó a su hermano y a sus padres. Supongo que pesó más la pérdida de sus seres queridos que su propia salvación.

—Ya sabes por qué —susurra y confirma mis sospechas.

Me sorprende que no haya vacilado al confesarme algo tan importante y oscuro para ella. Pero una sensación de calidez me inunda al comprender que, tal vez, la reina empieza a confiar en mí.

—Mi caso fue distinto… —interviene Vasc, al rescate de su hermana.

—¿Qué hiciste?

—Estuve a punto de desvanecerme. —Aguanto la respiración y no sé cómo Vasc es capaz de soltar una risita después de tal revelación—. No me pongas esa cara, Rima. Linnea ya te lo explicó: pocos seres consiguen acceder a esta magia por pura voluntad. La Magia fue mi objeto de estudio durante muchísimos años. No fue sencillo, pero necesitaba un arma con la que vengar a Baal. Por ese entonces mis padres seguían vivos y ellos mismos me instaron a convertirme. Aunque en cuanto murieron… Ahora dudo de todo; pero si me preguntas si volvería a estar como antes te diría que no. Te diría que ojalá la Magia nunca me hubiese escogido para no tener que condenarla a Ella… y condenarme a mí.

Con una larga rama atiza las brasas para alimentar el fuego. Capto de reojo el gesto de Azriel, consumido por la más pura pena mientras observa a su hermano. Por un instante, tengo la sensación de que se levantará y lo abrazará, sin embargo, se queda quieta, con los dedos crispados en torno a sus rodillas dobladas.

Demasiado tiempo reprimiendo sus sentimientos, como yo. Ojalá pudiese ver ahora mismo a Hester, Rei, Kaled y, por supuesto, a Jaziz. Ojalá poder decirles cuánto las quiero y cuánto las echo de menos. Pedir perdón miles de veces. Ya que el final parece estar llamando a mi puerta, no quiero que mis errores sean la última huella en sus memorias.

—Hay que ser muy valiente para estar a punto de morir por expulsar a la Magia y lograr que esta se deforme. Muchos han perecido en el intento… —Azriel me tiende un trozo de pan.

—He visto a muchas amigas y conocidos morir por desvanecimiento. —Cojo la pieza.

—Te lo repito, Rima. —Hay alarma en su voz, pero no dureza. Lo único que quiere es hacerme entender bien los pasos—. Obtener la magia gris es un acto consciente. Voluntario. Si expulsas la energía de tu cuerpo por una razón diferente, simplemente, mueres. Mueres porque la Magia está ligada a tu vida. Con ella, se va todo…

—¿Y no se han descubierto otras formas de acceder a ella?

Es una idea que me ha rondado durante días, pero que nunca he manifestado en voz alta por si Linnea lo interpretaba como un atrevimiento por mi parte. No le gusta que la cuestionen de ninguna manera. Y aunque sé que luego me habría contestado, enfrentarme a la draiz me impone demasiado respeto.

—¿Crees que si las hubiese no te las habríamos dicho ya?

—Sí, claro. No sé, era una duda que tenía. Nada más. —Y le doy un mordisco al trozo de carne, ya casi carbonizado, que ha estado expuesto frente a la hoguera incrustado en un palo.

Como es habitual, no hablamos durante la comida. Ni de la moiro ni tampoco de los sumos valedores o Vérula, aunque noto en la actitud de Vasc que está ansioso por saber más. Azriel ya nos dijo que acudiría a nosotros en cuanto supiese algo nuevo. No puedo intuir si ya lo sabe o no, pero mi papel es continuar sin llamar la atención hasta que la reina nos advierta.

Ya he presionado bastante en diferentes ocasiones como para volver a estropearlo todo otra vez.

Me termino la comida, sintiendo que mis energías vuelven a mí. Durante unos segundos, me quedo mirando el baile de las ascuas, que crepitan hacia el cielo despejado. No puedo tardar mucho más en conseguir la moiro. Queda poco para que Tilia y Oced den otro paso más; el definitivo. Y no sé cómo responderá Azriel, pero quiero estar preparada.

No me queda otra.

—Bueno, regreso a entrenar. —Me levanto de un salto y me limpio las manos en los pantalones.

Azriel y Vasc fruncen el ceño ante mi exagerado entusiasmo. No sé fingir.

—Gracias por la comida. Gracias… —Respiro hondo—. Gracias por todo.

—Rima… —susurra Vasc, confuso

—No hace falta que me esperéis, ¿de acuerdo? Digo yo que de algo debe servir que me hayáis enseñado a transportarme. ¡Gracias! ¡Y adiós!

Emprendo la marcha de regreso a la punta del peñasco acompañada por el grito de Vasc que lleva mi nombre. No me giro, si lo hago, me arrepentiré. Recorro la colina hasta que llego a la zona de entrenamiento y entonces chillo. Dejo que los violentos vientos, que siempre arremolinan el polvo e impactan contra mí, me roben la desesperación que rasga mi garganta. Siento que el calor incendia cada parte de mi cuerpo; cómo la Magia reacciona a mi malestar.

La aferro bien y, con Ella activa, me siento en la punta. Cierro los ojos y no me concentro. No me concentro porque sé qué hay que hacer para desvanecerse. Muchos seres lo hicieron en el Circo de Magog, otros en la barca que nos condujo hasta Nueva Erain. Me lo han explicado, lo he presenciado y sentido demasiadas veces. Demasiada muerte, pero que a mí no me va a llegar; solo la voy a rozar. Un mínimo roce para que me dé lo que deseo.

Desvanecerse es una acción física. Una en la que, literalmente, empujas a la Magia fuera de ti misma. Sin embargo, no hay una única forma de enfrentar un momento tan decisivo, así que opto por la mía: vuelvo a gritar. Grito dejando que el aire de mi interior salga, me oprima el pecho y presione la energía.

Contemplo cómo surge desde mi cuerpo. Una nube dorada me envuelve y se resiste para regresar a mí, pero chillo más y fuerzo. Creo una muralla física pero invisible; un obstáculo que Ella no pueda traspasar. Un poco de la Magia vuelve a mí, pero insisto.

—¡Fuera! —me desgañito—. ¡He dicho fuera!

Y un tirón me deja sin aliento cuando gran parte de Ella se aleja y no intenta introducirse otra vez. Moiro, es lo que necesito. Moiro, un arma.

Mi vida por un arma.

—¡Fuera! ¡Ya! Ya…

He traspasado otro umbral y empiezo a sentir que los músculos me pesan. Un cambio brusco me sacude y me deja exhausta. Cojo aire a bocanadas, pero mis pulmones están fallando. Me estoy muriendo. Lo percibo en la vida que está desapareciendo con la Magia.

Si me acaricia la muerte, ya la estoy esperando. Que me otorgue lo que pido. Que me arrebate todo, pero que me deje viva y *gris* un día más para poder llevar a cabo mi venganza. Me sacrifico.

—¡Me sacrifico!

Y mi corazón late por última vez. Es lento, determinante. Tengo los ojos abiertos, pero todo es luz. Una luz cegadora. Neutra. Y me asusto. He muerto y no lo he logrado. Ahora ni siquiera la Magia podrá proteger a mi familia. Ya no soy nada.

Pero mi corazón bombea una vez más. Y luego otra. Y otra. Y retumba en mis oídos. La esencia me cubre otra vez, se concentra en mi pecho y me recorre como un calambre. Impacta como las olas del mar contra la pared del peñasco. Me llena de vida, me devuelve el aliento. La calidez me embarga y, de pronto, veo. La línea del horizonte en la que parece que el cielo y el mar son uno. Me palpo el cuerpo y sonrío. Sigo aquí. No me he ido. Alzo una mano y giro la muñeca, convocando a la moir…

—La magia.

Las partículas doradas serpentean entre mis dedos. Cualquiera se habría alegrado, pero una rabia profunda brota en mi interior y me dejo caer de espaldas contra el suelo. No lo he logrado. He estado a punto de morir y la moiro no ha acudido a mí. Ni siquiera la Magia me ha abandonado del todo al sentir que la estaba expulsando.

Sigo siendo yo.

Pongo un brazo sobre mis ojos y rompo a llorar. Sollozo en alto mientras golpeo el suelo con el puño libre. Me hago daño, pero no paro. En mi mente hay un caos de reproches, miedo y furia. Un poco de alivio, aunque sepultado por la confusión.

Cuando hago ademán de levantarme, no puedo moverme. Estoy agotada, como si la vida necesitase más tiempo para amoldarse de nuevo a mi cuerpo. Dejo que se terminen las lágrimas y se apague mi voz. Me quedo quieta, oculta del mundo.

No aparto el brazo de mi cara hasta que escucho a Vasc acercarse:

—¡Rima! Rima, ¿qué ha pasado?

Sus brazos me rodean y me abraza contra su pecho. Su gesto me arranca un lamento seco. Vasc me acaricia la cabeza y me susurra que regresamos a casa de Linnea.

Un «por favor» lastimero se escapa de mis labios mientras nos convertimos en una nube de partículas grises.

Una mañana más, los rayos juguetean sobre mi rostro para despertarme. Esa sensación nunca ha cambiado: no importa cuántos horrores se estén gestando más allá de los muros tras los que me escondo, porque el sol despierta igual para señalarme un nuevo día en el que sigo viva.

Me froto los párpados, quitando las legañas que se han pegado a mis pestañas, y unos ojos, en los que parece que habitan todos los colores del mundo, me saludan. Me ha costado acostumbrarme a la presencia de Yojimbo, y creo que él también a la mía. Sin embargo, desde el primer día que desperté y lo vi frente a mí, paralizado pero atento, lo prefiero a mi lado. Hay algo inconmensurable en su interior. Una mezcla de ente sabio y protector que, como dice Linnea, parece haber estado en la Tierra desde el inicio de los tiempos.

Y por eso también hay una pizca de soledad en su gesto. En sus heridas cerradas. No, no estoy loca. Reconozco ese sentimiento y este caimán lo expresa, pese a su piel dura, su mandíbula llena de peligrosos colmillos y sus pupilas rasgadas. Y creo que eso nos ha unido. Nos hemos amoldado al silencio del otro.

Mi mano cae sobre su cabeza y la acaricio.

—¿A cuántos seres habrás acompañado en su día a día, Yojimbo? —susurro.

—Según Linnea, no quieres saberlo.

Me sobresalta la voz de Vasc. Yergo solo medio cuerpo para comprobar que el conjunto de mantas que el príncipe usa como cama improvisada está perfectamente plegado a mi otro lado. Él se encuentra arrodillado frente a un pequeño espejo redondo, apoyado y sujeto por varias columnas inestables de libros, peinándose.

—¿Sucede algo? —me alarmo.

Vasc jamás madruga.

—Solo estoy ansioso. Estamos ya en la fecha límite. Un día de estos, más cercano que lejano, los sumos valedores de Tilia y Vérula amenazarán de nuevo a mi hermana, y no sé qué sucederá cuando ella diga que no.

—¿Estás seguro de que Azriel se negará?

El príncipe gira su cabeza con una sacudida enfadada. Aprieta la mandíbula para darme a entender que está a punto de explotar por lo que acabo de insinuar, así que antes de que vuelva a enfurecerse conmigo, alzo los brazos y añado:

—Lo entendería. Esos... monstruos le dijeron en pocas palabras que Ludenar sería tan objetivo como Nueva Erain si no se unía a la guerra conjunta.

Sus hombros se relajan y vuelve la mirada al espejo. Suspiro, sintiendo que he esquivado una buena regañina. Sin una palabra, y con la comodidad que me brinda nuestra amistad cada vez más fortalecida, me acerco a él. Me acomodo tras su espalda e intercepto el cepillo. Vasc permite que lo coja y sea yo quien le cepille el cabello. Es suave, como tocar una tela tan fina que se escurre sin remedio entre los dedos.

—Yo siempre peinaba a mi hermana.

—¡Cierto! Tienes una hermana. ¿Cómo se llama...?

—Jaziz.

Asiente, y vuelvo a pasar el cepillo.

—Le encanta llevar trenzas y cuentas enganchadas en ellas, pero siempre se queja cuando se las hago.

—Normal. Das buenos tirones.

—¡Oye! Con tu pelo sin nudos es imposible que protestes. Parece mágico.

Y sonrío para que me vea a través del reflejo.

—Ya lo sabes..., en Ludenar el aspecto es muy importante. Es una seña de bienestar y armonía. Aunque no lo creas, a mí este tipo de preceptos me han parecido siempre absurdos. Me metía con cada ser que venía a palacio. Tan señoriales, tan rígidos...

—Por eso no tienes amigos.

Vasc suelta una carcajada.

—¡Por eso mismo! Ya te dije cuando nos conocimos que era bastante insoportable. —Abro la boca para decirle que toda su arrogancia es pura palabrería, pero en el espejo descubro que le brillan los ojos y callo, acariciando su cabello una vez más—. Después de que Azriel sobreviviera al… ataque y regresara…, en una de las veces que logró sobreponerse, me contó que el mismo día en que fue asesinado, Baal se cortó el pelo. Me habría encantado verlo. Todo Íle se habría horrorizado y el escándalo habría llegado hasta oídos de Siden incluso.

Su risa se rompe un instante y voy a consolarlo, pero me doy cuenta de que continúa con ella, tratando de ocultar su tristeza. Dejo el cepillo en el suelo y paso mis manos por su pelo una última vez.

Los prejuicios han hecho y hacen mucho daño. Nos apuntamos con el dedo y decimos lo primero que creemos, cuando lo que creemos no tiene por qué ser cierto. Y agradezco haber superado esa barrera con Vasc.

—Ya parezco Senda… —murmuro.

—¿Eh?

—Nada, nada. —Agito la mano frente a mi rostro—. Oye, a lo mejor Linnea está tan alejada de la sociedad porque no le da la gana aparentar ser tan perfecta como vosotros.

—El escándalo —se burla Vasc girándose hacia mí.

—Muy bonito…

Damos un brinco. Nuestra maestra está flotando en medio de la entrada al dormitorio, con los brazos cruzados y una ceja enarcada.

—O sea que no tengo amigos como el príncipe, pero no por mi altivez, sino por mi apariencia, ¿verdad?

—No digas tonterías, Linnea. Eres tú quien no quiere aguantar a esa panda de pedantes —digo con una risita nerviosa.

—Lo suponía.

Asiente y nos dedica una sonrisa.

—¿Por qué no desayunáis por ahí y volvéis antes del mediodía para continuar con el entrenamiento de Rima?

Y, aunque el recordatorio de que tengo que seguir intentando obtener la moiro se me atraganta, los dedos de Vasc se deslizan dentro de mi mano para recordarme que no estoy sola.

Accedemos al plan de Linnea con una felicidad que es medio verdad y medio mentira. Estamos juntos en esto, pero el peligro sigue rozándonos la nuca.

Al final, ayer apenas hice nada. Vasc me enseñó todos los entresijos de Île, desde los lugares más hermosos hasta los rincones más imperceptibles en los que le gustaba esconderse de su familia y así no cumplir con sus obligaciones. También nos entretuvimos probando la gastronomía típica del país hasta que la tarde nos recordó que Linnea nos esperaba antes del mediodía. Aun así, la maestra me obligó a practicar, pero mi mente no estuvo quieta en ningún momento, recordando con alegría lo fácil que puede ser la vida cuando no eres una esclava o no estás implicada en una guerra.

Sin embargo, más tarde, no me ahorré la reprimenda de Linnea, que me recordó que ya había perdido dos jornadas de entrenamiento, porque, tras casi desvanecerme, no conseguí despertarme hasta un día después. Y tiene razón.

Agradezco que ni Linnea ni Vasc hayan abordado el tema de mi continuo fracaso. Estoy segura de que ambos entienden mi posición y mi silencio: la draiz ha tutelado a bastantes como para no haber visto a alguien desvanecerse y el príncipe estuvo en mi lugar, sintiendo el mismo miedo y frío al notar la arista cortante de la muerte desafiando el último aliento.

De nuevo en el peñasco, pienso en que Magog me raptó por ser híbrida y mágica. No sé si la Magia nos elige para llevar a cabo algún tipo de misión concreta. Si que nos conceda su don significa que nos debemos a una causa, pero, si es así, no es justo. No es justo que me toque con su gracia cuando no se lo he pedido. Es la causa de mis desgracias. De que tuviese que utilizarla para protegerme de los golpes de quienes me sometían y de los ataques de los prisioneros contra los que me obligaban a enfrentarme.

No te quiero así, Magia. Así que vete. Márchate y que el vacío me dé por fin lo que ansío.

Siento que se expande, tensa. Respiro hondo, tratando de que no me domine. Le dedico otro rechazo y se enrosca con agonía. Es una sensación parecida a cuando la expulsé de mi cuerpo, pero esta vez no percibo que mi vida vaya sujeta a su desasosiego. No vacilo.

Saber que asesinar a alguien está mal no me hace retroceder. No quiero. No busco la redención, busco el final de Magog y solo puedo conseguirlo de una forma. Sé qué me sucederá cuando la condene, que también caeré. Lo acepto por mi familia y mis amigos. Por todos los seres a los que pueda proteger.

Otro estirón más firme me arranca un jadeo. La Magia está tiritando y creo que lo estoy logrando. Se apretuja dentro de mí, intentando protegerse de mis palabras, y con sus movimientos me hace daño. O tal vez es que la moiro por fin está acudiendo, que por fin está entendido que la necesito.

Sin embargo, una perturbación en la energía me desconcentra un instante. Alguien se ha transportado hasta el peñasco. Consigo obviar el movimiento, pero capto unos sonidos y la Magia comienza a desligarse en mi interior.

—No… No… —susurro.

—¡Rima!

Abro los ojos, sintiendo que la energía pura retoma el cauce habitual que siempre armoniza todo mi alrededor. Aprieto los dientes, enfadada, y me giro con la respiración alterada, dispuesta a enfrentarme a Azriel, que acaba de interrumpir mi posible conversión.

La reina se detiene al descubrir mi cabreo y levanta las manos, a la defensiva. Me incorporo, con los puños apretados a ambos lados de mi cuerpo, dispuesta a espetarle su intromisión. Entonces sus ojos de cielo se nublan, y percibo en ellos el miedo que siente por mi reacción. Me detengo.

—¿Rima?

Respiro hondo. ¿Qué me está pasando? Me observo las manos, de pronto temblorosas. Azriel no tiene la culpa. Nadie tiene la culpa.

—Lo siento…

—Te advertí que te ibas a convertir en alguien que odiarías.

—No quería…

—Lo sé. El odio solo conlleva más odio. Es un murmullo del que nunca te desharás en cuanto lo logres.

Me abrazo a mí misma, insegura, percibiendo el efecto rebote de la adrenalina. No me siento poderosa, sino diminuta y sola. La reina se aproxima y posa sus manos sobre mis mejillas. Los ojos me escuecen por las incipientes lágrimas, pero consigo alzar el rostro. Azriel no alarga nunca ningún tipo de contacto físico, por eso me sorprende que no se aparte en cuanto nuestras miradas conectan.

Por primera vez, veo de verdad a la reina de Ludenar. Se muestra tal y como es. Su barbilla alta sigue demostrando la fortaleza que la mantiene en pie cada día, pero también lo herida y lo cansada que está. Hay algo más… Una sombra de dudas y terror.

—En una hora los sumos valedores y Vérula se presentarán en palacio. Vasc y tú estaréis escondidos. Lo escucharéis todo y si pasa algo… —Le tiembla la voz y, pese a que se da cuenta, no deja de mostrarse vulnerable.

—Si pasa algo te ayudaremos.

—Tengo miedo, Rima. Tengo miedo por que mis malas decisiones y mi ignorancia puedan condenar a un país entero. A mi país, incluso.

—Conozco a alguien que te diría que vamos a conseguir pararles los pies. Con moiro o sin ella.

—Un ser optimista.

—Lo que necesitamos ahora.

Azriel y yo nos sostenemos el gesto. El consuelo mutuo relaja nuestros músculos y entonces se separa. Echo de menos su cuerpo al instante en que desaparece, por eso, movida por la necesidad, la abrazo. Soy consciente del atrevimiento enseguida y hago ademán de alejarme, pero entonces la reina me rodea la cintura con sus delgados brazos.

—Que el primer abrazo en muchos años me lo dé una desconocida… —dice, con un tono extrañamente divertido en su voz—. Gracias.

—Gracias, Azriel.

Retrocedemos poco a poco, dilatando cada roce. Al final sus manos terminan en las mías y enlazamos nuestros dedos. Ella asiente y me concentro para transportarnos hasta la casa de Linnea.

Acostumbrada ya a los viajes, ni me entero del cambio de lugar. Aparecemos en el patio de la maestra a la vez que la draiz, el príncipe y Yojimbo salen. Nos reunimos, nerviosos.

—Estamos listas —asegura Azriel, demasiado convencida.

—No lo has logrado —comenta Vasc mirándome.

—No… —Agacho la cabeza.

—Lo importante es que sigues con nosotros, Rima. Pero tened cuidado. Siento que el hilo que nos distancia de una guerra entre países es demasiado fino y no me gustaría vivir esta destrucción —nos advierte Linnea, bastante preocupada.

—No creo que les sea tan sencillo iniciar la batalla de inmediato después de que les diga que no. He ordenado al ejército que plante cara a los sumos valedores y a Vérula si osan amenazarnos —nos informa Azriel—. Este país no pertenece a nadie, y se defenderán ante cualquier enemigo que ose demoler todo lo que hemos construido.

—¿Y si los soldados se asustan?

—Estaremos nosotros para presentar la primera ofensiva —sentencia Vasc—. Ni los sumos valedores ni Vérula son seres mágicos, así que no será complicado derrotarlos.

—Vais a matarlos… —murmuro.

—Decisiones difíciles, Rima. —Linnea me lanza una mirada triste, recordándome el motivo por el que quiero obtener la moiro.

—Esperemos que la cordura se imponga a las ansias de poder —concluye Azriel.

Ella es la primera en marcharse. Debe preparar el escenario para que ni los de Tilia ni la de Oced sospechen antes de tiempo. La sola idea de un enfrentamiento contra ellos oprime y debilita mi valentía.

—¿Estás segura, Rima? —me pregunta Vasc.

—Quiero ayudaros.

—Va a ser duro.

—Quiero suponer una diferencia.

—De acuerdo.

Nos giramos hacia Linnea, quien contempla la escena con impotencia. En silencio, son sus gestos los que hablan. Primero estrecha a Vasc contra ella, y me separo un poco para no enterarme de las palabras susurrantes que le está dedicando. Me acerco a Yojimbo, que lo observa todo, inquisitivo, realmente entendedor de cada decisión que hemos tomado.

Me acuclillo y le paso la mano por la cabeza.

—Linnea me dijo que te encontró en los límites con Tilia. Que estabas buscando a alguien. Espero que lo encuentres. Ojalá tuviera más tiempo para conocerte mejor, Yojimbo.

El animal parpadea y parece que me sonríe; siento que me contesta de alguna manera. Quiero pensar que, en su día, mucho tiempo atrás, era capaz de comunicarse con otros seres. Que era clave en el destino de quienes se cruzaban con él.

—Adiós, Yojimbo.

Cuando me giro, Linnea me espera. Titubeo antes de acudir a quien no solo ha sido mi maestra, sino también mi protectora. Alguien que no tenía por qué acogerme ni enseñarme nada. Y me duele contemplar su triste sonrisa entre las muchas arrugas que pueblan su rostro.

—Linnea, gracias —musito notando las lágrimas al borde de mis ojos.

—Niña, esto no es una despedida defintiva.

—Siento que todo se desmorona…

—Es hora de demostrar lo que vales, Rima. Con o sin lo que andabas buscando.

—Tal vez la moiro fuese mi motivación para acudir a Ludenar, pero siento que he encontrado algo más. Estaba perdida, falta de ganas por vivir. Sentía que cualquier lugar era una cárcel, una imposición… Y no digo que ahora sienta que mi vida es perfecta, pero, al menos, sé lo que quiero. Sé dónde quiero estar, con quién y por qué… Eso es un gran paso, ¿no?

—El más importante para iniciar un nuevo camino.

—Gracias, Linnea.

Cierro los ojos y abro los brazos, indecisa, pero el pequeño cuerpo de la draiz me envuelve. Y siento, entonces, su corpulencia y su altura. Abro un poco los ojos para encontrarme de nuevo con la verdadera forma de la maestra. La forma que aquel día nos recogió a Vasc y a mí del suelo de su plaza. No fue una alucinación, de verdad Linnea tiene otro cuerpo, pero no parece suponerle un problema, así que no le doy importancia, porque, sea como sea, la estoy abrazando a ella.

Nos separamos mientras recupera su otra estatura, y nos despedimos en silencio. Me aproximo a Vasc, con un hormigueo nervioso recorriendo mis venas. El príncipe inspira hondo y nos cogemos de las manos para transportarnos una vez más. Linnea y Yojimbo son lo último que veo antes de encontrarme frente a una pared de piedra.

—¿Vasc…?

Reconozco enseguida los finos dedos del príncipe tapándome la boca. La semioscuridad me revela su silueta. Con la mano libre, señala varios orificios en el muro que dejan entrar la luz del exterior.

Asiento y él me suelta para que observe a través de las aperturas. El salón del trono. La vista no es tan privilegiada como desde el escondite superior, pero aprecio y escucho sin problemas las últimas indicaciones de Azriel a un grupo de soldados que afirma a cada orden.

—Falso muro —susurra Vasc dándole unos golpecitos ligeros a la pared para demostrar sus palabras.

Suena hueco. Me remuevo en el sitio, intranquila. Este momento me parecía tan lejano a la vez que irreal, que ser consciente de que estamos al borde de una guerra injusta que puede sentenciar la vida de muchos seres solo me provoca más ganas de huir. El miedo atenaza y es un enemigo a abatir. Pero ¿qué puedo hacer? No sé pelear, no tengo armas y tampoco la determinación suficiente como para atravesar el corazón de nadie, por mucho que imagine una vez tras otra la muerte de Magog.

—Vasc, por si acaso, gracias por todo.

—Va a salir bien.

—Si no me hubieses dejado venir…

—Rima, vamos a vivir un día más —resuelve sin mirarme, y que rehúya mi rostro no me apacigua.

La espera es horrible. Contemplar a Azriel sentada en su trono con Lux inquieto a sus pies es una tortura. Ella puede sufrir los efectos inmediatos de su negación. Sé que es capaz de defenderse sola, pero siento que su seguridad también depende de la capacidad de reacción de sus soldados y de la nuestra.

Las puertas principales de la sala se abren y la tensión nos engarrota. Los tres sumos valedores avanzan con sus túnicas de idéntica confección, pero esta vez de diferentes colores. Pero cuando entra Vérula tras ellos tengo que contener la respiración para no soltar una exclamación. Carga a alguien, junto a otra draiz que no conozco y alrededor de la que sobrevuelan unas cuantas mariposas. ¿A qué me suena…? Pero mi memoria pasa a un segundo plano cuando mi curiosidad recae en el hombre encadenado que empujan entre las dos. Una barba espesa le oculta medio rostro. Y tiene el pelo largo, sucio, a juego con la raída chaqueta verde oscuro que se ajusta a su corpulencia. Parece debilitado y herido. ¿Quién será?

Llegan hasta los peldaños que los separan del trono, y Azriel se incorpora.

—Sumos valedores. Vérula. Melba… ¿Quién es este hombre? —No logra esconder su confusión.

—Aquí las preguntas las hacemos nosotros, Azriel —ordena Glago.

—Muy bien —retrocede la reina, manteniendo un perfil sumiso.

—¿Entonces? —Aimon no espera—. ¿Qué decisión has tomado? ¿Te unirás a nosotros en la guerra final contra Nueva Erain o no?

—Mi respuesta es…

—Un segundo, Azriel —la interrumpe Dalila adrede para desestabilizar su firmeza—. Antes de que te precipites, vamos a darte una última razón para que te unas a nosotros.

—Adelante —accede la reina, titubeante.

Me muerdo los carrillos, sintiendo que debo descargar toda la presión de alguna manera o explotaré en gritos.

—Este hombre que hemos traído ante ti ha sido una herramienta muy útil. Sabes por qué nos enfrentamos a Nueva Erain, pero no sabes qué vamos a hacer allí.

—Asesinar a todo ser mágico. —Azriel recupera terreno en esta batalla verbal, tenaz.

—Sí, pero ¿no has pensado en que no solo en Nueva Erain existe la Magia?

—Bueno, nunca me habéis detallado vuestra cruzada contra el país. Pensaba que solo queríais vencer a quienes ayudan a cualquier ser mágico que necesite protección.

—Ahora los defiendes. Interesante… —Aimon está empezando a intuir fisuras en las ideas de Azriel.

—Proseguid, por favor —retoma la reina, cada vez más tensa y nerviosa.

—Nueva Erain tiene algo que no poseen el resto de países —continúa Dalila—. Este hombre se hace llamar Johan, el Inmortal, y es… especial.

—Especial, ¿cómo?

—Digamos que podríamos asegurar que apenas es humano. Es complicado de explicar, pero la Magia no es la única fuerza poderosa en la Tierra. Hay otras que… ayudan al equilibrio de energías, aunque su posición es neutral frente a los problemas de los mortales. Al parecer, este ser tiene algo que ver con todo ello; un gran aliado de la Magia. Alguien o *algo* que siempre ha estado cerca de Ella y la ha amparado y guiado comedidamente entre los seres a lo largo de la Historia. Como una especie de enviado, ¿entiendes?

Azriel enarca una ceja, incrédula como Vasc y yo, pero con su silencio los anima a proseguir.

—Existían muchos rumores sobre él y fue muy complicado de… cazar, aunque por ser escurridizo, no porque mostrara un poder superior, que sin duda cuentan que posee, ¿verdad, Melba?

—Verdad —contesta la draiz de las mariposas, aferrando más fuerte al prisionero.

—La cuestión es que, al final, no tuvo más remedio que confesarnos que en Nueva Erain existe, lo que hemos llamado para resumir, el núcleo de la Magia. Como si fuese su… corazón —confiesa Aimon y las piernas comienza a temblarme. Azriel pestañea, pero se detiene al segundo de notar su propia vacilación—. Existe, Azriel. No hace mucho que Vérula lo vio con sus propios ojos.

—Así es —responde la ocedina con ese tono hecho para las pesadillas.

No necesito que nuestros enemigos confirmen lo que los erainos deseaban evitar: lo han descubierto, Vérula fue testigo y ahora van a atacar el centro mágico para terminar con esta poderosa energía.

—Vamos a destruirlo y así asesinar a la Magia de una vez por todas.

—¿Sabéis cómo? —tantea Azriel.

—Eso creemos. —Sonríe Glago.

—¿Cómo habéis conseguido que este… *hombre* hable? Decís que su posición es neutral respecto a nuestros asuntos y por su condición tampoco parece muy predispuesto a... colaborar —espeta Azriel, aunque con las palabras precisas.

No puedo evitar acordarme de Linnea, de aquella conversación con ella y con Vasc en la que se insinuaron demasiadas cosas. ¿Es una mera coincidencia que mi maestra también gozara de un título, la Visionaria, como ese tal Johan, y que ambos sean relacionados con fuerzas que nadie conoce?

—Cuando apresamos al Inmortal, vuestro barco había zarpado hacía tiempo, Azriel. Después de que regresaras, siendo la única superviviente, hallamos otra pieza importante... Capturamos a una criatura de cualidades muy peculiares que resultó ser su compañero. —Dalila apunta a Johan.

De manera que Tilia envió el barco con la única intención de espiar y asesinar a los primeros portadores de la Magia sin saber que eso tampoco habría acabado con la existencia total de dicha energía. Sin embargo, cuando dieron con Johan, el Inmortal, apareció una nueva oportunidad de seguir indagando, sobre todo después del fracaso de la primera tripulación.

—Los torturamos a ambos durante unos cuantos años más. Resistían sin apenas oponer resistencia. Sin embargo, no supimos por qué —Aimon se encoge de hombros, aunque claramente satisfecho por sus palabras—, pero sirvió, Azriel. Sirvió, porque el compañero del Inmortal no lo soportó como él y estuvo a punto de morir. Al parecer, no son tan infinitos ni imparciales —se burla, y me hierve la sangre.

—¿Y *qué* es ese compañero del que todavía no me habéis dicho su nombre?

—Era un caimán.

—¿Un caimán? —Ante las palabras de Azriel, Lux mueve las orejas como si estuviera captando algo. Ella no se alarma, porque, al fin y al cabo, su propio zorro no parece un animal común.

Yo solo me atraganto ante mi deducción:

—Yojimbo —susurro agarrando el brazo de Vasc. Ese es el porqué de las cicatrices que recorren la dura piel del otro huésped de Linnea. Logró escapar de las garras de los sumos valedores. Por eso la maestra me dijo que *estaba buscando a alguien en la frontera con Tilia*. Por eso aparenta tan incomensurable. Tan… eterno.

—Así que esa es la razón por la que hace dos años me instasteis a participar en aquella violenta ofensiva contra Nueva Erain; entrando en sus terrenos sin siquiera pasar desapercibidos. No por ayudarnos, sino porque ya sabíais que existía ese núcleo mágico. Intentabais introducir más espías, causar estragos —concluye la reina con la voz siendo apenas un suspiro.

Sigo sin poder creerme que Tilia haya sido tan cruel, con el apoyo de Oced, como para orquestar el enfrentamiento entre dos países inocentes solo para proteger sus intereses. Un interés por el que muchos vamos a perecer y solo quedarán en pie los seres no mágicos. Eso, si la Tierra sobrevive una vez haya muerto la Magia.

Aprieto el brazo de Vasc hasta casi pellizcarlo. Debemos salir ya para proteger a Azriel. Debemos defendernos antes de que estos locos acometan su plan.

—Si destruís el centro mágico de Nueva Erain entonces…

—Entonces mueren todos los seres mágicos —completa Dalila—. Todos —insiste para incluir también a los moiros—, al fin y al cabo, aun estando retorcida forma parte de Ella…

Parte de Ella.

—Mejor que mueras tú que todo Ludenar porque no quieres colaborar —sentencia Glago.

—¿Me estáis dando un ultimátum?

—Sí. No seas tan tonta como tus padres, Azriel. No te conviene… —dice Aimon.

—¿Mis padres? ¿Qué tienen que ver mis padres…?

Pero los tres atamos cabos a la vez: los anteriores reyes no fallecieron por la tristeza de la muerte de Baal, sino a manos de los sumos valedores. Ellos no accedieron a sus planes descabellados y Tilia acabó con sus vidas para tratar de manipular a su descendencia. Consiguiéndolo. Aimon, de nuevo, confirma nuestras suposiciones y Azriel enciende la moiro en una mano. Vérula y Melba sueltan a Johan, que cae derrotado contra el suelo, para adoptar una postura defensiva frente a los sumos valedores.

—Asesinasteis a mis padres.

—Os dijeron al príncipe Baal y a ti que el viaje que emprendíais con una de nuestras tripulaciones era explorativo, pero solo era una sencilla tapadera. Increíble que fueran tan inocentes de entenderlo como una gran oportunidad para que ampliarais miras y conocierais la realidad de otros países… Aunque, al fin y al cabo, ¿quién le diría que no a Tilia, la gran potencia que primó la investigación de otras tierras al crecimiento de su país?

Vasc se tapa la boca con las dos manos, reprimiendo un grito. Una lágrima se desprende de sus pestañas. Sigo incrédula, escuchando el complot de dos países que han perdido el juicio.

—Se lo creyeron —musita la reina.

—Y tanto. Nuestro plan casi funcionó. Como planeamos, Vérula atacó vuestro barco, fingiendo que también llegaba en ese instante. La intención era que murierais todos y luego asesinar a los reyes y al príncipe Vasckian. Tomaríamos el poder de Ludenar y sembraríamos la semilla de la discordia contra Nueva Erain. Pero… sobreviviste.

Azriel intenta hablar, no obstante, sus palabras no llegan a brotar.

—Un insignificante contratiempo, claro. —La sonrisa de Glago se amplía—. Mantuvimos a tus padres vivos un poco más para introducir la magia gris en el país y, cuando lo creímos conveniente, más pronto de lo que previmos, nos deshicimos de ellos para juguetear con tu inexperiencia.

—Claro que como Nueva Erain se enteró de la existencia de nuestro barco, también tuvimos que actuar para solucionar ese cabo suelto. No fue complicado hacerles creer que provenía de Ludenar, y no de Tilia, con ánimo de atacar. La intervención de Vérula fue fundamental. —Aimon se cruza de brazos.

—Sois unos verdaderos monstruos —les recrimina Azriel.

—Todo por el fin de la Magia. Entonces, ¿te unes?

—¿Para contribuir a mi propia muerte?

—No, para salvar a una parte de tu país —sentencia Dalila.

Vasc se prende en una llamarada de partículas grises y quiero acompañarlo. Vamos a morir de todas maneras, ¿no? La rabia que ha incendiado mi interior hace unas pocas horas vuelve a resurgir con fuerza y recuerdo las palabras de Dalila: la moiro sigue siendo Magia.

O sea, que sigues siendo tú, Magia. Si realmente somos capaces de torcerte, significa que también tienes un lado oscuro. Una parte a la que nadie debió acceder nunca, pero que alguien descubrió. Y pienso adentrarme en tu oscuridad y arrancar de ti toda la ponzoña, y bañarme en ella: porque los sumos valedores deben morir. Sigues perteneciéndome, así que dame ese poder que nos quieres esconder. Formarás parte de mí, pero como yo quiera. O te vas ya o te conviertes.

De pronto, la Magia despierta y me rodea como a Vasc, pero dorada. No puedo evitarlo y empiezo a gritar.

Vete y vuelve. Eres un arma también. Siempre has ocultado tu sombra, así que otórgamela ahora.

Cargaré y pagaré este sacrificio.

No, cargaré y pagaré este castigo.

—¡Hazlo!

Y un empujón me lanza contra el muro contrario y algo se retuerce en mi interior, alimentando mi ira, tiñéndolo todo de gris. Se me reseca la boca y me sube la fiebre. Hay un poder que me hace ver a través del muro falso, que me ayuda a descubrir cómo los enemigos de la Tierra y Azriel giran sus cabezas en dirección a la pared que nos camufla.

No importa, yo les haré caer en la cuenta. Chasqueo los dedos y la moiro acude a mí.

«SU SALVACIÓN ES LA VUESTRA».

Y así Magog ha convertido a Milos en la clave esencial que protege nuestras vidas de un destino ya sentenciado. Porque si mi amigo no logra avanzar en la sanación del ser que está tendido en el camastro de la tienda del esclavista, el precio por fallar es mi cabeza. Luego la de Rei. Y, al final, la suya propia. Una detrás de otra, marcando a cada caída los fracasos de Magog y los nuestros.

Me masajeo el cuello con una mueca ante la idea. Edda me mira de reojo, confusa, mientras avanzamos. Cuando nota que desacelero el paso, me da un violento empujón por la espalda. Creo que me está devolviendo a la celda junto a Denya, cuando aparecemos frente a otra diferente, esta más pequeña, en la que Rei está tumbada de espaldas al exterior.

Mis labios esbozan su nombre, pero no llegan a formularlo, porque, de pronto, me estoy asfixiando. Mis pies dejan de tocar el suelo y miro hacia abajo para comprender, entre jadeos ahogados, qué está sucediendo. Me giran en el aire hasta que quedo cara a cara con el moiro que me venció en Núcleo. Está sonriendo con descaro, sin embargo, ni siquiera puedo hacer un mohín de desagrado. Solo cuando mis manos vuelan a la soga mágica que me está estrangulando, él me suelta.

Inmediatamente, estoy a punto de alzar una barrera protectora para que ni Edda ni él me vuelvan a tocar, pero la Magia tira de mí, rechazando mi petición, porque está tan agotada como yo. Insisto, pero Ella no acepta y se hunde hasta el interior de mis entrañas. Jamás me ha esquivado; solo entonces recuerdo que tiene voluntad propia. Que la Magia es vida y que no está obligada a responderme siempre que lo desee.

Humano egoísta.

Entre bocanada y bocanada desesperada, me relajo. Aun así, le agradezco a Ella que retroceda, porque no puedo malgastar el último aliento de fortaleza que nos queda. No sé si me voy a recuperar. No sé si Milos estará en condiciones tampoco, y no podemos arriesgar nuestra única baza a que Rei sea capaz de conectar de nuevo con mis habilidades y sea ella quien nos devuelva a Nueva Erain.

—¿Me ibas a atacar con tu magia de cobarde?

—La tuya sí que es cobarde, que solo nace… con un propósito…

—¿Ah, sí? ¿Cuál?

—Te voy a dejar con la intriga. —Y sonrío.

El gesto me vale un puñetazo y el sabor de la sangre me inunda la boca. De reojo descubro al moiro sacudiendo la mano, con los nudillos enrojecidos, aunque su semblante muestra pura satisfacción. Un sádico en toda regla.

—Dugan, será mejor que no lo mates. Órdenes de Magog.

La teoría de Denya se confirma: cualquier moiro se siente con más confianza de provocar la ira de Magog que un ser sin poderes.

—Sí, sí. Aunque no entiendo por qué mantiene vivo a este inútil. Tal vez se esté ablandando... —Y se repasa su sonrisa con un pulgar sucio.

—Ni se te ocurra insinuarlo, Dugan. Soy fiel a Magog.

Él no se mueve, pero sus ojos se deslizan veloces hasta Edda. Una risa gutural y retorcida nace desde su garganta. Su pecho se convulsiona una vez. Dos veces. Tres..., hasta que todo su cuerpo se mueve al son de una carcajada desquiciada. Incluso Edda se queda paralizada. El moiro está loco y, si hay más como él aquí, estamos perdidos.

—Gracias por la diversión —espeta dándonos la espalda.

La centinela lo persigue con una mirada de aversión. ¿No se fía...? Detengo mis pesquisas en cuanto Edda regresa su atención a mí. No quiero que piense que estoy tratando de encontrar puntos débiles que nos faciliten nuestra huida; ya es bastante desventaja que sepan que nuestra llegada solo busca el fin de rescatar a Milos.

—Métete dentro de la jaula, eraino —gruñe Edda—. No hagas ni un movimiento en falso. Ni tú ni tu Magia. Este machete —lo saca del cinto pegado a su espalda— lo atraviesa todo. No seas imprudente.

Me faltan fuerzas para contestar o resistirme. Un perfil bajo, como bien dijo Rei, es nuestra mejor arma de momento. Reteniendo el último impulso en pos de dar media vuelta y salir corriendo a por Milos, entro en la celda a gatas, obediente. Edda cierra con fuerza en cuanto estoy dentro. Sí, sin duda está enfadada. Puede ser útil.

Me aproximo a Rei, que duerme con ese aspecto de quien está al borde de la muerte, pero que, sin embargo, continúa viva. La llamo entre susurros, intentando despertarla. Necesito saber qué le han hecho y si la han amenazado tanto como a mí.

Balbucea algo y pestañea sin llegar a abrir los ojos del todo.

Aunque su reacción debería haberme bastado para detenerme, mi corazón sigue golpeándome el pecho, inquieto. Durante estos últimos días de viaje su estado ha sido lo aparentemente grave como para que una persona como yo, que entiende lo justo de medicina, se asuste por su condición actual.

—Senda… —murmura.

Me separo un poco de ella, porque empieza a incorporarse entre quejidos y bostezos. Una extraña mezcla que solo suma para aliviarme más. Se aparta unos mechones rebeldes del rostro y sus ojos redondos se abren. Sus pupilas se ajustan a la luz del mediodía y, por fin, me miran.

—Senda —dice con más determinación.

Su cuerpo se inclina hacia mí y sus brazos, alrededor de mi cuello, me aprietan contra ella. Mis manos viajan desde la parte baja de su espalda hasta su cabeza y hundo los dedos en su sucio y seco cabello pelirrojo. No lloramos, aunque no nos faltan ganas. En silencio, dejamos que el calor de nuestra piel y el sol nos reconforten también.

Nos alejamos un poco y mis manos se deslizan hasta sus mejillas. Durante un instante pienso en besarla. Porque está bien, sí, pero creo que solo sentiré su vida si su aliento se encuentra con mi boca. Mi pulgar roza la comisura izquierda de sus agrietados labios. Ella los entreabre, pero no lo entiendo como una invitación. Al fin y al cabo, estos sentimientos confusos puede que solo los sienta yo. Tampoco es el momento adecuado, aunque notando el débil pulso de su magia tengo miedo de que esta amenaza constante me arrebate, al menos, la confesión de mis emociones.

Rei mueve la cabeza, solo unos centímetros, hacia delante, hacia mí. Pero la suelto y yergo la espalda. Ella asiente, como si hubiese leído cada uno de mis pensamientos y comprendiese mis dudas.

—Estás bien —inicio la conversación antes de que mi corazón hable.

—Magog no me iba a dejar morir.

—Entonces, ¿qué te pasaba?

—Deshidratación, inanición, falta de higiene… Podría enumerarte los cientos de problemas que puede causarte Siden, si estás tan desprotegido como nosotros.

—¿Por qué no he caído enfermo?

—Circunstancias. No te preocupes. Todavía tengo fiebre y me noto débil, pero me han permitido unos minutos para bañarme y comer algo.

—Comer… —suspiro—. Creí que te perdía, Rei…

Ella apoya la cabeza en mi pecho y permanecemos en esta posición hasta que, de nuevo, todo en nosotros parece estabilizarse. Tengo que hablarle sobre Denya, Milos y Magog. Sobre el extraño ser que el esclavista cuida en su tienda y por el que demanda con tanto fervor su recuperación; recuperación de la que penden nuestras cabezas.

Rei se aparta y, antes de que el cansancio nos venza a ambos, le cuento qué ha sucedido durante nuestra separación. Aunque no le damos la espalda al campamento para no levantar sospechas, murmuro lo importante, casi entre dientes, por si acaso alguien nos espía. Rei atiende con el semblante serio y la mandíbula muy tensa. No omito ningún detalle, ni siquiera cuando le describo mis sensaciones respecto al físico de Magog. Trato de ser preciso a la hora de reproducir cada diálogo, incluso el último, en el que Edda se ha mostrado intranquila ante Dugan como si este fuese el mismísimo Magog.

Mis últimas palabras se atropellan ante la necesidad de saber qué opina y si mientras la asistían ha sucedido algo relevante.

—¿Denya está viva? —Una esperanza triste reluce en su mirada cuando asiento—. No recuerdo si logró huir o no con nosotros —sacude la cabeza, confusa por no rememorar cada rostro—, pero creía que todos habían muerto en aquella frontera...

—¿Qué frontera?

—Bueno... —Su voz se rompe—. El día que el grupo rebelde de Jaziz y Hester nos liberó, escapamos hacia el interior de Siden. En principio, íbamos a refugiarnos en una zona protegida, no obstante, nos topamos en medio de la nada con una verja, alta y ancha. En mis recuerdos no tiene fin. La habían alzado unos sideneses para controlar quiénes pasaban de un lado a otro. No nos prestaron su ayuda. La mayoría se quedaron a insistir, pero otros nos dirigimos hacia la costa.

Hace una pausa para meditar, por lo que no la interrumpo.

—¿Cómo pudieron ser tan despiadados? Clamamos ayuda frente a aquella alambrada y nos dieron la espalda... en una tierra que compartimos...

La angustia termina por ahogarla y sus manos pasan a ocultar su rostro. Solloza y me destroza verla tan afectada. Pese a que toda su vida ha estado marcada por la penuria de este país, no puede dejar de sentir que tanto Magog como los de la frontera le arrebataron su hogar. Ella vivía en las calles de Omulia, pero en ellas se sentía parte de algo.

Comprendiéndola, me acerco más, no solo a ella, sino también al resto de sidenesas y mucho más a Rima. A las decisiones que ha tomado y a su exasperada búsqueda de un lugar que la hiciese sentir como la granja en la que vivía en paz junto a su familia.

No volvemos a hablar en horas. El sol empieza a ocultarse en el horizonte y un centinela, más joven que Clivor y Edda, se acerca a nuestra jaula para tirar dentro varios trozos de pan duro y algunas piezas de fruta y dejar en tierra una vasija llena de agua.

Sincronizados por la necesidad, Rei se apresura a reagrupar los alimentos mientras extiendo el brazo por uno de los huecos para intentar alcanzar el recipiente. Lo ha dejado lo suficientemente lejos de nosotros como para que tenga que pegar mi cuerpo a la jaula y así ganar unos centímetros más. Los hierros se clavan en mi costado y protesto. Por suerte, las yemas de mis dedos consiguen tocar el asa de la vasija. Se tambalea, pero mi mano logra aferrarla a tiempo de que no caiga.

Me doy cuenta de que no cabe y de que vamos a tener que beber entre los barrotes. Ni siquiera me pregunto la razón por la que no nos dejan tener dentro el recipiente, ya que estoy convencido de que es porque, desde la lejanía, disfrutan viéndonos sufrir por un poco de agua.

Sin embargo, a estas alturas ya no puedo sentir ni rabia. Aunque el hecho de tener que denigrarme me molesta, la sed y el hambre acucian más. Como en el mercado de Omulia, devoramos lo que nos dan y, de nuevo, las energías parecen avivarse un poco. Cada gota de fuerza cuenta y alimenta nuestra magia. No nos queda otra que ser inteligentes y usarla solo cuando sea necesario.

Terminamos y el sol se marcha, dejando paso a la luna. Las antorchas y hogueras del campamento comienzan a iluminar el espacio. Es entonces cuando me paro a analizar por primera vez nuestra posición. Parece que estamos tras la entrada de la enorme carpa y bastante aislados del resto de jaulas. Apenas hay tiendas alrededor, pero, cerca de nosotros, Edda ha encendido una fogata junto a otros centinelas. Lo que parece la sombra de otros barrotes se proyecta sobre sus figuras, pero tal vez solo es fruto de mi delirio… o de mis ganas por encontrarme otra vez con Milos.

—¿Dónde estarás ahora? —murmuro.

—¿Milos?

—Sí.

Me alegra que Rei reaccione. Durante toda la tarde hemos permanecido separados, como si de pronto fuéramos unos desconocidos. No me correspondía consolarla ni recordar nuestra situación, pero no puedo evitar que una ola de alivio me calme cada vez que se recompone de una caída invisible.

—Con Magog, claro.

—¿Cómo lo sabes?

Pregunto sin mirarla, porque estoy estudiando cada movimiento de los secuaces, que se congregan alrededor de la hoguera mientras se reparten una gran cantidad de alimentos y jarras desbordantes de agua y lo que creo que, por su color, serán distintos tipos de alcohol.

—Antes no te lo he dicho, pero yo ya sabía que ese ser enfermo existe. Si Magog tiene tanta urgencia por que sane, no mantendrá a Milos muy lejos.

—¿Quién es él?

Entonces sí, me giro hacia ella. Rei se recoge un mechón tras la oreja, aproximándose a mí. El fuego ondea sobre su rostro y descubre su cansancio.

—Me gustaría darte una respuesta precisa, Senda, pero lo cierto es que nadie lo ha sabido nunca con certeza. Puede que Magog guardara con tanto recelo su condición, porque… es alguien querido e importante para él. —No creo que eso sea posible, pero la dejo continuar—. Sabíamos de su enfermedad, pero tampoco cuál era, aunque empiezo a sospechar…

—¿El qué?

—¿Y si ese ser es un magia gris? ¿No se supone que te hace enfermar hasta la muerte?

—Por eso Magog no se ha rodeado en mucho tiempo de moiros, porque le recuerdan a él.

Sigo sin darle el crédito de que pueda sentir amor.

—Todavía nadie ha podido sanarlo. O Milos es un excelente actor o realmente está logrando algo.

—Por nuestra conversación no lo parecía…

—Es que no creo que se pueda. ¿Curar la magia? Parece que jamás aprenderemos que cuando la dañamos solo podemos tratar de no repetirlo.

El alboroto de los centinelas nos interrumpe. Observo por encima de mi hombro. Edda y yo coincidimos en nuestro vistazo y levanta su jarra hacia mí, divertida. Aparto la mirada enseguida, notando que esa pizca de rabia que no llegaba a irritarse antes lo hace ahora. Aprieto los dientes, controlando los nervios.

Rei y yo terminamos abrazados contra los barrotes de hierro. Ella se duerme antes, pero tampoco tardo mucho en sumirme en un bucle de pesadillas que, por suerte, lo son mucho menos que la realidad en el Circo de Magog.

Cuando despierto, otro mendrugo de pan y media manzana demasiado madura me dan los buenos días. O, mejor dicho, el mediodía, porque el sol está en lo alto. Antes de que me incorpore del todo, ya estoy llevándome a la boca la hogaza y los restos de fruta. El estómago me sigue doliendo por el hambre, pero también por la mala nutrición. Si las cenizas saben a algo, estoy seguro de que deben hacerlo como la comida podrida.

Miro a mi derecha, donde Rei está sentada, muy pegada a los hierros, tamborileando los dedos sobre sus rodillas. Me asomo al exterior y avisto la vasija de agua. La recojo y acerco la boquilla hasta apoyarla sobre mis labios. Un poco de agua se escurre entre mis comisuras, y freno mis ansias. No puedo malgastar lo poco que nos dan.

Cuando noto que me despejo y mi magia cosquillea bajo mi piel, un poco más animada, me arrimo a Rei.

—Buenos días.

—Ojalá —musita.

No le discuto su acritud, más bien sigo la trayectoria de su mirada. Es un momento de gran actividad en el campamento. Los centinelas no solo recorren el espacio, vigilando, sino también trasportando objetos y conduciendo a los esclavos a diferentes destinos.

Miro a Rei para descubrir su ceño fruncido y sus dedos todavía más inquietos sobre sus piernas. Me sumo a sus cavilaciones silenciosas, meditando también sobre nuestra situación. Me queda claro que los centinelas conforman el ejército de Magog, pero que permanecen junto a él por dinero y poder, no por gusto u honor. Por las apreciaciones de Denya, quizá haya más de un moiro, pero, por el momento, solo sé de la existencia de Dugan. La magia funesta conforma la ofensiva más peligrosa a la que podríamos enfrentarnos, por lo que sería esencial conocer si hay más de ellos. Y, por lo que intuye Rei, Milos siempre está cerca de Magog. No sabemos dónde descansa ni tampoco cuánto rato está dentro de la tienda del esclavista, pero lo que está claro es que debe permanecer cerca, si su tarea primordial es estudiar el estado del enfermo.

—¿No te parece increíble que Magog sea capaz de sentir algo por alguien? —pregunto.

—Lo cierto es que sí. No tiene la benevolencia de cualquier ser normal. No creemos que sea… terrenal. ¿Me explico?

—Sí. —Recuerdo a duras penas su indescriptible apariencia, como si su cuerpo fluctuara todo el rato, algo a lo que Rei y el resto ya se han acostumbrado—. ¿Crees que el dolor por la pérdida lo ha cegado hasta este punto?

—No creo que Magog sea así por eso y, aunque así fuera, no es justificación para hacer lo que hace.

—Desde luego. ¿Es posible que exista *algo* como él? ¿Como si…?

—Como si perteneciese a otro mundo.

Rei enmudece de pronto a la vez que su mano se posa veloz sobre mi rodilla y aprieta. Miro al frente, asustado por encontrarme con los rasgos oscilantes de Magog. Pero maldigo en un susurro cuando distingo a Dugan, acompañado de otros seres, acercándose con zancadas enérgicas hacia nosotros. Nunca se olvida de su maquiavélica sonrisa que me recuerda, no que es un moiro, sino un humano detestable.

Disimula como si fuera a pasar de largo, sin haber reparado en nosotros; sin embargo, Dugan se detiene de golpe, alzando un índice movido por una ocurrencia, y retrocede con el mismo ímpetu. Sus acompañantes también terminan frente a nosotros, observándonos con curiosidad, como si fuésemos meros objetos de exhibición.

—Ella no está en venta, pero él… tal vez sí —comenta, sin interés, aunque el resto agranda los ojos e investiga nuestro aspecto con más entusiasmo—. No me iba a detener, son esclavos que traen muchos problemas, pero sé cuánto os gustan los retos, así que a lo mejor tenéis suerte de verlos esta noche en algún espectáculo.

No se me escapa cómo Dugan estanca su mirada en mí. Le enseño los dientes, como si fuese un animal acorralado y furioso, y él suelta una de sus insoportables carcajadas. Los otros ni se inmutan, porque continúan con su labor de estudiarnos, de comprobar si nuestros ojos son la ventana a nuestro interior.

Pero el moiro se cansa rápido de que no le presten atención, chasquea los dedos y se marchan, no sin antes echarnos un último vistazo. Ahogo una protesta, sintiendo que me he tragado una larga lista de insultos sin sentido.

—Hoy hay venta y espectáculo —dice Rei cuando el grupo rodea la carpa—. A veces Magog vende esclavos a un precio mayor que el del mercado, pero con mejores garantías. Y son pocos los que pone a disposición. Esto suele preceder a un espectáculo. Esos que Dugan está guiando son el público que luego disfrutará con las vejaciones que sufran los esclavos dentro de la carpa. Podríamos aprovechar esta noche para intentar hablar con Milos. No nos queda tiempo y, sinceramente, las opciones son pocas.

—Tengo una idea —asiento, convencido.

«Tengo una idea» nos ha llevado a esperar en la fila de prisioneros para entrar en la carpa de la que salen vítores y gritos desde hace una hora. Al parecer, solo hay una noche en la que se promete al público que habrá muertes, y hoy no es ese día. Pero, aun así, cada gemido y lamento que conduce el viento hasta nosotros me hiela la sangre.

No lo hemos tenido fácil para convencer a Clivor —y a Magog en boca del centinela— de participar; para la cabeza tan pequeña que tiene, es perspicaz. Una fugitiva y uno que pretende serlo por primera vez se prestan voluntarios para lo que, sin duda, es un crimen. Sin embargo, Magog ha accedido con dos condiciones: que no nos pierdan de vista mientras estamos fuera de la jaula y que nuestra exhibición sea memorable. Y con memorable se refiere a peligrosa. Rei moldeará mi magia, con la que trataré de dominar el fuego de cientos de velas. Creo que la previsión de gastar nuestro poder ha atenuado las dudas de Magog, quien sabe que nuestra energía siempre está bajo mínimos a causa de las condiciones en las que sobrevivimos.

Pero ninguno sabe que ni siquiera vamos a entrar en el Circo. Nuestro gran problema ahora es: ¿cómo desaparecer durante unos minutos sin que la atenta mirada de Edda nos detecte al instante? La enorme centinela no ha parpadeado. Las cadenas que apresan nuestras muñecas y nuestros tobillos tintinean cuando intercambiamos el peso de un pie a otro.

—Rei… Tranquila —le susurro, porque se balancea con más ansia que yo.

Me mira y leo el miedo en su rostro.

—No va a salir bien. Hay demasiados ojos puestos en nosotros, Senda.

—Tendremos que provocar una distracción…

Mi frase se la lleva el chillido de una esclava que están sacando a rastras por la entrada. Le falta un brazo y de la herida mana una cantidad desbordante de sangre. Su piel verdosa es casi del color de la ceniza y sus ojos, desorbitados, claman una ayuda que no va a llegar. Toda la calma que había conseguido acrecentar ante la seguridad de que no vamos a dar ningún espectáculo se amedranta ante la escena.

¿Y si entramos? ¿Y si nos obligan a herirnos para no decepcionar al público? Aparto la mirada, atormentado. De pronto, mi idea no me parece tan buena. De pronto, solo tengo ganas de volver a la pequeña prisión que, al menos, nos aísla un poco de este sitio de locos.

—Senda.

Levanto la barbilla, pero no es Rei quien me llama. Varios esclavos más adelante, Denya trata de comunicarse conmigo sin que la escrutadora atención de Edda recaiga en ella. La centinela continúa con la vista fija en nosotros dos, pero está a varios metros de distancia y el constante barullo del interior del Circo camufla la voz de la esclava.

Le hago una indicación para que me hable desde el otro lado de la fila, también vigilado por un centinela, pero que no presta el mismo cuidado que su líder. Apenas me muevo, lo suficiente para que la cabellera de Rei me tape la cabeza inclinada hacia el otro lado.

—No te muevas —le indico a mi amiga.

El rostro de Denya se deja ver entre las espaldas, y no solo agradezco que las sombras que causan las serpenteantes llamas de las antorchas nos cubran un poco, sino verla a ella. Apaciguar la sensación de la muerte.

—¿Qué hacéis aquí?

—Iniciar nuestro plan.

—¿Estáis locos? —Alza un poco más la voz y Rei da un brinco, por lo que Edda se pone de puntillas para avistarnos mejor.

Me quedo quieto, con la respiración contenida.

—¿Es Denya? He reconocido su voz… —me dice Rei, esperanzada.

—Sí, pero espera. Solo escucha.

Me agazapo un poco para encontrarme de nuevo con los ojos de la esclava. La mujer me observa con preocupación, aunque en su mirada parece llamear algo más que el reflejo de las antorchas.

—Edda os está vigilando.

—No se fían.

—¿Necesitáis ayuda?

—No hagas nada —ruego de inmediato. Es un plan muy peligroso e involucrar a Denya puede ser un error si sale mal.

Pero la mujer asiente y vuelve a la fila. La llamo otra vez, insistente. El sentimiento de pérdida se ensancha en mi pecho. De mis labios sale su nombre una vez más antes de que Edda se plante frente a mí, como la sombra de una bestia de ojos centelleantes y dientes demasiado afilados.

—¡Silencio!

Una bofetada concluye su intromisión, pero no me escuece más que la agonía que me genera que Denya pretenda ayudarnos. No sabe qué queremos hacer ni cómo. No quiero que se sacrifique por una causa que no es suya. Porque, por mucho que me gustaría salvarla, a ella y a todos los presos, no voy a poder.

—¿Qué va a hacer? —musita Rei, temerosa.

—No lo sé —gimo.

Después de unos cuantos —y cortos— espectáculos más, Denya traspasa la puerta del Circo. Trago saliva, asustado. Mis dedos se aferran al bajo de la camiseta de Rei y tiran. Ella me lanza un vistazo por encima de su hombro y una lágrima a punto de desbordarse me confirma que el agobio y la tensión la están devorando.

Desde el interior de la carpa empiezan a corear la palabra «ataca» y la presión atenaza mis músculos sin piedad. Escucho cómo Rei empieza a murmurar algo, tal vez oraciones dedicadas a los Ascendientes, aunque, por lo que sé, solo Jaziz cree en ellos.

Una larga ovación templa mis nervios pese a que, de pronto, un ruido atronador y una ola de gritos desgarrados rompe con la rígida calma que ha estado amenazando con hacerse añicos a cada segundo. Por dentro, la carpa se ilumina con un fogonazo que nos ciega a todos y provoca que la fila de esclavos retroceda bastante por el miedo a que lo de dentro los alcance. Al caos de movimiento se suman las súplicas y los gritos de los mismos; una brecha, una oportunidad.

Edda alza las manos sin quitarnos ojo, intentando poner orden, porque los prisioneros han comenzado a desperdigarse. Rei choca contra mí al esquivar el manotazo de un draiz que, frente a ella, no es capaz de controlar su histeria. Y caemos en una zona lejos de la acción de la lumbre de las antorchas, donde nos abraza la oscuridad.

No lo medito.

—¡Vamos!

Estiro de Rei, que comprende que no nos queda más opción que esta, aunque no nos dé garantías de éxito. Con pasos cortos y conservando el poco equilibrio que nos brindan nuestras ataduras, nos dirigimos a la tienda de Magog, en la cual esperamos encontrar a Milos.

Si no está ahí dentro, debe estar cerca: esa es nuestra suposición. Si realmente el esclavista ve en mi amigo una solución, no lo mantendrá lejos de él. Esté o no trabajando. Por suerte para mí, Rei reconoce tiendas y jaulas. Me susurra que nunca las ubican de la misma manera cada vez que el campamento se asienta en un lugar diferente, pero que siempre hay un patrón y algo indudable: las más grandes pertenecen a los seres más relevantes en este *negocio.*

Esquivamos algunas jaulas en las que dentro yacen esclavos y damos esquinazo a varios centinelas. El campamento no es muy grande, pero a mí me está resultado un laberinto descomunal. Nuestros pasos los marcan nuestras respiraciones alteradas y los gritos que continúan resonando alrededor de la carpa. Intento despejar la imagen de Denya siendo la causa del problema, porque solo puedo imaginármela muriendo por su atrevimiento.

Rei se detiene de golpe tras una tienda marrón de tamaño medio y me señala al frente. Sí, ahí está la de Magog, elevándose en medio del mar plateado que crea la luz de la luna como si fuese un fuerte. Estudiamos el terreno, pero nadie parece rondar la zona. Tal vez porque todos los privilegiados están disfrutando del Circo.

Nos acercamos, cautelosos, pero con la suficiente decisión en nuestros pasos como para dirigirnos sin titubeos a la enorme entrada, un poco abierta. Antes de que consigamos traspasar la obertura que no nos invita a entrar en la oscuridad voraz del interior, nuestros nombres en boca de otro ser nos paralizan.

Nos volvemos en guardia, pero su voz, susurrante, nos guía hasta la celda más próxima a la tienda de Magog. Es más grande que cualquiera que haya visto y Milos está encerrado y cuelga por los brazos de unas cadenas sujetas a los barrotes superiores.

—Milos —murmuro, aliviado porque sea él.

Nos acercamos a la jaula y, al instante, siento nuestra esperanza sepultada en la arena del desierto de Siden. No solo los barrotes de hierro están más juntos, sino que Milos está situado justo en el centro, lo bastante lejos como para que una mano externa no lo alcance por ningún lado, y menos las nuestras, presas de los grilletes.

—¿Qué hacéis aquí?

—Hemos venido a por ti para escaparnos.

Mi amigo tuerce el gesto, entristecido. Mueve sus muñecas y, aunque las sombras imperen, la presencia de la luna me deja advertir las heridas que dañan su piel. Mi rabia aumenta y mi magia reviste mis dedos. Intento deshacerme de las cadenas, pero solo me envuelve con una sensación cálida y apacible.

—No, no. ¡No!

—Senda —me advierten ambos.

—Esta era nuestra única oportunidad.

Una explosión que sabemos que proviene de la enorme carpa alerta a Milos.

—¿Qué habéis hecho?

—Nada, pero creemos que una prisionera nos está ayudando —musita Rei.

—Así no vamos a poder escapar —dice Milos mientras sus gafas rotas se resbalan un poco por el puente de su nariz—. Magog lo tiene todo pensado. Si ahora descubre que no estáis, se acabó. Nos matará a los tres.

—¡Pues mata tú a ese ser que tanto aprecia! —espeto.

—¡Senda! —se alarma Milos ante mi amenaza.

Es cierto. No estoy pensando yo, sino la desesperación. El odio profundo que siento hacia el esclavista y todo su alrededor. El miedo a la muerte, que nos observa paciente desde el otro lado, ahora visible por lo cerca que estamos de probar su frío sabor.

Tenemos que escapar. Se nos tiene que ocurrir algo. De nuevo, intento destrozar las cadenas, pero es imposible. La Magia solo acuna mis emociones, y que Ella no sea una solución me altera más.

—¿Qué hacemos?

—No lo sé... —Rei no parece estar con nosotros. Su mente sigue puesta en la fila del Circo que hemos abandonado con una insensatez que ralla la demencia.

—Tenemos que trazar un plan…

—¡Eso ya lo sé, Milos!

—¿Por qué no planeasteis algo antes de venir? —me acusa, sin maldad, pero mi nervio no lo interpreta igual.

—¡Porque no teníamos opción! ¿Es que crees que pensábamos que Magog te iba a mantener vivo durante tanto tiempo? A este paso no vamos a salir con vida… No vamos a poder salvarte a ti, y cuando ellas rescaten a Rima…

—¿A Rima? ¿Qué ha pasado con ella?

—¡Ahora no es el momento!

—¡Dejad de discutir! —interviene Rei.

Los gritos empiezan a acallarse en la lejanía, señal de que deberíamos volver. Mi enfado se mueve por mí, coge la mano de la harum y deshacemos nuestros pasos. Oigo a Milos llamarnos, pero no le hago caso. No puedo con tanta presión; está claro que no íbamos a lograrlo. Tampoco estábamos sacando algo en claro, así que seguir discutiendo solo habría supuesto una condena segura.

Sé que hemos tomado la decisión correcta, aunque la más hiriente, cuando regresamos a la fila a tiempo. Nos tiramos en tierra y simulamos habernos caído. No somos muy convincentes, sobre todo cuando parece ser que los esclavos no han huido despavoridos demasiado lejos. Aun así, nos mantenemos en silencio, aunque visiblemente inquietos, a la espera de que nos reubiquen.

Nos replegamos en pocos segundos cuando vemos aparecer a Magog con la máscara puesta, alzando un candil que nos ilumina, escoltado por Edda y Clivor. Por un momento, pienso que viene por nosotros, a asesinarnos por nuestra insolencia, pero se detiene a pocos metros del grupo. La centinela no se sorprende al vernos y me permito soltar parte del aire que he estado reteniendo en mis pulmones.

Cuando se cercioran de que no faltamos ninguno, Magog no da media vuelta, sino que se dirige en la misma dirección por la que hace unos minutos hemos ido y vuelto.

El espectáculo se termina, pero no la noche. No, porque nos obligan a permanecer de pie, aguantando el llanto, las arcadas y los lamentos impotentes. No nos dejan apartar la vista, bajo amenaza de latigazo. Durante horas, nuestra única visión es el cuerpo inerte, pálido y amoratado de Denya que, con sus ojos abiertos, nos mira desde el suelo. Vacíos. Muertos.

El sol ya ha salido varias veces, tal vez cuatro o cinco, por ese horizonte oculto tras los techos de las tiendas. Todo el cuerpo me duele, porque apenas me he movido. A la mañana siguiente de la muerte de Denya, Rei y yo tratamos de hablar, de trazar un plan, pero aquel día nos superó.

Denya ha sido asesinada por nuestra culpa, porque deseó ayudarnos; en vano. La visión de su cadáver ha aparecido en cada una de mis pesadillas que, ya sí, son más terribles que la propia realidad.

Las últimas palabras que intercambié con Milos también me han estado pesando. Solo espero que siga vivo, porque ni Magog ni Dugan nos han vuelto a visitar. Optimista, porque quiere decir que no sospechan de nosotros. Agorero, porque aquí la falta de noticias no parece una buena señal.

Aunque los primeros días tras la muerte de Denya fue complicado seguir pensando en cómo huir, hoy todo parece estar recobrando algo de lucidez. Porque, como bien dijo Rei, aunque en el campamento todo cambia constantemente, existe una especie de patrón, incluso en las rondas de vigilancia de los centinelas. Cada uno de esos detalles son piezas, y ninguna carece de valor.

Pienso en Yves. ¿Habrán enviado a los defensores que ya tenían previsto que buscarían a Milos para ahora rescatarnos a los tres? La sola idea de que hayan decidido que ya no vale la pena me acongoja. Sin embargo, Yves jamás permitiría mi desaparición. Pienso también en Fatma y en las sidenesas. Pienso en ellos para convencerme de que están bien. De que volveremos a reencontrarnos.

Una mañana más, el desayuno me espera. Rei ya está despierta, en la misma posición que siempre frente a los barrotes. Cojo el mendrugo de pan y un pedazo de queso moteado de azul, y musito:

—¿Algo nuevo?

—Tal vez algo…

Arqueo las cejas, sorprendido. Le doy un bocado a ambos alimentos a la vez para disimular el mal sabor que tienen. Ella me mira, ojerosa y pálida. Sonrío de lado.

—Tus sonrisas. —Es lo único que dice antes de volverse hacia el campamento.

Me acabo el desayuno antes de dedicarme a estudiar nuestras posibilidades. Sin embargo, esta vez Rei parece convencida de algo. O, mejor dicho, calibrando una opción que le resulta, al menos, viable. Tanto tiempo encerrados me ha hecho conocer al milímetro cada pensamiento reflejado en sus expresiones que, a su vez, deben asemejarse mucho a como creo que lucirán las mías.

—¿Qué se te ha ocurrido?

—Seguro que tú también lo has pensado —me contesta—. Podría moldear la energía tanto de Dugan como de cualquier otro moiro, si los hay. Eliminaríamos una gran ofensiva.

—Sería una jugada defensiva increíble por nuestra parte, pero siguen teniendo otro tipo de armas, nos vencerían enseguida. ¿Entonces?

Rei suspira.

—Creo que puedo hacer algo…

—¿El qué? —apremio.

—Intentar… *usar* la moiro, ¿entiendes?

Por supuesto que sí. Pretende intentar moldearla hasta el punto de utilizarla como una herramienta. Hacerla suya, pero sin que le pertenezca. Así obtendríamos el arma más fuerte del campamento y de la que Magog más desconfía.

—¿Ya lo has probado?

Rei me mira y, por fin, sonríe.

RIMA

LA MAGIA ES COMO UN ABRAZO CÁLIDO, que te promete un destino seguro y cómodo, en el cual no temer. En cambio, la moiro es desenfreno. Una calamidad que sacude cada cimiento y solo te asegura que podrás avanzar si es arrasándolo todo. Es un juramento con sonrisa de depredador. Y, en algún lugar, el eco de los sollozos de la Magia acude a mí para recordarme lo que he hecho. Para recordarme que, en parte, soy como ellos.

Sin embargo, no me lamento. Ni tengo tiempo ni es lo que siento. Si soy una mala harum por confirmar con mis acciones que los seres somos capaces de destruirlo todo por lograr nuestros objetivos egoístas, sea. Sea, porque ahora mismo me siento poderosa, y no temo las consecuencias de haber corrompido la energía que no elegí poseer.

La moiro se calma un poco a mi alrededor, pero continúa rodeándome en forma de ráfagas serpenteantes. Al otro lado, más allá del muro, los del salón del trono miran en mi dirección, confusos y alerta, pero sin saber de dónde ha procedido el grito y el estruendo provocados por mi conversión.

Y, por fin, atiendo a Vasc. La energía sigue envolviéndolo y me observa, pasmado, como si estuviera viendo a un monstruo. Lo está viendo. Asiento, sin saber muy bien qué decir. ¿Hay alguna frase resolutiva para una decisión tan compleja y catártica? Creo que la única solución es probar.

Me muevo por instinto propio, por cómo imagino que debe funcionar este tipo de poder. Si la dorada es la esencia que ayuda a que la vida se sostenga en cada detalle y rincón, la gris es la que logra hacer estallar cada pulsación en pos de la dominación.

Con otro grito, sacudo la mano y las partículas destruyen la piedra en mil pedazos. El polvo y los restos llueven a mi alrededor cuando cruzo con decisión al otro lado. Solo una de nuestros enemigos ostenta este poder, por lo que podemos plantarles cara, aunque no tenga ni idea de los límites de mi habilidad.

No reparo en cada una de las expresiones, pero sí en la de Azriel. Ella, más que sorprendida como Vasc, parece triste y asustada. La reina de Ludenar, que nunca parece desfallecer, me observa como si hubiera cometido el peor de todos los errores. Sin embargo, un parpadeo cambia su gesto, convirtiéndolo en una máscara de guerra, porque también comprende que no hay vuelta atrás. Susurra algo que no distingo mientras avanzo hacia nuestro enemigo.

—¿Qué es esto? —pregunta Glago, alarmado.

—¡Dinos, Azriel! —exige Aimon.

—Vuestro final —responde la reina.

—¡Traición! ¡Traición! —clama Dalila.

Y sus desgañitos provocan una reacción que, durante unos instantes, nos desestabiliza a todos. Melba incendia su piel violácea de gris y las mariposas, hasta el momento reposando sobre su pelo, alzan el vuelo al instante. Se prepara para recibirme, pero trastabilla, y me desconcentro cuando la puerta principal de la sala se abre y empiezan a aparecer una cantidad abrumadora de soldados enemigos.

Al paso, rápidos, sale el ejército de Ludenar, cuyas armaduras resplandecen por la luz que atraviesa las enormes cristaleras de colores. Ni siquiera hay una orden o una señal que dé comienzo a la batalla, ya que son las armas chocando y los primeros gruñidos de dolor lo que nos moviliza de nuevo.

Vasc me adelanta y lanza una ráfaga gris contra Glago, aunque Melba consigue detenerla con otra. Me centro en Vérula, cuyos ojos buscan una posible salida. Mientras, Azriel se encarga de que Aimon y Dalila tampoco consigan escapar.

La dirigente de Oced no intuye mi primer ataque e impacta contra el suelo. Se lleva una mano a la cadera y me apunta con un objeto alargado. Nunca he visto una, pero sé lo que es: un arma de fuego. Me aparto a tiempo de sortear el poderoso estruendo que me roza la parte alta de la oreja. Grito de dolor mientras un hilo de humo se escapa por la boquilla del arma. Vérula se incorpora, preparada para volver a accionar el gatillo, cuando la batalla de ambos ejércitos nos alcanza.

Una sacudida gris me tumba y tengo que rodar por el suelo para esquivar el mazazo de un soldado que está combinando su ofensiva física con su poder. Extiendo ambos brazos, dejando que la moiro los recorra e imaginando que son dos enormes cuchillas afiladas. Me concede el deseo, se transforma en lo que pido y arremeto contra mi enemigo sin dudarlo.

Cuando mi puño topa contra su pecho, el poder lo atraviesa limpiamente y noto en mis dedos cómo su corazón deja de latir. Escupe sangre y unas gotas salpican mi rostro. Me separo, aterrada, y su cuerpo cae pesado contra el suelo de mármol. La Magia no huye de su cuerpo ni él se convierte en una masa negra, como la que expulsaba Vasc el día que enfermó en Núcleo. Solo es carne, huesos y sangre entregando su vida a una causa que nunca le concernió.

Me protejo de un ataque inesperado, pero es tan contundente y estoy tan asustada, que tropiezo y mi espalda choca contra una de las gruesas columnas que sostienen el abovedado techo de la sala. El contraataque de la soldado es inminente, pero un ataque gris la golpea y la mata en el acto. Vasc aparece tras ella y avanza hasta mí.

—¡Rima! ¡Rima!

Me miro las manos, donde la moiro empieza a titilar, como si se estuviese apagando, tan confusa como yo. He sentido la muerte de ese hombre. Mi rabia le ha arrebatado el aliento.

—¿Qué he hecho…? —susurro, aunque es mucho más lo que me quiero reprender. Lo que me quiero increpar por ser una asesina.

—¡Hay que moverse! ¡Los sumos valedores están escapando!

El príncipe tira de mí para salir afuera mientras intento poner en orden sus advertencias. Esquivamos varias estocadas, una ráfaga gris y dos figuras que se ensartan a la vez con sus filos y casi chocan contra nosotros.

Mis guerras siempre han sido muy distintas a esta. Han sido batallas en las que he tenido que pelear más con mi interior que con el exterior. Lidiar con problemas que no se solucionan con un puñal, ni siquiera con la Magia. Por eso, cuando logramos salir y descubro que la pelea se ha extendido más allá de los muros de palacio, me asombro y me intimida. ¿Cómo es posible, si el ataque sorpresa parecía tan efectivo?

Vasc y yo combinamos una serie de movimientos descoordinados para defendernos de un soldado tiliaí. Me pregunto cómo los sumos valedores y Vérula han conseguido traer a tantos de los suyos y ocultarlos en Íle. Ellos no han confiado ni un segundo en Azriel, pero no sé si esperaban una situación como esta. Así que supongo que ya habían decidido dar fin a esta alianza sin importar la respuesta de Ludenar.

Me deshago de unos cuantos cuerpos más con ayuda del príncipe. Nos metemos entre los matorrales del jardín, escondiéndonos de posibles enemigos, pero la contienda está asolando cada rincón. Meto la bota en un charco de sangre que contrasta con el verde de la hierba y sacudo el pie con la hiel inundándome la boca. Trago, asqueada.

—¿Qué vamos a hacer? —pregunto, agobiada.

—¡Melba ha contrarrestado mi ataque y ha conseguido abrir una vía de escape para el resto! ¡Azriel ha ido tras ellos!

—¿Ella sola?

—¡Hay que ayudarla!

Su grito es una contestación más que clara y el solo hecho de pensar que Azriel puede estar sola haciéndolos frente despierta la frágil valentía que late en mi interior. Persigo a Vasc, que parece tener una idea bastante acertada de por dónde están huyendo nuestros enemigos. Ataco, tratando de no comprobar si los cuerpos que caen cada vez que utilizo la moiro siguen vivos o no.

El príncipe se detiene de golpe para protegerse de una mole de soldado draiz. Choco contra su espalda y retraso unas zancadas, braceando para mantener el equilibrio, pero me separo demasiado y un grupo de tiliaíes me rodea con sus armas preparadas. Arremeten a la vez, siendo yo un blanco perfecto en medio de todos ellos. Derroto a dos, lanzándoles una llamarada gris descontrolada. Con el movimiento, logro eludir la estocada del tercero, pero la cuarta, con la punta de la lanza como un aguijón, me atraviesa la carne del brazo. Es una herida profunda, lo siento al instante cuando el filo retrocede, arrebatándome el aire y dejando que la sangre me empape entera.

Chillo, acompañando mi dolor con un movimiento que acumula tantas partículas que parece un puño enorme. La soldado grita, viéndose ya aplastada por mi ataque. Sin embargo, la herida me hace desfallecer y la moiro se repliega en torno a mí, débil.

—No... ¡No!

La tiliaí, más acostumbrada a este tipo de duelos, se recompone con tanta facilidad que no me sorprende imaginar que es ella quien me asesina al final. Pero el filo de su lanza se queda a centímetros de mi rostro, porque una barrera dorada me refugia de pronto. A través del manto consigo ver cómo unas fauces se cierran alrededor de la cabeza de la soldado y se la arrancan de un tirón. Reconozco la dura piel marcada de cicatrices y los ojos repletos de vida de Yojimbo. Pero las sorpresas no terminan, porque es Linnea la que está creando frente a mí el muro protector.

¿Dorado? Pero Linnea posee la moiro... La draiz sobrevuela las cabezas de ambos ejércitos y protege allí donde su energía, pura y brillante, alcanza. Se me seca la boca y los ojos completamente negros de mi maestra descargan su pena en mí.

—No puede ser...

Yojimbo me interrumpe derribando a un enemigo con un contundente coletazo.

—¡Dile a Vasc que tenéis que huir a Nueva Erain! —me grita Linnea—. ¡No puedo continuar sosteniendo esta barrera para ti, Rima! ¡Debo defender a los ludenses!

—Linnea, tú eres... tú eres... —intento decir, pero no me salen las palabras, porque en realidad no sé *qué* es.

—¡Perdóname, Rima! Pero... —Sacude un brazo para desviar con sus escudos a un grupo de tiliaíes—. ¡Prométeme que nos volveremos a ver y hablaremos de esto!

—Linnea...

—¡Sobrevivir, Rima! ¡Sabes cómo funciona...!

Sí, mintió para sobrevivir. Enmascaró sus verdaderas y poderosas habilidades para fingir ser una draiz común; quizá ni siquiera lo sea... como ese tal Johan, el Inmortal. Quizá esas partículas doradas tampoco pertenezcan a la Magia, aunque nos haga creer que así es.

El caimán vuelve a protegerme de un nuevo ataque y me obligo a mí misma a proseguir. Me duele cada músculo, cada emoción. La guerra es devastadora y solo acaba de empezar. No sé si puedo suponer una mínima diferencia, pero sí puedo implicarme. Para eso he llegado hasta aquí y he cambiado tanto.

Asiento en dirección a Linnea, pero no le ofrezco ninguna palabra. Se me han congelado en la garganta. Palmeo la espalda de Yojimbo antes de abrirme paso en busca de Vasc. Respiro hondo, apartando los sentimientos que juzgan cada uno de mis movimientos. Ahora necesito ser una herramienta que ejecuta y avanza.

Arrasar, como la moiro.

No es difícil encontrar a Vasc. Al menos, no en la distancia, porque hasta llegar a él tengo que asesinar a tres soldados más. Soy lenta y poco hábil, de hecho, uno de ellos consigue arremeter contra mi estómago un poderoso puñetazo equipado con un guante de hierro. Aunque me doblo, porque la sensación es insoportable, la moiro responde a mi ansiedad y sale disparada en forma de miles de espinas, largas y puntiagudas, que se incrustan en los pechos de los combatientes.

No desisto, con el brazo sano apretando mi abdomen y el herido colgando. Aunque me balanceo, acuciada por el malestar de las heridas, mi propia condición me hace pasar inadvertida entre los ejércitos, demasiado concentrados en terminar con las vidas más amenazadoras. Cuando llego hasta Vasc, él acaba de vencer a varios enemigos con dos gráciles movimientos.

—¡Vasc!

—¡Rima!

El príncipe se reúne conmigo y me agarra por la cintura para mantenerme en mi pie. Entrabre los labios para decirme algo, pero entonces tose. La sangre negra, que aquella vez casi lo ahoga, mancha su barbilla y se pierde por su cuello. Su cuerpo se agita contra el mío y hago un esfuerzo para que no desfallezca. Vasc me mira tras la cortina de cabello plateado que oculta parte de su rostro.

—Me estoy muriendo…

—Estás bien.

—Tenemos que encontrar a mi hermana…

Noto cómo llena sus pulmones de aire y también cómo sufre ante al esfuerzo. Se separa de mí, pese a que sus dedos se deslizan hasta mi mano para aferrarme bien. Entre ambos hacemos uno y avanzamos, moiro con moiro, sumando víctimas a la lista de caídos.

Bajamos por una calle donde la devastación ya ha causado estragos, porque los cuerpos y la sangre ocupan todo el espacio. Varios ludenses corren en nuestra dirección, escapando de varios tiliaíes que se aproximan a nosotros, en busca de las siguientes vidas que segar.

—Vasc —gruño mientras lo obligo a darse la vuelta para defendernos juntos.

Sin embargo, un grupo se adelanta a nuestros movimientos y se enfrenta al enemigo. Unas mariposas aletean frente a nosotros y, por un instante, me asusto, pensando en que Melba nos ha interceptado, pero una cabellera corta recogida con trenzas entre dos cuernos desmiente mi teoría y me llena los ojos de lágrimas.

Jaziz dispara una flecha contra el primer soldado al tiempo que Hester y Fatma se encargan del resto. Una nueva comitiva se aproxima y, aunque creo que verlas es una mera alucinación causada por el dolor, avanzo para protegerlas de los enemigos que no advierten.

Invoco la moiro, sintiendo que me araña y arrastra mi vida con su energía. Un torrente poderoso se eleva por encima de las cabezas de mis amigas para caer como una pesada cascada contra los recién llegados. Gimo. Esta vez el ataque me ha dolido. Caigo de rodillas contra los adoquines de la calle y el príncipe acude a mí cojeando. Fatma termina con la vida del último soldado y se giran.

No son reales. ¿Qué hacen aquí? ¿Cómo han logrado llegar? Es imposible. Debo estar al borde de la muerte y ellas son mi última visión; aunque faltan Rei y Kaled, y de ser así ambos acudirían también a mi mente.

—¿Jaziz...?

Es lo único que puedo decir antes de que el cuerpo de mi hermana, real y cálido, me envuelva. Huele a humo y metal, pero es ella. Reconozco sus dedos sobre mi espalda y el estremecimiento de su sollozo. Vasc me suelta y mi brazo sano, tembloroso por el miedo y la tristeza, consigue devolverle el gesto a Jaziz.

—¿Eres tú?

—¡Rima! ¡Rima, estás viva! —grita contra mi pelo y se separa un poco—. ¡Hemos venido a por ti, hemos...!

Sus ojos grises son dos faros en la oscuridad. De pronto, sin que mi hermana pueda reaccionar, Hester me abraza. Cómo la he echado de menos. Mientras Jaziz se aleja, mis dedos buscan la piel de su nuca, pero le ha crecido el pelo, y ahora las puntas de sus mechones ocultan su suave piel. Me besa en el cuello y luego en la mejilla. Quiero corresponderla con la misma intensidad, pero no me sale. No me sale porque no entiendo nada y porque son tantos los sentimientos que están brotando uno detrás de otro, sin control, que no puedo manifestarlos tan bien como me gustaría.

—Rima. Te encontramos —dice Fatma, como si tampoco lo creyera.

—Tu magia... —masculla Jaziz observando con estupor las partículas grises que flotan a mi alrededor.

—¿Cómo habéis logrado...?

—Esa es una historia que tenemos que posponer. ¡Vámonos!

Jaziz y Hester se reencuentran con Fatma y me tienden la mano. La eraina se está concentrando y comprendo que pretenden que nos transportemos ahora mismo de vuelta a Nueva Erain. Pero mi cabeza se vuelve hacia Vasc e, irremediablemente, me muevo hacia él. Mi hermana frunce el ceño cuando ve que me coloco al lado del ludense.

—¿Rima?

—Antes tengo que hacer algo…

—Será mejor que te marches ya —me dice Vasc.

—No me voy sin ti.

—No voy a irme contigo, Rima. —El príncipe tuerce el gesto y me desconsuela—. No me pongas esa cara. Nuestra separación era inevitable.

—Eso no es cierto. Tú me dijiste que no pertenecías aquí.

—Tengo que aparcar mi búsqueda un poco más. —Y sonríe, triste.

—¡Vamos, Rima! ¿Estás loca? Este tipo… —empieza Jaziz, pero no soporto más reproches.

—¡Dejemos de juzgarnos, por favor! ¡Somos un equipo, aunque no lo creáis!

—¡Ellos quieren asesinarnos! —me espeta Fatma.

—¡Eso no es cierto! Y si nos ayudáis, lo entenderéis todo.

Se miran entre ellas como si estuviese resolviendo un acertijo. Me aproximo más a Vasc, que agacha la cabeza mutando esa sonrisa apenada en un incipiente agradecimiento silencioso. No lo quiere decir en voz alta, pero sé que me necesita. O, al menos, que me quiere cerca de él. Somos amigos. Nos hemos llegado a comprender y hemos superado barreras que la sociedad nos quiere hacer creer que son más altas de lo que son.

No pienso abandonarlo. Ni a él ni a nadie que sufra por la decisión de cuatro locos.

Espero impaciente a que mi familia conteste, con todo el dolor de mi corazón. Solo quiero resguardarme junto a ellas y pedirles perdón por todo, pero ahora mismo siento que cada segundo se cobra la vida de Azriel y la de cada inocente de esta ciudad. Cada segundo es una ventaja para los sumos valedores y Vérula.

—No tenéis que confiar en mí, solo en la vida de estos inocentes… Por favor —suplico.

Hester suspira, se despeina y se aproxima a mí. No retrocedo ante su decisión, pero sí titubeo. La que en primer lugar fue mi centinela, luego mi amiga, luego mi pareja y, finalmente, mi familia, me pone ambas manos sobre los hombros y me los acaricia con los pulgares.

—Temíamos que nos odiases. —No, yo temía eso—. Cuando ya era demasiado tarde, entendimos que no te habíamos escuchado. Que actuabas para salvarte, aunque fuese de manera precipitada. Estamos aquí porque te queremos. Estamos aquí porque confiamos en ti.

—Os debo tantas disculpas… —musito, incapaz de contenerme.

—Ya tendremos tiempo para discutir y llorar. Ahora dinos, ¿qué tenemos que hacer?

Asiento, agradecida. Miro por encima de su hombro a mi hermana y a Fatma. La primera está menos convencida que la segunda, como suele ser habitual, pero acceden con una cabezada. Luego sus miradas se deslizan hasta Vasc, llenas de remordimientos, y no las puedo culpar. Apenas lo conocen y lo que conocen no les causa seguridad.

—¿Vasc? —Me giro hacia él, con determinación.

—Les he perdido la pista hace rato. Puede que mi hermana esté muerta ya… —susurra.

Niego con la cabeza y voy a consolarlo cuando Jaziz señala al frente y nos alerta. Al final de la calle nos espera un animal de pelaje anaranjado, atento.

—Es Lux.

Vasc se gira hacia el compañero de la reina y sonríe con esperanza. Me mira e insisto con el brazo sano para que continuemos. Las heridas siguen fustigándome los sentidos, pero la aparición de Jaziz, Hester y Fatma ha renovado parte de mis ánimos. Además, la moiro me mantiene consciente y me insufla una potencia que anula incluso el dolor de mi brazo herido.

Recorremos la calle a paso rápido. Mientras trato de acompasar la respiración a mis palabras, les explico a grandes rasgos lo que ha ocurrido. Me atienden con horror y Jaziz le ruega varias veces a los Ascendientes cuando relato la parte en la que los sumos valedores y Vérula han confesado sus verdaderas intenciones.

Lux corre, ansioso, y creo que no deja de resoplar, porque el príncipe y yo somos incapaces de igualar su ritmo. Hester me ayuda a avanzar, pero ni mi hermana ni Fatma se atreven a tenderle una mano a Vasc. Aunque no le moleste, sé que él está haciendo un esfuerzo indecible y que le vendría bien que alguien le sirviera de apoyo.

Ni siquiera me fijo en qué calles atravesamos. Hay sangre y cuerpos esparcidos por doquier, humo y fuego en las casas, pero clavo la vista en el horizonte, en busca de una cabellera pálida. Si Lux nos está guiando es porque Azriel sigue viva en alguna parte, lo más seguro, en una posición comprometida para que su fiel amigo corra en pos del auxilio del príncipe Vasc. De hecho, no es el zorro quien nos señala la situación de la reina, sino un estruendo.

Viramos bruscamente la esquina de un edificio para encontrarnos ante un gran claro, cercado en varios de sus límites por una alta arboleda. Se me corta la respiración, porque jamás he visto tal despliegue de poder. Azriel está extendiendo toda su magia, creando una especie de cúpula enorme que mantiene atrapados a los sumos valedores y a Melba junto a ella. Ni rastro de Vérula.

Hacemos lo imposible por llegar cuanto antes, gritando su nombre. Por un momento, las partículas grises vacilan, porque Azriel se desconcentra al mirarnos. Le indicamos que continúe con lo suyo, pero no es tan fácil. Cuando alcanzamos el límite de la trampa, que rezuma tanta energía que nos repele como un intenso vendaval, logramos advertir qué está sucediendo en su interior.

No solo Azriel está intentando mantener a raya a los sumos valedores, sino que también está defendiéndose. Aimon nos observa desde la tierra con los ojos demasiado abiertos. Demasiado vacíos. Es entonces cuando me percato de que su cabeza está volteada hacia nosotros de manera poco natural respecto al resto de su cuerpo. Está muerto. En cambio, Dalila y Glago se mantienen en pie. Se han quitado sus pesadas túnicas y muestran sus cuerpos fuertes y experimentados. No poseerán ningún tipo de magia, pero demuestran que tampoco les hace falta. Dalila acomete de manera tan rápida y feroz que, durante un segundo, creo que ha acertado en el pecho de Azriel. Pero la reina es una digna combatiente y evade la ofensiva dando una vuelta sobre sí misma que, además, le sirve para intentar golpear a Glago con una ráfaga de moiro. Pero el hombre lo evita con maestría y la potencia hace que Azriel flaquee. El sumo valedor descubre esa fisura que aprovecha para ganar terreno, y algo en mi interior se quiebra.

La reina no puede morir.

Sin previo aviso, traspaso la prisión mágica y entro, apareciendo justo a la espalda del sumo valedor Glago. Alzo el puño, cargado de energía. Por el rabillo del ojo advierto que Dalila reacciona casi de inmediato, aunque con movimientos arrítmicos, a causa del desconcierto que ha generado mi inesperada aparición. No obstante, Dalila no consigue detenerme y golpeo la nuca del hombre. La moiro lo empuja con tanta violencia que cae de bruces; su rostro choca duramente contra el suelo. Esquivo el agarre de la suma valedora, y alcanzo a Azriel. La abrazo. Es la única forma de comprobar que está viva y, tal vez, de poder transportarla, aunque sea con mis últimas fuerzas.

—¡Rima, aparta! —Azriel me agarra con firmeza y me aparta de la trayectoria de la daga de Dalila, que encuentra la palma de la mano de la reina y la atraviesa de lado a lado.

La voz de Azriel es un desgarro.

La sangre le recorre el brazo, pero ella no me suelta. Mi moiro se altera, pero no sé cómo controlarla para que me haga caso y le devuelva el ataque a Dalila. La suma valedora nos mira, desquiciada, desbordante de odio. Hay algo sádico en cómo empuja el arma para avanzar un paso más y así herir sin piedad a Azriel.

Tras ella, Glago comienza a incorporarse con el rostro irreconocible por las heridas que le he causado la caída. Sonríe, inhumano. Me eriza la piel, porque en los gestos de ambos y en su recreación en el sufrimiento ajeno reconozco a Magog. Él nunca me liberará, ni siquiera muerto. Su rostro como el humo y su voz de ultratumba han echado raíces y está por todas partes. Magog no solo está en Siden, también está aquí, en Oced, incluso en Nueva Erain.

Dalila avanza otro paso y el filo recorta distancia hacia la cara de la reina. La aparición de Vasc salva a Azriel de quedar ciega de un ojo. La suma valedora sale despedida hacia la izquierda gracias a una arremetida certera del príncipe. La reina no pierde un segundo en arrancarse la daga. Con un profundo jadeo, cierra el puño y nos saca fuera de la cúpula. Estoy a punto de cantar victoria, sin embargo, la cárcel mágica se esfuma como la niebla. Azriel se ha quedado sin energías.

Esta vez, la recojo con un brazo mientras Hester, Fatma y Jaziz se reúnen con nosotros. Asustados, observamos cómo los sumos valedores se recomponen como ningún humano lograría hacer después de una batalla tan cruenta. Calibramos nuestras opciones y la mejor forma de defendernos de esas bestias a una velocidad alarmante, pero, de pronto, alguien aparece en el llano. Unas mariposas la persiguen y entonces recuerdo a quién me sonaba.

Melba se parece muchísimo a Fatma. Giro la cabeza hacia la eraina, que observa a la draiz que está acudiendo en socorro de los tiliaíes sin fijarse en nosotros. Hester la coge de la manga de su chaqueta de Exploración, sin apartar la mirada de lo que ocurre. Creo que algo se descompone en Fatma cuando Melba repara en ella. La harum espera un reconocimiento que no comprendo del todo, pero la otra, sin un mínimo atisbo de duda, desaparece dentro de una nube gris junto a los sumos valedores.

—¿Fatma? —la llama Jaziz con un hilo de voz.

—Sí —musita ella como respuesta.

No obstante, Azriel las interrumpe entre quejidos sin separarse de mí:

—Tengo que ir a palacio.

—Hermana… —masculla Vasc.

—Ay, Vasckian, no te pongas así ahora. Debemos detener esta guerra. Han conseguido huir, incluida Vérula. Ya no tienen motivos para seguir comidiendo sus planes. Si no procedemos rápido, olvidaos de lo que queda de Ludenar y Nueva Erain.

—¿Y qué tenemos que hacer? —pregunto sintiéndome culpable por descargar tanta responsabilidad en Azriel, pero también consciente de que es la única capaz de darnos una respuesta sensata.

Suspira para recabar fuerzas que su interior ya no guarda.

—Volved a Nueva Erain. Informad de todo. Acudiré en vuestra ayuda. Os lo prometo.

Azriel se deshace de nuestro abrazo, pero trastabilla e intercepto otra caída. Vasc también la asiste, confuso.

—Vámonos juntos.

—No, Vasckian, tú te vas con ellas.

—¿Qué? ¡No! Este es mi hogar. Voy a ayudarte.

—Necesito a alguien de confianza como representante de Ludenar. Tú eres su príncipe, ¿quién mejor?

—No estás en condiciones…

—No estoy sola. Linnea y otros me ayudarán… Idos, por favor. Ya habéis hecho suficiente.

—Azriel… La reina se aproxima a su hermano e, inesperadamente, lo abraza. El príncipe se queda con los brazos en alto. Tiene los ojos muy abiertos y una lágrima resbala por su mejilla. Desvío la mirada para ofrecerles intimidad. Hester, Fatma y Jaziz esperan a unos metros de nosotros y doy un paso para dirigirme hacia ellas cuando mi nombre en boca de la reina me hace girarme, sorprendida.

—Ven.

Hago caso y me detengo frente a ella. Azriel me observa con detenimiento, como si fuese la primera vez que me ve. Suspira, y jamás habría apostado por sus siguientes palabras:

—Tengo la sensación de que nos llevaríamos mejor si tuviésemos más tiempo para conocernos.

—Bueno… —titubeo—. Quiero que sobrevivas, Azriel. El mundo entero te necesita.

—No suelo ser admiradora de las adulaciones, pero viniendo de ti, me lo apunto. Solo espera.

—Te espero.

Azriel enarca una ceja a la vez que extiende una de las comisuras de sus labios. El calor acude a mis mejillas, pero la reina me da la espalda antes de contemplar mi vergüenza. Vasc y ella se dedican un último gesto de cariño que, aunque tarde, llega a tiempo.

¿Cómo va a volver a palacio en tales condiciones? Alzo una mano para detenerla y decirle que la acompañamos, pero, de repente, ante nuestra sorpresa, Lux cambia de tamaño. Transforma sus medidas en las de un caballo adulto y la reina se deja caer sobre su lomo. El zorro emprende la marcha. No me dura mucho la expectación, porque por fin comprendo que la Magia tiene muchas formas y que la desconocemos más de lo que creemos.

—No podemos perder más tiempo —avisa Hester.

—Vamos.

Le tiendo una mano a Vasc, que no aparta la mirada del horizonte, ni siquiera cuando Azriel y Lux desaparecen entre las calles de Île. No cejo en mi ofrecimiento, aunque le dejo espacio para que se recobre. Y entonces acepta mi apoyo, aunque dolido.

Nos situamos en círculo y Jaziz posa unos dedos sobre el hombro de mi brazo herido; el resto se coge de las manos. No nos miramos, demasiado derrotados. Es Fatma quien evoca la imagen de Núcleo, que se expande por nuestras mentes y nos asegura que llegaremos sin problemas a la ciudad.

Como siempre, el viaje dura un suspiro. Ya no me molesta ni me descoloca. Aparecemos frente al Liman, donde un grupo de defensores nos rodea con magia dorada y armas en ristre al instante. Fatma empieza a chillar nuestros nombres y la razón de nuestra aparición. Nos arrodillamos incluso, porque no parecen atender a las indicaciones de la aprendiza de Exploración.

—¡Por favor!

—¿Quiénes sois?

—¡Ya os lo he dicho!

Estoy a punto de mediar, porque uno de ellos está extendiendo un brazo para agarrar el de Vasc; sin embargo, una orden, muy imperativa, frena las amenazas de los defensores, que toman distancia para abrir un pasillo por el que aparecen los danían de Núcleo y Mudna, acompañados por sus consejeros.

—¡Noah! —digo, aliviada porque sus ojos verdes me reconocen.

—¿Rima? —Su mirada se desliza a mi derecha— ¡El moiro! —Señala a Vasc, acusador.

Los defensores avanzan otra vez mientras el príncipe se oculta tras sus brazos, indefenso, pero interpongo mi cuerpo.

—¡No! ¡No le hagáis daño! —pido.

—¿Dónde están Senda, Milos y Rei? —Es la pregunta de Kira, que nos analiza con su único ojo descubierto, acuciada por la presión.

—¿Dónde está Kaled? —responde Jaziz.

El chico aparece y estoy al borde del llanto cuando, de repente, un cúmulo de partículas doradas empieza a generarse frente a nosotras. Entonces sí, las lágrimas se escapan de mis ojos.

Los siento.

Están aquí.

SENDA

—¿LA NOTAS DIFERENTE?

—No. No llego a *tocarla* —susurra Rei mientras mueve los dedos.

La primera vez que lo intentó le salió a la primera; ese es su gran potencial. Unas pocas partículas grises brotaron de la espalda de Dugan y reaccionaron a la voluntad de Rei. Pero pronto perdió el control y la magia regresó al cuerpo del aliado de Magog. Ahora, después de tres días enteros tratando de que la moiro no se escape de su dominio, lo consigue de nuevo. Y, lo mejor de todo, es que no se trata de Dugan. Nuestro objetivo era él, pero Rei ha terminado incidiendo sin querer en una de sus acompañantes.

Descubriendo a otra moiro entre el ejército de Magog.

Rei moldea la energía de la harum que charla con Dugan y Edda animadamente al lado de la hoguera que marca el final del atardecer. Nadie, ni siquiera la propia portadora, repara en cómo su poder gris se escapa de su cuerpo sin presión y se aproxima a nosotros por petición directa de Rei. Apenas perceptible a la vista, unas motitas oscuras sobrevuelan el espacio hasta pararse frente a la jaula.

—Esto es increíble —digo, esperanzado.

—Es un esfuerzo enorme para la rídicula cantidad que puedo manejar. —Abre la mano y la pasea por el aire para comprobar con satisfacción que la moiro persigue su movimiento, sin rechazarla.

—¿Crees que puedes controlar la magia de ambos?

Rei se asombra ante mi insinuación y las partículas grises vuelven a su dueña de sopetón. Asustados por si nos descubren, suspiramos de alivio cuando vemos cómo la centinela solo se rasca la parte baja de la espalda, como si le hubiese picado un insecto.

Giro la cabeza hacia mi amiga y sorprendo su mirada perpleja. Frunzo el ceño, confuso:

—¿Qué?

—¿Cómo voy a dominar a dos a la vez?

—Eres fuerte.

—Eso no es verdad —musita.

—Eres el ser más fuerte que conozco.

Mi mano se posa sobre su rodilla desnuda a causa de un agujero en el pantalón, y las yemas de mis dedos rozan un grupo de escamas que ya no resaltan tan azules como cuando estaba sana. Le acaricio la piel, para reconfortarla, pero ella me dedica otra vez un gesto desconcertado. Mi corazón se sacude y se me encoge el estómago. Me tiemblan los dedos y los aparto a tiempo de que Rei no note lo nervioso que me pone que sea consciente de mi contacto. Sin embargo, la harum atrapa mi mano antes de que pueda esconderla.

—Senda…

—¿Sí?

El sol nos roza por última vez y el manto amoratado se extiende sobre nosotros para dejarnos entre la penumbra de la noche y el débil fulgor de la hoguera lejana que calienta a los centinelas y, ahora, también a los moiros. Pero ninguno de estos cambios consigue separarnos. El corazón me responde todavía más atolondrado y creo que Rei podrá percibirlo a través de mi piel, en las yemas de sus dedos.

—Senda —repite más bajito, más indecisa.

Mis ojos descienden hasta sus labios irremediablemente y no puedo soportarlo más. No puedo negar mis sentimientos, y menos en una situación como esta. Voy a mostrarle lo que me inquieta, pero también lo que me hace fuerte. Cuento con su rechazo, aunque una esperanza tímida piensa en su posible aceptación.

—Rei.

Ella se arrima al escuchar su nombre. Titubeo, aunque mi boca ni siquiera emite un sonido torpe. Respiro hondo, y lo vuelvo a intentar, pero nada. Estoy demasiado nervioso. Rei es como un río, arrolladora, enérgica y valiente. Puedo estar a su lado, disfrutar de su compañía, pero parece que jamás seré capaz de sostenerla, de brindarle un cauce seguro por el que avanzar. Y yo no quiero detenerla, porque la quiero libre.

—… espero… —musito.

—¿Esperas...?

Rei inclina la cabeza para observarme, ya que, sin percatarme, he bajado la vista hasta hundir la barbilla en el cuello. Está tan cerca que apenas advierto las líneas de su rostro. Me muevo un poco y nuestras narices se rozan. Como ella no se aparta, me mantengo firme, pese a que mis manos están tan inquietas que tengo que entrelazar los dedos.

—Senda...

Al hablar, sus labios acarician los míos. No contenemos el aliento, sino que lo expulsamos a la vez en una especie de jadeo. Yo, porque no hay roce que me haya tentado más en la vida. ¿Y ella? Ella no me da tiempo a elucubrar opciones que, por supuesto, se habrían decantado por los pensamientos más negativos. Lo que hace es hundir los dedos en mi pelo, estirar y conducirme hasta su boca.

El choque es tan desesperado que no nos coordinamos. Sus labios se cierran en mi comisura, los míos no llegan a atrapar su inferior. Hay tanta necesidad y tanta impaciencia, que no nos alejamos hasta que nos ahogamos. Noto la presión en el pecho, su lengua rozarme la piel, pero necesito respirar.

Para nuestra sorpresa, lo hacemos a la vez. Y nuestros cuerpos por fin se acomodan, porque recobramos el aliento y el siguiente beso encaja a la perfección. Nuestras manos se enredan durante segundos, pocos, porque anhelo saber si mi imaginación ha creado fantasías o ha acertado al recrear el roce con su piel, la determinación y fuerza de sus gestos. Mis manos terminan en su cadera y las suyas, en mi espalda, levantando mi camiseta, descubriendo también cómo soy realmente.

—¡Eh! ¡Esclavos!

Nos empujamos para romper nuestro abrazo con más rapidez. Edda nos grita desde la lejanía, a la altura de la hoguera. La atendemos en silencio, pero ella termina estallando en una carcajada desmedida. Le dice algo al resto y vuelve a dirigirse a nosotros, esta vez para insultarnos. ¿La verdad? No entiendo ninguna de sus palabras.

En mis oídos solo escucho el retumbar de mi corazón. Toda mi atención está puesta en Rei, a quien deseo tener entre mis brazos de la misma manera que antes. Sin embargo, los improperios de Edda han deshilachado los lazos que nos ataban con tanto ardor. Las bromas del grupo de centinelas de Magog inundan, de pronto, todo el espacio, como si no hubiesen estado armando tal escándalo desde el comienzo. Aunque algunos gestos dubitativos y otros anhelantes nos revelan que desearíamos volver a besarnos, el desenfreno que nos ha nublado la razón se ha esfumado.

Nos dormimos, cada uno en una esquina diferente de la jaula, pero sin dejar de mirarnos.

El beso parece un sueño ahora, pero también la promesa de un futuro mejor. Pegados a los barrotes, con el desayuno intacto en una zona alejada, observamos la actividad del campamento. Pasar mucho tiempo encerrados nos está desmoralizando; además, de que no hemos vuelto a encontrarnos con Milos. Las últimas palabras que nos dedicamos la noche que Denya causó una revuelta en vano —la noche que fue asesinada— pesan sobre mi conciencia, pese a que trato de alejarlas.

Sí, llevamos mucho tiempo aquí, ni siquiera lo sé con exactitud. Sin embargo, están tan acostumbrados a vernos que ya no nos vigilan con tanta atención. Aunque Edda, Clivor y Dugan nos visitan varias veces al día para controlar e indagar cualquier acción sospechosa por nuestra parte, se están empezando a acostumbrar a nuestra presencia y nuestra aparente fragilidad.

Subestimarnos y creer que nos han vencido puede suponer la clave de nuestra huida. Me aferro a esa idea mientras Rei moldea con delicadeza la moiro de la compañera de Dugan. Esta vez, consigue que una porción grande de su energía abandone su cuerpo. Rei contiene la respiración y ejecuta la prueba. La atrae.

La centinela cae hacia atrás, como si una cuerda invisible estuviese tirando de su cuerpo. Rei abandona el intento enseguida y analizamos las reacciones: protesta incorporándose, y mira a todos lados con sus ojos completamente amarillos, buscando a quien la ha intentado derribar. Dugan aparece en nuestro campo de visión riéndose de ella. Aguardamos unos minutos, pero nadie a su alrededor parece sospechar nada y la confianza se afianza un poco más en nosotros.

—Espera —susurra Rei—. Vamos a aprovechar… —Y sonríe. Sonríe de la misma manera que cuando me confirmó que conseguiría utilizar la magia de los demás.

Menea los dedos sin dejar de fijar la vista en nuestros enemigos. Una pequeña ráfaga de energía gris, apenas visible por la incidencia del sol, se arremolina alrededor de los tobillos de la moiro y Rei vuelve a estirar, como si de verdad la tuviese atada a una cuerda. Esta vez cae hacia delante, sobre Dugan.

Ahogamos una risita, viendo cómo la energía regresa al cuerpo que le pertenece. Dugan arremete una patada contra ella para quitársela de encima y, en un arrebato, la ataca con su moiro. Enmudecemos al comprobar que la ha asesinado. Ha tardado menos de cinco segundos en acabar con su vida.

Nos cogemos de la mano e intentamos no mirar, pero somos incapaces de hacerlo. Varios esclavos se acercan para arrastrar el cuerpo de la harum.

—No deberíamos sentir pena.

—No.

—Pero... —Rei se aparta de los barrotes con un suspiro—. No podemos tardar.

—Intervendremos cuando estés preparada. ¿No deberías probar si eres capaz de manejar grandes cantidades? —Tuerce los labios, disgustada, y me apresuro a añadir—: No digo que no puedas, me refiero a que tu magia no te permita moldear más.

—Si lo pruebo ahora lo notará. Estoy segura.

—Tienes razón. Seguimos dependiendo de una sola carta. Una única posibilidad. O lo conseguimos a la primera o morimos.

—Al menos, Magog cuenta con una moiro menos.

—Mañana hay espectáculo.

—¿Mañana? —duda, y se repliega sobre sí misma, abrazándose las piernas.

Me acerco y descanso la espalda contra los hierros. Entiendo su indecisión. De ella depende nuestro ataque, la única manera de avanzar y llegar hasta Milos. Lo más inteligente sería encontrar la forma de abrir la jaula de mi amigo y escaparnos después de habernos escabullido como la primera vez. Sin embargo, ha quedado claro que el campamento es un lugar hostil y complicado de superar siendo solo dos, faltos de energía y recursos. Y Rei debe pensar lo mismo; al fin y al cabo, ella logró salir de aquí gracias a la célula rebelde que se arriesgó para salvarlas.

La harum se pasa el resto del día probando trucos que siguen evidenciando lo poderosa que es, aunque su magia no rezume con tanta fiereza como en otros seres —como Kira—. Yo mantengo mi poder bajo mínimos, pensando en que necesitaremos protección mientras acometemos nuestra ofensiva. Además de que el transporte de vuelta a casa corre de mi parte.

Me concentro, repartiendo la magia en mi interior. Solo usaré una pequeña porción en nuestra estrategia defensiva si es necesario. Le cuento todo esto a Rei ya cuando estamos acostados, a punto de dormir. Me quedo en silencio y ella asiente mientras me da la espalda. Está demasiado lejos de mí y esta noche no me veo capaz de dormir solo. No sabiendo que mañana puede ser mi último día.

Alargo el brazo y doy unos pequeños golpecitos en la madera del suelo para llamar su atención. Se gira sobre sí misma y nuestros ojos se encuentran. Repito el gesto y espero. No me atrevo a decirle si quiere que descansemos abrazados, solo eso. Solo necesito que otro cuerpo me arrope y me recuerde que sigo vivo mientras las pesadillas tratan de hacerme creer lo contrario.

Por suerte, Rei lo comprende. Sonrío cuando se aproxima, reptando. Poso un brazo sobre su cuerpo y la aproximo hacia mí. Ella hunde el rostro en mi pecho a la vez que se aferra a mi cintura. Con una coordinación a la que me he acostumbrado, nos dormimos a la vez, no sin antes susurrarnos algunas palabras inconexas; unas que suenan a despedida y otras, a súplica.

No nos besamos, ni siquiera nos miramos. Es el silencio el que dice: «Hasta mañana».

El día nos pesa. El amanecer, siempre tan suave al comienzo de su desvelo, hoy ha decidido ser implacable, como una señal que nos recuerda lo inevitable. No nos inquietamos hasta que entramos en las primeras horas de la tarde, al sentir que ya no hay vuelta atrás. Comemos y bebemos todo lo que nos traen, y, solo cuando el plan se vuelve inminente, decidimos meditar un rato para concentrar el máximo de energía y armonizarla.

Abro los ojos, con esa perpetua sensación de que la magia se encuentra afín a mí. Dejo que se escape un poco de Ella para rozar a Rei. Inmediatamente, conectamos y la harum despierta de su reflexión para observarme con una frágil sonrisa. No veo el día en que la Magia abandone mi cuerpo, porque su don me ofrece una forma inigualable de vivir, de sentir a otros seres.

Refuerza nuestro vínculo y, de pronto, la percibo más cerca, más real. Desvestimos nuestras esencias para vernos a través y nos reconfortamos en confianza. Nadie diría que nos estamos abrazando, porque permanecemos sentados, separados a un metro de distancia, pero se equivocarían, porque estamos más aferrados que nunca el uno al otro.

La noche nos alcanza antes de que nos demos cuenta. Los visitantes del Circo de Magog llegan entre risas y especulaciones sobre las nuevas atracciones del esclavista. De nuevo, nos observan como posibles piezas que poder adquirir y utilizar. Esta vez no agachamos la cabeza ni nos mostramos vulnerables.

Hay un extraño tipo de valentía que solo nace cuando estás

más cerca de la libertad, aunque esta baile demasiado arrimada a la muerte. Es como saltar con los ojos cerrados, que da vértigo, pero saltas. Porque no dudas de la esperanza.

Esta noche estamos obligados a participar en el espectáculo, ya que Denya lo *interrumpió* la última vez, aunque no tenemos previsto llegar a la fila de esclavos que esperan a su fatal destino. Con suerte, nuestro ataque facilitará la huida de muchos. Le dedico un pensamiento fugaz a Denya, a todo lo que hizo al final sin poder saborear la plenitud de ser libre.

Permanecemos de pie, esperando a que Dugan vire la enorme carpa. Tiene que ser él. Tiene que ser un moiro para poder usarlo desde el comienzo o nuestro plan se complicará. De hecho, lo ideal es que sea él en concreto, porque es con quien Rei ha estado practicando. Aun así, la moiro es demasiado diferente de la pura; demasiado independiente y hostil con respecto a su huésped.

Pero la balanza se inclina a nuestro favor cuando Dugan aparece en nuestra zona, solo acompañado por dos centinelas. No les pongo nombre, pero los reconozco. Uno de ellos fue el que nos trajo la comida el primer día. Nunca olvidas un rostro cuando se trata del ser que te mantiene cautivo. Pese a ello, siento una especie desasosiego, porque ambos son muy jóvenes y no puedo evitar que me recuerden a Hester, obligada a ejercer ese papel para sobrevivir.

Respiro hondo, y Rei tira de mi manga para centrarme. Ahora no es momento de dudar.

—¡Vaya, vaya! ¡Otra vez al redil, pequeños esclavos! —Dugan gesticula con teatralidad mientras otro se acerca para abrir la puerta.

Una cuenta atrás, silenciosa, nos prepara a Rei y a mí. La jaula se abre. Descendemos. Extendemos los brazos para que nos esposen las muñecas. Y entonces... Rei desvía uno en dirección a Dugan, e invoca su magia. El hombre se sorprende tanto por el veloz e inesperado movimiento, que su grito se queda atrapado dentro del bozal de moiro que la propia Rei genera al instante sobre sus labios.

Empujo al de los grilletes a tiempo de distanciarnos más y para que Rei consiga atar en corto a Dugan con un lazo mágico y lo sitúe frente a nosotros, como un escudo. El moiro se debate y Rei protesta:

—¡Se está resistiendo!

Los dos jóvenes nos observan, llevando unas manos temblorosas a los cuchillos que penden de su cinto.

—¡No lo hagáis! —les advierto—. Si queréis vivir, idos... ¡Idos, por favor!

Durante un instante, creo que se echarán sobre nosotros para liberar a Dugan, pero retroceden un paso. Y otro. Y corren en dirección contraria. Optimista, me giro hacia Rei, que continúa luchando contra la oposición del moiro. La energía se expande y se contrae continuamente, dejando a la vista la pelea de fuerzas entre ambos.

Un impulso me lleva a arremeter un contundente puñetazo contra Dugan. Los nudillos me arden, pero mientras me quejo y sacudo la mano para tratar de aliviar el dolor, descubro que Rei deja de forcejear y la magia se calma.

—Hay que debilitarlo.

—Hay que herirlo —sentencio.

Y, sin desperdiciar el arrojo que sigue empujándome a actuar sin arrepentimientos, registro a Dugan en busca de algún arma. Está empezando a recobrarse de mi golpe, pero antes de que consiga volver en sí, encuentro un puñal escondido en la cinturilla de sus pantalones. Lo saco y ni siquiera lo medito. Describo una línea sobre su muslo con el filo. Dugan grita, pero su voz queda atrapada de nuevo tras la mordaza. El corte es profundo y la sangre comienza a manar.

—Mejor —asiente Rei, sudando.

Proseguimos, colocando a Dugan el primero para que sea quien detenga cualquier obstáculo imprevisto. Rei gruñe al avanzar, pero más cuando desata un torrente de moiro que se transforma en una ráfaga que nos envuelve, no protectora, sino agresiva.

En realidad, no quiero que nos encontremos con otros seres. Cuanto menos nos enfrentemos, más posibilidades tendremos de escapar sin poner en peligro a todo el campamento, incluidos nosotros dos. Y estoy cantando victoria demasiado pronto, porque, bordeando lo más lejos posible la entrada de la carpa, nos salen al paso dos centinelas que, enseguida, entienden la situación y dan la voz de alarma.

Rei lanza la ráfaga gris contra ellos, que salen despedidos en direcciones diferentes y chocan contra la arena de manera brusca. Sin una palabra más, empezamos a correr con un desquiciado Dugan que sigue intentando escapar de la trampa de Rei.

—¡Allí! ¡Allí!

La luz de una cantidad innumerable de candiles y antorchas nos empieza a acorralar. ¿Cómo se han podido replegar con tanta velocidad? La respuesta es sencilla y responde otra vez a por qué el reino de Magog no ha sido derrocado por nadie. Nos detenemos, angustiados, pero evaluando nuestro posible ataque.

Tenemos la moiro, tenemos…

Un aguijón gris surca el espacio, directo a la cabeza de Rei, pero poseo los reflejos suficientes como para alzar frente a nosotros una barrera mágica, tan dorada que ilumina gran parte de nuestro alrededor. La ofensiva estalla contra mi protección y no puedo evitar sonreír. La Magia es guardiana y ni la energía más corrupta puede quebrar una voluntad tan limpia.

Un grupo de centinelas aparece acompañado por otros dos moiros, que distinguimos por las partículas oscuras suspendidas entre ellos. Rei no espera y despliega una avalancha de esferas grises que se cobra la vida de tres secuaces. Avanzamos un poco más, confiados tras mi muro y el cuerpo de Dugan; pero mi frágil energía, reservada exclusivamente para esta ocasión, se está agotando. Y parece debilitarse del todo cuando entre los enemigos surge Magog.

—¡Corre, Rei! ¡Corre!

La sidenesa chilla de dolor y hace levitar a Dugan, cuya herida ya le hace cojear demasiado, y lo carga para seguir huyendo. Nuestra pronta reacción nos cede unos metros de ventaja, ya que nos escabullimos por un hueco que nuestro enemigo no ha cubierto. Esquivamos varias tiendas hasta que nos vuelven a cercar la salida.

—¿Creéis que me importa Dugan? Voy a matarlo para que no tengáis con qué atacarnos y luego vais a terminar como él. —Me eriza la piel escuchar la voz de Magog tan alta y clara, como si estuviese a pocos milímetros de mi oído.

No es humano.

No es posible.

—¡Rei!

Me desespera cargar en ella toda la responsabilidad de la ofensiva, pero no puedo hacer nada más. No, si lo que me resta de energía debo guardarla para transportarnos a Nueva Erain. Rei respira hondo y entonces cierra los ojos. Es casi instantáneo, su poder aumenta hasta el punto de que todos lo notamos como una presión agonizante.

Mi magia tiembla, la suya también. Las partículas doradas brotan de su cuerpo y, aunque no se mezclan con las grises, desatan su potencia. Grita otra vez, traza a nuestro alrededor un círculo de moiro y levanta un vendaval vibrante que se lleva por delante a los centinelas que nos han interceptado.

Magog reaparece y, aunque un moiro interpone su cuerpo para protegerlo del inminente ataque de Rei, una pequeña parte de la invocación alcanza al esclavista. Quien lo ha protegido cae, su cabeza por un lado, su cuerpo por otro, y Magog, pese a que no emite ni un solo gemido, se lleva una mano al pecho, manchado de sangre.

—Lo hemos herido, Rei.

Sin embargo, mi amiga no me escucha. Dugan ha empezado a sangrar negro. Es un líquido viscoso y antinatural que brota de sus ojos, de sus oídos… hasta de los poros de su piel. Lo empapa y ella se desgañita por el esfuerzo, por la angustia que le causa el contacto con esa sangre tan extraña. Me acerco a ella, recordando el día en que ante nosotros se abrió el corazón de la Magia y cómo Rei casi murió por intentar cerrarlo.

Me cuesta tanto alcanzarla por la descarga de energía que, cuando llego hasta ella, la abrazo para que la intensa potencia no me expulse de su lado, y utilizo mi magia para calmarla. Es parte de la reserva destinada al transporte, pero de nada sirve si Rei no lo logra. Mi poder se hila con el suyo y se reconocen. Siento que su interior deja de rugir y que sus sentidos rechazan el caos.

—Estoy contigo —le susurro.

La tormenta se va apaciguando y ambas magias se van arrugando. Ni siquiera pienso en las consecuencias de quedarnos sin ataque y defensa. Solo puedo pensar en Rei, en salvarla.

La magia termina por dispersarse y, de pronto, parece que todo se apaga. Los tres caemos contra el suelo. Dugan no se mueve y Rei sufre algunos espasmos que la tumban. La sombra de Magog se cierne sobre nosotros, anunciando nuestra muerte. Mis manos tantean el terreno.

Nos observa tras su máscara.

—Al final resultará que no eres tan inútil, eraino. Interesante.

—Púdrete.

Acércate.

—Vas a morir. Aquí y ahora. Y luego pienso matar al resto uno a uno, porque los esclavos me sobran.

Un poco más.

—Pienso hacerme tantas máscaras con sus cráneos, que el de Rima ya no me parecerá imprescindible…

Esa palabra se queda pendida en su boca cuando me incorporo y clavo el puñal de Dugan en su pecho. De nuevo, no emite ningún sonido, pero se convulsiona varias veces. Cabecea tan bruscamente que la máscara se resbala de su cabeza. Su rostro se muestra y me horroriza, de pronto, verme. Mi rostro en su rostro. Yo.

—¿Cómo sienta… matarse a uno mismo? —Y a la vez que ríe una marea de sangre brota de su boca.

Cae de espaldas contra la arena, acuciado por la risa, mientras el resto no sabe cómo reaccionar ante un cuerpo que parece más un juguete roto. Estoy paralizado, observando cómo *me* río. No, cómo se ríe Magog con mi cara.

—Senda —masculla Rei incorporándose por fin, pero solo tengo ojos para el esclavista, que consigue arrancarse el puñal como quien espanta a una mosca—. Aprovechemos.

Hay una confusión inexplicable. Magog trata de recuperarse, sin que nadie mueva un solo dedo por él. Nos miran, pero no hacen nada. No arremeten, no nos detienen. ¿Es posible que atacar a quien crees un dios lo humanice? De pronto, ¿ves como un igual al que creíste por encima de ti?

No entiendo nada, pero Magog se está levantando. No entiendo nada, pero los demás comienzan a despertar, observándonos con más fijeza, más rabia. Y corremos. Corremos con la respiración pinchándonos en las costillas, sin echar la vista atrás, sintiendo la violencia de los demás, algunos pasos persiguiéndonos. La muerte soplándonos la nuca.

—¡Vais a morir! —Su voz otra vez. ¿Cómo es posible?

Un llanto, aunque ninguna lágrima se escapa de mis ojos. Es una pesadilla. Esto debe ser una pesadilla, sin duda. Alcanzamos la zona donde se encuentra la tienda de Magog y la jaula en la que debe estar encerrado Milos. Lo está. Atado por las muñecas, casi suspendido en medio de la celda.

—¡Milos!

—¡Senda! ¡Rei! ¿Qué ha…?

Me lanzo contra los barrotes, desesperado, intentando llegar al cuerpo de Milos. No lo hemos conseguido. Vamos a morir. Vamos a morir. Rei también trata de alcanzarlo mientras se aferra a mi brazo con fuerza. Él entiende la situación sin más explicaciones.

—¡Lo siento, Milos! ¡Lo siento tantísimo!

Los gritos de nuestros enemigos y las antorchas vuelven a cercar el perímetro. Vamos a morir. Vamos a morir.

—¡Tranquilo, Senda! ¡Lo hemos intentado! ¡De verdad que sí! —Sus repentinas lágrimas me destrozan el corazón.

—¡No! ¡Esto no puede acabar así!

Miro a Rei, quien ha arriesgado su vida una vez más sin titubear. La bondad tiene tantas formas que me duele que la injusticia sea tan grande como ella. Tan voraz. Tan imparable.

—Gracias por todo, chicos. Gracias por esta nueva oportunidad… —solloza Rei.

Magog y sus aliados se abren paso. Su risa nos amordaza y nos silencia. Lloramos; pero no desistimos en intentar tocar a Milos.

—¡Ya os dije que me gustan los juegos difíciles cuando sé que puedo ganar! —clama Magog, aunque su pecho sube y baja con dificultad.

—¡Milos! —insistimos Rei y yo al mismo tiempo.

Y algo sucede. Un temblor y una ráfaga que revienta, de repente, un lado de la jaula. Las partículas grises llueven a nuestro alrededor como ceniza. Confundidos, buscamos al causante del ataque y nos quedamos sin aliento cuando nuestros ojos reparan en la sombra que se mantiene a duras penas de pie frente a la entrada de la tienda de Magog.

—¿Selim?

Apenas reconozco la voz de Magog cuando nombra a la figura desconocida que entonces cae al suelo. La templanza que ha inundado su voz se convierte en un desgarro cuando grita ese nombre otra vez. *Selim*. No nos mira. Magog se olvida de nosotros. Pero nosotros no de él. Entramos en la prisión cogidos de la mano y recorremos su interior hasta que abrazamos a Milos.

El esclavista nos descubre de reojo y se detiene, alternando su mirada entre a quien quiere salvar y a quienes quiere matar. Una línea que incluso al tirano de Magog le cuesta cruzar. El alba ralla el cielo y el sol nos ciega durante unos segundos.

—Nos veremos.

¿Quién lo dice? No lo sé, porque me concentro en visualizar mi hogar. La ciudad polvorienta de Núcleo. La enorme calle que se abre ante el Liman. Vislumbro a los danían. Hay una maraña de cabello grisáceo del que sobresalen dos cuernos partidos. Nuestras magias responden, inundando los recovecos huecos, insuflando mi poder que, en solitario, no habría sido suficiente para salir de aquí. Desaparecemos como un suspiro en el momento en que el sol incide sobre la jaula. Vacía.

Abro los ojos y unos verdes me reciben.

—Rima.

—Senda.

Los siento.

Estamos aquí.

TERCERA PARTE

DONDE LOS DONES SON SALVADOS

LA TRAICIÓN

Hace 2 años

¿QUIÉN IBA A PENSAR QUE LOS HUMANOS podrían seguir actuando con la misma crueldad y egoísmo después de haber sido condenados y salvados por la Magia?

Cuando descargó una flecha que acertó en el pecho de un ludense, su hermano apareció tras el enemigo abatido, con la frente perlada de sudor y el pelo salpicado por restos de ceniza. No era rápido, pero sí atento. Aun así, Amaranta tuvo que tomar de nuevo la iniciativa y empujar a un enemigo que a punto estuvo de arremeter contra Tristán.

—¡No te distraigas!

—¡Hay algo raro en todo esto, Ami! —gruñó dejando paso a su hermana mayor, que derribó a otra soldado.

—¿A qué te refieres?

Tristán lo sabía, porque se lo había confesado. Pero quien se lo había confesado ya no estaba a su lado, y, aunque lo echó de menos, se centró en la batalla, pensando una última vez que su compañero también se había merecido decidir cuándo marchar a su siguiente misión, lejos de él, en busca de…

Amaranta, demasiado acostumbrada a la guerra y a las sorpresas, lo cogió por el brazo y lo condujo hasta un callejón seguro. Uno que todavía no había sido asolado por la cruenta batalla. Dos vistazos más le confirmaron a la mujer que podía escucharlo sin temer por su vida.

—¡Rápido, Tristán!

Una explosión los obligó a pegarse todavía más contra la pared, y la inquietud de ella le reveló a Tristán que debía exponerle sus dudas antes de que las ansias de su hermana por salvar a todo el mundo lo dejaran allí plantado.

—Piensan que los atacamos primero.

—¿Cómo?

Otra explosión. Mucho más próxima. Diminutos escombros volaron a su alrededor.

—Los ludenses creen que fuimos nosotros quienes atacamos su barco hace ocho años. Que Kira dio el primer golpe.

—De todas maneras, la danían no habría dejado que llevasen a cabo su propósito.

—¡Sí! Pero, Amaranta, escúchame… —Tristán la aferró por los hombros, sintiendo que el cuerpo de su hermana estaba frente a él, pero no su atención. Era necesario que comprendiese todo lo que había descubierto—. Fue Vérula la que los atacó. Me repito: su ejército, no Kira.

—Pensarán que Vérula es eraina... Aunque, ¿no te parece mucho suponer?

Él entreabrió los labios, desesperado, con el grito naciendo en su garganta. Sabía lo terca que era Amaranta, pero no lo mucho que se entregaba en batalla hasta el punto de no concentrarse en cualquier otro tipo de implicación. Una palabra ininteligible se escapó de sus labios, pero ella lo interrumpió, estirando de él para avanzar calle arriba, pues un grupo de enemigos acababa de aparecer, portando unas pistolas bastante rudimentarias para lo que ambos habían visto y utilizado en el pasado.

—No me puedo creer que ahora mismo deteste tanto las armas de fuego. Si me oyesen Iggy o Agatha...

Pero acalló sus palabras, y echaron a correr hasta esconderse tras una enorme casa, oculta en gran parte por un grueso árbol. Tristán, cada vez más agobiado, obligó a Amaranta a detenerse. La mujer chistó algo, pero la agarró tan fuerte que ella no tuvo más remedio que dejar los ojos quietos sobre él.

—En el primer barco no solo viajaban ludenses, Amaranta. De hecho, solo había dos. El resto pertenecía a otro país.

—¿Qué? —Entonces sí, la mujer se quedó sin palabras mientras la tensión teñía su expresión—. ¿Cómo que no eran solo de Ludenar?

—Tilia.

Tristán sabía demasiado; aunque tarde, continuaba sin reprochárselo, porque para desvelárselo aquel ser tuvo que romper su pacto de neutralidad.

—Tilia pretende…

De pronto, ante una voz desconocida, ambos giraron sobre sus talones, sorprendidos. De la semioscuridad que creaban las ramas más altas del árbol, impidiendo la entrada del sol, se descubrió un soldado. El halo dorado de la magia lo envolvía, por eso pudieron entenderlo. Por las ropas que vestía, Tristán y Amaranta lo reconocieron como un ludense, reaccionando al instante, alzando sus armas de forma defensiva.

—¡No, por favor! —suplicó el supuesto enemigo, que hincó rodilla en la tierra mientras levantaba las manos desnudas frente a ambos—. ¡Tenéis razón, por favor! —sollozó.

Amaranta dio un paso amenazador, pero Tristán bajó la espada y se interpuso en la trayectoria de su hermana. El hombre negó, sorprendido por que ella no dudase ni un solo segundo. Se volvió a repetir en silencio que había vivido demasiados horrores, que había peleado en demasiadas batallas y que, aunque no era justificación, sí entendía que viese trampas por todas partes.

—¿Estás bien?

—¡Vais a matarme!

—¡No, no! Oye... —Tristán se acuclilló frente al ludense—. Me has dado la razón, ¿cierto?

El soldado, entonces, se atrevió a alzar un poco la mirada y hundirse en la del eraino. Asintió con movimientos arrítmicos, temblando de miedo, totalmente desarmado. Tristán oyó el suspiro de su hermana, pero no le hizo caso.

—Te escucho. —Tristán puso una mano sobre el hombro del ludense.

Y el supuesto enemigo, titubeando y llorando, lo reveló todo. Su versión. La que los sumos valedores, las personas que dirigían el poder en el país de Tilia, les habían contado allí. Sobre que Nueva Erain había asesinado a una parte de la familia real de Ludenar en el aquel ataque al barco. Que decían que había sido la danían, con su magia. Y ambas historias no encajaron.

Tristán se volvió alerta hacia Amaranta, quien ya no apuntaba con su arco; incluso había guardado la flecha en el carcaj. Sus ojos, casi idénticos a los de él, no se apartaron del ludense. No podía. La misma Amaranta sabía lo impulsiva y desconfiada que era, pero había aprendido a fiarse de la intuición y la sensibilidad de Tristán. Calmó la llama de su interior y se acercó al soldado, que, desde luego, era incapaz de contemplarla sin temerla.

—¿Conocéis a Vérula?

—S-sí. Tilia y Oced han sido países aliados durante mucho tiempo. Vérula nos está apoyando.

—Eso es imposible. Vérula nos está ayudando a nosotros.

—No, no puede ser... —Un borboteo lo interrumpió y luego cubrió su boca de sangre.

Tristán y Amaranta retrocedieron. Ella fue la primera en

descubrir el puñal incrustado en la espalda del soldado, que cayó muerto. Amaranta separó a su hermano de la esquina de la casa en la que, como una sombra que anunciaba más finales, apareció Vérula sosteniendo otro puñal.

—Vérula... —susurró Amaranta.

—Vaya, vaya —musitó la dirigente de Oced en eraino, con ese acento grave.

—Dinos que no es cierto.

—Si digo que no, entonces no iréis a comentárselo ni a Kira ni a Sid, ¿cierto?

Los hermanos titubearon. Un segundo. Un error fatal que pesaría en las memorias de Nueva Erain para siempre. Vérula se movió tan rápido, esquivó con tanta agilidad la flecha que Amaranta destinó a su corazón sin pensarlo dos veces, que, cuando el filo atravesó primero el pecho de Tristán, la eraina se quedó helada.

—Tris...

Sin embargo, el nombre de su hermano se quedó en sus labios cuando Vérula la apuñaló también. Y a la dirigente de Oced no le dio tiempo a comprobar si sus dos víctimas perecieron, porque los nombres de ambos empezaron a resonar en eco por la calle. Ni Amaranta ni Tristán reaccionaron a la llamada, así que Vérula, más segura, desapareció.

Desde el suelo teñido de rojo, Amaranta se movió con dificultad, lo suficiente para coger la mano de Tristán, que la observaba entre lágrimas. Habían sobrevivido a tanto, que creían que sería la vejez la que les arrebataría la vida. Pero, en ese mismo instante, comprendieron que seguían siendo mortales. Carne y hueso, fácil de convertir en polvo. Habían sobrevivido a la devastación de una Diosa y a innumerables batallas, pero, al final, fue el filo de una pequeña arma lo que les arrancó su último aliento. Lo que se llevó sus dones.

No fue un final glorioso, pero ninguno que conlleve la muerte lo es. Sin embargo, en cuanto Noah los encontró, el grito alcanzó cada rincón de Nueva Erain.

—¡Tristán! ¡Amaranta!

Se arrodilló frente a ellos, sosteniendo sus manos mortalmente frías entre las suyas, sucias de sangre y sudor; ardientes por la batalla. No palpó sus heridas, temiendo empeorar la situación. Todo era un mar de sangre. Llamó a Ézer hasta desgañitarse, pensando que su pareja sería el único en conseguir salvarlos.

—No, por favor. Quedaos, quedaos…

—Ami… —susurró Tristán.

—Tris… —le respondió ella.

Y Noah no pudo impedirlo. Primero se fue Tristán, cuyos ojos se tornaron opacos. En aquel instante en que ya nada se reflejaba con vida en ellos, apareció Ézer, quien se lanzó sin pensarlo a tomarle el pulso. Asustado por no encontrarlo en él, sus manos se deslizaron hasta el cuerpo de Amaranta, quien tardó más en morir.

Ézer trató de obstruir la herida, pero la sangre no dejaba de manar. Los ojos de Amaranta, quien tanto había dado por Nueva Erain, abandonaron también su brillo dorado al tiempo que dedicó su último vestigio vital a quienes ya no estaban en la tierra de los vivos:

—Hola.

Y así, con los ojos abiertos y las manos entrelazadas, ambos hermanos perecieron en el país que protegieron durante tantos años. La sombra de la traición se disipó también, entre risas por haber logrado su cometido.

RIMA

NO ESTÁ ATARDECIENDO, es el sol matutino rasgando el cielo y arrancando del pelo de Rei todo su color. Algunos mechones me hacen cosquillas en la nariz y no puedo evitar sonreír. No recuerdo la última vez que desperté con tanta tranquilidad, entre tanta paz. Aunque cuando me incorporo las heridas del brazo y de la pierna me escuecen bajo los vendajes, la felicidad que me embarga consigue mitigar el dolor.

No estamos en el Liman, sino en una casa próxima al edificio central que han despejado y nos han prestado para que podamos recuperarnos sin estar rodeados de estudiantes y ciudadanos curiosos. Aunque alguna que otra vez llaman a la puerta de la casa o se escuchan cuchicheos alrededor, nadie decide irrumpir del todo. Agradecemos tanto la intimidad y el espacio para recobrarnos, que no le doy importancia a quienes nos rechazaron a Vasc y a mí en cuanto sintieron y supieron que somos moiros —él, además, el príncipe de Ludenar, no el soldado raso que pensaban que era—. Pese a que trato de que no me afecte, los rostros de sorpresa al enterarse de que me he convertido y de rencor al saber quién es Vasc se vuelven a materializar con agotadora claridad.

Desvío la mirada hacia el rincón en el que mi amigo siempre se sienta, muy separado del resto para no molestar, aunque él se justifique con su —fingida— vena arrogante, tildando de agobiante el poco espacio y la cantidad de seres que dormimos juntos en una misma estancia. Porque sí, no hemos podido separarnos desde que llegamos a la vez a Nueva Erain, asustados por si nos separaban de nuevo. Pero Vasc no está en su sitio. Doy un respingo ante el recuerdo: hoy le tocaba a él reunirse con los danían y consejeros de Nueva Erain.

Doblo una rodilla, dispuesta a incorporarme para buscarlo. Anoche le prometí acompañarlo. ¿Por qué no me ha despertado? Pero una mano me detiene y me giro. Rei tiene sus enormes ojos puestos en mí, alerta, y le tiemblan los dedos.

—Lo siento… —musita apartando la mirada velada y haciéndose un ovillo.

La tristeza se hace añicos en mi pecho. Rei no ha querido hablar de Siden; decisión que no me sorprendió que tomase por lo valiente que es, pero que sé que le pesa por no ir, en cambio, a Ludenar en mi rescate. No la culpo. No quiero que se sienta mal, porque, sin ella, Milos no estaría aquí, sano y salvo.

Además, Senda y Milos, aunque afectados, sí nos comentaron la situación de nuestro país. La situación de Magog. De nuevo, Rei ha demostrado tener la fortaleza y el arrojo de mil seres juntos, aunque no dejo de notar que su miedo sigue perviviendo en cada movimiento imprevisto y en cada susurro que sucumbe antes de que conozcamos su significado. Temo por ella. Como también temo al saber que Magog no es mortal. Senda le clavó un cuchillo en el pecho. Debería estar muerto. Pero no es así.

Un ser sin rostro capaz de hacerse con el de los demás. Sin corazón. Sin alma. Sin nada.

—¿Otra pesadilla? —susurro para romper mi propio pesar.

—Sí. ¿Me perdonas?

—No tengo nada que perdonarte. Mejor te doy las gracias por enésima vez. Gracias por ser como eres. —Ella entierra el rostro en el cojín, aún dolida, pero mis dedos consiguen engancharse en su pelo para apartarle unos mechones tras la oreja puntiaguda.

—Todo sigue igual…

Aprieto los labios, reviviendo mi encierro en aquel horrible lugar. Sus días y noches, que tanto se parecían en un bucle sin límites. Estar tan expuesta, tan hambrienta y tan olvidada. Los espectáculos, los gritos y el insomnio. Las pocas veces que conseguía hablar con alguien. Intercambiar varias palabras que no fuesen súplicas o rezos. A veces con lágrimas, otras sin ellas, agarrotándose en la garganta. La muerte tan cerca, sí, pero la vida tan angustiosamente palpitante.

Magog con mis cuernos en su máscara. Magog, un ser de incertidumbres, de voz desgarradora. Magog, hecho de dolor para repartir dolor. Un monstruo, de quien nadie apostaría por su existencia, pero que vive. Vive para ser la garra que atrapa y ahoga los ruegos entre sus dedos. La mayor prisión en la que me he visto atrapada.

—Rei…, lo siento tanto. Por mí. Por todo.

—Te entiendo, Rima. Te entendimos al fin. Y te quiero… —Sus dedos acarician sus antiguas branquias.

—Yo también a ti, Rei. A todas. —Lanzo una mirada urgente a la puerta —. Ahora tengo que salir un momento.

—Por el príncipe —murmura.

—¿Quieres que me quede?

Rei niega, enredando y esparciendo un poco más su pelo por las sábanas y el cojín. Suspira, lanza una mirada furtiva a su espalda antes de que sus ojos regresen a mí. Observo a los tres que están abrazados a su lado, descansando profundamente. Milos está en medio de Fatma y Senda, quienes rodean su cuerpo con sus brazos. Milos se durmió con las gafas nuevas puestas, que ahora reposan, a punto de caerse, sobre la punta de su nariz. Fatma tiene el semblante tranquilo, aunque surcado por algunas heridas causadas por la batalla en Île. Senda es el único que sostiene el gesto que más le caracteriza: la sonrisa. Sus labios son una línea que se curva un poco hacia arriba, como si soñando también pudiese ser consciente de la realidad.

—Volveré pronto.

—Y hablaremos. —No lo dice como un ultimátum, pero mi mente empieza a ordenar todo lo que he deseado decirles desde que les di la espalda.

—Hablaremos.

Me incorporo con cuidado mientras Rei deja caer una mano sobre la de Senda. Arqueo una ceja, algo sorprendida, pese a que no hay que ser muy perspicaz para intuir lo que está pasando entre ellos. Esquivar todos los cuerpos que duermen sobre colchones en el suelo es una tarea para la más hábil. Y, aunque no soy una experta, consigo dejar atrás a Jaziz y Kaled con una sola zancada y no pisar la mano de Hester, que se encuentra más cerca de la puerta. Observo su rostro salpicado de pecas antes de marcharme.

Con energías renovadas, cojo una manzana que lidera una montaña de fruta y salgo corriendo del edificio. Me echo la capucha de la chaqueta sobre la cabeza, ocultando lo que queda de mis cuernos, para que nadie me reconozca.

No tardo en llegar a la entrada principal del Liman. Le doy un segundo mordisco a la pieza roja y me atraganto mientras asciendo las escaleras que conducen a la sala en la que siempre nos hemos reunido con los altos cargos de Nueva Erain. Me oculto tras una enorme columna adosada a la pared del pasillo cuando pasan dos draizs. En cuanto sus voces se pierden, retomo el camino que me lleva directamente ante la enorme puerta. Guardo la manzana en un bolsillo y alzo un puño, dispuesta a interrumpir la reunión.

Sin embargo, unas voces desde el interior, muy próximas, apocan mi valor y retrocedo varios pasos. Las puertas se abren y entonces aparece Vasc. La incipiente sonrisa que empieza a inundarme la cara se disipa en cuanto mis ojos reparan en las esposas doradas que atrapan las manos de mi amigo. La decepción burbujea de pronto en mi pecho y avanzo, cabreada, liberando mi moiro.

—¡Rima! —Se sorprende él.

Mis dedos arremeten contra las partículas doradas, lista para destrozar las ataduras mágicas, pero mi propio ataque me devuelve un golpe interno que me duele. Noah aparece detrás del príncipe, estupefacto por mi reacción.

—Rima, basta —insiste el príncipe.

Intento sosegar mi respiración, tan alterada como mi frustración. Le lanzo una mirada de reproche al consejero, que me enfrenta con su habitual parsimonia. Sacudo la mano, disipando la moiro, aunque no deje de bullir en mi pecho.

—¿Por qué lo tenéis esposado? —le espeto.

—Por seguridad —me contesta Vasc.

—¿Seguridad? —me asombro clavando la mirada en mi amigo—. ¿Qué seguridad? ¿Noah?

—Rima, tranquila... He accedido.

Les doy la espalda un momento, intentando que los sentimientos que están aplastando toda buena voluntad se callen. La magia gris me empuja hacia el abismo y me susurra que ataje con ella. Recuerdo las advertencias y los consejos tanto de Azriel como de Linnea, y respiro hondo. No me va a dominar, porque soy yo quien está usando esta energía y no al revés. Echo de menos la paz que me otorgaba la Magia. Los remansos que creaba y lo fácil que era concentrarse gracias a su esencia pura. Es increíble que ahora la añore.

—¿Rima?

Giro sobre mis talones, más calmada, aunque por el ceño fruncido de Noah entiendo que debo seguir mostrándome descompuesta. Vasc avanza un paso hacia mí con esa mirada suya que siempre logra devolverme a la tierra. Quiero creerlo, de verdad que sí.

—Tenéis la versión de Fatma. Ella lo vio todo —digo.

—Rima, entiende que han sido muchos años —me explica Noah—. Vasc vino con el propósito de atacar y estuvo encerrado en las celdas de este edificio. No nos puedes pedir que vuestro testimonio sea lo único que cuente.

—¿Y el de Hester? ¿Jaziz? ¡Pero sí ha dormido junto a nosotras y no ha pasado nada! Esto es alucinante. Ha acudido en calidad de embajador de Ludenar, en nombre de la propia reina Azriel.

—No somos enemigos, eso nos ha quedado claro. Pero llegasteis hace tres días, parte de los cuales habéis estado en tratamiento y descansando. Si fuese tan fácil, créeme, lo preferiríamos.

La vergüenza por mi arrebato se va colando entre mis pensamientos y me incendia las mejillas. Aprieto los puños y alzo la barbilla, intentando que mi fallo no devore lo poco que me queda de orgullo, pese a que termino por apartar la vista. Vasc me pone una mano sobre el hombro, pero echo a andar, agotada y abochornada.

Mi amigo me sigue al cabo de medio minuto, liberado por fin de las esposas. Aunque me alivia, la presión en mi pecho aumenta, y desciendo los peldaños uno a uno, pisando fuerte. Vasc se inclina para encontrarse con mis ojos.

—Rima, ya está.

—Lo entiendo. —Suspiro—. De verdad, es solo… —La inseguridad atrapa mis palabras.

—Tranquila. Respira hondo. —Le hago caso—. Todo se está solucionando. Muy rápido, de hecho. Están asustados, porque ven la guerra inminente y no tenéis los recursos necesarios para hacer frente a ambos países. No sabemos si Azriel podrá aportar algún tipo de ayuda después de la destrucción de Íle. Y hay algo más, Rima, algo que no me han contado, pero que va a cambiar el destino de Nueva Erain para siempre…

Me vuelvo hacia él, con los labios entreabiertos y curiosos por preguntar a qué se refiere, pero entonces unas manos nos detienen con un empujón. Trastabillamos hacia atrás, aunque conseguimos ser el punto de apoyo del otro para no darnos de bruces.

Un grupo variado de aprendices nos bloquea la entrada, con los brazos en jarra o cruzados, y avanzan hacia nosotros con expresiones amenazadoras. Nos pillan con la guardia baja, y no es hasta que el primero habla que no reaccionamos.

—Fuera de aquí, aberraciones.

Vasc y yo nos impulsamos a la vez, notando nuestra moiro retorcerse hasta manifestarse alrededor de nuestros puños. Los aprendices retroceden un poco, pero luego hinchen más el pecho, algunos despertando su propio poder. Nos quieren provocar, hacer que utilicemos nuestra energía contra ellos para tener con qué inculparnos después. Sabemos que no somos rival para la protección de la Magia, pero si insistiésemos, terminaríamos por quebrarla.

Clavo mi mirada en la de quien nos está insultando. Adelanto unos pasos, seguida por Vasc. Quieren amilanarnos y hacernos sentir culpables por nuestras decisiones. Y, aunque sé que lo que he hecho no está bien, no soy un monstruo; uno como el que ellos quieren que me vea.

—No vamos a pelear —sentencio, aunque la moiro tira de mí.

—¿Entonces por qué parece que sí? —interviene otra aprendiza.

—Habéis empezado antes.

—Porque sois escoria. Por seres como vosotros el mundo está como está.

—No sabéis nada.

La magia gris palpita en mi piel y, por un instante, se descontrola. Eso hace que la chica se sitúe detrás de su amigo, a modo de escudo.

—Sabemos lo suficiente para no quereros aquí.

—Tenéis tiempo para juzgar, pero no para estudiar.

La voz que se alza tras nosotros nos amilana de pronto. Los estudiantes se cuadran y se tensan. Sus magias se apagan enseguida, y Vasc y yo silenciamos las nuestras también, percibiendo la potencia mágica que nos sobreviene. Que se impone rotundamente. No es como Rei, cuando moldea, pero es parecido, porque la Magia en Kira es tan poderosa que entra como un torrente. Siempre que estoy a su lado vibra en mi interior.

Sus manos se posan sobre nuestros hombros.

—También veo que tenéis más tiempo para pelear que para descansar. Ya estáis recuperados, ¿no? —Esta va por nosotros y negamos, cohibidos—. Madurad un poquito, por favor. Os advierto que, si no cooperamos, vamos a morir todos. ¿Entendido?

—¡Sí, danían! —responden los aprendices que se dispersan después del grito.

No se me escapa el último vistazo de rechazo que me lanza uno de ellos, pero lo obvio para que entienda que no me afecta. Para que vea que las palabras de Kira llevan toda la razón.

—Príncipe Vasckian, ¿me permites unos momentos a solas con Rima?

—Por supuesto.

—Descansa. Ha sido una reunión importante. Gracias.

Mi amigo asiente a modo de despedida y sale del Liman mientras espero a que la dirigente desvele la razón por la que quiere hablar conmigo. Me pongo nerviosa, sin saber dónde dejar caer la mirada. ¿Será por la moiro? Entrelazo los dedos y aprieto, concentrando mi desasosiego en ellos.

Ya hemos mantenido dos reuniones desde que llegamos a Nueva Erain. Lo he contado todo. Cómo me sentía aquí, por qué visitaba a Vasc, por qué lo liberé y todo lo que sucedió en Ludenar. El chico corroboró mi versión y luego Hester, Fatma y Jaziz contaron lo poco que vivieron, pero que también reforzó mi historia. ¿Qué más puede querer de mí?

—¿Vamos a dar un paseo por Núcleo?

—S-sí, claro —accedo, titubeando.

Emprendemos la marcha, ella con la vista alta, yo con la mía clavada en la punta de las botas. Cuando voy a echarme la capucha sobre la cabeza, la danían me detiene y, por primera vez, nuestras miradas se encuentran. Compone una sonrisa leve pero sincera, que me hace soltar la tela, que resbala por mi pelo y regresa a su sitio sobre mi espalda.

—Antes no paseaba por Núcleo, ¿sabes? —No respondo—. No había semana que mi vida no estuviera amenazada.

—¿Por quién?

—Lo importante no es por quién, sino por qué. El egoísmo, los sistemas de poder y los prejuicios no conllevan nada bueno.

—¿Lo dices por mi… *magia?*

Kira se para y se vuelve hacia mí, con su única ceja descubierta torcida por la confusión. Sus dedos rozan el parche de su ojo derecho con sutilidad, antes de dar un nuevo paso. Sus labios refuerzan su sonrisa y reconozco que el gesto aniña su rostro pecoso; lo endulza, incluso.

—No voy a opinar sobre tu decisión, Rima. No creo que ni mis consideraciones ni las de otros vayan a revertir una situación que, por lo que parece, tampoco deseas cambiar. Si es que consideras que hay algo que cambiar, claro. Tampoco he dicho lo que he dicho por algún ejemplo en concreto. Todos hemos fallado y fallaremos, pero lo importante es darse cuenta y aprender.

Una nuclense nos da los buenos días y respondemos con educación. La draiz no se detiene en mí, ni siquiera me observa con recelo. Pese a que todo Núcleo debe saber de mi existencia por un rumor u otro, ella me ha tratado con respeto.

—¿Te asombra? —La danían se percata—. Hay seres para todo, y todos merecen una segunda oportunidad.

—Bueno…

—Bueno. —Kira suelta una risita y no puedo evitar que se me contagie su expresión. Aunque no lo parezca, es cómodo estar a su lado. Su experiencia impone, pero no tiene miedo a mostrarse tan accesible como el resto de nosotros.

—¿Tienes miedo? —se me escapa.

—Claro que tengo miedo —contesta tan rápido que me sorprende—. Nos han engañado quienes creíamos amigos desde hace diez años. Se han inventado un juego en el que dos países se han ido enemistando y destruyendo por una mentira. Podríamos haber creado lazos, y ahora nos vamos a tener que proteger de una amenaza de la cual no conocemos su rostro, aunque sepamos cuál es su objetivo.

—Ludenar ayudará.

—Y aceptaremos esa alianza que ha tardado demasiado en llegar.

Pasamos unos minutos en silencio, recorriendo las calles pedregosas, observando el ir y venir de los nuclenses. El terror siempre quiere paralizar el mundo, pero el mundo tiene la suficiente fuerza para seguir en movimiento. Si el terror grita, nosotros debemos hacerlo más alto. Porque eso es lo que desea: reducirnos, aunque solo sea asustados en un rincón.

—¿Kira? —La mujer emite un sonidito—. ¿Qué es lo que está pasando?

—¿Dónde?

—Aquí. Vasc me ha dicho que estáis pensando en algo... ¿Tiene que ver con el corazón de la Magia? ¿Kaled y Oria han descubierto algo nuevo? Kaled nos ha dicho que no puede contarnos nada por el momento...

—Pronto lo sabréis. Todos en Nueva Erain lo sabrán.

—¿Es complicado?

—Sí. Con la Magia siempre lo es.

Su frase se ancla en mi mente mientras la danían atiende a varios mercaderes que le preguntan por ciertos instrumentos y algunas de las decisiones que han tomado los artesanos en no sé qué partes del decorado. Me quedo absorta en un puesto de telas de diversos colores y texturas.

«Con la Magia siempre lo es». Mi corazón se encoge y un mal presentimiento me embarga. Rozo la suavidad de uno de los tejidos. Aunque no se aprecia la tensión, no puedo dejar de sentirla suspendida en el ambiente.

—Rima —atiendo a Kira—, esta noche se va a celebrar una pequeña fiesta.

—¿Una fiesta? ¿Ahora?

—Se lleva organizando en Nueva Erain desde hace una década. Como te he dicho, antes apenas salía del Liman. Entendía cualquier tipo de celebración como innecesaria y una mera distracción. Un foco para llevar a cabo el ataque perfecto. —Estoy de acuerdo con cada una de sus palabras—. Pero ¿sabes qué? He perdido a tantos familiares y amigos por el camino, y me duele tanto que la mayoría de los recuerdos que guardo de ellos sea en batallas o discusiones que… no quiero que pase otra vez. Ni a mí ni a nadie, si puedo evitarlo.

—¿Y si atacan?

—Estamos preparados. No será el momento ideal, pero no le deseo unas memorias tan teñidas de dolor como las mías a ningún otro ser. Además, no se trata de una fiesta por todo lo alto, sino de un acto para conmemorar nuestras vidas y las que se perdieron.

—Entiendo.

—Puede que este sea el último capítulo tranquilo hasta dentro de mucho tiempo. ¿No quieres reunirte con quienes aprecias y aprovecharlo? El futuro que se asoma en el horizonte no creo que te lo permita pronto.

Terminamos de avivar el fuego de nuestra hoguera y Senda aplaude, victorioso. Abraza a Milos entre risas, aunque entre cada alegría se cuela un quejido por las heridas recientes. Fatma pone los ojos en blanco y los regaña por ser tan brutos, pero acaba entre carcajadas mientras le pasa una bandeja llena de trozos de carne y verduras a Jaziz. Mi hermana empieza a preparar la comida para cocinarla en el fuego que también nos calienta del final del invierno.

Me dejo caer al lado de Hester y esta me mira de soslayo. Me pierdo en el manto de luces que, como luciérnagas, alumbran la tierra de Núcleo y que también deben estar iluminando el país entero. Algunos dirían que es incomparable al campo de estrellas que nos custodia desde lo alto, pero el calor, el crepitar y lo cerca que estamos de quemarnos nos mantiene despiertos, conscientes de dónde estamos, aunque siempre dudemos de su porqué.

—Hest, lo siento mucho —musito—. Pero, por encima de todo, te quiero. Y prometo repetírtelo a ti y a las demás tanto como sea posible. Porque me equivoqué. Durante mi estancia en Ludenar pensé que lo había arruinado todo, que no querríais saber más de mí. Luego os vi allí, entre la guerra, llamándome, buscándome. Encontrándome. Gracias...

Mi amiga apoya la cabeza en los brazos plegados sobre sus rodillas recogidas para observarme con detenimiento. Le gusta sostener y medir el silencio, como si así pudiese descubrir cómo de grave es la situación a la que se enfrenta. Pocas veces levanta muros en su mirada para que no lea lo que nace en su interior; pero esta es una de ellas. No me asusto, aunque preferiría que me dejase anticipar sus palabras.

—Nos dolió. Mucho. En un principio no entendimos por qué te alejabas de nosotras. Por qué te negabas a todo esto. —Señala el entorno—. No entendíamos tu obsesión por asesinar a Magog, Rima. —Frunce su expresión, angustiada—. ¿Todavía…?

—Sí. —No pienso mentir, y la verdad la golpea, pero es mejor que una mentira.

—No te dará la paz.

—Se la dará a los que están y a los siguientes.

—Nacerán más.

—No como Magog.

Nos quedamos en silencio. En la lejanía, las notas de un instrumento no alcanzan y nos envuelven. Tengo ganas de llorar, porque no puedo explicarle mejor la razón de mis decisiones. Le susurro que cada día dudo de lo que he hecho. Pero también que esas experiencias me han sacado un poco más del oscuro pozo. Porque hacía tiempo que no me veía a mí misma. Que no esperaba que equivocarme me mostrase el camino.

—Tengo miedo. Cada día que pasa soy una nueva Rima, que pierde un poco más de aquella que jugaba en la granja con su familia. Estoy llena de heridas y de magia gris. No es precisamente un mapa al que confiarse, pero es un mapa que indica otro tipo de rutas.

—¿Aún no lo has entendido, Rima? Pese a los hoyos y los baches, nunca rechazaría la oportunidad de perderme en tu mapa.

Ahogo un sollozo y me inclino hacia su cuerpo. Ella, tan ágil como siempre, abre los brazos a tiempo y me recibe. Caemos contra el suelo. Lloro contra su hombro mientras escucho al resto acercarse, preocupados. Le agradezco su paciencia, su valía y su cariño. Le pido perdón unas cuantas veces más. Ella me acaricia el pelo y me susurra que todo está bien. Que algunas piezas están dañadas, pero que eso no significa que no puedan repararse.

Cuando me separo de mi amiga, es Jaziz la que me abraza. Luego Rei y Kaled se unen, y, al final, Hester se suma a la enorme piña en la que solo nos susurramos cosas buenas. Aunque he vivido abrazos eternos, ninguno me ha transmitido tanta emoción como este. Volcamos nuestras dudas, agradecimientos, afecto y ruegos. Nuestras palabras se agolpan, pero ninguna pesa más que otra. Todas se elevan hacia el cielo con la misma intensidad.

—Juntas. Juntas —digo, bien alto.

A la música que hace un rato ha estado acompañando el crepitar de las llamas, se les unen más voces, risas y otros instrumentos distintos. Nos separamos, observando nuestro alrededor. Los nuclenses se divierten frente a sus hogueras. Charlan, bailan, cantan, comen, beben y viven. Viven en una noche en la que no existen los monstruos. Viven, por si un día cualquiera sus corazones se detienen sin tregua.

Un canto a la libertad. A todas las cosas buenas. Porque las hay, hasta en un mundo que no deja de perecer.

Mi familia se aparta, dejando paso a Senda y a Vasc. Ambos

se sientan a cada lado. Se lanzan una mirada que no transmite tensión, si bien cierta diversión por haber pensado lo mismo a la vez. Primero miro a Senda, que me sonríe. Él me salvó. Me brindó esperanza y creyó en mí. Luego me vuelvo hacia Vasc, que no me atiende, pero que sé que está conmigo, porque no dice nada; sus palabras siempre tratan de enmascarar sus sentimientos más sinceros.

Jaziz empieza a repartir la comida y el resto termina sentándose en torno a la hoguera.

—Hablamos de…

—Esta noche no, Senda —lo interrumpe Milos, suave.

El chico asiente y se mete en la boca una seta entera. Disimula entre toses que no le arde y nos arranca una carcajada a todos. Incluido Vasc. No se me escapa el gesto de desconcierto ante la reacción del ludense; no porque esté, sino porque se ha mostrado tal y como es. Sin ataduras, sin armadura.

Senda vuelve a la carga con otra de sus ocurrencias y las risas nos abordan de nuevo. Y cuando el primer recuerdo que nace como respuesta a este momento es mi hogar, mis padres, el resto de familia, mis amigos, la paz y la felicidad, en vez de Magog, sé que he dado un paso al frente. Un paso que ya he aprendido que no tiene por qué ser en la dirección correcta, pero que es uno que deseo.

Otra tontería por parte de Senda y Milos me hace reír y se lleva mis preocupaciones del todo. Las palabras de la danían vuelven como un eco por última vez y asiento a la nada, dándole la razón. Aunque me aterra, puede que este sea el último capítulo apacible que vivamos en mucho tiempo. Y quiero que en mi memoria solo permanezcan las huellas que más fuerte me hacen.

SENDA

LOS PÁJAROS PÍAN ANUNCIANDO UN NUEVO AMANECER. Pestañeo, dejando que el sol me desvele del todo. Rei duerme entre mis brazos y compongo una sonrisa bobalicona; que no espero que vea la harum, pero que termina descubriendo porque se despierta a la vez. Trato de ocultar el gesto, aunque verla reír ante mi timidez no me lo permite. Me gusta comprobar que tiene la fuerza suficiente como para sonreír un poco, porque no ha pasado una noche sin que una pesadilla la acucie. Como a mí. O como a Milos, que no ha permanecido quieto ni en sus descansos más profundos.

Anoche fue un bálsamo que nos sirvió para abandonar, al menos durante unas horas, nuestros temores. No hablamos sobre lo que nos ha ocurrido, sobre todo lo que tenemos que recuperar para poder empezar a sanar. Y agradezco la pausa, porque, a veces, arrinconar la realidad y darle la espalda unos instantes es la única forma de regresar.

Ver a Rima tan tranquila y jovial me pareció un espejismo que luego se tornó real. Creo que ninguno de los que poseemos magia se ha atrevido a decir en voz alta lo extraño, y en ocasiones ligeramente doloroso, que resulta estar a su lado, sintiendo su energía funesta casi en carnes. Y, sin embargo, nada de lo que pueda estar retorciéndose en su interior cambia cómo es ella. Rima sigue ahí: sensible y observadora.

A estas alturas, sé que es bastante reduccionista seguir pensando que la moiro te convierte en una criatura malvada. Que nada queda de ti después de la conversión. Y me alegro de que no sea de tal manera, aunque es bien sabido que este tipo de poder es hostil y que los seres poseedores deben lidiar con él. Con su efecto y sus consecuencias. Me asusta que Rima caiga pronto en la misma enfermedad que los envenena a todos.

Selim, el ser por el que Magog dudó, el ser que nos ayudó a escapar de Siden, se materializa en mi mente. ¿Por qué lo hizo? ¿Acaso es cierto que hasta para los seres más oscuros existe algo o alguien capaz de aplacar su propia perversidad? Esas han sido mis preguntas durante los últimos días y, aunque lo hemos comentado durante las reuniones, no comparto que sea tan sencillo como lo que supuso Milos: mi amigo fue el único que trató a Selim sin prejuicios y, de verdad, intentó curarlo, aun estando apresado. Una acción bondadosa que le valió la salvación.

«Creo que Selim no era mala persona. Estar cerca de una no te convierte en lo mismo. No se le puede culpar por no ver cómo era Magog, porque tal vez también era una víctima. Por supuesto, es solo una conjetura. Pero es la única con la que me explico su decisión. Alguien como el esclavista me habría usado y luego asesinado. Magog no paraba de repetirnos que éramos herramientas y que, después de sanarlo, ya no seríamos útiles. Sea como sea, Selim nos salvó», fue lo que Milos dijo.

—¿Senda?

—Sigo preguntándome por qué nos ayudó.

—Ya sabes que comparto las suposiciones de Milos.

—Sé que debería concentrarme en que sobrevivimos, pero…

—Intenta no obsesionarte con cuál será la verdadera razón, pero permítete dudar hasta que te recuperes.

—Sí...

No sé de dónde reúno el valor o la —escasa— picardía que me mueve a juntar mis labios con los de Rei, pero cuando noto su piel contra la mía, no me arrepiento. Ella me corresponde y dejamos que sean nuestros cuerpos los que se entrelacen y nos reposen donde nada malo ocurre.

Durante unos instantes, con mis manos apretando sus caderas y mis dientes recorriendo su labio inferior, me planteo preguntarle si le apetece que pasemos un rato a solas, pero un carraspeo nos interrumpe. Como si hubiese formulado la proposición en alto, me separo de ella y yergo la espalda, sacudiéndome las manchas de la chaqueta como si tuviese algo que limpiar.

—Entre Milos y tú no dais una, ¿eh? —Jaziz niega con la cabeza, divertida, mientras pliega la manta oscura sobre la que ha dormido; idéntica a las nuestras.

—No estábamos… —nos defiendo.

—¿Qué pasa? —pregunta Hester a la vez que se despereza.

—Que algunos son muy listos y aprovechan que estamos dormidos para meterse mano. —Y Jaziz estalla con unas carcajadas tan profundas como burlonas.

—Es que lo sabía. —Sonríe Fatma.

—¿Habéis cotilleado sobre nuestra relación? —Se incorpora Rei tratando de sonar ofendida, pero con una sonrisa expandiéndose por sus labios.

—Que nunca se pierdan las viejas costumbres, por favor —declara Rima.

—¿Alguien más? —Extiendo los brazos incitando al grupo, ya que no hay vuelta atrás.

—A la próxima dejadme participar, con las intrigas palaciegas estoy entrenado —dice el príncipe Vasc.

Es inevitable que cada vez que interviene lo miremos como si una piedra confesase de pronto que tiene boca y puede hablar. En ninguna de las ocasiones ha parecido afectado por nuestra sorpresa. Y no es que reaccionemos así porque no confiemos en su buena voluntad, sino porque cuando lo atendemos, nos cuesta ver a la persona que Rima ha conocido.

El príncipe es otra víctima, igual que nosotros. Me pongo en su lugar y admiro su entereza. Si fuese yo quien tuviese que regresar a un país para establecer alianzas de forma diplomática, después de haber estado encerrado en sus calabozos por atacar reiteradamente el lugar, me desharía de miedo antes de poner un pie en la tierra extranjera. Él ha ayudado a Rima, de hecho, esta lo considera su amigo. Fatma, Hester y Jaziz presenciaron la batalla, e incluso fueron protegidas por la reina de Ludenar.

Recogemos el improvisado campamento entre las risas y los recuerdos de anoche. Cuando estamos a punto de regresar a la casa que nos han asignado, Ézer llega hasta nosotros. Nos saluda con el semblante risueño, pero una sensación de vértigo se adueña de mí.

—Reunión.

—Ahora, chicos —asiente el consejero.

—Es la hora —escucho que le susurra Kaled a Rei.

—Por fin sabremos de qué se trata —dice Milos encogiéndose de hombros.

Apesadumbrados por el inminente futuro, que se plantea más oscuro que esperanzador, perseguimos a Ézer cargando las mantas y los restos de la cena. Los nuclenses a nuestro alrededor también están recogiendo o han iniciado ya sus actividades diarias. Los observamos en silencio. Aunque no articulamos palabra, nuestros pensamientos no paran de gritar. Estoy seguro de que los seres que ahora parece que son capaces de retomar sus labores con normalidad están tan nerviosos como nosotros.

Tal vez sepamos antes qué ha organizado la danían, pero no seremos los únicos. Toda Nueva Erain actuará bajo las directrices de un mismo plan, a sabiendas de lo que va a ocurrir. Si algo es cierto es que este país ha cambiado respecto a mantener alejada a la ciudadanía de la verdad y la toma de decisiones. Todos somos partícipes, cualquiera puede marcar la diferencia.

Subimos las temidas escaleras del Liman, que hace meses ascendía con curiosidad y travesura, esperando descubrir de primera mano las noticias más jugosas. Ahora cada peldaño me supone un esfuerzo considerable. Cada peldaño recorta la distancia que me conduce de forma inexorable a mi destino. El sentimiento es mutuo, porque cada paso resuena con intensidad. Un eco lento que se sostiene con angustia en nuestros oídos.

El consejero abre la puerta de la sala de reuniones y entramos casi en fila de uno, tratando de aletargar nuestra llegada. Dejamos las mantas y la comida en una esquina antes de continuar. Dentro ya aguardan los danían, sus consejeros, Oria y algunos representantes de la ciudadanía de todo el país. Kira y Sid extienden las manos indicándonos que vayamos ocupando las sillas libres mientras Ézer nos adelanta y se sienta al lado de otra consejera.

Solo Kaled, que ya sabe el motivo de esta reunión, y Vasc, tal vez acostumbrado a este tipo de asambleas sorpresa, se muestran calmados. Ojalá pudiesen repartir un poco de su templanza, porque empiezan a temblarme las manos. Las escondo debajo de la mesa, para que nadie pueda ver mi inquietud, y Rei posa sus dedos sobre ellas. Se lo agradezco.

—Han sido varios días de reuniones —comienza Kira—, porque ha habido demasiado que tratar. Es increíble lo rápido que se puede derrumbar un castillo si golpeas el ladrillo adecuado. Por una parte, sabemos todo lo acontecido en Siden. Y, por otra, y la que más nos afecta directamente, el conflicto y la confusión con Ludenar, Tilia y Oced —dice con aflicción—. Lo que temíamos es cierto: vienen a destruir el centro mágico. Supongo que todos lo sabréis, pero en caso de que no, acabar con él no solo comportará el asesinato de la Magia, sino también el de todos aquellos que la posean. Incluidos los moiros.

Trago saliva y deslizo la mirada hasta Rima. Ella siente mi atención enseguida y clava sus ojos verdes en los míos. Reconozco la unión que cuando nos conocimos empezó a labrar la confianza que, a día de hoy, permanece —más o menos— intacta.

Sus pupilas se dilatan un poco y noto su nerviosismo por la forma en que respira. Me gustaría cruzar la mesa y tranquilizarla, pero ella solo niega. Y luego asiente. Un juego de gestos que me comunica que puede hacer frente a la ansiedad que amenaza con hacerla desfallecer. Y me doy cuenta de que todos lucimos igual. Que nos sentimos atrapados, y que la llave para liberarnos está custodiada por las espinas más punzantes y tóxicas del mundo.

—Os habréis estado preguntando —continúa Sid, y eso me llama la atención. Kira ha bajado la mirada, sin ocultar lo afectada que está—, ¿qué es eso que hemos estado hablando y que todavía no os hemos contado? ¿Qué es lo que ha sucedido en Nueva Erain durante vuestra ausencia? —Me remuevo en la silla, cada vez más incómodo—. Como sabéis, Kaled se quedó para trabajar junto a Oria y así investigar sobre el corazón mágico. Intentar conocer sus características, su forma de activarse, por qué es tan *sencillo* acceder a él y, más importante, qué quiere.

—¿Qué quiere? —interviene Milos, perplejo.

—Sí. ¿Qué quiere la Magia con exactitud? Sé que es una pregunta que nos hacemos a menudo por todo lo que nos ha hecho, por lo que ha hecho por este planeta. Pero ¿alguna vez os habéis parado a pensar en qué quiere para ella misma?

El desconcierto impera de pronto en forma de ceños fruncidos y labios que titubean sin dejar escapar ni un solo sonido. Entonces ambos dirigentes miran a Kaled. El ruido que hacen nuestros movimientos al girarse hacia el sidenés lo tensan hasta que se acostumbra a nuestras inquisitivas miradas. No me esperaba que dejasen que Kaled hablase sobre el plan. Aunque, visto de otro modo, es él quien invocó al corazón y quien más lo percibe gracias a su condición de sensible.

—Bueno… —carraspea y le lanza un vistazo a Oria, que da una sacudida de cabeza hacia nosotros, otorgándole la confianza suficiente para continuar—. Ya sabéis lo que ocurrió aquella vez. Para establecer un puente con la Magia se necesita sangre, tal y como descubrió Senda. —Asiento—. La sangre es lo que logra vincularnos con Ella. La Magia te siente y acude a ti. Es un método al que ya recurrieron muchos en el pasado.

—Pero eso es lo único que controlamos —retoma Oria—. El centro mágico despliega tanta potencia al abrirse, que lo destruye todo a su paso. No porque sea su voluntad, sino como consecuencia de toda la energía que se vierte. Kaled y yo hemos estado analizando…

Trato de recordar todo lo que sucedió aquella noche. Sigue siendo un caos de imágenes y voces. Al día siguiente no recordaba con claridad, y entonces se sucedió el ataque de Magog y sus secuaces con el consecuente rapto de Milos. En realidad, ni siquiera pensé en si hacíamos falta en la investigación. No yo, sino Rei, porque fue ella quien consiguió moldear y retener la intensidad mágica. ¿Y si he truncado la clave porque le pedí que me acompañase a Siden? Los remordimientos se transforman en retortijones y despego los labios, dispuesto a admitir mi culpabilidad. Sin embargo, vuelvo a escuchar a Oria, que no ha cesado en su explicación:

—Después de varias sesiones de meditación, Kaled consiguió contactar con la Magia. No a través del corazón, no nos atrevimos a empeorar la situación. Kaled y Ella hablaron.

—¿Hablaron? —eleva la voz Jaziz, incrédula.

—Aunque parezca increíble, es cierto. Muchos en esta sala nos hemos comunicado con Ella alguna vez —interrumpe Noah para añadirle convicción a la historia de los sensibles.

Los dedos de Rei se cierran con fuerza en torno a mi mano y ahogo un quejido. La miro y descubro su semblante, lívido, y sus ojos fijos en la nada. ¿Es que Rei…? Es que Rei también habló con la Magia. Apenas lo recuerdo, el ruido devoraba nuestra voz y copaba nuestros oídos. Pero me dijo algo referente a…

—Ayudarla. Hay que ayudar a la Magia.

La intervención de la harum hace que toda la sala se gire hacia ella. Kaled da un respingo y sus ojos redondos se abren como platos. Oria y él intercambian varias miradas cómplices. Rei ha dado en el clavo.

—Sí, pero ¿cómo sabes eso, Rei? —pregunta Kaled.

—Ella… me habló. No lo recordaba… Todo en mi cabeza se había desdibujado, como en un sueño. Pero recuerdo que me pidió que la ayudásemos. Lo recuerdo. —Su voz se apaga con un jadeo causado por el sobreesfuerzo.

Entierra las manos en su pelo y agacha la cabeza. Le acaricio la espalda, preocupado. El corazón le palpita como si un caballo estuviese galopando en su interior. Un silbido se cuela a veces entre cada respiración y no consigue estabilizarse hasta que Kaled acude a ella. Me aparto mientras él logra apaciguarla. Aunque esperamos que el chico vuelva a su sitio, él no se aparta.

—Rei tiene razón. La Magia necesita nuestra ayuda.

—La Magia no necesita nuestra ayuda. Ella es libre. Es superior a nosotros. ¿Por qué ahora? —pregunta Rima.

—Porque, como siempre, aunque esta vez más que nunca,

los únicos que pueden detener nuestra maldad somos nosotros mismos —intercede Kira—. La Magia puede existir sin nosotros, ya lo ha demostrado. Es la energía que está en todo, que insufla vida y que permite que el mundo evolucione. No siempre ha tomado la mejor de las decisiones, pero siempre ha confiado en nosotros. Y, por primera vez, hay algo que ni Ella misma puede asegurar y es su propia protección.

—No puede ser. Somos una mota de polvo en este universo. ¿Cómo vamos a ser la llave que la salve? —se alarma Fatma.

—Sí, es cierto. Al final todos morimos, e incluso los que consiguen dejar huella desaparecen de la memoria. A ojos de lo inconmensurable no somos nada, algo de lo que debemos ser conscientes para recordar quiénes somos. Pero si no nos alzamos como los protagonistas de nuestra vida, si simplemente nos quedamos quietos, esperando lo inevitable, ¿qué es de nuestra existencia? —Kira se incorpora—. La Magia forma parte de nuestras vidas, de hecho, está ligada al ciclo vital de quienes la poseemos. Si Ella está aquí. —Golpea con el índice la mesa—. Si Ella está aquí. —Se golpea el pecho—. ¿Por qué debemos pensar que somos insignificantes? ¿Por qué no podemos pensar que sí marcamos una diferencia, en nuestro mundo y también en el mundo de otras fuerzas?

Sus palabras dejan boquiabiertos hasta a sus compañeros y amigos. Sid posa una mano sobre su brazo, sonriente, sin duda orgulloso. Una oleada de emoción nos cubre y una lágrima inesperada recorre mi mejilla. Siempre culpándome por no ser suficiente. Siempre presionándome, recordando la injusta muerte de mis padres. Más, más y más, porque mis acciones siempre me han parecido poco para inclinar la balanza en favor de la vida. Porque yo también nos creía demasiado pequeños para este universo tan vasto.

—¿Lo entendéis? —La danían intenta sacarnos de nuestro estupor.

—Si es cierto que la Magia nos necesita… Si es cierto que Kaled consiguió hablar con Ella, por muy chocante que suene, ¿qué es lo que precisa? —pregunta Hester.

El silencio que se sobreviene entonces derrumba todo el coraje que ha despertado Kira. Porque no es un silencio mutuo, sino uno predecesor de la peor de las noticias.

—Según hemos entendido… —Sid intenta encontrar las palabras adecuadas—, para que nadie pueda volver acceder a ese centro mágico es necesario… que alguien cruce y controle esta energía desde dentro del corazón. Como ha dicho Kira, necesita protección. Una que solo podemos brindarle nosotros.

—¿Qué?

Varias sillas rechinan cuando parte de la sala se alza, atónita. Rima se separa de la mesa y comienza a andar en círculos como un animal enjaulado. Supongo que ya preveían nuestra reacción, porque los conocedores de esto se mantienen en calma, aunque en sus ojos brille la pena.

—¿Estáis pidiendo que alguien se sacrifique por la causa? ¿Que muera por nosotros? —se sorprende Jaziz.

—Es la única manera —musita Noah entonces.

—Porque la Magia os lo ha dicho, ¿no? —secunda Hester a su amiga.

—Pues ya podría la Magia haberse manifestado antes para pedirnos tal cosa —apoya Milos a las sidenesas—. Esto es de locos. Voto por que cerquemos el perímetro y lo defendamos de los tiliaíes y ocedinos. ¡De cualquiera que pretenda acceder, vaya!

—¿Las veinticuatro horas? ¿Todos los días del año? ¿Y a quién le confiarías esa tarea, Milos? ¿No crees que alguien en Nueva Erain también podría sentirse tentado? ¿Te pondrías tú a custodiar la zona y me asegurarías que nadie jamás conseguiría alcanzarlo? —intercede Pantea, otra consejera, con su férreo tono de voz.

—No-no sé…

—¿Es que no nos hemos sacrificado lo suficiente? —retoma Rima el hilo de la conversación.

Quiero intervenir. Quiero decir algo al respecto, pero no lo logro. Es imposible del todo cuando Kaled alza la voz para confesar:

—Me he prestado para proteger a la Magia.

De pronto, el caos que se eleva sume a toda la sala en gritos, movimientos histéricos y algún que otro sollozo. Rei ni siquiera puede emitir palabra, al igual que yo. Solo observamos cómo el resto de su familia se acerca a él para negarle su voluntad. Le prohíben tomar tal decisión. Se llevan las manos a la cabeza, acusan a los altos cargos de precipitarse y arriesgar la vida de un adolescente.

—Por qué no le preguntáis al resto de Nueva Erain, ¿eh? ¿Solo puede ser Kaled, de nuevo, quien interceda por todos nosotros?

—Yo fui el que habló con la Magia. Soy un sensible. Soy la persona adecuada.

—¡Oria también lo es!

—Ella no quiere…

—¿Y tú sí? —Jaziz se aparta de él, desesperada.

Entonces Rei se arrima al que considera su hermano pequeño. La persona que ha pasado tantos años encerrada a su lado. Sus dedos se enganchan a la manga de su chaqueta.

—¿Por qué, Kaled? ¿Sabes cuánto te queda por vivir?

—No voy a morir, Rei. —La sala calla ante sus palabras—. Imagínalo como un portal. Estaré al otro lado, al lado de la Magia.

—Solo.

—Eres un niño, Kal —solloza Rei.

—Casi como vosotras.

—Alguien más puede hacerlo. Me niego…

Rei va a abrazar a Kaled cuando el chico se tensa. Ella se queda a pocos centímetros de tocarlo y sus labios, a un suspiro de formular su nombre. Es entonces cuando las puertas de la sala de reuniones se abren y aparece un defensor con la frente perlada de sudor y la respiración alterada.

—¡Enemigos! ¡Enemigos en la zona rocosa de la costa norte!

Todo se revoluciona de nuevo, aunque con un cariz totalmente diferente. Pantea se agarra a un representante nuclense y ambos desaparecen en una nube dorada. Kira avanza para hablar con el especialista en Defensa y es entonces cuando descubro a Rima y Vasc cogiendo a Fatma por el brazo. Antes de que pueda decir nada, Milos se une al transporte y se esfuman.

Chasqueo la lengua, percatándome de que nunca me han enviado a ese lugar. Rima, Vasc, Fatma y Milos no han dudado en ello, y puede que precisen de más ayuda. Pienso en el resto de defensores y en los refuerzos que ya estarán poniéndose en marcha. Por un momento, dudo. Sin embargo, recuerdo las palabras de Kira, que me insuflan la determinación suficiente para reaccionar.

—¡Ahora vengo! —le digo a Rei, que continúa paralizada, y a Kaled, que por fin ha relajado los músculos.

No me gusta dejar a las sidenesas atrás, sobre todo en una situación tan preocupante. No obstante, le hago caso a mis impulsos y salgo corriendo. El Liman se ha convertido en un revuelo de aprendices, especialistas, instructores y ogiars que circulan de un lado a otro, sabiendo lo que tienen que hacer para que el enemigo no cause los mismos daños que provocó Magog.

Busco a conocidos que sepa que me tenderán una mano. Pregunto a varios estudiantes, pero niegan, alegando que tienen que asistir en otras tareas. Subo y bajo escaleras, me choco incontables veces, desesperado. No voy a llegar. No voy a llegar y quiero ayudar.

Subo al piso de los especialistas, desesperanzado por no encontrar a nadie que conozca la zona rocosa del norte y pueda transportarnos hasta allí. Pero una barba pelirroja se cuela en mi campo de visión: Yves. Sonrío, recobrando la energía.

Esquivo a quienes se interponen en mi camino y llego con la respiración consumida ante el que considero mi padre. Sé que desde mi vuelta apenas hemos hablado. La decepción apagó sus ojos, aunque el alivio por verme a salvo se antepuso a cualquier regañina. Sé que la merezco y que la guarda para otra ocasión; solo espero que no sea ahora cuando decida impartirla.

—¡Yves!

El hombre me mira un segundo, y luego sigue gritando indicaciones a los especialistas. Adelanta dos zancadas, dándome la espalda; sin embargo, me pongo de nuevo a su altura, angustiado.

—¡Por favor, Yves! ¡Llévame a la zona rocosa de la costa norte!

—¿No has tenido suficiente, chaval? —espeta.

—¡Mis amigos han ido hasta allí!

—Ya son mayorcitos, ¿no?

Yves regresa a su tarea de ordenar que todos vayan armados o con las protecciones mágicas activadas por si acaso. Aunque no puedo culparlo, me duele que me ignore. Me duele que sea justo ahora cuando decida darme una lección por ser tan egoísta y temerario. Y esos dos defectos vuelven a renacer en mí para brindarle fuerza a mi grito:

—¡Pues me llevará Ylanda!

Sé que es una bajeza meter de por medio a su melliza. Sé que estoy comportándome como un crío y que, posiblemente, esto se cobre más desilusión por su parte. Sin embargo, tengo la firme intuición de que debo acudir.

Giro sobre mis talones para ponerme en marcha, pero su enorme mano me detiene por el hombro. Yves me obliga a mirarlo para descubrir su enfado y tristeza. Soy injusto. Casi me pierde en la inmensidad de Siden. Los defensores externos que enviaron en nuestra búsqueda volvieron con las manos vacías y él se aferró a una esperanza que nos salvó por poco. Casi me pierde, pero no niega y gruñe:

—Te voy a tener años limpiando los baños, jovencito. ¡Piwen, relévame! —le grita a una compañera—. ¡Voy a ayudar en la costa norte!

Y ambos desaparecemos para materializarnos al cabo de unos segundos en la playa rocosa. Para nuestra sorpresa, la batalla está acabando. Nueva Erain ha conseguido responder a tiempo y los cadáveres de los enemigos están esparcidos por todas partes, enterrados en la tierra, flotando sobre el agua.

Aun así, cúmulos de moiro siguen haciendo estallar la arena, golpeando cuerpos. Yves carga, sacando una espada de su vaina y generando un escudo protector que se amarra a su brazo. No logro reaccionar, porque quienes están atacando con la magia funesta son Vasc y Rima. Rima, que se maneja con torpeza, pero arremete sin pensarlo dos veces.

Balanceo mi cuerpo, intentando ponerlo en movimiento, y la pendiente de rocas me empuja hacia abajo. Mis ojos no pueden apartarse del rostro de la harum, que despliega su poder, a sabiendas de que Vasc protegerá sus espaldas. Hay algo distinto en ella. Parece que se mueve por orden de un sentimiento sediento de violencia. Como si la desesperación que la ha embargado en la sala de reuniones estuviese explotando a través de su energía.

Debemos detenerla. Vasc o yo. Porque se ve en su magia. Mientras que el príncipe de Ludenar lo tiene más controlado, la sidenesa acomete con demasiada brutalidad. Salvajismo, diría.

Cruzo la batalla y no me tengo que enfrentar a nadie, porque los defensores están reduciendo a los pocos enemigos que quedan. Los cuerpos tendidos, inertes y salpicados de sangre, salitre y arena despiertan en mí los recuerdos de rostros sepultados. Sacudo la cabeza, centrándome en mi propósito. El mal presentimiento de esta mañana aumenta la presión y corro más rápido. Levanto más arena. Alzo mi voz.

Rima no responde, pero Vasc sí me reconoce. Le señalo la posición de la harum que, a unos metros de él, está expulsando moiro contra un draiz que, claramente, ya está muerto. Trago saliva cuando me encuentro a poca distancia de ella. No es consciente de su ensañamiento, ni siquiera de Vasc cuando él la alcanza antes.

—¡Rima! ¡Rima! —La abrazo por la espalda para mantener quietos sus brazos.

—¡Suéltame! —se desgarra—. ¡No puedo más! —masculla.

Como si dos Rimas estuviesen hablando a la vez, se debate, pero también tiembla. Libero mi magia, envolviéndonos a ambos. Calma, calma. Y, como si hubiese pedido ayuda a gritos, Milos aparece. Aparece a tiempo, porque Rima empieza a gotear sangre negra.

—¿Rima?

—¡Apártate, Senda! —me alerta Vasc.

Pero mi piel toca el líquido y me arde. Rima suelta un grito y cae contra las piedras, ahogándose.

Esta es la enfermedad de los moiros.

—¡No debería ocurrir tan pronto! —Vasc se arrodilla y la recoge en su regazo—. ¡Pocos seres han sucumbido así de rápido! —Su sincera preocupación me acobarda.

La contienda enmudece por fin y deja paso a nuestros gritos. Milos incrementa su magia y trata de limpiar a Rima, tanto por fuera como por dentro, pero la sangre no deja de brotar. Guardo la esperanza de que mi amigo haya aprendido algo mientras cuidaba a Selim en Siden. Sin embargo, Rima sigue asfixiándose, con los ojos abiertos, sin responder a la energía sanadora.

—Rima, escúchame. ¡Resiste! —Lo intenta Vasc. Los defensores comienzan a rodearnos—. ¿Recuerdas cuando me sucedió en los calabozos del Liman? ¡Solo tienes que aferrarte a la vida! ¡Aférrate, Rima! Por encima del dolor, por encima de cualquier sentimiento que te haga abandonar, confía en mí. Por favor...

Milos no desiste, incluso con las manos empapadas y la angustia tiñendo su expresión. Rima se convulsiona unas cuantas veces más, para mí de forma lenta y agónica. Una. Basta. Dos. Basta. Tres.

—¡Rima! —chillo.

Cuatro. Su cuerpo no vuelve a responder. Se queda quieto. Ha cerrado los ojos y el peor de los temores me encoge el corazón. Milos lleva sus dedos índice y corazón a la yugular de la harum. Y entonces, con un «¡no!» que termina por silenciar a la playa entera, comienza a maniobrar para devolverle la respiración.

Allí, tirada sobre las rocas, rodeada de sangre negra que, como ríos, también recorren su piel, Rima se aleja de la vida. De la Magia. De nosotros.

RIMA

NO ME ASUSTO CUANDO ME DESCUBRO SUMIDA en la oscuridad. Ya he estado aquí antes, tal vez de otra manera, tal vez por otros motivos, pero ya he sobrevivido a ella. Reconozco enseguida el sabor de su hiel. Fui su presa no hace mucho tiempo. Me asustaba no verme en toda esa profundidad que me cegaba. No existía como Rima, con mi largo pelo grisáceo, mis ojos verdes y mis cuernos, enteros o no. Era una Rima, cuyo nombre no importaba, que vagaba por la nada siendo parte de ella.

Siempre estás más cerca de la muerte cuando la aceptas, aunque seas la última en perecer.

Antes, la oscuridad y la perspectiva de que mi corazón dejase de latir me daba más miedo que el propio Magog. Pero cuando esquivas tantas veces el final y sobrevives, te das cuenta de que las tinieblas son menos peligrosas que la criatura que sacude la vida de los demás. Así es como Magog pasó a ser el centro de mi obsesión y de mis pesadillas. Así es como dejé de temer la oscuridad en la que ahora floto de nuevo para temerlo a él.

Entreabro los labios y llamo a la Magia, pero Ella no me atiende. Es como si la gris fuese su cadáver renacido; que actúa y se mueve, pero no está viva. Son los restos forzados a funcionar de lo que una vez fue energía pura, protectora y dadora de vida. Es cierto, me he equivocado a lo grande.

No solo no le hice caso a mi familia y no creí en las advertencias de Vasc, sino que pensé que la moiro me daría lo que más he ansiado durante años. Y ahora me estoy muriendo por mi propio deseo. De sentirme tan invencible, tan imparable, tan insaciable, no queda nada en esta oscuridad que lo devora todo. Que me despoja y me abandona.

Alzo las manos en un intento vano por que la profundidad me las enseñe; la sangre de todos esos seres que he asesinado por mi descontrol. Pero ni siquiera la perspectiva de tanta muerte me detiene, porque volveré a usar la moiro, aunque solo sea contra Magog. Aunque nos arrebate la vida a los dos. A la vez. No descansaré hasta que ese ser haya desaparecido de la faz de la Tierra.

Pero ¿qué estoy diciendo? Después de todo lo que he vivido, sigo pensando que la muerte del esclavista es la solución. Que es mi principal objetivo. Y es mentira. La moiro fue una vía de escape a la que jamás debí recurrir. De la que imaginé que me otorgaría protección y un arma invencible. Todo creencias, todo mentiras.

Oponerse a la moiro es una condena. Es una batalla continua que afila los ruegos más desesperados y silencia la razón. Descubre tu parte mala y no te ayuda a enfrentarla y superarla, sino que la hace brillar. Te esculpe con cenizas, sangre y crueldad.

Lloro, y siento algunas de mis lágrimas acariciarme las mejillas. Algo cálido me cubre y me aferro a esa sensación que huele a hogar, a campo y a tranquilidad. Susurro un agradecimiento que llega frágil pero claro a mis oídos: es mi propia voz.

Hay emoción, hay sensaciones, y son reales.

Estoy viva.

Abro los ojos. Yergo medio cuerpo, tratando de coger todo el aire posible que parece que mis pulmones han dejado de aceptar. Unas manos se posan sobre mi pecho y mi espalda y me obligan a recostarme otra vez. Me giro para encontrarme con la mirada de Milos escudada tras unas gafas cuadradas.

—Milos… —susurro.

—Tranquila. Voy a llamarlas…

—No. Espera. —Lo cojo de la mano, porque ahora mismo necesito volver en sí.

Enfoco la vista, analizando mi alrededor. Estoy en una habitación del Liman. Reconozco sus paredes y las ventanas que dejan entrar el sol de mediodía, aunque una vela, casi consumida, sigue manteniendo encendida una pequeña llama. Sin embargo, lo que más capta mi atención son la cantidad de flores y lazos de colores con frases y mi nombre escrito en ellos que hay repartidos por toda la estancia. Frunzo el ceño, intentando acompasar mi respiración al ritmo de mis pensamientos.

—¿Qué ha pasado?

—La batalla en la costa norte del país. ¿Recuerdas? —me resume.

La chispa de varios recuerdos borrosos se prende en mi memoria, pero los distingo al instante. No he estado sumergida en la oscuridad, pensando en lo que soy y he hecho, para ahora negar la verdad.

—S-sí. Claro. ¡Oh, Milos! —Me llevo las manos al rostro, una de ellas vendada—. Lo siento tanto.

—Tranquila…

—La moiro… La reunión me alteró mucho. ¡Kaled! ¡El corazón mágico! Y luego te grité… ¡Te exigí que me llevases a la costa! Solo quería… —Aparto los dedos y los cierro—. Fue horrible. Me debatía… Me debato… Milos…

El chico aprieta los labios, apenado e impotente. Sabe que no puede hacer nada, pero consigue animarme un poco cuando pone sus manos sobre las mías y aprieta con cuidado. Su contacto es reconfortante.

—¿Por qué hay tantas flores y cintas? —pregunto.

—Agradecimientos de algunos junto a los que peleaste en la zona rocosa, e incluso de los danían. No todos han colaborado, porque, ya sabes, tu moiro..., pero casi todos te remiten su gratitud.

Y, aunque lo que me dice es bueno y su sonrisa lo secunda, no puedo evitar pensar en lo peor.

—¿Herí a alguien de los nuestros? —Sacudo la cabeza cuando me percato de que he usado la palabra *nuestros.* Nadie me relaciona con este país, pese a que yo empiece a sentir que forma parte de mí—. Quiero decir, ¡de los vuestros!

—No, no, tranquila. Se te fue un poco de las manos, pero eras consciente de a quién atacabas y a quién no. Los salvaste, Rima.

—No lo siento así. ¿Sabes? Siempre he entendido por qué todo el mundo rechaza la moiro. No es solo porque daña a la Magia, sino porque, de alguna manera, dice cómo eres.

—Tú no eres una mala harum, si es lo que estás insinuando, Rima.

—Tampoco soy buena, si me convertí por matar a alguien.

Milos respira hondo y sé que hemos alcanzado un callejón sin salida. Él no me juzga, pero con su silencio me da la razón. No me duele, no más que la opinión que tengo de mí misma. Él sí es un ejemplo.

—Gracias, Milos. Gracias por arriesgar tu vida para proteger a mis amigas.

—Nos educan para ayudar a quienes menos tienen. Y, aun así, Rei regresó a por mí.

—Sois de lo que no hay —digo con tono divertido, aunque es verdad.

—Encontraré una cura, Rima.

—¿Para qué?

—Para los efectos de la moiro.

Intento no darle importancia al hecho de que esta enfermedad va a matarme. De que a punto estuvo de hacerlo en plena batalla prematuramente y de que sobreviví, tal vez por mi fuerza, tal vez por pura probabilidad. Solo asiento, porque un nudo en la garganta ha atado todas mis palabras.

Milos abandona la habitación, no sin antes acercarme un ramito de pequeñas flores blancas de cinco puntas, cuyo centro destaca rosáceo. Cuando las huelo, me doy cuenta de que los tallos están sujetos por una cinta de color gris que reza:

En la tierra muerta también se pueden escribir mensajes.

Sé que lo han escrito ellas, no solo porque esté en sidi y reconozca la elaborada «E» mayúscula de Jaziz, sino porque es una de las frases que más repetía un esclavo en el campamento de Magog. Jamás supimos su nombre, pero sí coincidimos en que hablaba en nombre de la esperanza. Ninguna de sus palabras destiló derrotismo ni una sola vez. Él solo elevaba cánticos que lograban que creyésemos en la vida un día más.

Me acerco el ramo a la cara, conmovida. Unas lágrimas caen sobre sus pétalos y me permito deshacerme un poco, escondida tras el regalo de mi familia. Me escondo un poco más cuando oigo que se abre la puerta. Es Kaled. Descanso el ramo sobre mis piernas y, nerviosa, espero a que sea él quien comience.

Me extraña que acuda solo, pero pronto entiendo el porqué. Se sienta en la silla que antes ha ocupado Milos y suspira.

—¿Cómo estás? Sé que es una pregunta estúpida...

—Ahora mejor, porque has venido a verme.

—¿Por qué no vendría a visitarte? —Sus mejillas se incendian—. ¡Has estado un día inconsciente! Milos tuvo que reanimarte. —Aunque me estoy enterando ahora mismo de todo esto, lo que más me impacta es que Kaled pierda la paciencia. Es poco habitual; solo ocurre en casos en los que está muy muy nervioso.

—Estoy estable.

—Vale…

—¿Estás muy enfadado conmigo?

—No, o sea… Bueno, tanto como lo estoy con las demás. ¿A qué vino esa reacción?

Alzo las cejas, incrédula, y se rasca la nuca antes de volver a observarme con fijeza.

—Debéis comprenderlo.

—Vas a morir.

Chasquea la lengua, disgustado.

—Fui el único que te apoyó en aquella locura de intercambiar mi ayuda para visitar a Vasc en los calabozos… Tú elegiste obtener la moiro que te tiene ahora en esta situación. ¿Y crees que es malo que me marche con la Magia?

—Eres muy joven…

—Y tú eres una anciana, ¿no? —contraataca con ironía.

—Cualquiera a tu edad escogería vivir. Querría esquivar este sacrificio…

—Pues yo no, Rima. —Sus dedos juguetean con los pétalos de las flores que me han regalado—. Sé que cuesta de entender, pero no he servido para nada en mi vida. —Eso no es verdad, pero así es como te hace sentir Magog—. Tal vez no es muy sano entregarse a las causas enseguida solo por ser la única persona que puede ayudar, pero… he hablado con Ella. Puedo hacerlo. Puedo protegerla y salvaros.

—¿Cómo podemos estar seguros de que la Magia no nos la está jugando otra vez? ¿De que es la solución definitiva? ¿Cómo?

—No lo sabemos, pero no podemos permitir que sean los de

Tilia u Oced quienes lo descubran. Porque sus intenciones no son buenas y todos podríamos morir. Rima… —pestañea para contener las lágrimas que cristalizan sus ojos—, tengo miedo.

Se deja caer sobre mí, aplastando las flores. Estrecho nuestro abrazo tembloroso. Llora contra mi cuello. Lloro sobre su hombro. Le acaricio el pelo y termino por enterrar los dedos entre sus suaves mechones castaños. Me aferro a él como si así pudiese retenerlo. Pero sé que no puedo. Él ha tomado una decisión, libre de obligaciones. Siente que debe hacerlo. Si no le permitiésemos actuar como dicta su corazón, entonces, ¿qué clase de familia seríamos?

Sigo pensando que es demasiado joven. Que ha sufrido mucho. Que se merece ese tiempo de paz que parece que un día alcanzaremos. Quiero que estudie, que trabaje, que juegue, que duerma y se despierte con la seguridad de que no hay mañana más bienvenida que la que se empieza con una sonrisa. Que hay amaneceres que no los marca el tiempo de la muerte. Que hay vida más allá de su sensibilidad a la Magia. De Ella, incluso.

Me separo de él, sintiendo que se lleva algo de mí. Desato el lazo gris del grupo de flores, cuyos pétalos ahora inundan la cama. Kaled me observa en silencio. Solo suelta otro sollozo y asiente varias veces, como si estuviese reafirmando sus motivaciones, cuando empiezo a atar la tela alrededor de su muñeca.

—*Cantan las luciérnagas…*

—*… y se iluminan las cigarras…* —Reconozco otra de las frases de aquel prisionero.

—*… porque en este mundo somos capaces de todo.*

Aunque enmudecemos durante un rato, en el que solo nos rozamos las manos y nos miramos con sonrisas tristes, llega un punto en el que nuestras palabras también quieren seguir expresándose. Y hablamos de Nueva Erain. Del queso tan rico que sirven para desayunar. Hablamos de lo maravilloso que es haber conocido a Senda, Milos y Fatma. De que, si el futuro lo marcan seres como ellos tres, será uno bueno. Le cuento también sobre Ludenar, sobre lo moderno que es. Sus edificios que parecen marfil, su exagerada elegancia, pero su increíble armonía, de los rincones que parecían respirar magia. Kaled es un apasionado de los animales y le hablo de Yojimbo y de Lux. Le confieso lo asustada que estaba el día que me presentaron a Linnea y lo majestuosa y decidida que es Azriel.

También le dedicamos unas cortas consideraciones a la guerra. A Magog y a la pesadilla que tuvo que revivir Rei. A la maldita moiro. Nos volvemos a abrazar, nos damos besos en las mejillas y nos hacemos cosquillas; pronto acaban porque mis heridas no me permiten moverme mucho.

No imagino nada mejor que este momento cuando llaman a la puerta y el resto de mis amigas entran cargando entre sus manos bandejas llenas de comida. Me ruge el estómago y una risa inevitable desencadena las del resto. La cama no es muy grande, pero todas acabamos sobre ella, comiendo, bebiendo y compartiendo lo que, desde hace años, no hemos podido.

Una siesta tardía llega en el momento ideal, cuando el sol está marcando la entrada de la tarde. Hester y yo somos las últimas en dormirnos, como de costumbre.

—¿Estás mejor?

—Gracias por todo.

—Siento que nuestro tiempo juntas vuela. Se nos escapa.

—Vivamos. Solo vivamos.

Y, con ese murmullo, cerramos los párpados.

No sueño nada malo ni nada bueno. Es Vasc quien nos despierta dos horas después. Con una sonrisa divertida en los labios, empieza a dar palmadas que nos van desvelando y que le arranca resoplidos a mi hermana.

—¿De verdad este loco es el príncipe de Ludenar o lo has sacado de una madriguera de Siden? —se burla Jaziz.

—Hay veces que todavía me lo pregunto. —Bostezo—. Pero observa su pelo, es el de un principito quejica sin callos en las manos.

—Qué ultraje. —Y, por primera vez, la risa del ludense contagia la de mi familia.

No, no se puede quebrar esta paz. Esta felicidad. No podemos separarnos ahora que todo por fin encaja. Ellas empiezan a bajar de la cama y Vasc les dice que no hace falta darse tanta prisa, pero aun así recogen rápidamente las bandejas, los platos y los vasos.

—Ya lo habéis escuchado…

—Tienes más visitas, señorita importante —dice Rei.

—¿Senda? —Inclino la cabeza, confusa.

—Mejor. —Jaziz sonríe, maliciosa.

Salen una tras otra del dormitorio, lanzándome miradas traviesas que culminan con un último guiño por parte de Hester. Le hago un gesto mudo a Vasc, insistiéndole para que me aclare la enorme incógnita de la que, está claro, soy la única desconocedora.

El príncipe da un paso ceremonial hacia un lado y entonces, por el hueco de la puerta, aparecen Azriel y Lux. Se me corta la respiración. Lleva su pelo recogido en una larga trenza que le cae por delante. Por supuesto, la corona de lilas se enreda a la perfección entre sus pálidos mechones. Viste esas botas que estilizan tanto sus piernas. Pero lo que más me gusta al verla es la sonrisa que no oculta y su habitual ceja enarcada, que espera una reacción.

—Anda, mira, parece que ha recuperado un poco el color de la cara —dice Vasc.

Lo miro, alarmada, sintiendo entonces que las mejillas me arden. Lux avanza primero y se sienta frente a mí, clavándome su mirada ambarina.

—Azriel, has venido…

—Como prometí.

—¿Cuándo? ¿Cuándo has llegado?

Los dos hermanos también se aproximan. Ella escoge la silla, en cambio, él se acomoda en la esquina de mi cama.

—Esta mañana.

—Pero es muy pronto. Ni siquiera ha pasado una semana desde el ataque a Île. Tu gente… —Alterno una mirada interrogativa entre Vasc y Azriel, pero ambos se muestran serenos.

—Los sumos valedores y Vérula ya han logrado debilitar la capital de Ludenar. Sé que tienen previsto hacer arder el país entero, empezando por mí. Sin embargo, ahora les apremia más Nueva Erain. Con Aimon muerto y teniendo claro que habéis regresado para informar sobre sus planes, Tilia y Oced querrán dar el golpe de gracia lo antes posible.

—¿Sabes cuánto tardarán?

—No puedo asegurarlo, pero no se demorarán mucho. Querrán que esta ofensiva sea la definitiva y cargarán con todo lo que ambos países tienen. Transportándose a la costa, al interior del país… Allí donde puedan llegar. Querrán cubrir hasta el último rincón y, por supuesto, hallar el núcleo mágico.

—¿Cuentan con alguna desventaja?

—Varias. —Sonríe Azriel, triunfante. Y qué sonrisa. Vasc ahoga una risita y le doy una palmada en la pierna—. Venga, dejaos de chiquilladas —nos advierte la reina, aunque sin abandonar su expresión—. Como ya he dicho, Aimon está muerto, que en otros casos supondría un golpe certero, pero para ellos los aliados son como piezas en un juego. Ya lo han demostrado. Así que lo que principalmente ha mermado su posición de poder son dos cosas. Uno, Nueva Erain está atenta. No es indestructible, pero se conoce por su buena defensa interna. Es para lo que han estado trabajando durante tantos años. Dos, y más importante, ya no tienen apresado al que les contó todo sobre la Magia y les iba a guiar a cambio de no asesinar a su compañero caimán.

—¿Ese tal Johan, el Inmortal? ¿Yojimbo? ¡Linnea! ¿Cómo está Linnea? ¿Está aquí?

—Se ha quedado en Île para ayudar y proteger a esos dos seres tan peculiares.

—Entiendo. —Me escurro en la mullida almohada.

La magia de Linnea, resplandeciente y dorada, no gris y oscura como nos había hecho creer, toma forma en mis recuerdos. Ambos intuyen enseguida la razón de mi silencio.

—Supongo que ya habrá tiempo para preguntarle... Creo.

—Seguro, Rima —me anima Vasc.

Me doy cuenta de pronto de que ni Kaled ni las otras me han dicho cuándo tienen previsto iniciar la misión. No sé si pretenderán dejarme al margen por mi estado convaleciente, pero me niego. Nadie va a privarme de apoyar a Kaled y de despedirme de él hasta que... ¿desaparezca?

Vasc y Azriel no retoman enseguida la conversación. Me permiten unos segundos, pero también para sí mismos. Estoy tan acostumbrada a que destaquen por su físico y que siempre parezca que son hijos del equilibrio, que apenas me he fijado en los detalles que denotan su derrota y el esfuerzo por mantener el optimismo a flote. Alguna arruga nerviosa, una ligera sombra en las ojeras, heridas que todavía no han sanado o cicatrices pálidas, que siempre han estado ahí.

Vasc conoce el plan, así que supongo que Azriel ya será sabedora. Al fin y al cabo, su presencia aquí firma, de momento con tinta invisible, pero no por ello menos veraz, el inicio de una alianza entre ambos países. Después de una década enfrentados, hoy una guerra basada en mentiras se extingue por fin.

—¿Cuándo vamos a intervenir? —pregunto.

—Pasado mañana —determina Azriel.

—Qué pronto… —Pienso en Kaled, en su miedo y en el mío.

—Ya digo que no tardarán. No podemos…

—No podemos dejar que ellos lleguen primero, ya lo sé —interrumpo a Azriel, alterada.

—Rima —me reprocha Vasc, sorprendido.

—Lo siento, lo siento… Es que… no quiero que Kaled se sacrifique por todos nosotros. Tiene mucho que perder. No quiero que se enfrente a esto solo.

—No está solo.

—Lo estará cuando se marche.

Hacía tiempo que no me observaba en el espejo. Mi pelo es una madeja sin orden y, aunque ya estoy completamente recuperada, la palidez de mi rostro luce mortecina, incluso con las luces del atardecer. De hecho, la fragilidad de mi apariencia se agrava ante la presencia de Senda, siempre tan vivaz y con su natural sonrisa brillando como el mismísimo sol.

Lo miro a través del reflejo. Está tarareando una canción con la vista puesta en la ventana, no porque esté feliz, sino porque está nervioso. Mañana es el día en que defenderemos el corazón mágico. Mañana Kaled decidirá proteger a la Magia y dejaremos de saber de él. Si estará vivo o muerto. Lo único que descubriremos es si nuestro plan ha funcionado.

Si el corazón no vuelve a abrirse ante la sangre y nuestra voluntad, entonces todo habrá salido como debe ser.

Solo que Kaled se habrá marchado. Tal vez para siempre.

—¿Senda?

—¿Sí?

—¿Te apetece dar un paseo?

El chico asiente y ambos salimos de la habitación.

—¿Aviso a estas de que…?

—No, quiero que vayamos tú y yo solos.

—Oh, vale, vale…

—No te imagines nada raro, ¿eh? Quiero…

Dejo que nos adelanten unos aprendices que cargan libros y armas en cantidades idénticas. Senda me invita a continuar con la mirada, pero no hablo de nuevo hasta que me aseguro de que nadie a nuestro alrededor nos escucha. Es un poco estúpido pensar que alguien detendrá su tarea, seguro importante, para cotillear nuestra conversación, pero me siento más osada cuando menos ojos observan.

—Quiero visitar el pequeño cementerio otra vez.

—¿Y eso?

—Me gusta ese sitio. Aunque suene irónico, se respira mucha vida en él. Quiero coger fuerzas…

—Sí, mañana va a ser un día duro. Vamos. —Me coge de la mano.

No sabe cuánto, pero no lo digo. Si lo reflexiono más, me encerraré en el dormitorio y no seré capaz de acompañar al grupo en la misión.

Recorremos las calles de Núcleo sin apremiar nuestros pasos. Disfrutamos del atardecer y de la actividad de los nuclenses, aunque casi todos trabajen en pos de la defensa —y posible ofensiva— que en breve podría desatarse, si Tilia y Oced deciden intervenir ya. Aún con las manos entrelazadas hablamos sobre el mundo, sobre la Historia y sobre la Magia. Manifestamos nuestras opiniones, algunas muy distintas, pero no discutimos. Nos defendemos como si lo hiciéramos, pero no parece que estemos intentando convencernos el uno al otro, sino más bien… ¿a Ella?

Y ya con las manos sacudiendo el aire, reforzando nuestras

palabras, y el sol siendo una finísima línea en el horizonte, llegamos al bosque. Respiramos hondo antes de entrar, como si fuese la contraseña secreta para que las ramas, las gruesas raíces y los animales que campan libres no nos impidan el paso a este lugar que se siente sagrado. Más mágico que la propia Magia.

Nuestros pasos dudan antes de alcanzar el claro, en el cual el enorme árbol cobija a aquellos que un día se sacrificaron por este país, porque dos personas permanecen de espaldas a nosotros, en silencio. Sin embargo, terminamos el recorrido cuando reconocemos, casi enseguida, la mata de pelo negro y salvaje de una, y la diminuta coleta rubia del otro.

—¿Kira? ¿Noah?

Ambos se giran, sobresaltados, y Senda y yo nos sorprendemos por que hayan bajado tanto la guardia. Los ojos de Noah relucen, como si hubiese llorado, y Kira intenta componer un gesto afectuoso de bienvenida, pero que se tuerce al final.

Ellos también han venido aquí para pensar. Para hablarles a sus amigos caídos. Para despedirse, por si acaso. Nos acercamos con pasos cautelosos, vacilando por si estamos interrumpiendo algo. Sin embargo, Kira se aparta y nos invita, extendiendo la mano, a que nos unamos a ellos. Nos detenemos entre ambos, y les dedico sendas miradas de comprensión.

—¿Cómo es que estáis aquí? —pregunta el consejero, curioso.

—Me gusta este sitio. Me da paz —contesto.

—Interesante. —Sonríe la danían apoyando una mano sobre el tronco—. A mí también me parece un lugar idóneo para reflexionar. Para preguntarles a los que ya no están, si estamos en el buen camino.

—¿Crees en…? —empiezo, pero Noah me interrumpe, sorprendentemente risueño:

—Aquí donde la veis, Kira no creía en la Magia.

—Aquí donde lo veis, Noah era un alborotador.

Se miran, dejando que la diversión cubra sus rostros. Aunque no sepa qué están rememorando, me embriaga un sentimiento reconfortante. Fijo la vista en las muescas unidas en la madera, en los pájaros que custodian otra muy cercana... Pienso en todas las historias que me contó Senda sobre estos seres. No recuerdo bien sus nombres, pero son las emociones que transmiten las que no quiero olvidar.

Me acuclillo, entristecida. Paso los dedos por las marcas. Kira y Noah callan, y noto sus miradas en mi nuca. ¿Acabaremos como todos ellos, tallados en un árbol para que la memoria no nos entierre del todo?

—Los echo mucho de menos, ¿sabes? —Noah se coloca a mi altura, y sus dedos descansan muy cerca de mi mano, repasando también las líneas y las curvas que se hunden en el tronco.

—Muchos de mis amigos han perecido a lo largo de estos años y creía haber superado el horrible rastro que deja la muerte cuando se lleva a uno de los tuyos..., pero no es verdad. Nunca se va.

—No se supera, se aprende a vivir con ello.

—O sea que me tengo que conformar con presenciar cómo Kaled se marcha junto a la Magia a sabiendas de que puede morir, a sabiendas de que... No voy a poder vivir con ello.

—Entonces haz algo.

—¿Que haga algo? Kal ha tomado una decisión.

Noah respira hondo, y le lanza una mirada a Kira. La danían también se acuclilla y Senda la imita. El chico me pasa un brazo por encima de los hombros y me acerca a él. Permanecemos en silencio, de nuevo, observando el árbol.

Entonces siento que algo cae alrededor de mi cuello. Cuando deslizo la mirada hasta mi pecho, descubro una bellota muy oscura, envejecida por el paso del tiempo, con un clavo atravesándola de lado a lado. El peculiar collar de Noah. Me giro hacia él.

—Es una bellota especial. —El consejero coge mi mano y la apoya sobre las marcas entrelazadas—. Creemos que es mágica, no porque la contenga, sino porque ha pertenecido a las personas más valientes de este mundo.

—Yo no soy como vosotros.

—Y tanto que sí —coincide Kira con su amigo—. No tengamos miedo a admitir que somos tan valientes como, por ejemplo, Tristán y Amaranta. —Los dedos de Senda y la danían se alzan a la vez para sumarse a nuestro toque sobre la madera—. Rima, Senda, Noah y yo, Kira, somos tan valientes como Tristán y Amaranta.

Asiento, dejando correr las lágrimas. Si todavía estoy en el camino que me lleva a ese horizonte que quiero alcanzar, significa que me queda mucho por aprender, mucho por lo que fallar y mucho por lo que pelear. Que Magog ha sido un pozo, pero mi familia un soplo de aire fresco. Y todas me definen, pero no me deben retener.

Aprieto bien fuerte la bellota entre mis dedos.

Si tarde o temprano voy a morir, porque con la moiro no hay otro final que rozar la mano invisible más fría de todas, entonces lo haré gritando a la vida. Demostrando que no hay terror que venza a la unión.

SENDA

Sí, no hay fuerza defensiva más imponente que la de Nueva Erain. Todo el país está volcado en la protección de su hogar. Si Tilia y Oced esperan fisuras, tendrán que causarlas ellos mismos. Es lo que pienso cuando salimos del Liman, viendo el panorama que se abre ante nosotros. Aprendices, especialistas, instructores, ogiars, ciudadanos e incluso la misma Magia parece cubrir cada recodo.

Somos una comitiva reducida, muy parecida a la que acudió por primera vez al centro mágico. Nos detenemos, porque Kira está dando diversas órdenes a Noah, Ézer y Azriel, quienes van a permanecer en la ciudad por si acaso hay que tomar las riendas. Me pregunto dónde está Vasc, pero tal vez está reorganizando a la escueta aunque necesaria tropa ludense que ha acudido a Nueva Erain para ayudar. Aprovecho el parón para acercarme a Rei, que es incapaz de soltar a Kaled.

—Oye… —Ella se gira y me mira con sus ojos salpicados de estrellas—. Estoy aquí.

Asiente y posa un suave beso en mi boca. Su gesto me causa un suspiro apenado. Rei se percata, alza una mano y me acaricia la mejilla. No soy yo quien necesita ánimos ahora, aunque me rompe el corazón saber que Kaled está dispuesto a arriesgarse por todos nosotros. Dejo caer otro beso en la palma de su mano y reemprendemos la marcha.

Kaled camina en medio de su familia. Ellas estiran brazos, inclinan la cabeza o lo miran de vez en cuando tratando de sostener el contacto el tiempo suficiente para que quede una huella imborrable de su existencia sobre sus dedos, contra sus mejillas y en sus memorias.

El camino hasta el corazón mágico está marcado por un silencio angustioso. Las miradas vuelan y se clavan. Los alientos contenidos nos susurran que el final está próximo. Los movimientos que se tensan y permanecen alerta nos recuerdan que Tilia y Oced pueden iniciar la batalla en cualquier momento.

Oria y Kaled saben exactamente el sitio en el que el adolescente verterá su sangre para abrir la puerta hacia la Magia. Ya han acudido varias veces, ya se imaginan lo que se puede sentir. Lo que se puede escuchar si Ella se decide a hablar, tal y como le habló a Kaled. Y, en menor medida, a Rei.

Un grupo de defensores nos espera en la zona con las armas en alto y listos para cercar el lugar. Empiezan a alejarse a medida que nos aproximamos, creando un perímetro bastante alejado del punto de acción. Un punto de acción que han intentado reparar, apartando piedras, rellenando las gruesas grietas y allanando el terreno.

Aun así, tenemos que esquivar obstáculos y tener cuidado con los hoyos traicioneros. No nos volvemos a reagrupar. Kira, Sid, Milos y Fatma se apartan hacia la derecha, mientras Oria y yo nos alejamos hacia la izquierda para dejar que las sidenesas se despidan de Kaled.

Aunque hablan entre susurros, algún sollozo y alguna palabra se escapan en alto. Agradecimientos, súplicas y preguntas. Se me encoge el estómago al ser testigo de la despedida. Les doy un poco la espalda, afectado también por esta decisión. Puedo imaginarme su pérdida, pero no sentirla del todo, porque jamás me he tenido que despedir de alguien que se marcha hacia un futuro incierto. Inexplorado. En el que no se sabe si le espera la muerte.

Terminan, resistiéndose a soltar a Kaled. Es él quien logra tomar distancia con su familia. Rei permanece a su lado, porque se ha decidido que moldee de nuevo la energía en caso de error. Entones Oria avanza hacia ambos, siendo el respaldo sensible de Kaled. Me quedo a solas en mi posición, intentando apartar mis sentimientos, concentrándome en la misión.

El sidenés mira por última vez a sus amigas y alza una mano cuando Rima da dos pasos al frente. La harum respira hondo, dejando que las lágrimas le empapen el rostro sonrojado por el dolor. Los dos sensibles y la moldeadora comentan algo antes de que Oria saque un cuchillo que le tiende a Kaled. Él cierra los ojos y relaja el cuerpo —no sé cómo es capaz—. Entonces se corta la palma de la mano y deja que las gotas rojizas caigan sobre la hierba, el barro y las rocas.

Como la última vez, la Magia tarda unos instantes en despertar, pero lo hace. Todo comienza a temblar y escuchamos a los defensores ahogar un grito y levantar más sus armas, como si así pudiesen hacer algo.

Un punto brillante se ilumina entonces a varios metros por encima de nuestras cabezas. Es dorado y rezuma el poder del mundo. Es Ella. Ya está aquí. El temblor ruge, y todos nos preparamos para cuidar nuestra estabilidad. El suelo se agrieta y algunas rocas estallan. En mi interior, la energía se descontrola y reprimo un gruñido, percibiendo lo mucho que estira de mí hacia su corazón.

El espacio comienza a abrirse, dejando escapar la esencia dorada que todo lo baña. Que no daña, si bien cura, pero que aterroriza, porque parece una cascada que no va a dejar un hueco sin inundar. Las sidenesas avanzan y empiezan a chillarle a Kaled que regrese. Le ruegan, no desisten. No puedo evitarlo también, y me acerco. Este no puede ser el final.

Entonces una explosión, que se sobrepone al ruido que crea la Magia al materializarse, nos detiene. Incluso Kaled se gira hacia la columna de humo que emerge desde un punto inexacto de Núcleo. No puede ser. No tan rápido. No…

—¡Es ahora o nunca! —chilla Kira.

Pero la dimensión aún no ha alcanzado el suelo y Kaled, cuyo rostro está contraído de pronto por el más puro miedo, espera. Le castañean los dientes y sé que no es por la vibración. Decido recortar distancia, ofrecer mi ayuda, aunque Rei y Oria ya están intentando tranquilizarlo. Tal vez disuadirlo. Jaziz y Hester se caen en un intento por aproximarse, pero Rima consigue evitar que un agujero en la tierra la inmovilice.

Otra explosión. El centro mágico se expande más. Lo dorado se hace con la tierra y con nuestros pasos. Los defensores se alejan un poco, intuyendo la posible amenaza de Tilia y Oced. Si son ellos, ¿podremos enfrentarnos después de que Kaled cruce? ¿Estaremos mentalmente preparados?

Aunque Rima y yo conseguimos arrimarnos más, el seísmo no nos permite proseguir tan rápido como quisiéramos. Una ola de partículas doradas choca contra nosotros, pero solo se siente la vida a través de ella. Lo mucho que brilla el sol, lo suave que está la hierba, lo alto que pían los pájaros asustados. Es éxtasis, pero también el temor más puro.

Clama algo. O puede que me lo esté imaginando.

La potencia es cada vez más incontrolable. El terreno se abre más allá del corazón con agresividad y Kira, Sid, Hester y Jaziz se ven obligados a retroceder. Los escucho advertirnos. Y, de pronto, algunos nos quedamos atrapados en el lugar de mayor incidencia mágica, dentro de una ráfaga dorada que gira a nuestro alrededor. Parece que aquí hay un poco más de calma, como si este reducto fuera una especie de ojo de huracán.

El núcleo termina de alargarse y por fin roza el suelo. Entonces Oria le grita a Kaled que ya puede unirse a Ella, pero el chico es incapaz de moverse. No se le puede culpar a la sensible por presionarlo para que complete el plan, porque la situación no es la más idónea para echarse atrás, pero si recapacitara… Si Rei pudiese moldear la energía, aun en este punto tan descontrolado…, podríamos encontrar una solución diferente. Una en la que nadie tuviese que sacrificarse.

Entonces otro grito vuelve a llamar mi atención. Frunzo los ojos, intentando averiguar quién parece acercarse a una velocidad increíble al otro lado de la pared mágica. ¿Vasc? ¿Un zorro enorme? Debe ser producto de la Magia, pero no. No porque desciende del lomo del enorme animal y se reúne con el resto.

—¡No! ¡No! —grita Hester, aunque apenas puedo verla.

¿Qué ocurre? Me vuelvo hacia el resto, dispuesto a avisarlos de que algo malo sucede y de que quizá debemos parar, pero entonces, algo me adelanta. Solo veo gris. Una mata de pelo gris que avanza inexorable hacia el centro del corazón dorado.

—¿Rima…?

Y su nombre se queda atascado en mi boca. En la boca de todos. Nadie logra reaccionar. Nadie es capaz de detener a Rima cuando, sin titubear, se adentra en la Magia.

RIMA

ES CIERTO QUE ES VIDA. Es cierto que es omnipresente. Es como la oscuridad en la que hace poco me quedé suspendida, pero es cálida. Barre de mis venas toda la moiro, la enfermedad que me mataba, y me perdona. Nado en ella, pero no me permito perderme. No todavía. Por alguna razón, sé lo que debo hacer. O, al menos, lo que debo sentir para ayudarla.

El miedo ha desaparecido, aunque la pena perturba un poco la energía cuando miro más allá; el corazón está empezando a cerrarse, porque es mi voluntad. Rei tiene los brazos levantados y trata de moldear la magia para mantenerla abierta, pero ahora estoy dentro. Puedo enfrentarla conscientemente y solo me basta apretar un poco más para vencer los esfuerzos de Rei.

El huracán dorado se evapora y los danían, Hester, Jaziz y un recién aparecido Vasc se reúnen con el resto. Vasc, qué rápido. No esperaba menos de alguien que ha sido capaz de saber sin que se lo diga que pensaba suplantar a Kaled.

—¡No! ¡Rima! ¡No! —Jaziz cae de rodillas contra la hierba y quiero decirle que estoy viva, de una manera diferente, pero que no se preocupe, porque Kal tenía razón.

»*Puedes hablar…*

Ni siquiera me sorprende que la Magia se comunique conmigo. Es como si fundirse en Ella te diese toda la sabiduría que siempre has negado. Como si despejara la bruma y desvelase las respuestas. No es un conocimiento absoluto ni un camino inseparable, pero la paz y la claridad que otorga te hace abrir los ojos del todo.

»*Vivid, por favor* —digo—. *Vivid.*

Alcanzo a ver sus reacciones, antes de que el corazón desaparezca.

»*Rei, deja de resistirte. Es inevitable…*

—¿Por qué, Rima? ¿Por qué nos has hecho esto? —Los gritos y las lágrimas de Hester le desgarran la garganta.

»*Perdonadme una última vez. Os prometo que volveré.*

—¡No! ¡Regresa! ¡Aún puedes! ¡Rima! ¡Rima!

»*Encontraré la forma. Os quiero.*

Presiono más. El poder de Rei se ve obligado a enmudecer por completo. A parar de incidir. Y cuando el núcleo se cierra del todo, no hay oscuridad, tampoco luz. Hay Magia, que se manifiesta de tantas maneras que elijo quedarme en la Tierra.

Estoy junto a ellos, que lloran, se abrazan, me nombran. No pueden verme, no pueden hablarme, pero yo sí puedo tocarlos. Ella me permite que expanda mi energía a través de ellos, para que me perciban, para que dejen de lamentarse, porque esta ha sido mi elección. Porque todavía tienen que batallar una última vez.

Recorro la zona como una especie de espíritu. Rozo la espalda de Hester, abrazo a Jaziz. Le limpio las lágrimas a Kaled y le aparto el pelo del rostro a Rei. Le doy un beso en la mejilla a Vasc y soplo los mechones ondulados que están ocultando la mirada de Senda.

Y les agradezco todo.

»*Gracias. Gracias. Gracias.*

Me escuchan. Sé que me escuchan. Que me notan, porque sus ojos me buscan.

»*Es la hora, Rima.*

Asiento, y me llevo una mano al pecho. Resulta que tampoco soy tan incorpórea, porque siento entre mis dedos la suave superficie de una bellota y el áspero roce de un clavo antiguo. Un pequeño objeto que, de verdad, contiene la magia y la fuerza de todos los seres que luchan, que permanecen en pie y se enfrentan al horror.

De todos los héroes y heroínas que, bajo el amparo de la Magia, gritan alto en nombre de la libertad.

NAREL

20 años después

LAS LEYENDAS NO SE MARCHITAN Y, por eso, aunque al final solo susurren en las memorias más viejas, perviven. Leyendas como la de los dos hermanos que le pidieron la redención de la humanidad a una Diosa. Leyendas como la de la chica de un único ojo y el chico sin memoria que dejaron de huir. Leyendas como la de un salvador que siempre ayudó a quienes lo necesitaban y la de una humilde granjera que convirtió el castigo en paz.

La leyenda de cada uno de aquellos que resistieron y lucharon contra las injusticias.

Tal vez por eso, el terreno donde la Magia decidió concentrar gran parte de su poder para no extinguirse está plagado de flores de cinco puntas de todos los colores. Las flores la recuerdan a ella y a todos los que, aquel día, perdieron la vida salvando a un país entero de la codicia de otros.

A veces la esperan, aunque pasean por allí como lo hacen por el cementerio que linda con Núcleo. Una marca para recordar a quienes no deben caer en el olvido. Una zona que no se frecuenta muy a menudo, pero en la que Narel, de cabellos caoba y escamas azules repartidas por toda su piel morena, está recogiendo flores ahora mismo.

Canturrea una canción, sonriendo al sol y al campo que se extiende bajo ella. Es por eso que no se percata de la estrella dorada que se ilumina sobre su cabeza. De cómo se expande y se abre. Nada sale de ella, no al instante, pero, tras su velo cegador y resplandeciente, algo se mueve.

Alguien.

La esperanza, que nunca muere.

AGRADECIMIENTOS

Este viaje ha concluido, con sus alegrías y sus lágrimas. Ha sido largo, años y años de pura determinación y constancia. Un trabajo que se ha llevado de mí un pedazo de incalculable valor. El mismo valor que tienen todas las personas que me han apoyado y me siguen apoyando. Esas, que se habrán unido hace poco. Esas, que se unirán en un futuro.

Sabéis quienes sois. Ya os he nombrado en agradecimientos anteriores y seguís siendo una huella permanente en ellos. Así que no voy a alargarme mucho más.

Somos esperanza. Mi tía Ana tuvo razón en aquella presentación de *La huida* en Alzira. Debería incluirme, de alguna manera, en ese fragmento de la dedicatoria, única y perpetua a lo largo de la saga. Quiero ser parte de esa creencia sobre luchar y ser mejores (con los demás y con nosotros mismos).

Y Marta, mi *jefa sauce*, mi amiga, por enésima vez te agradezco esta oportunidad. Esta aventura no sería nada sin ti. Onyx Editorial tiene tu alma valiente y soñadora. Mis historias no podrían estar en un mejor hogar que el tuyo.

Gracias a quienes habéis llegado hasta el final. A quienes habéis conocido la historia completa de *El Don de la Diosa*. Ahora este universo también es vuestro.

ARi
Licious

ARi
Licious